AF497616

Rudolf Herzog

Das große Heimweh

e-artnow 2018

Jakob Wassermann
Christoph Columbus - Der Don Quichote des Ozeans (Vollständige Biografie): Historischer Roman

Hans Fallada
Wer einmal aus dem Blechnapf frißt

Eugene Sue
Die Geheimnisse von Paris (Historischer Roman)

Adalbert Stifter
Gesammelte Werke: Romane + Erzählungen + Gedichte + Briefe: Witiko + Der Nachsommer + Brigitta + Bunte Steine + Der Hochwald + ...Der beschriebene Tännling + Der Waldsteig...

Dmitri Mereschkowski
Leonardo da Vinci (Historischer Roman)Historischer Roman aus der Wende des 15. Jahrhunderts

Walter Scott
Das Kloster: Historischer Roman

Julius Wolff
Der Sachsenspiegel (Historischer Roman - Eine Geschichte aus der Hohenstaufenzeit)

Julius Wolff
Das schwarze Weib (Historischer Roman aus dem Bauernkriege)

Hans Fallada
Jeder stirbt für sich allein

Julius Wolff
Das Wildfangrecht: Historischer Roman

Rudolf Herzog

Das große Heimweh

Schicksale deutscher Auswanderer

e-artnow, 2018
Kontakt: info@e-artnow.org

ISBN 978-80-268-8900-7

Inhaltsverzeichnis

1

Indianischer Sommer...

Die Luft angefüllt von der Wärme vergangener Sonnentage, geklärt und gemildert durch das wachsende Alter des Jahres. Die Wälder aufflammend wie Opferfeuer, die sich im Prunk ihrer purpurnsten, golddurchschossenen Farben in Selbstberauschung zu verbluten trachteten, bevor der Winterschnee sie erstickte.

Die ganze Natur, das große Sterben vor Augen, nahm noch einmal alle ihre Kräfte zusammen zu einem leuchtenden Lebenslied, das den Tod nicht achtet im stärkeren Auferstehungsgedanken. Und das Lebenslied im pennsylvanischen Bergwald jauchzte in Wogen, die die Farbenskala des Goldes durchjagten, vom lichtesten Gelb zum blutigsten Rot, von den hellen Tönen der Zitterbirken und Blauweiden hinübergreifend zum gesteigerten Farbenrausch der Ahorne und Linden, der Ulmen, Platanen und Walnußbäume und im Triumph verharrend im Flammenmeer der Purpureichen. Wie Fahnenträger des urewigen Glaubens der Natur ragten über den Brand hinaus die sattgrünen Wipfel der Weymouthskiefer, der Hemlocktanne und Douglasfichte, die nach dem stillen, blauen Himmel langten.

Zwei Reiter sprengten den federnden Moospfad hinan, zügelten hastig ihre Pferde und verhielten sie an einer Wegbiegung, die jäh den Ausblick öffnete in die schwermütige Pracht.

»Herrgott – – das nenn' ich als Sieger sterben...«

»Indianersommer,« sagte der andere und nickte.

»Indianersommer...« wiederholte der erste in Gedanken. »Da schafft sich ein aussterbendes Volk seinen eigenen Sommer. Oder man schafft ihn ihm. Das ist ja gleich. Kirmestage für die Enterbten. Es steckt eine bittere Ironie in diesem Kosewort für den amerikanischen Herbst.«

»Mein Junge, hierzulande nimmt man nichts tragisch. Und wenn die Axt den letzten Wald gefressen hat – du wirst dich wundern, wie bald bei unserer elenden Forstwirtschaft – gibt's auch keinen indianischen Sommer mehr. Über poetische Empfindsamkeiten geht's hier mit Eilzugsgeschwindigkeit in den einzigen, alles umklammernden und alle verblendenden Begriff hinein, und der heißt: Amerika.«

Ernst Wegherr wandte sich im Sattel mit einem Lachen nach dem Freunde:

»Ist das ein Dogma? Amerika?«

»Wer nicht daran glaubt, spürt's bis in die Magenhöhle,« erwiderte Georg Wuppermann und zündete sich gemächlich eine Zigarre an. »Vergiß nicht, daß ich seit fünfundzwanzig Jahren im Lande bin. Unglaube gegen das Dogma Amerika wird hier nicht mit Seelenstrafen, sondern mit ganz verdammtem Magenknurren geahndet. Das hilft überraschend.«

»Du, Georg –?« Ernst Wegherr schaute in das blutende Waldland.

»Sprich dich nur aus. Es wird schon was Vernünftiges sein.«

»Es wäre schade, Georg, wenn der indianische Sommer verschwände. Wenn er verschwände, weil nun der ›deutsche Sommer‹ an die Reihe käme, in derselben schwermütigen Bedeutung des Wortes. Du begreifst, da spricht der Geschichtsforscher aus mir.«

Wuppermann antwortete nicht sofort. Er blickte den Rauchringen nach, die er über den Kopf seines Pferdes hinweg in die blaue, schweigende Herbstluft hinaussandte. Und in der stillen Weile betrachtete Wegherr den alten Freund und Spielgefährten aus der nämlichen Gasse der rheinischen Heimatstadt, die kernfeste Gestalt, den runden, wetterharten Schädel, das offene, zielsichere Auge. Der kleine, stramme Georg des Schmiedes Wuppermann hatte sich in Amerika seinen Weg gebahnt.

Der Raucher ließ die Zigarre sinken und reichte vom Sattel her dem Freunde die Hand.

»Du verstehst in den Seelen zu lesen, Ernst. Das hast du schon als Junge so famos gekonnt, wenn minderwertige Bengels von den Nachbarstraßen sich in unseren Kreis drängten. Und ich weiß, was du meinst. Da spricht eben nicht nur der Geschichtsforscher aus dir, der die Völkerseele studierte, wo er nur konnte, sondern auch, – na ja – der überzeugte Teutone.«

»Der überzeugte Teutone, Georg.«

»Hm,« machte der und gab nach kräftigem Druck die Hand Wegherrs frei. »Hab' keine Angst. Wir sind ja auch noch auf der Welt.«

»Noch!«

»Zum Teufel, ja. Das ist ein Hexenkessel hier. Wirst noch dahinterkommen. Von der anderen Seite des großen Wassers sieht sich die Sache bequemlicher an. Aber mit der patriotischen Regeldetri, wie die Herren bei euch so gerne meinen, ist hier nichts zu machen. Altes Eisen. Hier braucht man schärfere Waffen.«

Ernst Wegherr reckte seine schlanke Gestalt. Er nahm den Hut herunter und strich aus der breiten Stirn, die sich über den Augenbrauen in zwei Hügeln wölbte, das noch volle blonde Haar zurück.

»Hältst du mich für ein Kind, das herübergekommen ist, um mit dir ›Deutschland, Deutschland über alles‹ zu singen? Dann hättet ihr ja hübsch daheim bleiben können. Auf die geistige Überlegenheit der Rasse kommt es an. Die schafft das Vaterland. Hüben wie drüben.«

Wuppermann lachte in fröhlichem Baß.

»Kultur ist hierzulande noch ein Fremdwort, an dem sie sich die Zungen zerbrechen. Mit Dollars läßt sich da vorderhand alles noch leichter machen. Wir sprechen noch darüber. Heute freut mich nichts, als daß du auch mal zu uns herübergekommen bist. Die anderen Erdteile hattest du wohl durch? Du glaubst ja nicht, wie vergnügt ich war, als du mir deine Ankunft in Neuyork meldetest. Seit fünfundzwanzig Jahren bin ich noch keinen Tag so vergnügt gewesen, mit Ausnahme meiner Hochzeit.«

»Davon mußt du mir erzählen.«

»Von der Hochzeit? Nee, du, lieber nicht. Das könnte dir Appetit machen.«

»Ich bin geschieden.«

In der Verlegenheit lüftete auch Wuppermann seinen Hut. Hastig fuhr er sich mit der Hand durch das borstige Haar. Und noch einmal.

»Entschuldige. Ich hatte ja keine Ahnung. Nicht mal von deiner Ehe. Und wenn man selber in glücklicher Ehe sitzt, denkt man ja gar nicht daran, daß es auch mal andersherum – Himmel, nun mache ich's noch schlimmer. Wollen wir weiter, Ernst? Laß Schritt gehen. Jetzt kommt eine Stunde steile Steigung. Dann sind wir auf dem Berg und unter einigen zwanzig Deutschen.«

Die Pferde schritten aus. Der Pfad wurde härter und steiniger. Aber zur Linken und Rechten lohte die Fackel des Waldes, triumphierte das flammende Jubellied des Lebens über das bißchen Jahressterben hinweg, neuem Leben entgegen: wir sterben nicht, wir erstehen.

»Ich komme als Heimatsucher,« sagte Ernst Wegherr.

Der Freund nickte.

»So kamen wir alle, Ernst. Der eine so – der andere so.« –

»Ja, ja. So wird es sein. Neues, keimfähiges Land erhofft man, und damit neue Arbeitsfreudigkeit, neue Begeisterungsfähigkeit.«

»Du, Ernst, steht die Herzbachstraße noch auf dem alten Fleck? Gibt's noch Salamander im Straßenbach? Weißt du noch, wie wir uns abends aus dem Hause stahlen und sie fischten? Der eine hielt die Laterne, der andere griff zu. Nachher wuschen wir uns gegenseitig die Schlammkrusten ab. Und dann hieß es, weiter den Abend nutzen. Links die Häuser, dann der Bach und schon die Gemüsegärten der Milchbauern. Und unsere Kaninchen im Stall wollten auch leben.«

»Aber wir verbanden das Nützliche mit dem Angenehmen. Wir nahmen nur die schadhaften Umhüllungsblätter von den Wirsing- und Krautköpfen und erleichterten dem Bauer die Arbeit.«

»Bis er sie uns erleichterte. Weißt du noch, wie der Kerl eines Abends hastdunichtgesehen aus einer Furche sprang? Wir sprangen nicht schlechter. Aber da bliebst du im Zaun stecken, Hinterfront frei für jede Attacke.«

»Jämmerlich bekam ich das Leder voll, und die Kaninchen wurden selbigen Abends vom zürnenden Vater dem zürnenden Bauern verhandelt.«

»Verdammt streng war dein Vater. Der meine lachte vom Fenster aus, daß die Scheiben zitterten: ›Hoho, hoho!‹ Ich hör's noch und saß damals, von meiner eigenen Laterne beschienen, mit der Hose in der Hecke fest. Na ja, mein alter Herr war Schmied, und der deine hatte Bandstühle laufen und fabrizierte und saß als gebildeter Mann im Kirchenrat. Das war damals das Feinste.«

»Er liegt nun schon lange auf dem Friedhof, auf dem wir Schmetterlinge fingen. Oben auf dem Berg. Neben der Mutter.«

»Und der meine hat seine achtzig auf dem Rücken und möcht' mich besuchen.«

»Das trau' ich ihm zu,« meinte Wegherr, und ein Lachen huschte um seinen Mund. »Ich suchte ihn vor meiner Abreise auf, um dir seine persönlichen Grüße mit herüberbringen zu können. ›Donnerwetter‹, sagte er, ›die Herzbachstraße hat zwar nur vier Häuser. Aber Kerle sind daraus hervorgegangen, Donnerschlag, für die war ganz Europa zu klein, und jetzt packen sie sich Amerika in die Tasche. Was, Herr Doktor? War doch ein feiner Gedanke von mir, dem Georg die gute Erziehung zu geben samt Gymnasium. Für einen Grobschmied doch ein feiner Gedanke.‹«

Sie lachten herzlich, und die Pferde wieherten in den leise dämmernden Abend hinein.

»Aber Salamander gibt's nicht mehr,« fuhr Wegherr fort, »und auch kein billiges Kaninchenfutter. Den Bach hat man unterirdisch gelegt, und die Gemüsegärten haben einer Fabrik Platz gemacht.«

»Schade, schade,« murrte Wuppermann. »Wie find' ich mich da noch zurecht?«

»Die Nachbarmädels aus dem ersten Hause sind Mütter geworden und sorgen, daß ihre Mädels sich nicht mit den Nachbarsjungen küssen. Als ob sie selber nicht ach so gerne mitgetan hätten. Nur von Wilhelm Finkler aus dem vierten Hause weiß ich nichts zu berichten. Der ist verschollen.«

»Verschollen? I wo! Der hat nur die Herzbachstraße vergessen.«

»Weißt du etwas von ihm?«

Wuppermann schmunzelte. »Er muß nicht in Neuyork gewesen sein, als dein Dampfer einlief. Sonst hätte er dich mit dem kaltblütigsten Gesicht bis auf die Knochen interviewt. Das wird ihn ärgern.«

»Was?« rief Wegherr erstaunt. »Er ist hier? Zeitungsmann bei einer deutschen Zeitung? In Deutschland war er hintereinander Theologe, Philologe, Jurist und Buchhändler. Dann verschwand er spurlos.«

»Für Amerika eine ganz gute Vorbereitung,« lachte Wuppermann. »Der Befähigungsnachweis für sämtliche Verwandlungsmöglichkeiten ist also erbracht. Er schreibt für deutsch-amerikanische und anglo-amerikanische Zeitungen, für republikanische und demokratische, wie der Dollar fällt. Er nennt das die Kultur ausbreiten im freundlichen und feindlichen Lager. Aber zum Höchstpreis.«

»Also gänzlich amerikanisiert?«

»So, wie diese Leute das Wort ›amerikanisieren‹ auffassen: ›Hier bin *ich*! 'raus mit dem Geld!‹«

»Tut mir leid, Georg!«

»Aber der Kerl ist zu beachten. Als Muster für eine ganze Gattung. Kein Heimatsucher, wie du es nennst, Geldsucher. Und damit **all right!**«

Eine Weile ritten sie schweigend zwischen den beleuchteten Stämmen. Beide von demselben Gedanken befangen. Von dem Gedanken an das alte Daheim, an die Kindheit, die lustigen Gespielen, die kleinen und großen Freuden der Jugendzeit und all das heiße Planen. Und unvermittelt, als ob sie alle diese Erinnerungen laut ausgetauscht hätten, fragte Wegherr in die Stille hinein: »Und du bist glücklich geworden?«

»Ja,« sagte der Mann an seiner Seite. Und er sagte es ruhig und würdevoll.

»Könntest du mir nicht – einen Wink geben, wie man das hier ermöglicht?«

»Du meinst, aus meinen Erlebnissen?« fragte Wuppermann zurück und sog an seiner Zigarre. »Man muß jung in dieses Land kommen, harmlos und vorurteilsfrei. Das ist die erste Vorbedingung. Sonst stolpert man auf Schritt und Tritt. Und meine Erlebnisse? Die waren Arbeit, nichts als Arbeit. Ja, wenn ich dich so neben mir reiten sehe, dich sprechen höre, von allen Kulturerrungenschaften und Schönheiten der Welt, von der schwärmerischen Jugendzeit bis zum Höhenflug des Mannes, von dem ganzen Überschwang einer echten und rechten Seele, die sich an jeder Gottesgabe wie an ihrem Eigentum zu freuen weiß – dann will es mir wahrhaftig für einen Augenblick scheinen, als ob ich doch die beste Strecke danebenher gelaufen wäre mit der ewigen Arbeiterei. Nun, ich war achtzehn Jahre alt, als ich herüberkam, und hatte Gott sei Dank keine Ahnung. Mit fünfzehn Jahren hatte ich das Gymnasium verlassen, war drei Jahre als Lehrling ohne einen Pfennig Vergütung auf einem kaufmännischen Kontor ausgenutzt worden, hatte meinen alten Herrn in der Herzbachstraße das bißchen ersparte Geld gekostet und sollte nun für das glänzende Gehalt von 80 Mark im Monat weiterdienen. Das schien mir wenig aussichtsreich für die Zukunft. Denn selbständig wollte ich werden, das stand fest. Auf mich konnte ich mich verlassen. Ich war kein Dummkopf und hatte mehr in die Fabrikationsmethode hineingerochen, als meine Herren Prinzipale ahnten. Ein Betriebskapital hatte ich also. Fehlte nur das Land, wo es als bar Geld angesehen wurde. Ich dachte darüber nach, und eines Abends erklärte ich meinem alten Herrn, ich ginge nun nach Amerika, um dort so schnell wie möglich selbständiger Fabrikant zu werden. ›Jung,‹ sagte der Alte, ›du hast Gedanken wie ein Fürst.‹ Tags darauf beschlug er den Familienkoffer mit zolldicken Eisenbändern, brachte kunstgerecht ein Sicherheitsschloß an und gab mir dreihundert Mark und seinen Segen, der mehr wert war. Auf dem Bahnhof war er so vergnügt, als hätte ich Amerika schon im Sack. ›Jung,‹ rief er zum Abschied, ›nun zeig du den Indianern mal die Herzbachstraße!‹ und gab mir einen Klaps, daß ich wie eine Bombe in den Wagen flog. Als ich zum Fenster hinausschaute, hatte er sich gedrückt.«

Der Erzähler lächelte. Aber es war ein Schein von Heimweh in dem Lächeln. Und Wegherr bemerkte es wohl.

»Georg,« sagte er, »du hast es gut gehabt. Dein Vater kannte nichts als das felsenfeste Vertrauen auf seinen Jungen.«

»Umgekehrt ist's gerade so, Ernst. Und wir gäben uns gegenseitig nicht für eine Million her, obwohl wir uns nur einmal wieder zu Gesicht gekriegt haben. Das war vor zehn Jahren, als ich daran ging, die Fabriken zu gründen, und in Deutschland technische Studien machte. Gott, der liebe alte Mann.«

»Erzähle weiter!«

»Nun ja, eines Tages stand ich in Neuyork, wie Tausende vor mir und nach mir. Ich lief so lange herum, bis ich auf einem Kontor unterkam. Natürlich war ich auch hier zuerst abgelehnt worden, und die Wut darüber hatte mir einen echt heimatlichen Fluch durch die Zähne gejagt. ›Gottverdimmich!‹ knurrte ich, als ich die Türklinke packte. Da drehte sich ein Herr herum, der lachte übers ganze Gesicht. ›Ech gläuw, dä Käl is us minge Näh zo Hus. Sie da, es dat so?‹ Und ich antwortete prompt in der Mundart der Herzbachstraße: ›Dat sall woll sin, un et sin nit die Dommsten.‹ Daraufhin wurde ich mit zehn Dollars die Woche angestellt.

Jetzt ging das Schuften los. Von morgens bis in die Nacht. Was die Amerikaner im Textilgeschäft konnten und was sie nicht konnten, hatte ich bald heraus. Aber so schlau war ich doch, es ihnen nicht auf die Nase zu binden. Nach Jahr und Tag hatte ich das Doppelte, dann das Drei- und Fünffache des Anfangsgehaltes. Die Leute hatten Lunte gerochen und konnten mich brauchen. Zuerst hatte ich ein fröhlich Leben anfangen wollen, wie man es als junger Mann in Deutschland gewöhnt ist. Aber ich kam sehr bald dahinter, daß auch die Vergnügungen mit Dollars berechnet werden und nicht mit Mark. Der vierfache Preis. Da ließ ich es bleiben; denn jeher ersparte Dollar war auch seine vier Mark wert. Drüben natürlich. Und was ich zur Selbständigmachung brauchte, mußte ich von drüben holen. Ich wünschte nämlich, die deutschen Textilmaschinen eines Tages im Lande selber zu bauen und ein paar neue Modelle drüben zu erstehen.

Fünfzehn Jahre habe ich dies Arbeitsleben zäh ausgehalten. Dann war ich so weit. Ich reiste im Lande herum und suchte mir den geeignetsten Platz für meine Fabrikanlage, der den Vorzug der Billigkeit hatte. Hier in Pennsylvanien fand ich ihn. Dazu Arbeitskräfte durchweg deutscher Abkunft. Die wissen noch, was arbeiten heißt. Dann reiste ich nach Deutschland und hatte das Vergnügen, als Ausländer gewertet zu werden, dem sich bereitwillig die Fabriken zur freundlichen Besichtigung öffnen. Das ist nun mal im alten Vaterlande so. Und ich prüfte alles und behielt das Beste. Als ich hierher zurückkehrte, hatte ich nicht nur ein paar Modelle erstanden, sondern ein Dutzend der zweckmäßigsten Fabrikationsmethoden durch und durch studiert. In einem halben Jahre lief die Fabrik, und um die Kunden, die bis dahin für teures Geld aus Europa eingeführt hatten, von der Leistungsfähigkeit meiner Maschinen zu überzeugen, richtete ich zwei Schuppen ein und ließ meine Maschinchen in dem einen seidene Strümpfe, in dem anderen Bänder und Litzen zur Probe fabrizieren: Eintritt frei!«

Er stieß den Dampf aus den gewölbten Lippen und lachte das tiefe Lachen seines Vaters.

»Ja, so kam's. Ich war Dreiunddreißig darüber geworden, aber an Vergnügungen war nun erst recht nicht zu denken. Ich hatte Maschinen auf Vorrat fabrizieren müssen, um zur Besichtigung ein Lager aufweisen zu können, denn den Amerikanern importiert nur die Masse. Um die Kosten der Verzinsung nicht tragen zu müssen – denn mein Betriebskapital war arg zusammengeschrumpft – kam ich auf den Gedanken, die Maschinen die Zinsen selbst hereinbringen zu lassen. Sie standen ja fix und fertig da und konnten arbeiten. Also begann ich die Schuppen zu erweitern und ließ die Maschinen Seidenstrümpfe und Bänder und Litzen als Verkaufsware fabrizieren, was das Zeug hielt. Ein alter pennsylvanischer Herr hatte mich Wochen hindurch beobachtet. Er hatte wohl auch meine Sorgenfalten gesehen, als die Verfalltage der Wechsel für die Rohmaterialien in beängstigende Nähe rückten. Er war ein Yankee aus der Schule Penns, des Begründers der christlichen Bruderliebe, hatte in der Brust ein Herz und im Kopf eine Rechenmaschine. ›Mister Wuppermann,‹ sprach er mich eines Tages an, ›Sie sind ein nüchterner Mann. Das ist gut. Aber Sie sind zu viel allein. Und das ist nicht gut. Wollen Sie mit in mein Haus zum Dinner kommen?‹ Natürlich wollte ich, und wir gingen die paar Meilen bis zur nächsten Stadt. Dort fand ich Mary, seine Tochter. In einer Häuslichkeit von puritanischer Einfachheit, aber von einer Sauberkeit, die mir in die Augen blitzte wie meine polierten Maschinenteile. Vier Wochen darauf waren wir verlobt. Weitere vier Wochen, und wir waren verheiratet. Aber gar nicht puritanisch, kann ich dir sagen! Zuerst kam ein Zwillingspärchen. ›Schön wie die Engel,‹ meinte meine Mary, ›und dem Papa wie aus dem Gesicht geschnitten.‹« Er schmunzelte. »Zum Dank gab's dann einen Jungen und dann noch ein Mädchen, die beide der Mary gleichen mußten.«

»Und die Maschinen, die seidenen Strümpfe und die Baumwollitzen?« fragte Wegherr heiter.

»O nein,« bemerkte der Erzähler, »die kamen nicht ins Hintertreffen. Der alte Pennsylvanier steckte das Heiratsgut seiner Tochter klug und gedankenvoll in die Fabriken. Da wuchsen aus den Schuppen Fabrikgebäude mit allen Errungenschaften der Neuzeit. Und ein jedes Unternehmen, die Maschinenfabrik, die Strumpfwirkerei und die Bandweberei, wird fein gesondert für sich betrieben, und nur der Gewinn fließt in eine Kasse. In welche, brauch' ich dir kaum noch zu sagen.«

»Du hast dir wirklich eine Heimat geschaffen, Georg,« sagte Ernst Wegherr nach einer Pause.

Und Wuppermann antwortete nach einigem Sinnen: »Ich glaube, mehr meinen Kindern, Ernst. Den Kindern und der Frau. Ich selber trage immer noch ein wenig Erde von der Herzbachstraße an den Stiefeln. Du verstehst. In Deutschland lebt sich eine Jugend und ein Leben doch wohl schöner, trotz der Arbeit. Und ich bin jetzt Dreiundvierzig. Aber es geht auch so, etwas lederner, aber es geht. Was hast du?«

Ernst Wegherr wies in die sinkende Sonne. Die stand wie ein Ordensstern am tiefen Himmel und sandte ihre Strahlen in alle Fernen. Und die Strahlen liefen zusammen in einen rotgelb leuchtenden Feuerkreis im ockergelben Himmel. Der Herbstwald aber, vom indianischen Sommer in Gold und Blut gefärbt, hob sich weit, weit ringsum wie eine einzige dankende Altarflamme zur scheidenden Sonne empor. Und der Feuerkreis ging in ein stürmisches Rosa über und in ein tief beruhigendes Violett. Die Luft stand still, von Leuchtkraft geschwängert. Ein grüner Schleier wehte über den Himmel hinweg, als wollte er die Hoffnung der Menschen heben und halten über die Nacht hinaus.

Die Sonne war untergegangen.

»Ah,« sagte Ernst Wegherr und schloß die Augen, um das Bild zu bewahren.

»Träumer,« rief ihn der Gefährte an, »wovon träumst du? Wir müssen weiter!«

»Als ich herüberfuhr,« sagte Ernst Wegherr, während die Pferde schnaufend aufwärts klommen, »sah ich an der englischen Küste einen Sonnenuntergang. Blutrot wiegte sich der Sonnenball, riesengroß, auf der Wasserlinie. Ein Segler zog vorüber. Tiefschwarz stand das weiße Segel gegen das Rot. Wie ein Totenschiff schien's. Und ich warf ihm alle meine schweren Gedanken zu wie totes Gut. Die Sonne schoß ins Wasser, und das Schiff war im Dunkel untergetaucht.«

»Gut, daß du auf dem anderen Schiffe fuhrst, Ernst, und das überflüssige Gepäck los warst.«

Wuppermann wußte nicht weiter. Der lebensfrohe Freund hatte Schweres erlebt. Aber der Mann der Arbeit vermochte nicht die Worte zu stellen zum Befragen der Seele, und so würgte er an einem Satz.

»Ich hoffe, du hast eine gute Reise gehabt, Ernst.«

»Sie konnte nicht besser für mich sein. Sturm durch den ganzen Atlantik hindurch. Das machte den Schädel frisch, sag' ich dir. Die Mehrzahl der Passagiere kam überhaupt nicht mehr an Deck. Da gehörte das Schiff und die See und der weite Himmel mir ganz allein. Nur eine kleine Stuttgarterin wagte sich aufs Promenadendeck und kämpfte sich mit vorgebeugtem Oberkörper stundenlang durch den Sturm, als gälte es, Land zu erreichen. Aber das Land, das uns mehr und mehr entglitt. Eine reiche amerikanische Kusine hatte sie mitgenommen aus dem Schwabenländle und den tausend Mädchenfreuden heraus und ihr ein goldenes Leben in Neuyork versprochen. Aber schon an Bord änderte sich die Sache, und über Nacht war das feine schwäbische Mädchenblümchen zur Pflegerin und Kammerfrau einer launenhaften Lady herabgedrückt. Nun lief sie mit weitaufgerissenen Augen durch den Sturm und suchte das Verlorene.«

»Armes Ding,« brummte Wuppermann.

»Noch ein Menschlein trieb sich in dem Unwetter umher,« fuhr Wegherr fort. »Ein kleiner, vierzehnjähriger Schiffsjunge. In Cuxhaven war seine Mutter an Bord gekommen, um ihren Jung' unter Tränen noch einmal in die Arme zu nehmen. Der aber riß sich los und warf sich mächtig in die Brust. Jetzt kroch er mutterseelenallein auf Deck herum und putzte die kupferne Laufstange an der Reling, wusch das an Deck geschlagene Wasser wieder herunter und fror in seinem dünnen Anzug, daß ihm die Zähne klapperten. Mit jedem Tag wurde es toller mit dem Sturm. Die groben Seen fegten über Bord in wildem Gischt. Einer Arena voll von Schimmelgespannen glich das Meer. Wo sie vorübergejagt waren, kreisten sekundenlang grünkristallene Flächen hinter ihnen drein. Da dachte ich an die Sage von den kristallenen Schlössern der Meerfrauen und ob sie im ersten Menschenhirn wohl so ihren Ursprung genommen hätte. Aber der kleine Schiffsjunge dachte ganz sicher nicht daran. Der fror und fror mit den ängstlichen Augen eines verlaufenen Hundes und wurde immer weniger. Dort drüben wogte ein Wellenkranz wie ein Reigen ausgelassener Nixen. Dort türmte und senkte sich ein ungeheurer Wasserberg wie eine gewaltig atmende Frauenbrust. Bilder, die uns alle Kleinheit wegreißen und an das Große gewöhnen. Fest stand eine schwarze Wolkenwand. Eine andere schob und zerrte sich daran vorüber. Nun hob sie sich ein wenig, und ein schwefelgelber Streifen lag über der stehenden Wolkenbank, wurde goldverklärt, wurde silberumsäumt und purpurdurchwirkt, und über den hastig entrollten Farbenteppich ging mitten im Sturm zwischen den beiden Wolkenbänken ruhig und gelassen die Sonne zu Bett. Überirdisch, ein Riese hinter einem zerrissenen Bettvorhang.«

»Donnerwetter« ... murmelte der Zuhörer. »Du hast Augen.«

»Auch die kleine Stuttgarterin hatte Augen. Ich sah es ihr an, daß sie alle ihre Sorgen und Besorgnisse vergessen hatte vor diesem kühnen Spiel der Natur. Nur der schmalgewordene Schiffsjunge kauerte totenblaß auf einem Haufen Schiffstaue und hatte blaue Lippen. Er tat recht, sich zu grauen. Und nie vergeß ich diese Nacht und die folgende. Pfeifend und heulend sauste der Sturm dem Schiff in die Flanke und legte es auf die Seite, daß in den Kabinen Tische, Stühle und Koffer krachend durcheinanderflogen. An Schlaf war nicht zu denken. Und der Tag wurde nur schlimmer. Gegen Abend tobt ein Orkan. Alle Satane heulen in der Luft. Eine Woge schlägt das Haus von der Kommandobrücke, eine andere reißt einen Haufen Matrosen zu Boden, eine dritte haut das Rettungsboot herunter, und es muß von Freiwilligen geborgen werden. Währenddem spielt die Musik im Gesellschaftsraum die ›Washington Post‹, und ein Dutzend Snobs von Amerikanern und Amerikanerinnen wiegen sich in großer Toilette im Tanz.

Und sie tanzten noch, als der Spuk der Nacht die Spitze erreichte und auf Achterdeck sechs Matrosen bei Lichterschein einen Schlafsack schleppten, um den die schwarzweißrote Flagge geschlungen war. Der kleine Schiffsjunge fror nicht mehr. Er war in der Nacht zuvor an heftiger Lungenentzündung eingegangen und lag nun warm im Schlafsack eingenäht. Der Kapitän, die dienstfreien Offiziere und der Arzt bildeten das Geleite. Ich schließe mich an. Das Schiff dreht auf Kommando bei und reitet atemschöpfend auf den Wogenkämmen. Der Kapitän spricht ein Vaterunser. Die Matrosen erklettern im brüllenden Sturm die Reling. Ein Bleigewicht an den Sack. Der Junge verschwindet im Wassergrab. Irgendwo in der Ferne schluchzt eine Mutter auf und weiß nicht weshalb ...

Ich fragte den Ersten Offizier, was für ein Tag heute ist. ›Merken Sie das nicht?‹ fragte er grimmig zurück. ›Sonntag! Der liebe Gott ist an Land, in die Kirche, deshalb ist der Deubel auf See!‹ – –«

»Menschenskind,« seufzte Georg Wuppermann tief auf, »was war das für eine Fahrt!« Und nach einer Pause: »Da wird dir wohl die Lust an Amerika mächtig vergangen sein!« –

Die letzte Bergkuppe lag vor ihnen. Schon gewahrten sie ein ruhig blinkendes Licht. Und über den Waldwipfeln hob sich still und klärend der Mond.

»Es ist dieselbe Sonne und derselbe Mond hüben wie drüben,« sagte Ernst Wegherr. »Was will da das Land besagen? Wer nichts zu verlieren hat, hat nur noch zu gewinnen. Und dennoch, der erste Blick auf die neue Welt war überwältigend.«

»Ah – also auch du – das freut mich wahrhaftig.«

»Ja, Georg, auch ich. Wie wohl jeder. Und nun denke dir den phantastischen Szenenwechsel. Eben noch stürmen die empörten Wellen hervor, und plötzlich, wie auf Befehl, kriechen sie winselnd zu Kreuze. Die See wird ruhiger. Der Himmel ist von wildgeformten Wolken bedeckt. Und jäh kommt der Mond. Alle Wolken durchleuchtet er, besiegt sie, frißt sie einzeln auf. Und in dem gleißenden Mondlicht erscheint, wie auf der Bühne das Ballett, am Himmel ein Tanz von Sternen.

Wir fahren durch die Nacht, und ich stehe vorn am Bugspriet und spähe, spähe immerfort in das Dunkel der Ferne. Da springt ein Licht auf, ein zweites, ein drittes, eine ganze Girlande jetzt, die unbeweglich in der Luft hängt. Die Lichter sind Amerika.

Und dann der Morgen. Die Nähe in zitternder Sonne, die Ferne noch geheimnisvoll verhüllt von zarten Nebelschleiern. Und nun – mir war, als hätte der Herrgott leise das Kommando: Vorhang hoch! abgegeben – löst sich aus den Nebelschleiern, einer Fata Morgana gleich, ein Ungeheueres in der Ferne, eine ragende Märchenburg, erst in den Umrissen zu erkennen. Der Block der Wolkenkratzer der unteren Stadt Neuyork. Dahinter, kühn geschwungen, die Brücken Brooklyns. Ein Gemälde, daß mir der Atem stockt.

Wir fahren ein. An dem prunkenden Freiheitsstandbild vorbei in den Hudson hinein. Die Märchenburg löst sich auf in Riesengebäude, die sich wie Türme und Kirchen gen Himmel dehnen. Dazwischen das Gewimmel der Häuser. Die Kais liegen vollgepackt von hochbordigen Ozeandampfern. Die Ferryboote, angefüllt von Arbeitermengen und Geschäftsleuten, schießen kreuz und quer über die Wasserfläche. Unsere Musikanten spielen wie toll. Wir drehen bei, landen in Hoboken. Ich gehe an Land und bin in einem Ameisenhaufen. Amerika!«

Georg Wuppermann lauschte, Spannung im Gesicht, der Schilderung. Und lauschte noch hinter ihr drein, als der andere längst geendet hatte.

»Zweimal,« sagte er dann endlich, »habe ich das Bild nun selber gesehen. Aber jetzt sah ich es erst richtig. Gib schnell noch mal deine Hand, die Sangesbrüder nahen. Gottverdimmich, wie ich mich freu’, daß du herübergekommen bist. Willkommen in Amerika!«

Und wie auf ein Stichwort erklang es aus dem Gebüsch der Plattform, die die Pferde schnaubend erklommen hatten, im Männerchor:

> »Willkommen hier, vielliebe Brüder,
> Seid uns mit Herz und Hand gegrüßt!
> Und wie der Klang geteilter Lieder
> In einen Klang zusammenfließt,

Soll auch die Freundschaft uns umschlingen
Mit ihrem jugendlichen Kranz.
Auf, laßt die Becher lustig klingen:
Dem Wohl des deutschen Vaterlands!«

Ernst Wegherr horchte auf. Was war das? Das erste Lied auf amerikanischem Boden sang das Lob – des deutschen Vaterlandes?

Er kam nicht weiter in seinen Gedanken. Ein Dutzend Hände hoben ihn aus dem Sattel, ein mächtiges Schulternpaar beugte sich vor ihm, nahm ihn entgegen und ließ ihn von seinem Thronsitz über die durcheinander rufenden Menschen ragen. Eine Stimme löste sich los. »Gentlemen: Unser Landsmann Doktor Ernst Wegherr – hipp – hipp – hurra! Hurra! Hurra!« Und unter Indianergetöse ging es in die Halle.

»Hallo, Ernst!«

Eine Hand klopfte auf Wegherrs Schulter. Da stand ein Mann vor ihm, Studentennarben auf Wange und Stirn, das Einglas im Auge.

»Finkler! Also doch nicht verschollen.«

»Auf diesem kleinen Planeten? Was da verloren geht, findet sich alles in Amerika wieder. Hier trifft man sich heute in Neuyork, morgen in Neuorleans, als gäbe man sich in Berlin heute am Potsdamer Platz, morgen am Alexanderplatz ein Stelldichein. Freut mich, dich zu sehen, Doktor!«

2

Sie saßen in der Halle, aus deren hohen, vorhanglosen Fenstern der Blick über das weite, mondbeschienene Bergland schweifte, über das weiß schimmernde Gewoge von Tälern und Höhen. Als ob sie aus einem Adlerhorst lugten in die majestätische Einsamkeit.

Der Stimmaufwand, mit dem die Einführung Wegherrs begleitet worden war, hatte sich in ein lustig durcheinanderschwirrendes Geplauder gelöst. Zu beiden Seiten der langen Tafel saßen sich die Männer gegenüber, und die Tafel war geschmückt mit bunten Herbstblumen und zahllosen Fähnchen, die das Schwarzweißrot der alten Heimat zeigten und die Streifen und Sterne der neuen. Offenen Auges überschaute Wegherr die Versammlung und suchte in den Mienen der einzelnen zu lesen, was bedeutsam war.

Wuppermann saß ihm zur Linken. Er folgte aufmerksam den Blicken des Freundes und gab, während Wirt und Aufwärter die schweren Schüsseln herumreichten und die braunen Rheinweinflaschen auf die Tischplatte setzten, Erklärungen und Beschreibungen.

»Es ist eine alte Sitte,« sagte er, »daß wir uns hier versammeln. Jedesmal am Monatsende. Sozusagen, um uns für den kommenden Monat wieder das Rückgrat zu steifen. Das tat damals, als wir den Kreis gründeten, noch ganz besonders not. Wir waren ungefähr in denselben Jahren in Neuyork an Land gespien worden, Leute von mehr oder weniger Bildung, mit schwererem oder leichterem Herzen, aber alle in einem sich gleich: keinen Dollar in der Hosentasche, verdeubelt knurrende Mägen und den einzigen Wunsch: Durch! Der eine lernte den anderen kennen, ließ sich trösten oder anpumpen, und daraus wurde so eine Art Gemeinschaft. Es ist merkwürdig, wie die Menschen der bedrängten Lagen eine Witterung füreinander haben.«

»Und der Herr dort mit dem glattrasierten, kräftigen Gesicht und den leuchtenden Augen?« fragte Wegherr. »Gehört er auch eurer Brüderschaft an?«

Wuppermann blickte hinüber. »Ich sagte ja schon, du hast noch deinen scharfen Blick. Das ist Frank Willart, den du meinst. In Amerika geboren, aber von deutschen Eltern. Eine Sehenswürdigkeit, wenn du willst. Denn ob er auch als Amerikaner geboren ist und als echter vollwichtig gilt, glaubt er so stark an die Sendung des Deutschtums, wie du es unter den Eingewanderten wenig und in der nächsten Geschlechtsfolge überhaupt nicht mehr findest.«

»Ein fesselnder Kopf. Was will der Mann bei euch?«

»Er kommt schon seit Jahren. Ziemlich regelmäßig. Das Bild wechselt hier nämlich oft und bringt immer neue Gesichter aufs Tapet. Die alten Gründer sind längst über alle Staaten verstreut, finden sich aber immer ein, wenn sie zufällig in der Nähe sind. ›In der Nähe‹ nennt man in Amerika so einige hundert Meilen. Dazu kommen die Neuankömmlinge, die an den einen oder anderen von uns empfohlen sind. Zuerst war es uns heiliger Ernst mit dem Monatsabend. Zusammenhalt und Kräftigung des Deutschtums stand auf unserer Fahne. Na, und dann ging's, wie es immer geht, wenn ein paar Dutzend Deutsche sich zusammenfinden zu löblichem Tun: es wurde ein prachtvoller Kommers daraus.«

Wegherr lachte. »Und deshalb steigt auch Herr Willart auf den Berg?«

Wuppermann legte ihm beschwichtigend die Hand aufs Knie. »Er sieht herüber. Er trinkt dir zu. So ist's recht. Mr. Willart ist jemand, von dem man in der Geschichte dieses Landes noch einmal sprechen wird. Er sammelt einen Bund der Deutschen. Aus höheren Gesichtspunkten und zum Besten Amerikas. Das ist der Grund, weshalb er öfter von Philadelphia herüberkommt.«

»Der Mann gefällt mir,« murmelte Wegherr. »Und der Dicke dort? Neben dem kräftigen jungen?«

»Vater und Sohn Unkelbach. Sie nennen sich ›die letzten Rheinländer‹. Erstens, weil sie allein noch weiterkneipen, wenn die sämtlichen Heerscharen um sie herum längst erledigt sind, zweitens, weil sie in guten und bösen Tagen immer gleich fidel bleiben, und drittens, weil Vater und Sohn aneinanderhängen wie Pech und Schwefel. Der Alte kam vor dreißig Jahren ins Land. Weshalb, weiß keiner. Man munkelt, er habe mal einen Freund seiner Frau kurzerhand durch das Fenster geworfen, weil ihm die Haustür für den Kerl zu anständig erschien. Jedenfalls kam er mit nichts anderem als seinem Jungen auf dem Arm vom Schiff heruntergeschritten und hat dann in Amerika so ziemlich alle Arbeiten verrichtet, die einer mit Muskelkraft verrichten kann. Nur für seinen Jung. Und die beiden sind sich wirklich alles: Heimat, Familie, Erinnerung und Hoffnung.«

Ernst Wegherr nickte. Dann nahm er sein Glas und trank dem Alten zu.

»Prosit!« donnerte der herüber. »Scheinen vernünftiger Mensch! Trink mit, Jupp!« Und der Junge schwenkte mit dem Alten zugleich sein Glas.

»Könnt ihr mich nicht auch auffordern, ihr Sackermenters?« schrie ein Hagerer, Sehniger, mit grauem Schnurrbart im ledergegerbten Gesicht, den beiden zu. »Ist das die rheinische Nachbarschaft übers Meer verpflanzt? Jawoll, Nachbarschaft! Wenn ich aus meinen Kleveschen Wäldern herausspuckte, flog's in den Rhein.«

»Aber über die holländische Grenze,« rief der Alte, »und das war Ihr Glück. Trinken wir's herunter, Baron. Prosit! Der Rhein!«

»Das ist eine Figur für sich,« erklärte Wuppermann vergnügt. »Ein Baron von Dachsberg. Woher er stammt, hast du ja gehört. War bodenlos reich und verjuxte so wild sein Geld wie der berühmte Graf von Luxemburg. Mit dem Rest kam er hier an, verjubelte ihn in Neuyork, ging nach Jahresfrist rein abgebrannt nach Virginien als Pferdehüter, von dort mit einigem Ersparten nach Neu-Mexiko und – ist ein großer Pferdezüchter geworden. Eine ganz famose Haut. Und Nummer Eins in seinem Fach.«

Wuppermann sah sich im Kreise um. »Wen nenn' ich dir schnell noch. Der Große dort, früherer preußischer Offizier, nach Amerika abgeschoben und jetzt ein Ingenieur von Ruf. Neben ihm, der mit dem versonnenen Blick, Inhaber einer chemischen Fabrik, vor Jahren Musikdirektor in Sachsen. Sein Nachbar, der Lange, hatte in Württemberg schon seine erste Probepredigt gehalten, mußte jahrelang auf Anstellung warten, ging nach Amerika, verkaufte auf den Straßen Zuckerzeug und fabriziert es nun im großen. Der mit dem Zeuskopf ist ein Professor aus Neuyork, dem in Deutschland das Pedantentum nicht mehr paßte und der hierzuland als Muster eines Schulmeisters wirklich Bedeutendes gewirkt hat. Die anderen Herren kamen meist herüber, um als Kaufleute ihr Glück zu machen oder als Farmer auf billigem Regierungsland schneller zur Selbständigkeit zu gelangen als drüben. Bleibt noch der Aufgeregte übrig, am Tischende. Ein Zeitungsverleger aus einer kleinen pennsylvanischen Stadt, die menschgewordene Empörung, daß sein Käseblatt – nun, meistens für Käse Verwendung findet. Damit könnten wir schließen.«

Wegherr dankte ihm. Doch immer wieder ging sein Blick von einem der Männer zu dem anderen, die sich willensstark aus dem Nichts emporgearbeitet hatten oder daran gingen, sich die Heimstätte zu schaffen. Und es zog ihm durch den Sinn, welche Unsumme an Kräften dem Vaterlande verloren ginge, gewönne man das Beste in ihnen nicht zurück zum Festhalten an deutscher Art.

Die Mahlzeit war zu Ende, die Tafel abgeräumt. Nur Flaschen und Gläser bedeckten noch den Tisch. Und jetzt erst erhob sich der erste Tischredner. Es war der Ingenieur, der vor langen Jahren als junger Mensch abgedankte preußische Offizier.

»Meine Herren,« sagte er, und lautlose Stille trat ein. »Wir haben die Freude, einen deutschen Landsmann unter uns zu sehen, einen Mann dazu, der den Ruhm deutscher Wissenschaft über die Meere trägt. Wir wollen ihn ehren, indem wir Deutschland ehren, wir wollen Deutschland ehren, indem wir unsere Gläser füllen und ausrufen: Es lebe der Kaiser!«

Aufrechtstehend leerten die Versammelten ihr Glas. Und setzten sich nieder.

Seltsam bewegt stand Wegherr am Tische. Ob dieses Hoch von der einsamen Bergkuppe des pennsylvanischen Waldes das Ohr des Kaisers erreichte? Das Hoch seines ehemaligen Offiziers, der sich zu neuer Stellung emporgearbeitet hatte? Geschah es, so müßte es Landesvatergedanken in ihm wecken, Vatergedanken, die den Söhnen gelten, und unter ihnen denen, die der stärksten Liebe teilhaftig werden müssen, den Söhnen, die in der Welt verstreut sind und nicht verloren gehen dürfen, sich nicht verlieren sollen.

»Meine Herren,« begann Wegherr, und die Blicke all der Männer, die nach zäher Arbeit hierherkamen, um allmonatlich sich für ein paar Stunden in die alte Heimat zurückzuversetzen, hingen an seinem Munde. »Ihr hochverehrter Redner hat mir eine doppelte Ehre erwiesen. Indem er mich willkommen hieß, widmete er sein Glas der Heimat, aus der ich komme, und dem Abbild unserer Heimat, dem Kaiser. Ich danke Ihnen für diesen starken Willkommengruß. Durch ein Weltmeer von Deutschland getrennt, darf ich dennoch unter Ihnen sitzen, als säße ich im wärmsten Winkel des deutschen Landes, und wieder einmal erfahren, daß Blut dicker als Wasser ist. Wir sind, was wir schaffen! Und mit Stolz sehe ich mich unter Männern, die trotz Schicksalsschlägen und Wetterstürzen, ja gerade durch sie, Männer geworden sind, die als Vorbilder dienen können, wie man das Leben meistert, willensstark und ohne Bangen, lachend und zähe. Das ist die alte deutsche Art, die sich nicht kümmert um das Achselzucken der Daheimgebliebenen und nicht um das Stirnrunzeln der neuen Umgebung. Männer, die sich durchsetzten, ohne den Humor am Leben zu verlieren, sind vom allerbesten Stoff, selbst wenn in der Jugend der Becher überschäumte. Nie und nimmer ist aus einem Duckmäuser ein Lebensbezwinger geworden.«

Der alte Unkelbach sprang auf. Seine Augen lachten. Seine Kinnbacken arbeiteten, als ob sie ein Wort herausstoßen wollten. Es ging nicht. Und er schlug mit der Hand durch die Luft, trank sein Glas aus und setzte sich.

»Sehen Sie, meine Herren,« fuhr Wegherr fort, »das ist es, was mich unter Ihnen erregt und bewegt. Ich weiß sehr wohl, daß der, der nach Amerika geht, sich nicht in eine deutsche Kolonie begibt. Aber den deutschen Namen tragen sie mit sich und die deutsche Art und bleiben dadurch, wohin sie auch in der Fremde kommen und welches Land das neue Heimatland wird, des alten Vaterlandes Verbündete von Blutes wegen. Mehr als je schieben sich in der Welt die Rassen gegeneinander und aufeinander. Kommt der Tag der großen Auseinandersetzung, den wir sicher nicht herbeiwünschen wollen, kommt er aber, so möge er die germanischen Elemente einig und stark an allen Ecken und Enden der Welt finden, damit das Wort von der Vereinsamung Deutschlands ein Wahn wird. Dann, ja dann, wird der Deutsche unbezwingbar sein. Meine Herren, ich trinke auf das Wohl von Deutschlands Söhnen in der Fremde, deren Liebe stärker ist als jedes Schicksal. Ich trinke Ihr Wohl!«

Er leerte sein Glas und setzte sich.

Es blieb still in der Halle. Keine Hand rührte sich zum Beifall, kein Mund öffnete sich zu einem Bravoruf. Aber der ehemalige preußische Offizier und der wilde Baron, der württembergische Theologe und der sächsische Musikant, die wettergebräunten Farmer und die nervösen Kaufleute, sie alle, die an der Tafel saßen, erhoben sich still, als schäme sich einer vor dem andern, von ihren Stühlen, gingen um den Tisch, schüttelten Wegherr fest die Hand und suchten still ihre Plätze wieder auf. Hinter seinem Sohn kam als letzter der alte Unkelbach. Er ergriff wie die anderen Wegherrs Hand, schüttelte dann den Kopf und zog den Überraschten an die breite Brust.

»Alles, wat recht is,« sagte er, und sein schallender Kuß löste den Bann.

»Gesangbücher her!« schmetterte der ehemalige Musikdirektor in den Jubel hinein. Der versonnene Blick war gewichen. Aus seinen Augen leuchtete die alte Musikantenfreudigkeit. »Wir singen: Mein Lebenslauf ist Lieb und Lust und lauter Liederklang!«

»Herr Kapellmeister, wie wär's mit: ›Der Graf von Luxemburg hat all sein Geld verjuxt, trallera‹?«

»Kommt auch noch an die Reihe. Ehre, wem Ehre gebührt, Herr Baron. *Sie* wünschen, Herr Unkelbach?«

»›Trinke nie ein Glas zu wenig,‹ Herr Kapellmeister.«

»Bereits vorgemerkt. Die anderen Herren brauchen sich nicht zu bemühen. Jedem das seine. Nun? Woran hapert's denn noch?«

Der Zeitungsverleger hatte das Wort verlangt. Der aufgeregte Mann drehte so lange und heftig sein Glas auf der Tischplatte, bis der Kelch vom Stengel sprang.

»Meine Herren,« rief er und tupfte mit der Serviette den Wein von der Weste, »die seltene Erhabenheit der Stunde verlangt doch wohl etwas anderes von uns als die Übungen eines Gesangvereins. Ich will bei Gott nichts gegen Gesangvereine sagen. Die edle Pflege des Gesanges –«

»Ja, was *wollen* Sie denn sagen?« rief der Baron.

»Herr Baron!«

»Hier!«

»Meine Herren, wir haben soeben beredte Worte gehört. Sie haben gehört –«

»Ja, wenn wir et doch schon mal gehört *haben* …«

»Herr Unkelbach senior, mein Prinzip ist, eine gute Sache –«

»Kann man auch zweimal hören. Dat is doch nix Neues. Darum steht ja auch alles zweimal in Ihrer Zeitung.«

»Herr Unkelbach senior« – der aufgeregte Mann nahm das Glas seines Nachbarn und leerte es. »Schön, schön. Da Sie gerade von meiner Zeitung sprechen –«

»Gott sei Dank, et war et Stichwort.«

»Und es soll es bleiben. Kein wahres Deutschtum, keine wahre Kultur, kein – kein – rein gar nichts kann erhalten bleiben, wenn die wahren Träger dieses Deutschtums, dieser Kultur, dieser – dieser – um es kurz zu sagen: nicht die hinreichende und verständnisvolle Unterstützung finden. Ja, ich spreche von der Zeitung. Jeder kann hier mit geringfügigen Mitteln mithelfen, am großen Werk, jeder kann durch ein Abonnement –«

»Wir tun es ja doch nicht.«

»Herr Baron!«

»Wieso denn? Sie kaufen mir ja auch keine Pferde ab.«

Da gab der Kapellmeister das Zeichen.

Und aus den Kehlen der Männer, die sich das Leben um die Ohren geschlagen hatten und den Kampf suchten, wenn er nicht zu ihnen kam, denen nur wohl war in grimmer Schaffenslust, um den letzten Hauch von Heimweh zu betäuben, schallte es jugendselig durch die Halle:

> »Mein Lebenslauf ist Lieb und Lust
> Und lauter Liederklang…«

Ernst Wegherr sang es mit. Wie oft hatte er es als junger Student gesungen. In Deutschland – dazumal. So sorgenlos und heiter, wie wohl der Professor einst, der jetzt seinen Bariton schwelgen ließ, wie der Theologe und Zuckerzeugfabrikant, dem die Erinnerung inbrünstig die Stimme hob, wie der Leutnant, der es einst auf dem Marsch ins Manöverfeld gesungen und gepfiffen hatte, und die anderen alle, die mit roten Köpfen dem Liede ihre Stimme liehen. Der Baron hatte seine Umgebung vergessen. Seine Stimme schrillte. Sie tat keinem weh. Vater und Sohn Unkelbach aber saßen und sangen Auge in Auge:

> »Herein, herein, du lieber Gast,
> Du, Freude, komm zum Mahl,
> Würz uns, was du bescheret hast.
> Kredenze den Pokal!«

Und nach jeder Strophe stießen sie kräftig miteinander an.

Und nun folgte Lied auf Lied.

»Wie gefällt es dir?« fragte Wuppermann schmunzelnd den Freund.

»Es tut mir gut.«

»Ja, siehst du, den anderen tut's auch gut. Das ist das große Vergessen im Erinnern. Schau sie dir an. Jeder glaubt, er wär' daheim.«

»Ah, es tut mir so unendlich gut, Georg.«

»Nimm dich vor der Heimatstimmung in acht. Herz in die Hand, feste, du Herzbachstraßensohn. Augen auf. Alles halb so schlimm, wenn man die andere Hälfte abzieht. Hörst du? Da jubiliert selbst der pennsylvanische Zeitungsverleger wie eine Lerche.«

Wegherr lachte schon wieder. »Unsinn,« sagte er. »Wo steckt denn unser guter Wilhelm Finkler?«

»Mr. Will Finkler läßt im Nebenzimmer gerad' einen Drahtbericht über den ›prominenten‹ Besuch des ›prominenten‹ deutschen Historikers Doktor Ernst Wegherr an seine Neuyorker Zeitung vom Stapel. Wir haben hier nämlich Telegraphenverbindung. Bis in die ödeste Einöde. Und Wilhelm Finkler von der Herzbachstraße müßte in Amerika nicht Mister Will Finkler geworden sein, wenn er nicht aus jedem Telegraphendraht Kapital schlüge. Da kommt er. Hallo, Finkler!«

»Hallo, **gentlemen. What's the matter?**«

»Sprich Deutsch, Mensch. Du bist hier nicht unter Botokuden.«

»Mein lieber Wuppermann,« erwiderte Finkler und zog sich gemächlich einen Stuhl heran, »die Fabrikation von seidenen Strümpfen scheint mir kein hinreichender Entschuldigungsgrund für sonstige gänzliche Unkenntnis. Die Botokuden, mein Lieber, treiben ihr freundlich Wesen mit allerlei Schießgewehr in den Urwäldern Brasiliens, haben weder von englischer Sprache noch von seidenen Strümpfen die entfernteste Ahnung und radebrechen höchstens ein wenig Portugiesisch. Stimmt's, Doktor?«

»Es stimmt geradezu bewundernswert, Finkler.«

»Ja,« meinte der Journalist gelassen und füllte sich ein Glas, »da redet man von den großen menschlichen Errungenschaften. Es gibt nur eine: das Konversationslexikon. Man braucht nur halbwegs des Lesens kundig zu sein und wird über die staunende Masse der Menschheit emporgehoben. Prosit, Doktor.«

»Und nach der Herzbachstraße erkundigst du dich gar nicht?«

»Sie ist sechzig Schritt lang und zehn Schritt breit. Anzahl der Häuser: vier. Sollte sich das geändert haben? Vielleicht stinkt's nicht mehr so grauenhaft nach dem alten Bach.«

»Riecht's in Amerika besser?«

»Wird nicht behauptet. Aber hier kann ich umziehen, wenn's mir zu toll wird, ohne an meinen Erinnerungen zum Rabenvater zu werden.«

»Wir haben ihn!« schrie Wuppermann und schlug auf den Tisch.

»Mir ist auch so,« meinte Wegherr lächelnd. »Da kam unter dem amerikanischen Dreß ein Stückchen von der alten Haut zum Vorschein. Er hat von Erinnerungen gesprochen. Weißt du noch, Georg, wie er mit der kleinen Marie aus dem ersten Hause jeden Samstagnachmittag zum Botanisieren in die Wälder zog?«

»Donnerwetter,« fuhr Finkler auf, ließ das Einglas aus dem Auge fallen und war ganz bei der Sache. »Die kleine Marie. Das liebe, süße, mollige Ding. Herrgott nochmal, haben wir uns in allen Torbogen abgeküßt. Noch, als ich Student war und sie damals achtzehn. Bis meine in der guten Universitätsstadt Bonn angebundenen Bären so furchtbar brüllten, daß ich als Zwischendecker einem sogenannten ehrenvollen Rufe nach Amerika folgte. Ach Gott, Kinder, die Marie. Was wird sie in all den Jahren ohne mich angefangen haben?«

»Vier reizende kleine Mädels hat sie,« sagte Wegherr, »ich habe sie gesehen.«

»Wa-as?« Finkler hob das Einglas und befestigte es im Auge. »So eine Gemeinheit.«

»Erlaube, lieber Freund, das kleine lustige Mädel hat als Frau ihre Mutterpflichten hervorragend erfüllt.«

Finkler schüttelte den Kopf. »Verstehst du das denn nicht? Diese vier Rangen führen nun die Sammelnamen Müller oder Schulze, und sie hatten die glänzende Aussicht, Finkler zu heißen. Das ist doch wohl ein himmelweiter Unterschied. Und im nächsten Jahre wollte ich hinüber und mir das Mädel holen. Aber hat je ein Mensch gehört, daß Frauenzimmer abwarten können?«

»Lieber Wilhelm, sie ist unterdes Vierzig geworden, geht ganz gewiß nicht mehr botanisieren und liebt die Torbogen nur noch, weil sie für stattliche Personen einen bequemeren Hauseingang darstellen. Sie ist *sehr* stattlich geworden, wenn es dich tröstet.«

»Gerechter Himmel,« sagte Will Finkler und griff sich an die Stirn. »Vierzig Jahre? Du kannst beschwören, daß sie nicht mehr achtzehn ist? Dann wäre ich ja schon zweiundzwanzig Jahre im Lande Onkel Sams? Wo ist die Zeit geblieben?«

»Nun, nun,« beruhigte Wuppermann, »es gibt ja auch Mädchen in Amerika.«

Finkler sah den Tröster von unten herauf an. »Mein Liebster, vorläufig bin ich noch durchaus nicht unterstützungsbedürftig. Ich bin noch sehr wacker auf den Beinen. So wacker, daß ich immer noch einen prachtvollen Hechtsprung machen kann, wenn das Netz heranschwirrt, um mich zu fischen. Und nun, Gentlemen, eine Bitte: wir wollen den Gegenstand wechseln.«

Quer durch die Halle kam sporenklirrend der Baron. Ein paar der jüngeren Deutschen drängten ihm nach. Nun hatte er die Freunde erreicht. »Erlauben Sie, meine Herren?« Und er setzte sich breitbeinig an den Tisch. »Auf ein Wort, Mister Finkler.«

»Es kommt mir auf eine Handvoll nicht an, Baron.«

»Hören Sie, diese Betbrüder da« – und er wies auf seine Begleiter – »wollen von dannen, weil morgen Sonntag ist. Die Bangebüxen fürchten sich vor ihren frömmelnden Nachbarn im Städtchen. Als ob nicht grad der Sonntag zur Freud' geschaffen wär'! Aber diese tapferen Teutschen müssen natürlich noch amerikanischer sein als die Yankees. Schön. Sind meinethalben Gewissenssachen. Und wenn nicht, geht's mich auch nix an. Aber haste nich gesehen, wie sie sich drücken wollen, setzen sie mir voll christlicher Nächstenliebe einen Floh ins Ohr.«

»Das ist kein Floh, Herr Baron,« verwahrten sich die Angegriffenen. »Der Ex-Präsident hat sich tatsächlich unvorteilhaft über die Regierenden Europas geäußert. Er hat sie doch besucht. Er muß es doch wissen.«

»Ruhe!« donnerte der Baron. »Nix muß er wissen. Natürlich, ihr Grünhörner glaubt, nur den geheiligten Boden Amerikas betreten zu brauchen, um waschechte Republikaner zu sein. Feixt nicht. Das ist die Stelle, wo ich sterblich bin. Bitte, Mister Finkler, Sie sind als Neuyorker Journalist verpflichtet, *alles* zu wissen.«

Finkler lehnte sich im Stuhl zurück. Mit dem Gesicht eines Diplomaten.

»Da haben Sie nicht unrichtig kalkuliert, Baron. Mein Freund Roosevelt, der Ex-Präsident, war erst kürzlich mit mir zum Lunch. Und zwischen Suppe und Pudding ließ er in seiner bekannten scharfsichtigen Weise die Häupter Europas vorbeimarschieren.«

»Ließ er. Hm. Vor drei Monaten erst war er Gast bei diesen Häuptern. Scharfsichtig beliebten Sie diese Weise zu nennen. Nun, wir wollen über den Ausdruck nicht streiten, obwohl ich einen besseren dafür wüßte.« Und er trommelte kurz und drohend auf der Tischplatte.

Finkler lächelte nur.

»Belieben Sie, mich ausreden zu lassen, Baron. Ich kalkuliere, Sie werden dann anders über den Fall denken. Es ist wahr, der Ex-Präsident nahm kein Blatt vor den Mund. Aber das tun Sie ja auch im vertrautesten Kreise nicht, Baron. Und die Hauptsache war: die Stimmung wurde sehr vergnügt. Da erzählte er zum Beispiel von der Königin von ...«

»Herr, ich verzichte darauf. Alle fremden Könige und Königinnen gehen mich den Deubel an. Was hat er über den Kaiser gesagt?«

Seine Hände ballten sich. In seinem ledergegerbten Gesicht zuckte es ein paarmal auf. Doch Finkler nahm nicht die geringste Notiz davon.

»Mr. Roosevelt meinte« – er sann nach – »richtig, der Ex-Präsident meinte, lediglich Wilhelm II., Deutscher Kaiser, wäre imstande, auch als Präsident von Amerika seinen Mann zu stehen.«

Die Fäuste des Barons schlugen auf die Tischplatte.

»Verdammt, das war Roosevelts Glück.«

Und dann lachte er schallend auf.

»Das ist Roosevelt, ganz Roosevelt, ganz Yankee. Merkt ihr denn nicht, wie er sich selber durch seine ›scharfsichtige‹ Charakterisierung den Platz Nummer I offen hält? Wie er mit beiden Zeigefingern auf sich selber zeigt und es doch dabei so fingert, als ob er dem ganzen erleuchteten Amerika eine Bombenschmeichelei sagte? Ach, er ist ein Schlauberger, euer Mr. Roosevelt, und ich hab' meine helle Freud' an ihm, weil er euch so niederträchtig richtig einschätzt.«

»Der Kaiser hat auch seine Fehler,« widersprach der eine von des Barons Begleitern.

»Nee,« trumpfte der andere auf, »ein Engel ist er auch nicht, Baron. Das möchten Sie wohl.«

Der Baron klatschte vor Vergnügen auf seine Schenkel.

»Muß es denn gleich in den Himmel gehen? Engel? Cherubim? Und seid ihr verjankisierten Misters Miller und Piper himmlische Heerscharen, ihr Rhinozerosse? Werdet zunächst Deutsche, ihr amerikanischen Betbrüder, das genügt dem Herrgott vollständig!«

»Wir entschuldigen Sie, Baron.«

»Bitte, bitte. Gern geschehen. Na, kommen Sie gut nach Hause.«

»Ach, Doktor,« seufzte er und nahm dankend ein Glas Wein entgegen, »wie schön muß es jetzt in Deutschland sein. So unter dem lieben vierbeinigen Rindvieh oder im Wald oder so ganz glückselig aufgestrecktem Pferderücken hinter der Meute her. Mußte da dieser Nirgendzuhaus Kolumbus Amerika entdecken. Nun soll er's gar nicht mal gewesen sein. Das gönn' ich ihm.«

»Ja,« sagte Wegherr, »Sie haben Recht, es ist nirgendwo schöner. Und Sie könnten das Glück doch haben.«

»Kann ich auch, Doktor, werde ich auch. Als ich vor zwanzig Jahren herüberwechselte, stach mir vor allem die Freiheit und Gleichheit in die Augen. Das, glaubte ich, liegt deinem Temperament am besten. Prost die Mahlzeit. Als ich an dem Freiheitsstandbild vorüberdampfte, in den Neuyorker Hafen hinein, klopft mir so ein alter Wetterkundiger auf die Schulter. ›Da, sehen Sie sich das Ding an, das ist das letzte Stück Freiheit, was Sie hierzulande zu sehen kriegen.‹ Der Mann sprach die Wahrheit. Das ist hier keine Gesetzgebung, das ist eine Gesetzgebungsseuche, in jedem Staat, in jedem Städtchen, die Weiber voran, und wo die nicht wollen, kriegen Sie als ausgewachsener Mann nicht mal 'nen Tropfen Whisky auf die Zunge. Die Gleichheit aber – Herr, verzeih's ihnen – die Gleichheit besteht in der Hauptsache darin, daß jeder Rüpel neben Ihnen seine gottverfluchten Beine über Ihren Tisch legen darf, ohne daß Sie sich nur wundern dürfen. Doktor, ich habe meinem alten Deutschland viel abgebeten.«

»Und haben es doch zwanzig Jahre ausgehalten?« fragte Wegherr.

»Da lag der Knüppel beim Hund. Der Bien' mußte. Rechnen war immer meine schwache Seite. Meine hochgeborene Vetterschaft behauptete sogar: meine schwachsinnige Seite, und versuchte darob, mich unter Vormundschaft zu stellen. Das gelang ihnen nun bös daneben. Tja, und in meiner Vergnügtheit machte ich dann einen Streich, der meine Börse – amerikasüchtig werden ließ. Man hatte Dachsbergschen Familientag angesetzt, im einzigen feudalen Hotel der Stadt, die allen am bequemsten lag. Mich hatte man als räudiges Schaf ausgeschlossen. Ich erhielt tags zuvor Witterung, reiste in der Nacht noch hinüber, lasse mir den Wirt kommen, kaufe ihm innerhalb einer Stunde den ganzen Hotelkram ab, mit gewaltigem Aufgeld notabene, und lasse durch den Hausknecht die ganze Vettern- und Basenschaft, wie sie nacheinander angerollt kommt, hinausweisen. So gelacht hab' ich mein Lebtag nicht. Ich verkaufte dann für die Hälfte, suchte die indianischen Jagdgründe auf, kriegte Geschmack an der Arbeit, spürte langsam den Segen in meine Kasse träufeln, unterhandle nun wegen Rückkaufs meines Gutes im Kleveschen, schlage dann meine Zuchtfarm los und hoffe, in Jahresfrist wieder« – er atmete tief auf, und sein helles Organ war plötzlich wie verschleiert – »daheim zu sein.«

Wegherr reichte ihm wortlos die Hand. Sie wurde mit festem Griff gepackt und geschüttelt. Dann erhob sich der Baron. Er sah älter aus.

»Mr. Finkler,« sagte er und lächelte, »ich appelliere an Ihre deutsche Kameradschaft. Unterschlagen Sie Ihrer Zeitung meine Beichte. Damit mir der Geschäftsabschluß nicht verdorben wird. Der Doktor hier hat so etwas Urheimatliches. Das brachte mich zum Schwätzen. Ich hab' Ihr Wort, meine Herren. Auf Wiedersehen.«

Und er stelzte aufrecht von dannen, suchte seinen Freund Unkelbach auf und rief bald mit Kommandostimme nach einer neuen Flasche.

»Ist und bleibt der alte Husar,« brach Wuppermann endlich das Schweigen. »Schade, daß er geht. Wird uns sehr fehlen. War hier der Sauerteig unter den Selbstzufriedenen.«

»Einseitig, aber vorwärtstreibend,« sagte eine ruhige Stimme.

»Ah, Mr. Willart.« Wuppermann war aufgesprungen. »Schön von Ihnen, daß Sie auch unsere Ecke mal beehren. Sie kennen meinen Freund Doktor Ernst Wegherr?«

»O, ich kenne ihn nicht erst seit heute abend. Und ich rechne mich in aller Bescheidenheit schon seit Jahren zu seinen Freunden. Herr Doktor, nehmen Sie es bitte nicht als eine der landläufigen Artigkeiten. Ich habe mit aufrichtiger Bewunderung Ihre historischen Forschungen verfolgt und mir zunutze gemacht.«

Wegherr hatte sich erhoben. Und Wuppermann gab Finkler einen Wink, die beiden Herren allein zu lassen.

»Es freut auch mich, Sie näher kennen zu lernen, Herr Willart,« sagte Wegherr herzlich. »Mein alter Freund Wuppermann spricht mit ganz besonderer Wärme von Ihnen. Und wenn ich meinen Augen nicht trauen dürfte, dürfte ich seinem Verstand trauen. Würden Sie mir erklären, weshalb Sie den Baron einseitig nannten?«

»Recht gern, Herr Doktor. Ich bitte, Platz zu behalten. So, jetzt plaudert es sich gemütlicher. Sehen Sie, ich habe mir im Laufe der Zeit und meiner Beobachtungen angewöhnt, die deutschen Einwanderer in drei Klassen einzuteilen: die einseitigen, die doppelseitigen und die vielseitigen. Die Vielseitigen verschmelzen sich auf der Stelle. Sobald sie an Land kommen, nehmen sie mit dem Volkstum Sprache, Ausdrucksweise, gute und schlechte Gewohnheiten – besonders aber die letzteren – der eingeborenen Bevölkerung an, um sofort für echt gehalten zu werden. Würden sie nach Afrika gehen, so würden sie sich keine Minute besinnen, Neger zu werden. Menschen ohne Vaterlandsgefühl, ohne Rassestolz, kurz: Abhub der Menschheit. Wenden wir uns von diesen Jammergestalten ab, die jedem Lande, aus dem sie stammen, zur Schande gereichen, obwohl sie sich Kosmopoliten dünken. Die Doppelseitigen sind bemerkenswerter. Sie stellen die Mehrzahl. Sie kommen herüber mit dem festen Willen, gute Bürger der Vereinigten Staaten zu werden, wünschen aber trotzdem ihr Deutschtum aufrechtzuerhalten. Das fangen sie nun meist an der verkehrten Seite an. Sie zersplittern sich in hundert deutsche Vereine und machen, wenn's darauf ankommt, vor dem eingeborenen Amerikaner eine tiefe Verbeugung. Das ist die tiefeingewurzelte deutsche Ehrfurcht vor allem Fremdländischen. Und gerade diese Ehrfurcht weiß der Anglo-Amerikaner überhaupt nicht zu würdigen. Er nimmt sie als Unterwürfigkeit, als Mangel an männlichem Selbstbewußtsein, dünkt sich turmhoch höher, und gerade er, der so stolz auf seine Stammesart pocht, hegt eine stille Verachtung gegenüber jedem Lakaientum. Unter den Doppelseitigen gibt es Ausnahmen, Männer, die den Kopf hoch tragen, die sich die neue Heimat gründeten in dem Bewußtsein, deutsche Kulturträger zu sein. Mit ihnen und den Unzähligen, die sich zu sich selber bekehren werden, wird dieses Land eines Tages rechnen müssen.«

Aufmerksam hörte Wegherr zu. »Und die Einseitigen?« fragte er.

»Die Einseitigen? Ja, wie soll ich sagen, um ihnen gerecht zu werden? Sie finden kein gutes Haar an Amerika, sie bleiben nach zwanzigjährigem Aufenthalt dieselben noch, die sie waren, als sie sich in Hamburg oder Bremen einschifften, sie sehen nur alles das, was dem Amerikaner noch fehlt, um ein eigenes Kulturvolk zu werden, und übersehen das Großartige, was der Amerikaner für die Zivilisation aus dem Nichts geschaffen hat. Da sie aber vor allem ihren eigenen Landsleuten scharf auf die Finger sehen und jede Anbeterei und Nachbeterei mit Hohn und Spott übergießen, so möchte ich sie das kritische Gewissen der Deutschamerikaner nennen. Leider treibt es sie nach Jahren in die alte Heimat zurück. Leider! Denn es fehlt an Sauerteig, wie Freund Wuppermann es soeben richtig benannte.«

»Wie hoch schätzen Sie die Gesamtzahl der Deutschen?« fragte Wegherr aus seinen Gedanken heraus.

»Wenn Sie deutsches Blut meinen, Eingewanderte und im Lande geborene Kinder deutscher Eltern: 15 Millionen und mehr.«

»Welch eine Macht in der Hand eines Führers!«

»Ich denke wie Sie, Doktor Wegherr.«

Beide hatten sie den Blick erhoben. Und klar und ruhig sahen sie sich in die Augen.

»Der Weg, Herr Doktor,« begann Willart nach einer Pause, »kann nur durch deutsche Kultur gewonnen werden.«

»Kultur kann nur von Selbstbewußtsein kommen, Herr Willart.«

»Also gilt es, die deutschen Elemente dieses Landes selbstbewußt zu machen, selbstbewußt im Hinblick auf ihre Rasse, auf die Kulturhöhe dieser Rasse und ihren Weltberuf. Dann erst können sie daran gehen, Hand in Hand mit den germanischen Geschwisterrassen die große Aufgabe dieses Landes zu lösen, mit den englischen, holländischen, skandinavischen Elementen vereint. Erst muß der Yankee Hochachtung lernen, und die gewinnt er nur vor unbeugsamem Willen und ziffermäßigen Tatsachen. Ein politisch Lied. Ich möchte Ihnen den schönen Abend nicht verderben.«

»Nein,« sagte Wegherr, »wie könnten Sie das! Sie, der Sie voller Hoffnung auf eine große Zukunft sind.«

»Das bin ich, Herr Doktor. Und die Tatsachen werden mir einst Recht geben. Werfen Sie einen Blick auf die Einwandererlisten. Wer nicht blind sein *will*, muß zur Vernunft kommen. Deutschland behält seine Söhne jetzt daheim, bis auf eine nicht mehr in Betracht kommende Zahl. Was uns heute überschwemmt, sind die minderwertigen Bestandteile osteuropäischer und südeuropäischer Völker: Russen, armselige russische Juden, Balkanleute, Italiener. Lassen Sie das noch eine Geschlechtsfolge so fortgehen, bis die Kinder sich mit unseren mischen – was für eine Rasse wird aus den Amerikanern werden? Wie weit wird sich ihre Kultur zurückgeworfen sehen? Wann wird es zu einer eigenen kommen, die mit Stolz die amerikanische heißt? Es stehen uns schwerere Aufgaben bevor, als nur das Land zu erschließen.«

Wegherr nickte. Dann fuhr er auf. Man hatte an der Tafel ein Abschiedslied begonnen. Die letzten Flaschen polterten eilig auf den Tisch.

»Glückliche Menschen,« sagte Willart mit leisem Lächeln. »Die machen sich keine Gedanken über das, was für die Söhne und Enkel sein wird.«

»Und wir sitzen hier wie die Verschwörer,« lachte Wegherr. »Kommen Sie, wir wollen heute zu den anderen gehören. Eine Mondnacht lang, eine Mondnacht auf pennsylvanischen Bergen, weg mit den Grillen und Sorgen.«

Eine Stunde noch saßen sie in der überlustigen Runde, jungen Studenten gleich. Bis sich der Zeitungsmann aus der pennsylvanischen Kleinstadt noch einmal vom Stuhl erhob.

»Meine Herren,« begann er, »meine Herren, Sie lassen die Dollars rollen. Wofür? Ich sehe scharf, für geistige Getränke. Was der Kehle recht ist, ist der Seele billig. Ein Abonnement auf meine Zeitung, ein Probeabonnement –«

Der Baron hieb auf den Tisch.

»Und ich tu's nicht, und wenn Sie mir 'nen Dahler zulegen.«

Und was noch zu reiten vermochte, stieg unter brausendem Gelächter in die Sättel.

3

Quer durch den Wald zog der Reiterzug. Der steile Abstieg wurde vermieden. In Kehren, die nur in der Einbildung des Führers bestanden, mußte die Bergkuppe, auf der sich die mondbeschienene Halle hob, umritten werden, mitten durch krachendes und splitterndes Unterholz. Aber der Baron war der Führer. Den grauen mexikanischen Schlapphut in den Nacken geschoben, trabte er scharfen Auges voran, ließ auf wegsamen Strecken den Gaul angaloppieren und ruhigtastend im Schritt gehen, wenn ihm die Stämme von links und rechts wieder auf die Hacken rückten. Er ritt mit dem Instinkt des Reiters der Wildnis. Er hätte sich mit derselben Sicherheit in den Pampas Argentiniens und in den Urwäldern des Amazonenstromes zurechtgefunden wie in dem Menschengewühl der Pariser Boulevards.

Dicht an seine Fersen hielten sich Unkelbach Vater und Sohn. Der Alte saß wie angegossen auf seinem kräftigen Pferd, und in der Reiterkunst gab er trotz seines Schwergewichts dem hageren Baron kaum nach. Auch hier war der Sohn das Abbild des Vaters. Und wenn der Baron bei einem kühnen Ansprung seinen wildesten Jauchzer erschallen ließ, so schrien Vater und Sohn Unkelbach um die Wette mit.

Wegherr ritt, als hätte er Zeit seines Lebens nichts anderes getan, als im nächtlichen pennsylvanischen Bergwald den Hals gewagt. Sein Kopf war frei von allen drückenden Gedanken, seine Brust dehnte sich, und die Seele wurde ihm so seltsam jung wie eine Knabenseele im Abenteuerland. Immer wieder flog ihm ein Lachen von den Lippen. Wo war er? Was tat er? Wer war er geworden? So unglaublich phantastisch dünkte ihn das Brausen des deutschen Reiterzuges durch die amerikanische Nacht.

Nun kamen sie an den Fußpfad. Der Baron wandte sich im Sattel um und winkte mit der Hand.

»Seid ihr alle beisammen?«

»Wenn *Sie* noch beisammen sind?«

»Wartet, Jungens, ich werde euch Appetit auf das Frühstück machen.« Und in atemlosem Galopp führte er weiter bis zum nächsten Kreuzweg. »So, und nun habe ich euch wohl genügend ins Gebet genommen, daß ihr die Morgenkirche sparen könnt.«

Die Hälfte des Trupps verabschiedete sich. »In vier Wochen!« riefen sie und winkten mit den Reitpeitschen.

»Bringt mehr Durst mit!« donnerte der alte Unkelbach hinter ihnen her. Dann hatte der mächtige Wald sie verschlungen.

Der Pfad war breiter geworden, und Wegherr ritt eine Zeitlang an der Seite des Barons.

»Geradenwegs wieder nach Neu-Mexiko, Herr Baron? Oder erst noch eine Ausspannung?«

»Hab' noch in Washington zu tun. Geschäfte mit der Bundesregierung. Stellen ein neues Artillerieregiment auf, und dafür habe ich gerade die drahtigsten Gäule. Alles Groschen für meine Klevesche Klitsche, Doktor.«

»Also unbeschränkter Urlaub. Sie haben's gut.«

»Urlaub?« verwunderte sich der Baron. »Von wem Urlaub? Ach, du lieber Gott, Sie trauen mir doch keine Frau zu? Nee, Verehrtester, davor hat mich der niederrheinische Himmel im Kleveschen bewahrt, und auf den amerikanischen pfeif' ich. Scherz beiseite, Doktor. Könnt' es mir sonst so gut gehen?«

»Also eingefleischter Weiberhasser?«

»Was?« schrie der Baron. »Nicht im Traumzustand! Ich kann mir gar nichts Famoseres denken als so ein niedliches, properes Geschöpf. Aber sehen Sie,« fügte er lachend hinzu und klopfte den Hals seines Pferdes, »da erzählen uns doch die lieben Weiberchen immerzu, sie wollen nichts als unser Glück. Schön, sage ich, dann schenkt mir ewiges Junggesellentum. Juhu!«

Das Pferd tat bei dem Wonneschrei einen Satz, als wollte es ausbrechen. Aber der Baron hatte es fest in der Hand. »Nee, nee, Doktor, über das Wohlbefinden des Junggesellen geht nichts, aber rein gar nichts. Sie dürfen Ihr eigener Mensch sein, werden nicht zur Ohrenbeichte herangezogen, brauchen über Gehen und Kommen keine Rechenschaft abzulegen und abends nicht das Portemonnaie vorzuzeigen, können die Köchin hinausschmeißen und auf den Tisch hauen und tausend schöne Dinge tun, von denen der guterzogene Ehemann erst im Todesschlaf zu träumen wagt. Ach ja, der Schlaf. Wie köstlich ist der Schlaf des Junggesellen. Kein Mensch hustet in Ihrem Zimmer als nur Sie, immer haben Sie Recht, und die Zähne dürfen Sie sich ganz alleine putzen.«

Er schauderte in den Schultern, ließ das Pferd angaloppieren und entfloh vor den eigenen Bildern.

Lachend verhielt Wegherr seinen Gaul und wartete die anderen ab. Es waren noch Unkelbach Vater und Sohn und Georg Wuppermann. Mit ihnen ritt er weiter, bis die Landstraße erreicht war und es wieder ans Abschiednehmen ging.

»Die Unkelbacher reisen mit mir nach Washington,« erläuterte der Baron. »Haben einen Fleischkontrakt abzuwickeln. Von dort geht's zusammen heim. Die alte rheinische Nachbarschaft wird nämlich zwischen Südwest-Kansas und Neu-Mexiko fortgesetzt. Auf Wiedersehen, meine Herren. Ein ander Mal im Leben. Hat mich wirklich gefreut, Doktor.«

Dann nahmen die Unkelbacher das Händeschütteln auf. Gegen seine Gewohnheit war der Alte ernst, als er Wegherrs Hand presste.

»Verdammt,« sagte er, »Sie haben so einen frischen Luftzug aus Deutschland mitgebracht. Ich wollt', Sie hätten's nicht getan. Aber ich bin doch arg froh.« Warf seinen Gaul herum und sprengte kerzengerade hinter den anderen drein.

»Prachtkerle, Georg. Und dieser unverwüstliche Lebensmut.«

»Und hausen mutterseelenallein. Der eine auf seiner Pferdeprärie, die beiden anderen auf ihrer Rindviehranch. Aber einmal im Jahr besuchen sie uns. Wenn sie in Washington mit der Armeeverwaltung zu tun haben.«

»Und alle drei unbeweibt?«

»Alle drei. In den westlichen Staaten sind die deutschen Mädels rar, und vor den Amerikanerinnen haben sie eine Heidenangst.«

»Was ich von den Amerikanerinnen gesehen habe,« meinte Wegherr im Weitertraben, »war nicht übel. Aber die Frauenfrage scheint hier ein gefährliches Kapitel zu sein.«

Wuppermann dachte nach. »Ja und nein,« sagte er dann. »Man muß die Sache nur mit amerikanischen Augen betrachten. Daß die amerikanische Frau eine andere Stellung einnimmt als die deutsche, ist weltbekannt. Ob aber diese Stellung eine bessere, sagen wir mal: für das Volkswohl gesündere ist, das steht freilich auf einem anderen Blatt. Will man ganz gerecht sein, so muß man einen Blick auf die Kulturgeschichte der amerikanischen Frau werfen, und das liegt dir ja als Geschichtsforscher besser als mir.«

»Gut,« sagte Wegherr, »ich will versuchen, mich hineinzufinden, und du magst als Kenner von Land und Leuten nachher die Kritik übernehmen. Die Vereinigten Staaten sind noch sehr jung. Bei Licht betrachtet kaum 100 Jahre alt. Der Riesenteil aber, der Westen und Nordwesten, war bis vor einigen fünfzig Jahren noch menschenleer. Denn die Indianerstämme zählen hier nicht mit. Dann kam auf die Kunde von den amerikanischen Goldfunden ein Strom von Männern ins ungeheure westliche Land. Trapper, Farmer, Abenteurer aus den Städten diesseits und jenseits des Ozeans, alles wusch und grub Gold. Frauen gab's in den wilden Lägern keine. Wo sich eine zeigte, wurde sie wie eine Heilige oder doch wie die größte aller Kostbarkeiten verehrt. Die Goldsucherei hörte eines Tages auf. Die Männerscharen verstreuten sich in den unendlichen Gebieten, nahmen Land in Besitz, wurden Weizenbauern und Viehzüchter oder gründeten Handelsniederlassungen, die wie Pilze aus der Erde schossen und sich schnell zu großen Städten verdichteten. Immer noch bildeten die Frauen in der Kindheit dieser neuen Länder eine geringe Minderheit. Und wie alles Seltene, so hatten sie die höchste Bewertung und den höchsten Preis. Um ihre Kleinodien zu hüten, scharten sich die Männer einer Farm, eines Jägerlagers, einer Ortschaft oder einer Stadt zusammen und verteidigten sie gegen Wind und Wetter, gegen Indianerüberfälle und Negergier. Die Beleidigung ihrer Heiligen, ihrer Frauen und Mädchen, wurde mit Blut gesühnt. Einen Wunsch der Frauen zu erfüllen, und setzte man Hals und Kragen dafür ein, galt in der Wildnis wie in den aus der Wildnis aufgeschossenen

Städten als selbstverständliche Ritterpflicht. Was Wunder, daß das den Frauen und Mädchen zu Kopfe stieg, daß sie das, was in der Wildnis Rechtens gewesen war und eine moralische Schule der bunt zusammengewürfelten Männer, bald auch in die Kulturzentren des Ostens einführten. Hier nahmen es die Gebildeten erst als Sport, aus dem Sport aber erwuchs eine Wirklichkeitsregel, die nicht mehr wie Baseball oder Tennisschläger beiseite zu legen war. Der amerikanische Frauenkultus war zum Dogma geworden, aus ritterlichem Spiel ein krankhafter Ernst.«

»Ausgezeichnet,« lobte Wuppermann staunend. »Nur das Wort krankhaft will mir nicht gefallen.«

»Ist es nicht krankhaft,« fuhr Wegherr im Eifer fort, »wenn alles über eine Schnur gezogen wird? Ich bin wahrhaftig ein Frauenverehrer und Frauenlob, aber ich möchte mir doch die Freiheit bewahren, diese Verehrung dort zu betätigen, wo sie am Platz ist. Wo der Gegenstand sie aus sich selbst heraus bewirkt. Jede Naseweisheit eines grünen Gänschens aber für eine Erleuchtung zu halten und vor jeder Laune einer überheblichen Frau in die Knie zu knicken, nur weil ein Unterrock im Spiel ist, dafür möchte ich mich mit meiner männlichen Würde doch allerbestens bedanken. Will die Frau als ein höheres und idealeres Wesen behandelt sein, so soll sie sich danach betragen, und der Männer Betragen wird sich von selber danach richten. Anders ist es eine künstliche Raserei, die aus Frauen Kokotten und aus Männern weibische Gesellen macht.«

Wuppermann hatte aufmerksam zugehört.

»Ich unterschreibe das vollständig,« erwiderte er. »Eine Frau, die immerzu mit dem kleinen Finger winkt, und ein Mann, der das Maul zu halten hat, wenn er sich nicht gerade vor dienstlichem Übereifer überschlägt, sind mir beide gleich widerlich. Aber – und nun kommen zwei wichtige Aber: ›aber‹ erstens findest du diese Gattung Frauen auch in Berlin und Paris und allen möglichen Städten drüben wie hier, wenn sie auch naturgemäß bei uns zu Lande wegen der jüngeren Kultur erschrecklichere Ausdehnungen aufweist, und ›aber‹ zweitens gibt es Gott sei Dank heute auch schon bei uns eine Frauenklasse, die etwas Besseres zu tun weiß, als das Gnadenherrgöttle im Unterrock zu spielen, nämlich ihrem Mann fest an die Hand zu gehen und eine tapfere Hausfrau zu sein. Für die Anbetung fällt dann immer noch reichlich Zeit ab. Und, aus erhöhten Wertschätzungsgründen, in verstärktem Maße.«

Eine Weile ritten sie stumm dahin. Dann sagte Wegherr, und in seiner Stimme schwang etwas Fernes mit:

»Du bist ein braver Kerl, Georg, und dein Urteil ist von einer unerschütterlichen Gesundheit. Nun soll ich bald unter dein Dach treten. Und du hast noch nicht erfahren, was hinter mir liegt.«

Georg Wuppermann legte ihm die Hand auf den Arm.

»Ich würde nie danach fragen. Weil ich an dich glaube. Seitdem wir unsere ersten Hosen miteinander zerschlissen. Und deshalb werde ich auch das, was du mir zu erzählen für gut hältst, nur als einen neuen Vertrauensbeweis auffassen. Dort, in dem Gartengelände, liegt mein Landhaus. Es ist zwei Uhr nachts, und morgen ist Sonntag. Wenn du also willst, stehe ich dir als Zuhörer zur Verfügung. Zu Bett hätt' ich dich doch noch nicht gelassen.«

Vor dem Gittertor sprangen sie von den Pferden. Ein Hund schlug an, erkannte seinen Herrn und schwieg. Und über den geharkten Kiesweg führten sie die Pferde in den Stall und besorgten sie selber. Dann erschloß Wuppermann die Haustür, drehte das elektrische Licht an und ließ den Gast über die Diele in sein Arbeitszimmer treten.

»Entschuldige nur eine Minute,« bat er. »Nur einen Trunk zum Willekumm. Nee, nee. Liegt schon in der Küche im Eisschrank zurecht. Du willst mich doch nicht vor meiner Frau lächerlich machen?«

Wie wohlig das hier war. Ernst Wegherr dehnte die vom Ritt versteiften Glieder im bequemen Klubsessel und blickte ringsum. Die Möbel waren von gediegenem Geschmack, die Bücherei in der Ecke gut besetzt, an den Wänden aber hingen die Familienphotographien genau wie in dem Schmiedehaus der Herzbachstraße, nur daß die Reihe durch ein ernsthaftes Frauenbildnis und vier lustige Kinderbilder erweitert war.

Lange sah Wegherr in die ernsten Frauenaugen hinein. »Augen, die Heimatglück bringen,« sagte er vor sich hin.

Wuppermann kam zurück. Er setzte zwei Gläser und eine Flasche auf den Tisch und wies auf die Aufschrift. »Kabinettswein, mein Junge, den kriegten wir in der Herzbachstraße nicht.« Er schenkte ein und stieß mit dem Freund an: »Willkommen in meinem Hause, Ernst. Laß es dir gefallen.«

»Ich danke dir, Georg. Das hätten wir beide einst nicht geahnt.«

Sie saßen in ihren Klubsesseln und sahen dem Rauch ihrer Zigarren nach. Ihre Gedanken waren weit. Und mit einem Male klang aus der Stille heraus Wegherrs Stimme, ruhig und fest, als führe er in einer Unterhaltung fort.

»Das sind jetzt fünf Jahre, daß ich mich verheiratete. Ich hatte also hinlänglich Zeit gehabt, eine Wahl zu treffen. Sie fiel auf eine Frau, die zu den ersten deutschen Schauspielerinnen zählte, und da mein Name als Forscher schon Nachhall gewonnen hatte, hoffte ich, auch von ihr nicht übersehen zu werden. So kam es, daß ich sie bald nicht nur auf der Bühne sah, wo sie mich begeisterte und durch die überragende Wahrhaftigkeit ihres Spiels immer stärker auf mich wirkte, sondern daß ich sie auch bald in einigen der besten Häuser traf, zu deren gesellschaftlichen Veranstaltungen auch ich zugezogen wurde.

Du weißt, es hat immer ein gut Stück Psychologe in mir gesteckt. Das hat ein Geschichtsforscher vor allen Dingen nötig. Darauf verließ ich mich und dachte nicht daran, daß Psychologie und Liebe sich ungefähr wie Feuer und Wasser zueinander verhalten. So gefiel sie mir auch in der bürgerlichen Rolle der Dame nur immer besser, ja, Bühne und Leben schienen mir in ihr an Wahrhaftigkeit des Charakters und Temperaments dasselbe zu bedeuten. Sie bemerkte meine stillen Huldigungen, und da sie sich wohl bei den Gastgebern und Gästen nach mir erkundigt hatte und somit von meiner Anständigkeit als Mann und Wissenschaftler überzeugt sein durfte, so verwehrte sie mir meine Verehrung nicht. Die glücklichste Zeit meines Lebens brach an.

Damals war ich gerade von einer längeren Studienreise zurückgekehrt und hatte eine Professur übernommen. Die Studenten strömten mir zu. Sie wurden wohl nicht betrogen, wenn auch das Feuer, das bis in meine Beredsamkeit hineinlohte, nicht allein meinen wissenschaftlichen Forschungen entsprang. Abend für Abend, wenn Margarete eine große Rolle spielte, saß ich irgendwo im Dunkel des Theaters, ließ kein Auge von ihr, sog den Ton ihrer Stimme auf, glaubte ihre Seele in meinen Händen zu tragen. Das war kein blindes Verliebtsein. Das war ein Erkennen und Verstehen im Reiche des Geistigen.

Aber auch der Verliebte kam zu seinem Recht. Wenn ich sie an der dunklen Straßenecke, gegenüber dem Schauspielereingang, erwartete, war mir wie einem seligen Primaner zumut. Ich glaube sogar, dies war mein erstes ernsthaftes Abenteuer. Und deshalb berauschte es mich so über die Maßen. Dabei hatte ich sie noch nicht geküßt. Das geschah an einem späten Theaterabend, als wir in heftigem Wortstreit durch eine Anlage schritten und sie mir plötzlich die Lippen hinhielt. Mein Gott«...

Sein Gesicht färbte sich. Er kämpfte etwas nieder und fuhr fort:

»Von nun an stritten wir kaum noch beim Nachhauseweg. Wir wurden – nun ja – wir wurden das echte und rechte Liebespärchen. Wie die Kinder waren wir. Sobald die Straße leer war, hingen wir uns so fest ineinander ein, daß wir alle drei Schritte stehenbleiben mußten, um Luft zu schöpfen. Aber einer mußte den anderen fühlen, mußte wissen: du bist bei mir, wir sind eins. Und wenn wir uns dabei ›Herr Professor‹, und ›Königliche Hofschauspielerin‹ betitelten, so war des kindischen Jubels kein Ende. Ein Universitätsprofessor und eine berühmte Künstlerin wie ein Tanzstundenpärchen in den dunkelsten Gegenden der Residenz – es hatte einen Reiz, der kopflos verliebt machte.

Seltsam, daß ich damals auch nicht eine Sekunde darüber nachdachte, wie dies tolle Tun und Treiben zu der großen Linie passe, die mich zuerst – im Theater wie im Salon – in Bewunderung hatte aufblicken lassen. Meine Sinne standen wohl schon zu sehr im Bann ihrer starken Weiblichkeit.«

Er ließ die kaltgewordene Zigarre achtlos in den Aschenteller fallen und legte die Hände im Schoß ineinander.

»Dann fragte ich sie eines Abends, wann wir heiraten wollten, denn uns das zu fragen, hatten wir bei all unsern Liebesbeweisen noch gar keine Zeit gefunden.

›Heiraten?‹ fragte sie zurück. ›Du willst mich heiraten?‹

›Margarete,‹ sagte ich, ›du bist von einer köstlichen Harmlosigkeit. Was soll ich sonst wohl wollen? Vom Fleck weg heirate ich dich.‹

›Mein hoher Herr,‹ gab sie spottlustig zur Antwort, ›ich bin nur eine arme Magd.‹

›Ich verdiene für zwei, und wenn uns das Glück wohl will, für ein halbes Dutzend.‹

›Ei,‹ sagte sie, ›so hoch bezahlt man in Preußen die Professoren?‹

Da setzte ich es ihr auseinander. Mit dem Stolz des Schaffenden. Daß ich mit den Einkünften meiner Professur kaum rechne, nicht zu rechnen brauche. Daß mich nicht nur mein ererbtes Vermögen unabhängig mache und mir die Mittel für meine Forschungsreisen gewähre, sondern daß der Ertrag meiner wissenschaftlichen Werke allein hinreiche, um einen standesgemäßen Haushalt zu bestreiten. Beides kommt zusammen,« fügte ich hinzu, »und du wirst sehen, wie es mir helfen wird, wenn ich in Zukunft dich zum Begleiter habe in aller Welt, wo es gilt, den Spuren der Geschichte nachzugehen und sie aufzudecken, bis das Erforschte wie ein lebendes Bildnis vor uns steht und kühne und starke Schlüsse ausspricht für Gegenwart und Zukunft. – So redete ich mich in die Begeisterung.

Und Margarete ging nachdenklich neben mir her.

›Ich soll dich begleiten?‹ sagte sie dann aus ihren Gedanken heraus. ›Also meinst du, daß ich meine Entlassung von der Bühne nehmen soll. Nun, wir wollen sehen.‹

›Wir wollen sehen? Was gibt es da für zwei Menschen, die sich liebhaben, noch viel zu bedenken?›

Sie aber blieb dabei. ›Ich will ja nur acht Tage Bedenkzeit. Nicht um zu bedenken, wie groß das Opfer meiner Kunst ist, sondern für uns beide, damit wir uns während der achttägigen Trennung ohne den Rausch des Sehens klar werden, ob wir ohne einander leben oder nicht leben können.‹

Ich willigte ein.

Und diese acht Tage nutzte sie, um über mein Vermögen und meine Einkünfte, über meine Stellung und meine Zukunft die genauesten Erkundigungen einzuziehen. Doch das erfuhr ich erst später.«

Er spielte mit dem Fuß seines Glases, nahm es vom Tisch und setzte es wieder hin, ohne zu trinken.

»Nach acht Tagen gab sie mir ihr Ja-Wort. Erlaß mir die Schilderung meiner Empfindungen. Ein Rausch läßt sich nicht mit Worten malen. Ich wandelte auf Wolken, und nicht auf der Erde. Die Entlassung aus dem Verbande der Bühne wurde ihr nach zähen Unterhandlungen mit dem Abschluß der Spielzeit gewährt. Und diese Monate bis zu unserer Vereinigung nutzten wir zur Einrichtung unseres Nestes.

Nun, es wurde ein Nest, das sich sehen lassen konnte. Da war nicht ein Stück des Hausrates, das nicht die feinen Reize des Altertumswertes besaß, und wer über die alten, farbenheißen Teppiche schritt, dem mußten die Sinne geweckt werden für die geheimnisvollen Schönheiten des Lebens, der mußte etwas wie eine Offenbarung erwarten. So ist es nicht allein mir ergangen.

Die Hochzeit fand statt. Meine Eltern waren tot, von ihrer Familie wußte ich nicht viel. Ihr Vater lebte irgendwo im Osten als Regierungsbeamter, und ein paar Schwestern waren hier oder dort verheiratet. Es hatte seit Jahren schon kein innigeres Band mehr in der Familie bestanden, und es erschien auch niemand von der Familie zur Feier. Aber in großem Stile wurde sie trotzdem gehalten, das hatte Margarete so gewünscht, und der beliebteste Modeprediger mußte im vornehmsten Gotteshaus die Trauung vollziehen. Die Kirche war so gedrängt voll Menschen, wie sonst an Sonntagen nicht. Als ob ein neues Stück im Theater gespielt würde mit der berühmten Schauspielerin in der Hauptrolle. Es war in der Tat so. Margarete trat zum erstenmal in der Rolle von Frau Professor Wegherr auf.«

Ein Zucken ging um seinen Mund. Wie ein schmerzhaftes Lachen. Still saß Wuppermann dem Freunde gegenüber.

Und Wegherr fuhr fort.

»Ich war verheiratet. Ich hatte die angebetete Frau, die bis dahin der Kunst und den Kunstenthusiasten gehört hatte, für mich. Für mich ganz allein. Und ob es auch für den Süden schon etwas weit in der Jahreszeit war, ich entführte sie nach Sizilien. Ich lebte mit ihr ein paar Wochen, die etwas Unwirkliches an sich hatten in ihrem wilden Schönheitszauber. Wie ein Jugendrausch war es auch über sie gekommen, der ihr Bestes hervorrief. Eine Spanne lang. Und dann verlangte sie nach Rom, unter Menschen. Aber Rom war schon in der Sommerfrische, bis auf eine Kolonie von Malern und andern Künstlern, die sie mit der Willkür einer Königin vor ihren Wagen spannte. Ich gebe zu, daß mir die Tributpflichtigkeit eines jeden Mannes, der vor ihr Angesicht trat, eine Art stolzer Genugtuung war. Denn ich – ich war ja der Herr und König dieser Königin und war doch nur der Lieblingssklave.

Ich wurde zum erstenmal furchtbar in meinem Stolz ernüchtert, als es in unserem Beisein zu einer wüsten Schlägerei zwischen zwei jungen Malern kam, die einer im andern den glücklichen Nebenbuhler witterten. Die übrigen nahmen Partei. Und die Osteria, in der wir den Abend zuzubringen gedachten, erdröhnte von dem Geschrei der wahnsinnig gewordenen Menschen. Margarete aber saß in ihrem Stuhl vorgebeugt und nahm mit funkelnden Augen das widerwärtige Schauspiel in sich auf.

›Wir gehen,‹ bestimmte ich.

›Nein,‹ antwortete sie nur. Und ihre Stimme war ganz kalt geblieben. Ich weiß noch heute, wie mich die Kälte der Stimme inmitten des heißen Getümmels überraschte. Und plötzlich kam mir der Gedanke, daß sich die Frau neben mir, die Schauspielerin in ihr, nur ein künstlichberechnetes Schauspiel geschaffen habe. Sie wollte sehen, wie weit sie noch zu wirken vermöge. Da stand ich auf, bot ihr den Arm und führte sie hinaus.

Wir sprachen kein Wort, bis wir in unserem Hotelzimmer angelangt waren.

›Warst du schuld?‹ fragte ich.

Sie hatte seelenruhig schon mit der Nachttoilette begonnen. Sie wandte kaum den Kopf.

›Aber natürlich, Ernst.‹

›Natürlich?‹ gab ich ganz erschrocken zurück. ›Das findest du natürlich? Du, Kind, überlege bitte einmal.‹

›Jetzt noch?‹ lachte sie. ›Aber jetzt liegen sie sich ja in den Haaren! Große Schlußszene des ersten Aktes.‹

›Also wahrhaftig von dir künstlich herbeigeführt?‹ staunte ich. ›Und diese scheußliche Szene beleidigt nicht dein Frauenempfinden?‹

›Wieso denn nur?‹ gab sie achselzuckend zurück. ›Auf der Bühne hab' ich in noch viel scheußlicheren Szenen mitgewirkt, und meine Kunst ist nur dabei gewachsen. Dort erprobte ich meine Wirkung auf dem Theater, hier im Leben. Studien, lieber Freund, wie du sie für deine Geschichtsforschungen machst.‹

›Um Gottes willen, Margarete,‹ unterbrach ich sie, ›das sind doch unhaltbare Vergleiche. Meine Studien und Forschungen sind mein Lebensberuf. Du aber bist meine Frau geworden. Und so hast du es vor allen Dingen nicht mehr nötig, Studien zu machen, die gegen den guten Geschmack verstoßen. Darin, scheint mir, liegt die Pflicht einer Frau.‹

›Und die Pflicht eines Mannes,‹ gab sie kurz zurück, ›liegt darin, eine Frau nicht mit philisterhaften Reden zu langweilen.‹

›Nennst du das so, wenn ich über deinen guten Ruf wache?‹

›Wenn der gute Ruf einer Frau schon durch einen Kuß litte,‹ spottete sie, ›so gäbe es kaum noch eine anständige Frau auf der Welt.‹

›Du hast ihn – geküßt?‹ fragte ich und glaubte, mißverstanden zu haben.

›Ihn?‹ lachte sie. ›Alle beide. Jeder erhielt einen Theaterkuß. Und dann kam es, wie ich es vorausgesehen hatte. Wenn du nicht ein solcher Philister gewesen wärst, vorzeitig aufzubrechen, hätten wir noch einen viel köstlicheren Spaß erlebt.‹

›Mein Gott,‹ sagte ich und starrte sie fassungslos an, ›sprichst du im Ernst?‹

Sie sah mir ruhig ins Gesicht. ›Ich habe mich nicht verheiratet, um mich zum alten Eisen legen zu lassen. Ich bin an die Huldigungen der Menge gewöhnt. Ich bin daran gewöhnt, sie zu entfesseln. Und diesen Spaß lasse ich mir nicht nehmen. Heute hatte ich Lust darauf.‹

Es war mir nicht möglich, sie zu überzeugen. Alles, was sie an Beweisen zu erwidern hatte, lag meiner Gefühlswelt, meiner ganzen Erziehungswelt so meilenweit fern, daß wir in zwei verschiedenen Sprachen aneinander vorbeireden mußten. Als wir uns zur Ruhe legten, hatte sich eine dünne, unsichtbare Wand zwischen uns aufgerichtet, und die ganze Nacht lag ich wach und zermarterte mein Hirn, wie ich die Wand wieder entfernen könne, bevor sie sich verdichtete. Am anderen Morgen reisten wir ab.«

Eine Weile saß Wegherr stumm. Dann reichte ihm Wuppermann die Hand herüber.

»Erzähle nicht weiter, wenn es dich bedrückt.

Da hob Wegherr den Kopf.

»O nein, es bedrückt mich gar nicht mehr. Je weiter ich dir berichte, desto leichter wird mir. Nur der Anfang war schwer. Da war ich noch mit dem Herzen beteiligt. Nachher wurde ich bloßer Zuschauer.«

Er nahm sein Glas auf und trank es leer.

»Wir reisten nach Deutschland und saßen ein paar Monate in unserem künstlerisch schönen Nest. Aber diese trauliche Schönheit langweilte sie. Ihr alter Theaterarzt, den sie beibehalten hatte, verordnete ihr Ostende. Und wir reisten dorthin. Es war so drückend heiß in der Stadt geworden, daß auch ich eine Erholung brauchen konnte. Diese Erholung bestand in einer immerwährenden Qual. Ich bin nicht eifersüchtig und halte die Eifersucht bei einem Manne für eine Erniedrigung, für ein Aufgeben des Persönlichkeitswertes. Aber ich habe ein unbedingtes Bedürfnis der seelischen Reinlichkeit. Und alle die Blicke, die Margarete zu entfesseln wußte, die sie spielend an sich zog, hochmütig ablehnte und mit einem Augenaufschlag wieder an sich fesselte, alle die suchenden, tastenden, bettelnden Männerblicke empfand ich wie etwas unsagbar Beschmutzendes. Für Margarete aber waren sie eine Quelle des Vergnügens.

Dann kam die Wintersaison in der Residenz. Alles, was zur ›Welt‹ gehörte, strömte bald in unser Haus. Für jeden hatte sie ein Wort, einen Blick, einen Händedruck, der ihm Vertrauliches zu sagen schien. Dabei verlor diese Frau sich selber nicht für eine Sekunde. Alles an ihr war und blieb die große Schauspielerin. So war die Schönheit ihres Körpers, so war – ihre Seele. Das, was man bei anderen Menschen Seele nennt. Ob Offizier, ob hoher Beamter, ob ernster Wissenschaftler: darin mußten sie sich mit dem jüngsten begeisterungsfähigen Studenten teilen, ihr mit aller Hingabe zu huldigen und zu dienen. Von Frau Margarete Wegherr beachtet oder gar ausgezeichnet zu werden, galt bald als neuester gesellschaftlicher Befähigungsnachweis. Und sie blieb lockend wie eine Flamme und kalt wie Eis. Das schürte, weil man die Kälte für einen Kampf mit der Tugend nahm.

Mein lieber Junge, du kennst mich von Kindesbeinen an. Und so wirst du dir selber sagen können, daß ich innerlich zerrissen, tief beschämt und selbst in meiner Wissenschaft gelähmt wurde. Zu häuslichen Szenen lag kein Anlaß vor. Sie wußte bei all ihrem Spiel genau, wie weit sie zu gehen hatte, ohne ihre Stellung zu gefährden. Und gerade das war es, was ich am meisten verabscheute. Keine verzeihliche Leidenschaft, nur ein Spiel, aber ein Spiel, bei dem sie keine Scheu und Schonung kannte.

Als das Winterhalbjahr zu Ende war, mußte ein Entschluß gefaßt werden. Ich gab meine Lehrtätigkeit auf, um mich ein oder zwei Jahre lang frei meinen Forschungen hinzugeben. Der Plan eines neuen großen Werkes stand vor meinen Augen. Ich trug ihn Margarete vor. Aber ihre Neigungen lagen auf einem anderen Gebiet. Und der Gedanke einer Studienreise durch ein paar Erdteile mit allen ihren Mühseligkeiten, aber auch mit aller ihrer Forscherwonne, erschien ihr geradezu als eine Ungeheuerlichkeit, als ein Anschlag gegen die Freiheit ihrer Persönlichkeit. Da ich auf meine Reise nicht verzichten konnte und verzichten durfte, ohne mich und meine Zukunft einfach aufzugeben, so traf ich allein meine Reisevorbereitungen, in der stillen Hoffnung natürlich, sie werde sich dem Ernst meines Entschlusses beugen. Das geschah nun keineswegs. Und so blieb mir als Notanker nur der Gedanke, daß eine zeitweilige Trennung uns wieder näher bringen werde. Ihr Programm ging dahin, den Sommer bei Bekannten auf einem Gut zu verleben, eine Kur in einem Wildbad anzuschließen und sich für den Winter mit einer Gesellschafterin zum Genuß einer Konzert- und Theatersaison einzurichten. So wenig hatten wir uns im Grunde noch zu sagen, daß wir unsere gegenseitigen Pläne guthießen und das übrige der Zeit anheimgaben.

Ich blieb ein Jahr lang draußen. Jetzt erst merkte ich, was aus mir geworden war, was ich brauchte, um mich wieder in die Höhe zu schnellen. Mit beiden Fäusten packte ich die Arbeit an. Und in der Arbeit fand ich mich wieder. Jede Woche schrieb ich meiner Frau einen Brief. Die Antworten trafen unregelmäßiger ein. Ihr Programm hatte sie längst gewechselt. Auf dem Landsitz war die Dame des Hauses der Eifersucht unterlegen und die Stimmung ungastlich geworden. Statt des kleinen Wildbades kamen Trouville und Biarritz an die Reihe. Und der Genuß des Theaterlebens wurde dahin abgeändert, daß sie selber handelnd eingriff, zu großen künstlerischen Veranstaltungen auf der Bühne erschien und sich als Heimgekehrte von einem tobenden Publikum bejubeln ließ. Alles das erfuhr ich stets, wenn es geschehen war. Selbst, wenn ich ein Verbot erlassen hätte, wären Umwege von ihr gefunden worden. Denn sie war unwahrhaftig und ihr Wirklichkeitsstil nur größtes Kunstvermögen.

Mehrere Male hatte ich sie gebeten, nachzukommen, mich in dieser oder jener indischen Stadt zu treffen. Nein, es lockte sie nicht. Sie nannte das vegetieren und nicht leben. Sie fühle sich sehr wohl daheim und wünsche nur, daß mir meine Arbeiten eine ebenso große Heiterkeit des Gemütes bescherten. Das Verletzende traf mich nicht. Die Waffen eines ungleichen Gegners vermochten mir nur ein tiefes Bedauern zu erwecken. Aus der Liebe war Pflicht geworden. Ich konnte wieder lächeln.

Dann kam ich heim. Und fand sie in ihrer Kunst gewachsen. In der Kunst, alles zu nehmen und nichts zu geben, alle Hoffnungen zu erwecken und bis zur lodernden Flamme aufschlagen zu lassen und nicht eine im Ernstfall zu erfüllen. Das Spiel einer schlanken, schönen, gänzlich seelenlosen Katze. Mich konnte es nicht mehr packen wie in den ersten Jahren. Ich hatte meine Arbeit, und der ergab ich mich. Ihr Charakter war für mich nicht mehr als der eines historischen Studienobjektes, den ich ergründet hatte.

Aber nach Jahr und Tag wurde ich jäh aus meiner Zurückhaltung herausgeschleudert. Wohl wußte ich auf Grund meiner Bankauszüge, daß in meinem Hause mit dem Gelde geschleudert wurde. Nun, noch konnte ich es ertragen. Wer es aber nicht ertragen konnte, waren einige der Freunde und Verehrer, die sich zugrunde richteten, um ihrer Königin Feste veranstalten zu können. In einer Nacht wurde ich in die Wohnung eines Beamten gerufen, der Frau und Kinder besaß. Frau und Kinder hatte er vor wenigen Tagen zum Besuch der Großeltern in irgendeine Stadt gesandt. Als ich das Zimmer betrat, lag er mit blutiger Fratze vor seinem Arbeitstisch im Sessel.

Er lebte noch. Die Kugel aus eigener Hand hatte ihn gräßlich zugerichtet. ›Professor!‹ stöhnte er. »Ich bin auch hierin ein Stümper gewesen. Jetzt betrüg' ich mich noch um einen anständigen Tod, wie ich mich um ein anständiges Leben betrogen habe. Dreißigtausend Mark fehlen in der Regierungskasse. Eine Kleinigkeit für Sie, für mich – der Tod. Ich lieg' hier schon eine Stunde seit dem schlechten Schuß. Als ich zu mir kam, dachte ich an die Meinen. Zum erstenmal seit langem – langem. Da kam die Todesangst: du nimmst auch ihren anständigen Namen mit, wenn das da – das da nicht gedeckt wird!›

›Weshalb taten Sie das Allerletzte?‹ fragte ich tief bewegt.

›Das – fragen Sie?‹ stöhnte er. ›Sie? – Nun ja. Sie haben sich stärker gezeigt, ich – war ein Schwächling – verblutete mich – für eine Frau, die Blut trinkt – und mit Steinen bezahlt. Meine Kinder! Helfen Sie!‹

Auf dem Schreibtisch lag, in Stücke zerrissen, eine Photographie. Ein paar Augen blickten mich an ...Ich nahm die Fetzen auf und hielt sie dem Sterbenden hin. ›Deshalb?‹ fragte ich.

Er richtete sich auf. Sein bluttriefendes Gesicht verzerrte sich. Den letzten Atem holte er aus der Brust:

›Pfui Teufel – des-halb ...‹

Und fiel tot in den Stuhl.

Der Arzt war eingetreten. Das jammernde Dienstmädchen wurde beruhigt und in die Küche geschickt. Ein Unfall, wurde ihr gesagt. Beim Nachsehen der Pistole ein Schuß losgegangen. Und in meinen Ohren das Pfui Teufel des Toten, riß ich mich mit übermenschlicher Kraft zusammen und vermochte den Arzt, der den Tod festgestellt hatte, zunächst mit mir zu dem Vorgesetzten des Verstorbenen zu fahren. Wir wurden sofort empfangen, trotzdem es gegen Mitternacht ging. Und ich berichtete dem alten Herrn, daß der Verstorbene in einer Art von geistiger Verwirrung aus der Regierungskasse einen persönlichen Fehlbetrag gedeckt habe, daß er mir in letzter Stunde gebeichtet habe und ich bereit sei, um der Ehre der Hinterbliebenen willen die Summe sofort zu ersetzen.

Der alte Herr, tief betroffen, nahm meinen Vorschlag augenblicklich an. Er tat es wohl mehr um der Ehre seiner Beamtenschaft willen. Die nötigen Schritte mit dem Polizeipräsidium wurden auf der Stelle eingeleitet, und wir gaben uns ein Schweigeversprechen. Ich breche es dir gegenüber nicht.«

Wuppermann schüttelte den Kopf. Er saß mit zusammengebissenen Zähnen auf seinem Stuhl.

»Dann,« fuhr Wegherr fort, »dann befand ich mich allein auf der Straße, allein in der Nacht, so recht und wahr mutterseelenallein. Ich ging nach Hause und fand meine Frau aus einer Theatervorstellung heimgekehrt. Sie saß mit einigen Herren und Damen in lauter Unterhaltung bei einem Glase Wein. Ich ließ sie in mein Zimmer bitten, und sie erschien höchst verwundert.

›Mein hoher Herr befiehlt?‹

›Schicke auf der Stelle die Leute fort,‹ gebot ich ihr ruhig. ›Die nächste Stunde verträgt kein Publikum.‹

›O, diese nächste Stunde hat bis morgen Zeit,‹ antwortete sie gelassen und wandte sich zur Tür.

›Du wünschest also, daß ich die Herrschaften selber auffordere?‹ fragte ich. ›Nun, wie du willst.‹

Sie wandte sich blitzschnell nach mir um. Unsere Blicke kreuzten sich. Der meine hielt stand. Da gewahrte sie, daß es Ernst geworden war, nickte mir oberflächlich zu, ging und kehrte nach einigen Minuten zurück.

›Also was gibt es denn so Wichtiges in aller Welt, daß du mir meine harmlosen Freuden störst?‹

›Dein Freund, der Oberregierungsrat, hat sich erschossen.›

Alles in ihr schnellte hoch. Das Gesicht war wie eine Maske der Spannung. Ein paar Sekunden stand sie wie aufgepeitscht. Dann glitt die Spannung von ihr ab, und sie sagte lässig nur zwei Worte: ›Der Dummkopf.‹

Da packte ich sie bei den Handgelenken und schleuderte sie weit von mir, daß sie in der Zimmerecke zusammensank.«

Wegherr hatte sich erhoben. Wuppermann mit ihm.

»Gib mir ein Glas Wein,« sagte Wegherr rauh. Und er trank es in einem Zuge.

»Das war der Schluß, Georg, oder doch wenigstens der Anfang dazu. Denn sie zog ihn verteufelt in die Länge. In der Nacht noch hatte sie das Haus verlassen und ein Hotel aufgesucht. Durch einen Rechtsanwalt schickte sie mir ihre Adresse. Ich ersuchte sie um die Scheidung. Sie spielte die Beleidigte und Gekränkte. Ich ersuchte um die Vorschläge der anderen Seite. Die Antwort war, daß nur in Verhandlungen eingegangen würde, wenn ich von vornherein jegliche Schuld auf mich nähme. Diese Mitwirkung in der Komödie aber war mir zu arg. Meinen anständigen Namen wollte ich mir auf jeden Fall erhalten. Ich bot ihr die Hälfte meines Vermögens bei einer Entscheidung innerhalb vierundzwanzig Stunden. Da griff sie zu und reiste ab, um ihrerseits ›böswilliges Verlassen‹ herbeizuführen. Die Ehescheidungsklage wurde anhängig gemacht, die Aufforderung zur Rückkehr erlassen, der ganze Apparat, erfunden, um einen anständigen Menschen sich selber zum Ekel zu machen, in Tätigkeit gesetzt. Ein ganzes Jahr lang mußte ich mich gedulden. Dann erst konnte nach dem Gesetz der Klage nachgegeben werden. Und wieder verging ein halbes Jahr mit Terminen, Sühneversuchen und Gegenüberstellung, bis das Urteil verkündet wurde. Ich war frei.«

Stumm griff Wuppermann nach den Händen des Freundes und schüttelte sie.

»So bin ich denn herübergekommen, Georg. Andere Luft, andere Menschen, andere Verhältnisse – alles anders mußte ich haben. Um wieder der alte zu werden, mein Junge. Da hast du meine Beichte.«

»Kein Wort mehr davon, Ernst. Und da dachte ich wunder welche Kämpfe ich bestanden hätte. Und war nur mit den Fäusten beteiligt und dem bißchen Mutterwitz. Während du – Himmelherrgott, es liegt mir nicht. Kein Wort mehr davon. Du bist hier, und ich wünsch' dir eine funkelnagelneue Gesundheit in der neuen Welt.«

»Ja,« sagte Wegherr, »eine neue Welt muß mir schon aufgehen.«

»Für Leute wie dich gibt's in Amerika Arbeit in Hülle und Fülle. In der Arbeit lernt man das Vergessen.«

Wegherr streckte sich geradeauf. Sein Kopf machte eine jähe Bewegung.

»Ich habe bereits vergessen, Georg. Nein, du, hier steht kein Kranker. Aber neu aufbauen möchte ich, mit der alten Begeisterung, etwas, das wie Heimat aussieht.«

Und dann saßen sie noch eine Weile zusammen und sprachen von der Herzbachstraße und den Menschen der Herzbachstraße, ließen Tote auferstehen und die Lebenden ihr Sprüchlein sagen und waren bald vom alten Heimatzauber so dicht umsponnen, daß sie sich nur schwer zu trennen vermochten.

»Gute Nacht.«

»Gute Nacht und sechs Stunden gesunden Schlaf. Dann lacht das Leben, und wenn's Bauernjungen regnet.«

4

Um die zehnte Morgenstunde trat Ernst Wegherr, erfrischt und erwartungsvoll, aus seinem Zimmer. Und gleich warf sich eine frohe Sonntagsstimmung auf sein Herz. Da kauerten vor seiner Tür vier junge Menschlein, die den Morgenschlaf des fremden Onkels bewacht hatten und den Freund des Vaters stumm, aber mit leuchtenden Augen begrüßten.

»Ei, das nenne ich aber einen schönen Morgengruß. Ihr seid ganz gewiß die Brüderlein und Schwesterlein Wuppermann?«

Der achtjährige Älteste übernahm die Vorstellung.

»Ich bin der Bill, und das ist der Will, und die da ist die Cary, und die da ist die Mary.«

»Das werde ich mir merken, ihr Brüderlein und Schwesterlein.«

»Eigentlich,« fügte Bill hinzu, »sind nur ich und Cary ganz richtig Bruder und Schwester.«

»Wie ist denn das möglich, mein Junge?«

»Ich und die Cary sind doch Zwillinge. Die anderen sind nur später so dazugekommen.«

»Ach,« machte Wegherr ernsthaft, »an diese feinen Unterscheidungen werde ich mich noch gewöhnen müssen. Aber sagt doch mal, wie lange sitzt ihr denn schon hier auf der Treppe?«

»Seit sieben Uhr. Wir wollten doch die ersten sein.«

»Dann kommt doch noch mal mit in mein Zimmer. Eine Ehre ist der anderen wert!« Und die Kinder drängten lachend nach. »Seht ihr, die Koffer waren schon eher da als der Onkel. Und nun hebt mal diesen Deckel auf. Aha, ihr habt Kräfte. So, da liegen vier Pakete Schokolade und Zuckerzeug. Für wen mögen die da wohl liegen?«

»Für uns!« schrien die vier Stimmchen.

»Wahrhaftig,« staunte Wegherr, »ihr könnt raten! Drauf! Holt sie heraus!«

Und vier schlanke Menschenkörperchen lagen über dem Koffer.

Dann traten die Knaben vor und reichten die Hand. »Danke, Onkel. Wie heißt du?«

»Onkel Ernst.«

»Ernst? Du bist aber doch so lustig?»

»Ein Onkel mit Schokolade ist immer lustig, auch wenn er Ernst heißt.«

Das leuchtete den Kindern ein, und nun traten die Mädchen vor, stellten sich auf die Zehen und streckten die Mäulchen zum Kuß. Ernst Wegherr küßte sie und auch die Knaben. Ihm war so wohl zumute wie seit Jahren nicht. »Wir werden gute Freunde sein, was, Kinder?«

»Das sind wir schon, Onkel,« sagte Bill und lockerte die Bindfäden seines Paketes. Und Will entnahm aus der neuen Freundschaft sofort das Vorrecht der Vertraulichkeit und fragte flüsternd: »Hat der Papa, als er klein war, auch alsmal Haue gekriegt?«

»Aber, aber!« sagte Wegherr verwundert. »Du kriegst doch sicher keine.«

Da schwieg der kleine Kerl beschämt, versicherte sich durch einen hastigen Rundblick, daß Bruder und Schwestern nichts von seiner Flüsterfrage aufgefangen hatten, und brachte im Verein mit den dreien den Onkel im Triumph die Treppe hinunter, auf die Diele. Dort stand stark und selbstsicher Georg Wuppermann, den Arm um eine junge Frau mit frohen, ernsten Augen gelegt.

»Da hast du ihn, Mary. Das ist Ernst Wegherr, mein ältester und liebster Freund.«

»Es könnte mir keiner in diesem Hause so willkommen sein, als Sie es sind, Herr Doktor.«

Sie sprach das Deutsche mit englischem Tonfall. Wegherr hörte es nicht. Er hörte nur den gütigen Klang der Stimme, sah nur den klaren Blick der Frauenaugen, der lächelnd von ihm zu dem Freunde hinüberschweifte, und spürte den festen Druck der Hand.

»Ich danke Ihnen von Herzen,« erwiderte er. »Kindheitsfreundschaften sind die festesten im Leben. Daher bin ich auch so eilig der Einladung Ihres Mannes gefolgt.«

»Sie machen ihm eine große, große Freude, Herr Doktor, und daher auch mir.«

Wuppermann trat herzu. Den Stolz darüber, daß die beiden sich gefallen hatten, las man von seinem Gesicht. »Wie hast du geschlafen, Ernst?«

»Vortrefflich. Ich wüßte nicht, wann ich je so tief geschlafen hätte.«

»Und die vier Rangen haben dich nicht gestört? Was? Onkels Koffer habt ihr schon geplündert? Frau, der Ernst Wegherr ist hier unter die Räuber gefallen. Laß das Frühstück kommen, damit wir ihn und uns beruhigen.«

Die Kinder durften in den Garten. Sie hatten ihr Frühstück schon um sieben Uhr eingenommen und mußten sich bis zum Lunch gedulden. Auch schien ihnen das Öffnen der Pakete in geschütztem Gartenwinkel augenblicklich unterhaltsamer. Sie verschwanden, ohne sich zweimal bitten zu lassen. Draußen schien hell die Sonne des indianischen Sommers.

Ein weißgekleidetes Mädchen deutscher Herkunft bediente. Es wurden frische Früchte gereicht, die den Appetit anregten. Eine Schüssel Maisbrei folgte. Eier mit gebratenem Speck, Brot, Butter und Kaffee machten den Beschluß.

Man saß beisammen, als gehöre der Gast längst der Familie an. Man besprach den vergangenen Tag und alle Erlebnisse, die Freuden und Leiden der Kinder, die Arbeiten der kommenden Woche und gab sich doch bei jedem Wort der stillen Wonne des arbeitsfreien Sonntags hin. Nach beendetem Frühstück begab sich die Hausfrau in die Küche, um nach dem Rechten zu sehen, und die Herren zündeten sich eine Zigarre an und ergingen sich im Garten. Sie sprachen nicht viel. Sie atmeten tief die sonnige Luft, blieben vor jeder Herbstblume stehen, horchten auf den herüberschallenden Jubel der Kinder und nickten sich zuweilen lächelnd zu.

»Sonntagsruhe« ... sagte Wuppermann.

»Wie daheim, wenn unsere Alten sich die Pfeifen stopften und sich mit der Zeitung ins Freie setzten.«

»Wart, ich hab’ die Zeitungen in der Tasche. Aber selbstverständlich.«

Und sie lagen auf langgestreckten Rohrstühlen in der Sonne, lasen, rauchten, zwinkerten wohlig ins Licht und warfen sich nur hin und wieder eine Frage und eine Antwort zu.

»Ausspannung,« sagte Georg Wuppermann. »Wer weiß heute noch, was Ausspannung ist? Und der Mensch braucht sie wie das tägliche Brot.«

»Ich lerne auch das wieder, Georg. Bei uns nennt man Ausspannung: das Treiben auf einem anderen Feld beginnen.«

Und wieder lagen sie still, atmeten tief und ließen sich von der Sonne bescheinen. Die Zeitungsblätter knitterten leise, der Rauch der Zigarren stieg in Kräuseln hoch, im Gebüsch raschelte ein Vogel, und ein Lufthauch wehte den Klang der Kinderstimmen herüber.

Am Lunch nahmen auch die Kinder teil. Die Hausfrau saß in hellem Kleide zwischen dem Gast und ihrem Mann, und dem Hausherrn lag das Amt des Vorlegers ob. Er füllte die Teller und reichte jedem das seine. Patriarchalisch wie zu Zeiten der ersten Einwanderer. Als er Wegherrs Blick gewahrte, schmunzelte er.

»Das findest du noch in den meisten Kreisen, und es hat was für sich. Zunächst zeigt es den Mann als das Haupt der Familie – lächele nicht, meine liebe Mary, es ist so – zweitens nimmt es der vom Haushalt ermüdeten Frau eine Arbeit ab, denn Dienstboten waren rar und sind es heute noch, wenn du keine Meinung für Nigger hast, und drittens setzt es der falschen Bescheidenheit ein Ziel, die nicht zuzulangen wagt. Hör mal, mein lieber Bill, an deines Vaters Tisch wird Deutsch gesprochen.«

Der Junge, der sich mit seinen Geschwistern englisch unterhalten hatte, errötete, brach den Satz ab und führte ihn dann in deutscher Sprache zu Ende.

»Er geht nämlich seit zwei Jahren drüben im Städtchen zur Schule,« erklärte der Hausherr. »Und von Stund an herrscht das Englische. Bestenfalls, wenn die Eltern Zeit und Lust haben, darauf zu achten, das Zweisprachige. Es ist ein Krebsschaden für die Weiterentwicklung des Deutschtums. Aber die Schulen sind nun mal so.«

»Und da sollte nichts zu machen sein?«

»Wir sind in Amerika, und die Landessprache ist Englisch. Das zieht den Deutschen selbst dort, wo er sich in der Überzahl befindet, an wie Fliegenpapier. Ich lege hier noch einen Hebel vor.«

»Und was sagt euer Frank Willart dazu?«

»Er kommt morgen abend von Philadelphia herüber. Da frag ihn lieber selber. Ihr seid gescheiter als ich.«

Die Hausfrau sah zum Gast auf. »Nicht wahr, ich habe einen sehr dummen, deutschen Mann.«

»Der Papa ist ein Schlauberger!« schallte es von der Tischecke.

»Ruhig, ihr Rangen! Wer hat das gesagt?«

»Der Großvater. Er sagte erst in voriger Woche zu einem Gentleman: Dieser Mr. Wuppermann steckt euch noch alle zusammen in die Tasche, denn er ist ein Schlauberger, der über seine und eure Nase wegsieht.«

»Aber ich sehe eine, und das ist eine Weisnase,« drohte der Vater, und die Kinder jubelten vor Vergnügen.

An diesen amerikanischen Sonntag dachte Ernst Wegherr lange noch. Es kam nichts vor, das von einer besonderen Bedeutung für sein Leben hätte sein können, und doch blieb dieser friedevolle Tag ihm in der Erinnerung wie der Duft einer Blume.

Man war mit den Kindern in den nahen Wald gegangen und hatte nichts Anderes getan, als sich an ihrem Kräfteüberschwang und ihren lustigen Einfällen ergötzt. Man hatte sich auf einen Hügel gelagert und die Aussicht genossen, wie man ein stimmungstiefes Bild genießt. Und auf dem Heimweg war Wegherr neben der Hausfrau einhergeschritten, während der Freund mit den Kindern singend voranzog. Familienglück, dachte Wegherr, nichts weiter. Und doch die Quelle der Kraft.

»Ich habe mich sehr auf Sie gefreut, Mr. Wegherr,« sagte die Frau an seiner Seite. »Es war nicht nur mein Mann.«

»Das ist ein Wort, Frau Wuppermann, das mir Ihre Gastfreundschaft doppelt lieb macht.«

Die junge Frau sah ihn an. »Sie müssen sich bei Georg und mir nicht als Gast fühlen. Wenn es möglich wäre, daß Sie könnten, würde ich Sie bitten: bleiben Sie überhaupt hier oder siedeln Sie sich in der Nähe an. Wenn es möglich wäre, daß Sie sich einen anderen Lebensberuf wählen möchten, würde ich sagen: werden Sie Georgs Teilhaber. Es würde ihn sehr glücklich machen, und was ihn glücklich macht, schenkt er mir und den Kindern. Aber alles das ist ja nicht möglich. Sie werden eines Tages weiterreisen, und Sie hängen an Ihrem hohen Berufe. Und doch gibt es etwas, das Sie mir mitgebracht haben, mir ganz allein, und dafür danke ich Ihnen.«

»Was könnte das sein, gnädige Frau?«

Die junge Frau ging mit ihren ernsten, freundlichen Augen eine Weile still an seiner Seite.

»Wir Mädchen und Frauen hierzulande sind nicht empfindsam,« sagte sie dann lächelnd. »Wenn uns ein Mann gegenübertritt, so fragen wir, wer er ist, nicht woher er ist oder was er war. Das ist ja auch wohl natürlich bei den hundert Völkerschaften, aus denen der Amerikaner wird. Nur der Mann, der aus sich selber heraus etwas schafft, nötigt uns Achtung ab. Herkunft und Vergangenheit rühren kaum an unseren Gleichmut. Und mit diesen Empfindungen sah ich auch Mr. Wuppermann an, als er das erstemal zu uns kam, mit diesen Empfindungen wurde ich gern seine Frau. Und dann kam das Merkwürdige.«

Sie sah zu ihrem Begleiter auf. »Langweile ich Sie auch nicht, Mr. Wegherr? Meine Welt ist nicht groß.«

Er schüttelte den Kopf.

»Das Merkwürdige,« wiederholte sie. »Das Wesen dieses Mannes war so stark und unverzagt, so deutsch, wenn Sie wollen, daß das meine in allerkürzester Zeit aus dem amerikanischen Gleichmut erwachte, aufhorchte, ihm nachging und sich ganz nach ihm wandelte. Und so stark wurde das, besonders als die Kinder kamen, daß ich begann, mir auszumalen, wie er selber wohl früher, wie er als Kind und junger Mann gewesen sein mochte. Es fehlte meiner Liebe etwas, daß sie das nicht wußte, und sie hätte sich so gern auch in diesen Jugendgärten ergangen. Wohl erzählte er mir davon, oft und oft, aber mit Amerika fängt doch ein neues Leben, ein neuer Mensch für jeden an. Alles Frühere wird ihm ein nebelhafter Traum. Da sind Sie gekommen, sein Jugend-, ja, sein Kindheitsfreund, der so ziemlich allein für ihn die alte Heimat bedeutete. Und wenn ich Sie beide nun miteinander sprechen und miteinander lachen höre, sehe ich Georg plötzlich als kleinen Jungen auf seiner Herzbachstraße, denn ich sehe Sie, von dem er immer im selben Atem sprach, in Wirklichkeit vor mir als den lebendigen Zeugen. Nun wissen Sie, weshalb ich mich so auf Sie gefreut habe und was Sie mir mitgebracht haben. Es ist eine sehr selbstsüchtige Freude, ich weiß es.«

Mein Gott, dachte Wegherr, so etwas gibt es? So weit läuft eine Frau den Weg des Mannes zurück, um auch an dieser Wegstrecke ihren Teil zu haben? Und statt erbittert der eigenen Erfahrungen zu gedenken, ging es wie eine Woge ungeahnten Glückes durch ihn hindurch, und er wurde redselig wie zu einer alten Freundin und ließ die Gestalt des kleinen, kernigen Schmiedejungen vor ihren Augen erstehen, fern dem trennenden Tag, fern dem trennenden Weltmeer, und doch stand sie da, als sei sie heute, als sei sie greifbar nahe, und die Erzählungen von des Knaben Georg jungem Mute, seinen Straßenheldentaten, seiner derben Liebe zum Vater und seiner Treue zum Freunde, seiner Schulzeit und Lehrzeit sprudelten ihm fröhlich von den Lippen. Längst hatten die Augen der jungen Frau an seiner Seite den stillen Ernst verloren, längst waren sie leuchtend, mädchenhaft geworden, und oft flog ein helles Lachen in seine Schilderungen hinein. Da lag das Landhaus, in Frieden eingebettet. Jenseits des Gartens durch einen doppelten Baumwall von den Fabrikgebäuden getrennt. Beides ein Reich für sich. Und die junge Frau wies darauf hin und sagte: »Das hat er geschaffen. Das ist er!« Und reichte dem Freunde die Hand und sagte wieder: »Diesen Festtag aber danke ich Ihnen.«

Vor dem Gittertor aber standen in zwei Reihen aufgepflanzt die Kinder und grüßten militärisch. Und der Vater stand stramm als Offizier und meldete: »Ein Vater und vier Kinder, hungrig wie die Wölfe.« Da lief Frau Mary in die Küche, und bald rief der hallende Klang des Gongs alle, die in ihre Stuben geeilt waren, um sich aufzufrischen, zum Dinner in das Speisezimmer.

Es war ein festliches Mahl, und die Augen der Kinder wurden größer und größer. Die Hausfrau hatte noch Zeit gefunden, ein neues Gewand anzulegen, und die Kinder wußten nicht, ob sie mehr ihre strahlende Mutter oder die ungewohnte Speisenfolge bewundern sollten, entschieden sich aber schnell und einmütig für das letztere. »Ohm Ernst,« erklärte Bill, »du mußt lange hierbleiben. Weißt du, so fein haben wir's nicht alle Tage.«

»Deutscher Wein,« sagte Wuppermann, und die Gläser der Erwachsenen läuteten durch das Zimmer. »Geradenwegs aus dem Rheingau und selber bezogen. Der kalifornische ist eine Greueltat. In Amerika ist eben alles verdreht. Die Vögel singen nicht, die Blumen duften nicht, und der Wein – riecht. Na, prost, dieser hat Blume und duftet, bis *wir* statt der Vögel das Singen kriegen.«

Aber es wurde zuvor ein anderes Lied.

Als das Mahl sein Ende erreicht hatte, erhob sich die Hausfrau und ging leisen Schrittes ins Nebenzimmer. Und bald ertönte ein Harmonium in der Melodie eines alten Kirchenliedes, eines schlichten Dankgebetes. Stehend sangen es die Kinder mit. Ein wenig verlegen blickte Wuppermann auf den Freund. Der aber erhob sich ruhig und nahm an dem Gesange teil. Da schob auch der Hausherr schnell den Stuhl zurück und ließ kräftig seinen Baß erschallen.

Die Kinder waren noch ein Stündchen in den Garten gelaufen. Nun tauchten sie, eines nach dem anderen, schlummermüde wieder im Zimmer auf, und die Mutter nahm sie bei der Hand und führte sie zum Gutenachtgruß dem Gast und dem Vater zu. Sie selber ging mit ihnen hinauf, um sie zu Bett zu bringen.

Die Freunde saßen allein. Als Wegherr den Kopf hob, spürte er den Blick Wuppermanns auf sich ruhen. Wie eine stumme Frage.

Da erhob er sich, ging zu ihm hin und legte ihm beide Hände auf die Schultern.

»Georg,« sagte er, »daß bei dir das Heimweh geschwunden ist, das verstehe ich nun. Denn du hast deine Frau. Diese Frau.«

»Soll ich das als einen Glückwunsch nehmen?«

»Als einen Glückwunsch. Du hast Wurzel geschlagen.«

»Ein Restchen Heimweh bleibt uns immer.«

»Ja,« sagte Wegherr, »aber das ist anderer Art. Das verlangt nach Dingen, die unwiderruflich dahin sind. Das träumt von der Kinderzeit im elterlichen Schutz, von der Jugend in erster Freiheit, und die Erinnerung gibt allem die leuchtenden Farben. Deine Kinder führen ganz sicher ein besseres Leben, als wir es führten. Und doch ist uns zumute, als ob gerade *unsere* Kindheit die allerschönste gewesen wäre.«

»Du magst Recht haben, Ernst. Aber wir waren doch auch ganze Kerls.«

»Deine Kinder werden ganz genau so von sich selber denken. Besonders wenn sie einen Streich vollbracht haben, den der Vater vielleicht weniger schätzt. Da lachst du schon. Nein, Georg, die Jugend bleibt sich zu allen Zeiten treu, nur *wir* ändern uns.«

Ein Weilchen noch, und die Hausfrau kam zurück.

»Die Kinder schliefen schon,« berichtete sie, »als sie nur die Betten sahen. Aber den Onkel ließen sie doch noch einmal grüßen.«

»Wollen Sie nicht noch ein wenig Harmonium spielen?« bat Wegherr. »Der Sonntag hat so eine Art Harmoniumstimmung.«

»Wenn es Ihnen Freude macht, gern, Herr Doktor.«

Aus dem Nebenraum drangen die leisen, getragenen Klänge. Sie schufen das Zimmer in einen Andachtsraum um und machten aus kämpfenden Menschen Gläubige. Gläubige an eine Zukunft, die sie nicht sahen und doch warm verspürten. Jetzt klang es wie aus fernem Jugendland, als spielte die Orgel eines Dorfkirchleins, jetzt schwoll es an zu leidenschaftlichem Anrufen an den unsichtbaren Gott und die sichtbare Welt, als ränge eine Mannesseele mit den Stürmen drinnen und draußen, jetzt aber vereinigten sich die Klangwogen zu einem Siegessang voll tiefer Dankbarkeit, zu einem Erlösungslied voll Hoffnungsseligkeiten, und eine klare Frauenstimme setzte ein mit den Worten des Psalms:

»Nähme ich Flügel der Morgenröte und bliebe am äußersten Meer, so würde mich doch Deine Hand daselbst führen und Deine Rechte mich halten.«

Und die Männer saßen noch lange und sannen den Klängen nach...

An diesem Abend wußte keiner mehr von Heimweh.

In der Morgenfrühe fuhr Ernst Wegherr aus tiefem, traumlosem Schlaf empor. Schwamm er noch auf dem Ozean? Heulten die Schiffssirenen durch den Nebel hindurch? Er sprang auf die Füße und sah das Morgenlicht durch die Fensterbehänge schimmern. Da wußte er es. Wuppermanns Fabriken begannen ihre Wochenarbeit.

Eine halbe Stunde später traf er den Freund auf der Diele. Sie begrüßten sich mit einem munteren Wort und setzten sich an den gedeckten Frühstückstisch. Da brachte auch schon die Hausfrau die Kinder.

Heute ging das Frühstück flott vonstatten. Der kleine Bill hielt noch eine Toastscheibe in der Hand, als er schon den Ranzen umwarf und mit kurzem Gruß hinausstürmte, zur Schule im Städtchen. Auch Wuppermann erhob sich bald und ließ sich von einem Töchterchen Hut und Stock reichen. »Willst du meiner Frau Gesellschaft leisten, Ernst?«

»Zum Feierabend. Jetzt möcht' ich mit dir in die Fabrik.«

»Recht so. Die Maschinenkolben haben auch ihre Musik. Bis nachher, Frau – adschüs, Kinder.«

Sie waren draußen in der frischen Morgenluft. »Ach,« sagte Wuppermann, »da springt einem das Herz vor Freud' bis in den Hals.« Und er sog mit geblähten Nüstern die Luft ein.

Sie überschritten den Hof der Maschinenfabrik, der voll dröhnenden Lebens war, durchquerten die Kontore der Schreiber und Zeichner, wünschten einen guten Morgen und verschwanden im Privatkontor. Die Post lag aufgeschichtet auf dem Tisch, und sofort machte sich Wuppermann darüber her. »Setz dich, Ernst, kannst mitlesen. Rauchen gestattet.« Und schon fuhr sein Falzbein durch die Umschläge. »Gut, könnt ihr haben. Sehr gut, sehr gut, Arbeit kann mir gar nicht zu dick kommen. Was? Beschwerden? Fauler Zauber. Preisdrückerei is nich, und Ausstellungen werden nur innerhalb vierzehn Tagen nach Empfang der Maschinen entgegengenommen.« Er drückte auf einen Klingelknopf. Ein Schreiber erschien in Hemdärmeln. Wuppermann diktierte: »Telegramm an Hawkins Brothers, St. Louis. Bitte beanstandete Maschine innerhalb acht Tagen frachtfrei zurücksenden. Neulieferung erst in sechs Monaten möglich wegen Orderüberhäufung. So. Firma darunter. Weg damit.« Der Mann verschwand.

»Könnte der Maschine nicht auf der Reise etwas zugestoßen sein?« fragte Wegherr.

»Keine Spur. Alle Teile werden wie die Wickelkinder verpackt. Und wenn schon. Kostet einen Schlossertagelohn von vier Dollar meinetwegen, und mir wollen die Halunken zweihundert Dollar in Abzug bringen. Die denken: nur immer riskieren, und ich denke: bange machen gilt nicht, das ist der ganze Unterschied.«

»Und wenn du den Kunden dadurch verlierst?«

»Keine Ahnung. Den Spitzbuben imponierst du nur durch Kaltblütigkeit. Dann glauben sie, ich brauch' sie nicht. Sie aber brauchen meine Maschinen. Besonders wenn sie von einer Wartefrist wegen Orderüberhäufung lesen. Dann kriegen sie's mit der Angst, die Konkurrenz würde leistungsfähiger.« Er las während des Sprechens Brief um Brief. »Ist es aber ein Hartgesottener – was kauf' ich mir dafür? Ein Kunde, der schlecht bezahlt, hält den Betrieb auf. Hier in Amerika bringt's nur die Masse.«

Er schlug auf den Briefstapel. »Fertig. Nun wollen wir das Raubtier füttern.«

Sie gingen in das Kontor der Schreiber zurück. Einen Augenblick wurde es stille. Wuppermann schritt von einem zum anderen, verteilte mit kurzen Bemerkungen einen Teil der Briefschaften, und sofort ratterten die Schreibmaschinen wieder los, kratzten die Federn, klingelte das Telephon.

Welch ein Wirrwarr, dachte Wegherr, und Wuppermann erwiderte, als hätte er des Freundes Gedanken erraten: »Wird alles pünktlich besorgt. Zuviel Anweisungen machen den Menschen dumm. Mach sie glauben, sie wären lauter Moltkes, und sie gewinnen dir die Schlachten.«

»Du bist ein Diplomat, Georg.«

»Ganz Amerika besteht daraus. Das ist der Fehler drüben. Während die Kaufmannsjünglinge hier schon jedes Börsenmanöver mitmachen, registrieren sie drüben noch treu und redlich, aber stark verdummend, die Kopierbücher. Dabei ist das Menschenmaterial drüben mindestens so gescheit und unbedingt gewissenhafter.«

Sie waren im Saal der Zeichner angekommen. Und wieder ging Wuppermann von Tisch zu Tisch, verteilte die Briefschaften, machte auf besondere Stellen aufmerksam und gab knapp und bestimmt seine Anweisungen. Einen größeren Entwurf betrachtete er aufmerksam, und nach kurzer Beratung nahm der Zeichner eine Änderung vor.

»Du bist doch kein Techniker,« meinte Wegherr, als sie zur Maschinenhalle schritten. »Woher weißt du das alles?«

»Ich hab's gelernt.«

»Aber der Techniker mußte es eigentlich doch besser wissen?«

»Woher denn? Der Mann hat's doch auch lernen müssen. Und mehr als lernen geht nicht. Da stehen wir gleich.«

»Fürchtest du nicht, daß du mal danebenhaust?«

»Wenn die Gesellschaft merkte, daß ich mich fürchtete, tanzte sie mir bald auf der Nase herum. Sie *müssen* einfach das Empfinden haben, daß ich es besser verstehe. Dann strengen sie auch selber ihre Schädel an.«

»Meine Bewunderung, Georg.«

»Nicht der Rede wert. Nur vorwärts heißt hier die Losung, und was links und rechts fällt –«

»Das fällt.«

»Ja, das fällt. Und das ist das einzig Scheußliche: das Menschenleben hat hier keinen Kurs auf der Geschäftsbörse. Freilich, einen Ausgleich gibt es. Jeder Niedergebrochene, der gestern noch eine Million besaß, kann morgen als Hausknecht mit zehn Dollars die Woche von neuem anfangen, ohne deshalb gesellschaftlich minderwertig zu werden. Denn der Mann kann ja, wenn er mit seinen zehn Dollars glücklich spekuliert, in Jahr und Tag wieder im Aufsichtsrat einer Minengesellschaft sitzen. Da gibt's kein vornehmes Sichabwenden und Naserümpfen wie drüben. Wer arbeitet, ist Gentleman. Ob er Bier zapft oder Maschinen baut.«

Im Maschinensaal hörte die Unterhaltung auf. Das Gedröhne, Gezische, Geknarre der Hämmer, Feilen und Stahlbohrer verschlang jedes Wort. Aber Wuppermann wußte sich dennoch verständlich zu machen. Er rief keinen Mann beiseite, er beugte sich nur über den ruhig Weiterarbeitenden, legte ihm die gehöhlte Hand ans Ohr und brüllte hinein. Dann legte er sich selber die gehöhlte Hand ans Ohr und ließ den Angerufenen zurückbrüllen, ohne daß der Mann auch nur eine Sekunde sein Werkzeug niederzulegen brauchte.

» **All right**,« schrie Wuppermann lachend dem Freunde zu, »wir können weiter. Nicht verstanden? Schadet auch nix.« Und er nahm ihn beim Arme und führte ihn über Eisenstangen und Zahnräder hinweg in den Hof. »Taubstumm geworden? Das ist zuzeiten Gold wert. Ich bin's auch, wenn's das Geschäft verlangt.«

»Ich glaube eher,« verwunderte sich Wegherr, »ich sehe nicht recht. Sitzt da nicht Wilhelm Finkler?«

»Hallo, Finkler,« rief Wuppermann. »Was in der Politik los? Hast du einen Tip für mich? Halbpart wie immer!«

Will Finkler saß, das Einglas im Auge, auf einem umgestülpten Dampfkessel und schälte einen schönen kalifornischen Apfel.

» **Morning, Gentlemen**. Bin nur ein bißchen auf Urlaub. Kein Grund zur weiteren Beunruhigung.«

Er zerschnitt den Apfel und aß ihn Stück um Stück. »Freilunch gefällig?«

»Nee, mein Sohn,« sagte Wuppermann und schüttelte ironisch den Kopf, »das mach du einem Grünhorn weis, daß du dich urlaubshalber sehen läßt. Ja, wenn du für den Urlaub bezahlt kriegtest.« Und er lachte ungezwungen.

Finkler war mit dem Apfel zu Ende. Er nickte Wegherr zu und meinte gleichmütig: »Wollte nur sehen, Doktor, ob dieser Moloch Wuppermann dir noch nicht auf die Nerven gegangen wäre. War nicht sehr freundschaftlich von mir, dich mit diesem Dollarmenschen allein ziehen zu lassen. Dachte, ich hole dich wieder nach Neuyork, unter Intelligenzen.«

»Glaub ihm kein Wort,« rief Wuppermann. »Sein Hirn ist eingetrocknet. Er will dich in Neuyork zu mindestens zwei Dutzend Zeitungsartikeln einschlachten. Über Politik, Kultur; Volkswirtschaft, historische Persönlichkeiten. Ein Historiker wie du wäre für ihn ein gefundenes Fressen.«

»Vielleicht will er nur noch einiges von der Jugendgeliebten vernehmen, Georg. Er ist ein weicherer Mensch, als du denkst.«

Finkler winkte energisch ab.

»O, ich bitte dich, Doktor. Nichts mehr von diesem Weib. Es widerspricht meinem guten Geschmack. Aber wenn du mir fünf Minuten deiner Zeit opfern willst –«

»Finkler,« sagte Wuppermann und trat einen Schritt näher, »wenn du nach dem Sprichwort ›Zeit ist Geld‹ bei Wegherr Zeit *mit* Geld verwechseln solltest, so rate ich dir gut. Wenn du ihn anborgst –« und er streifte die Ärmel ein wenig von den muskulösen Armen. »Verdien dir dein Geld.«

Finkler wandte sich achselzuckend an Wegherr, dem das Peinliche des Augenblickes vom Gesicht zu lesen war.

»Es ist sein pennsylvanischer Hinterwäldlerton. Lassen wir ihn. Sieh, Doktor, gestern mittag kam ich in Neuyork an. Meine Gedanken arbeiteten auch auf der Eisenbahn. Und abends sauste ich schon dieselbe Strecke nach Philadelphia zurück und heute in aller Herrgottsfrühe hierher weiter. Da bin ich. Man zögert hier nicht lange.«

»Und deine Gedanken?« fragte Wegherr. »Wolltest du sie mir vortragen?«

»Stimmt. Es ist eine Art Freundschaftsdienst, auf Gegenseitigkeit begründet. Du schreibst mir eine Anzahl Artikel, glänzend, wie du das zu machen pflegst. Ich aber, durch meine ebenso glänzenden Verbindungen, bringe sie bei den Zeitungen unter, die die größte Tragweite besitzen. Den Erlös teilen wir. Ich stehe dir für ein großes Geschäft.«

»Sagte ich's nicht?« rief Wuppermann und klatschte sich auf den Schenkel. »Sagte ich's nicht? Ich kenn' doch meine Pappenheimer. Aber immerhin, es soll ihm verziehen sein: es ist ein Geschäft, wenn auch nur für seine Beine.«

»Du glaubst, das sei überlegenswert?« fragte Wegherr lächelnd den Freund.

»Der Reporter ist hier der Kurpfuscher der Kultur. Wenn auf tausend Meilen kein Arzt zur Hand ist, nimmt man gern den Schäfer.«

»Ein guter Hirte weiß, was seiner Herde dient, Doktor. Sie frißt ihm aus der Hand, dem fremden Tierarzt nicht. Ich werde jeden deiner Briefe mit einer Einführung versehen. Dann glauben sie's dir.«

Nun lachte Wegherr herzlich. »Die Wissenschaft auf Krücken.«

Dann wurde er ernst und wollte glatt ablehnen. Aber Wuppermann flüsterte ihm zu: »Nimm dir Zeit!« Und so dankte er Finkler für die guten Absichten und versprach, in der nächsten Zeit auf den Gegenstand zurückzukommen. »Wir sind auf dem Gang durch die Fabriken. Prachtvolle Schöpfungen, was? Und das Herz lacht einem im Leibe, daß das einer der unseren geschaffen hat. Schließ dich der Besichtigung an. Es schadet keinem.«

»Leider nicht in der Lage,« bedauerte Finkler. »Muß das Reisegeld wieder herausverdienen. Kann ich eine halbe Stunde dein Privatkontor benutzen, Wuppermann?«

Der Fabrikant rief einen Jungen heran und gebot ihm, den Herrn ins Privatkontor zu führen.

»Wir nehmen den Lunch um 12 Uhr in der Fabrik. Wenn du teilnehmen willst?«

»In der Voraussetzung, daß du Gentleman genug bist, mich dann zur Bahn kutschieren zu lassen.«

» **All right!**« Und Wuppermann wandte sich um und betrat mit Wegherr die Fabrikgebäude, in denen die Strumpfmaschinen sausend bei der Arbeit waren und die Garnspulen der Bandstühle wie die Wiesel liefen und tanzten.

»Jede dieser beiden Fabriken untersteht einem Direktor,« erklärte er. »Ich führe die Oberaufsicht. War kein schlechter Gedanke, kann ich dir sagen, von den selbstgebauten Maschinen Nutzen zu ziehen. Ich hab' natürlich ein Abkommen mit meiner Kundschaft, sie nicht zu unterbieten. Aber da mich die maschinelle Einrichtung nur die Hälfte kostet und ich gewisse Verbesserungen nur für mich nutze, streiche ich durch die billigere Arbeit den höheren Gewinn ein. Außerdem arbeite ich schneller und kann in Zeiten der Hochkonjunktur so viel Maschinen einstellen, wie ich will. Das ist der Trick oder das Ei des Kolumbus.«

»Ich glaube, Georg, zum Amerikaner muß man schon vor der Geburt bestimmt sein.«

Wuppermann lachte. »Mein guter Alter in der Herzbachstraße,« meinte er dann nachdenklich, »der hat Jahr für Jahr sein Stangeneisen geklopft und Hufeisen draus gemacht. Nee, der war *nicht* schuld. Ein jeder Mensch hat es in der Gewalt, sein Leben in die Höhe zu bringen. Aber die meisten wollen nicht.«

»Weshalb sollten sie nicht wollen, Georg?«

»Weil sie fest daran hängen, sie seien zum Offizier bestimmt, und es langt nur zum Bierkutscher. Weil der eine lieber an seiner verpfuschten Juristenlaufbahn festhält, statt es mit einem schwunghaften Hosenträgerhandel zu versuchen, und der andere lieber Vaters Fabrik herunterbringt, als daß er ein Delikatessengeschäft gründet. In diesem Lande gibt es keine feierlichen Herkommen, und wer an einer Kneipe mehr verdient als ein anderer an Goldminenaktien, bleibt der Beneidetere.«

Auf den Kontoren, die sie betraten, ging es zu wie auf dem Kontor der Maschinenfabrik. Nur daß Wuppermann, als er die Briefschaften durchflogen hatte, sich lediglich mit den Direktoren unterhielt. Aber seinen Besichtigungsgang machte er durch alle Räume, und sein Auge war überall.

»Sechstausend Paar seidene und halbseidene Strümpfe den Tag,« meldete der Direktor. »Gute Arbeitsleistung.«

»Donnerwetter,« entfuhr es Wegherr, »das macht im Jahre – Himmel, wer soll die alle tragen?«

»Kosten das Paar im Ladengeschäft einen halben Dollar,« erklärte Wuppermann. »Kein Dienstmädel trägt hier einen gestopften Strumpf. Strümpfe stopfen, so was gibt's hier überhaupt nicht. Strümpfe sind zum Kokettieren da. Was reißt, kommt in die Lumpen. Eine schadhafte Moral wird hier kaum bemerkt, ein schadhafter Strumpf auf der Stelle. Nicht **gentlemanlike**, nicht **ladylike**. Gentlemen und Ladies sind sie hier aber alle. Daher der Riesenverbrauch. Gott geb', daß es immer so bleibe.«

Nur die Färberei war noch zu besichtigen. Wuppermann stieß die Tür auf, und ein heißer Qualm fauchte heraus. »Jetzt naht die Überraschung,« sagte Wuppermann. »Der Meister soll kommen,« rief er in den dicken Brodem hinein.

Eine Gestalt tauchte auf und schob sich näher. Der Arbeitsanzug schillerte in allen Farben, und Bart und Haar wiesen rote, blaue und grüne Schattierungen auf. »Eichelskamp,« rief Wuppermann, »komm ens flöck, hier es ene Landsmann.«

Da war der Alte in drei Sätzen zur Stelle, rieb sich den Dampf aus den Augen und stierte.

»Es dat wohr? Em dreckige Amerika en Minsch von zo Hus? Donnerlütsch, ech fressen mech selver samt minge Färverkittel, wenn dat nich – wenn dat nich der Ernst Wegherr es.« Und er wischte heftig an den Hosen die Hände ab und streckte sie Wegherr entgegen.

»Mann Gottes, Sie sind doch nicht« – Wegherr überlegte – »Sie sind doch nicht der Kobes, der vor dreißig Jahren beim Meister Wuppermann in der Herzbachstraße Schmiedegesell war?«

»Stimmt wie aus 'm Gebetbuch. Gerad der Kobes, dä mit euch Jungs Forelle zoppe ging. Nee, enee, wat han ich en Freud'!« Und er lachte, bis er sich schneuzen mußte.

»Aber Mann, Sie waren doch Schmiedegesell und nicht Färber.«

»Ech wor ein's Dags nach Amerika. Nich im Läwe widder. Ech wor den Yankees zu ahl, mit *die* Fäust'. Awwer minge eigne Fäust konnt ich nich auffresse, un Hunger hatt' ech auch för zwölf Mann. Da stöberten mech der Georg Wuppermann auf. Dä sagt: ech brauchen gerad ene zuverlässige Färwermeister, un nahm mech beim Schlaffitche. Ech dacht, der Georg moß dat besser wisse; mügelich, dat in Amerika die Färwers Rundeise schmiede. Un ech han gefärwt noh de Schwerenot.«

»Ich komm noch mal wieder, Kobes,« sagte Wegherr und drückte des Alten Hand. »Hat mich mächtig gefreut, Kobes.«

»Un mech, un mech,« murmelte der Alte und murmelte noch eine Weile hinter den beiden her, bevor der Brodem der Färberei ihn wieder verschlang.

»Die Erde wird mit jedem Tag, den man in Amerika zubringt, kleiner, Georg.«

Wuppermann sah nach der Uhr. »Wir können jetzt den Lunch einnehmen. Das mach' ich immer hier in der Fabrik, weil wir schon um vier Uhr schließen. Da vertrödele ich keine Zeit und kann mich beim Dinner ganz den Meinen widmen.«

Sie fanden Finkler bereits bei der Mahlzeit, die in einem Korbe vom Landhaus herübergebracht worden war. Er ließ sich nicht stören und wies nur mit dem Messerstiel auf eine Anzahl beschriebener Blätter. Wuppermann nahm sie auf und las laut die dreifache Überschrift: »Zwei prominente Deutsche in Amerika.« »Georg Wuppermann, der Typus des Großindustriellen und Selfmademan, und Professor Doktor Wegherr, der weltberühmte Geschichtsforscher und Völkerpsycholog.« »Ideale der deutschen Männerfreundschaft.«

Wuppermann ließ die Blätter sinken. »Was – kostet – mich das?« gurgelte er unter Lachen hervor.

»Ein Fabrikat gegen das andere. Sechs Dutzend Paar Seidenstrümpfe werden dich nicht gereuen, Mann.«

Der Fabrikant nahm das Telephon, sprach hinein und hing den Hörer an. »Sie werden in den Wagen gebracht. Da kommt er schon.«

Finkler verabschiedete sich von Wegherr. »Wenn du mich besuchst, Doktor – hier meine Karte – eine Depesche genügt. Aber es muß ein Geschäft dahinter stecken.« Wuppermann klopfte er auf die Schulter. »Sind's auch sechs Dutzend? Gentlemen, war mir eine Ehre.«

»Die Strümpfe verkauft er,« sagte Wuppermann seelenruhig, als sie den Rest des Frühstücks einnahmen. –

Die Nachmittagsstunden vergingen im Fluge. Rechnungen wurden geprüft, Stapel von Briefen unterschrieben, versandfertige Maschinen besichtigt und die Verpackung überwacht. Wegherr fühlte sich todmüde, als sie die laute Fabrik verließen und dem stillen Landhaus zuschritten.

»Wir werden gleich zu uns kommen,« meinte Wuppermann vergnügt und öffnete die Tür.

Da stand Frank Willart im Zimmer, mit den feurigen Augen im kräftig gemeißelten Gesicht. Und neben der Hausfrau saß eine Dame, die wie die Schwester der Hausfrau erschien, schlank und von feinen und festen Gliedern.

5

Die Hausfrau hatte sich beim Eintritt der beiden Herren erhoben.

»Wir haben liebe Gäste,« sagte sie mit dem warmen Ton der Stimme. »Darf ich unsern Freund bekannt machen? Ach, ich vergaß, die Herren kennen sich ja schon von der Bergfahrt her. Aber meiner lieben Freundin Fräulein van Weert muß ich Sie vorstellen. Doktor Wegherr, Professor aus Deutschland.«

Ernst Wegherr reichte Fräulein van Weert die Hand. Sie sahen sich an und nickten sich freundlich zu. Dann beurlaubten sich die Herren auf eine Viertelstunde, um den Fabrikstaub abzuschütteln.

Als sie in Abendkleidung zurückkehrten, erscholl der Gong, der zum Dinner lud. Die Kinder speisten heute auf ihrem Zimmer. So wurde es etwas feierlicher. Aber diese Feierlichkeit verlor sich sofort, als der kleine Kreis Platz genommen hatte und die Unterhaltung lebhafter wurde. Wegherr hatte zwischen der Hausfrau und Fräulein van Weert seinen Platz gefunden. Das war ihm lieb und verscheuchte schnell die Abspannung, die der rasselnde Fabriktag hinterlassen hatte.

»Meine Freundin Gertrud van Weert,« sagte die Hausfrau, »ist nun auch schon ein Dutzend Jahre im Land. Leider haben wir davon erst drei Jährchen mitbekommen.«

»Erst drei Jährchen?« wiederholte Fräulein van Weert. »Mir schienen es, an den ersten neun Jahren gemessen, drei recht lange Jahre.«

Ihr Gesicht war schmal, und die Stubenluft hatte ihrer brünetten Haut einen elfenbeinfarbigen Hauch gegeben. Das dunkle Haar lag in einer schweren Flechte um die Stirn gewunden. Das Köpfchen hing ein wenig müde auf dem schlanken Hals, als ob es Erinnerungen nachträumte. Erhob es sich aber in der Erregung des Gesprächs, so ging ein spannkräftiger Zug durch die ganze Gestalt, daß die Brust vorwärts drängte und Schultern und Arme sich strafften. Bis das leise Hinträumen wieder Macht gewann.

»Ich entnehme aus Frau Wuppermanns Worten,« wandte sich Wegherr an seine Nachbarin, »daß Sie Ihren Aufenthalt hier in der Nähe genommen haben.«

»Ich bin als Lehrerin an dem großen Damen-College angestellt, das nur ein paar kleine Meilen von hier in der Nähe der Stadt liegt, eine Art Mädchenuniversität mit Internat.«

»Sie sagen das nicht sonderlich fröhlich, Fräulein van Weert.«

»O,« erwiderte sie hastig und errötend, »ich bitte um Entschuldigung, wenn ich mich gehen ließ. Nein, nein, es war nicht recht. Besonders nicht in diesem Kreise, der jeden Menschen fröhlich machen muß.«

»Lieben Sie die Lehrtätigkeit nicht?« beharrte Wegherr. »Ich meine, es wäre etwas Wunderbares, die heiligen Feuer in den Seelen der Jugend zu entzünden.«

Da trat ein schalkhafter Glanz in ihre Augen.

»Geben Sie mir in Amerika die Jugend und die heiligen Feuerstellen der Seele, und ich will sie entzünden. Was aber, wenn beides nicht vorhanden ist? Keine Jugend und kein Idealismus? Dann brennt Ihr Lichtlein ganz alleine, und zuletzt halten Sie die Hand darüber, damit es keiner sieht.«

Ernst Wegherr lachte, und die übrigen stimmten ein.

»Gilt das,« fragte er, »nur für die jungen Damen oder auch für die jungen Herren?«

Fräulein van Weert sann nach. »Ich maße mir über die jungen Herren kein Urteil an,« meinte sie dann, »und die jungen Damen haben ganz sicher auch ihre Vorzüge. Aber sie liegen auf einem Felde, das uns bei jungen Mädchen wenigstens etwas – nun, etwas ungewohnt erscheint. Sie sind eben nicht jung und nie ganz richtig jung gewesen. Sie sind fertige junge Damen in einer Zeit, in der wir daheim noch verschämt mit der Puppe spielten. Und all die süßen Mädchenschwärmereien für die großen Dichter und Helden, das Wispern und Flüstern der kleinen, törichten und vertrauten Geheimnisse – ach, alles das, was unsere Lebensfreude in einem einzigen Jauchzer ausströmen ließ, ist ihnen so unverständlich wie dem Fisch der Vogel. Sie kommen als kleine Herrinnen zur Welt und gehen als große Herrinnen *durch* die Welt.«

»Aber ihr großer Lerneifer ist doch anerkennenswert,« warf Wegherr ein. »Davon zeugen doch die vielen Damen-Universitäten.«

Fräulein van Weert blickte Mr. Willart an. Der winkte ihr ermutigend zu.

»Ja,« sagte sie, »das ist wahr. Und doch hat auch dieses Kapitel bald seine besondere Note bekommen. Die großen und gebildeten Frauen, an denen Amerika reich ist, haben Schule gemacht. Ihr starkes und kühnes Auftreten auf allen Gebieten des Lebens erregte Aufsehen und Bewunderung. Was aber in Amerika Aufsehen erregt, ruft gleich bei Tausenden den Nachahmungstrieb hervor. Die Frauenbildung war bald nicht mehr Vorrecht der Berufenen, sie wurde Mode. Es gehörte für eine junge Dame einfach zum guten Ton, ein Universitätszeugnis oder gar einen der unzähligen Preise, eins der ebenso unzähligen Diplome aufweisen zu können, und die Männer, die sich in ihren Geschäften abrackerten und keine Zeit für Kunst und Wissenschaft fanden, waren stolz auf ihre klugen und gebildeten Frauen. Diese Bildung aber geht bei den meisten leider nur bis dicht unter die Oberfläche, da sie sie nur als schnell zu beschaffendes Heiratsgut betrachten, und die Lehrerin ist entweder ohnmächtig gegenüber dem Selbstbewußtsein ihrer Schülerinnen, oder sie weiß es selber nicht besser. Aber jetzt« – und sie sah sich mit rotem Kopf lachend im Kreise um – »jetzt hab' ich wahrlich genug gelästert.«

Frank Willart hob die Hand.

»Das, was Fräulein van Weert so liebenswürdig war uns in ihrer klaren Art zu erläutern, trifft mit wenigen Einwendungen auch auf die männlichen Schüler zu. Gewiß, bei ihnen ist der Bildungshunger echter. Aber auch hier überwiegen die Mitläufer diejenigen, denen es ernste Gewissenssache um die wissenschaftliche Forschung ist. Der Sport regiert die Stunde. Der beste Base-Ball-Spieler zu sein, gilt mehr als der beste Grieche, und nicht der berühmteste und hinreißendste Professor vermag auch nur einen Bruchteil der Begeisterung zu erregen wie ein Spiel-Turnier in der Studentenschaft. Und betrachten Sie sich, mein lieber Doktor Wegherr, einmal unsere zahllosen und übervölkerten Universitäten bei Lichte. Viele davon würden Sie in Deutschland nur als Oberklassen eines Gymnasiums ansehen, alle aber während der ersten dreijährigen Kurse. Was in den ersten sechs Semestern gelehrt wird, ist Sekunda- und Primafach. Erst nachher wird das Studium wissenschaftlich systematischer, soweit die Lehrkräfte reichen, von denen die besten sich doch wieder in Deutschland ihre letzte und stärkste Ausbildung holen. Ach ja, Deutschland und seine Schulen!«

Wegherr hob ihm sein Glas entgegen.

»Prosit, Mr. Willart. Das war ein gutes Wort. Und ich wette, auch Sie waren in Deutschland.«

»Ich bin in Leipzig zum **Doctor philosophiae** promoviert. Aber man macht als Privatmann keinen Gebrauch davon, nur im Lehramt oder als Mediziner.«

»Also doppeltes Prosit. Ich freue mich des Kollegen. Und« – er ließ sein Glas gegen das Glas Fräulein van Weerts anklingen – »der warmblütigen Kollegin.«

»O,” sagte Fräulein van Weert leise, »sie ist in den drei Jahren abgekühlt.«

Wuppermann drohte ihr mit dem Finger. »Das ist ein Glück für uns.« Und sofort nahm das Gespräch eine heitere Wendung.

Als im Nebenzimmer der Kaffee gereicht wurde, die Hausfrau sich für kurze Zeit entschuldigt hatte, um das Zubettgehen der Kinder zu beaufsichtigen, und Willart mit Wuppermann den Bücherschrank musterte, schob Wegherr Fräulein van Weert einen Sessel an den Kamin, auf dessen offener Feuerstelle ein paar Buchenkloben prasselten, und ließ sich im Stuhle neben ihr nieder. Eine Weile betrachtete er heimlich ihr feines Köpfchen, die schlanke Mädchengestalt, die in den Bewegungen sich so stählern zeigte. Und er malte sie sich aus, wie sie stundenlang auf dem Lehrstuhl sich müde redete vor einer Schar eingebildeter Dinger, die die Lehrerin als einen besseren Dienstboten betrachteten. Dieses feine Geschöpf.

Sie fühlte seinen Blick und wurde unruhig. Und er beeilte sich, ein Wort zu sagen.

»Zwölf Jahre sind Sie schon im Land? Zwölf Lehrerinnen-Jahre?«

Da machte sich ihre Unruhe in einem frohen Lachen Luft.

»Also *so* sehe ich aus, Mr. Wegherr? Da haben wir's. Die drei Jahre haben genügt, mir die Matronenwürde zu verleihen. Nein, wirklich, Mr. Wegherr, vor zwölf Jahren war ich *wirklich* noch zu jung dazu.«

Ernst Wegherr lachte fröhlich mit.

»Das seh' ich selber, Fräulein van Weert. Ich war so in Gedanken, daß ich eine Gedankenlosigkeit beging. Verzeihen Sie mir.«

»Übrigens,« half sie ihm ein, »ist der Unterschied auch nicht so groß. Ich kam mit sechzehn Jahren nach Amerika. Als Begleiterin meines Bruders, der als junger Eisenbahningenieur herübergerufen worden war. Gott, waren das noch Zeiten.«

Ihre dunklen Augen bekamen einen helleren Glanz, und über ihr Gesicht huschte ein Schein wie ein Aufleuchten vergangener Tage. Vornübergebeugt saß sie und blickte starr in das Kaminfeuer.

»Darf ich danach fragen, Fräulein van Weert?«

»Es ist nichts Bedeutendes,« sagte sie vor sich hin, ohne sich zu rühren. »Nur für mein Leben war es das Bedeutendste. Mein Bruder Jan – wir stammen von der holländischen Grenze – mein Bruder und ich hingen in zärtlicher Geschwisterliebe aneinander. Er war ein glänzend begabter Techniker, und als er die Berufung der amerikanischen Eisenbahngesellschaft erhielt, im fernen Westen eine Eisenbahnstrecke anzulegen, nahm er mich mit. Mit in die Freiheit, mit in die Wildnis, mit in das Forschen, Lernen und Gestalten hinein. Ich durfte als Schülerin sofort vor die Größe der Natur.

Mit sechzehn Jahren. Und durfte dem Bruder helfen, als wenn ich ein Jüngling gewesen wäre. Durfte ihm in seinen Arbeiten zur Hand gehen und alles miterleben, seine kühnen Entwürfe und sein sicheres Vollbringen, den Kampf mit den Naturkräften und der zusammengewürfelten Menschenkolonne, die unter seinem Befehle stand, gute und schlimme Tage, Niederlagen und Siege. Wir führten ein Nomadenleben, fern in den westlichen, nord- und südwestlichen Staaten. Mit jedem Kilometer Eisenbahn rückten wir unsere Zelte vor. Hatte ich unseren kleinen Haushalt besorgt, was schnell geschah, da für die Arbeitskolonne ein Kantinenkoch sorgte, so schwang ich mich aufs Pferd und jagte dem Bruder nach. Die wilden Kerle mochten mich, wie man ein Töchterchen mag. Sie riefen mir die Richtung zu, hierhin, dorthin, und jeder schrie dem anderen die Weisung zu, auf mich acht zu geben. Von Denver an, von Colorado Springs in den Rocky Mountains bis zum Süden Kaliforniens ging's durch die starrenden Gebirge, die endlosen, immer endloseren Prärien. Und hinter meinem Bruder her, der oft eine Tagreise weit vorritt, um die Punkte für den Unterbau zu untersuchen und zu bestimmen, jagte ich durch Berge und Prärien, immer den Himmel über mir, durch Sommersonne und Winterschnee, oft durch ausbrechende Stürme und Gewitter. Dann packte mein Bruder vom Sattel herüber in meinen Zügel hinein, wie er es auch oft tat, wenn wir über die grauen, sonnenverbrannten Prärien sausten, atemlos, aber Auge und Hand eins, damit die dahinstürmenden Gäule nicht in die Maulwurfshügel der Präriehunde einbrächen und einen Kopfsprung täten. Neun Jahre waren es, und sie scheinen mir heute wie neun Wochen. Wer durfte Frühling, Sommer, Herbst und Winter erleben wie ich. Wer durfte der Natur so ins Gesicht sehen, ob sie gütig lächelte oder Teufelsfratzen schnitt. Wer durfte einem anderen dienen, wie ich dem Bruder, und wurde im Dienen so über sich hinausgehoben. Kein Mensch durfte so lieben und so weinen.«

Ihre Augenbrauen zogen sich schmerzhaft zusammen. Und die Lippen lagen fest aufeinander gepreßt, als ob sie einem Schluchzen wehrten.

Ernst Wegherr saß still neben ihr und wartete.

»Es ist nicht mehr viel, Herr Professor. Wir waren die Küste des Stillen Ozeans entlang nach Norden gezogen. Ein neuer Vertrag rief dann den Bruder hinauf nach dem Alaska-Gebiet, wo Eisenbahnen geplant wurden. Irgendwo lagen wir mit der Kolonne in der Wildnis. Es war Abend, und Jan saß vor mir und erklärte mir ein paar neue kühne Baupläne mit weiten Brückenspannungen und Tunnelierungen, daß es mir heiß zu Sinn und stolz zu Mute wurde, als ihm plötzlich die Lippen bebten und er lautlos hintenübersank. Die Arbeit hatte seine Nerven ausgepumpt. Ich schrie nach den Leuten. Auf der Dräsine fuhr einer mit der Fackel zur nächsten Ansiedlung, in der ein Arzt wohnte und ein Gasthof lag. Ich zu Pferde hinterher, immer zwischen den Notgleisen, dem Fackelschein nach. Vor mir im Sattel der Bruder, den ich mit dem linken Arm an mich geklammert hielt. Aber meine Blutwärme konnte ihn nicht erretten.«

Und wieder saß sie mit schmerzhaft zusammengezogenen Augenbrauen und fest aufeinandergepreßten Lippen.

»Ohne seinen nahen Tod auch nur zu ahnen,« schloß sie dann, »ohne für seine heißgeliebte Arbeit Vorsorge treffen zu können, mußte er hinweg. Das war das Furchtbare.«

Ernst Wegherr nahm leise ihre Hand. Und leise sagte er:

»Fräulein van Weert, Sie irren. Ein solcher Tod ist nicht furchtbar. Es ist der Tod, den ein gütiges Schicksal seinen Lieblingen schickt. Glauben Sie mir, das ist kein Trost, das ist die Wahrheit. Ja, Fräulein van Weert, es ist ein Glück, daß wir unsere Todesstunde nicht im voraus kennen, denn mancher große Weg, manche große Tat würde ungeschehen bleiben, weil wir das Augenmaß verlören und achselzuckend sagten: Es reicht nicht, oder es lohnt nicht. Es lohnt aber immer, Fräulein van Weert. Und Ihr Bruder Jan bewies es.«

Da drückte sie ihm die Hand. »Ich danke Ihnen. Vielleicht haben Sie Recht. Vielleicht habe ich in der Freiheit selber so gedacht. Aber der eingegitterte Vogel läßt schnell die Flügel hängen.«

»Weshalb ließen Sie sich eingittern?«

»Weshalb? O, Sie sind noch nicht lange in Amerika. Die Bank unterschlug Jans Ersparnisse und behauptete, sie seien in einer Spekulation zugrunde gegangen, die mein Bruder unternommen habe. Und die Eisenbahngesellschaft zahlte keinen Dollar über den verdienten Gehalt. Ich ging nach dem Osten zurück und durfte froh sein, als Lehrerin für Deutsch und Französisch hier am College unterzukommen. Aber es ist alles nicht so schlimm, wie es scheint. Man muß sich nur bescheiden lernen. Ob man auf dem Gaul oder auf dem Katheder sitzt, das Leben geht darum keinen anderen Gang. Und nun genug von mir. So wichtig,« und sie lachte aus klargewordenen Augen, »so wichtig bin ich mir schon lange nicht mehr vorgekommen.«

Die Hausfrau war zurückgekehrt und brachte die Herren mit an den Kamin. Der Kreis wurde wieder geschlossen.

»Brauchen wir nicht ins Rauchzimmer, Mary?«

»O nein, wir geben euch nicht frei. Wenn es Fräulein Gertrud erlaubt, dürft ihr rauchen.«

»O, ich habe jedenfalls schlechteren Knaster zu riechen bekommen.«

»Dann machen wir Ihnen mit unseren guten Zigarren also geradezu ein Vergnügen, Fräulein van Weert?« neckte Wuppermann.

»Umgekehrt, Herr Wuppermann. Die Zigarren mit Ihnen! Mir geht es wie Frau Mary.«

Da verbeugte er sich tief, holte hinter dem Rücken die Zigarrenkiste hervor und bot den Herren an. »Was die Frau will, will Gott.«

»Wie stehen die Fabriken?« fragte Willart aus seinem Sessel heraus.

»Danke für Nachfrage,« meinte Wuppermann. »Es geht zwar gut, aber noch mehr Arbeit schändet nicht.«

»Da braucht man Sie nur anzusehen. Hat Ihr Freund die Fabriken besichtigt? Ja? Und Gefallen daran gefunden?«

»Lieber Mr. Willart, Sie dürfen ruhig geradeaus fragen. Denn Sie meinen doch, ob ich ihn mir zum Teilhaber ausersehen habe.«

»Ausersehen ist ja noch nicht angenommen.«

»Sie sagen das so freudig bewegt, daß ich fast einen anderen Plan bei Ihnen vermute.«

Wegherr hob den Kopf. »Ich glaube wahrhaftig, da wird über *mich* verhandelt.«

»Merkst du was, lieber Ernst? Alle Hunde sind hinter dir her. Wir spielen Kesseltreiben.«

»Wenn Sie es nicht für überheblich halten, Herr Professor,« wandte sich Willart ihm zu, »daß wir nach Ihren amerikanischen Plänen fragen, so werden Sie sicherlich nirgendwo dankbarere Zuhörer finden und aufrichtigere Freunde.«

Wegherr verneigte sich leicht. Dann sagte er, und seine Stimme wurde ernst:

»Ich möchte das Land studieren. Ich möchte Land und Leute beobachten und daraus meine Schlüsse ziehen. Ein Geschichtsforscher hat viele Wege zu gehen. Er muß auf den Höhen schwindelfrei sein und sich nicht weniger unter den Massen zu Hause fühlen. Erst aus der Völkerpsychologie heraus kann er den Aufstieg des einzelnen verstehen und ihm gerecht werden, wie der Forscher es soll, und die Volksseele ist abhängig von dem Boden, aus dem sie geworden, von den Wirtschaftsbedingungen, von ihrer nächsten Umgebung und von den Nachbarn, an denen sie sich reibt. Wer Geschichte erforschen will, zu dem Zwecke, die Kultur zu fördern, darf nicht hinter dem Schreibtisch bleiben. Deshalb will ich mich in Bälde auf die Wanderschaft begeben.«

»Sie sprachen von Kulturförderung,« griff Willart das Wort heraus. »Sie würden es kaum gesagt haben, wenn Sie nicht damit eine ganz bestimmte Kultur ins Auge gefaßt hätten.«

»So ist es, Mr. Willart. Die Kultur richtet sich nach den Rassen. Unter Mischrassen nach der, die das moralische Schwergewicht bedeutet. So wenigstens sollte es sein, wenn das Land nicht den Schaden davontragen soll.«

»Sie sprechen von der deutschen Kultur?«

»Erweitern Sie für Amerika das Wort. Ich spreche von der Kultur, die alle Stämme germanischen Blutes umfaßt.«

»Und das Ergebnis Ihrer Forschungen gedachten Sie von Ihrem Lehrstuhl aus vorzutragen? Bedenken Sie, daß der Amerikaner, den es angehen und fördern soll, wenig von dem erfährt, was in Deutschland gelehrt wird, oder es entstellt erfährt.«

»Ich denke für die nächsten Jahre an keinen deutschen Lehrstuhl.«

»Ah – an eine Universitätsprofessur in Amerika! Das sieht ganz anders aus, und wir könnten uns beglückwünschen. Sie würden mit offenen Armen aufgenommen werden, und dennoch –«

»Und dennoch?« fragte Wegherr lächelnd.

Willart überlegte. Sein kluges Gesicht zog unwillkürlich die Blicke an.

»Als Mann, der die amerikanische Geisteswelt zu kennen glaubt,« sagte er dann ruhig, »rate ich Ihnen ab. Eine Professur hierzulande ist nicht das, was einem auf dem Felde der Wissenschaft so hoch verdienten und mit Recht berühmten Mann auf die Dauer Genüge geben könnte. Nicht nur, weil bei uns alle Verhältnisse noch zu unfertig sind und der Widerhall fehlt, den Sie suchen. Das ändert sich mit den Jahren, und die Entwicklungszeit hat sicher etwas Anreizendes. Auch an Lehr- und Lernmitteln, an Bibliotheken, Anschauungs- und Übungsbedarf finden Sie dank der riesigen Schenkungen einen Reichtum, wie vielleicht nirgendwo in der alten Welt, und die Anstelligkeit des amerikanischen Hörers, dem es ernsthaft um sein Studium zu tun ist, steht hinter keiner anderen Begabung zurück. Und dennoch« –

»Und dennoch?« wiederholte Wegherr noch einmal, aber seine Augen blickten gespannt.

»Der Hinweis, daß in Amerika Geistesarbeit am schlechtesten entlohnt wird, würde bei Ihnen nicht verfangen, Herr Professor.«

»Nein, das würde er nicht.«

»Ich dachte es mir, und es freut mich von Herzen. Sie sind ein Eigener. Und gerade darum sollte es bei keinem wie bei Ihnen heißen: In eigener Sache – in eigener Firma. Was halten Sie davon, Mr. Wuppermann?«

Der Fabrikant nickte gewichtig mit dem Kopf. »Ein Wort nach meinem Geschmack, Mr. Willart.«

»Ich höre Ihnen aufmerksam zu, meine Herren. Obwohl ich vom Lehrstuhl aus ebensogut in eigener Sache und eigener Firma handeln würde.«

»Das würden Sie,« bestätigte Willart ohne weiteres. »Die Frage ist nur, wie lange Sie es tun würden, wie lange Sie in der Lage sein würden. Amerika ist noch so jung, daß auch seine Empfindlichkeit die eines Kindes ist. Es will nur gestreichelt, es will nur immer schön gefunden werden. Was der Amerikaner in diesem ungeheuren Landgebiet in der kurzen Zeit nach der zivilisatorischen Richtung hin geleistet hat, ist ja auch einfach staunenswert. Zivilisation ist aber nicht Kultur, ist nur Erschließung und nicht Erhöhung eines Landes. Das ist des Amerikaners wunde Stelle, darin ist er empfindlich wie ein verwöhnter Junge, und wenn ein von ihm angestellter Universitätsprofessor nachdrücklich den Finger in diese Wunde legt, so schreit er auf und läßt die Meute los. Vergessen Sie nicht,« fügte er hinzu, »daß es sich um eine Nation aller Völker und Rassen handelt, von denen jede an die Spitze drängen möchte. Wird aber ein anderer als sie selber von der Universität aus ›bescheinigt‹, so entdecken alle übrigen ihren gemeinsamen ›Amerikanismus‹.«

»Das heißt,« folgerte Wegherr, »sie schlagen so lange Lärm, bis dem Unbequemen der Lehrfaden abgeschnitten wird.«

»Ganz recht, und vielleicht nur ein bißchen zu freundlich ausgedrückt. Deshalb bleibe ich dabei: in eigener Sache – in eigener Firma. Denn das Grundmotiv ihrer Forscherwanderungen wäre und bliebe« –

»Sammlung des Deutschtums auf fremder Erde,« sagte Wegherr ernst. »Seine Stärkung in sich selber, die bedingen wird: den kraftvollen Einfluß im neuen Heimatland und die Aufrechterhaltung der verwandtschaftlichen Beziehungen zum alten Vaterland. Das wäre ein Band, das keines tintenbeschriebenen Pergamentes bedürfte. Und unsere Söhne wären sich und uns nicht mehr verloren, ob sie auch amerikanische Bürger würden.«

In einer seltsamen Bewegung blickte Willart den Sprechenden an.

»Auch ich bin deutsch, Mr. Wegherr. Nicht nur dem Blute nach. Sondern weil ich deutsch fühle.«

»So sind wir eines Glaubens, Mr. Willart.«

Einer plötzlichen Aufwallung nachgebend, streckte ihm Willart die Hände hin.

»Also lassen wir uns auch Deutsch reden. Wir dürfen es im Hause Wuppermann.«

Wegherr hatte die Hände ergriffen. Die beiden Männer blickten sich in die Augen, und über den Zuschauern lag eine feierliche Stimmung. Ein Menschenschicksal, vielleicht viele Menschenschicksale sollten hier bestimmt werden.

»Sprechen wir Deutsch, Herr Willart,« sagte Wegherr, und dann gab er die Hände frei.

Willart lehnte sich tiefatmend im Sessel zurück. Er sandte seine Gedanken weit aus und holte sie wieder herein. Wie einen honigschweren Bienenschwarm.

»Wir haben denselben Glauben an die Größe und Bedeutung des deutschen Volkes, wo auch immer abgesprengte Glieder sich ansiedeln mögen. Hier aber leben fünfzehn Millionen, die höchstens in ihren Träumen den gemeinsamen Quell noch rauschen hören und dem weltgeschichtlichen Beruf des Deutschtums verloren gehen, wenn sie nicht wieder geweckt, ja – aufgerüttelt werden. Hier heißt es, mit dem Zauberstab des deutschen Wortes wie mit einer Wünschelrute die rechten Stellen treffen, damit der Quell ans Licht springt und die Seelen erfüllt.«

»Mit Heimweh,« sagte Ernst Wegherr.

»Ja, mit Heimweh. Mit dem Heimweh nach einer Heimat, die auf einem fernen Boden liegen kann und doch im Geist der alten so ähnlich. Mit dem Verlangen, sie sich zu schaffen. Mit dem Bewußtsein, sie sich schaffen zu können, wenn sie nur wollen. Mit dem Willen zur Macht.«

Er schwieg, und Wegherr merkte es kaum, denn seine Gedanken waren schon weitergezogen, in das Feld der Arbeit. Und aus seinen Gedanken heraus sagte er nach einer Weile:

»Dieser Weg lebte schon in mir, als ich herüberkam. Ich kam ja nicht unvorbereitet. Ich sah ein Arbeitsfeld, wenn auch erst dunkel. Der Weg erhellt sich, und ich sehe die Arbeitsmöglichkeiten deutlicher.«

»Wir brauchen Sie, Mr. Wegherr.«

»Und woher wissen Sie, daß Sie gerade mich gebrauchen?«

»Weil den Männern hierzulande die frische Begeisterung fehlt, die sich auch ohne winkende Reichtümer für ein Ideal einzusetzen vermag. Weil – ich Sie vorgestern in Ihrer ersten, heißen Begeisterung auf dem Berge sah und reden hörte. Weil – nun, weil Sie Sie sind.«

Wegherr sann vor sich hin. Er horchte in sich hinein. Er vernahm, wie das deutsche Blut und das Forscherblut in ihm erwachte und ihm zurief. Aber er war kein abenteuerlustiger Jüngling mehr.

»Es gibt so viele hervorragende Deutsche hier,« meinte er langsam, »Männer, die mit Land und Leuten besser vertraut sind als ich. Weshalb machen *sie* sich nicht auf den Weg?«

»Weshalb nicht?« wiederholte Willart. »Nun, zunächst wohl nicht, weil sich der Erfolg nicht gleich ziffernmäßig berechnen läßt, und langfristige Geschäfte pflegt man in diesem raschlebigen Lande nicht gern zu machen. Dann aber auch, weil sie sich schon so sehr an die amerikanische Beleuchtung gewöhnt haben, daß ihre Augen nicht mehr unbestechlich scharf zu unterscheiden vermögen. Zu dritt aber, und das ist der wichtigste Punkt, tragen sie nicht den Luftstrom der alten Heimat mit sich, wie Sie es tun, stehen sie nicht vor den Hörern da als ein lebendiges Zeugnis, als ein Grützebringer von drüben. Deshalb, Mr. Wegherr.«

Wegherr blieb still. Man hörte die Atemzüge der um den Kamin versammelten Menschen.

»Sehen Sie sich unsere Volksgenossen an, wie sie heute sind,« fuhr Willart lebhafter fort. »Wo sie in den Städten dichter zusammensitzen, glauben sie wunder was zur Pflege des großen deutschen Gedankens zu tun, wenn sie sich allwöchentlich in Gesangvereinen, Kriegervereinen, Kegel- und Skatvereinen zusammenfinden. Dort erzählen sie sich die neuesten Witze, trinken Bier und halten wohl auch einmal eine Festtagsrede. In der Hauptsache aber bleiben es Vergnügungsgeselligkeiten, und die Frauen und Mädchen dürfen nicht leer ausgehen. Wie können dagegen die wenigen Gesellschaften, die mit echtem Ernst den Kulturfortschritt auf ihre Fahnen geschrieben haben, aufkommen? Gehen Sie einmal hinein in die deutschen Veranstaltungen und sehen Sie es mit an, wie unsere Volksgenossen sich geschmeichelt fühlen, wenn ein Angloamerikaner sie mit seinem Besuch beehrt. Im Sinne des Wortes: beehrt! Wie der deutsche Satz abbricht und ihnen das Englisch über die Zunge gehüpft kommt. Wie ihre Mienen es ausdrücken: O, wir machen hier nur so mit, aus Geschäftsrücksichten, wissen Sie, obschon wir es eigentlich für eine Kinderei halten, Amerikaner wie wir, nicht wahr? Das ist ein Bauchrutschen, das um so empörender ist, weil nur wir Deutschen es üben; das um so lächerlicher ist, weil es uns in der Achtung des übrigen Amerikas zurückwirft. Tausend der Besten denken wie ich.«

Wegherr hob den Kopf. Seine Stirn hatte sich gerötet.

»Es wird anders werden, Mr. Willart. Ihre Deutschamerikaner tragen noch das alte Deutschland im Kopfe herum, wie es vor dem Französischen Kriege, wie es vor der Erschaffung des neuen Deutschen Reiches war. Und es mangelt ihnen am rechten Stolz auf ihr Stammland, weil sie von seinem Höhenflug als Augenzeugen nichts wissen und nur als Ohrenzeugen von den alten Eingewanderten mit den längst niedergebrochenen Weltbürgerschwärmereien zum Nachtisch gespeist wurden. Das Volk der verträumten Unwirklichkeit lebt nicht mehr, ein Volk der stahlharten Wirklichkeiten steht an seiner Stelle, das sich seiner wirtschaftlichen Höhenlage stark bewußt ist und sich nicht mehr in Verbeugungen erschöpft. Gottlob, es ist anders geworden und wird noch ganz anders werden. Man wird sich noch darum schlagen, ein Deutscher heißen zu *dürfen*!«

Willart war aufgesprungen. Seine klugen Augen leuchteten.

»Das ist es, was Sie den Leuten sagen sollen. Das ist es!«

»Ich gedenke ihnen noch mehr zu sagen, Mr. Willart. Ich gedenke sie zu fragen: was ist Heimat? Ist Heimat ein Wort des Stolzes oder der Feigheit? Bringt die Heimat Hammelherden hervor oder freie Männer und Führer des Volkes? Nur wenn ihr euch eures Blutes erinnert, dieses alten Kulturblutes, wenn ihr euch vor keiner anderen Rasse beugt und nicht nur fünfzehn Millionen deutschblütige Menschen, sondern die gesamte Macht mitbestimmender Männer darstellt, werdet ihr achtunggebietend bündnisfähig und kulturbringend sein. Erst dann und nur erst dann werdet ihr in Wahrheit die Heimat gefunden haben.«

Er hatte sich in heiße Begeisterung hineingeredet. Seine Augen strahlten ein jugendliches Feuer aus. Das deutsche Feuer, dachte Fräulein van Weert und hielt die Hände fest um die Knie gefaltet.

Es war still geworden. Und bei einem jeden flatterten die Gedanken wie aufgescheuchte Vögel.

Dann vernahm man Frank Willarts feste Stimme.

»Sie sind unser Mann, Mr. Wegherr.«

»Auf diesem Wege – ja.«

»Mr. Wegherr, wir haben begonnen, einen Bund der Deutschen dieses Landes ins Leben zu rufen. Der Deutschen, denen Amerika eine Heimat werden soll, wie Sie sie malten. Wollen Sie uns helfen, Mr. Wegherr?«

»Mit allen meinen Kräften.«

»Ich wußte es, Mr. Wegherr. Ich wußte es im selben Augenblick, da ich Sie auf dem Berg sah und hörte. Es wird eine anstrengende Arbeit sein und Sie auf längere Zeit dem Familienglück entfremden.«

»Ich habe keine Familie und gebe deshalb kein Glück auf.«

Wegherr sagte es ruhig. Und doch war es wie eine abweisende Gebärde.

Da ging Frank Willart zu Wuppermann und schüttelte ihm die Hand.

»Mr. Wuppermann, ich danke Ihnen, daß Sie uns Ihren Freund gebracht haben.«

»Den Teufel auch,« rief Wuppermann, »nicht im Traum habe ich daran gedacht. Sie holen ihn mir ganz einfach, ohne daß ich als sein Unternehmer überhaupt auch nur gefragt werde. Donnerwetter, da steh’ ich wie der Kamerad im Volkslied: ›Ihn hat es weggerissen, als wär’s ein Stück von mir!‹«

»Nein, er wird der Unsere. Jetzt gerade.«

Wuppermann blickte zu dem Freunde hinüber. Ein Zweifel huschte über sein Gesicht, aber er unterdrückte ihn und meinte gelassen:

»Nun ja, ein Adler bleibt ja ein Adler, auch wenn er mal mit Bruder Lämmergeier fliegt.«

»Sie sind nicht sehr liebenswürdig in Ihren Vergleichen, Mr. Wuppermann.«

»Ich meine natürlich mit Bruder Lämmergeier die Leute außerhalb dieses Zimmers. Ein Mensch wie Wegherr wird bald genug erkennen, fürchte ich, daß er unter hageldicke Böotier geraten ist, denen hundert Cents immer einen Dollar bedeuten.«

»Und ein Mann wie Doktor Wegherr,« erwiderte Willart, »wird die Händler und Wechsler aus dem Tempel treiben.«

»Hoffentlich ist noch jemand drin, wenn die Händler und Wechsler heraus sind,« lachte Wuppermann gemütlich. »Aber es werden sich ja auch manche Heidenvölker zur Taufe bekehren. Wie wäre es im Hinblick darauf mit einem Glase ungetauften Weins?«

»Muß denn zu jeder Gelegenheit getrunken werden?«

»Es muß, Doktor Willart. Wir sind kleine Leute, wissen Sie, die aber auch leben wollen.«

Er ging, um eine seiner berühmten Flaschen zu holen. Und Frau Mary nahm Gertrud van Weerts Hand und sagte leise: »Was ist Ihnen, Kind? Sie sind so still, als ob Sturm in Ihnen wäre.« Da kam Fräulein van Weert aus weiter Ferne zu sich zurück.

Ernst Wegherr war ans Fenster getreten, um sich eine frische Zigarre anzuzünden. Frank Willart war ihm gefolgt.

»Wie lange haben Sie für Ihren Aufenthalt bei Ihrem Jugendfreund angesetzt, Herr Doktor?« fragte er.

»Ich hatte,« antwortete Wegherr, »an keine bestimmte Zeit gedacht. Jedenfalls aber sollten es nur ein paar Erholungstage werden.«

»Gut. Und ich darf Sie inzwischen sprechen?«

»So oft Sie wollen.«

»Ich nehme an, Sie sind marschbereit und, wie man in Deutschland sagt, kriegsmarschmäßig ausgerüstet?«

»Jederzeit klar zum Gefecht.«

»Dann,« meinte Willart, »wollen wir auch keinen Tag länger zögern, als zur Vorbereitung unbedingt notwendig ist. Sobald ich heimgekommen bin, in dieser Nacht noch, beginne ich mit der Organisation. Sozusagen als Ihr Generalstabschef. Zunächst denke ich mich an die größeren deutschen Vereine und Gesellschaften in all den Städten zu wenden, die in Betracht kommen. Von diesen müssen Sie ›gewonnen‹ werden. Zu einem Vortrag, einer Vorlesung. Natürlich gegen ein entsprechendes Honorar, denn der Amerikaner wertet alles nach dem Preis, den er dafür anlegen muß. Haben Sie die ersten Vorlesungen gehalten und Fühlung genommen, so sorgt die amerikanische Presse für die beste Empfehlung, ich arbeite von hier aus weiter und sende Ihnen die Namen der neuen Städte und Gesellschaften, die sich melden, immer dorthin, wo Sie sich gerade befinden. So werden Sie nach und nach das ganze Land bereisen, von einem Ozean zum anderen, überall das Deutschtum aufsuchen, begeistern und sammeln für den neuen Bund oder doch als Forscher die Spuren dieses Deutschtums aufsuchen und verfolgen.«

»Das ist es, was ich mir wünschte,« murmelte Wegherr, »das beansprucht den ganzen Menschen und läßt keinen Gedanken eigene Wege schwirren. Und glückt es mit der Mission nicht, so soll doch der Geschichtsforscher nicht zu kurz dabei kommen.«

»Die Mission wird glücken,« sagte Willart ruhig. »Tausend führen uns Zehntausend zu. Und zwänge sie nur der Nachahmungstrieb, von dem Fräulein van Weert vorhin berichtete. Rücken Sie nur unbekümmert vor und überlassen Sie mir die Nacharbeit, das Aufräumen, Sichten und Ordnen. Daran soll es nicht fehlen.«

Der Hausherr trat mit einem Kristallteller ein, auf dem er fünf wundervolle Kelche trug. Vorsichtig stellte er sie einzeln auf den Tisch.

»Die schönsten Gläser, die Amerika hervorbringt, meine verehrten Herrschaften. Tiffany-Arbeit. Schauen Sie, wie die Farben leuchten und doch zu einem Schmelze zusammenfließen.«

»Ein Bild Amerikas und seiner Bewohner,« sagte Wegherr bewundernd.

»Und hier,« fuhr der Hausherr fort, »sehen Sie eine Flasche echten deutschen Weines. So gieße ich denn den deutschen Wein in das amerikanische Gefäß und wünsche Ihnen, daß Sie das gleiche vollbringen. Auf daß das Edelste sich dem Edelsten vermähle.«

Die beiden Frauen hatten sich von ihren Kaminplätzen erhoben und waren leisen Schritts hinzugetreten. Frau Marys Blicke hingen in stiller Liebe an den lebenssicheren Zügen des Gatten. Sie nickte ihm zu, und sie verstanden sich.

Sie hoben die schimmernden Kelche, aus denen der reife Wein duftete, vom Tische.

Und Wegherr sagte leise:

»Ich glaube daran. Das war der Trinkspruch eines Mannes, den die Liebe zu dem Land, in dem er das Edelste fand, zum Dichter machte.«

So tranken sie den deutschen Wein im pennsylvanischen Lande.

Dann nahm Fräulein van Weert Abschied.

»Geben Sie noch fünf Minuten zu,« bat der Hausherr, »ich lasse den Wagen kommen.« Und er ging ans Telephon und sprach hinein.

»Wenn Sie gestatten,« bat Willart, »so benutze ich denselben Wagen zur Bahn. Der Tag hat uns vieles gegeben. Nun ist die Reihe des Gebens an uns.«

Ernst Wegherr hatte sich während des Abschiednehmens an Fräulein van Weert gewandt.

»Sie sind so still geworden. Ich habe es wohl bemerkt, Fräulein van Weert. Weshalb sind Sie unter den Fröhlichen traurig?«

»Das fragen Sie? Das fragen Sie, wo das Leben mit großen Aufgaben auf Sie wartet?«

»Ob es auf mich wartet, weiß ich nicht. Aber ich gehe, es aufzusuchen.«

»Man sagt,« erwiderte Fräulein van Weert hastig, »Erinnerungen machen glücklich. Das Wort trügt. Man soll keine Erinnerungen haben, wenn man auf dem Stänglein im Käfig hockt.«

»Sie denken an Ihren Bruder Jan?«

»Ja! An ihn denke ich. Und an all' die Zeit der Arbeitsseligkeit. Aus der Stumpfheit und Abgestumpftheit heraus.«

»Sie eingefangenes deutsches Wandervögelchen,« sagte Wegherr weich. »Darf ich vor meiner Abreise kommen und nach Ihnen sehen? Oder ist es verboten, in den Frieden des Damen-Colleges einzubrechen?«

Da lachte sie schon wieder.

»Sie müssen mich für ein Trauerfähnchen halten, Herr Professor. Natürlich dürfen Sie. Es wird der ganzen Schule eine Ehre und mir endlich ein Anlaß sein, auch einmal beneidet zu werden. Vielen Dank für den genußreichen Abend.«

Sie reichten sich die Hände, und als sie sich auf der Schwelle noch einmal umwandte, nickte er ihr zu.

»Schwesterchen,« sagte er vor sich hin.

Und vom Fenster aus sah er dem Wagen nach, bis ihn die Dunkelheit aufgesogen hatte.

6

Gertrud van Weert hatte die Wagenfahrt schweigend zurückgelegt. Wohl war die Stimme ihres Begleiters an ihr Ohr gedrungen, und sie hatte sich Mühe gegeben, den Erläuterungen Frank Willarts zu folgen. Aber der Name Ernst Wegherr, der in seinem Munde immer wiederkehrte, ließ sie allein aufhorchen, trieb ihr eine Unruhe ins Blut, über die sie nachgrübeln mußte, bis sie es wußte. Der Name war es nicht, es war die Aufgabe, die mit ihm zusammenhing, es war der Zug zur Freiheit, zur Befreiung.

Zur Befreiung...

Und sie preßte die Hände schmerzhaft ineinander.

Hinaus können, hinaus. Aus der drückenden Enge in eine große Betätigung hinein, in eine Aufgabe, die ein Menschendasein lohnte, in die Gemeinschaft von Menschen gleichen Fühlens.

Da hielt der Wagen vor dem Campus, dem weitgedehnten Universitätsgebiet, und die hohen Gebäulichkeiten ragten dunkel aus den Sport- und Spielplätzen hervor. Sie warf einen verzweifelten Blick hinüber. Dort wurde Tag aus, Tag ein, Jahr für Jahr an der Befreiung von tausend jungen Geistern gearbeitet, und das eigene, noch so jung gebliebene Gemüt verdorrte.

Hastig nahm sie Abschied von ihrem Begleiter, der den Wagen zur nächsten Station weitergehen ließ, und schritt dann, wie von einer plötzlichen Müdigkeit gelähmt, langsam den Kiesweg zwischen den Rasenstreifen entlang dem Wohnhaus zu, in dem die Beamtinnen und Lehrerinnen untergebracht waren.

»Ich ertrag' es nicht mehr,« murmelte sie vor sich hin. »Ich will lieber – ja, was denn nur? Was denn nur? Was will ich denn lieber beginnen?« Und sie stand still und versuchte mit weitgeöffneten Augen die Dunkelheit der Nacht zu durchdringen, als könnte sie dadurch Licht in ihrem Innern schaffen.

Mein Erspartes reicht nicht für ein halbes Jahr, dachte sie. Ich könnte es wieder mit Privatstunden versuchen. Aber jeder Geistesarbeiter, der herüberkommt, versucht es um Lebens oder Sterbens willen mit Privatstunden und drückt die Hungerpreise noch mehr hernieder, bis er erlöst nach dem Posten eines Hausknechts oder Geschirrwäschers greift. Nein, das ist doch wohl nichts. Und die Frechheiten der Männer, die in der Privatstunde nur die Gelegenheit zu einem unverschämten Flirt mit der verlassenen Lehrerin suchen – sie schauderte in der Erinnerung.

Mein bißchen Schneiderkunst – ein trübes Lächeln zog um ihren Mund – ach Gott, es reichte für die Prärie und für den halbwilden Bruder, nicht für Ladies, nicht mal für die letzte Küchenmagd. Stenographie und Schreibmaschine. Darin hatte sie sich in den Mußestunden der letzten drei Jahre vervollkommnet. Wenn sie ihre Sprachkenntnisse dazunahm, Deutsch, Französisch, Englisch und Spanisch, so mußte sich doch wohl ein Platz als Korrespondentin oder Sekretärin auf einem großen Kontor finden? Ja, das mußte es. Und nach des Tages Last und Arbeit durfte sie sich selbst gehören, konnte sie an ihrem eigenen Menschen bilden, von der Kunst genießen, an der Wissenschaft sich erheben, durch die Natur streifen nach Herzenslust. Und brauchte nicht mehr in ihrem Lehrerinnenstübchen zu hocken, bis die Reihe wieder an sie kam, Putzmacherin am Geist anmaßender junger Damen zu spielen oder Aufsichtsdame ohne Kommandogewalt, ein Spatzenschreck, nicht mehr.

Ihr junger Körper streckte sich. Und sie spürte, wie aus weiter Ferne der Stern des Lebens zu ihr zurückkehrte, und spürte insgeheim die federnde Spannkraft der Muskeln. Wie damals, ehe der Bruder starb, der Jan.

»Ich ertrag' es nicht mehr,« sagte sie laut und öffnete die Tür des Wohnhauses.

Als sie das elektrische Licht angedreht hatte und ihr Zimmer aufsuchen wollte, kam über den Korridor eine hohe, hagere Gestalt.

»Guten Abend, Mrs. Präsident,« grüßte Gertrud van Weert und wollte vorüber.

»Guten Abend, Miß van Weert. Wir sahen Sie nicht bei der Abendkonferenz.«

»Ich hatte mich entschuldigen lassen, Mrs. Präsident. Ich war zum Dinner zu Freunden geladen.«

Die Präsidentin nickte. »Ich weiß. Aber ich hätte gewünscht, daß Sie nach dem Dinner zur Konferenz zurückgekehrt wären.«

Fräulein van Weert senkte den Kopf. »Meine unbedeutende Stimme...«

»Miß van Weert, es handelt sich nicht darum, wie man seine Stimme einschätzt, sondern wie man seine Pflichten auffaßt.«

Da hob das junge Mädchen stolz den Kopf.

»Habe ich jemals Grund zur Klage gegeben? Bin ich in den drei Jahren je etwas anderes gewesen als Pflicht und wieder Pflicht?«

Die Präsidentin bewegte leicht abwehrend die Hand.

»Gerade darum möchte ich nicht, daß es anders würde. Aber es ist seit kurzem eine Unruhe in Ihnen, und heute abend scheint sie mir einen besonderen Grad erreicht zu haben. Das verbietet der Vorteil des Instituts.«

Sie hatte ohne jede Erregung gesprochen. Ohne auch nur einmal die Stimme zu heben. Geschäftlich und selbstverständlich. Aber gerade diese Leidenschaftslosigkeit war es, die Gertrud van Weert heute abend stärker als je erregte.

»Dürfte ich Sie um eine Unterredung bitten, Mrs. Präsident? Ich würde Ihnen dankbar sein, wenn wir diese Unterredung vom Korridor auf Ihr Zimmer verlegen dürften.«

»Dem steht nichts im Wege, Miß van Weert. Folgen Sie mir, bitte.«

Und sie schritt voran durch den langen, grauen Korridor, öffnete eine Tür und trat in ein behagliches Wohnzimmer. Fräulein van Weert mußte die Tür hinter ihr schließen.

Die Präsidentin setzte sich in einen bequemen Lehnstuhl. Aber die hohe Gestalt saß gerade und aufrecht darin, als wären die Polster Holz. Und sie wies mit der Hand auf einen anderen Stuhl.

»Setzen Sie sich, bitte, ebenfalls, Miß van Weert,« sagte sie, und in ihrem vornehmen Gesicht spielte keine Muskel. »Sie wünschen mir etwas mitzuteilen, wenn ich recht gehört habe.«

Gertrud van Weert war stehengeblieben. Ihr Blick streifte schnell das Gemach, die hohe, hagere Gestalt im Stuhl, und in ihr stieg die Stunde auf, da sie schon einmal hier gestanden hatte, als Bittstellerin um einen Lehrerinnenposten, und nach langer Prüfung erhört worden war. Sie atmete hastig und suchte den erregten Atem zu unterdrücken.

»Ich möchte Sie um meine Entlassung bitten, Mrs. Präsident.«

Die Präsidentin nickte mit dem weißen Kopf vor sich hin.

»Es ist, wie ich es mir gedacht hatte. Ich bat Sie, Platz zu nehmen, Miß van Weert.«

»Sagen Sie mir, bitte, zuvor...«

»Sie müssen sich nicht so erregen. Es steht einer Lady nicht an, und viel weniger noch einer Lehrerin. So, nun sitzen Sie. Wir sind zwei Frauen, die sich miteinander unterhalten möchten, und nicht zwei Kampfhähne.«

Fräulein van Weert saß mit herunterhängenden Armen. Diese geruhige Freundlichkeit war das drückendste. Man fühlte sich als Sache, als Gegenstand, nur nicht als Mensch, der mit seinen Schmerzen und Seelenstimmungen zum andern kommen konnte. Und wieder vernahm sie die leidenschaftslose Stimme, die das Blut zurückjagte.

»Darf ich noch einmal bitten, mir Ihren Wunsch zu sagen?«

»Meine Entlassung,« brachte Fräulein van Weert nur hervor.

»Wie kommen Sie zu dieser seltsamen Idee, mein Kind? Haben Sie hier nicht ein Heim, das Sie birgt und schützt? Haben Sie hier nicht einen Pflichtenkreis, der Ihnen das erhebende Gefühl Ihrer Nützlichkeit verleiht? Ist das nicht der Weg zum Glück?«

Gertrud van Weert schüttelte den Kopf.

»Nein.«

»Nein sagen Sie? Ich kann mich nicht mehr wundern, mein Kind, denn ich habe zu viel Wunderliches im Leben erlebt. Aber Ihr Nein berührt mich nicht – angenehm. Ja, das ist es. Nicht angenehm. Ich hatte mehr Stolz in Ihnen erwartet, denn ich habe Sie immer mit besonderer Liebe beobachtet.«

»Stolz?« wiederholte Fräulein van Weert. Und als ob sie sich im Worte verhört hätte: »Liebe?« –

»Sie haben recht gehört, mein Kind. Den Stolz der Größe, die wir nicht erlernen können, die uns angeboren sein muß und die uns aus unserer Umgebung hervorheben würde, selbst wenn wir die Beschäftigung einer Dienstmagd verrichteten. Und meine Liebe zu Ihnen war in der Tat eine besondere, weil ich in Ihnen etwas wie eine verwandte Natur vermutete, eine andere als die der Lehrerinnen, die nur ihr Pensum herzusagen wissen, ohne sich jemals selbst eins zu stellen. Sie waren durch Seelenkämpfe hindurchgegangen, Sie hatten tapfer Ihr Leben in die Hand genommen, ich – bot Ihnen die Gelegenheit dazu.«

»Ja, Mrs. Präsident. Aber – ich kann nicht mehr.«

Das klang ruhig, und darum erschütternd.

Die Präsidentin legte eine kleine Weile die Hand über die Augen. Ihr weißes Haar lag auf ihrem Haupte wie das Schneefeld eines Lebens. Dann sank die Hand in den Schoß zurück, und die Augen blickten kühl.

»Was wissen Sie junges Mädchen, was ein Mensch kann und was er nicht kann. Er kann sterben bei vollem Leben. O ja, das kann er. Tausende müssen es. Aber sterben und wieder auferstehen! Und ein neues Leben leben können. Mit dem Stolz des Starken, der für fremdes Mitleid verachtungsvoll dankt. Wer kann es? Es ist euch zu schwer.«

Da sagte Gertrud van Weert inbrünstig:

»Ich will auferstehen. Aber ich will und darf mich auch in dem neuen Leben nicht verlieren, oder es wäre nur ein Zerrbild auf den Tod. Und deshalb muß ich gehen, denn ich verliere mich hier.«

»Das ist eine Empfindung, Miß van Weert, aber keine Begründung.«

»Eine Begründung? Eine Begründung? Werden es nicht Worte sein, Mrs. Präsident, die wir wie aus zwei verschiedenen Sprachen heraus miteinander wechseln?«

»Ich war auch einmal jung.«

Fräulein van Weert sah der weißhaarigen, unnahbaren Frau in die Augen, als ob sie sie zum erstenmal sähe. Nie war ihr der Gedanke gekommen, daß aus diesen Augen auch einmal die Jugend gelacht haben könne, daß diese ruhig atmende Brust auch nur ein einziges Mal unter stürmischen Herzschlägen erbebt sei.

»Mrs. Präsident,« sagte sie, »ich fühle, daß Sie mir Güte zeigen möchten. Verzeihen Sie, wenn ich undankbar erscheine. Aber ich bin seit Jahren an keine Güte mehr gewöhnt, nur wenn ich sie mir draußen bei Fremden suchte. Verstehen Sie mich daher recht, ich bitte darum. Ich möchte gehen, weil ich noch jung sein will, jung bleiben will. Ich bin achtundzwanzig Jahre alt und kann noch nicht wunschlos sein.«

»Und wohin zielen diese Wünsche, Miß van Weert?«

»Dorthin, wo Die Menschen frei sind und glücklich.«

»Solch ein Land gibt es nicht.«

»Mrs. Präsident, machen Sie es mir nicht so schwer. Mir vertrocknet das Herz, weil ich es an nichts hängen kann.«

»Ich denke,« sagte die Präsidentin, »Sie hatten es einmal an Ihren Bruder gehängt. Was wurde? Er mußte sterben. Sterben vor Ihren sehenden Augen, an Ihrem schlagenden Herzen. Lohnt es sich wirklich, sein Herz an etwas zu hängen, das einem morgen schon weggenommen, zerstampft werden kann? Sie haben Tränen in den Augen und meinen, ich wäre grausam? Ich bin nur klug geworden.«

Gertrud van Weert hatte sich hastig die Augen getrocknet.

»Nein,« erwiderte sie, »ich will nicht klug werden. Das ist ja das lebendige Begrabensein, vor dem ich fliehen will. Je früher, desto besser. Sobald Sie mich gehen lassen.«

»Sie kennen Ihren Vertrag, wie ich ihn kenne.«

»Mrs. Präsident, das kann nicht Ihr Ernst sein. Mein Vertrag läuft noch bis zum nächsten Herbst. Ein ganzes Jahr noch. Für mich finden Sie bald Ersatz. Lassen Sie mich gehen, sobald Sie eine Nachfolgerin für mich haben.«

Lange sah die Präsidentin die Bittende an. Es war, als ob ein wärmeres Licht für Sekundenlänge in ihren Augen geleuchtet hätte.

»Kind,« sagte sie endlich, »ich war nicht nur jung wie Sie, ich habe auch das Leben geliebt.
Mehr als das. Doch davon wollte ich nicht sprechen. Und nun war etwas – etwas wie ein Schein
aus ferner Zeit, der mich Sie gern sehen ließ. Auch das war schon zu viel. Nicht einmal dieses
Wenig lohnt. Ich werde Sie nicht halten können. Aber gerade das mütterliche Gefühl, das ich
im stillen für Sie hegte, zwingt mich, Sie vor übereilten Schritten, vor einem bloßen Nachgeben
des Gefühls zu bewahren. Übers Jahr sind Sie frei. Bis dahin können Sie nachprüfen, ob Ihre
Gefühle standhalten, oder ob Sie an meine Erfahrung glauben gelernt haben, daß wir erst ruhig
werden können, wenn wir über uns gesiegt und mit uns abgeschlossen haben.«

Gertrud van Weert krampfte im Schoß die Hände ineinander.

»Sie sprechen aus der Erfahrung des Alters,« rief sie. »Wie soll ich da nachprüfen, wenn ich
nichts von der Jugend weiß als die Jahre in der Wildnis? Nein, nein, Sie können nicht jung
gewesen sein und Ihr Herz gespürt haben, daß Sie schreien möchten, wenn Ihre Erfahrungen
so gar nichts davon wissen.«

Wieder legte die Präsidentin eine Weile die Hand über die Augen. Aber die Weile wurde
länger als vorher, und es lag eine Röte um ihre Augen, als sie endlich die Hand sinken ließ.
Das war es, was Fräulein van Weert plötzlich still und ruhig werden ließ.

»Sie haben da etwas ausgesprochen, mein Kind,« sagte die weißhaarige Frau, »was ich als eine
Verletzung empfinden könnte, wenn mich noch etwas zu verletzen vermöchte. Auch weiß ich,
daß jugendliches Ungestüm die Worte nicht wählt und wägt. Ich habe wohl ein Menschenalter
lang nicht mehr von diesen Dingen gesprochen. Wenn ich es heute tue und mir damit eine
schwere Stunde mache, so tue ich es, um Ihnen die Stunde zu erleichtern. Denn das ist auch
eine Pflicht des Alters. O, ich weiß: meist eine zwecklose.«

»Mrs. Präsident,« sagte Gertrud van Weert leise.

»Lassen Sie es gut sein, mein Kind. Wenn ich Ihnen nicht mehr vertraute, spräche ich Ihnen
nicht von Dingen, die mich wie eine Lobrednerin meiner eigenen Person erscheinen lassen
müssen. Ja, ich war jung, mein Kind. Mehr: ich war schön und gefeiert. Mehr noch: ich war
die Gattin eines hervorragenden Mannes und Offiziers. Das ist alles schon so lange her.«

Sie schwieg, und ihre Zuhörerin merkte es ihr an, wie sie ihre Gedanken rückwärts zwang.

»Ich kam auf einer australischen Farm zur Welt,« fuhr sie fort, und ihre Augen hafteten
irgendwo an einem Punkt. »Ich wurde verwöhnt, wie nur die Einzige aus begütertem Hause
verwöhnt werden kann. Spielend lernte ich die fremden Sprachen von meinen Erzieherinnen,
und die besten Lehrkräfte halfen meine Erziehung vollenden. Alle Freistunden aber sahen mich
zu Pferd, und mit zwölf Jahren ritt ich mit dem wildesten Pferdehüter um die Wette, von morgens bis abends, ohne Ermüdung, den Lasso in der Hand. Da gab es kein Hindernis für mich,
da gab es nur ein Anspannen der Muskeln und kindischen Jubel. Ich glaube, ich darf sagen,
daß ich jung war.

Mit fünfzehn Jahren kam ich nach Amerika. Das, was mir als Dame noch nötig war zu
lernen, sollte ich hier erlernen. Ich kam nach Washington, in die Familie eines Senators der
Nordstaaten, der als feuriger Anhänger der Antisklavereibewegung wirkte. Es war das Jahr 1860
und Washington der Brennpunkt der Welt. Was Amerika an bedeutenden Männern, großen
Rednern und kühnen Soldaten besaß, sammelte sich hier, und so war auch der Stand der Gesellschaft von einer Höhe wie nie zuvor. Abraham Lincoln, der schlichte, wundervolle Mann,
wurde zum Präsidenten gewählt. Er trat sein Amt am 4. März 1861 an. Die Südstaaten fielen
ab. Der Bürgerkrieg war nicht mehr zurückzuhalten. Wenige Tage noch, und im Süden fiel der
erste Schuß. Die Konföderierten des Südens nahmen die Bundesfestung Sumter im Hafen von
Charleston mit bewaffneter Hand. Lincoln aber rief das Vaterland zu den Waffen.

Sechzehn Jahre zählte ich, und aus dem wilden Kind war eine begeisterte junge Dame geworden, die mit ganzer Seele der Sache der Freiheit und der Menschenbefreiung gehörte. Mit
ganzer Seele. Denn das ganze Herz gehörte einem jungen Offizier, der trotz seiner Jugend zum

Brigadegeneral ausersehen war. Sein Temperament war von mitreißender Wucht, seine Kühnheit grenzte an Tollkühnheit, zu Pferde war er mit seinem Tier verwachsen. Diese Eigenschaften waren den meinen verwandt. Er wurde der Mann meiner Phantasie, der Mann meines Herzens, er wurde, bevor er ins Lager zog, mein Gatte. Kinder waren wir in der Liebe und liebten uns mit der Leidenschaftlichkeit von Kindern. Vier Jahre blutigsten Bürgerkrieges waren unsere Flitterwochen. Ich wich nicht von seiner Seite.

Wir wurden geschlagen und rückten wieder vor. Wir siegten und mußten wieder zurück. Furchtbare Schlachten wechselten mit endlosen Märschen. Das Gesicht der Armee änderte sich fortwährend. Wer heute noch neben uns marschierte und die Flinte abfeuerte, bis sie rauchte, lag morgen kalt und starr im Gras, und einer aus den zahllosen Nachschüben marschierte an seiner Stelle. Hunderttausende sahen wir, um sie niemals wiederzusehen. Nur mein Charles blieb immerfort an seinem Platz, und meine Liebe hütete ihn und stärkte ihn, wenn wir im Lager lagen, und seine Wunden wusch und verband ihm meine Hand. Bei jeder Schlacht erzitterte mein Herz um sein Leben, und aus jeder Schlacht gewann ich ihn mir zurück, als begänne unsere Ehe erst jetzt, als hätte ich ihn zum erstenmal am Herzen.

Und ich ritt mit ihm auf dem berühmten Marsch, den General Sherman mitten durch Feindesland unternahm, und wir eroberten Atlanta und zogen quer durch Georgia, erstürmten Savannah, rückten durch Süd- und Nord-Carolina und reichten dem Oberstkommandierenden General Grant die Hand zum letzten großen Schlag gegen die Konföderierten unter ihren löwenmütigen Führern Lee und Johnston. Am 9. April war Lees Armee bei Appomattox Court House umzingelt und zur Kapitulation gezwungen, am 26. April die Armee Johnstons. Und zwischen den beiden Jubeltagen der Union der niederschmetterndste Tag für die Union: am 14. April fiel der große, selbstlose Lincoln durch Mörderhand. Jedes Glück hat seinen Zahltag.«

Es war still in dem kleinen Zimmer der Präsidentin. Draußen lag der Campus der Universität dunkel und tot. Und es zog wie Schemen aus der Tür des Zimmers und zerflatterte draußen in der Nacht.

Da ertönte noch einmal die Stimme der hohen, weißhaarigen Frau.

»Jedes Glück, jedes. Und weil unsere Liebe keine Alltagsliebe gewesen war und wir sie durch das Feuer der Batterien und das Blut der Schlachtfelder getragen hatten, um sie immer wieder zu erneuern und zu bejubeln, mußten wir auch anders zahlen als Alltagsmenschen. Der Friede wurde geschlossen. Und die letzte Kugel, die verfeuert wurde, diese letzte verspätete Kugel, zerriß Charles' Brust, sein Herz, mein Leben. Eine Wahnsinnslaune des Schicksals. Zahltag...«

Die Präsidentin starrte ins Leere. Und Gertrud van Weert saß in ihrem Stuhl und hielt die Augen zugepreßt.

»Ich glaube,« sagte die Präsidentin, und ihre Stimme kam wie aus weiter Ferne, »ich darf wohl sagen, daß ich die Liebe kenne. Nur wer das Leid der Liebe erfuhr, erfährt sie ganz. Und das Übermaß des Schmerzes erstickt den Schmerz in sich selbst. Ich wurde alt und kalt.«

»Das – das konnten Sie?« kam es von Gertrud van Weerts Lippen.

»Ich konnte noch mehr, Miß van Weert. Ich konnte mich langsam in eine neue Tätigkeit hineinarbeiten und das Vergessen lernen.«

Gertrud van Weert schüttelte den blassen Kopf.

»Sie glauben nicht, daß es geht, mein Kind? So glaubt die Jugend, und ich hatte meine Jugend auf dem blutigen Acker liegen lassen. O ja, damals kam es mir vor, als wäre mir und mir ganz allein in der Welt ein verruchtes Unrecht geschehen, als gäbe es keinen Gott und keinen Vater im Himmel, als würde ich, und ich ganz allein, in die Knie gerissen und durch den Kot geschleift samt meiner zerrissenen Seele und meinem zerfetzten Herzen. Dann kehrte ich zurück. Und erblickte im Süden verwüstete Felder, niedergebrannte Städte und die Scharen der Witwen und Waisen aus dem Bruderkrieg. Und erblickte nach Norden hinauf meilenweite Grabstätten und sah durch die Erde hindurch Tausende und Tausende der Gefallenen, der Toten, wie mein Toter einer war. Da verschlug mir die Scham die verzweifelte Empörung. Damals begann ich still zu werden. Es ist uns allen ein Ziel gesetzt.«

»Und wir sollen uns nicht wehren, Mrs. Präsident? Nicht dagegen wehren, daß wir schon bei Lebzeiten zu den Toten zählen?«

»Die Toten haben die Heimat. Und so ist es mit uns. Wo unser Herz ruhig schlägt, ist Heimat. Auch Sie werden ruhig werden, und Ihr Jugenddrang wird es werden, und Sie werden wie ich eines Tages beginnen, alle Erlebnisse der Freude und der Trauer wie bunte Kinderbuchbilder zu betrachten, die einen lächeln machen.«

»Die einen weinen machen,« stieß Fräulein van Weert hervor, »oder wir waren nicht würdig, sie zu erleben.«

»Mein Kind,« sagte die Altgewordene und saß aufrecht im Lehnstuhl, »nichts auf der Welt ist für uns der Mühe wert, zu weinen. Wir würden sonst alle längst erblindet sein.«

Die junge Lehrerin erhob sich. Und als sie sich erhob, spürte sie das junge Blut durch den Körper jagen.

»Ich bin Ihnen dankbar, Mrs. Präsident, für Ihr großes Vertrauen. Aber weshalb – weshalb *mir* das?«

»Um Ihnen zu zeigen, liebe Kleine, daß auch ich einmal jung war und schön war wie Sie und doch erst das Glück in der Ruhe fand.«

»Sie durften erleben, ich nicht!«

Das klang wie der Ruf einer Gefangenen, und die Präsidentin hörte den Ton heraus.

»Ich sprach Ihnen von meiner besonderen Liebe zu Ihnen, Miß van Weert. Ich glaubte in Ihnen etwas wie eine verwandte Natur zu verspüren. Deshalb schenkte ich Ihnen meine Erlebnisse, damit Sie keine eigenen brauchen.«

»Und wenn die meinen wie bisher durch Sturm und Leid gingen, so sind es doch die meinen, und wenn sie mir Freude schaffen, so ist es meine eigene Freude. Mrs. Präsident, es muß sich wohl jeder Mensch seine Schatzkammer selbst schaffen, und wenn sein Gold und sein Edelgestein auch für den anderen Talmi bedeutet. Und so muß auch ich.«

Da erhob sich auch die Präsidentin.

»Gute Nacht, Miß van Weert,« sagte sie gelassen. »Zum Herbst des nächsten Jahres läuft Ihr Vertrag ab. Ihn abzukürzen, sehe ich keinen Grund, und ich erwarte von Ihnen wie bisher strengste Pflichterfüllung.«

Fräulein van Weert verneigte sich tief, verließ das Zimmer und suchte ihr Lehrerinnenstübchen auf.

Ein Jahr noch, rief es in ihr, und sie sagte es vor sich hin, als sie mit gelöstem Haar noch einmal ans Fenster trat und ziellos und zwecklos die Blicke durch die Dunkelheit schweifen ließ: ein Jahr noch.

Nun wohl, auch dieses Jahr würde vorübergehen, wie die anderen vorübergegangen waren. Und sie begann, die Ferienzeiten auszurechnen und in Abzug zu bringen. Das machte sie fröhlich, und der Druck wich.

Dann kauerte sie vor einer Truhe, die die wenigen Angedenken ihrer Mädchenzeit enthielt, und nahm Stück für Stück in den Schoß: ein paar Bilder, ein paar Blumen aus der Heimat, Mineralien und Versteinerungen, die sie mit dem Bruder gesammelt hatte, als sie an seiner Seite, frei wie ein Vogel, quer durch Amerika gezogen war. Und nun – ein Bild der Eltern.

Sie stutzte, blickte es lange an, blickte über die gesammelten Schätze hin und legte alles in die Truhe zurück.

Verstört saß sie auf dem kleinen Sofa und suchte ihre Gedanken zu sammeln.

Wie ist es möglich, dachte sie, wie ist es möglich...

Sie sah sich als kleines Mädchen daheim. Da war der Vater, verärgert und leicht reizbar, wenn er aus dem Staatsdienst nach Hause kam. Immer wähnte er sich übergangen, nie genügend gewürdigt, und so trat er dort, wo kein Vorgesetzter ihm dreinzureden hatte, in der eigenen Häuslichkeit, als Herr und Gebieter auf. Die Mutter war ihm ähnlich geworden, war angesteckt von seinen immerwährenden Klagen, und auch sie glaubte sich zurückgesetzt, von den Frauen ihres Kreises ungenügend beachtet, und ihre Hauptbeschäftigung war es, die Klagen ihres Mannes aufzunehmen und weiterzuspinnen. Und Vater und Mutter führten ein Sparsystem ein, das jedem Pfennig seinen Platz anwies, das drückend über dem ganzen Hausstand lag und immer mehr einem scharrenden Geiz ähnlich wurde. Sollte doch eine Summe erreicht werden, die sie selbständig machen könnte von der Tyrannei des Dienens.

Bruder Jan – da war der Bruder Jan. Zehn Jahre älter als das kleine Mädchen, das bewundernd zu ihm aufschaute und seine hin und her gestoßene Liebe zu dem großen klugen Bruder flüchtete. Und immer winkten ihr seine schnell geöffneten Arme, immer hatte er den Platz auf seinem Knie für sie frei, auch wenn er über den Büchern saß oder am Zeichenbrett. Dann erklärte er ihr oft, wie man einem Kinde Märchen zu erzählen pflegt, die geheimnisvolle Bedeutung seiner Striche und Zahlenreihen, und daß er den Zauberschlüssel suche, der ihm die ganze Welt erschlösse.

»Gehst du dann fort von hier?« fragte das kleine Mädchen ängstlich.

»Ja, du lieb Dummchen, weshalb sollte ich sonst wohl den Zauberschlüssel suchen?«

»Und nimmst mich mit, Jan? Ich muß sonst sterben, wenn ich so allein bin.«

»Aber natürlich nehme ich dich mit, Kleines. Und wir spielen in der weiten Welt Brüderlein und Schwesterlein, wie hier in der engen Stube.«

Und er hob feierlich die Finger wie zu einem Schwur, und dann lachten sie miteinander, der große Bruder und das kleine Schwesterchen, bis sie beide zusammenfuhren. Das war, wenn die Haustüre scharf ins Schloß schnappte und der harte, hastige Schritt des Vaters über die Treppenstufen kam.

Ganz still hockten sie beieinander und hofften, daß der Schritt weitergehen möge, aber er ging nicht weiter, und der große Junge und das kleine Mädchen stammelten gleich scheu und verlegen ihr »guten Abend, Vater« bei seinem Eintritt.

»Guten Abend,« sagte der Vater. »Was ist das wieder für eine Kinderei, Jan, daß du das Mädel auf dem Schoß hast? Ist das eine Art, zu arbeiten, wie? Nun kann ich wieder nachprüfen, und kein Mensch nimmt darauf Rücksicht, ob ich müde und abgearbeitet bin. Laß sehen.«

Dann schlich das kleine Mädchen scheu die Wände entlang und schlüpfte zur Zimmertür hinaus, als wäre sie ein Lüftchen, und die Mutter in der Küche schickte sie auch hinaus: »Der Vater soll wohl wieder schelten, daß das Essen nicht rechtzeitig auf dem Tisch steht. Weshalb bist du nicht schon im Bett? Hier hast du ein Butterbrot. Nun lauf zu.«

O, das waren noch gute Jahre. Als sie zur Schule mußte, nahm der Jan, der schon die Unterprima besuchte, sie bei der Hand und lieferte sie vor dem Schultor ab, und mittags wartete sie auf dem großen Eckstein vor der Schule auf ihn. Was wußte sie alles zu fragen und er zu erzählen auf diesen Wegen, obwohl sie sich sputen mußten, denn der Vater wünschte, wenn er das Haus betrat, alle um den Tisch versammelt zu sehen.

Zwei Glücksjahre waren es, und sie ließen das Kind reifen über sein Alter hinaus, denn es mühte sich, den Bruder zu verstehen und ihm lieb und angenehm zu sein. Als sich aber das zweite Schuljahr seinem Ende zuneigte, begann eine Unruhe in dem Kind aufzusteigen, und die Unruhe wuchs zur Angst, als der Bruder spielend die Reifeprüfung bestand und auf Stipendien hin die technische Hochschule besuchen durfte. Denn das Kind wußte nicht mehr, an wen es seine Liebe hängen konnte.

Immer engherziger waren Vater und Mutter geworden, immer selbstsüchtiger und nur auf die eigenen Pläne bedacht. Sie sahen kaum, wie das Kind erblühte und die Freude der Nachbarschaft wurde. Aus jedem Spiel heraus rief man sie ins Haus und schickte sie zu ihren Büchern und Aufgaben. »Lern, lern, ein Mädchen, das seine Lehrerinnenprüfung machen will, sollte andere Dinge im Kopfe haben als den Firlefanz.«

Erst zürnte sie den Büchern und saß oft mit mühsam verhaltenem Weinen über den Grammatiken. Dann aber schrieb ihr der Bruder, der nun schon in höheren Semestern stand und sich auf die Diplomprüfung vorbereitete. Er schrieb ihr, daß das Wissen die Welt regiere und nur das Wissen die Freiheit sei. Nicht, wer die Bücher auf dem Rücken, wer sie im Kopfe trüge, hätte das Leben vor sich. »Also sorge, kleine Traute, für den richtigen Marschproviant.«

Von Stund an waren die Bücher ihre Freunde. Die Schulaufgaben wurden rasch erledigt. Nach des Bruders Plan ging es mit glühendem Eifer an die Erlernung und Beherrschung fremder

Sprachen, meilenweit über die Grenzen des Schulunterrichts hinaus. Und wenn dann Jan in die Ferien kam, suchten sie die stillen Feldwege auf, die rings um die Stadt liefen und sich weit, weit in den holländischen Wiesen verloren, und ein Tag war der französische Tag und der andere der englische. Kein deutsches Wort durfte gesprochen werden, und sie schwatzte mutig drauflos und ließ ihre Aussprache von Jan verbessern und die Wahl der Worte. Als Jan seine Diplomprüfung bestanden hatte und im Eisenbahn- und Brückenbau beschäftigt wurde, waren ihr die englische und französische Sprache fast so geläufig wie die deutsche. Damals zählte sie erst vierzehn Jahre.

Der Vater hatte seit einiger Zeit sein Augenmerk auf ihr großes Sprachtalent gerichtet. Nun suchte er auch diese Studien zu überwachen und stachelte immer mehr ihren Eifer an. Für Vergnügungen, wie sie die jungen Mädchen lieben, war er nicht zu haben. »Du wirst in wenigen Jahren Geld verdienen können,« sagte er ihr immer wieder, »und das wird dem Haushalt zugute kommen.« Sie besuchte nun schon die Selekta der höheren Töchterschule und erteilte bereits einigen Privatunterricht. Wie gern wollte sie beitragen, des Vaters Pläne zu verwirklichen – für ein einziges, gutes Wort.

Das aber blieb aus. Nur ein Drängen und Drängeln war, und dieses ewige Berechnen.

Für ein einziges Liebeswort hätte sie sich den Eltern an die Brust geworfen als gehorsame, dankbare Tochter.

Und wieder schlich sie scheu durch die Zimmer, wie sie es als Kind beim Eintritt des Vaters getan hatte, und war schon eine Sechzehnjährige mit der Sehnsucht im Herzen, die nach jedem Stück blauen Himmels schaut.

Da erschien unerwartet Jan zurück.

Er hatte mit großer Auszeichnung gearbeitet, in der Praxis Arbeitsverbesserungen von Bedeutung herausgefunden, die Aufmerksamkeit einer amerikanischen Kommission, die Europa bereiste, erregt und sich als leitender Ingenieur eines neuen Schienenweges in den Vereinigten Staaten verpflichten lassen. Nun war er gekommen, Abschied zu nehmen.

»Jan,« hatte sie gerufen und seine beiden Hände umklammert.

»Traute, Traute, an dir fliegt ja jeder Nerv. Und hohlwangig und abgemagert bist du auch. Was ist mit dir, Mädel?«

»Ich halt' es nicht mehr aus, Jan.«

Ach ja, es war dasselbe Wort, das sie heute der Präsidentin zugerufen hatte. Dieselbe Angst vor dem Verkümmern. Es fiel ihr ein.

»Komm mit, Gertrud. Ich hab' dich lieb und kann dich gebrauchen.«

Da war sie ihm halb besinnungslos vor Freude um den Hals gefallen.

»Mein armes Mädel,« hatte der Bruder gesagt und ihr schmales Gesicht gestreichelt, »das Leben wird viel an dir gut zu machen haben. Na, gib acht, wir werden den Kopf schon hoch kriegen.«

Es war ein furchtbarer Auftritt mit den Eltern geworden. Der Vater verlangte, allein den Weg der Kinder zu bestimmen.

»Vater, dein Weg kann nicht Gertruds Weg sein. Sieh sie dir an. Sie vergeht euch unter den Händen.«

»Ein Mädchen gehört ins Elternhaus. Schlimm genug, daß man sie eines Tages nach all der Last und Qual einem wildfremden Menschen herausgeben muß, der uns nichts dafür gibt als neue Sorgen.«

»Vater, ist dies wirklich Gertruds Elternhaus? Hat sie das je an eurer Liebe gespürt?«

Es wurde eine Stunde der Erregungen und keine Verständigung.

In der Nacht klopfte Jan an ihre Tür. »Komm, Traute.« Und sie war herausgekommen und hatte sich bebend an seinen Arm geklammert und sich fortführen lassen, zum Bahnhof, weiter, zum Hafen. Wie zwei heimatlose Kinder zogen sie aus, ihr Glück zu suchen. Ihr Abschiedsgruß an die Eltern war unerwidert geblieben.

Wie ist es möglich, wie ist es möglich, grübelte die Einsame im Lehrerinnenstübchen, daß Eltern ihren Kindern nicht ihre Liebe nachsenden, wenn auch die Wege auseinanderliefen. Wie arm müssen sie sein, wenn es nicht für das bißchen Liebe reicht.

Wie reich war Jan gewesen. Wie verschwenderisch hatte er sie beschenkt, sie die Freude gelehrt, die Hingabe an die Natur und ihre Schönheiten, die wie Trösterinnen sind. O du lachendes Leben! Und Jan war gestorben und lag begraben in fremder, amerikanischer Erde, und sie selber sah, einsamer als je zuvor, eingefangen und angekettet, und ganz vergessen.

Vergessen?

Und immer wieder grübelte sie darüber nach. Wie können Eltern ihr Kind vergessen, selbst wenn es gegen den elterlichen Willen gefehlt haben sollte? Muß nicht Elternliebe wie ein Zauber sein, der durch die Meere fährt und durch die Wüsten und sucht und sucht, bis er gefunden hat und neue Sonne an den Himmel zaubert?

Nein, nein, es war kein Brief gekommen in all den Jahren, keine Antwort auf ihr Rufen aus der Fremde, das um Liebe bettelte.

Sie war allein und mußte das Leben weiter zwingen.

»Ja,« sagte sie und erhob sich. »Ich muß. Wenn ich mich jetzt ergebe, ist es zu Ende. Was würde Jan zu seiner Schwester sagen, die wie ein Mann mit ihm durch die Felsengebirge und durch die Steppen ritt? Freiheit, würde er sagen. Ein eigenes Strohlager ist besser als ein gemietetes Prunkbett.«

Sie sah ihr schmales Eisenbett an, und das Lächeln kehrte ihr zurück.

Es war kein Prunkbett, o nein. Aber träumen wollte sie jetzt in ihm. Von dem heutigen Tag. Von der Begeisterung des Mannes, der ihre eigene schlafengegangene Begeisterung wieder aufgeweckt hatte. Von – von – und tausend Mädchengedanken wirbelten ihr durch den Kopf.

Verlassen? Nein, sie war nicht verlassen, denn sie verließ sich selber nicht. Sie hatte ihn wieder, den Willen zum Leben.

Sie streifte die Kleider ab, löschte das Licht und dehnte auf dem harten Lager die Glieder. Und eine Freude schoß durch ihr Blut dahin, als sie spürte, wie die Muskeln stark und fest geblieben waren und spielend gehorchten.

»Ich bin noch jung, ich bin noch nicht lebensmüde,« sagte sie laut in das Zimmer hinein, und ein frohes Mädchenlachen flog hinterdrein.

»Noch ein Jahr – nur noch ein Jahr...«

7

Ein paar heiße Arbeitswochen folgten für Wegherr im Frieden des Wuppermannschen Hauses. Sein reiches Studienmaterial, das er seit Jahren schon in Deutschland vorgearbeitet und ausgebaut hatte, lag übersichtlich geordnet vor ihm auf Tischen und Kofferdeckeln. Und an der Hand seiner wissenschaftlichen Aufzeichnungen ging er Schritt für Schritt den Weg, den die nordamerikanische Union gegangen war, von den ersten europäischen Siedelungen, den englischen Besitzergreifungen und dem Auftauchen der ersten. Deutschen an, durch die Staatenbildungen, den Unabhängigkeitskrieg, Verfassung und Gesetzgebung, den Bruderkampf zwischen Nord und Süd, hinüber zu dem immer gewaltigeren Aufschwung der großen Republik, und stellte den Anteil fest, den deutsches Blut an der Errichtung des Wunderwerkes zu allen Zeiten genommen hatte und heute nahm.

Schwere Arbeit galt es zu leisten, und sie war um so schwerer und ernster, als sie gerecht wägen mußte in der Beurteilung aller am Werk schaffenden Kräfte. Das aber sah er so deutlich, wie er es auf seiner Studierstube in Deutschland gesehen hatte, daß die von den Deutschen Amerikas geleistete Arbeit nicht in das richtige Verhältnis zur Bewertung ihrer Arbeit, zu einer ihrer Arbeits- und Opferfreudigkeit entsprechenden Stellung gebracht worden war.

»Amerika ist noch so jung, daß auch seine Empfindlichkeit die eines Kindes ist,« hatte Mr. Willart gesagt.

Die deutschen Eingewanderten aber waren Amerikaner geworden, und während sie nach den Charaktervorzügen der neuen Heimat strebten, hatten sie, um sich auf kürzestem Wege die amerikanische Gebärde zu eigen zu machen, am schnellsten die charakteristischen Fehler in sich aufgenommen, und ihre Empfindlichkeit war nach außen um so größer, als sie sich im Innern der verwundbaren Punkte wohl bewußt waren.

Darauf nahm Wegherr Bedacht: es galt nicht niederzudrücken, es galt hochzureißen.

Frank Willart kam fast jeden zweiten Tag von Philadelphia herüber. Der Mann entwickelte eine Tatkraft, wie sie nur auf amerikanischem Boden wachsen konnte, der keine Hemmungen kennt.

»Lassen Sie sich nicht durch die etwas laute Art meiner Vorbereitungen abschrecken,« bat er Wegherr mehr als einmal, wenn der Forscher den Ernst seiner Aufgabe bedroht glaubte. »Bedenken Sie zu jeder Stunde, in welchem Lande, in welchen Bildungsschichten Sie sich befinden. Die Masse ist etwas anderes als ein Kranz von Geistesmenschen. Sie wünscht lebhafte Farben, hallende Töne, lockende Lichter. Massenpsychologie ist Feldherrnkunst. Hier, in Amerika.«

Nach wenigen Wochen schon hatte Willart eine größere Anzahl deutscher Vereine gewonnen, die den deutschen Historiker in ihrer Mitte wünschten. Er arbeitete fast nur mit dem Telegraphen, der »Schreibmaschine des wirklich modernen Menschen«, wie er den Draht benannte, »der Einrichtung, die die Entschlüsse fördert«. Und er arbeitete an Wegherrs Reiseprogramm. »Das alles ist natürlich nur als vorläufig anzusehen,« bemerkte er, »wie alles in Amerika. Ich werde unermüdlich tätig bleiben und Ihnen die Städte, die um Ihren Besuch bitten, stets telegraphisch nennen. Häufig werden Sie ein bißchen die Kreuz und die Quer reisen müssen, aber da wir hierzuland jede räumliche Entfernung ableugnen – wo bliebe sonst der Ruhm unserer Eisenbahnen? – nun ja, es ist amerikanischer Bluff, aber wir verstehen uns.«

Für den ersten Abend war Philadelphia bestimmt. In der nächsten Woche sollte er stattfinden.

Ernst Wegherr mußte an das Abschiednehmen denken.

Und eines Tages sah er auf einem umgestülpten Bottich vor der Wuppermannschen Färberei und verabschiedete sich auch von Kobes, dem Färbermeister.

»Das können nun ein oder zwei Jahre werden, Kobes, daß wir uns nicht wiedersehen.«

Der einstmalige Geselle von der Herzbachstraße schüttelte den grauen, buntgesprenkelten Kopf.

»Ech verstonn dat nich, Här. Äwwer wann ech Sie wör, ech wößt, wat ech däht.«

»Was würden Sie also tun, Kobes?«

»Ech nähm dat schnellste Schiff und juckelten noh Hus.«

»Weshalb denn, Kobes? Ist das nicht ein großartiges Land?«

»Großartig?« wiederholte der Alte verächtlich. »Wat es denn hier großardig als der Schwindel? Der ein' lügt dem annern die Backe voll, dat nennt mr ›smart‹, und wer dat über de Löffel balbiere am beste versteht un die meiste op dem Gewissen hät, dä kömmt dann gleich hinner'n Herrgott. Enee, et es schon eine Deubelsgesellschaft.«

Wegherr hörte ihm lächelnd zu.

»Aber Ihr alter Freund und Gönner Herr Wuppermann denkt doch anders als Sie.«

Der Grauhaarige spuckte einen Priem aus. Das Tabakrauchen war in der Fabrik verboten.

»Nu ja, der Herr Wuppermann. Dä hät et erreicht. Dem fehlt nix. Wat soll der Herr Wuppermann auch viel schimpfe? Früher, als er noch über die leere Hand blase konnt, da hat dä auch geschimpft, un nich zu knapp. Dat ändert sich erst mit 'm Dickerwerden vom Geldbeutel. Dann lernt mr: Augen zu und Händ aufgehalten. Dann lernt mr amerikanisch. Un för die, die dat nich können, bleibt dat Schimpfen von Rechts wegen.«

»Hören Sie mal, Kobes, Sie verdienen aber hier doch auch ein schönes Stück Geld.«

»Dat es et ja grad,« polterte der Alte. »Nu han ech Geld un kein Verjnügen. Wo es denn hier 'n lostige Kirmes oder 'n fidele Kumpanei? Nich mal eine anständige Kneipe mit Tisch un Bänk. Kein Gemötlichkeit. Kein Ruh un Rast un kein garnix. Kann denn hier ene einzige vernönftige Minsch öwerhaupt drinke? Da drängle se sich an de Bar heröm, kippe ehr Glas un fix noch eins un widder eins und sin noh fünf Minute so röndum voll, wie unsereins bei Gott nich noh fünf Stunde. Dat is doch keine Verkehr?«

»Kobes, ich glaube, Sie haben Heimweh nach der Herzbachstraße.«

»Här,« sagte der Alte ernst, »hier han Dausend Heimweg noh der Herzbachstraß. Mr well sich nor nich als Kobes, der Amerikafahrer, uslache lasse. Un zom Begrabewerde es dat Land so passabel als eins, wenn mr alt Eisen es. Adschüs, Här Doktor. Wann ech *Sie* wör, ech däht verdeck wat Pläsierlicheres, als onger die Bagasch Petri Fischzug veranstalte. Et sin lauter Hecht im Karpfenteich, un se fresse sich gegenseitig. Na denn adschüs, Ernst. Jong, holl der Nacken steif.«

Und er verschwand im dicken Qualm der Färberei.

Wegherr schaute ihm vergnügt nach. Mochte der Alte Recht haben. Je bunter das Bild, desto einträglicher für die stille Forscherarbeit. Und diese Auffassung betonte er noch einmal am Abend im Gespräch mit Wuppermann.

»Der Kobes,« meinte der Fabrikherr, »hat von seinem Standpunkt aus gar nicht so Unrecht. Es gibt eben nur Leute *mit* und Leute *ohne* Dollars. Die ersteren nennt man Gentlemen.«

»Und die anderen?«

»Wünschen es zu werden. Das heißt: Dollarleute. Bis dahin kennt sie kein Mensch. Kaum die Gesetzgebung. Selbst du würdest ihnen nichts helfen können.«

»Selbst ich?« wiederholte Wegherr. »Helfen kann sich in diesem Leben jeder nur selber. Ich gehe durch Amerika, um der Forschung zu dienen, und wenn ich dazu den Weg wähle, den wir ausgearbeitet haben, so tue ich es, weil in jedem Deutschen ein Stück Pionier steckt. Wer von meinem Deutschtum lernen will, der kann es und soll es. Wer nicht will, der ändert an meiner Forscherarbeit darum kein Jota.«

»Das freut mich zu hören,« sagte Wuppermann, »das freut mich zu hören. Nun bin ich nicht mehr bange.«

»Warst du das wirklich, Georg?«

»Ein bißchen um dich, Ernst. Falls du die Aussaat nicht schnell genug in die Halme schießen sähest.«

Da lachte Wegherr fröhlich.

»Mensch, ich bin doch kein amerikanischer Geschäftsmann. Und Willarts Telegrammstil mag recht nützlich sein, um aufmunternde Püffe auszuteilen. Aber für den Historiker kommt das alles gar nicht in Betracht. Die Jahrtausende, mit denen er sich beschäftigen muß, haben ihn das Abwarten gelehrt. Man streut aus, und irgendwo, irgendwann reift es. Auch wenn man es selber nicht mehr sieht.«

»Ernst,« meinte Wuppermann nachdenklich, »trotz Haus, Weib, Kind und Ingesind glaube ich beinahe doch, du bist der Beneidenswertere.«

»Vielleicht, weil ich von all' dem nichts zu verlieren habe.«

»Werd' nicht grüblerisch. Wer nichts zu verlieren hat, hat um so mehr zu gewinnen.«

»Ich werde mir diese funkelnagelneue Weisheit ins Stammbuch schreiben, Georg.«

Tags darauf wanderte er zu Fuß dem Damen-College zu, um sich von Fräulein van Weert zu verabschieden, die er seit dem einen Male nicht mehr gesehen hatte. Er hatte eine gute Stunde zu marschieren. Die prunkenden Herbsttage waren dahin. Regengrau wölbte sich der Himmel, und der schneidende Wind fegte das raschelnde Laub aus den Gräben auf und ließ es in Säulen tanzen, in Ringen kreisen, spurlos verwehen. In der Ferne tauchte eine einsame Häusermasse auf. Wohn- und Lehrgebäude lagen kahl auf dem kahlen Campus.

Da sitzt sie nun, dachte der Wanderer, wie ein Vögelchen, dem das Singen eingefroren ist. Und er nahm sich vor, ihr kräftig den Mut zu stärken.

In einem der Lehrgebäude verwies man ihn in den Hörsaal, in dem Fräulein van Weert gerade lehrte. Er trat leise ein und setzte sich, ohne beachtet zu werden, dicht an die Rückwand neben der Türe. Es mochten an die hundert junger Mädchen versammelt sein. Sie saßen geschmackvoll gekleidet mit übereinandergeschlagenen Beinen, den Kopf auf die Hand gestützt, und lauschten oder flüsterten ein Wort mit der Nachbarin.

Gertrud van Weert stand auf dem Katheder. Die dunklen Augen leuchteten unter der blassen Stirn, die der schwere Flechtenkranz umschloß. Sie sprach von den Liedern deutscher Dichter, die zu Volksliedern geworden waren. Sie wählte Goethes »Heidenröslein« als Beispiel. Und hell und freudig ertönte ihre Stimme:

>»Sah ein Knab' ein Röslein steh'n,
>Röslein auf der Heiden,
>War so jung und morgenschön,
>Lief er schnell, es nah zu seh'n,
>Sah's mit vielen Freuden.
>Röslein, Röslein, Röslein rot,
>Röslein auf der Heiden.«

Sie sprach die Strophen zu Ende, und frisch und fröhlich hob sie von neuem die Stimme und sang die Melodie:

»Sah ein Knab' ein Röslein steh'n...«

Die jungen Studentinnen horchten auf. Einigen sah man das ehrliche Vergnügen an. Andere kicherten. Dann klang die Weise aus, die Vorlesung war zu Ende, und hastig leerte sich der Hörsaal.

Gertrud van Weert war auf dem Katheder zurückgeblieben. Vor sich hinsummend legte sie ihre Hefte zusammen und griff nach Hut und Regenmantel. Nein, dachte Wegherr, das ist kein Vogel, dem das Singen eingefroren ist. Aber wer das im Käfig kann, wie muß der das erst in der Freiheit können. Und er erhob sich aus seiner Ecke und trat mit schnellen Schritten zu ihr.

»War so jung und morgenschön – Lief er schnell, es nah zu seh'n. Guten Tag, Fräulein van Weert!«

»Herr Gott,« sagte sie und wurde dunkelrot. »Sie haben doch nicht etwa zugehört?«

»Aber was denn sonst? Sollte ich mir etwa Ohren und Augen zuhalten? Ich habe regelrecht Kolleg geschunden. Wie einst im Mai.«

Da lachte sie mit ihm und streckte ihm die Hand hin.

»Wie jung Sie sein können.«

»Hatten Sie mich für einen Greis gehalten? Mit Brille, Schnupftabak und schmutzigen Manschetten?«

»Das ist schön, daß Sie Wort gehalten haben. Ich wagte kaum noch daran zu denken.«

»Und es ist schön von Ihnen, daß Sie überhaupt daran gedacht haben.«

»Nein,« sagte sie, »dazu ist die Stunde zu kurz, daß wir sie an Schmeicheleien wegwerfen. Kommen Sie. Ja, wohin? In das allgemeine Empfangszimmer? Da sitzen immer ein paar Kolleginnen und üben sich als Gedankenleserinnen. Auf mein Stübchen – geht nicht. Bleibt nur der Campus, wenn Ihnen da nicht der Wind zu sehr pfeift.«

»Er wird mir bald noch ganz anders um die Ohren pfeifen. Und zwar ohne guten Kameraden.«

»Also gehen wir.« Und sie fuhr eilig in das Ärmelloch des Regenmantels, saß fest und ließ sich lachend von ihm helfen.

Die fröhliche Unruhe war noch in ihr, als sie ins Freie trat und vor den wütenden Windstößen den Hut mit beiden Händen auf den Flechten halten mußte. Und sie blieb in ihr und steigerte sich noch.

Er aber hatte seine Freude an dem schlanken, festen Mädchenkörper, und er sah sie an des Bruders Seite durch die Steppen jagen.

»Morgen also geht's in den Kampf?« fragte sie und wandte ihm begierig ihr Gesicht zu.

»Morgen abend. In Philadelphia. Werden Sie an mich denken?«

»Sie haben ja auch an mich gedacht. Was werden Sie lesen?«

»Über den Weltberuf des Deutschtums.«

»Sie müssen eine unendliche Heimatliebe in sich tragen, daß Sie soviel davon abgeben können.«

»Heimatliebe! O ja. Nur keine Heimat.«

»Ich könnte sagen, dann geht es uns gleich. Aber ein Mann schafft sich die Heimat, wo er den Fuß in die Scholle drückt und seinen Willen.«

»Bei Tag. Nachts schreit das Herz und glaubt nicht daran.«

»Ja,« sagte sie, »das Herz. Das ist ein Luxusartikel in Amerika, und Sie müssen es bald entwöhnen.«

Der Wind riß ihnen die Worte vom Munde. Und sie gingen dicht nebeneinander, um sich zu verstehen. So wird sie oft mit Jan gegangen sein, dachte Wegherr. Zutraulich wie eine Schwester.

»Sie haben es sich ja auch nicht abgewöhnen können,« sagte er laut. »Und es ist nicht Ihr Ernst, Fräulein van Weert.«

»Nein, es ist nicht mein Ernst. Nicht der meine. Aber es ist doch Ernst.«

»Wenn ich es mir abgewöhnt hätte, das, was wir Deutschen Herz nennen, so ganz yankeemäßig, würden Sie dann ebenso neben mir hergehen?«

»So!« rief sie und zog die Schultern ein, »so lauf' ich hier immer herum.«

»Aber ich sah Sie doch auf dem Katheder so frisch wie das Heidenröschen, das Sie in Wort und Weise zum Greifen malten. Wo blieben da die eingezogenen Schultern?«

Sie lachte ein echtes Mädchenlachen. Das flog mit dem Wind – über das Feld. »O ja – jetzt! Jetzt hab' ich was zum Denken.«

»Hat's noch einer mit Ihnen? Verzeihung. Es war unbescheiden.«

Sie hatte sich schon gefunden. »Welch ein Einfall,« sagte sie und schüttelte den Kopf. »Ich bin ein Nirgendzuhaus und ein Habenichts. Darum reißt man sich nicht. Ach, wenn es nur solche Geheimnisse gäbe, wäre ich übel dran.«

»Werden die Männer hierzuland blind wie die Maulwürfe geboren?«

Sie waren weitergeschritten, rund um den menschenleeren Campus herum, bald den Wind im Gesicht, bald im Nacken. Die Kleider preßten sich ihr ans Knie, die Arme streckten sich nach dem Hut. Aber es war ein lustiges Marschieren.

»Doktor, ist das der rechte Unterhaltungsstoff für einen Mann, der in die Schlacht will?«

»Wir werden uns lange nicht wiedersehen, Fräulein van Weert. Mit zwei Jahren muß ich wohl rechnen.«

Erst kam keine Antwort. Dann sagte sie: »Es ist – schade. Wer weiß, ob wir uns überhaupt noch einmal sehen. Hier geht alles so rasch.«

»Soll ich die Staaten, die Sie früher mit Ihrem Bruder Jan durchzogen, von Ihnen grüßen?«

Sie blieb stehen. Die Hände an der Hutkrempe, blickte sie den Blättern nach, die vom Winde fortgetrieben wurden.

So stand sie lange, und er störte sie nicht.

»Ob Sie sie von mir grüßen sollen?« fragte sie endlich zurück. »Wenn Sie es mir nicht angeboten hätten, würde ich Sie darum gebeten haben. Sagen Sie, ich käme noch einmal hin. Ich müßte das alles noch einmal mit leibhaftigen Augen sehen und es mir wiederholen. Bevor – bevor ich abgestumpft bin. Und nun muß ich wieder an die Arbeit.« Sie rüttelte sich auf und reichte ihm die Hand. »Ich habe Ihnen noch für etwas zu danken, Herr Doktor. Vielleicht kann ich es Ihnen später einmal schreiben, wenn ich dann noch für Sie auf der Welt bin. Also herzlichen Dank. Und leben Sie wohl.«

Er wußte nichts zu erwidern. Er sah sie noch einmal an und zog ihre Hand an die Lippen.

»Leben Sie auch wohl, Fräulein van Weert.«

Der Campus lag hinter ihm. Auf der Landstraße packte ihn der Wind wie ein Sturm. Noch einmal wandte er sich um.

Da stand sie, wie sie gestanden hatte. Die Arme gereckt, die Hände an der Hutkrempe, vom Wind gezaust, und blickte hinter ihm drein wie ein Meerfahrer, der die Küste schwinden sieht.

Heimatlos, zog es ihm durch den Sinn. Und könnte selber eine Heimat sein...

Am nächsten Morgen nahm Ernst Wegherr Abschied vom Hause Wuppermann. Er küßte die Kinder, die ihn umdrängten, und wollte sich mit dankenden Worten an seine Gastfreunde wenden. Aber der Hausherr kam ihm zuvor.

»Wir haben dir zu danken. Von dir leben wir nun wieder eine ganze Zeit. Und zweimal Abschied nehmen ist gerade einmal zu viel.«

»Zweimal?«

»Es ist doch selbstverständlich, daß Mary und ich heute abend in Philadelphia sind. Ist ja nur ein Katzensprung. Keine zwei Stunden Eisenbahnfahrt. Dein erstes Auftreten möchten wir doch miterleben. Alle Freunde erscheinen. Selbst der Baron Dachsberg und Vater und Sohn Unkelbach werden zur Stelle sein. Heute früh hatte ich einen Brief, daß die Unkelbachs in Washington lange hingehalten worden seien. Der Fleischvertrag ist ihnen erst in letzter Stunde geglückt. Natürlich hat der Baron als getreuer Nachbar bei ihnen standgehalten und sie durch seine vielen Beziehungen unterstützt. Nun machen sie deinethalben einen Umweg.«

»Deutsche Treue,« sagte Wegherr. Und ihm war froh und zuversichtlich zumute.

Gegen Mittag traf er in Philadelphia ein, und Frank Willart empfing ihn. Er hatte ein Paket Zeitungen unter dem Arm und breitete sie, als ein Wagen sie zum Hotel führte, vor Wegherr aus. »Die ersten Fanfarenstöße.«

Überrascht blickte Wegherr hin. Jede der Zeitungen brachte sein wohlgetroffenes Bildnis und einen über die ganze Seite sich hinziehenden Aufsatz voller Lobeserhebungen. Die Schamröte stieg ihm ins Gesicht. »Wie konnten Sie so etwas dulden, Mr. Willart.«

»So etwas?« fragte der Deutschamerikaner gelassen. »Es muß noch ganz anders kommen. Warten Sie nur erst morgen ab. Und in jeder Stadt muß eine Steigerung erfolgen, daß die Federn nur so spritzen. Glauben Sie, hier liefe ein Mensch zu irgendeiner Veranstaltung, wenn ihm nicht ein Erzengel in Person versprochen würde?«

»Oder ein Barnum.«

»Gut. Oder Barnum, der Reklamekönig. Was verschlägt das? Das Ziel ist alles, und die Menge macht hier nicht die feinen Unterschiede. Die ihr beizubringen, sind Sie ja nachher da. Hauptsache, Mr. Wegherr, daß im Saal kein Apfel zur Erde kann.«

Und es konnte kein Apfel zur Erde.

Ernst Wegherr kam von einer Ausfahrt zurück, die er am Nachmittag allein unternommen hatte. Er war an den Ufern des stillströmenden Schuylkill und des majestätischen Delaware gewesen, hatte den gewaltigen Fairmount-Park besucht und unter den vielen Bildsäulen auch des großen Alexander von Humboldt Standbild gefunden, war in die Stadt zurückgekehrt und hatte vom hohen Rathausturm den Blick schweifen lassen über die unabsehbaren roten Dächermassen, die auf und ab wogten wie rote Meereswellen. Sein Herz war noch voll von dem Erschauten, als ihm Willart gemeldet wurde, der ihn zu holen kam.

In der Halle des Hotels traf er auf eine Anzahl Reporter, die ihn sofort umringten. Fragen schwirrten an sein Ohr. Er war jetzt nicht in der Laune, sie zu beantworten. Aber schon griff Frank Willart ein, mit glänzend geschliffenen Antworten, mit überlegenem Humor. Die Bleistifte fuhren hastig über das Papier. »Herr Professor Doktor Wegherr hat mir das vor wenigen Minuten erst in dieser Weise mitgeteilt,« schloß Willart. »Ich überlasse Ihnen seine Ausführungen gern.«

Nun saß er im Wagen, der sie nach dem großen Versammlungssaal der alten deutschen Halle führte. Willart sprach: »Gestatten Sie mir, darauf hinzuweisen, daß die Presse und ihre Vertreter bis zum geringsten Reporter hier eine Macht bedeuten, wie in keinem anderen Land. Der Leser hat hier keine Zeit, nachzuprüfen, auch nicht immer das nötige Verständnis. Das Geschäft geht vor allem. Zeitungsnachrichten sollen für ihn eine Aufpeitschung seiner müde gewordenen Nerven sein. Wir, die wir das übersehen, haben die Pflicht, der Peitsche den richtigen Schwung zu geben.«

Ernst Wegherr hörte kaum noch hin. Seine Gedanken waren vorausgeeilt.

Der Wagen hielt. Sie stiegen aus. Sie gingen eine breite Treppe hinauf und legten in einem Zimmer Hut und Mantel ab.

»Sind Sie bereit?«

»Ich bin's.«

»Dann kommen Sie. Die Leute sind auch bei den Abendveranstaltungen pünktlich wie beim Geschäft. Ich führe Sie ein.«

Er öffnete eine Tür. Blendendes Licht brach hervor. Schwarze Menschenmassen wogten, kamen plötzlich zur Ruhe. Wegherr schritt hindurch, folgte Willart auf das Podium. Ein Händeklatschen ging wie ein Brausen durch die Halle. Willart hob die Hand. Jäh wurde es still.

»Ladies und Gentlemen! Heute möchte ich lieber sagen: Volksgenossen! Wird mir und Ihnen doch die Freude zuteil, auf diesem Podium einen Mann zu sehen, der nicht nur eine Zierde deutscher Wissenschaft darstellt, der darüber hinaus als ein Träger des unverfälschten deutschen Blutes angesprochen werden muß und jener hohen Gesinnung, die dem deutschen Michel diesseits und jenseits des Ozeans die Mütze aus den Augen zieht, ihm den Pionierhut in die Stirn drückt, ihm den heißen Glauben an seine gesammelte Kraft und die Erfüllung seiner Weltaufgaben verleiht und somit die Vorherrschaft deutscher Kultur auf allen Gebieten des Lebens – um das Wort eines großen Preußenkönigs zu gebrauchen – stabilieren hilft wie einen **rocher de bronze**. Ich stelle Ihnen hiermit den Geschichtsforscher Professor Doktor Ernst Wegherr vor, der Ihnen von der großen Aufgabe des Deutschtums sprechen wird. Ich bin stolz, es zu dürfen.«

Er wandte sich Wegherr zu und schüttelte ihm die Hand. Und von brausenden Zurufen begrüßt, trat Ernst Wegherr an das Rednerpult.

Seine schlanke Gestalt reckte sich auf, als er über die Menschenmassen blickte. In seine Augen trat ein Glanz. Da saßen dicht vor ihm Georg und Mary Wuppermann. Dort drüben Vater und Sohn Unkelbach, und neben ihm winkte der hagere Klevesche Baron. Da waren der ehemalige Musikdirektor und der ehemalige preußische Offizier, der abonnentenheischende Zeitungsverleger und alle die Männer vom Berge. Da waren tausend Menschen, aus deutschen Gauen oder doch von deutschen Eltern geboren, die in Amerika die neue Heimat suchten oder schon gefunden hatten, alle begierig, ein deutsches Wort zu vernehmen, das unmittelbar aus dem alten, verlassenen, insgeheim so heißgeliebten Vaterlande zu ihnen getragen werden sollte. Mit andächtigen Gesichtern saßen sie und hielten ihre Hüte im Schoß. Und drüben, hinter der Säule, war das nicht – oder hatte er sich getäuscht – nein, jetzt erkannte er sie und lächelte: es war Fräulein van Weert.

Und während er sich noch des unerwarteten Anblicks freute, sprach er schon die ersten Worte:

»Ich bringe Ihnen einen Gruß der alten Heimaterde. Ob wir sie fliehen, ob wir verpflanzt werden, sie gibt uns die Urkraft ihres Bodens mit, ohne die wir ein haltloser Schemen wären. So wie dem Baume der Wurzelballen Erde gelassen werden muß, soll er auf neuem Standort kraftvoll weiter gedeihen, so können auch wir nur in fremden Landen ragend aufwachsen, wenn wir den Wurzelballen mitgebracht haben und zäh an ihm festhalten als dem ureigensten und stärksten Kräftebringer, den Wurzelballen: das Deutschtum.

Die Jahre gehen dahin, und die Wurzeln haben weitergetrieben und holen die Säfte aus der neuen Erde, der der Baum Schatten gibt und Früchte spendet in ewiger Wechselwirkung. Daß der Baum aber ein Segen werden konnte und eine Zierde für die neue Landschaft, das vermochte allein die alte Wurzelerde, und das wollen, das dürfen wir nicht vergessen. Denn wir achten uns.

Ein Volk, das seine Abstammung mißachtet – wie könnte es je Mitbegründer eines neuen großen Volkes werden, das mit Stolz seine Vorgeschichte rückverfolgen will bis in die alten geschichtlichen Zeiten der Ahnengeschlechter? Diesen Stolz werden unsere Enkel von uns fordern, gleich, ob sie diese oder jene Seite des Atlantischen Ozeans bewohnen werden. An uns wird es sein, nicht mit leeren Händen, nicht mit ausgeplünderter Gesinnung vor ihnen dazustehen.

Ich weiß, und wir wissen es alle, daß dieser Stolz nicht immer die stärkste unserer Stammeseigentümlichkeiten gewesen ist, daß wir uns darin jahrhundertelang von allen Völkern belehren lassen mußten. Und die Ältesten in unserem Kreise, manche wohl von ihnen, haben das alte Vaterland verlassen mit dem dumpfen Groll auf die Bedientenhaftigkeit seiner Bewohner und sich ihr aufrechtes und freies Mannestum zu retten gesucht in die neue Heimat. Zwei Wahrheiten lassen Sie mich dazu sagen. Das alte Deutschland, der Gegenstand ihres Zornes und ihres Schmerzes, ist längst dahin, und das vorwärtsstürmende Leben läßt es nicht zu, daß wir auf eine Krankheitszeit mehr als einen historischen Rückblick werfen, da vor uns das gesundete Deutschland, das wiedererstandene Reich, im Morgen seiner drängenden Kräfte liegt. Heute haben wir nur zu fragen: Was ist? Was ist geworden? Und Deutschland selber erteilt die Antwort, so machtvoll und hallend, daß es den Volksstämmen ringsum den höchsten Grad völkerschaftlicher Achtung abnötigt: den brennenden Neid.

Das ist die erste der Wahrheiten. Lassen Sie mich die zweite nennen. Nein, lassen Sie mich danach fragen. Hat das aufrechte, freie Mannestum, das Sie, losgelöst von der alten, in der neuen Heimat suchten, standgehalten, sich behauptet und durchgesetzt gegenüber den Abkömmlingen anderer Völker in diesem machtgebietenden Land? Nun, ob es hat oder nicht hat – heute kann jeder Deutsche, der in die Welt wandert oder längst gewandert ist, sein Deutschtum als überall gültige Paßkarte zeigen, die Achtung erzwingt und den Weg ihm öffnet dank der Stellung des Reiches; darin darf und soll er fortan dem englischen Blutsvetter ebenbürtig sein.

Wohl! Es waren Männer Englands, die die ersten Siedler der heutigen amerikanischen Union stellten. Bald aber folgten ihnen die Deutschen, zu einer Zeit, da es noch urbar zu machen galt und das Leben in die Schanze zu schlagen und den erkämpften Boden mit dem eigenen Blute zu düngen. Es war im Jahre 1683, daß der große Engländer William Penn, der Vater der Bruderliebe, diese Stadt Philadelphia gründete, und im selben Jahre schon führte der Deutsche Franz Daniel Pastorius seine niederrheinischen Mennoniten hierher, die die Nachbarstadt Germantown ins Leben riefen, und rheinpfälzische Bauern folgten in Scharen und erschlossen dem Ackerbau das pennsylvanische Land. Soll ich von Maryland sprechen und der stolzen Stadt Baltimore mit dem deutschen Stamm seit Bestehen? Von den frühen Zügen der Niederrheinländer und Pfälzer nach Virginien, Nord- und Süd-Carolina und den Nachschüben der Württemberger, Hessen und Elsässer? Von den um ihres Glaubens willen vertriebenen Salzburgern, die im Jahre 1734 herüberkamen und Georgia besiedeln und erschließen halfen? Ganz zu schweigen von den Tausenden von Deutschen, die zuerst mit den Holländern, dann mit den Engländern Neuyork der heutigen Blüte entgegenführten.

Bleiben wir bei den Siedlungen und Siedlern, bevor wir nach den führenden Geistern sehen. Nach deutschen Ansiedlern rief selbst der große George Washington, als es Kentucky zu bevölkern galt, und die Geschichte von Ohio und Indiana, das zähe und blutige Ringen der weißen mit der indianischen Rasse, ist nicht zuletzt mit deutschem Blut geschrieben, ohne Lied und Heldenbuch. Aber Cincinnati, die blühende Stadt, gibt Kunde von deutschem Fleiß, deutscher Ausdauer, dem, der zu hören versteht. Nach dem Mississippi, nach dem Missouri schweift der Blick. In Texas war es ein Abenteuer, aber in Missouri war es deutsches Pioniertum, und es blieb nicht nur in St. Louis, der rasch aufwachsenden Stadt, der es eine Reihe von Geistesgrößen schenkte, es zog Schritt für Schritt durch den Staat, und wenn es weiter zog, blieben lachende Städte, freundliche Dörfer zurück. Staat für Staat, Territorium für Territorium zeigt den Weg, den deutscher Wagemut gegangen ist, und an den großen Seen wuchsen die Riesenstädte Chicago, Milwaukee, Cleveland wie deutsche Hochburgen auf. Noch aber war nicht die Hälfte der heutigen Union erschlossen, noch lag der weite wilde Westen brach mit seinen gewaltigen Schätzen unter und über der Erde, als man das Jahr 1849 schrieb. Da ertönte der anfeuernde Ruf: » **Go West, young man!**« Männer brauchte man, Männer in des Wortes kühnster Bedeutung, die die Gefahren der Felsengebirge verlachten, die Hinterlist des Steppenmeeres für einen Quark erachteten, die mit ihren Ochsenkarren Wochen und Monate und wieder Monate durch unbekannte Wildnisse irrten, nur Gott über sich und die geladene Büchse unterm Arm. Männer brauchte man. Und die Deutschen waren an der Front. Stählern und nicht klein zu kriegen. Urbar wurde das Land unter ihren Fäusten, und die Berge gaben ihrem rastlosen Fleiß die Edelmetalle her. Colorado und Nevada erzählen davon, Dakota, Wyoming, Idaho, Montana, Neu-Mexiko und Arizona. Und sie erzählten bald in allen Mundarten Deutschlands. Weiter ging es, in die heutigen Pacificstaaten hinein. Was waren den deutschen Unverzagten Strapazen, was Berge und reißende Ströme, Frost und Regen, Fieber und Moskitos. Wie eine Goldader zog sich das Deutschtum durch Oregon und das spätere Washington, und für Kalifornien wurde es ein größerer Segen, als dem Lande selbst der Goldreichtum seiner Erde zu bescheren vermochte.«

Ernst Wegherr schöpfte Atem. Die Zuhörerschaft saß wie gebannt. Aller Augen hingen an seinen Lippen, die von der Tatkraft der Väter zu berichten wußten, wie von einem Heldenlied. Und der Redner fuhr fort:

»Nur in großen Zügen kann ich Ihnen heute die Durchquerung Amerikas durch die Deutschen schildern. Die Stunde, die meinem Vortrag gesetzt ist, ist kurz. Und doch wünschte ich, daß sie mehr vermöchte, als nur die Freude an der Vergangenheit in Ihnen zu erregen, daß sie die Freude an der Zukunft in Ihnen entfachen könnte. Karl Schurz, der ein so großer Amerikaner wurde, weil er ein so starker Deutscher blieb, führte die ›Geschichtsblätter‹, Bilder und Mitteilungen aus dem Leben der Deutschen in Amerika, folgendermaßen ein: ›Friedrich Kapp sagt in der Einleitung zu seiner Geschichte der Deutschen im Staate Neuyork: ›In den für die Eroberung des neuen Weltteils geführten Kämpfen stellten die Romanen die Offiziere ohne Heer, von den Germanen dagegen die Engländer ein Heer *mit* Offizieren, die *Deutschen* endlich *ein Heer ohne* Offiziere‹. Dies ist, so führt Karl Schurz aus, besonders was die Deutschen angeht, durchaus zutreffend. Sie wanderten nach Amerika und ließen sich hier nieder als bloße Ansiedler ohne hohe obrigkeitliche Führung. Sie wurden Bestandteile bereits bestehender Gemeinwesen, in welchen eine überwiegende Bevölkerung anderer Nationalität in politischer und gesellschaftlicher Beziehung die Führerrolle spielte. Sie hatten nicht, wie die ›Heere mit Offizieren‹ ihre amtlichen Geschichtsschreiber, welche über ihr Tun und Treiben regelmäßig Bericht erstatteten. Mit dem alten Vaterlande hatten sie den politischen Zusammenhang verloren, und das dort gehegte Interesse an ihren Schicksalen war daher ein persönliches oder Familieninteresse, aber kein nationales. Überdies wurden sie durch den Unterschied der Sprache, der sie in dem neuen Gemeinwesen von der tonangebenden Nationalität trennte, vielfach isoliert und nicht selten in die ungünstige Stellung eines fremdartigen Elementes gedrängt. All diese Umstände wirkten zusammen, um die deutsche Bevölkerung in der von der leitenden Nationalität geschriebenen Geschichte des amerikanischen Volkes einer etwas nebensächlichen, stiefmütterlichen Behandlung verfallen zu lassen‹. Und Karl Schurz begrüßt freudig die Aufgabe, dem deutschen Blut in Amerika seinen rechtmäßigen Platz in der Entwicklungsgeschichte des Landes zu sichern.

Das sind Worte, denen ich, denen wir alle aus deutschem Herzen zustimmen, mehr als das, denen wir Folge leisten müssen in ihrem letzten Anruf. Denn es handelt sich hier nicht um geringfügige Tropfen deutschen Blutes im amerikanischen Riesenleib, sondern um eine Macht, die, in Zahlen von Millionen ausgedrückt, der Zahl der Angloamerikaner die Wage hält und die aller anderen Völkerschaften weit übertrifft. Trotzdem bestehen die Worte von Karl Schurz zu Recht. Wie lange noch, liegt in Ihrer Hand.

Lassen Sie uns über die Schlachtfelder gehen, die die Geschichte dieses Landes bilden. Als Washington zur Unabhängigkeit vom englischen Joche rief, sammelten sich die Deutschen zu ganzen Regimentern unter den Fahnen. Als der Bruderkrieg ausbrach zwischen Nord und Süd, kämpften die Deutschen des Landes zu Tausenden und aber Tausenden für Menschenrecht und Freiheit. Die großen Namen der Angloamerikaner sind unvergänglich eingetragen im Buche der Geschichte. Die der Deutschen wurden vergessen, der große Organisator Steuben nur nebenbei genannt. Denn damals mangelte es den Deutschen in Amerika wie in der alten Heimat noch an Selbstbewußtsein, und sie vergaßen sich selbst. Was damals aber ein verzeihlicher Fehler war, wäre heute eine unverzeihliche Sünde! Wir im alten Deutschland wissen, wer wir sind, wir im neuen Amerika werden es nicht minder wissen.

Denn das deutsche Blut legt nicht nur die Pflicht auf, als Pioniere der Arbeit in der Welt vor-anzueilen, es legt die größere Pflicht auf, der geschaffenen Zivilisation den Stempel der Kultur zu geben. Nur freie, aufrechte und unerschrockene Männer vermögen es, die über die Kirch-turmspitze der Gemeinde hinausblicken in das werte Land, in das Gebärungsfieber der Zukunft hinein. Unermeßliches hat diese große Republik geleistet aus allen Gebieten der Landwirtschaft, der Industrie und der fast unerschöpflichen Technik. Längst hat sie die Staaten Europas einge-holt oder überflügelt. Hier rollt das Rad unaufhaltsam weiter. Was also wird sie Neues schaffen? Was wird sie zu all den Errungenschaften mit gebieterischer Notwendigkeit hinzufügen müssen, um ein wahrhaft eigenes, nur sich gehörendes Amerika zu werden? Die amerikanische Kultur.

Das ist der Zukunft Kern, um den die Nebel ringen. Der Zusammenstrom der Völker in diesem Lande vermöchte in Jahrzehnten die gefährlichste Klippe seines Geschicks zu werden, wird nicht die alles beherrschende Kultur als Schutzwall ausgerichtet. Diese Kultur aber kann zum Heil des Landes nur aus der Rasse geboren werden, die die Tatkraft und Intelligenz des Landes verkörpert, aus der germanischen. Nicht aus einem der Familienglieder. Erst dann wird die Neue Welt einer Kultur zugeführt werden, wie sie noch nie geherrscht hat, wenn die ganze germanische Familie, Engländer, Niederländer, Skandinavier, Deutsche und wieder Deutsche, eines Atems geworden sind.

Das ist die große Aufgabe, die mitzulösen Sie berufen sind.

Und der Weg dahin? Der Weg für die Deutschen? Heben Sie das Haupt! Heben Sie das Haupt hoch, wie es der auf sein Blut stolze Angloamerikaner tut! Lernen Sie und lehren Sie! Lernen Sie von ihm die Zähigkeit, mit der man Pläne nicht nur aufstellt, sondern durchführt, lehren Sie ihn Ehrfurcht nicht nur vor Ihrem Wollen und Können, sondern vor Ihrem Vollbringen. Nicht hier einmal, nicht dort einmal. Nein, hier und überall! Sammeln Sie sich unter einer gemeinsamen Fahne, und Sie werden staunen, wie weit Ihre Macht reicht, wie unbezwinglich Sie sind! Bisher gaben Sie Ihre Stimme ab, jetzt ist die Zeit, selber mitzureden, mitzuhandeln und zu fordern in der Bestimmung der Politik und des Gesellschaftslebens. Und das gesamte Amerikanertum wird aufhorchen, und die Besten von ihnen werden, wenn sie gesammelt, stark und stolz bleiben, den Weg zu *Ihnen* finden! Das ist der Anteil an der großen Sendung des Deutschtums, der *Ihnen* auferlegt ist, und den Sie einst in der Gesetzgebung dieses Landes zum Ausdruck bringen werden, Sie, die amerikanischen Bürger deutschen Geblüts, zu Ihrem und der neuen Heimat Heil, und nicht minder zum Heil des alten, unvergeßlichen Vaterlandes.

Damit es mit demselben Stolz, den Ihr Euch geschaffen habt, sagen kann in frohen und ernsten Tagen: Drüben überm Meer wohnen unsere amerikanischen Brüder.

Das sei ein Gruß. Und das walte Gott!« –

Mit leuchtenden Augen, hoch aufgereckt, stand Wegherr und blickte über die Versammlung hinaus.

Es war wie Kirchenstille. Stöhnende Atemzüge rangen sich heraus. Dann vermißten die Menschen die mutige, klingende Stimme und blickten auf. Und plötzlich war's wie das Brausen des Meeres, über das der Sturm hinfährt, ein wildes Gewoge von Menschen, die von den Stühlen sprangen, schrien und tosenden Beifall klatschten. Eine Gestalt schwang sich auf das Podium. Es war Frank Willart. Und vor allem Volk schlang er den Arm um Wegherr und rief in die Massen hinein:

»Habt Ihr ihn gehört? Habt Ihr die Hoffnung der alten und der neuen Heimat aus seinem Munde gehört? Wollen wir zeigen, daß deutsches Blut in uns steckt? Siegerblut, das keinen Teufel fürchtet?«

Wie Peitschenhiebe flogen die Sätze. Und die Begeisterung wurde zum Taumel und Freudenrausch.

»Hat noch einer der Anwesenden eine Anfrage zu stellen?«

»Hier! Hier!«

Nur langsam trat die Ruhe ein.

Ein alter Geistlicher hatte sich erhoben. Das feingeformte Gesicht lächelte unter der massigen Stirn.

»Nur wenige Worte, meine Verehrten. Soeben hat uns unser Redner, dem unsere Herzen zugeflogen sind, gelehrt, wie wir Deutschamerikaner das Leben bejahen sollen. Der erste Lebensbejaher aber war Christus. Schon auf der Hochzeit zu Kana verwandelte er Wasser in Wein. Wenn wir nun die Lebensbejahung, die Doktor Wegherr aus Deutschland uns verkündet hat, von Stund an zum Merkmal des Deutschamerikaners erheben wollen, damit selbst, wenn es Untergehen hieße, unsere Grabschrift laute: ›Die Sterbenden – die Sieger!‹, so möchte ich doch die Auffassung vom Leben auch auf eine kleine Tafelfreude ausgedehnt sehen und Herrn Doktor Wegherr fragen, ob wir nicht mit ihm zusammen bleiben dürfen, um ein fröhliches Bankett mit ihm zu begehen.«

Ein fröhliches Gelächter durchbrauste die Luft. Der Humor hatte den Bann gebrochen.

»Herr Doktor Wegherr ist ganz Ihrer Meinung,« rief Willart in den Saal, und ein Jubel war die Antwort.

»Wer wünscht noch eine Frage zu stellen?«

Ein pennsylvanischer Farmer erhob sich.

»Wenn duht der Doktor widderkomme? 'sch kann bald sei!«

»Er wird wiederkommen. Kommt nur vorher *ihr*!«

Noch ein Dritter stand auf. Ein frisch eingewanderter Kaufmann.

»Ich wollte nur sagen: wenn man hier herüberkommt, so hat man doch einfach sein altes Volkstum abzustreifen und Amerikaner zu sein.«

Da erhob sich schräg vor dem Sprechenden die lange, hagere Gestalt des Barons von Dachsberg. »Pardon!« rief er zu Willart hinüber und winkte mit der Hand. »Mit Verlaub, Doktor Wegherr.« Und wandte sich mit durchdringender Stimme dem letzten Sprecher zu:

»Mein Herr, wir sind uns persönlich nicht bekannt, und darum möchte ich, um uns nicht zu nahe zu treten, ein Gleichnis aus dem Tierreich wählen. Wenn also ein Esel, oder sagen wir höflicher ein Maulesel, aus Deutschland herüberkommt, wird er dann gleich zum amerikanischen Mustang? Nee, mein Lieber, er bleibt ein Esel. Wenn aber ein Rassehengst von drüben sich hier ansiedelt, so heißt es noch bei seinen amerikanischen Kindern: Söhne und Töchter des deutschen Vollbluts so und so! Ist das verständlich ausgedrückt? Danke. – Meine Damen und Herren: ein dreifach Hurra für das deutsche Vollblut Ernst Wegherr! Hurra – hurra – hurra!«

Als Wegherr sich endlich Bahn zu brechen vermochte, fand er das Fräulein van Weert nicht mehr vor.

8

Alle waren sie gegangen, die Wuppermanns, die Männer vom Berg, die Freunde, die Wegherr am Abend neu gewonnen hatte. Frank Willart stand auf dem Bahnhof. In seinem kräftigen Gesicht war die Zuversicht zu lesen, wenn er seine Augen auf Wegherr heftete.

»Es ist eine Bresche geschlagen,« sagte er. »Gestern abend noch sind die Drahtmeldungen an alle bedeutenden Zeitungen des Landes hinausgegangen. Sie stehen in den Morgenblättern. Um Mitternacht ist ihnen der Drahtbericht über das Bankett gefolgt. Der wird den Lesern in Amerika zum Nachmittag aufgetischt. Und so muß es nun weitergehen, damit die Leute in der Erregung bleiben. Ich habe in jeder Stadt, die Sie besuchen, für einen Telegraphisten gesorgt.«

»Man wird leicht berühmt in Amerika,« meinte Wegherr lachend.

»Und ebenso schnell vergessen, wenn man sich nicht gründlich bemerkbar macht. Die Masse der Eindrücke ist zu groß, und alles drängt. Dort kommt Ihr Zug. Gute Reise, Mr. Wegherr, und deutschen Sieg.«

Der Zug nach Washington stand bereit. Kräftig schüttelten sich die Herren die Hände, und Wegherr stieg ein. Ein breitschultriger Nigger nahm sein Handgepäck mit vertraulichem Grinsen, führte ihn im Pullmanwagen zu seinem Drehsessel und sorgte für seine Bequemlichkeit. Früher, dachte Wegherr, kletterte ich als Geschichtsprofessor auf den Katheder und lehrte meine Studenten. Heute spannt sich mein Hörsaal von einem Ozean zum anderen. Für Deutschland! Und in seinen Augen war ein heißes Licht.

Von draußen klopfte ein Stock ans Fenster. Da standen der Baron von Dachsberg und Unkelbach Vater und Sohn und winkten ihm zu. Er ließ das Fenster herunter und reichte beide Hände hinaus. Wie ihn die ehrlichen deutschen Gesichter freuten!

»Also nicht abzubringen von der sogenannten Idealidee, Doktor?« rief der Klevesche Baron. »Es geht also wirklich los, und Sie wollen *der* Gesellschaft wegen am eigenen Leibe Harakiri verüben? Mann, o Mann, diese Gesellschaft ist nicht ohne Leibschmerzen zu genießen. Das deutsche Herz sitzt in amerikanischen Lederhosen.«

»Baron, man muß ein Beispiel geben.«

Der Baron blies in feinen grauen Schnauzbart.

»Ein heldisches Beispiel. Ich verstehe. Gewissermaßen ein Selbstopfer. Also in Gottes Namen druff! Wenn man eine Kröte fressen muß, soll man es gleich tun, sonst kriegt man leicht einen Ekel davor. Guten Appetit, Doktor – wollte sagen: gute Fahrt.«

Und Unkelbach Vater und Sohn riefen »Auf Wiedersehen«, und hinter ihnen stand Frank Willart und winkte mit der Hand. Der Zug rollte, und Wegherr war allein.

Er lehnte sich in seinen Sessel zurück und blickte sich um. Da lagen die Mitreisenden lang ausgestreckt in ihren Polsterstühlen, die Herren hinter den Zeitungen versteckt; die Damen ein illustriertes Magazin in der Hand, die meisten mit leise mahlenden Kiefern, ein Stückchen Kaugummi zwischen den Zähnen. Der Nigger des Wagens schob ihnen weißleinene Kissen unter den Hinterkopf, rückte ihnen Polsterbänkchen unter die Füße, überstieg die Beine, die ihren Stützpunkt schon auf dem gegenüberliegenden Sitze gesucht hatten, und machte es sich endlich in einem leergebliebenen Sessel selber bequem. Schnarchtöne verrieten bald sein Behagen.

Amerikanische Gleichheit, dachte Ernst Wegherr, überwand die Versuchung, den Kerl bei den Ohren hochzuziehen, und blickte zum Fenster hinaus.

Der Zug rasselte über eine Brücke. Die Wasser des Schuylkill plauderten dort unten, und nun rauschte der Delaware sein schwermütiges Lied von der Urväter Zeiten und den freien Jagdgründen, von den ersten Siedlern, die über das Meer aus Schweden kamen und dem großen Manitou zum Hohn die Christenkirche bauten, von den Siedlungen, die zu Städten wurden, die Schornstein um Schornstein emportrieben auf dem alten Indianerboden, aus der Erde das Eisen holten, auf den Werften Schiffe bauten, auf tausend Spindeln die Baumwolle des Südens zu Geweben verarbeiteten und das Holz der Wälder, des Heiligtums der Urbewohner, bis auf den letzten Stamm unter den Dampfkesseln verfeuerten, in den Sägemühlen zerrissen und zersplissen.

Was wissen die Wasser der Flüsse zu erzählen, dem, der mit der Seele horcht. Und Wegherr horchte mit der Seele und sah Gestalten erstehen und vergehen im Wechsel der Landschaften und fuhr auf und staunte auf das gewaltige Bett des Susquehana, der seine Fluten in ein blitzendes Wasserbecken ergoß. Das war die Chesapeake Bay. Und dort, wo in der Ferne der Patapsco breit ausladend sich mit der Bucht vermählte, lag Baltimore, die gebietende Hafenstadt, aus dem rastlosen Fleiß englischer Auswanderer unter Lord Baltimore erschaffen, gestützt von vertriebenen Franzosen, die von Haiti herübersegelten, ausgebaut von dem Strom der Deutschen, die eine neue Heimat suchten. Und Wegherr sah sie vor Augen und sah sie zähe alle ihre Kräfte hergeben, die einsamen Kinder der Völker, und sah sie, wie zum Trotz gegen die verlassenen Vaterländer, ihr Riesenwerk verrichten und dachte noch immer forschend und rechnend darüber nach, als die Stadt schon entschwunden war mit ihren Häfen und Werften, mit ihren Fabriken und Kornspeichern und dem Kranz der unaufhörlich pochenden Eisen-, Stahl- und Kupferwerke.

Flach dehnte sich das Land und gab den Gedanken Muße.

Ein paar der Mitreisenden hatten sich erhoben, um im Rauchwagen eine Zigarre anzubrennen, um im Speisewagen irgendein Gericht mit Hilfe einiger Glas Eiswasser hinunterzuschlingen, um an einem Pulte Depeschen zu schreiben oder beim Zeitungshändler die Reisebücher zu durchblättern. Keiner kümmerte sich um den anderen. Ein jeder war auf sich angewiesen. Selbst beim Ein- und Aussteigen an den Haltestellen. Und ein jeder verließ sich nur auf sich selber.

Dort hinten blitzte es auf, baute es sich auf. Wegherr erhob sich und lehnte sich gegen das Fenster. Er wußte, das, was ihm entgegenblitzte, war die Wasserfläche des Potomac, was sich auf dem Hügel über dem Strom wie eine Erscheinung hob, das Kapitol von Washington. Was Amerika an klassischem Boden zu verzeichnen hatte, hier war es. Die Stadt Washingtons, des Befreiers. Die Bundeshauptstadt.

Ernst Wegherr schritt durch die breiten, von Laubbäumen eingefaßten Straßen dem Hotel zu. Ihn freute die Schönheit der Stadt, die Vornehmheit der Gebäude, die Pflege der baumreichen Anlagen. Aber er fragte sich leise nach dem Zweck seines Hierseins. Das war eine Beamtenstadt, die nichts anderes kannte und kennen konnte als Amerika. Das war ein schöner, stiller Ort, den Wissenschaften heilig, der nur zu buntem und hastigem Leben erwachte, wenn die Redeschlachten des Kapitols erklangen und in den Telegraphendrähten des ganzen Landes weitersangen. Wer in Washington lebte, lebte am Herzen der Union und doch fernab der Welt.

Ruhig ergingen sich die Menschen auf den Straßen. Beschaulich und gemessen. Unschöne Eile verstieß gegen den Diplomatencharakter der Stadt.

Ernst Wegherr befand sich schon eine Weile in seinem Hotelzimmer, als ihm der Besuch von Willarts Vertreter gemeldet wurde.

»Entschuldigen Sie, Mr. Wegherr, daß ich nicht rechtzeitig am Bahnhof war. Ich hatte nicht mit der Zeit gerechnet.«

»Oh,« meinte Wegherr freundlich, »es sind ja noch ein paar Stunden bis zum Beginn meines Vortrags.«

Der andere verbeugte sich. »Bestimmen Sie, bitte, über mich. Wenn es Ihren Wünschen entspricht, fahre ich Sie zum Kapitol, zur Kongreßbibliothek und zum Weißen Hause. Leider ist der Präsident im Weißen Hause nicht anwesend. Er kommt erst in acht Tagen zurück, zur Eröffnung des Kongresses. Aber ein Bauwerk wie das Kapitol dürften Sie nicht wiedersehen und niemals eine Bibliothek von dem riesigen Umfang, der Einrichtung und Bedeutung unserer Washingtoner. Ich habe ein Auto vor der Tür.«

Wegherr folgte ihm gern. Und während sie im Kapitol die Sitzungssäle besichtigten und durch die Hallen der Kongreßbibliothek schritten wie durch die Wunderländer der Wissenschaft, während die Bekanntschaft des Führers mit den Gepflogenheiten die Pforte des Weißen Hauses sich öffnen ließ und Wegherr auf dem Boden stand, der Zeuge so mancher weltgeschichtlichen Beschlüsse und Botschaften, so mancher schweren Seelenkämpfe der Erwählten der Republik und gewaltiger Energiespannungen gewesen war, fragte er sich noch einmal nach dem Zweck seines Hierseins, und er fragte seinen Führer nach der Zusammensetzung des Publikums.

»O gewiß, ein auserwähltes Publikum. Die besten Kreise der Stadt.«

»Deutsche?«

»Nun, wie Sie wollen. Es sind Washingtoner.«

Wegherr nickte. »Ich dachte es mir. Und nun habe ich Ihre Freundlichkeit über Gebühr ausgenutzt und muß an meine Vorbereitungen denken.«

Sie fuhren zurück über Straßen und Plätze, und überall blickten aus gepflegten Gebüschen marmorne und bronzene Standbilder hervor. Und Wegherrs Begleiter nannte die Namen der Freiheitshelden, die hier in Denkmälern geehrt waren, und es waren Namen in englischer, französischer und polnischer Zunge. An der Long-Bridge ging es vorüber, an der Potomacbrücke, über die die Truppen der Nordstaaten nach Virginien marschiert waren, in den Bürgerkrieg hinein. Weiter zum Washingtonobelisken, dem hochaufragenden marmornen Ehrenzeichen, das vom amerikanischen Volk dem vergötterten Führer im Unabhängigkeitskrieg gesetzt wurde, dem großen George Washington. Jeder Fußbreit Boden hatte seine Erinnerung.

Ernst Wegherr stand auf der Bühne des Saales, den die Zuhörer nur zur Hälfte füllten. Nun, sagte er sich, eine auserwählte Zuhörerschaft kann nie die Mehrheit sein. Aber die Fehlenden wären mir lieber. Keines Freundes Gesicht sah ihm in Spannung und Freude entgegen. Die gekommen waren, wollten einen Abend verbringen. Sie grüßten hinüber und herüber, musterten den Fremdling, der ihnen von der Bühne herab vorgestellt wurde, lauschten mit verbindlich lächelnden Mienen und ließen das Lächeln und horchten auf.

Mit allem Feuer der Beredsamkeit sprach Ernst Wegherr auf sie ein. Er hatte den Kreis seiner Betrachtungen enger gezogen. Er sprach über die Beteiligung des Deutschtums am Unabhängigkeitskrieg, er zeichnete in markigen Strichen die Gestalt des Barons von Steuben, der, ein Scharnhorst der amerikanischen Armee, Washingtons Heere neugebildet und sieghaft gemacht habe, er ließ die ungeheuren Gut- und Blutopfer der Deutschen Amerikas vor den Augen der Zuhörer erstehen, und wie die Gleichheit in diesem Lande ausgesprochen sei, so forderte er die Gleichstellung der großen Namen deutscher Herkunft mit den gefeierten amerikanischen Namen. »Erst wenn sie in den Lesebüchern dieses Landes nebeneinander stehen, wenn es erreicht ist, daß das amerikanische Kind sie mit derselben Ehrfurcht erlernt und mit derselben vaterländischen Begeisterung nennt, wird die Stellung des Deutschamerikaners seiner ruhmreichen Vergangenheit angepaßt sein, wird man das Herz Amerikas am verstärkten Schlag vernehmen. Nur wer seine Väter ehrt und ihren Namen Achtung erzwingt, ehrt sich selber, erzwingt sich selber Achtung, hat Anspruch auf die Achtung seiner Kinder. Unsere Nachkommen aber sind es, denen wir vor Gott Rechenschaft schulden. Unsere Unterlassungssünden sind ein Diebstahl an ihrem Erbe. Bleiben Sie Ihrer Kinder eingedenk, die nicht wie Findelkinder ohne die Geschichte ihres Hauses stumm beiseite stehen wollen, wenn um sie her vaterländische Lieder ertönen. Geben Sie Ihren Kindern den größten Stolz, den Sie zu vergeben haben, den, daß Sie die Eltern waren!«

Er trat ab von der Bühne, und die Menschen blieben schweigend sitzen. Und sie blickten starr in den Schoß, als er durch den Saal schritt, und ein schweres Atmen folgte ihm nach. Keine Hand rührte sich, und doch wußte er, daß er gesiegt hatte, stärker vielleicht als unter dem stürmischen Jubel zu Philadelphia.

Aber nur wenige Tage hielt es ihn in der Landeshauptstadt, nur so lange, bis er sich ihr Bild eingeprägt hatte. Denn das Leben verrann hier wie in den mittelgroßen Residenzen Europas, denen die Beamtenschaft Gesicht und Würde verleiht. Was er suchte, waren die Menschen der Arbeit, die am Feierabend mit ihren Gedanken reisen.

Sein nächstes Ziel war Pittsburg, die Eisenstadt. Die Fahrt war lang, aber die Landschaft und ihre Geschichte hielt ihn gebannt. Immer wieder blitzte der Potomac auf, und sein Raunen und Rauschen erzählte von der Potomacarmee und den deutschen Söhnen, die unter ihrer Fahne für die Auslöschung des Schandflecks der Menschheit, für die Erlösung der schwarzen Sklaven, gekämpft und geblutet hatten, und nun rollte der Zug über die Grenze des Staates Westvirginien, und Harpers Ferry tauchte auf, und Ernst Wegherr grüßte den Schatten John Browns, von dem die Lieder sangen, der ungestüm auf eigene Faust den Befreiungskampf für die Sklaven begann, mit einer kleinen Schar todesmutiger Gefährten in das Städtchen Harpers Ferry eindrang und sich zehn Tage gegen die virginischen Truppen schlug, bis die meisten der Seinen niedergemacht waren und er mit dem Rest gefangen und gehängt wurde. Und in Ernst Wegherrs Ohren tönte das Lied, das die Nordstaatler sangen im blutigen Bürgerkrieg, jauchzend nach einem Sieg, zornwütig nach einer Niederlage, wie einen Choral beim Friedensschluß: » **John Brown's soul.**«

Der Abend dämmerte über dem Flußbett des Potomac. Durch den Staat Maryland brauste der Zug. Weiter, immer weiter, an Städten und Städtchen vorüber, die wie Visionen auftauchten und verschwanden, einer Mauer entgegen, die sich in der Ferne mit felsigen Bastionen zum Himmel türmte, sich jäh öffnete, schloß und den aufheulenden Zug in ihrem Dunkel verschlang. Durch die Majestät des Alleghanygebirges ging die Fahrt.

Die Nigger riefen die Fahrgäste zum Dinner. Ihre langgezogenen Töne gellten durch die Wagen. Und während die Gäste sich an den Tischen drängten und sich von einer Negerschar bedienen ließen, deren Hautfarbe vom hellsten Gelb bis zum tiefsten Ebenholzschwarz abwechselte, machten sich die Wagenneger daran, die verlassenen Wagen in Schlafsäle umzuwandeln, und Ernst Wegherr sah sich bei seiner Rückkehr mit zwei Dutzend Damen und Herren zusammen, die ohne viel Federlesen mit der Nachttoilette begannen, die Betten erkletterten und zur guten Nacht die Vorhänge schlossen.

Diese Ungezwungenheit belustigte sein Forscherauge, und er freute sich, am Morgen dasselbe Schauspiel zu genießen. Und der Morgen kam, und die Nähe Pittsburgs scheuchte die Schläfer aus den Betten. Ernst Wegherr rieb sich die Augen. Was da aus den Betten hervorstieg, waren es dieselben Menschen, dieselben anmutigen Ladies, dieselben tadellosen Gentlemen, die am Abend mit vollendeter Grazie ihre Lagerstätten aufgesucht hatten? Mit grauen Gesichtern, nachlässigen Frisuren und zerdrückten Gewändern schoben sie sich gähnend den Waschräumen zu, und Ernst Wegherr entfloh auf die Plattform, und mit ihm entfloh das Ideal des Pullmanwagens.

Das Bild aber, das sich ihm darbot, fesselte mit Macht seine Sinne.

Von Bergen umringt, lag das Tal von Pittsburg, und die Wasser des Monongahela und des Alleghany vereinigten sich zum Ohiostrom. Die Berge bekränzt von den Wohnhäusern der Menschen, und über dem Tal, undurchdringlich fast, die Rauchwolke der Arbeit, die sich mühte, zu den lichteren Höhen emporzudringen.

Pittsburg, die Eisenstadt.

Wegherr sprang aus dem Wagen. Hier fühlte er sich heimisch. Hier gab es Menschen und keine Masken.

Das spürte er gleich an der Begrüßung der Männer, die ihn auf dem Bahnhof erwarteten. Das war die alte, deutsche Art, die sich nie wohler fühlt als mit dem Herzen unterm Arbeitskleid. Und er spürte es am Abend an der ehrlichen Begeisterung, die ihm dankte, als er den atemlos horchenden Zuhörern von dem Aufschwung im alten Vaterland erzählt hatte, von dem Hochstand der Industrie und der verschwisterten Technik, dem kühnen Vorwärtsdrängen der Arbeitgeber und der wirtschaftlichen Hebung der Arbeitnehmer und von der Arbeiterfürsorge der Regierung. Und die Männer der Arbeit reckten ihre Köpfe, als er ihnen von deutscher Alters- und Invaliditätsversicherung sprach, und meinten, als sie ihm die Hände schüttelten, wenn es sich im freien Amerika besser leben ließe, so ließe es sich im alten Deutschland doch besser sterben, und kehrten heim voll guter und gehobener Gedanken, die sie über das ferne Meer sandten.

Und Wegherr fuhr oft hinaus zu den Eisen- und Stahlwerken, die ihresgleichen suchten, und stand am liebsten in Andrew Carnegies Stahlwalzwerken und blickte schweigend zu, wie das Eisen wie Suppe im Ofen brodelte, wie der Ofen entleert wurde und die flüssige Masse, durch Zusätze kunstgemäß zubereitet, in Riesentuben gelassen und in Blöcken ausgestoßen wurde, die aufs neue in den Ofen zur Weißglühhitze gebracht werden mußten. Dann griffen automatisch die Hebewerke wie vorweltliche Hummerscheren zu, holten sie heraus, führten sie durch die Luft auf die Walzmaschinen, die sie mit ihrem ungeheuren Druck zu Panzerplatten,

Eisenbahnschienen und Trägern zurechtwalzten, als wären es Teigklöße. Ohne Unterbrechung wiederholte sich das Spiel, vom Morgen bis zum Abend, nicht schneller, nicht langsamer, berechnet bis auf die Sekunde, und aus dem Eisen wurde das Gold, wurden die Millionen, die Milliarden. Nur die Arbeit bringt ein Volk vorwärts, nur die Arbeit, sagte sich Wegherr, und daß Reichtum Macht bedeutet, hat Amerika der ganzen Welt gezeigt.

Scharf ging er seine Beobachtungen durch und verglich sie mit seinen deutschen.

Nein, schloß er ab, wir brauchen uns nicht zu verstecken. Unsere Industrie leistet, was die amerikanische nur zu leisten vermag. Der Deutsche aber geht schweigend seinen Weg, und der Amerikaner redet von seinem Können und seinen Errungenschaften mit der Kraft einer Trompete, bis die ganze Welt ihn hört und ihn kritiklos bewundert. Ja, wie ein Wunderkind kommt er sich vor, und er darf es. Aber auch wie ein Kind wagt er und setzt er aufs Spiel, wo andere die Köpfe schütteln würden, und da das Glück meist mit dem Mutigen ist, bleibt er auch meist der Gewinner und befestigt in der Welt den Ruf seiner kaufmännischen Überlegenheit. Hinter ihm aber stehen die unerschöpflichen Kapitalien, die ihn zum Siege führen müssen, weil sie durch unüberwindliche Trustbildungen Gegnerschaft wie freien Wettbewerb einfach ausschalten. Die Trusts!

Und je länger Wegherr im Lande weilte, lernend und forschend, um so tiefer schaute er in die wirtschaftlichen Gefahren hinein, die die Trustbildungen mit Naturnotwendigkeit einem Lande bringen mußten: die Aufsaugung der mittleren und kleinen Betriebe, die Vernichtung des männlichen Selbstbewußtseins durch die Aufhebung des freien Wettbewerbes, durch Befehlsempfang und Befehlserfüllung, die Dämpfung des freudigen Eifers am eigenen, vorwärtsgebrachten Werk, die allmähliche Verarmung des bürgerlichen Mittelstandes und die brückenlose Scheidung von reich und arm, der Wenigen und Allzuvielen.

Das aber kann kein Land, kein Volk auf die Dauer ertragen.

Weiter war Wegherr gewandert, in den eisigen Winter hinein. In Rochester hatte er gesprochen, und immer stärker kamen ihm die im Lande gesammelten Erfahrungen zugute. Vom Ontariosee war er zum Eriesee gezogen, und nach seiner heißen Ansprache in Buffalo waren mit dem Strom der Menschen selbst die deutschen Saalkellner bei ihm erschienen, um ihm stumm die Hand zu schütteln. Wieviel Sehnsucht lag doch tief auf dem Grund aller dieser Seelen, trotzig gehütet oder auf Erlösung hoffend.

Nun war er hinausgefahren zu den Wundern der amerikanischen Natur, zu den Niagarafällen. Aus der Ferne schon vernahm er das Gebrüll der Wasser, die er nicht sah. Aber die Brücke schritt er, die vom amerikanischen Ufer zum kanadischen Ufer führt, tat zwanzig Schritte und stand wie gelähmt. Da stürzten die Fälle und rissen die Sinne mit in den Strudel. Wie Watte, die in Rollen schwindelnd schnell über eine Maschine gedreht wird, wirkten die amerikanischen Fälle, dreifach mächtiger und einen Gischt erzeugend, der doppelt hoch als Wasserdampf aus dem Bett wieder aufstieg, die Hufeisenfälle Kanadas. Und der aufgepeitschte Wasserdampf gefror in der schneidenden Winterluft zu abenteuerlichen Eisgestalten, die aus dem Bett aufzutauchen schienen, um weiter zu stürmen. Und nun sah Wegherrs Auge, woher sie stammten. Breit und majestätisch erkannte er in der Ferne den Niagarafluß. Jetzt verengte sich sein Bett. Jetzt wurden die Wasser munter, wurden ungestüm, jagten links und rechts einer Insel dahin in reißendem Lauf. Die Wasser? Nein, jetzt sah er es deutlich, was da herangaloppierte über Stock und Stein. Die Urzeit war es, die hier auf Sekundenlänge ihre Auferstehung feiern durfte. Eine Riesenkoppel Indianerpferde, die Krieger auf dem Rücken, brauste heran, warf die Zügel der aufgezwungenen Herrschaft ab und stürzte sich mit flatternden Mähnen, brüllend vor Wonne, in den Abgrund der alten Wildheit.

Hier war das Abbild des alten Amerika. Was wollten dagegen die Menschenwerke besagen, die sich an den Ufern die furchtbaren Kräfte des Wassers dienstbar machten. Hier blieb die Natur dennoch die Siegerin.

Und langsam und fast scheu wandelte Wegherr die Fälle ab und stieg hinunter in die Windhöhle, wo ihm der Gischt die Augen beizte und das Tosen des Orkans das Gehör benahm, und trat ans Licht zurück und wandelte weiter, bis die Wut der neuen Wasserstürze ihn wiederum staunend und selbstvergessen haltmachen ließ und noch einmal der Riesenstrudel des Whirl-pool alle seine Sinne fesselte.

Am Abend erst riß er sich los und kehrte versonnen zurück. So klein hatte er sein Menschendasein nie empfunden. Und doch hatte er schon in anderen Erdteilen dem Rausch der Natur ins Auge geblickt.

Ich bin so allein, gestand er sich. Ich habe niemand, dem ich meine Gedanken senden könnte, und niemand gar, der bei mir stände und das Gefühl der Kleinheit durch seine warme Lebensgegenwart aufhöbe.

Und aus dem Gefühl seiner Einsamkeit heraus begannen seine Gedanken zu wandern und gelangten in eine Stadt, die er, eine lachende Frau im Arm, in heißer Seligkeit durchstreift hatte, und die Frau war die Seine geworden und hatte die Seligkeit in Verachtung gewandelt.

Wie kam es nur, daß er heute ihrer gedenken mußte, ob er auch nicht wollte?

Nein, nein, es war ja nicht diese Frau, es war die Seligkeit, die ihm einmal, einmal von einer Frau gekommen war, die Seligkeit, die nun aus der Einsamkeit heraus vor Sehnsucht schrie.

Er zwängte die Lippen zusammen und ging gegen die herben Schmerzen an, die doch wieder wie Feuer brannten. Und mit heißem Gesicht fuhr er durch die Winternacht, floh er vor den eigenen Gedanken, die ihn immer wieder einholten und überfielen, bis er sich aufs neue in seine Arbeit stürzte und sich mit Anspannung aller Kräfte seiner Aufgabe widmete.

Das Ufer des Eriesees fuhr er entlang, und im Staate Ohio drang die deutsche Sprache kräftig an sein Ohr. Das gab ihm ein heimatlich Gefühl. Und es kam hinzu, daß ein Sonntag war, der Sonntag vor Weihnachten.

Sein Reiseziel war Cleveland am Eriesee, und er freute sich der schönen, baumbestandenen Stadt, ob sie auch im Schnee lag.

Deutsche Herren nahmen ihn in Empfang, geleiteten ihn ins Hotel und warteten in deutscher Gemütlichkeit, bis er den Reiseanzug gewechselt hatte. Denn einer der Herren gab ihm zu Ehren ein Abendessen.

Als er in die Halle des Hotels zurückkehrte, bewillkommneten sie ihn aufs neue.

»Wie wär's, Herr Doktor, wenn wir zur Begrüßung ein Glas echt Münchener oder echt Pilsener Bier zu trinken bekämen? Wir haben noch eine gute Stunde Zeit.«

»Ich denke,« entgegnete Wegherr, »der Bierausschank ist im Staat Ohio an Sonntagen streng untersagt? Weshalb täuschen Sie mir also die unerringbarsten Genüsse vor?«

»Streng untersagt, meinen Sie. Schön. Das läßt sich nicht abstreiten. Aber den Polizeigewaltigen der Stadt möchten wir sehen, der es außerdem hinderte. Hier geben die Deutschen bei den Wahlen den Ausschlag. Und der Polizeigewaltige möchte seine Stelle behalten. Humbug, Doktor, alles Humbug. Na, Sie werden ja sehen.«

Und Wegherr sah. Sah staunend.

Sie waren vor eine große Bierhalle gelangt, deren Fenster abgeblendet waren. Ein Klopfen genügte, und die Tür öffnete sich. Sie tasteten durch einen dunkeln Gang. »Nun,« lachte Wegherr, »das nenn' ich ein heimliches Trinken. Nein – mein Gott – was ist das?«

Der Türhüter hatte die Tür zu den Wirtschaftsräumen geöffnet. Da saßen in weitem Saale Kopf an Kopf die Menschen, Hunderte an Zahl, gemütlich und gelassen, und tranken ihr Bier wie zu jeder anderen Zeit.

»So also sieht die Befolgung der Gesetze aus.«

»Sie werden nicht leugnen, Herr Doktor, daß sie sehr gemütlich aussieht.«

»Läßt sich nicht bestreiten. Danke sehr, meine Herren, Ihr Wohlsein!«

Er tat einen durstigen Zug und setzte den Bierkrug nieder.

»Es ist nicht zu glauben,« sagte er und musterte belustigt die dichtgedrängte Menschenschar.

»In Amerika, lieber Herr Doktor, ist alles zu glauben, nur die unparteiische Handhabung und Befolgung der Gesetze nicht. Es gibt ja auch redliche Richter hierzulande, nur findet man sie so selten, und ein unparteiischer Spruch geht deshalb gleich wie die Verkündung eines salomonischen Urteils durch die Zeitungen der ganzen Union. Die Richter wechseln mit der jeweiligen Regierung in Washington. Was Wunder, daß so mancher die paar Jahre ausnutzt, um sein Schäflein ins trockene zu bringen. Erst muß er unter der Hand für den Posten bezahlen, dann sucht er das Anlagekapital wieder hereinzubringen und so viel dazu, daß er nach Ablauf seiner Amtsperiode in Frieden und Freude davon leben kann. Das ist hier alles Geschäft, und der Meistbietende kriegt den Zuschlag. Was aber die Richter können, kann die Polizei noch viel schöner. Bestechlichkeit und politische Machenschaften sind an der Tagesordnung, und keiner dreht sich danach um. Heuchelei, du lieber Gott, wohin Sie blicken. Nicht nur bei den Temperenzlern und Frömmlern.«

»Ich war,« erzählte Wegherr, »kürzlich bei dem Präsidenten einer Universität zu Tisch geladen. Der Hausherr zeigte mir sein Arbeitszimmer und fragte mich, ob ich einen Cocktail mit ihm tränke. Als ich bejahte, zog er einige Flaschen aus seinem Schreibtisch, mischte kunstgerecht Schnaps und Wein mit dem Eis der Eiswasserflasche und füllte zwei Sektschalen. ›Noch einen Cocktail, Mr. Wegherr?‹ Ich nahm dankend den zweiten. ›Noch einen Cocktail, Mr. Wegherr?‹ Nun verzichtete ich dankend. Er aber mischte sich für den eigenen Bedarf im Laufe der Unterhaltung fünf. Dann begaben wir uns zu Tisch, der Präsident mit etwas starren Blicken. Das Mahl war ausgezeichnet. Als Getränk wurde Eiswasser gereicht. ›Vermissen Sie etwas?‹ fragte mich die Hausfrau in amerikanischem Deutsch. Und ich antwortete, der Gastfreundschaft im Studierzimmer gedenkend: ›Ich würde Ihnen Dank wissen für ein kleines Gläschen Bier oder Wein. Ich kann leider das Eiswasser nicht vertragen?‹

›O,‹ rief sie bedauernd, ›das tut mir leid. Aber in dieses Haus ist seit siebzehn Jahren, die ich bin verheiratet mit Mr. Soundso, hineingekommen kein Tropfen Alkohol.‹ Und der Hausherr blickte aus starren Augen, die nicht umzudeuten waren, freundlich seine Frau an.«

Die Cleveländer Herren lachten, daß ihnen die Tränen kamen.

»He, Charly, noch eine Runde. Verzeihung, Herr Doktor, aber Ihre Geschichte macht Durst. Nein, nein, keine Angst. Bei uns gibt es auch daheim zu trinken. Ha, das Bier ist gut. Nichts über deutsches Bräu. So, nun hätten wir die Unterlage.«

Und es *gab* daheim zu trinken. Die Hausfrau war eine fröhliche Pfälzerin, aus altem Winzergeschlecht, und wie sie waren die anderen Damen in Deutschland geboren und keine Spielverderberinnen. Der Abend war so deutsch, daß nach der Tafelrunde selbst die Bowle nicht auf dem Tische fehlen durfte, und als sich herausstellte, daß einige Herren in Deutschland studiert hatten, stieg ein feierliches » **Gaudeamus igitur**« zur Zimmerdecke. Draußen am Eriesee lag das Haus, ein amerikanischer Winter blies vor der Tür, und drinnen saßen sie bei deutschem Wein und sangen deutsche Studentenlieder.

An diesem Abend hörte Wegherr den Schrei in seiner Brust nicht mehr. Unter den fröhlichen Menschen hatte er zehn Jahre seines Lebens abgetan.

Und als er am nächsten Abend vor überfülltem Saale von der Kraft der Deutschen sprach, alle Fährnisse und Schicksalsschläge siegreich zu überwinden, weil sie die Kunst, sich zu freuen, mit sich nähmen auf all ihren Wegen, als er diese Freude den besten Hochzeitsschatz nannte, den sie dem nüchternen Amerikaner mitgebracht hätten, und ein frohes, zukunftfrohes und starkes Deutschtum den Kitt der Völker, da gab es kaum einen Satz in seiner Rede, der nicht jubelnd ausgenommen worden wäre, und in heller Begeisterung umdrängten die Menschen das Podium, auf dem er stand, um ihm wieder und wieder zu versichern, daß die Deutschen Clevelands – Clevelander Deutsche seien!

Die deutsche Freude...

Nun huschte sie in Deutschtand durch die weihnachtlichen Straßen und suchte das Köstlichste, die Gegenfreude. Nun lauschte sie in Deutschland an den Türen und lugte durch die Eisblumen der Fenster und horchte in Herzen und Seelen nach den Wünschen geliebter Menschen.

Ernst Wegherr hatte nicht zu lugen und zu lauschen. Die Liebe war ihm fern, und ohne die Liebe wußte die Freude nichts zu beginnen.

Am 23. Dezember war er in der Fabrikstadt Kolumbus, der Hauptstadt von Ohio, eingetroffen, einer grauen, einförmigen Stadt, in graue Nebel eingehüllt. Kaum fünfzig Menschen waren zu seinem Vortrag erschienen, und der Einberufer stand beschämt neben dem Redner.

»Die Leute sind zu stumpf,« entgegnete er, »sie laufen in ihre Fabriken und Geschäfte und sind entwöhnt. Was ist da zu machen?«

Ernst Wegherr blickte über die kleine Schar.

»Die gekommen sind, sollen nicht enttäuscht werden. Ich werde annehmen, es wären fünftausend.« Und er begann. Und redete von der Weihnachtszeit im alten Vaterland, von den wundersamen frohen und heiligen Gebräuchen, von der Kindheit und der Zeit, da die Kinder selber Große geworden sind und wieder Kinder um sich sehen, in deren Augen das uralte Weihnachtsmysterium träumt. »Was man uns auch nachmachen kann in der weiten Welt – die deutsche Weihnacht kann uns kein Volk der Erde nachmachen, und wenn wir sie Kindern und Kindeskindern hinterlassen, so haben wir ihnen Feiertage der Seele geschenkt. Einen heiligen, über das Irdische erhabenen Atemzug. Wer wüßte Besseres … Das ist die deutsche Tiefe, die tiefer ist, als ihr selber von euch wißt, aus der ihr die Kräfte schöpft, euch Deutschland, euch die Heimat vorzuzaubern, Eltern und Freunde, die fast vergessen wurden, und es braucht nichts anderes als eines Weihnachtsbaumes, der das Licht in die Tiefe wirft. Laßt mich heute diese Lichter entzünden. Und Gott schenke euch und euren Nachkommen immerdar eine deutsche Weihnacht.«

Da waren unter den Anwesenden ein paar alte Mütterlein, die Deutschland seit ihrer Kindheit nicht mehr gesehen hatten und nun den Lichterbaum vor sich erblickten und bitterlich zu schluchzen begannen. Da war ein junges Mädchen, das die Not über das Meer getrieben hatte als Erzieherin und das den Kopf gesenkt hielt, damit die Umsitzenden die heißen, nassen Augen nicht sähen. Da waren Männer, die im Krampf das Gesicht verzogen, um nicht unmännlich zu erscheinen, und Wegherr starr in die Augen blickten, als er an ihnen vorüberschritt mit dem gleichen starren Blick, hinaus aus der Weihnachtsstimmung in den rauhen amerikanischen Winter.

Ziellos und zwecklos war er herumgeirrt in den nächsten Tagen, die alten Wunden waren aufgebrochen, und der Frost des Verlassenseins war hinzugetreten und ließ sie schwären. »Hätte ich ein Kind,« sagte er sich, »hätte ich ein Kind, ich wäre der reichste Mann und feierte Weihnachten, und wenn es in der Hölle wäre.«

Das neue Jahr brach an. Und es forderte wie jedes neue Jahr helle Blicke und klare Köpfe für den neuen Lebenskampf.

Wegherr hatte sich wieder. In der ersten Woche des Jahres langte er in Cincinnati an, der Handelshauptstadt des mittleren Westens. Hier pulste das Leben in heißem Strom, hier stritten deutsche Bildung, deutsche Tatkraft um die Krone der Bürgerschaft. Von Hügeln umkränzt, lag die schöne Stadt an die Brust des Ohiostromes gebettet, vom Miamikanal durchschnitten. »Über dem Rhein« hieß der Stadtteil nördlich des Kanals, der der Schiffahrt den Weg bahnte zum grünen Eriesee, denn »über dem Rhein« war das Volk deutsch und rheinisch froh und wagemutig.

Wegherr war durch die Stadt gewandert, und als er über eine der Ohiobrücken geschritten war, befand er sich auf dem Boden von Kentucky. Er stieg die Hügel hinan und wandte sich, das Landschaftsbild mit einem Blick zu umfassen. Da lag es vor ihm und um ihn her, lustig und lieblich, als stände er auf einer Rheinhöhe und blickte hernieder auf rheinisches Land.

Erfrischt kehrte er heim ins Hotel und fand eine Anzahl Zeitungsberichterstatter vor, die ihre Photographen mitgebracht hatten, und es wurde eine fröhliche Stunde des Ausfragens und Aufnehmens. Zu Tisch begab er sich in das Haus des Konsuls und fand einen Kreis hervorragender Männer, Ärzte, Gelehrte und Kaufleute, die alle die Welt durchfahren hatten, wie er selber, und von den Städten der chinesischen Mandschurei, den Gruben Transvaals und den Handelsplätzen Australiens sprachen, als wären die trennenden Ozeane Bäche zum Hinüber- und Herüberspringen. Eine Unterhaltung von Männern, die keine Unmöglichkeit anerkannten.

Ein helläugiges Volk fand er anderntags in der Aula der Universität versammelt, und was er zu ihm sprach von dem großen Beruf Deutschlands in aller Welt und in Amerika zumal, weckte blitzschnell das Verstehen und rief einen Jubel hervor, wie ihn nur Männer haben, die sich selber achten.

Kreuz und quer ging es durch die Staaten im Fluge der Wochen. Heute sprach er vor den Viehhändlern von Indianapolis, wenige Tage später vor den Studenten von Ann Arbor in Michigan. Am stürmischen Huronensee stand er und trank die Wildheit der Wasser und des Landes in sich ein, und ihm war, als säße er als Knabe daheim, das herrlichste Indianerbuch, den »Lederstrumpf«, auf den Knien, und blickte auf und sah die Kanus durch die Wogen spritzen, Bleichgesichter, fliehende Trapper im ersten, Rothäute hinterdrein.

Über den Michigansee fuhr er in hellen Februartagen, und sein Gesicht war wetterbraun und seine Gestalt sehnig geworden. Und als er im Staate Wisconsin in der Universitätsstadt Madison über die deutschen Errungenschaften, die die Zukunft verhießen, gelesen hatte, trat als letzter ein eisgrauer Professor auf ihn zu mit zuckenden Gesichtsmuskeln.

»Ich bin Mecklenburger,« sagte er mit stoßendem Atem, »als Student wegen politischer Dinge hinausgejagt. Gehaßt habe ich das Kleinkrämerland, gehaßt. Und der Haß hat mich einsam gemacht bis in mein hohes Alter. Heute, am Rand des Grabes, haben Sie mich das deutsche Vaterland wieder lieben gelehrt.«

Und plötzlich steckte er die Arme aus, riß den andern an seine Brust, wandte sich hastigen Schrittes zur Tür und ließ ihn ohne Abschiedswort.

»Das war mein stärkster Sieg bisher,« murmelte Wegherr, und alles wurde licht in ihm.

Die nächste Woche sah ihn in Milwaukee, der Stadt der Deutschen.

Dreihunderttausend deutsche Blutsgenossen lebten hier im Stadtbild von »Deutsch-Athen«, und mit Begeisterung ging er an die Arbeit.

Aber die Deutschen waren gespalten in Vereine und Vereinchen, in Turn-, Musik- und Schützenvereine, in wissenschaftliche Gesellschaften und Landsmannschaften. Es war wie im alten Deutschland, bevor die große Woge des Einheitsgedankens das kannegießernde Kleinbürgertum bis auf wenig Reste hinwegfegte. Und mehr als einmal mußte Wegherr die Waffen der Ironie zu Hilfe nehmen gegen Spießbürgerei und Philistertum. Bis ein verwundertes Aufmerken, ein gutmütig-strahlendes Erwachen erfolgte.

Reich waren die Deutschen Milwaukees geworden, und viele Schiffbrüchige aus deutschen Landen, die sich im großen Amerika nicht zurechtzufinden vermochten, strebten mit letzter Kraft hierher, zum letzten Hafen.

Hier lag gar manches Kapitel des in die Irre getriebenen Menschenlebens aufgeschlagen, und Wegherr, las darin und fand so manches Leben, das für Amerika nichts bedeutete, weil es entwurzelt war, und das in der alten Heimat zum guten Baume hätte emporwachsen können.

Am letzten Tage war es, den er in Milwaukee verbrachte. Er besichtigte, von dem Besitzer geleitet, eine große Brauerei und schritt über einen Hof, in dessen Winkel ein Flaschenspüler stumpf seine Arbeit verrichtete. Der Mann war hager und schlecht gekleidet. Eine alte Mütze bedeckte den Köpf, Holzpantinen staken an den Füßen, zwischen den Zähnen hielt er eine irdene Stummelpfeife.

Als die Herren sich näherten, blickte er gleichgültig auf. Dann erkannte er den Besitzer, und in seine Augen trat ein feiner Glanz. Er ließ die Flasche, die er gerade reinigte, zu Boden gleiten, sprang auf, nahm die Pfeife aus dem Mund, zog die Mütze und machte eine weltmännische Verbeugung. » **Ah – good morning, Sir.**«

»Guten Morgen. Fleißig bei der Arbeit, wie ich sehe.«

»Bitte um Entschuldigung, daß ich mich nicht vorteilhafter präsentiere. Räuberzivil, Sir.«

»Es geht Ihnen gut?«

»Darüber wollen wir nicht sprechen, wenn es Ihnen angenehm ist. Darf ich mich nach dem Befinden von Frau Gemahlin erkundigen?«

»Danke. Es läßt nichts zu wünschen übrig.«

»Bitte um gehorsamste Empfehlung. Und ich würde mir Sonntag die Ehre geben, meine Aufwartung zu machen.«

Der Brauereibesitzer nickte ihm zu, und sie schritten weiter. Der Flaschenspüler war in seine alte Stellung zurückgesunken und verrichtete stumpf wie vorher seine Arbeit.

»Wer war denn dieser seltsame Gentleman?« fragte Wegherr leise.

Der Brauereibesitzer nannte den Namen. Es war der Name eines der ältesten Adelsgeschlechter Deutschlands.

»Er war Oberleutnant in einem Kavallerieregiment, bevor er herüberkam,« fügte er hinzu.

»Mit schlichtem Abschied entlassen?«

»Nicht einmal das. Er hat mit allen Ehren seinen Abschied genommen, war unter seinen Kameraden beliebt wie kaum ein anderer, und seine Papiere stellen ihm ein vorzügliches Zeugnis aus.«

»Und doch Flaschenspüler? Auf der tiefsten Arbeiterstufe?«

»Es reichte nicht mehr für anderes, Herr Doktor. Als er vor fünf Jahren von Neuyork herüberkam, vollständig abgebrannt, legte er sich ins Spital. Vollkommen entkräftet. Zufälligerweise erwähnte der Arzt, der in unserem Hause verkehrt, seinen Namen und seine Schicksale. Meine Frau horchte auf. Sie hatte in Deutschland mit einer jungen Dame gleichen Namens Musik studiert. Romantisch, wie Frauen sind, setzte sie sich in den Kopf, den armen Kerl, der wirklich der Bruder ihrer einstigen Mitschülerin war, zu retten. Sie besuchte und pflegte ihn im Spital, und er genas. Aber das Landstreicherleben, das er zuletzt geführt hatte, hatte ihn schon zu weit heruntergebracht. Er vertrank jeden Dollar, den er in die Hände bekam. Nur um ihn tagsüber unter Obhut zu haben, beschäftige ich ihn beim Flaschenspülen. Sonntags aber wacht er auf. Dann wacht der Offizier und Aristokrat für ein paar Stunden in ihm auf. Und er kleidet sich sorgfältig an und macht meiner Frau seine Aufwartung, bringt ihr eine Blume und plaudert mit ihr.«

»Und seine Familie,« fragte Wegherr, »seine Familie hat sich nie nach ihm erkundigt?«

»Das ist das Traurige,« bemerkte der Erzähler, »daß er seinen Niedergang gerade seiner Familie verdankt. Der Vater war als Regierungspräsident gestorben. Die Gräfin, seine Mutter, hatte glücklich die Tochter verheiratet. Als sie die Aussteuer bezahlt hatte, ließ sie ihren Jungen vom Regiment zu sich kommen und erklärte ihm, sie fühle sich noch nicht alt genug, um im Winkel zu sterben, und brauche nun das Geld, das sie ihm bisher als Zulage gegeben habe, selber. Er möge nach Amerika gehen und sich mit seinem Namen eine reiche Frau suchen. Das Geld für die Überfahrt stelle sie ihm noch zur Verfügung. Dem Sohn blieb nichts anderes übrig, als auf den Vorschlag einzugehen. Er war ein brauchbarer Frontoffizier gewesen, hatte sonst aber nicht viel hinzugelernt. In Neuyork besuchte er, so lange die wenigen Groschen reichten, die gute Gesellschaft, hatte nach vierzehn Tagen keinen Pfennig mehr, irrte bald wie ein verlaufener Hund herum, fand wenig Arbeit, geriet an den Whisky, betäubte sein Erinnern, machte sich auf die Landstraße, um von Neuyork fortzukommen, hungerte, trank, verkam und endete hier als Wrack.«

»Und die Mutter, die eigene Mutter, und die einzige Schwester kümmerten sich nicht um seinen Verbleib?«

»Meine Frau schrieb natürlich hin. Es kam eine entsetzte Antwort. Man möge der Familie den Schimpf ersparen. Derselben Familie, die den Schimpf auf dem Gewissen hat.«

»Wie kann man nur sein Kind verlassen?!« grübelte Wegherr. »Wie kann man nur sein Kind in Not und Untergang wissen, ohne sich für sein Kind zu opfern und sein eigenes Leben wegzuwerfen für ein einziges Aufleuchten im Auge des heimatlos gewordenen.«

Und das stumpfe Gesicht des Flaschenspülers verließ ihn nicht, als er schon längst Milwaukee verlassen hatte.

»Armer Bruder ...«

9

Wegherrs Ruf war vorausgeeilt nach Chicago, der Millionenstadt. Die deutschen Zeitungen des Landes hatten in starker Anteilnahme die Reise des deutschen Forschers verfolgt und mit Stolz auf die Begeisterung hingewiesen, die das amerikanische Deutschtum allerorts aufgeboten hatte und die als Sinnbild zu nehmen sei für die ihm innewohnende Kraft und Bedeutung. Selbst die rein amerikanischen Zeitungen konnten nicht umhin, den Gedankengängen des Mannes, der mit klarem Blick die großartigen Züge des Amerikaners altenglischer Herkunft zu erfassen und als Beispiel hinzustellen wußte, volle Gerechtigkeit widerfahren zu lassen.

Mit großer Auszeichnung nahm man den Forscher und Lehrer des Volkes in Chicago auf, und Wegherr stand mit freudigem Staunen vor dem Weltwunder, das unüberwindliches Menschenwollen aus dem Nichts hervorgerufen hatte, der Stadt, die der amerikanische Genius in nicht viel mehr als fünfzig Jahren aus einem kleinen Indianerfort zur Zweimillionenstadt emporgetrieben hatte. Die Zahl der Deutschen aber überstieg um das Doppelte die der eingeborenen Amerikaner.

Die zweite Stadt Amerikas ging nun daran, eine neue Stufe zu erklimmen, den scharfen Handelssinn der Bevölkerung durch verstärkte Hinzuziehung der Wissenschaften zu läutern und zu heben, der Universität eine weithin sichtbare Stellung zu verleihen und einer verfeinerten Lebensführung die Wege zu ebnen. Das war nicht so schnell zu bewerkstelligen, als eine Stadt zu erbauen oder die neueste Pariser Mode in Chicago schon auf allen Straßen zu tragen, wenn sie sich auf den Pariser Boulevards erst schüchtern hervorwagte. Aber Wegherr empfand, daß auch dieser Schritt der wundersüchtigen Stadt gelingen würde, als er sich als Gast im Kreise der Chicagoer Universitätsgelehrten befand und auf eine Fülle bedeutender Männer stieß. Und seine Ausführungen zu einem germanischen Kulturbündnis in Amerika wurden mit um so lebhafterem Interesse angehört und durch anschwellenden Beifall ausgezeichnet, als gerade diese Stadt die Mischung der Rassen nicht in vielen Einzelheiten, sondern in massigen Zahlen aufzuweisen hatte. War doch Chicago erfüllt von mehr als vierzig Sprachen.

Schnell war Wegherr in die tonangebenden Gesellschaftskreise hineingezogen. Er fühlte es wohl, seine Tagesberühmtheit war sein Freipaß, und man stellte ihn aus, wie man ein teures Gemälde, einen seltenen Ring oder ein altes Perlenhalsband den Gästen vorzuzeigen pflegt. Er lachte darüber, nahm auch dieses Gebiet als Studienfeld und vergaß darüber nicht seine Streifzüge, die ihn bis in die tiefsten Volksschichten führten und wiederum auf die Höhen wagemutigsten und erfinderischsten Menschengeistes, von der Schaffung kunstsinniger Maschinen bis zur Fleischverarbeitung der ungeheuren Schlachthäuser und der Getreidebehandlung in den Riesenelevatoren des Hafenviertels.

Als er nach einer Vorlesung das Podium verlassen wollte, winkte ihm ein junges Mädchen bittend zu, das einen erblindeten Greis an der Hand führte. Schnell ging er dem Paar entgegen und begrüßte es.

Der Blinde hob den Kopf. Das lange weiße Haar fiel ihm wie einem Barden der Vorzeit auf die Schultern. Der Rock war nach altem Schnitt.

»Mein Herr,« sagte er und hielt Wegherrs Hand in der seinen, »ich zähle 88 Jahre und lebe fast seit 70 Jahren in einem Dorfe Wisconsins. Meine Urenkelin hier,« und er betastete sanft den Scheitel des Mädchens, »las mir aus den Zeitungen vor, daß Sie aus Deutschland gekommen seien und den Menschen von der neuen Größe und Macht der alten Heimat erzählten. Das mußte ich hören, denn das hatte auch ich einmal angestrebt. In Baden war es, im Jahre 1849, und wir wurden bei Waghäusel geschlagen, und unsere gute Festung Rastatt mußte sich ergeben, und ich und andere Leidensgefährten flüchteten über die Schweizer Grenze, durch Frankreich nach England und trugen unsere Trauer nach Amerika. Hier sind wir geblieben mit unserem Traum, der nach vielen Jahren erst Erfüllung wurde und ohne daß wir alten Kämpfer es mit ansehen durften. Es sind ihrer nicht mehr viele, mein Herr. Und die noch übrig sind, wollen schlafen gehen, wie meine Augen schon schlafen gegangen sind. Da las mir das Mädchen hier Ihre Worte, die Sie im Staate Wisconsin, in Madison und Milwaukee gesprochen haben.

Und ich habe noch einmal eine Reise getan und bin Ihnen nachgefahren, an die 80 Meilen weit, um es doch einmal durch mein Gehör als Wahrheit zu erleben, was ich als Jüngling in der fernen Heimat Baden so heiß und unerfüllt geträumt hatte. Nehmen Sie den Dank eines alten Achtundvierzigers, mein Herr. Ich sehe Sie trotz meiner Blindheit. Ich sehe Sie durch den Druck meiner Hand. Sieh auch du, Eveline; so sieht der in Erfüllung gegangene Traum deines Urgroßvaters aus.«

Ernst Wegherr stand bewegt vor dem Zeugen einer vergangenen Zeit. Er bemerkte nicht die Menschen, die sich um sie gesammelt hatten, sein historisches Gewissen fragte nicht nach Recht oder Unrecht der Kämpfer jener längst überholten Tage, er sah nur den blinden Greis, der noch die Haartracht und den Kleiderschnitt trug wie als begeisterter Jüngling, der achtzig Meilen gereist war, um sich noch einmal in Deutschland zu fühlen.

Und Wegherr war es, als verkörperte dieser blinde Greis die geheime Sehnsucht der Deutschen in der Fremde, die Sehnsucht, die nach der alten Heimat schweift und greift und nicht auszulöschen ist durch das längste Leben.

»Mein Herr,« entgegnete er, »ich weiß nicht, wie ich Ihnen für die große Freude dieses Augenblickes danken soll, Ihnen und dem Fräulein.«

Des Greises Züge spannten sich. Er horchte auf.

»Das,« sagte er, »das gibt mir Mut zu einer Bitte. Suchen Sie nicht nur die großen Städte auf. Kommen Sie auch hinaus, zu den Leuten auf dem Lande, die nicht zu Ihnen kommen können. Vergessen Sie alle die deutschen Dörfer in Wisconsin und Michigan nicht. Bringen Sie den deutschen Bauern einen Gruß aus Deutschland. Die Leute werden lange, lange davon leben.”

Er drückte Wegherr noch einmal die Hand, tastete nach dem Arm seiner Urenkelin und ließ sich hinausführen.

Versonnen saß Wegherr am Abend an der Tafel eines eingeborenen reichen Amerikaners. Es war ein großer Prunk entfaltet an Silber, Kristall und üppigem Blumenschmuck, und die weißen Schultern der Damen hoben sich aus traumhaften Gewändern, die erst vor Wochen aus Pariser Künstlerhänden hervorgegangen waren.

Der Haushofmeister leitete mit kaum sichtbaren Zeichen die Schar der Diener. Es war der Zuschnitt altfranzösischer Aristokratie, mit einigen bunteren amerikanischen Zutaten.

Neben Wegherr saß eine zierliche Amerikanerin. Alles an ihr war edel geformt und zeugte von der verfeinerten Körperkultur der Dame von Welt. Der Kopf mit der reichen Haarwelle saß auf schlankem Halse, dessen letzte Linien zu einem feinen, schwellenden Akkorde zusammenliefen, der weiße Nacken war von zarter Rundung, und auf den Händen lag ein rosafarbener Hauch. Unter den halbgeschlossenen Augenlidern blitzte es immer wieder auf, in Spannung, Lebensdrang, versteckter Neugier. Nun wandte sie den Kopf und blickte ihrem Nachbar sekundenlang voll in die Augen.

»Denken Sie immer noch an den merkwürdigen alten Gentleman, Mr. Wegherr?« fragte sie in englischer Sprache.

Wegherr fuhr aus seinen Gedanken auf. Er hatte seine Nachbarin noch gar nicht beachtet, und sie saßen schon so lange bei Tisch.

Bewundernd sah er sie an, und sie senkte ruhig die langen Wimpern.

»Ich glaube gar,« meinte sie kühl, »Sie bemerken mich erst jetzt und geben dem merkwürdigen alten Gentleman immer noch den Vorzug.«

»Sahen Sie ihn auch?« fragte er und wußte nicht recht, was er fragte.

»O ja. Ich stand so dicht hinter ihm und so dicht vor Ihnen, daß ich nicht einmal zu entscheiden weiß, ob der alte Mann aus Wisconsin oder der berühmte Forscher aus Deutschland der – Blinde war.«

»Sie haben scharfe Augen,« gab er belustigt lachend zu.

»Schade, daß ich das nicht von Ihnen sagen kann.«

»Schade?«

Er zog die Brauen zusammen und erfaßte einen ihrer blitzartigen Seitenblicke.

»Wollen Sie damit andeuten, mein Fräulein, daß Ihnen meine Unaufmerksamkeit leid ist?«

»In der Tat. Aber nur Ihretwegen.«

Nun ging er auf ihren Ton ein.

»Ich kann ja nachholen, mein Fräulein. Also zunächst bin ich durchaus nicht mehr blind. Soll ich Ihnen verraten, was ich plötzlich sehe?«

»Wenn Sie es durchaus nicht für sich behalten können?«

»O, ich bin sicher, daß Sie es nicht weitersagen werden. Wollen Sie es hören?«

»Ich will alles hören, was nicht langweilig ist und mich davon überzeugt, daß ich lebe. Also, was sehen Sie?«

»Ich sehe,« sagte Wegherr langsam, »das schönste Mädchen Amerikas in heißem Bemühen, einen müden Fremdling vor seinen Triumphwagen zu spannen.«

»Erstens bin ich nicht das schönste Mädchen Amerikas.«

»Doch. Jetzt sehe ich es ganz deutlich. Und Sie wissen es selber.«

»Wenn es so wäre, gäbe es keinen müden Fremdling, sondern nur einen sehr fröhlichen. Das können Sie aber von sich nicht behaupten.«

»Die Erfahrung lehrt, daß es sich besser auf dem Kutschbock sitzen als im Geschirr laufen läßt.«

»Ah,« machte sie, »Sie haben Erfahrungen?« Und wieder blitzte der Blick herüber. »Da muß ich leider zurückstehen.«

»Sie belieben, schalkhafter Laune zu sein, mein Fräulein. Freilich, Schönheit und Anmut geben zu allem das Recht.«

»Dann möchte ich ein Engel an Schönheit und – und – ein Teufel an Anmut sein, um den Engel wachzuhalten.«

»Ihr Wunsch ist bereits erfüllt, mein Fräulein, und ich freue mich, in diesem Fall ein Mensch zu sein, der dem Kampfe der Über- und Unterirdischen in ungeheuchelter Bewunderung zuschauen darf.«

»Ist das alles, was man von einem Manne verlangen darf, der die Welt mit seinem Ruf erfüllt?«

»Lassen Sie Engel und Teufel und kehren Sie zur Erde zurück, auf der die Männer sich befinden. Ich befürchte, daß Sie dort sehr viel verlangen können.«

»Sie fürchten?«

»Nicht für mich. Sie hörten doch, daß ich nichts als ein müder Fremdling bin.«

Da lachte sie ein leise klingendes Lachen. Das klang wie Glöckchen aus der weißen Brust. Und die Augen lachten mit.

»Welch ein Flirt! Sie müde? Und reißen tausend müde gearbeitete Männer aus Chicago zum frischen Leben fort und einen Greis aus Wisconsin in seine Jugend? Nun ja, die Sprache ist dazu da, um die Gedanken zu verbergen, sagte der große Franzose Talleyrand.«

»Er war nicht groß als Franzose, er war nur groß als Wetterfahne, die sich nach dem Winde stellt und das einen Witz nennt.«

»Wie boshaft. Ist es nicht lustiger, mit dem Sturme herumzufahren, als auf dem Rücken zu liegen?«

»Mit dem Sturm einherzufahren! Noch besser vor ihm her, als Wegweiser. Mit dem Sturme herum? Das geht im Kreise, und wir sind zum Schlusse wieder da, wo wir angefangen haben. Nur zerzaust und atemlos. O ja, so ein rechter Sturm.«

»Lieben Sie ihn? Ich spüre, daß Sie es können.«

»Lieben?«

Die Tafel ging zu Ende. Der Hausherr erhob sich und hielt eine kurze, englische Rede auf den Gast. Die Diener hatten die Champagnerkelche herumgereicht. Nun läuteten die Gläser rings um den Tisch.

Wegherr hatte dankend sein Glas geleert. Ein Diener füllte es aufs neue.

»Wollen Sie nicht auch mit mir anstoßen, Mr. Wegherr?« fragte es neben ihm. »Auf etwas besonders Gutes und – Wünschenswertes?«

»Was könnte das sein, mein Fräulein?«

Sie sah ihn an, und er sah ihre roten Lippen. Wie rot sie waren. Rote Frauenlippen. Ihm fast zum fernen Märchen geworden.

»Auf ein Wiedersehen, Mr. Wegherr. Auf ein recht baldiges und recht frohes Wiedersehen.«

»Ich werde kaum nach Chicago zurückkehren. Morgen schon geht es nach St. Louis weiter. Und von dort wieder weiter.«

»Nach Osten, Westen, Norden oder Süden?«

»Nach Norden zurück. Ich will die deutschen Bauern in Wisconsin und Michigan besuchen. Der blinde Alte hatte Recht, mich darum zu bitten.«

»Habe ich weniger Recht als der merkwürdige alte Gentleman? Nur weil ich so lange nach ihm und in einer viel weniger merkwürdigen Zeit geboren bin?«

»Mein Fräulein,« sagte Wegherr ernst, »ich soll den Leuten Grüße bringen von dem Lande ihrer geheimen Sehnsucht.«

»Mir auch.«

Ihre Blicke begegneten sich, hielten sich fest, bis sie beide lachten. Aber es war ein anderer, fremder Ton in dem Lachen, der noch fortklang, als die Tafel aufgehoben wurde und Wegherr seiner Tischdame den Arm reichte.

»Ich werde Ihnen schreiben. Nach St. Louis oder sonstwohin. Wenn Sie wieder nördlich gehen, berühren Sie Chicago und können Ihren Freunden einen Abend schenken. Sie werden eine amerikanische Dame nicht hinter einem deutschen Bauern zurückstellen.«

»Und wie wird der Brief unterschrieben sein?«

»Ach so, Sie wissen nicht einmal meinen Namen. Ich heiße Winifred Star, aber es genügt, wenn Sie sich Winifred merken, denn mehr wird nicht unter dem Briefe stehen.«

Der Hausherr rief ihn an. Sie neigte mit freundlicher Höflichkeit den schönen Kopf, als er sich mit einer Verneigung verabschiedete.

Noch einmal sah er sie an diesem Abend. Durch die geöffnete Tür des Rauchzimmers, in dem sich die Herren zu einem Sodawhisky versammelt hatten. Sie saß bequem zurückgelehnt in einem Sessel zwischen den Damen, zwanglos die Knie gekreuzt, eine Zigarette zwischen den Lippen. Er betrachtete sie, wie ein Künstler ein köstliches Pastell betrachtet.

Jetzt gewahrte sie seinen Blick. Kein Zug in ihrem Gesicht bewegte sich. Aber wie unbeabsichtigt nahm sie mit den Fingerspitzen die Zigarette von den Lippen und winkte ihm mit dem glimmenden Feuer unbemerkt zu. Einmal und noch einmal. Das war wie ein gemeinsames Geheimnis. Und doch ungreifbar. Nein, sie hatten kein Geheimnis, und er – er wünschte keins.

So also sieht ein amerikanischer Flirt aus, dachte er, als er anderen Tags die Prärien von Illinois durchfuhr und dem Vater der Ströme, dem Mississippi, zustrebte. Das mag für den einen Teil außerordentlich unterhaltend sein, kaum für den anderen Teil. Und der andere Teil wäre ich.

Er blickte über die Prärielandschaft dahin, aus der sich plötzlich Städte erhoben, um ebenso plötzlich wieder zu verschwinden, und sah doch immer nur eins: eine feingliedrige Gestalt und ein Köpfchen auf schlankem Halse.

»Wem ähnelt sie doch?« fragte er sich. »Da ist doch eine Ähnlichkeit, die mich fesselt. Sonst wäre es doch nicht möglich.« Und als er ganz scharf die Gestalt beschwor, wußte er es: Gertrud van Weert.

Er sprach den Namen laut vor sich hin, horchte hinter ihm her und schüttelte den Kopf. »Welch ein Gedanke.«

Aber er blieb doch bei dem Spiel, die beiden Frauengestalten nebeneinander zu stellen und sie zu vergleichen und in ihren Bewegungen zu belauschen. Und er fand bei der einen kühn, was er bei der anderen keusch fand, und was bei dieser kühn war, fehlte der anderen: die Frauenseele.

Fehlte sie der Amerikanerin? Was wußte er von Winifreds Seele? Nach einem einzigen Beisammensein. Nun, die Seele Gertrud van Weerts hatte nach kurzen Stunden der Unterhaltung klar vor ihm gelegen. Was aber ging ihn Gertrud van Weerts Seele an? Wie kam er dazu, sie herbeizurufen? Am Weihnachts- und Neujahrstage hatte er des lieben Mädchens gedacht und eine knappe Postkarte zurückerhalten. Kein wärmeres Wort, das ihm wohlgetan hätte, ihm und seinem hungrig gewordenen Herzen. Da war es wieder, dieses Hungergefühl. Wie ein Krampf.

»Winifred,« sagte er ganz langsam vor sich hin, fuhr auf und schlug sich an die Stirn. »Fort – fort – fort.«

Doch das Bild ließ sich rufen, aber nicht verscheuchen. Jetzt blickte es unter halbgesenkten Augenlidern blitzschnell, daß es wie ein heißer Strahl ihn traf. Jetzt duldete es das leise Streicheln seiner schönheittrunkenen Augen. Jetzt winkte es ihm zu, heimlich, mit einem glimmenden Feuer. Ein-, zweimal. Keiner hatte es gesehen. Nur er. Winifred gab ihm ein Zeichen. Sie gedachte seiner. Winifred.

Das Blut rauschte ihm in den Ohren. Es war noch so jung, dieses Blut, noch so unverbraucht. Und so voller Sehnsucht.

»Ich kann das Alleinsein nicht vertragen,« murmelte er. Und er spann den Gedanken weiter. Schaffen ist Schöpferfreude. Zur Freude gehört Liebe. Wie kann ich schaffen, ohne zu wissen für wen? Ein einziger Mensch muß mir das Echo der Welt sein, ein einziger Mensch, der nur mir gehört. Herrgott, wie erst würde ich schaffen können, wenn ich einen solchen Menschen wüßte.

Und sein quälendes Hungergefühl ließ ihn Winifred sehen...

Früh am Morgen erwachte er aus wirrem Schlummer. Die Traumbilder flohen vor dem nüchternen Tageslicht. Er kleidete sich an und ging auf die Plattform hinaus, und der frische Morgenwind fuhr ihm durchs Haar und blies ihm Hirn und Augen klar.

Dort drüben wälzte der Missouri seine Wassermassen in das Bett des Mississippi hinein, und nun folgte die Bahn dem Lauf des Doppelstromes, überschritt ihn auf kühn gezogener Brücke und näherte sich in rasender Eile St. Louis. Terrassenförmig stieg die Stadt auf und dehnte sich im Flußtal unabsehbar das Ufer entlang.

An den Fluß trieb es Wegherr zuerst. Überall, wohin er kam, trieb es ihn an die rastlos strömenden Wasser, die die Grüße mitnahmen zum Meer und über das Meer hinaus und keinen je zurückbrachten.

Schmutziggelb strömte der Mississippi an St. Louis vorüber. Es war, als drängte es ihn, ohne Aufenthalt vorbei zu kommen an der Stadt, die er groß gemacht hatte und die ihn jetzt zu verachten schien. Die lange Zeile der Lagerhäuser lag mit erblindeten Scheiben, starrte aus toten Augen auf die breite Wasserfläche, die öde und einförmig dahinfloß, ohne das frohe Leben menschenerfüllter Dampfer, bewimpelter Segler. Brach gelegt war auch hier der gewaltige Verkehrsweg des Wassers. Die Eisenbahnen duldeten den Wettbewerb nicht. Den mächtigen Gesellschaften ging das Anhäufen von Reichtümern, das Wohlbefinden einiger weniger über das Wohl der vielen im Lande. Ihre Geldmacht kaufte die Schiffe auf, ihre Geldmacht durfte sie vermodern lassen, ihre Geldmacht befahl die Benutzung des Schienenstranges und diktierte die Tarife.

Ausgelöscht war das Leben am Strom, verfemt und gemieden lag das Ufer, von der Eisenbahn unterjocht, und Handel und Industrie der blühenden Stadt horchten auf die schrillen Pfiffe der Lokomotive und wußten nichts mehr von den Schifferliedern des Mississippi.

Irgendwo moderten die Knochen der französischen Pelzjäger, die auf ihren Kanus den Strom befahren, die Handelsniederlassung gegründet und ihrem König Ludwig XV. zu Ehren den Platz Saint Louis genannt hatten. An die Stelle der Franzosen waren die Deutschen getreten.

Im Hotel las Wegherr die »Westliche Post«, die große, echt deutsche Zeitung der Stadt und des Landes. Und er las mit geröteter Stirn und schneller schlagendem Herzen, was der Telegraph über Deutschland zu berichten wußte. Kriegsgerüchte trug er über das Meer. Wieder einmal neideten die alten Kolonialreiche Europas dem jungen, vorwärts drängenden Deutschen Reiche die Erwerbung neuer Kolonien, die es zum Leben brauchte, um sich die überschüssige Kraft seiner Söhne zu erhalten. Drohungen stiegen auf, von Frankreich, von England. Gewitterschwer hingen die Wolken. Und Deutschland stand so einsam vor dem nahenden Wetter, wie sein einsames Kanonenboot die afrikanische Küste befuhr.

Wie wohl tat es heute Wegherr, im fremden Lande zu deutschen Volksgenossen zu reden. Seine Worte waren wie Schwertklingen, scharf und glühend, er fühlte sich von der Wucht seiner Aufgabe getragen, und wie er sich selber hinreißen ließ von den vaterländischen Hochgedanken, so riß er die Scharen der Hörer mit.

»Sagen Sie unseren Brüdern daheim,« rief ihm ein reichgewordener Bürger zu, »wie wertvoll Amerika für Deutschland sei, das bei seiner Übervölkerung ein Land für seine Söhne braucht. Hier ist das Land.«

»Sagen Sie es mir deutlicher,« rief Wegherr zurück, »ein Wort, das kurz und klar denen da drüben verkündet, worin der Wert besteht.«

»Worin? Der Wert? Nun, darin, daß wir hier sind und nach Millionen zählen!«

»Und was würden diese Millionen tun, wenn, was Gott verhüten möge, Deutschland in einen Kampf hineingezwungen würde? Was soll ich denen da drüben von ihren amerikanischen Brüdern sagen, wenn sie mich befragen?«

»Sagen Sie – sagen Sie« ... Die Stimmen wirbelten durcheinander. »Geldsammlungen!« tönte es hier, »moralischer Druck auf die Regierung« dort. Wegherr griff das Wort heraus.

»Ich höre von einem moralischen Druck auf die Regierung. Zu welchem Zwecke? Zu welchem Ziele hin? Es gibt nur einen Zweck und ein Ziel, und der Name ist: freundliche Neutralität. Freundlich Deutschland gegenüber, in dem Sinne, daß die Zufuhren an Deutschlands Gegner aufgehoben werden und vor allem Getreide als Konterbande erklärt wird. Dann wollen wir in Gottes Namen unsere Sache daheim allein ausfechten.«

Da wurde es still im Saal, und die eben noch so eifrigen Rufer sahen vor sich hin.

Wegherr verspürte den Umschwung wie einen Schlag. Ein Beben des Zornes lief ihm durch die Glieder. Aber hier hieß es, kaltblütig sein.

»Würden Sie,« fragte er mit klarer Stimme in das Schweigen hinein, »wenn es die alte Heimat gälte, eine solche Kundgebung in die Wege leiten? Der feste Wunsch von fünfzehn Millionen dürfte in Washington nicht ungehört verklingen.«

»Es geht um den Handel, Herr.«

»Wir würden das beste Jahr verlieren.«

»Man kann sich doch nicht die einzige Aussicht verbauen, unsere geschwächte Handelsflotte wieder auf die Höhe zu bringen.«

Und plötzlich herrschte wieder ein Wirrwarr von Stimmen, ein Wirrwarr erregter Ausrufe.

»Das also soll ich Deutschland sagen?« fragte Wegherr schneidend in den lärmerfüllten Saal hinein.

»Sagen Sie – sagen Sie« –

»Ich höre!«

»Sagen Sie, daß wir im Fall eines Krieges, den irgendwer gegen Deutschland zu unternehmen kühn genug sein sollte« –

»Nun?«

»Daß wir mit unsern Sympathiekundgebungen das Weltall erschüttern werden!«

Wegherr verbeugte sich tief. Kalte Ironie saß in seinen Mundwinkeln, als er sich wieder aufrichtete.

»Ich werde Ihren schönen Auftrag ausführen. Wie wird sich die alte Heimat freuen!«

Noch einmal verneigte er sich, trat ruhig vom Podium ab und schritt hinaus. Und in seinem Kopfe malte sich eine Tragödie, die Tragödie all der vielen, die sehenden Auges dem Untergang ihres Deutschtums entgegentreiben und doch nicht sehen wollen.

Als man Simson die Locken der Heimat schnitt im fernen Land, war er nicht stärker mehr als die Philister, dachte er und schritt in die Nacht hinein. O du deutscher Simson in Amerika, was wird aus dir werden, wenn du nicht mehr die Locken schütteln kannst. Ein Bastard der Völker. O du teutonischer Herrentrotz, wach auf und wehr dich! Philister über dir!

Eine Woche blieb er in St. Louis. Mit scharfen Forscheraugen ging er umher, und die Stimmen, die sein Blut bedrängt hatten, schwiegen vor den Fragen, die die Wissenschaft dem kühlen Kopfe stellte. Wie so oft, war die Arbeit des Blutes Wellenbrecher.

Am Abend vor der Abreise erhielt er ein Telegramm.

Bevor er es öffnete, wußte er den Absender. Und er las:

»Da Sie zu den Farmern von Michigan und Wisconsin wollen, rate ich, zuerst Michigan und dann Wisconsin zu besuchen. Sie berühren dann zweimal Chicago, und wir werden die Freude haben, uns zu sehen. Telegraphieren Sie Ankunft an untenstehende Adresse. Es gedenkt Ihrer Winifred.«

Wie sicher sie seiner war. Wie sie den Spielplan entwarf und über ihn verfügte. Ganz recht – den Spielplan.

Würde er gehorchen? Um einer schönen Laune willen?

Und wenn es mehr war als eine Laune? War er nicht ein Mann, der an den Sieg seiner Persönlichkeit glauben durfte?

Dieser Weg aber glich einem Besiegtwerden, und der Mann in ihm forderte selber den Sieg. Das sagte er sich mit ruhiger Bestimmtheit, und er handelte danach noch in derselben Stunde.

»Fahre morgen zuerst nach Wisconsin. Tag meiner Ankunft in Chicago noch ungewiß. Werde rechtzeitig drahten. Ergebensten Dank und Gruß. Ernst Wegherr,« lautete seine Antwortdepesche.

Am anderen Morgen weckte ihn der Telegraphenbote schon in der Frühe.

»Ist das Leben so reich und so lang, daß man die Freude auf Wartegeld setzen kann? Ich erhoffe Ihre Ankunft heute abend. Winifred.«

Das Herz tat ein paar hastige Schläge. Heute abend. Und er sah das Rot ihrer Lippen schimmern. Heute abend. Er hielt den Atem an. Wie das lockte und dahinriß. Aber es war doch wie ein Befehl! Wie ein verwöhntes Kind zu befehlen pflegt, dem das neue Spielzeug zu lange ausbleibt. Jetzt galt es, die Hand oben zu behalten. Die Hand, die sich ausstreckte nach der duftigen Welle ihres Haares.

»Muß erst meine Aufgabe erfüllen,« telegraphierte er zurück. »Ich baue darauf, daß auch das Wartegeld der Freude Zinsen trägt.«

Und er reiste, immer die Ufer des Mississippi entlang, gen Norden nach Wisconsin.

Als es Abend wurde, verlor sich die ruhige Überlegenheit seines Wesens. Um diese Stunde hätte er in Chicago eintreffen können. Um diese Stunde, ja um diese Stunde – was hätte seiner in dieser Stunde nicht alles warten können an Schönheit und Wärme. Und er saß mit wenigen fremden Menschen im unwirtlichen Eisenbahnzug und fuhr in ein kaltes Dunkel hinein.

Er blickte auf. Nur zwei Reisende befanden sich in seinem Abteil: du weißhaariger Riese und ein schmalbrüstiger Jüngling, der still auf seinem Kissen geschlafen hatte.

Der Junge hatte eine Bewegung gemacht. Schon stand der Alte über ihn gebeugt, mit der Sorgnis einer Wärterin.

»Wilhelm?« fragte er leise, und die rauhe Sprache schien in Zärtlichkeit eingehüllt.

»Ich bin wach, Vater. Habe prachtvoll geschlafen.«

»Das ist gut, mein Junge. Nun werden wir eine Mahlzeit nehmen. Hallo, Jack!«

Das galt dem Nigger, der vorüberging und nun dienstfertig die Aufträge des Alten entgegennahm. Der Alte redete mit ihm in geläufigem Englisch. Mit dem Sohn hatte er Deutsch gesprochen.

»Wollen wir uns ein bißchen aufsetzen, Wilhelm? Nur langsam, mein Junge, ich helfe dir schon.«

Er schob ihm sanft und sacht die mächtigen Arme unter und brachte ihn in eine bequemere, halb aufrechte Lage in der Polsterecke.

»Sitzest du gut, mein Junge? Warte, das Kissen gehört noch in den Rücken. Gleich schaut die Sache anders aus.«

»Danke dir, Vater.«

Der strich behutsam über die durchsichtigen Hände des Jungen. »Der Nigger wird gleich zurückkommen. Dann wollen wir einhauen.«

Ein Lächeln glitt über das blasse und abgemagerte Gesicht des Jungen und schwand. Nur den Augen blieb das seltsame Glänzen.

Dann kam der Nigger, stellte ein Tischlein hin, deckte es umständlich und ging, die Gerichte zu holen. Der Alte schob das Tischlein näher an den Sohn heran, ordnete die Gedecke anders, entfaltete die Serviette und band sie dem Sohn um. Die schweren Hände verrichteten die Dienste so zart wie Mutterhände. Und als der Neger zurückkehrte, gebot er ihm, Speisen und Getränke niederzusetzen und sich zu entfernen.

Er nahm das aufgetragene Huhn, löste vorsichtig das Fleisch von den Knochen und schnitt es in kleine Stücke. Die Gläser füllte er mit Rotwein. » **All right**, Wilhelm.«

Der Sohn blickte auf. Und der weißhaarige Riese hob die Gabel und fütterte den Sohn, Bissen um Bissen. Und nahm das Glas und führte es ihm an die Lippen und ließ ihn in kleinen Zügen trinken. Eine Röte lief über die blasse Stirn des Jungen. Er hatte das Auge Wegherrs auf sich gerichtet gefühlt. Und gleich wandte sich der Alte um. In seinen Augen lag eine stumme Bitte.

Wegherr nickte kaum bemerkbar, erhob sich und suchte den Speisewagen auf. Der Alte aber hatte die Speisung des Sohnes schon wieder aufgenommen.

Als Wegherr nach einer Stunde zurückkehrte, war der Neger beschäftigt, für seine drei Wagengäste die Betten herzurichten. Der Alte kniete vor dem Jungen. Sein breiter Rücken deckte die schmale Gestalt. Er war dabei, seinen Jungen auszuziehen und ihn für die Nacht in ein flauschiges Gewand zu hüllen.

»Danke dir, Vater.«

»Nix zu danken, Wilhelm. Das nächste Mal versorgst du mich. Fertig, Jack?«

»Alles fertig, Herr.«

Der weißhaarige Riese nahm den Sohn sacht auf beide Arme, trug ihn zu dem Bett, legte ihn vorsichtig in die Kissen, strich die Decke glatt und leise über des Sohnes Haar.

»Schlaf gut, Wilhelm. Morgen sind wir daheim in Wisconsin.«

»Schlaf gut, Vater.«

Der Alte kam zu seinem Sitz zurück. Der Gang war plötzlich schwerfälliger geworden, der Blick müder. Er ließ sich auf das Polster fallen, griff nach der Rotweinflasche, goß ein Glas bis zum Rande voll und leerte es in einem langen Zuge.

»Er ist mein einziger, Herr.«

Wegherr wechselte den Platz und setzte sich still an des Alten Seite.

»Mein einziger. Wenn er stirbt, habe ich nichts mehr auf der Welt.«

»Weshalb gleich an das Schlimmste denken,« sagte Wegherr gedämpft. »Ihr Sohn könnte in keiner besseren Pflege sein.«

»Gäb' ihn auch in keine andere, müssen Sie wissen. Ob es Sie wundert oder nicht: wenn's mit dem leiblichen Jungen so steht, gehört der Vater heran. Der hat für ihn zu sorgen. Der kennt seinen Jungen. Und an den glaubt er.«

»Keine Mutter könnte es besser machen.«

»Doch, Herr. Die seine hätt's gekonnt. Sie starb, als der Wilhelm zur Welt kam. Ja, ja, die hätt's besser gekonnt. Sie sind Deutscher, Herr. Da wissen Sie, was deutsche Frauen können.«

»Und Sie sind auch ein Deutscher und wohnen, wie ich hörte, in Wisconsin.«

»Seit mehr als vierzig Jahren, Herr. Ich kam aus der Rheinpfalz und gründete mir eine Farm. Ich hatte ein Mädchen daheim, wie ein Zwanzigjähriger es so hat. Die wollte ich nachkommen lassen, wenn's mir hier erst geglückt wär'. Aber man kommt hier spät zum Heiraten, wenn man zu Anfang nur auf die eigenen Fäuste angewiesen ist. Ich war vierzig, als ich sie nachkommen lassen konnte. Sie war nämlich sehr zart, eine Schullehrerstochter, und hätt' die harte Arbeit nicht leisten können. Nun, sie hatte ruhig auf mich gewartet und kam.«

Wegherr nickte vor sich hin. Er sah die unbekannte Frau greifbar vor sich. Er sah sie in ihrer ruhig harrenden Liebe in dem kleinen rheinpfälzischen Dorf, er sah sie den weiten Weg über das Weltmeer antreten, Haus und Heimat verlassen, um dem Jugendgeliebten die Heimat in das ferne Land zu tragen, und sah sie auf der einsamen Farm wirken, als hätte sie nie eine andere Scholle gekannt.

Der Alte hatte nach dem Bette des Sohnes hingehorcht. Nun fuhr er fort:

»Zwei Jahre haben wir zusammengelebt als Mann und Frau. Das war wie zu Haus. Wenn ich aus dem Wald kam oder von den Feldern und sah sie in der Hoftür stehen und hörte in der Ferne den Fluß rauschen, Herr, da war mir, als wär' ich gar nicht nach Amerika gegangen, als flöss' da hinten der Rhein und ich ging' über altbekanntes Land und dahinter wartete mein

Mädchen. Das alles kam von ihr. Und noch viel mehr, Herr. Sie war eine Schullehrerstochter und an Feinheit und Sauberkeit gewöhnt, und mein Haus sah aus wie ein Schmuckkästchen. Sie machte aus nichts vieles und alles, und nach dem Abendessen las sie mir aus ihren Büchern vor oder setzte sich mit der Zither in eine Zimmerecke und sang die Volkslieder, die wir in der Schule zusammen gesungen hatten. Dann war es genau wie in dem alten Schulhaus am Rhein, und der Gedanke kam uns gar nicht mehr, daß wir so weit weg wären und alles nie mehr zu sehen kriegen würden, das Schulhaus und den Rhein und die alten Leute und Brüder und Schwestern. Nur, weil sie da war.

Aber sie war nicht mehr die jüngste, Herr, und war doch so stolz, als sie den Wilhelm bei sich trug, und ihr schwächlicher Körper gab mehr her, als sie von ihm verlangen konnte. Ich sollte nicht merken, daß sie unter dem Kinde litt.

Und dann kam das Kind, und als es den ersten Schrei tat, tat die Frau den letzten Seufzer.«

Der Zug ratterte durch die Nacht. Vom Bette her kamen tiefe Atemtöne, und der Alte erhob sich still, ging auf den Fußspitzen hin und schloß die Gardine über dem Schläfer.

»Er war ein zartes Kind und ist es geblieben,« sagte er, als er leise seinen Platz wieder eingenommen hatte. »Er war wie seine Mutter, und ich habe ihn geschont und nicht aus dem Auge gelassen. Aber in dem kalten Winter des vorigen Jahres holte er sich eine schwere Erkältung. Bald war er nur noch ein armes Menschenbündel. Und wenn er mich so geduldig mit den Augen seiner Mutter ansah – ach Herr! Da hab’ ich mir einen Stellvertreter in die Farm gesetzt und mir den Jungen aufgenommen und bin mit ihm fort in das südliche Kalifornien, in die warme Sonne, bis er mir sagte: ›Jetzt wird’s auch bei uns warm und schön. Jetzt möcht’ ich heim.‹ Es ist aber nur das Heimweh, müssen Sie wissen, und daran leiden wir alle, wenn wir’s auch nicht sagen.«

»Ihr Sohn wird gesunden,« sagte Wegherr und drückte fest des Alten Hand. »Geben Sie acht, das Frühjahr und die vertraute Umgebung werden ein Wunder tun. Und Ihre Vaterliebe.«

»Er darf nicht sterben,« murmelte der weißhaarige Riese. »An dem Jungen hängt alles, was ich noch von daheim besitze...«

Und er starrte in das Dunkel der Nacht, das der eilende Zug durchschnitt, und starrte, als suche er den fernen Rhein und sein Mädchen im Schulhaus.

Plötzlich erhob er sich.

»Gute Nacht,« sagte er ruhig. »Ich wünsche Ihnen eine recht gute Nacht, mein Herr.«

Noch lange lag Wegherr in seinem Bette wach, und im Dunkel des Wagens glaubte er eine Frau zu sehen wie einen stillen Schein, und sie schritt unhörbar an das Bett des Kranken und legte dem Schlummernden die Hand aufs Herz und beugte sich über ihn und küßte ihn mit langem Mutterkuß. Und wandte sich und strich dem Alten zärtlich durch das schlohweiße Haar und war verschwunden, als der Neger mit der Laterne durch den Wagen schlich.

Sie hatte einen Ausdruck, dachte Wegherr, wie das Fräulein van Weert, als sie von ihrem Bruder Jan erzählte.

Dann blitzten die Augen Winifreds durch das Dunkel, rote Lippen schimmerten, schlanke Knie kreuzten sich lässig übereinander, und ein glimmender Funke winkte, sprang auf ihn zu, brannte ihm das Herz. Er war eingeschlafen und jäh erwacht. Mit wirren Augen blickte er umher, und als er durch die Ritzen der Vorhänge den Morgen gewahrte, stand er leise auf und begab sich in den Waschraum.

Nach dem Frühstück im Speisewagen kehrte er zurück, um seine Sachen zu ordnen. Vater und Sohn waren auf, und zu seinem Staunen sah Wegherr den Sohn mit verlegenem Lächeln ein paar zaghafte Schritte tun.

»Als wäre diese Nacht ein Wunder geschehn,« flüsterte ihm der Alte zu. »Als hätte er darauf gewartet, über die Grenze nach Wisconsin hineinzukommen. Der Junge hat Heimweh gehabt. Jetzt glaub’ ich selber wieder. Frau, Frau...«

An der nächsten Haltestelle stieg Wegherr aus. Maistimmung wob in der Luft und machte ihm das Herz froh und frei. Über Nacht hatten die Bäume den Winterschlaf von sich geschüttelt, die braunen, verschwiegenen Knospen gesprengt und standen mit frischem Laub behängen.

Kein scheues, tastendes Entwickeln, ein entschlossener Übergang. Das war wie ein Abbild des amerikanischen Lebens.

Wegherr aber sog den frischen Mai in sich auf, als wäre es Deutschlands Frühling, und zog mit seiner junggewordenen Fröhlichkeit durch das Land wie ein echter Sonntagsprediger und streute sie aus mit vollen Händen. In den Siedelungen klang bald sein Name. Sein offenes Wesen, sein kräftiges und gesundes Wort zog die Leute zu ihm heran. Von entfernten Gehöften kutschierten sie abends herbei, um ihn zu hören, um ihn zu befragen. Ihm war oft zumut, als durchwandere er alle Gaue des lieben deutschen Vaterlandes. Hier fand er ein Dorf von Pommern bewohnt, dort von Schleswig-Holsteinern, dort von Uckermärkern. Hier schlugen die Laute Hannovers an sein Ohr, dort Lippe-Detmolds, dort der Rheinlande, Badens, Hessen-Darmstadts. Jetzt wieder saß er unter Sachsen, morgen unter Deutschluxemburgern oder den Söhnen der Schweiz. Alle waren sie von Milwaukee ausgezogen, einzelne Pioniere zuerst, von dem Lande Besitz zu ergreifen, soweit sie mit ihren Kräften die Wälder zu roden, das Land urbar zu machen und im Ackerbau zu bearbeiten vermochten. Und sie hatten ihre Briefe in die Dörfer der alten Heimat gesandt und von dem jungfräulichen Boden erzählt, der hier umsonst zu haben sei, und hatten die Familien der Blutsverwandten und Freunde nach sich gezogen über den Ozean.

Sie waren alle etwas stiller geworden, als sie wohl in der alten Heimat gewesen waren. Aber sie waren nun einmal fortgezogen, manche wohl auch einfach fortgelaufen aus dem elterlichen Hause in sprudelnder Abenteurerlust, und manch einer, der daheim gescheitert war, hatte sich zu ihnen gefunden. Wie eine ungeheure Freiheit hatte das amerikanische Leben auf sie gewirkt, das Fehlen aller Klassen- und Rangunterschiede, dies »in derselben Reihe stehen«. Bis sie gewahr wurden, daß diese Freiheit durch tausend Gesetze eingeschnürt und Bestechlichkeit oft ihr Vollstrecker wurde. Da dachten sie mehr als bisher an das Land, das sie verlassen hatten, und träumten sich im Schlaf zurück, und manch einer biß sich tagsüber die Lippen blutig, um den Aufschrei des Heimwehs zu unterdrücken, der ihm ja doch nicht aus dem Lande half.

Bei ihnen saß Wegherr einen Monat lang und sah ihre Augen in Gier an seinen Lippen hängen, wenn er ihnen von Deutschland sprach. Das ganze Land durchreiste er und fuhr über den See zu den Württembergern und den Westfalen Michigans und kehrte noch einmal zurück, um neuen Bitten und Einladungen zu folgen. Oft saß er in einem Schulzimmer am Lehrerpult, und die Männer und Frauen hockten zusammengedrückt in den niedrigen Schulbänken und ließen sich die Seele streicheln und den Stolz härten. Oft war ein Tanzsaal der Versammlungsort, oft nur eine Schenke oder eine Kegelbahn. War der Abend aber milde, so saßen sie im Freien unter den Dorfbäumen, und seltsam wehte es sie an, wenn nach dem Vortrag Wegherrs eine alte Frau ein Volkslied zu singen anhob, andere Frauen einfielen und die Männer sich einen Ruck gaben und erst verschleiert, dann in losgelöster Vergessenheit mitsangen, bis ein zweites, ein drittes Lied an die Reihe kam.

> »Fern in fremden Landen war ich auch,
> Bald bin ich heimgegangen.
> Heiße Luft und Durst dabei,
> Qual und Sorgen mancherlei,
> Nur nach Deutschland, nur nach Deutschland
> Tat mein Herz verlangen.«

Der Wind strich über den Dorfanger und trug das Lied über den Wisconsinfluß, wo es im weiten Land zerflatterte.

Und stumm geworden erhob sich der eine und der andere aus dem Kreise, drückte Wegherr die Hand und ging mit schwerem Bauernschritt, sein Gefährt anzuspannen und durch die mondbeschienene Landschaft nach seiner einsamen Farm zu fahren.

Wegherr aber wanderte durch die Stille noch einmal um das Dorf herum. Seine Abreise winkte, seine Verabredungen riefen ihn weiter. Auch an das Wiedersehen mit Winifred dachte er, aber das Lied, das soeben gesungen worden war, summte immer wieder in seine Gedanken hinein, und er summte es vor sich hin mit allen seinen Sehnsuchtsworten:

»Singe, sprach die Römerin.
Und ich sang gen Norden hin:
Nur in Deutschland, nur in Deutschland,
Da muß mein Schätzlein wohnen.«

10

Hei, es war eine Lust, diese Briefe von Frank Willart.

Hinter jedem dieser Schriftzeichen stand ein zielbewußter Mann, der mit festen Händen Zugriff und die Garben band.

Sein Auge war ungetrübt von Phantastereien, es hatte amerikanische Schärfe in der deutschen Pupille, und es sonderte mit einem Blick die Spreu von dem Weizen. Seine Tätigkeit aber zeugte von der unermüdlichen Arbeitskraft, die von den Vätern des Landes auf die Söhne gekommen ist.

Regelmäßig in bestimmten Zwischenräumen schrieb Frank Willart einen Bericht für Ernst Wegherr nieder und sandte ihn hinter ihm drein. Und Wegherr las und sah den kläräugigen Mann aus Philadelphia hinter sich einherschreiten und die Ernte halten, bevor ein Wirbelwind sie wieder auseinanderjagen konnte. Der Bund der Deutschen Amerikas stand nicht mehr allein hinter dieser klugen Stirn, er stand nicht mehr als kühner Entwurf auf dem Papier, er wurde Wahrheit und gedieh in den Städten und Staaten, und Willarts starkes Einrichtungs- und Verwaltungstalent griff ihn von allen Seiten zusammen zu einem einheitlichen Ganzen.

»Erst an Zahl mächtig werden,« schrieb Frank Willart, »denn auf den Amerikaner macht nur die große Ziffer Eindruck. Dazu sind wir nun auf dem besten Wege. Dann in der Politik mitsprechen, damit der Wille des amerikanischen Deutschtums, das bisher in seiner Zersplitterung ohnmächtig war, nicht mehr übergangen werden kann und Gouverneure deutschen Bluts an die Spitze von Staaten gelangen. Das Zeitalter der Eigenkultur, das wir für Amerika erstreben, wird dann nicht mehr so lange auf sich warten lassen, wenn wir uns unter Vorzeigung gleicher Waffen mit dem Angloamerikanertum verständigt haben zum Heile des ganzen Landes und seiner Rassenzukunft. Arbeiten und nicht träumen!«

Und Ernst Wegherr spürte es an dem lebendigen Blutstrom, der durch seine Glieder ging, daß sein Leben nicht umsonst sei.

St. Paul und Minneapolis im Staate Minnesota, Denver im Goldstaate Colorado, das waren noch die Städte, die er aufzusuchen hatte, bevor er sich in der Sommerhitze Ferien gönnte vor der Weiterfahrt durch den fernen Westen.

Vorher aber – ein Besuch in Chicago.

Mußte es sein?

»Nein,« bestimmte seine Vernunft. »Ja,« rief sein Blut. Das Blut aber war das stärkere, weil es unterdrückt worden war und seine Kräfte gesammelt hatte, bis es seine Rechte verlangte.

Du fürchtest dich doch nicht etwa vor den krausen Launen einer amerikanischen Frau? fragte es die Vernunft.

Ernst Wegherr lachte. Ihm war so jugendfrisch zumut. Mit dem nächsten Zuge fuhr er nach Chicago.

Er meldete sich nicht bei den Bekannten an, die ihm sein früherer Aufenthalt in der Stadt geschenkt hatte. Er fuhr ins Hotel und richtete einige Zeilen an Miß Winifred.

»Wieder zur Stelle. Ist Ihnen mein Besuch angenehm, oder wollen Sie andere Bestimmungen treffen? Ich stehe ganz zu Ihrer Verfügung.«

Einige Stunden später hatte er ihre Antwort.

»Ich schreibe aus den Reisevorbereitungen heraus. Trinken Sie, bitte, um fünf Uhr eine Tasse Tee bei mir.«

Gegen fünf Uhr machte er sich auf den Weg und fand das palastartige Gebäude der Stars. Ein Diener öffnete ihm und führte ihn ohne weiteres zu den Zimmern, die Miß Winifred für sich bewohnte. Einige Minuten wartete er in einem kleinen Empiresalon, der aus irgendeinem französischen Schloß stammen mochte. Dann ging eine Tür, und Winifred stand auf der Schwelle.

»Guten Tag, Mr. Wegherr,« sagte sie. »Wieder im Land?«

»Ich freue mich, Sie wiederzusehen, Miß Winifred.«

»O, o, Sie übertreiben. Aber sprechen wir nicht weiter davon. Es ist jedenfalls hübsch, daß Sie sich meiner noch erinnern.«

Sie stand im Türrahmen, die eine Hand an der Klinke, die andere spielerisch in die Blumen versenkt, die sie an der Brust trug. Das weiße Spitzenkleidchen legte sich eng an ihre biegsame Figur, und unter dem kurzgehaltenen Rock zeigten sich kleine weiße Schuhe und feingewebte Seidenstrümpfe. Das alles sah Wegherr und sah, daß sie mit ihm spielen wollte.

»Nun?« fragte sie freundlich. »Ist der Quell der Rede versiegt?«

»Da Ihre Schönheit so eindringlich spricht, Miß Winifred, bleibt mir nichts anderes übrig, als schweigend zu lauschen.«

»Finden Sie das so unterhaltend? Es ist Juni geworden über Ihrem schweigenden Lauschen. Aber frisch sind Sie und braungebrannt wie ein Indianer.«

»Somit wären wir also so weit, uns die Hände reichen zu können, Miß Winifred.«

»Guten Tag, Mr. Wegherr.«

»Guten Tag, Miß Winifred.«

Sie schüttelten sich die Hände und sahen sich sekundenlang scharf in die Augen. Wie Gegner, die ihre Kräfte aneinander messen.

»Wollen wir in diesem langweiligen Salon bleiben? In meinen anderen Räumen sieht es zwar kunterbunt aus.«

»Langweilig?« fragte Wegherr und überblickte forschend die Einrichtung. »Er ist stilecht bis in die Decke hinein.«

»Er ist auch samt der Decke aus Frankreich herbeigeschafft worden. Als Geburtstagsgeschenk. Aber es kann etwas stilecht und doch todlangweilig sein.«

»Miß Winifred, Sie sind zweifellos stilecht.«

»Langweile ich Sie schon? Nein, kommen Sie, es ist jetzt nicht die Zeit zu Artigkeiten. Wenn Sie keine Kritik an meiner Unordnung üben wollen, dürfen Sie mit in mein Arbeitszimmer. Wie ich Ihnen schrieb, bin ich bei den Reisevorbereitungen.«

»Sie wollen wirklich reisen? Sehr weit? Sehr bald?«

Heute oder in acht Tagen. Das kommt noch darauf an. An die See, in die Berge oder über den Ozean. Auch das kommt noch darauf an. So, nun folgen Sie mir und schließen Sie die Augen.«

Er öffnete sie, so weit er konnte, um nicht eine Linie ihrer Gestalt zu verlieren. Und in dem Zimmer, das sie ihr Arbeitszimmer genannt hatte, sah er staunend rundum. Sie lachte und legte ihm die Hand über die Augen. Eine schlanke, kühle Hand.

»An der Schwelle dieses Zimmers hat die Forschung haltzumachen, Herr Doktor.«

»Das Zimmer hat zwei Türen, also auch zwei Schwellen.«

»Ach ja. Drüben die Tür ist überhaupt verboten. Dort ist mein Ankleideraum. Gott, was interessiert das einen so schrecklich gebildeten Mann. Nun nehmen Sie Platz, wo Sie ihn finden.«

Er sah auf einem niederen Sessel und schaute ihr zu, wie sie den Tee bereitete. Das tat sie mit flüchtigen und doch anmutigen Gebärden. Sie verstand die Kunst, jede Handbewegung zu einem Bilde zu gestalten. Und Wegherr war auf seiner langen Fahrt unter den Farmern nicht verwöhnt worden.

Während sie in einer Zimmerecke das Teetischchen ordnete, schweifte sein Blick durch den Raum. Im Biedermeierstil spreizten sich lustig die Kirschholzmöbel mit den bunten, seidenen Überzügen. Von den Wänden schauten Silhouetten und frohgestimmte Bilder. Blumen blühten in gebrannten Töpfen und gemalten Gläsern. Aber Tisch und Arbeitstisch aber, über dem Kanapee und den Stühlen hingen und lagen Sommerkleider und Hüte, Spitzenwäsche und Badeanzüge, Stiefel und Schuhe in allen Farben und Formen, Sonnenschirme und Spazierstöckchen. Und das ganze Zimmer war eingehüllt von einem zarten Duft, der wie eine zärtliche Hand war.

Einen Herzschlag lang dachte er an das Zimmer seiner einstigen Frau. Da hörte er Winifreds sorgloses Lachen.

»Nicht wahr, es ist wie in einem Basar? Drei große Kabinenkoffer werden nicht reichen, das alles unterzubringen.«

»So nehmen Sie doch nur einen.«

»Ja,« sagte sie und bat ihn an den Teetisch, »in zwanzig, dreißig Jahren vielleicht. Dann reicht ein perlgraues und ein dunkelviolettes Seidenkleid für alle Bedürfnisse.«

»Eine Frau, die so schön ist wie Sie, hat diesen ganzen Zauber nicht nötig.«

Sie schenkte ihm den Tee ein und tat Zucker und Milch hinzu.

»Ich weiß nicht, ob ich Sie verstehen darf. Jedenfalls wünschen es unsere amerikanischen Männer so und nicht anders.«

»Die amerikanischen Männer scheinen keine Augen zu haben.«

»O, Mr. Wegherr, ich würde an Ihrer Stelle bescheidener sein.«

Er blickte sie an und suchte ihre Gedanken zu erraten. Aber sie hielt die Wimpern gesenkt, und seine Blicke irrten ab und irrten um den blutroten Mund. Er erkannte ihn wieder, aus seinen Träumen.

»Zürnen Sie mir immer noch, Miß Winifred, daß ich so lange fernblieb? Ich war in der Wildnis und sah Sie doch.«

»Und gehen wohl wieder in die Wildnis zurück? Nur um mich weiter zu sehen?«

»Um Sie in der Wildnis weiter zu sehen? Wie sagten Sie doch vorhin? ›Das kommt noch darauf an.‹ Gestatten Sie mir, dasselbe zu sagen.«

»Auf was kommt es an?«

»Ich habe Sie ja vorhin auch nicht gefragt, Miß Winifred.«

»Dann bin ich eben neugieriger als Sie. Auf was also kommt es an?«

»Auf Ihre Liebenswürdigkeit.«

»Es scheint,« sagte sie langsam und sah ihm voll in die Augen, »Sie machen mir den Hof, Herr Doktor.«

»Es scheint nur so, Miß Winifred. Für dieses Geschäft haben Sie wohl Leute genug und brauchen nicht auf mich zu warten.«

»Ich habe nicht auf Sie gewartet, Mr. Wegherr. Sie sind gekommen und sind da.«

»Gott sei Dank,« entgegnete er und freute sich an ihrem Zorn.

»Gott sei Dank?« wiederholte sie. »Mir scheint, Sie fühlen sich noch sehr wohl dabei.«

»Es scheint nur so, Miß Winifred. Aber Sie haben mich schon einmal zur Bescheidenheit ermahnt.«

Sie erhob sich und ging durch das Zimmer, zündete sich am Fenster eine Zigarette an und blickte forschend zu ihm hinüber, der mit äußerer Ruhe in seinem Sessel saß. Diese Ruhe erregte sie.

»Ja – was soll ich denn mit Ihnen anfangen, Herr Doktor?«

»Da haben Sie Recht. Das ist eine Frage. Denn in Ihre Kleiderkoffer lasse ich mich nicht einpacken, Miß Winifred.«

Nun kam sie ganz nahe und legte die Hände auf die Rücklehne seines Sessels.

»Wenn ich es aber doch gern täte, Mr. Wegherr?«

»Ich bin für den Pagen Cherubim mittlerweile etwas zu ausgewachsen, schöne Winifred.«

»Was wißt Ihr Männer davon, wozu Ihr Euch am besten eignet? Das wissen nur wir. Und es müßte schön sein, einen Mann, der für die Welt etwas ganz Besonderes darstellt, ganz für sich in einen kleinen Pagen zu verwandeln.«

»Haben Sie jetzt genug gespielt?«

»Gibt es etwas Schöneres?«

Er erhob sich und wandte sich ihr zu. Sie hielt, ohne zu zucken, seinem festen Blicke stand, aber er sah, daß sie bleich geworden war und daß ihre Nasenflügel leise bebten. Jetzt erst war sie in Wahrheit schön. Das spürte er an dem jähen Rauschen des eigenen Blutes.

»Miß Winifred, ich bin hier Gast in dem Hause Ihrer Eltern.«

»O nein. Ich bin Herrin in meinen Räumen. Im übrigen befinden sich meine Eltern in Europa, auf – auf – der Bräutigamschau.«

Das Rauschen des Blutes hörte auf. So jäh, wie es gekommen war. So jäh, daß ihm nun die Stille wie ein Lärm erschien.

»Ich bitte um Verzeihung, mein Fräulein. Wie konnte ich das wissen.«

»Es liegt kein Grund zur Entschuldigung vor. Denn ich weiß nicht mehr als Sie.«

»Und wollen nicht mehr wissen?«

»Still,« sagte sie und horchte auf. »Ein Diener kommt. Bitte nehmen Sie Ihren Platz ein.«

Es klopfte, und sie ging und öffnete die Tür. »Geben Sie her, Fred. Es ist gut. Ich danke Ihnen.«

Als sie sich wieder umwandte, lag ein Mädchenlächeln um ihren Mund.

»Es ist ein Musikabend in den Parkanlagen, draußen am See. Ich habe einen Tisch bestellt und möchte Sie zum Dinner dorthin entführen. Wird es Ihnen auch recht sein? Chicago bietet um diese Zeit nichts anderes.«

»Ich bin nicht Chicagos wegen hierher gekommen.«

»Und ich möchte mich doch so gern mit der deutschen Berühmtheit Amerikas zeigen und mich beneiden lassen.«

Da schlug er sich lachend auf beide Knie, und der Alb war gewichen.

»Winifred, Sie sind ein großes Kind. Und Kindern soll man auch einmal zu Gefallen sein.«

»Dann wünsche ich, daß man auch Sie beneidet, und dazu will ich mich schön machen. Nein, sitzenbleiben. Ich finde den Weg zu meinem Ankleidezimmer allein. Nehmen Sie eine Zigarette. Auf Wiedersehen.«

Ohne weiteres ließ sie ihn allein. Wohl eine halbe Stunde lang. Mitten unter den Kleidern, Hüten und Spitzensachen. Er hörte sie klingeln. Wohl nach der Zofe. Dann blieb es still.

Er atmete den Duft, der das Zimmer durchzog. Der hüllte sein Denken ein und zwang seine Gedanken doch zu ihr hin. Aus der silbernen Zigarettendose, die auf dem Tische lag, nahm er mechanisch eine Zigarette, zündete sie an und erschrak fast vor dem Knistern des Zündholzes. Er blickte sich um. Seine Gedanken vollführten einen Reigentanz, daß er nicht einen greifen und halten konnte. Der Atem wurde schwerer. Da ergab er sich der Stimmung, die aus allen Ecken des Zimmers auf ihn eindrang, und der Duft wurde wie ein schwerer Rosenduft.

Plötzlich stand sie vor ihm. Er hatte die Tür nicht gehen hören, ihren Schritt auf dem Teppich nicht vernommen.

»Mr. Wegherr?«

»Winifred!«

»Hab' ich Sie aus Ihren Träumen erschreckt?«

»Ich glaube, der Traum beginnt jetzt erst. Oder ist das Wirklichkeit?«

»Gut, daß ich Ihnen ein wenig gefalle.« Aber in ihrer Stimme klang noch die Erregung der Erwartung.

Das Pariser Gewand floß wie ein Hauch über sie hin, umschmeichelte rosafarben jedes Glied, jede leise Bewegung. Lang und schmal glitt der Halsausschnitt nieder, und der warme Ton der Haut floß zusammen mit dem traumhaften Rosa des Gewandes. Um die Hüften schlang sich eine geflochtene Silberschnur, und eine tiefdunkle Rose schmiegte sich unter dem Herzen in den Gürtel.

»Ja,« sagte er und zog tief den Atem ein. »Das ist in der Tat beneidenswert.«

»Ich denke, wir dürfen uns miteinander sehen lassen.«

»Gar nicht vorzeigen möchte ich Sie.«

»Kommen Sie. Ich habe mein Automobil bereits vorfahren lassen. Und Sie werden Hunger haben.«

Er schaute sie noch immer an.

»Es ist wahr,« sagte er, »ich habe Hunger.«

Und er schritt auf sie zu und legte den Arm um ihre Schulter. Und sie rührte sich nicht in seiner Hand.

»Du – gib mir ein Gastgeschenk.«

Sie bog den Kopf in den Nacken und sah ihn mit weitgeöffneten Augen an. Und mit weitgeöffneten Augen ließ sie sich küssen.

»Kommen Sie, Ernst.«

»Den Musikabend soll der Teufel holen und ganz Chicago dazu!«

»Kommen Sie, Ernst. Ich kann Sie doch nicht hierbehalten, und wir wollen doch beisammen sein, so lang' es geht.«

»Weiß Gott, vom heutigen Tag laß ich mir keine Sekunde abstreichen.«

»Ich mir auch nicht. Gehen wir.«

In langsamer Fahrt wand sich der Wagen durch die Straßen der weitläufigen Stadt. Einförmig reihte sich Häuserzeile an Häuserzeile. Hin und wieder nur tauchte ein Gebäude auf, das durch edle Formgebung der Architektur die Blicke auf sich zog, fast immer aber auf ein getreulich nachgeahmtes Vorbild der italienischen Renaissance, der englischen Gotik, des französischen Barocks hinwies. Die Masse der Stadt blieb dadurch unbeeinflußt. Sie diente der Arbeit und hatte mit der befreienden Kunst noch keinen Brüderschaftstrunk gewechselt.

»Ist das nicht niederziehend und erdrückend? Ist es da noch ein Wunder, daß die Chicagoerin mehr in der Welt zu finden ist als in der eigenen Stadt? Sagen Sie selbst, Ernst. Sie weitgereister Mann müssen das verstehen.«

»Es ist ja erst die Mittelstufe, in der sich die Stadt befindet. Denken Sie nur, wie schnell sie die Kinderschuhe abgeschleudert hat. Zu schnell, um aus einer guten und gründlichen Kinderstube die Vorteile gezogen zu haben. Das muß nun im heranwachsenden Alter mit doppelten Mühen nachgeholt werden, und es wird, weil die Menschen doch zuletzt alle nach dem Paradiese streben.«

»Wenn es ans Sterben geht.«

»Nein, wenn sie mit dem Leben beginnen wollen.«

»Ach, das ist schön. Ich bin schon lange bereit, zu beginnen.«

»Und ich bin schon seit einer Stunde mitten darin. Legen Sie Ihre Hand ein wenig näher. Ich möchte Ihr warmes Blut spüren.«

Sie schob ganz langsam ihre Hand in die seine und ließ die Enden der Federboa darüber fallen.

»Jetzt sind unsere Hände wie in einem verschwiegenen Häuslein, unter Dach und Fach,« sagte er gedämpft, »und brauchen nicht einmal ein Fensterlein.«

Sie gab den Druck zurück und ließ einen Augenblick die Schulter an seine rühren.

»Ich meine, Winifred. Chicago ist doch eine wunderschöne Stadt.«

»Heute ist mir auch so. Nun müssen wir grüßen.«

Sie fuhren über den Grand Boulevard, über den die Automobile in langen Reihen dahinrollten. Überelegant gekleidete Frauen nickten lachend aus den Gefährten, Herren mit sorgenden Kaufmannsgesichtern zogen hastig die Hüte von früh ergrauten Scheiteln, und immer war es die Frau, die zuerst das Zeichen zum Gruße gab, die die äußere Lebensführung bestimmte.

Die unübersehbaren Parkanlagen wurden erreicht, hohe Baumgruppen träumten über den bunten Blütenbeeten, Springbrunnen sangen ihr silbernes Lied in die abendliche Juniluft, und über die grünen Rasenflächen wehten vom Seeufer her die weichen Klänge der Musik.

Winifred hatte den Wagen halten lassen. Sie sprach ein paar Worte zu dem Führer und schritt in der ungezwungen-stolzen Haltung neben Wegherr einher wie eine Prinzessin, die um sich herum Diener und Kammerherren weiß. Hier und dort grüßte sie mit einem Nicken, einem Lachen, auch wohl mit einem kurzen Zuruf, hielt sich aber so dicht an ihres Begleiters Seite, daß die Aufmerksamkeit bald auf den gebräunten Fremden übersprang, der so ruhig und sicher über die Menschen hinwegblickte.

»Man findet Sie schrecklich interessant, Ernst.«

»Das freut mich Ihretwegen, Winifred, denn sonst kämen Sie ja nicht auf Ihre Rechnung.«

»Sie wachsen sehr schnell in einen kühlen Spott hinein, seit ich lieb zu Ihnen war. Aber die Hälfte aller Blicke gehört mir.«

»Mehr als die Hälfte. Weit mehr. Sie haben vergessen, meine beiden Augen hinzuzuzählen, Winifred.«

»Dann nehme ich alles zurück und will Sie wieder ein wenig gern haben.«

»Hier? Auf der Stelle? Das wäre ein Grund für die Musik, das Eintrittsgeld zu verdoppeln.«

Ihr silbernes Lachen klingelte an sein Ohr. Und in der Menschenmenge griff sie heimlich nach seinem Arm und preßte ihn.

Da lag das Seegestade, und die Wasser schimmerten weithin in die Ferne, und der Strand schimmerte von den Sommergewändern schöner Frauen. Die Geigen schluchzten die sehnsuchtzitternde Barkarole aus ›Hoffmanns Erzählungen‹, und die Luft stand still, von dem eigenen Sehnsuchtsatem berauscht.

Winifred führte zu einem Tischchen hin, das zwischen blühenden Sträuchern stand. Durch die Blütenzweige hindurch sah man den See und die Menschen wie durch einen bräutlichen Schleier. Sie wählten ihre Plätze, und bereitstehende Kellner nahmen in lautlosem Eifer die Bedienung auf.

Wegherr erhob sein Champagnerglas. »Ich trinke der letzten Stunde meinen Dank.«

Über den Rand ihres Glases sah sie ihn an und nippte von dem Schaum.

»Es ist noch nicht die letzte, Ernst.«

»Noch nicht? Das klingt wie ein Programm. Und der Abend ist so schön, daß man sich in all die Schönheit nur hineintreiben lassen möchte.«

»Mit geschlossenen Augen?«

»Das wäre eine Versündigung, da ich Sie neben mir sehe.«

»Gut, daß Sie doch noch gekommen sind,« sagte sie nach einer Weile.

»Ich wußte noch nicht, ob ich Amerika lieb gewinnen könnte. Nach meinen deutschen Begriffen.«

»Es ist ein Land der Überraschungen. Was heute Geltung zu haben scheint, gilt morgen nicht mehr. Es ist ein Land voll Eroberernaturen, die über dem neuen Preis den gestern gewonnenen vergessen. Hier gilt nur der Sieg, der Sieg mit allen Waffen.«

»Ja,« antwortete Wegherr, »da ist eine ungeheure Großartigkeit, im Gebären und im Vernichten, wenn es ein neues Gebären gilt, und ich kann mich dem Wagemut der Bewohner des Landes nicht entziehen. Es steckt etwas so Junges, Jugendliches, Abenteuerfrohes darin, wie in heißblütigen Kindern, die auch nicht lange fragen, ob ihr wildes Spiel Grausamkeiten gegen schwächere Kinder enthält. Glückt's oder glückt's nicht? Dann trifft's das nächstemal! Nur daß hier das Spiel nicht um Nüsse, sondern um Leben geht.«

»Jeder soll sich wehren. Wir würden einschlafen, wenn wir das Spiel nicht hätten.«

»Es gibt Dinge, die ausgeschaltet bleiben müssen. Das aber scheint man hier nicht immer zu berücksichtigen. Religion, Liebe, Hausstand – was wird hier nicht alles zu Spielereien verwandt. Die Frauen sollten ihre Hoheitsrechte gebrauchen.«

»Um das Spiel abzuschaffen? Lassen wir denn mit *uns* spielen? Wir haben die Karten in der Hand.«

»Sie scherzen, Winifred. Wie mögen Sie sich mit den anderen in einem Atem nennen.«

»Nein,« sagte sie sinnend, »ich bin doch wohl der anderen Schwester. Aber wir machen auch Ausnahmen. Wenn wir Männer treffen wie Sie. Das habe ich Ihnen gezeigt. Männer, wie Sie, die so gänzlich anders sind als unsere amerikanischen Männer. Was hören wir von ihnen? Geschäft, dreimal Geschäft, und der Rest ist Ermüdung. Wir aber sind nicht müde und holen uns das Leben. Weil es unser Recht ist.«

»Ein Recht ohne Pflichten? Da wären wir ja wieder bei den Kindern.«

»Wir altern früh genug. Dann haben wir Zeit die Hülle und Fülle, uns mit den Pflichten zu befassen. Heute aber wollen wir uns freuen, uns wie die Kinder freuen. Da! Sehen Sie hin! Ist das nicht wie ein Kindermärchen?«

See und Park hatten sich in den Dämmer des Juniabends gehüllt. Das Rauschen und Raunen klang wie aus der Ferne. Und die Gedanken der Menschen waren für eine kurze Weile abgezogen von des Tages Erlebnissen und Forderungen.

Da blitzte es auf. Vom Wasser her. Eine leuchtende Schlange schoß zum Himmel, küßte ihn und wurde im Kusse zu strahlenden Sternen, die in seligem Glanz auf die Erde niedertropften. Wieder schoß eine feurige Schlange auf. Zehn – Hunderte. Die Luft war erfüllt von ihnen wie von jagenden Wünschen, die jetzt einen Stern, jetzt eine Sonne, jetzt ein sprühendes Rad, eine goldene Krone, einen goldenen Regen und funkelnde Steine in buntem Wirbel vom Himmel holten oder auch niedersanken aus halber Höhe und in den schluckenden Wassern verzischten.

Und die Menschen hielten den Atem an und starrten mit gierigen Augen nach den Wünschen und ihren blitzschnellen Erfüllungen. Die zurückgebliebenen aber und die versunkenen wurden mit einem kurzen Laut der Verachtung abgetan.

Aus war das gleißende Spiel. Nacht und Betroffenheit ringsum. Dann blitzten mit einem Schlage die Lichtgirlanden auf, die sich über Park und Ufer schwangen und grell die Menge der Menschen beleuchteten, die sich die Augen rieben und ohne viel Zögern die Unterhaltung wieder aufgriffen, wo sie stehengeblieben war. Das Spiel war aus. Ein neues Spiel.

Wegherr sah Winifred an, in deren Augen ein Leuchten zurückgeblieben war. Als er ihre Hand faßte, rührte sie sich nicht. Nur heißer schimmerte es in ihren Augen, und die Haut färbte sich dunkler, dort, wo sie zwischen Hals und Brust ihre lebendige Schönheit zeigte.

Da stürmte auch durch Wegherr die dunkle Blutwelle dahin, und er spürte sein Herz wie das eines Trunkenen.

Die Menschen verließen das Ufer, sie verließen den Park. Von fern her tönte das Zischen und Pfeifen der Automobile, das Summen und Surren der Stimmen. Um Wegherr und Winifred her war es leer geworden. Sie blickten um sich, sahen hastig einander an und erhoben sich.

»Es ist Zeit,« sagte sie. »Fast sind wir die letzten.«

Und wieder ging sie mit der stolzen Nachlässigkeit der Prinzessin durch die Baumallee dahin, und Wegherr stützte ihren Arm, wenn eine Wegstelle im Dunkel lag. Draußen aber blickte er sich vergeblich nach ihrem Gefährt um.

»Es ist nicht da, Winifred. Wollten Sie zu Fuß mit mir gehen?«

»Dort steht es ja.«

»Aber wir sind doch in einem offenen Wagen hergefahren?«

»Ich dachte, wegen der Nachtluft sei ein geschlossener angenehmer. Deshalb gab ich dem Fahrer Auftrag, den anderen Wagen zu holen.«

»Wegen der Nachtluft, Winifred?«

»Ganz allein deswegen, Sie ungläubiger Mensch. Wir müssen einsteigen.«

Der Kraftwagen rollte heran. Wegherr bot Winifred die Hand und stieg nach ihr ein. Der Führer kurbelte an, ließ den Wagen einen Halbkreis beschreiben und sausend dahingleiten. Links und rechts flog das Dunkel der Straßen.

Wegherr wandte sich Winifred zu. Er sah nur einen rosa Schein, erwartungsvolle Augen, einen erwartungsvollen Mund.

»So komm doch!« stieß er hervor.

Da lagen ihre kühlen Arme fest um seinen Hals gewunden.

»Wie dir das Herz schlägt.«

»Es ist ja das Ihre, Ernst.«

»Es schlägt ja unter meiner Hand wie ein gefangener Vogel. Gibst du dich gefangen? Sprich!«

Ihr Mund aber suchte seine Lippen und schloß sie ihm.

Und er trank und trank und spürte keine Linderung seines Durstes.

»Winifred, ich trinke Feuer.«

»Und ich Leben.«

Ihr Kopf ruhte in seinem Arm. Ihr Gesicht war ihm zugewandt. Nie hatte ihn der kühle Schnitt dieses Gesichtes in seiner ganzen Schönheit so betroffen.

»Liebst du mich, Winifred?«

»Ich will an gar nichts anderes denken.«

»Wie lange?«

»Bis zum nächsten Wiedersehen, und dann will ich es neu erlernen.«

»Wann wird unser nächstes Wiedersehen sein? Morgen muß ich weiter.«

»Nein!« rief sie hastig, richtete sich auf und griff mit beiden Händen nach seinem Kopfe. »Nein, nein! Du bleibst noch.«

»Hast du mich lieb, Winifred? So lieb, daß du mich nicht gehen lassen kannst?«

»Ich wehr' mich dagegen. Seit ich dich zuerst sah, in der Versammlung, die du lenktest und mit dir rissest. Und nachher, als du mit dem alten, blinden Manne sprachst, der dich mir nach

Wisconsin entführte. Und wieder nachher, als du mich warten ließest. Seit ich dich kenne, wehr' ich mich gegen dich.«

»Rüste ab, du. Ergib dich auf Gnade und Ungnade. Ich versprech' dir ritterliche Haft.«

»Nein!« rief sie.

»Ja! Ja! Dreimal ja!«

»Ernst, Sie küssen mir den Atem aus der Seele ...«

»Spürst du endlich deine Seele? Nun spür' auch dein Herz.«

»Ich spür' nur diese unbezähmbaren Lippen. Ernst! Herrgott – wilder Mensch, ich ergebe mich ja ...«

»Spricht das dein Herz? Um dein Herz geht es mir, das ich noch nicht kenne.«

»Wenn ich eins habe, gehört es dir.« Und sie küßte seine Augen, daß er zu erblinden meinte.

»Winifred, Winifred, ich habe dein Herz klopfen gefühlt.«

»Es kann auch mein Blut gewesen sein, Ernst,« murmelte sie an seinem Gesicht. »Das Blut ist dasselbe. Es hat sich entzündet. Das wollte ich nicht.«

Er lachte ein fröhliches Lachen.

»Das wolltest du nicht. Aber meines wolltest du entzünden, bis es lichterloh brannte. Und zogst die Fingerlein nicht früh genug zurück. Gib her die Fingerlein. Wie kühl sie geblieben sind, wie schön deine Hände sind. Ich glaube, ich habe sie noch gar nicht geküßt.«

Sie ließ sie ihm willenlos. Und bat nur noch mit klagender, schmeichelnder Stimme: »Du bleibst noch? Nicht wahr, du bleibst noch?«

»Übermorgen muß ich zu den Männern von St. Paul sprechen. Ich darf nicht fahnenflüchtig werden.«

»Übermorgen! Übermorgen! Bis dahin ist noch ein ganzer Tag.«

»Ich habe noch zu arbeiten, Winifred. Das kann ich nur in St. Paul. Ich muß meine Studien machen, muß den Staat Minnesota kennen lernen und Colorado. Die Zeit, die mir bleibt, ist knapp bemessen. Ende Juli bin ich frei. Frei bis zum Herbst. Freust du dich, Winifred?«

»Was soll ich bis Ende Juli allein? Allein mit diesem einen Tag? Das ist mir zu wenig. Da hält der Wagen schon. Wie heißt dein Hotel?«

Er nannte den Namen, und sie öffnete den Schlag.

»Wir fahren zuerst Mr. Wegherr zum Hotel!« rief sie zum Führersitz hinauf und gab die Adresse. Die Tür flog ins Schloß zurück.

Der Wagen rückte an, wandte und nahm eine Querstraße.

»Wir haben noch zehn Minuten,« murmelte sie, zog seinen Kopf an sich und preßte ihr Gesicht gegen das seine. Und wieder hörten sie das Schlagen ihrer Pulse durch heiße Wellen hindurch.

»Deinen Mund, Winifred ...«

»Hier ist er ...«

Keiner sprach mehr.

Dann bog der Wagen in eine erleuchtete Straße ein, und sie saßen aufrecht und blickten durch die Scheiben.

»Noch eine Minute,« sagte sie.

»Wir wollen Abschied nehmen, Winifred. Nein, das ist nicht traurig, wenn wir an das Wiedersehen denken.«

»Ich habe schon daran gedacht. Wann, meintest du, daß es sein würde?«

»Ende Juli breche ich ab und nehme mir Ferien. Zu Anfang August, Winifred.«

»Nein,« sagte sie leise, »früher. Viel früher. Übermorgen in St. Paul.«

»Du wolltest –?« fragte er überrascht.

»Ich habe keinen Willen mehr. Nur den einen: dich zu sehen, dich sprechen zu hören, zu spüren, wie du die Menschen fesselst und nicht nur mich.«

»Winifred, kannst du das wagen?«

»In Amerika kann eine Dame tun, was ihr beliebt. Gute Nacht, Ernst! Telegraphiere deine Adresse. Es war ein wunderschöner Tag.«

Er stieg aus und reichte ihr noch einmal die Hand. »Gute Nacht!«

Sie blickte nicht mehr zum Fenster hinaus. Sie saß eng in die Ecke geschmiegt, ein Hauch, ein Traum, als der Wagen sie an ihm vorüberführte. Er stand mit gezogenem Hut und atmete tief die klare Nachtluft.

Als er sich in der Frühe des Morgens erhob, um rechtzeitig den Zug nach St. Paul zu erreichen, und die Tür öffnete, fand er einen Strauß roter Rosen an die Tür gelehnt. Er nahm ihn auf und fand ein Brieflein angeheftet, das Winifreds Handschrift zeigte. Noch in der Nacht mußte sie den Strauß hergesandt haben. Es waren Rosen aus ihrem Zimmer.

Er sog den Duft in sich hinein und spürte die Kühle der Blumenblätter an seinen Augen, als wären es ihre Hände. Dann erst öffnete er den Briefumschlag.

Er enthielt kein Wort. Er enthielt ihr Bild, das sie in Hast hineingesteckt hatte.

Mehr als zwölf Stunden währte die Eilfahrt nach St. Paul. Aber ihm währte sie nicht zu lange. Kein Fahrgast außer ihm war im Abteil. Er war allein und doch nicht allein. Da waren die Rosen. Da war das Bild.

Er zog es aus der Brusttasche und hielt es in der Hand. Winifred war bei ihm.

Da war der kühl und edel geschnittene Kopf mit der reichen, weichen Haarwelle. Da war der schlanke Hals, dessen letzte Linien zu einem feinen, schwellenden Akkord zusammenliefen. Und er suchte in den Augen zu lesen, die halb verborgen unter den langen Wimpern schimmerten. »Morgen,« winkten sie, »morgen.«

Draußen rauschte der Wisconsinfluß, an dem er vor Tagen erst mit den deutschen Landsleuten gesessen und Heimatlieder gesungen hatte.

»Nur in Deutschland, nur in Deutschland –«

War das erst vor wenigen Tagen gewesen? Hatte er nicht Jahre durchlebt seitdem? Blühende, glühende Jahre?

Schöner, immer schöner wurde die Flußlandschaft. Und auf dem Scheitelpunkt der Schönheit stürzte sich der Wisconsinfluß in brausenden Schnellen jäh in eine Felsschlucht hinein.

Wie einsam, wie öde es draußen geworden war. Stunden hindurch. Es lohnte nicht mehr, hinauszusehen. Bis aufs neue ein Rauschen klang von breiten, starken Wassern, die in stiller Würde ihren Weg zogen, bis der Mississippi erreicht war und seine fruchtbaren Ufer.

Am Abend befand er sich in St. Paul, der Terrassenstadt am Mississippistrom.

Todmüde legte er sich schlafen.

Und während er am anderen Morgen frisch und mit innerer Fröhlichkeit die Stadt durchwanderte, hinaufstieg zu den indianischen Grabhügeln und die Blicke schweifen ließ nach allen Seiten, während er Besuche empfing und Besuche erwiderte – immer dachte er: jetzt ist Winifred abgereist, jetzt ist sie bei den Stromschnellen des Wisconsin, jetzt hat sie den Mississippi erreicht, jetzt nähert sie sich St. Paul, und bald, bald sitzt sie unter den Menschen in dem großen Saale. Und ich kann sie nicht einmal abholen, die Winifred, die ihr Herz entdeckte, als sie ihren Willen verlor, den Willen zum eigenmächtigen Spiele, die kühle, heiße Winifred.

Ein paar Herren ließen sich melden, um ihn abzurufen. Es durfte nicht länger gewartet werden. Und während das Automobil die Stadt durchschnitt, hörte er den Eisenbahnzug heranbrausen, der sie brachte.

Mit leuchtenden Augen schritt er in den Saal hinein, und die Menschen, die ihn so hochgemut einherkommen sahen, mußten ihn liebgewinnen um seines deutschen Glaubens willen.

Auf dem Podium stand er und harrte, während der Einberufer ihn der Versammlung mit warmen Worten vorstellte, die sich zu preisenden Sätzen gestalteten. Harrte, daß sich die Tür öffnen würde, daß sie – sie erschiene.

Das Publikum klatschte dem Redner Beifall, es begrüßte Wegherr, der nach ihm an das Rednerpult trat, mit stürmischem Händeklatschen. Und während der Begrüßung, die immer wieder einsetzte, öffnete Wegherr ein Telegramm, das er auf dem Pulte vorfand, und las die langen Druckzeilen.

»Kabel meiner Eltern ruft mich soeben nach Europa. Dort erwartet mich noch ein Dritter, der meinen Willen tun will. Ich nehme es als ein Zeichen der Vorsehung. Was wäre ich ohne meinen Willen, den ich eine Stunde lang verloren hatte. Es war schön, sehr schön, aber auch sehr – unklug. Ich will gern stundenlang unklug sein, aber nicht ein Leben lang. Glück auf uns beiden! Winifred.«

Der Begrüßungsbeifall hatte nachgelassen. Mit einem Handgriff war das Telegramm ein Knäuel.

Wegherr sprach.

Er hörte die Töne an sein Ohr dringen, durch den Saal irren und von den Wänden wiederkehren.

Und dann griff er, während er weitersprach, nach dem Tuch in der Brusttasche, um die perlende Stirn zu trocknen, und holte mit dem Tuch ein kleines Bild hervor und legte es vor sich auf das Pult und riß es mitten durch.

Einen tiefen Atemzug tat er.

Nun war er ruhig.

11

Morgendämmerung wob in den Lüften. Eine feine graue Spinnwebe, die unmerklich zitterte, farbloser wurde, ganz erblaßte und vom jungen Tage spurlos aufgesogen wurde. Über den Himmel lief ein Gewoge von Tönen, ein Tanz von Farben. Und aus dem jähen Gewirr heraus trat still und einsam die leuchtende Sonne.

Wegherr stand auf dem Hügel, der die alten Indianergrabstätten überwölbte, und ließ das Schauspiel des Himmels auf sich wirken, als hätte er es nie gesehen. Beim ersten Tagesgrauen war er hinausgewandert aus der noch schlafenden Stadt, um ein Bad zu nehmen, das ihn auffrischte, ein Bad in Luft und Sonne. Nun spielte der Morgenwind in seinem Haar, und die Augen tranken sich satt an dem großen Sonnenglanz.

Nicht denken, nur wandern und schauen. Dabei klärte sich Kopf und Herz ohne Gedankenarbeit.

Und er wanderte den Mississippi entlang, weit und breit der einzige Mensch, und nur die Natur war bei ihm und hielt wie ein lächelnder Arzt seinen Puls.

Dort, oberhalb St. Pauls, lag die Zwillingsstadt Minneapolis, die Mühlenstadt des fruchtbaren Minnesota. Noch schlief auch sie, und die gewaltigen Mahlwerke harrten noch mit hungrigen Mäulern der endlosen Kornzufuhr, die Sägewerke mit bleckenden Zähnen der Waldriesen. Nur das Raunen und Rauschen der Wasser sprach von nie ersterbendem Leben.

Wieder waren es die Wasser, die Wegherr mit ihren geheimnisvollen Kräften an sich zogen. Und mit dem kräftiger erwachenden Tag schritt auch er kräftiger aus, und als vor ihm und hinter ihm in den Städten die Menschen sich zu regen begannen, bog er in ein verstecktes, liebliches Tälchen ab und befand sich vor den Minnehahafällen, den ›lachenden Wassern‹.

Longfellows Gedicht zog ihm durch die Seele. Ein Spielzeug nur waren diese Fälle wie tausend andere, aber eines Dichters Mund hatte sie gesegnet vor den tausend anderen und ihrem Namen Unsterblichkeit geschenkt.

Versonnen wanderte er weiter, und schweigsame Inseln grüßten aus dem Mississippistrom und schmückten die Landschaft aus zu einem Bild voll stiller Reize, und in seine Augen trat das Leuchten des Empfindens und Genießens.

Als er nach stundenlanger Wanderung Minneapolis erreicht hatte, umbrandete ihn der Lärm der Arbeit mit voller Kraft und fand doch keinen Zuweg zu der stillen Heiterkeit der Seele, die ihm die Natur auf seinem Morgengange beschert hatte.

Bis zur Mittagsstunde sprach er in der Universität mit der alten Ruhe und Festigkeit, die auch seinen begeisterunggetränkten Sätzen das Mark verlieh, und wanderte am Nachmittag denselben weiten Weg zurück, aber schnelleren Schrittes, wie ein Gesundeter tut, der seine Kraft spüren will.

In einem deutschen Hause St. Pauls sollte er den Abend verbringen, und als er sich im Hotel erfrischt und umgekleidet hatte, begab er sich zu dem deutschen Gastfreunde, ohne auch nur ein einziges Mal Winifreds gedacht zu haben, und erfreute sich an der Wärme, mit der er von dem aufrechten Hausherrn und der mädchenhaft schönen Hausfrau empfangen und dem Kreis der Gäste vorgestellt wurde.

Die Hausfrau beobachtete ihn, als sie bei der Abendtafel saßen. Deutsche Gerichte kamen auf den Tisch und vermehrten das Wohlbehagen, und zu deutschem Wein klang kein anderer Laut als der der Muttersprache. Da stellte sich schnell das Heimatgefühl ein, das die Herzen näher zusammenrückt, je ferner das Land der Sehnsucht liegt.

»Was wünschen Sie mich zu fragen, gnädige Frau? Ich sehe die Frage in Ihrem Blick.«

»O,« sagte sie und errötete leicht, »dann müssen Sie auch schon die Antwort in meinem Blick gelesen haben.«

»Ja,« erwiderte er, »ich fühle mich seit langer Zeit zum erstenmal wieder daheim. Das ist alles so traulich und warm bei Ihnen, so ganz frei von fremden, künstlich aufgesetzten Lichtern, daß man nur ausruhen und das tiefe Behagen in sich aufnehmen möchte.«

»Sie machen uns von Herzen froh, Herr Wegherr. Nicht, weil für uns ein Lob in Ihren Worten liegt, sondern weil Sie sich daheim fühlen. Das ist wie ein gegenseitiges Gastgeschenk.«

»Ich danke Ihnen aufrichtig. Ich hatte ein solches Gastgeschenk gerade nötig.«

»Soll ich,« fragte sie, »Ihnen dasselbe Wort zurückgeben? Wir hier draußen in der Einsamkeit haben Geschenke, wie Sie sie bringen, immer nötig.«

»Wenn ich Sie und Ihren Gatten ansehe, vermag ich kaum daran zu glauben.«

»Doch,« sagte sie, »denn wir stehen hier im Kampf, und der verbraucht vieles, und so muß vieles immer wieder neu aufgefüllt werden. Und dabei ist es nicht einmal ein frischer, offener Kampf. Mein Mann betrachtet sich als einen deutschen Vorposten, der nicht zugibt, daß im Bereich seiner Wirksamkeit das Deutschtum bestohlen und geplündert wird. Der kleine Kreis, den Sie hier sehen, denkt wie er. Aber der große Kreis, den Sie hier nicht sehen, will nicht gern im Geldverdienen nach links und rechts gestört sein und legt ihm Hindernisse in den Weg und bringt so manches, was mein Mann mühsam aufgebaut hat, zu Fall, nur um sich nach der anderen Seite hin lieb Kind zu machen. Da kann es vorkommen, daß man einmal den frohen Mut verliert und die Begeisterung am fast erfolglosen Werk, und daß ein Mann kommen muß wie Sie, der unseren Kriegsschatz auffüllt und unseren Willen stählt, den begonnenen Weg zu Ende zu gehen.«

Wegherr hörte ihr aufmerksam zu.

»Wie schön ist es, daß Sie ›wir‹ sagen, wenn Sie von den Kämpfen Ihres Mannes sprechen.«

»Es wäre vielleicht schön, Herr Wegherr, wenn es nicht selbstverständlich wäre.«

Rings am Tisch sprach man von deutschen Angelegenheiten. Mit einer ernsten Leidenschaftlichkeit, wie sie im alten Vaterlande nur selten angetroffen wurde, und die Zeugnis davon ablegte, daß es sich nicht um einen Gesprächsgegenstand, sondern um eine Herzenssache handelte. Und Wegherr vernahm zu seiner Freude, daß der Hausherr die gleiche Ansicht betonte, die er selber damals in St. Louis aufgestellt hatte.

»In einem Kriege, den Deutschland eines Tages zu führen haben wird,« sagte der Hausherr, »hat Brot und Mehl als Konterbande zu gelten. England hat im Transvaalkrieg so gehandelt, und die amerikanische Regierung muß wegen ihrer Millionen Bürger deutscher Herkunft zu dieser Erklärung gezwungen werden.«

»Ja, wenn sie gezwungen wird. Dazu gehören Zwangsmittel.«

»Die Zwangsmittel sind da. Wir selber sind sie. Sorgen wir, daß wir nicht mehr beiseitegeschoben werden wie törichtes Stimmvieh, dem bis zum nächstenmal schleunigst wieder das Maul verbunden wird. Erheben wir auch in der Zwischenzeit unsere Stimmen. Mit aller Bestimmtheit. Wenn es darauf ankommt: mit voller Lungenkraft. Bis es hin und her durch das ganze Land hallt: Die Deutschen Amerikas bitten nicht, sie fordern.«

»Zukunftsbilder, schöne Zukunftsbilder,« warf ein anderer ein.

»Die aber morgen schon Gegenwart sein können, wenn mir uns ermannen und auch für *unsere* Hand den nötigen Platz am Ruder verlangen. Ermannen aber heißt: *ein* Mann werden! Einmal haben wir es doch schon bewiesen, daß wir es können. Damals, in den Samoawirren, als wir die Regierung zwangen, den Admiral abzurufen, der sich unhöflich gegen den deutschen Kapitän gezeigt hatte. Nur ein bißchen Stolz gehört dazu und ein festerer Schritt. Und so Gott will, lernen wir ihn schnell, diesen Schritt, wenn wir erst im ganzen Lande Schulter an Schulter im neuen Bund der Deutschen Amerikas marschieren.«

Er hob sein Glas, als tränke er ein Wohl. Und alle tranken wie er.

»Ich möchte Sie beneiden,« sagte ihm Wegherr, als sie sich vom Tisch erhoben. »Selber ein ganzer Mann, dazu eine Kameradin zur Frau, was bleibt Ihnen noch zu wünschen.«

»Der Tag, Herr Wegherr,« antwortete der Hausherr ernst, »an dem es mir gleich sein kann, ob ich unter Deutschen in Europa, Asien, Afrika oder Amerika und Australien sitze.«

»Der Tag wird kommen,« erwiderte Wegherr. »Vielleicht durch einen Schicksalsschlag. Aber er wird kommen und ist schon auf dem Marsch.«

»Gott geb's. Wir, die wir hier draußen sitzen, brauchen ihn mehr, als man davon in Deutschland weiß und wissen will.«

Die Hausfrau entführte den Gast ins Musikzimmer. »Ich möchte, daß Sie sich wirklich in Behaglichkeit daheim fühlen, und das sollen Sie nun hier in meinem Reich. Die Männer werden, wo Sie sich blicken lassen, sofort mit der Politik über Sie herfallen, und ich sehe Ihnen doch an, daß Sie ein wenig Ruhe brauchen.«

»Das sehen Sie mir an?«

»Setzen Sie sich, Herr Wegherr. Bitte, machen Sie es sich ganz bequem. Auch rauchen dürfen Sie. Hier ist Feuer und Aschenteller.«

»Sie weichen meiner Frage aus, gnädige Frau.«

Sie saß ihm gegenüber am Flügel, über dessen Tasten sie verwirrt die Hand spielen ließ.

»Verzeihen Sie mir. Ich habe natürlich gar kein Recht zu meiner Bemerkung. In der Fremde nur möchte immer gern der eine dem andern helfen. Und es ist auch nicht heute, es war gestern, wie Sie Ihre Vorlesung begannen, als ich in Ihren Augen ein Ruhebedürfnis zu lesen glaubte.«

»Ich hatte einen dummen Streich gemacht, gnädige Frau. Sonst nichts.«

»Das ist schön.«

»Schön?«

»Eine steinalte Frau, die in mehreren Ehen die Männer kennen gelernt hatte, sagte mir einmal: »Solange ein Mann noch einen dummen Streich machen kann, kann noch was aus ihm werden. Unrettbar für die Menschheit verloren sind nur die Blutlosen.«

»Sollte die steinalte Frau,« meinte Wegherr, »nicht eine junge, schöne und hilfsbereite Frau sein, die nie anders als in einer einzigen glücklichen Ehe gelebt hat?«

Da lachte die Hausfrau herzlich.

»Die steinalte Frau mit der großen Männererfahrung hätte mir nur besser gelegen. Wie käme ich sonst dazu, Ihnen zu raten?«

»Also raten wollen Sie mir? Leider lohnt es der Gegenstand zu wenig.«

»Es war keine Aufdringlichkeit, Herr Wegherr. Nur, wenn ich ein wenig hätte helfen können – bitte, vergessen Sie meine Worte.«

Wegherr blickte sie ruhig an.

»Es gibt unter euch Frauen einige,« sagte er, »die die Mütterlichkeit mit auf die Welt bringen. Sie gehören dazu. Und es ist leicht, mit Ihnen über Dinge zu reden, die von Frauen handeln.«

»Herr Wegherr, in diesem Lande reist man nicht mit schwerem Gepäck.«

Er nickte nur.

»Ich habe diese Wahrnehmung schon an mir selber gemacht. Und es wird mir zum zweitenmal nicht geschehen. Trotzdem – wenn Sie meine Beichte hören wollen?«

»Ich sehe, es ist eine Sache, in der eine Frau raten kann.«

Da erzählte er ohne Namennennung sein Zusammentreffen mit Winifred. »Mein Herz war ausgehungert,« schloß er, »das entschuldigt die törichte Verblendung allein. Und nun harr’ ich Ihres Spruches.«

Sie schüttelte lächelnd den Kopf. Und beugte sich vor, blickte ihn an und schüttelte wieder lächelnd den Kopf.

»Sie haben Glück gehabt, großes Glück. Aber ich möchte nicht philosophieren und nur meinen Spruch sagen.«

»Tun Sie es.«

»Behalten Sie Ihr Herz für Deutschland. Hier kommen Sie mit kleinerer Münze aus. Herz – das ist so ziemlich das einzige; was hier keinen Dollarwert hat. Drüben aber steht es noch im Preise. Und Sie haben ein sehr reiches Herz, um das es in Amerika schade wäre.«

»Sie sind sehr freundlich zu mir, gnädige Frau.«

»Vielleicht ist es nur Zorn nach der andern Seite hin. Diese Frauen, die nur zum Spielen auf der Welt zu sein glauben, schänden unser Weibtum. Und da es fast immer die besten Männer sind, die ihnen zum Opfer fallen, so hasse ich sie mit meinem heißesten Frauenhaß.«

»Wie schön sind Sie mit Ihrem Haß. Wieviel Liebe für Ihr Haus entspringt daraus.«

»Und für meine Freunde,« sagte sie mit lachenden Augen und reichte ihm die Hand. »Sehen Sie, nun haben Sie das alles, was Sie erregte und verstimmte, laut ausgesprochen, was sonst leise noch lange in Ihnen weitergearbeitet hätte. Und während Sie es laut aussprachen, haben Sie gemerkt, wie wenig es Ihnen in der Tat bedeutete. Ich meine immer, wir sollten das öfter tun, die Dinge, die uns bestürmen und verfolgen, laut und deutlich vor uns hinstellen. Gleich haben sie ihre große Wichtigkeit verloren, und wir werden mit ihnen fertig.«

Er küßte ihr die Hand. »Sie sind eine glückliche Frau. Wenn man von Männern des Glücks spricht, sollte man nach ihren Frauen sehen.«

An seinem Arm kehrte sie zu den übrigen zurück und widmete sich nacheinander jedem Gaste. Und doch war es Wegherr, als ob alle ihre Heiterkeit ihm gewidmet wäre, so stark fühlte er den Einfluß der frohen Frau.

»Ich wiederhole,« sagte er dem Hausherrn zum Abschied, »daß ich Sie beneide.«

»Und ich beneide Sie. Wer so durch die Welt fahren und an den großen Aufgaben mitwirken kann.«

»Es kommt zum Schluß doch nur darauf an, in der ganzen großen Welt einen einzigen Menschen gefunden zu haben, der die ganze große Welt ersetzt. In Ihrem Hause lernt man, daß das möglich ist.«

»Wohin geht die Reise?«

»Durch Iowa, Nebraska, Kansas nach Colorado. Es ist eine lange Fahrt.«

»Möge Sie Ihnen Glück bringen,« sagte die Hausfrau, die an die Seite ihres Mannes getreten war, und schüttelte ihm zum Abschied fest die Hand.

Tage hindurch fuhr Wegherr nach Südwesten. Oft verließ er den Zug an einem Eisenbahnknotenpunkt und ging in die Stadt hinein, in der Stille Land und Leute zu studieren. Was verschlug es ihm, ob die Fahrt länger wurde. Sein Wissen bereicherte sich ohne Führer am stärksten.

Eine Woche weilte er im Indianerterritorium, das den fünf Stämmen der Rothäute für ewige Zeiten überwiesen und ihnen in den besten Teilen durch Industriegesellschaften und Eisenbahnen kaltblütig wieder abgenommen worden war, und saß bei den Enterbten im Hauptort des Tscherokesenlandes, und der ›Indianische Sommer‹ fiel ihm ein, dieser verglühende schwermütige Herbst, von dem er einst Wuppermann gesagt hatte, damals, am ersten Tage in den pennsylvanischen Bergen: Sorgt, daß man ihn nicht einmal den ›deutschen Sommer‹ nennt.

Nicht viel mehr als Fünfzigtausend zählten diese fünf indianischen Stämme noch, die einst als Herren die Wälder und Prärien durchritten hatten von Sonnenaufgang bis Sonnenniedergang. Was vom Pulver und Blei der Weißen verschont geblieben war, war durch den Whisky unschädlich gemacht.

Durch das südliche Kansas brauste der Zug gegen Westen. Nur noch die Stadt Denver im Staate Colorado gedachte Wegherr zu besuchen und sich dann Ferien zu gönnen, ein, zwei Monate lang, bis in den Herbst hinein, irgendwo in der Schönheit des Landes.

Es war Abend, als Wegherr den Zug durchschritt, um den Rauchwagen aufzusuchen. Einer der Wagen enthielt abgeschlossene Abteile für Reisende, die gegen dreifachen Preis eine Fahrgelegenheit für sich allein wünschen mit Tisch und Bett und allen Bequemlichkeiten. Ein Neger trat aus einem der Abteile. Die Tür blieb nur einen Augenblick geöffnet. Aber Wegherr hatte die beiden Insassen erkannt und rief ihnen fröhlich einen »Guten Abend« zu.

Vorsichtig wurde die Tür noch einmal geöffnet. Der lange und hagere Baron von Dachsberg lugte durch den Spalt, riß die Tür ganz auf und zog Wegherr in das kleine Gemach.

»Doktor, sind Sie es? Was tun Sie in Kansas? Pferde stehlen? Zu Büchsenfleisch verkochen? Was gibt's für Sie in den Prärien zu tun?«

Die Tür war zugeklappt. Die drei waren allein.

»Guten Abend, Herr Baron. Guten Abend, Herr Unkelbach. Das nenne ich eine frohe Überraschung.«

Der alte Unkelbach hatte sich aus seiner Ecke erhoben und den Händedruck erwidert. Sein Gesicht war von einem tiefen Ernst überschattet, aber seine Augen leuchteten doch auf, als er Wegherr begrüßte.

»Immer noch im Lande, Doktor? Immer noch? Sie halten durch, das muß ich sagen.«

»Was man sich vorgenommen hat, muß man ausführen, Herr Unkelbach. Das ist ein alter deutscher Brauch.«

»Weiß Gott, Doktor. Weiß Gott!«

»Nehmen Sie Platz, Doktor,« rief der Baron, »und starren Sie meinen Freund Unkelbach nicht wie ein Wundertier an, weil er ›weiß Gott‹ gesagt hat. Ich sag' es auch, und wenn mich der Deubel holt.«

Wegherr hatte sich niedergesetzt. Mit leiser Verwunderung blickte er von einem zum andern. Aber die Leute waren nüchtern und blickten aus scharfen Augen. Und er scheute sich, eine vordringliche Frage zu stellen.

»Wohin soll's denn nun, Doktor?«

»Nach dem Staate Colorado und weiter.«

Der Baron und Unkelbach sahen sich schweigend an. »Hm,« machte dann der Baron. »Nach Colorado. Was Sie sagen.«

»Finden Sie das so absonderlich, Herr Baron, daß ein Mensch von Kansas nach Colorado reist? Es liegt doch nebenan.«

»In der Tat, Doktor. Es liegt nebenan.« Und wieder sahen sich die alten Freunde ins Gesicht.

Ein peinliches Schweigen entstand. Und Wegherr wußte nicht, was er mit den beiden beginnen sollte. Dann nickte der alte Unkelbach dem hageren Baron zu und wandte sich an Wegherr.

»Die Sache ist nämlich: wir reisen auch nach Colorado.«

»Ist das ein Geheimnis?«

»Ja, es ist ein Geheimnis. Und ich bin sicher, Sie sprechen nicht weiter darüber.«

»Was ist das für ein seltsamer Scherz, meine Herren.«

Der alte Rheinländer saß in sich gekehrt in seiner Ecke. Der Baron rauchte gedankenvoll.

»Kam ich Ihnen ungelegen, meine Herren?« Wegherr machte Miene, sich wieder zu erheben. »Dann habe ich um Entschuldigung zu bitten.«

»Bleiben Sie, Doktor. Wir beide, der alte Unkelbach und ich, sind Ihnen dankbar, wenn Sie uns ein bißchen Gesellschaft leisten. Wir – wir – nun ja, wir machen nämlich gerade Abschiedsbesuche, und das stimmt den Menschen immer ein bißchen aufs Wortkarge.«

Der alte Unkelbach lachte in seiner Ecke hart auf.

»Abschiedsbesuche,« wiederholte er nur.

»Zigarre gefällig, Doktor?« fragte der Baron und hielt Wegherr die gefüllte Zigarrentasche hin.

Wegherr nahm dankend an, und der Baron beeilte sich, ihm Feuer zu bieten.

»Sie machen Abschiedsbesuche?« fragte Wegherr. »So wird es Wahrheit mit Ihrem kleveschen Gut?«

»Ob es mit meiner kleveschen Klitsche Wahrheit wird, das steht in Gottes Hand. Das richtet sich danach, wie unser Abschiedsbesuch ausfällt. In Colorado, wissen Sie. Na, Unkelbach, weshalb soll er nicht gut ausfallen.«

Der alte Unkelbach starrte vor sich hin auf die Tischplatte. Mit dem Finger zeichnete er gedankenlos Figuren. Hin und her.

»Sie haben Ihre Pferdezucht verkauft, Herr Baron?«

Wegherr fragte nur noch, um das drückende Schweigen zu unterbrechen.

»Mit Huf und Schweif und Weideland. Genau so wie der Unkelbach seine gesegnete Rindviehfarm!«

»Und Sie sind beide mit dem Abschluß zufrieden?«

»Hätten wir sonst verkauft, Doktor? Wir müssen doch für unseren Lebensabend in Deutschland genügend zu verjuxen haben.«

»Also nun geht es wieder nach Deutschland,« sagte Wegherr nach einer Weile. »Und als getreue Nachbarn vereint. Sie und Vater und Sohn Unkelbach. Aber ich vermisse noch den Sohn?«

Der Baron hüllte sich in eine Rauchwolke.

»Der fehlt vorläufig noch,« knurrte er ingrimmig.

In dem sonst so fröhlichen Gesicht des alten Unkelbach stand ein schmerzlicher Zug. Der Finger hatte aufgehört, Figuren auf die Tischplatte zu zeichnen. Die Lippen schlossen sich fest. Aber ein dumpfes Stöhnen stieg aus seiner Brust.

Wegherr legte ihm die Hand auf den Arm. Tiefes Mitgefühl bebte durch seine Stimme.

»Vater Unkelbach ...«

»Jawohl, Doktor, der bin ich. Und der denk' ich zu bleiben. Der Vater Unkelbach.«

»Ihr Sohn ist krank? Steht es schlimm mit ihm? Ist das der Abschiedsbesuch?«

»Er ist sein Leben lang nicht krank gewesen. Aber es steht schlimm mit ihm. Verdammt schlimm.«

»Ich verstehe Sie nicht, Herr Unkelbach. Wollen Sie mir nicht erklären? Oder Sie, Herr Baron? Weshalb schweigen Sie denn? Haben Sie kein Zutrauen zu mir? Sie waren die ersten, die auf amerikanischem Boden einen fröhlichen Becher mit mir leerten. Das vergesse ich Ihnen nicht. Denn ich hatte auch schon mein Schicksal erfahren, als ich herüberkam.«

»Doktor,« sagte der Alte zögernd, »es ist kein Mißtrauen. Sie zu sehen ist uns eine Freude und ein Trost. Ich – ich möchte es als ein gutes Zeichen nehmen, daß ein so deutscher Mann wie Sie mir in so schwerer Stunde erscheint. Fahren Sie mit, wenn Sie wollen. Aber als unbeteiligter Zuschauer.«

»Kann ich Ihnen irgendwie helfen, Herr Unkelbach?«

»Nein. Es genügt, daß der Baron schon seine Freundschaft übertreibt.«

»Larifari,« sagte der Baron. »Hätten Sie mich vielleicht im Dreck sitzen gelassen? Hie gut niederrheinische Nachbarschaft allwege.«

»Baron, Sie können scherzen. Wo's ums Leben gehen kann, Baron.«

»Was denn? Auch noch Aufhebens darum machen? Hab' ich's früher nicht oft genug um einen Pappenstiel eingesetzt? Um ein paar verrückte Frauenzimmeraugen oder einen Korb Sekt oder einen Wettritt, daß die Hufeisen in die Weltgeschichte flogen? Lauter betrunkene Geschichten, Mann, Prahlhansgeschichten, Großtuereien. Und hier, wo's um einen Einsatz geht, um einen lebendigen Einsatz, um unseren lieben Jungen, da soll ich zurückzoppen und meiner großen, schönen, heillos lustigen Vergangenheit wie ein speichelnder Betbruder gegenüberstehen? Nee, alter Kamerad, da lachen ja die Hühner. Pfui Deubel, das bißchen Hals, das man dransetzt. Im übrigen wird's der Herrgott schon fingern.«

»Baron,« sagte der alte Unkelbach schnaufend, »Baron, mein Hals reicht aus. Ich hab' den Jungen herübergebracht.«

»Die Sache ist erledigt, Unkelbach. Wir wollen doch hier kein Turnier in Edelmut abhalten. Schluß.«

Und wieder saßen sich die beiden mit verschlossenen Gesichtern gegenüber.

»Das also ist es,« brach Wegherr das Schweigen. »Jetzt sehe ich klar.«

»Gar nichts sehen Sie, Doktor, gar nichts.«

»Jedenfalls sehe ich, daß ich Ihnen zu gering erscheine, mich zum Mithelfer zu nehmen, Baron.«

»Zu gering? Nun fängt auch der Doktor noch an, den Empfindsamen zu spielen. Zu gering? Umgekehrt, Herr. Zu wertvoll sind Sie uns. Wir sind zwei alte Kracher, der Unkelbach und ich. Daran ist nicht viel verloren, wenn's auch verdammt schad' um unsere schönen Häute wär'. Wir haben unsere Aufgabe erfüllt und riechen doch über kurz oder lang an der Totengräberschippe. Sie aber haben noch ein ganzes, großes Leben vor sich, ein gesegnetes Leben, Herr, nicht nur für sich, sondern für Zehntausende. Da können Sie uns den einen ruhig allein überlassen.«

Er ergriff Wegherrs Hand und drückte sie herzlich.

»Ich kann nicht mehr tun als mich anbieten,« erwiderte Wegherr. »Sie haben mich abgelehnt. Sie müssen das am besten wissen. Aber vielleicht wäre es doch gut, wenn Sie mir mitteilten, um was es sich handelt. Für den Fall, daß nicht alles glatt ginge und einer da sein müßte, der den Hebel von der anderen Seite ansetzte.«

Der alte Unkelbach tat einen schweren Atemzug.

»Es *muß* glatt gehen, Herr, es *muß*.«

»Hm,« meinte der Baron, »immerhin, man soll sich bei jeder Attacke auch die Rückzugslinie sichern.«

Und wieder lachte der alte Unkelbach ein hartes Lachen.

»Ich kenn' meine Rückzugslinie, Baron. Ohne Sorgen, ich kenn' sie. Darüber ist nichts mehr zu reden.«

»Vater Unkelbach,« fragte Wegherr leise und streichelte des Erregten Hand, »wollen Sie mir nicht sagen, wo Ihr Sohn ist?«

In dem Gesicht des Alten zuckte es. Die Lippen bebten, und ein Flackern war in den Augen. Er fuhr mit dem Handrücken darüber hin und setzte sich hastig aufrecht. Der Baron blickte zum Fenster hinaus in die Nacht.

»Gut, Doktor,« sagte der Alte und mühte sich, seine Stimme in die Gewalt zu bekommen. »Also der Junge – der Junge also – wo der ist, meinen Sie? Der ist in Colorado, nicht wahr? Unten, an der südlichen Grenze nach Neu-Mexiko. In so einem verfluchten Bergwerksstädtchen. Da hat man ihn festgesetzt. Da macht man ihm morgen den Prozeß. Sehen Sie, das ist alles.«

»Weshalb hat man ihn festgesetzt?«

»Weshalb? Weshalb? Weil er ein ganzer Kerl war unter dem mexikanisch-amerikanischen Gesindel, das sich da im Gold- und Silberbau zusammenfindet. Weil er sich seiner Haut wehrte, als man ihn angriff. Weil er einen der Satansbraten in die Hölle schickte, als der Kerl ihn mit Revolverkugeln traktierte. Und dafür – dafür soll er nun selbst daran glauben.«

Der Alte schlug sich mit der geballten Faust aufs Knie. »Der Junge. Mein Junge.«

»Wenn er doch unschuldig ist, Herr Unkelbach, und in der Notwehr gehandelt hat –«

»Fragt das Pack danach? Wie? Dies Mischlingspack, das in Deutschland in keinem Straßengraben geduldet würde? Hier hat's das Heft in der Hand. Hier gibt's nichts anderes in den Grubenstädten.«

»Doch, Herr Unkelbach, die Justiz gibt's.«

»Was? Was? Die Justiz? Die gibt's ja kaum im zivilisierten Amerika. Und hier in der Wildnis? Bestochene oder eingeschüchterte Richter, bestochene Anwälte, bestochene Zeugen. Alles bereits abgekartet. Der Junge soll dran glauben. Aber noch bin *ich* auf der Welt.«

Er schüttelte die Fäuste, stemmte dann die Ellbogen auf den Tisch und vergrub sein Gesicht in den Händen.

Der Baron wandte den Kopf. Tiefes Mitleid lag in seinen Zügen. Er nickte Wegherr zu.

»Ist es wirklich so schlimm, Herr Baron? So wenig Hoffnung?«

»Gar keine. Man muß die Gesellschaft kennen. Ein Glück, daß sie den Jungen nicht gleich gelyncht haben.«

»Können Sie mir die traurige Geschichte nicht ein wenig lückenloser erzählen?«

»Weshalb nicht? Nachdem der Unkelbach davon geredet hat. Also die Sache ging folgendermaßen vor sich: Wir hatten gerade unsere Farmen verkauft, ich meine Gäule, der Unkelbach sein Rindvieh, denn nun wollten wir wieder übers Wasser und Deutschland liebhaben. Das lernt man nämlich erst so richtig, wenn man mal eine Zeitlang draußen vor der Tür gestanden hat und sich von jedem Schweinehund ›Gut Freund‹ anreden lassen muß. Schön. Nach den Verträgen sollten wir Land- und Vieh- und Pferdebestände gleich übergeben, und wir machten uns an die Arbeit, um im Herbst schon die Rebhühner am Niederrhein schießen zu können. Der Junge gedachte sich, da er bei der Übergabe nicht dringend vonnöten war, noch ein bißchen in der Nachbarschaft umzusehen; er reiste herum und landete eines Tages in einem der Bergwerksnester an der Colorado- und Neu-Mexiko-Grenze. Wenn einer so lange in Amerika war, muß er doch wissen, wo und wie das Gold und Silber wächst.

Am Abend steht er unter den wüsten Kerlen an einer der gottverfluchten Bars und trinkt sich eins. Kommt so ein Ungewaschener und drängelt sich an ihn heran, greift in die Hosentasche und zeigt ihm ein Stück Gold, frisch aus dem Gestein gehauen. Das soll der Junge kaufen. Der Junge aber dankt, da er sich ganz richtig sagt, daß der Kerl das aus der Grube heimlich hat mitgehen heißen. Der Kerl wird wütend und schimpft den Jungen ›Dutchman‹ mit allerlei Beiwörtern. Der Junge, in seinem Deutschtum beleidigt, verbittet sich das und heißt den Kerl das Maul halten. Der schreit wie ein Besessener durchs Lokal, zur Tür hinaus, zu den Fenstern hinaus. Das Lokal füllt sich wie ein Bienenstock. Was will der elende Dutchman? Was er will? Ehrenwerte Gentlemen zum Diebstahl verleiten. Zum Grubendiebstahl. Er kauft's, der Betrüger. Das wagt der elende Dutchman einem Gentleman zu bieten!

›Du Lügenlump,‹ schreit der Junge.

›Was? Lügenlump? Spricht man so zu einem Gentleman?‹ schreit's aus der Menge. ›Stopft ihm das Maul!‹

»Gib ihm eine Portion blaue Bohnen in den Hungerbauch, Billy.‹

›Drauf, Jungens, macht nicht viel Federlesens!‹

Revolver fliegen aus den Taschen. Schüsse knallen. Der Junge spürt Blut an der Stirn. Er springt über die Bar, die Menge johlend nach. Nun hat er den eigenen Revolver aus der Hosentasche. Er sieht Feuer aus dem Revolver des Spitzbuben sprühen, gibt selber Feuer. Der Kerl fällt aufs Gesicht. Die Menge weicht zurück. Polizisten drängen vor und bringen den Jungen, der sofort die Waffe hinreicht, von der wütenden Menge verfolgt ins Gefängnis.«

»Und Sie erfuhren es sofort?«

»Der alte Unkelbach. Ich nicht. Der kriegte ein Telegramm von dem Jungen und reiste auf der Stelle. Die Voruntersuchung hatte nur Belastendes ergeben. Die Bande schwur, der Junge hätte den Kerl, den Billy, zum Grubendiebstahl verleiten wollen und, um ihn mundtot zu machen, den redlichen Familienvater glattweg niedergeknallt. Da wußte sich kein Rechtsanwalt zu helfen. Vater Unkelbach fuhr schleunigst heim, um die Übergabe seiner Farm zu beschleunigen, erbat telegraphisch meinen Besuch; ich kam, wir berieten, ich fuhr zurück, erledigte auch meinerseits die Übergabegeschäfte, hielt mit meinen alten, wilden Pferdeboys noch eine kleine Abschiedsandacht, die nur uns anging, fuhr wieder zu Vater Unkelbach, und nun sind wir unterwegs, um dem Prozeß des lieben Jungen morgen ein wenig beizuwohnen.«

Er schwieg und zog an seiner Zigarre. Der Alte aber saß noch immer, die Ellbogen aufgestützt und das Gesicht in den Händen verborgen. Es war, als nähme er keinen Anteil mehr.

»Armer, alter Mann,« sagte Wegherr leise.

Draußen flog das Licht eines Bahnhofs vorüber. Der Baron zog die Uhr.

»In einer Stunde hält der Zug. Dann sind wir am Ziel. Sie tun gut, Doktor, sich jetzt um Ihr Gepäck und nicht mehr um uns zu kümmern.«

»Ich werde an der nächsten Haltestelle ebenfalls aussteigen, Herr Baron.«

»Daran kann ich Sie nicht hindern. Ich hätt's auch getan. Aber es ist besser, Sie kennen uns nicht mehr und suchen sich einen anderen Gasthof. Ihr Wort darauf, Doktor. Wir haben einige Gründe, möglichst wenig Aufsehen mit unserer werten Person zu verursachen, und ich habe noch einen Spaziergang vor. Es ist ein Uhr nachts. Leben Sie wohl, Doktor.«

»Leben Sie wohl, Baron. Glück zu. Ihr Vorhaben wird Ihnen gelingen.«

»Jeder Schelmenstreich ist mir noch immer prachtvoll gelungen. Da muß doch diesmal, wo's ein verdienstvolles Werk gilt, der Himmel seine ganz besondere Freude an mir altem Sünder haben.«

»Baron, Sie sind ein ganzer Mann.«

»Weiß ich. Gut' Nacht.«

»Gute Nacht, Vater Unkelbach.«

Keine Antwort kam.

»Auf morgen.«

Da hob der Alte seinen zerwühlten Kopf, blickte Wegherr ein paar Sekunden starr in die Augen und ließ sein Gesicht wieder in die Hände sinken. Der Baron öffnete die Tür, und Wegherr schritt durch den Zug, der nur wenige Reisende barg, seinem Abteil zu.

Der Baron hatte die Tür hinter ihm geschlossen. Nun saß er neben dem alten Freunde und hatte ihm den Arm um die Schulter gelegt. So saßen die beiden Alten lange.

»Bruderherz,« sagte dann der Baron, »es wird Zeit. Na, nun sieh mich noch einmal aus den alten, kühnen Augen an, die nie einen Teufel fürchteten.«

Es war das erstemal, daß er das ›Du‹ anwandte. In dieser Stunde, in der keiner von ihnen wußte, was die nächsten ihnen bringen würden, gaben sie sich wie von selbst dies letzte Geschenk. Und der alte Unkelbach sagte ruhig: »Ich danke dir, Baron.«

»Der Doktor hat uns eine Wohltat erwiesen,« fuhr der Baron fort. »Es gibt nichts Gräßlicheres, als durch die Nacht einem Abenteuer entgegenzufahren. Erst macht's einem einen wilden Spaß. Dann hat man den Fall erschöpft, grübelt und kommt auf allerlei Bedenken, die einem die Spannkraft benagen. Zum Schluß wird man müde und unwirsch. Da hat uns der Doktor bei der Sache gehalten und über die zermürbende Wartezeit weggeholfen. Er ist ein famoser Kamerad. Ein Wort, und wir hätten einen aktiven Helfer mehr. Aber der Mann wäre für seine Aufgabe unmöglich geworden. Ich hätte ein Verbrechen an ihm begangen.«

»Und die armen Kerls, deine Pferdeboys?«

Der Baron lachte.

»Arm? Meine alten, wilden Jungen? Ich sage dir, als ich sie zu der letzten stillen Andacht lud, in mein Arbeitszimmer, und sie befragte, ob sie für einen tollen Streich zu haben wären, der ihrem Herrn einen Freund retten sollte, da hättest du es an ihrer Begeisterung merken können, wie reich ich meine Jungs gemacht hab'. Es ist eine auserlesene Gesellschaft, jeder von ihnen knapp am Galgen vorbeigekommen, und ich hab' sie gehegt und gepflegt alle die vielen Jahre hindurch, daß sie sich wieder Mensch fühlten und wieder in der Sonne schreien lernten wie besessen. Wie zärtliche Schoßhündchen hingen die wilden Banditen an mir, und wenn einer von ihnen das Fieber kriegte, hab' ich bei ihm gesessen und ihm Chinin zu schlucken gegeben und ihm den Eisbeutel auf die Herzgrube gehalten. Mann, ich habe die Leute nur *gefragt*, ob sie den Kopf für mich einsetzen wollten. Ich hätt's ihnen auch *befehlen* können. Ihr Leben gehört mir von Rechts wegen.«

»Dir, Baron. Aber was gehen ich und mein Junge deine Boys an?«

»Genau so viel. In der Prärie versteht man, was Freundschaft heißt. Du und ich, wir haben's ja auch immer verstanden. Und nun höre zu. Ich wiederhole: Ich habe ein Automobil gemietet, zum Wegschaffen meiner Koffer und Sammlungen. Das fiel nicht auf. Einer meiner Leute war Fahrer in San Franzisko, bevor er sich auf den Tramp machte und bei mir als Pferdehüter unterkam. Der ist nun gemächlich mit dem Wagen über die Neu-Mexiko-Grenze gefahren, soll in dieser Nacht draußen vor der Stadt ankommen und die auserwählten fünf Mann landen. Vier von ihnen werden sich als Zuhörer im Gerichtssaal einfinden, der fünfte hat draußen vor der Stadt etwas am Telegraphendraht zu tun und läßt sich entschuldigen. Der Wagen faßt sechs Mann, dazu kommen die beiden Führersitze, macht acht. Wir sind aber mit deinem Jungen neun. Also wird sich der Telegraphenliebhaber, der sowieso nichts in der Stadt zu tun hat, allein auf die Socken machen, bis er eine Fahrgelegenheit erwischt. Wenn die Gerichtsverhandlung begonnen hat und es auf den Straßen keine Neugierige mehr gibt, komme ich mit dem Automobil ins Städtchen gefahren und halte in der Nähe des Gerichtsgebäudes. Ich werde schon pünktlich zur Stelle sein.«

Er reichte dem alten Freunde die Hand.

»Da ist die Haltestelle. Morgen, lieber Alter, haben wir deinen Jungen oder – kein Heimweh nach Deutschland mehr. Nimm die Handtasche. Ich schlag' mich gleich ins Dunkle. Fertig, los!«

Der Zug fuhr langsamer. Jetzt fuhr er in den Bahnhof ein. Die hagere Gestalt des Barons war im Wagengang verschwunden.

Der alte Unkelbach hatte sich erhoben. Die mächtige Figur reckte sich auf. Als das Wagengerassel innehielt, war er todesruhig.

»Nun sei auch du ruhig, mein Junge,« murmelte er. »Sei du ganz ruhig. Dein Vater kommt.«

Er nahm die Handtasche und stieg aus. Der kleine Bahnhof lag öde und verlassen. Ein Neger nur mühte sich am Zuge mit dem Gepäck des Doktors Wegherr. Der Bahnhofsvorsteher stand neben der Lokomotive und plauderte mit dem Zugführer. Gerade verschwand die Gestalt des Barons von Dachsberg neben dem Bahngebäude in der Finsternis.

Ein Pfiff, und die Lokomotive zog wieder an.

Seine Tasche in der Hand, ging der alte Unkelbach einsam in das schlafende Städtchen hinein. In der schwarzen Dunkelheit fand er sicher seinen Weg. Sein fester Schritt hallte auf dem Pflaster. Er mäßigte ihn nicht.

Vielleicht, dachte der Alte, hört ihn der Junge und lacht sich eins.

Dann pochte er im Gasthof den Wirt heraus.

12

Ein drückender Sommertag war aufgestiegen, der die Luft knistern machte, die Erde zu Staub zerrieb und die Menschen erschlaffte. Wer heute nicht zum Gerichtshaus wanderte, blieb daheim und schloß die Fensterläden vor den sengenden Sonnenstrahlen, wenn ihn nicht die Arbeit frühmorgens schon in die Bergwerke gerufen hatte. Nichts fürchten die Leute, die ihr Leben lang die grelle Sonnenglut zu ertragen haben, mehr als die Hitze.

Um die zehnte Morgenstunde drückten sich Männer und Frauen schwitzend und fluchend durch den kargen Schatten der Häuser die Straßen entlang und verschwanden erregt im Gerichtshause. Der Verhandlungssaal füllte sich. Spanische und englische Worte schwirrten durch die Luft. Hin und wieder ein Gelächter. Denn die Menge freute sich auf ein Schauspiel, dessen Ausgang keinem ungewiß war. Man würde ihr den Dutchman opfern.

Das Gericht betrat den erstickend heißen Saal, und die Geschworenen nahmen ihre Plätze ein. Der Richter forderte zur Ruhe auf. Er befahl, den Angeklagten vorzuführen.

Von zwei Polizeileuten geleitet, schritt aus einer Nebentür der junge Unkelbach hervor und trat vor die Schranken. Seine männliche Gestalt trug er aufrecht, sein fröhliches Gesicht aber war mager und blaß geworden.

Pfiffe empfingen ihn. Verwünschungen. Der Richter hob die Hand: »Ladies und Gentlemen, es kommt ein jeder zum Wort. Aber erst, wenn ich ihn ausdrücklich darum ersuche. Bitte das zu beherzigen.«

Der Staatsanwalt blätterte in der Anklageschrift. Er betupfte mit seinem Tuche fortwährend die perlende Stirn. »Gottlob,« meinte er dumpf zu dem Rechtsbeistand des Angeklagten, »es ist eine kurze Sache. Alle Zeugenaussagen stimmen überein.« Der Rechtsanwalt nickte und fächelte sich mit den Akten Luft zu. Hier waren keine Lorbeeren zu erringen. Und für den Haß der Bevölkerung dankte er.

Die Personalien waren festgestellt. Die Anklage wurde verlesen.

Der Deutsche Joseph Unkelbach, Farmer und Viehzüchter, wurde beschuldigt, gegen des Gesetzes Bestimmungen versucht zu haben, den Grubenarbeiter Billy zur Entwendung von Edelmetallen aus den Bergwerksschächten zu verleiten, und wurde ferner beschuldigt, den Mann, als er sich weigerte, auf den Handel einzugehen, durch einen Revolverschuß getötet zu haben.

»Die Zeugen sind zur Stelle.«

Es war totenstill im Saal. Nur gierige Augen in der Runde und hin und wieder ein erregter Atemstoß.

Der junge Unkelbach wandte langsam den Kopf. In seinen Augen stand die Verständnislosigkeit. Sein abgemagertes Gesicht versuchte ein Lächeln aufzubringen, das um freundliche Hilfe bitten sollte, aber das Lächeln kroch zurück, als es auf die Gier der heiß auf ihn gerichteten Augen aller der Menschen stieß. Er zog die Stirn hoch, als sähe er nicht recht. Er schloß die Augen krampfhaft, als wollte er nicht sehen. In seinem Gesicht sprangen wirr die Muskeln. Das war der Tod, der in der Gier der Augen lauerte, der auf dem Richtertisch kauerte, über die Schultern des Staatsanwaltes grinste. In der Einsamkeit seiner Zelle war er ihm nicht erschienen. Mit den Menschen kam er, reckte sich riesengroß, füllte den Saal aus, hieb ihm mit den Krallentatzen seine frohe Zuversicht in Fetzen, würgte den letzten Atem aus der Kehle und eiskalten Schweiß aus der Stirn.

Mit den Menschen kam er. Er war das Tier im Menschen.

»Angeklagter, bekennen Sie sich schuldig?«

»Ich –?« fragte der ratlose Mensch, riß die Augen auf und wollte sich dem Richter zuwenden. Und mit einem Male ging ein Stoß durch seine Gestalt.

Die Augen weiteten sich. Das Zucken der Gesichtsmuskeln erlosch. Eine helle Röte flog über das blasse Gesicht.

Und nun kam auch das Lächeln wieder hervor, still und feierlich.

Der junge Unkelbach hatte in der Saalecke seinen Vater gesehen.

Mitten unter den Menschen saß auch Wegherr. Er krampfte die Nägel in die Handflächen, um nicht aufzuschreien. Der Junge verriet sich. Nein, der junge Unkelbach verriet sich nicht. Ganz ruhig stand er und sah den Richter an.

»Angeklagter, ich habe Sie gefragt, ob Sie sich schuldig bekennen. Spielen Sie hier nicht den Geistesabwesenden!«

»Ich bin unschuldig.«

»Es sind hier zwanzig Zeugen versammelt, die das Gegenteil bekunden werden. Ihnen selbst steht nicht ein einziger Zeuge zur Seite. Wollen Sie sich diesen niederschmetternden Schuldbeweisen gegenüber nicht lieber bequemen, ein reumütiges Geständnis abzulegen, als leichtfertig die Geduld des Gerichts auf die Probe zu stellen?«

»Ich habe über nichts anderes Reue zu empfinden, als daß ich in diese Stadt gekommen bin. Denn ich bin unschuldig angeklagt.«

Wütende Rufe flogen ihm zu. Die Männer warfen die Arme in die Luft, und die Weiber kreischten auf.

»Ich hoffe, Mann,« sagte der Richter mit drohender Schärfe, »daß Sie es unterlassen werden, dieser Stadt eine weitere Beleidigung zuzufügen. Weshalb sind Sie hergekommen? Wir haben Sie nicht gerufen. Also werden Sie schon einen Grund gehabt haben. Nun, wir werden es ja hören. Erzählen Sie.«

»Ich war auf einer kleinen Vergnügungsreise begriffen,« berichtete der junge Unkelbach ruhig, »und stieg hier aus, um einmal den Betrieb eines Goldbergwerks durch den Augenschein kennen zu lernen.«

»Also Sie geben bereits zu, daß Sie des Goldes wegen kamen.«

»Ich bitte meine Worte nicht umzudeuten, Herr Richter, ich habe von dem Betriebe eines Bergwerks gesprochen. Das ist doch wohl etwas anderes.«

»Seien Sie hier nicht unverschämt, Mann! Sie stehen hier vor Ihrem Richter!«

»Vorläufig stehe ich hier nicht als Überführter, sondern als Angeklagter, den man in seiner Verteidigung behindert.«

»Wenn Ihre Verteidigung nicht anders aussieht, wird das Gericht zu einem kurzen Prozeß kommen.«

»Ich hatte mir bisher unter Gericht die Gerechtigkeit vorgestellt.«

»Weiter!«

»Jawohl,« sagte der junge Unkelbach und fuhr fort: »Es war ein heißer Abend, als ich ankam, und ich ging in eine Bar, um ein Glas Bier zu trinken. Da erschien der Mann, den sie Billy nannten, und bot mir ein Stück Gold, das noch im Gestein saß, zum Kauf an. Ich lehnte ab.«

»Wo hatte er das Gold?«

»In der Hosentasche. Und er steckte es wieder in die Tasche zurück.«

»Ah, da haben Sie sich fangen lassen. Die ganze Geschichte ist erfunden. Nicht ein Atom Gold fand sich bei dem Toten vor.«

Der junge Unkelbach zuckte verächtlich die Schultern. »Ich glaub's. Da waren Leute genug, die ihn wegschafften.«

»Wollen Sie,« rief der Richter, »damit sagen, daß dieselben Ehrenmänner, die hier als Zeugen auftreten, ihrem Kameraden die Taschen umgekrempelt haben? Wollen Sie einen dieser Bürger einen Spitzbuben nennen?«

»In diesem Fall – ohne weiteres, Herr Richter.«

Und wieder flogen Wutschreie aus dem Publikum gegen ihn an, und Fäuste streckten sich drohend in die Luft.

Der Richter schlug auf den Tisch.

»Mäßigen Sie sich, Mann. Sie waren in der Bar, und die meisten dieser Leute kamen auf die Hilferufe erst von draußen hereingestürmt. Diese Leute waren also nüchtern, während Sie dem Laster der Dutchmen frönten und sich betranken!«

»Herr Richter, ich bin ein Deutscher und kein Dutchman und lege Verwahrung ein gegen die Verhöhnung meines Volksstammes.«

»Fassen Sie sich kurz. Was geschah weiter?«

»Der Mann, den sie Billy nannten, schrie aus Wut über den mißlungenen Handel den Leuten zu, ich hätte ihn zum Diebstahl verleiten wollen. Mich hörten die Leute überhaupt nicht an, obwohl sie den Lumpen, den Billy, kennen mußten. Sie drangen auf mich ein, um mich totzuschlagen. Schüsse fielen. Ich wurde verwundet und sprang über das Geländer der Bar, um mich zu retten. Da schoß der Kerl, der Billy, aus nächster Nähe, und in der Notwehr gab ihm mein Revolver, den ich endlich aus der Tasche ziehen konnte, die Antwort. Das ist alles.«

»So! Das ist alles! Die Vernichtung eines kostbaren Menschenlebens – das ist alles.«

»Es war nicht kostbar, Herr Richter. Und als es sich um seines oder meines handelte, war meines das kostbarere.«

Der Richter wandte nur den Kopf.

»Haben Sie eine Frage, Herr Staatsanwalt?«

Der verneinte und wehte sich mit dem Tuche Kühlung zu.

»Die Zeugen!« befahl der Richter. »Der erste vor.«

Die Zeugenvernehmung begann. Mexikanische Amerikaner, Mischlinge, ein paar abenteuerliche Kerle aus den Nordstaaten traten vor und bekundeten gleichermaßen, daß der Fremde dem gutmütigen Billy die nichtswürdigsten Vorschläge gemacht, den über solche Anerbietungen Erregten bedroht und ihn, als der Bedrohte seine Mitbürger zu Hilfe herbeirief, niedergeknallt hätte wie einen Hund, um schleunigst die Flucht zu ergreifen. Zwanzigmal erfolgte dieselbe Aussage. Kein Zeuge meldete sich für den Angeklagten.

Mit heißhungrigen Blicken hingen die Menschen im Zuschauerraum am Munde der Zeugen. Als der zwanzigste seinen Spruch hergesagt hatte, ging ein lautes Aufseufzen durch den Raum. Die vorgereckten Körper sanken zusammen. Man sah sich wieder um, als erwache man eben erst und bemerke seinen Nachbar. Jetzt erst spürte man die Hitze wieder. Man wurde die Sache leid und wünschte das Ende herbei, um irgendwo in der Kühle des Hauses einen Schlaf tun zu können.

»Den Jungen hat's,« sagte man, und das Wort lief durch den Saal.

»Angeklagter, haben Sie auf die Zeugenaussagen noch etwas zu erwidern?«

Der junge Unkelbach hob den Kopf. Er hatte zum Schluß nicht mehr zugehört.

»Alles, was vorgebracht wurde, ist eine abgekartete Lügengeschichte. Wie soll ich mir da Ehre holen. Ich verlange von einem unbestechlichen Gericht Recht und Gerechtigkeit.«

Der Staatsanwalt hatte sich erhoben. Die Geschworenen blickten zu ihm auf.

»Gentlemen,« begann er, »in unserer der Arbeit geweihten Stadt ist ein nichtswürdiges Verbrechen begangen worden. Ein Mensch, der unsere Gastfreundschaft erschlich, hat unsere Wohltaten mit Blut gedankt. Ein ehrlicher Mann, wenn auch nur ein armer Teufel, ist seiner Habgier zum Opfer gefallen. Die lügnerischen Angaben des Angeklagten, mit denen ich Ihnen nicht noch einmal lästig zu fallen gedenke, sind durch die übereinstimmende Zeugenaussage von zwanzig ehrenwerten Männern in Grund und Boden vernichtet worden. Nichts ist übriggeblieben als die Tatsache der Lüge, die Tatsache des Mordes. Ein Mensch, der so aufzutreten pflegt wie der Angeklagte, selbst noch an Gerichtsstätte, hat das Recht auf eine mildere Betrachtung des Falles verwirkt, denn wenn er die Stirn hat, sich selbst vor Gericht noch in Beleidigungen dieser Stadt und ihrer Bürger zu ergehen, wie erst wird er sich in der ungezügelten Freiheit und vom Geist des Alkohols getrieben benehmen. Er hat versucht, uns trotzdem an Notwehr glauben zu machen. Zwanzig Zeugen beschwören das Gegenteil, und nicht einer ist für ihn aufgefunden worden trotz allen Suchens und Forschens. Also stellt sich seine Ausrede nur als ein neuer Akt der Feigheit dar, dessen sich Männer dieser Stadt nie hätten schuldig gemacht.«

Die Männer auf den Geschworenenbänken nickten vor sich hin. Sie wünschten, in ihrem Eifer von den Mitbürgern gewertet zu werden. Das befriedigte Knurren der Zuhörer drang an ihr Ohr.

»Gentlemen,« fuhr der Staatsanwalt fort, »Sie sind trotz der Gluthitze des Tages in treuer Pflichterfüllung hier erschienen, um Ihres schweren Amtes zu walten. Krönen Sie Ihr Werk, indem Sie einen Missetäter der wohlverdienten Strafe übergeben. Der Geist des Getöteten, Ihres alten Kameraden Billy, ist unter uns und fordert Sühne. Ich will ihn nicht länger darauf warten lassen. Lassen auch Sie ihn nicht warten um dieses hergelaufenen Fremden willen. Wer Blut vergießt, des Blut soll wieder vergossen werden.«

Wieder nickten die Männer auf der Geschworenenbank vor sich hin, und wieder zog das befriedigte Knurren der Zuhörer durch den Raum.

Der Angeklagte war gerichtet. Und wenn der Verteidiger mit Engelzungen redete.

Der Staatsanwalt warf den Kopf in den Nacken. Aller Augen hingen in neu aufgepeitschter Gier an seinem Munde.

»So beantrage ich denn gegen den Deutschen Joseph Unkelbach, der durch zwanzig einwandfreie Zeugen ohne einen einzigen Gegenzeugen überführt ist, den Grubenarbeiter Billy aus gemeinen Beweggründen erschossen zu haben, die *Todesstrafe.*«

Er setzte sich.

Und in selber Sekunde donnerte aus der Saalecke eine Stimme:

» *Hände hoch*!«

Ein einziger Aufschrei die Antwort.

»Hände hoch, zum Teufel! Sitzt ihr auf den Ohren?«

Und plötzlich vor den Türen und aus der nächsten Nähe des Richtertisches her derselbe eiskalte Ruf: »Hände hoch!«

Die Arme flogen in die Höhe. Entsetzte Blicke starrten nach den Rufern, nach den blinkenden Schußwaffen. Es wurde totenstill.

Und aus der Ecke des Saales kam ein großer, schwerer Mann geschritten, mit grausenerregendem Gesichtsausdruck, in jeder Hand einen Revolver schußbereit.

»Wer auch nur einen Zuck oder einen Muck tut, kriegt eine Bohne in den Bauch.«

Nun stand der furchtbare Alte neben dem Angeklagten.

»Ladies und Gentlemen,« sagte er, »ich bedauere, Ihnen für wenige Minuten Ungelegenheiten bereiten zu müssen. Damit Sie klar sehen, mache ich Sie höflich darauf aufmerksam, daß Sie sich hier zehn schußbereiten Revolvern gegenübersehen, jeden zu acht Schuß. Damit machen wir Brei aus Ihnen, wenn es auch nur einem von Ihnen einfallen sollte, eine Unklugheit zu begehen. Vor dem Hause aber stehen weiter sechs Mann und bewachen Türen und Fenster. Das sag' ich Ihnen zu Ihrer Beruhigung.«

Mit den anderen hatte Wegherr die Arme hochgeworfen. Das Herz schlug ihm bis in den Hals. Jede Sekunde dünkte ihn eine Stunde. Jetzt blickte er rasch nach dem Fenster. Andere mit ihm. Als grinste der Teufel in den Raum, so lugte das verwitterte Reitergesicht des Barons von Dachsberg durch die Scheiben, um jäh wie eine Erscheinung wieder zu verschwinden.

Der graubärtige Alte hatte sich an Richter und Geschworene gewandt.

»Um es kurz zu machen: ich bin der Vater dieses jungen Mannes, und ich will verdammt sein, wenn einer von euch lebendig diese Bude verläßt, bevor wir sie verlassen haben. Der Junge ist unschuldig. Ihr habt es von ihm gehört und wißt es so gut wie ich. Und ihr wißt ebenso genau, daß euer Billy ein Halunke der schlimmsten Sorte war, und daß ihn nur bestochene oder vor Angst schlotternde Richter und Geschworene reinzuwaschen vermöchten. Ich will euch aus dieser Seelenqual befreien, bevor ihr euer Gewissen mit einem falschen Schuldspruch belasten könnt. Denn der Junge ist unschuldig, und ich – kurz – ich bin der Vater. Damit ist wohl alles gesagt.«

Er winkte dem Sohne mit dem Kopf zu.

»Vorwärts, Jupp, geh nach Hause. Du bist kein Umgang für diese Gentlemen.«

Ohne mit der Wimper zu zucken, verließ der junge Unkelbach den Saal.

Der Alte horchte, bis sich der Schritt des Sohnes auf der Straße verlor.

»So,« sagte er, »nun wollen auch wir nicht länger stören. Dort die Uhr zeigt eins. Ihr bleibt freundlichst hier versammelt, bis sie zwei schlägt. Es könnte sich sonst eine Überraschung ereignen, die für euch alle die letzte wäre. Noch eins, damit kein unnötiger Gedankenaufwand getrieben wird: telephonieren und derlei Scherze sind durch das Reißen des Drahtes an verschiedenen Stellen leider von der Tagesordnung abgesetzt. Kommt, Jungens. Bitte um Entschuldigung, Ladies. **Good bye, Gentlemen.**«

Seine Leute öffneten die Türen. Ruhigen Schrittes ging der Alte hinaus. Rückwärts schreitend folgten ihm die Vier und schlossen von außen die Türen wieder. Draußen schoß der Kraftwagen des Barons heran. Die Männer sprangen in den Wagen und auf die Führerbank. Und schon schoß der Wagen lautlos weiter durch die Stadt, die wie ausgestorben in der Mittagsglut lag, gewann das Freie, bog von seiner nördlichen Richtung ab und flog gen Süden, über die Staatengrenze nach Neu-Mexiko, und verschwand in der Weite der Prärie.

Die Menschen im Gerichtssaal hatten stöhnend die Arme sinken lassen. Kaum wagte einer aufzublicken. Dann scholl ein wildes Gelächter durch den Raum. Ein Mann aus den Nordstaaten hatte es angestimmt. »Jungens,« schrie er, »ein Hipp, hipp, hurra für den alten Gentleman! Ob's den Billy freut oder nicht: ein Hurra für den Graubart!«

Die Stimmung schlug um. Das Temperament riß die Leute mit und die wilde Freude an allem Kühnen und Ungewöhnlichen. Sie schrien sich Bemerkungen zu, klatschten sich lachend auf die Schenkel, wiederholten sich und dem Nachbarn die Worte des Alten.

»Was tun wir? Hierbleiben?«

»Wenn wir dem Graubart ein Vergnügen damit machen?«

»Der Teufel soll mich holen, wenn ich ihm nicht eine gesegnete Reise wünsche.«

»Ich auch! Ich auch! Ich auch!«

Und die Weiber gebärdeten sich in ihrem Begeisterungsrausch am ungebärdigsten.

»He, Fred, wenn sie dir deinen süßen Percy, den Herumtreiber hängen wollen, haust du ihn auch so aus der Schlinge?«

»Hör, Pablo, du könntest dir ein Beispiel nehmen. Von dem Whisky, den du herunterschüttest, werden deine Kinder nicht satt!«

»Hei, mein Alfonso hätt's grad so gemacht!«

Der Richter ließ sie schreien. Heimlich hob er den Hörer vom Tischtelephon und drehte behutsam die Kurbel. Dann drehte er schneller und horchte angestrengt. Aber er wartete vergebens.

»Der Graubart hat die Wahrheit gesprochen,« murmelte er.

Der Staatsanwalt nickte stumpf.

Der Richter erhob sich, rot vor Zorn. Er rief in den Saal hinein, bis die Leute Lust verspürten, ihm zuzuhören.

»Es soll einer ein Pferd nehmen und im Galopp zur nächsten Ortschaft reiten! Von dort an die Grenzorte telegraphieren! Los! Wer meldet sich?«

Ein Gelächter war die Antwort.

»Der Graubart hat gesagt: nicht, bevor es zwei schlägt!«

»Alberne Drohung!« rief der Richter. »Fürchtet ihr euch bei lichtem Tage vor Gespenstern?«

»Reiten Sie doch selber, Herr Richter! Es ist doch, bei Gott, Ihr Geschäft und nicht das unsere.«

Wie die Kinder waren sie, die einen Streich erleben durften, und des Lachens und Lärmens war kein Ende. Bis die Stunde vergangen war und die Uhr auf zwei zeigte. Da stoben sie hinaus in die Sonnenglut, zogen die Hutkrempen über die Augen und rannten den verschlafenen Häusern zu.

»Später, später, wenn es kühler geworden ist. Verrückt, wer einen Hitzschlag riskiert.«

Regungslos hatte Wegherr unter dem heißblütigen Volk gesessen und den Zeiger der Uhr nicht aus dem Auge gelassen. In ihm wogte und wirbelte es. Und nur den einen Gedanken vermochte er zu fassen: Es glückt – es glückt; jetzt sind sie in Neu-Mexiko, wo sie niemand findet. Und dann war es ihm, als ob seine Lippen ein Gebet murmelten, irgendein Gebet aus der Kinderzeit. Aber es sollte helfen. »Lieber Gott – lieber Gott«...

Der Saal war leer, und die Geschworenen waren verabschiedet worden, nachdem das Gericht kurz die Sache vertagt hatte. Noch saßen Richter, Staatsanwalt und Verteidiger in erregter Beratung beisammen. Und Wegherr schoß es durch den Kopf, sich bemerkbar zu machen, den Freunden einen neuen Vorsprung zu sichern. Er erhob sich, ließ sein Notizbuch fallen und rückte mit Geräusch die Bank, um es wieder aufzunehmen.

Die Herren blickten ärgerlich auf. »He – was machen Sie da noch? Die Sitzung ist geschlossen.«

»Bitte um Entschuldigung. Ich suchte nur noch meine Aufzeichnungen zusammen. Ich möchte zum nächsten Telegraphenamt.«

»Aufzeichnungen? Was für Aufzeichnungen, wenn's beliebt?«

»Ich habe mir erlaubt, die Verhandlung Wort für Wort stenographisch niederzuschreiben. Bis zu dem Augenblick natürlich nur, da der alte Vater des Angeklagten uns ersuchte, ihm die Sauberkeit unserer Hände zu zeigen. Was sich alsdann noch ereignete, habe ich soeben aus dem Gedächtnis ergänzt.«

»Wollen Sie die Freundlichkeit haben, einmal näherzutreten?« bat der Richter, der die Verhandlung geleitet hatte, und kniff die Mundwinkel. Und Wegherr trat mit ritterlichem Anstand vor die Schranke.

»Gern zu Ihren Diensten, meine Herren, aber meine Zeit drängt.«

»Bitte mir zu überlassen, wie ich über Ihre Zeit verfüge. Sie stehen in diesem Augenblick an Gerichtsstelle und haben mir auf meine Fragen zu antworten, so lange ich Sie zu fragen für nötig erachte. Leuchtet Ihnen das ein?«

»Sie irren,« entgegnete Wegherr lächelnd, »das leuchtet mir auch nicht eine Minute ein. Die Sitzung ist geschlossen, und ich habe keinerlei Vorladung zu einer Vernehmung erhalten. Ich wünsche mich zu verabschieden, meine Herren.«

Dem Richter stieg das Blut zu Kopf. »Sie bleiben! Zwingen Sie mich nicht, zu anderen Maßregeln zu greifen. Wie heißen Sie, und wer sind Sie?«

»Eine – Drohung?« fragte Wegherr langsam. »Habe ich recht verstanden? Sie wünschen einen neuen Fall daraus zu machen? Gut, ich beuge mich der Macht und ersuche nur um beschleunigte Absendung eines Telegramms an den deutschen Konsul in Denver, der mich heute abend erwartet.«

»Der deutsche Konsul erwartet Sie? Aus welchem Grunde?«

»Sollte diese Frage eine Rückkehr zur Höflichkeit bezeichnen, so werde ich sie gern beantworten. Andernfalls dürfte Ihnen der Text meines Telegrammes genügen.«

Der Richter biß sich auf die Lippen. Er fühlte den Gegner und sah, daß er sich einen Schritt zu weit vorgewagt hatte. Sein Ton nahm eine andere Färbung an.

»Darf ich Sie nochmals um Namen und Stand ersuchen, mein Herr? Auch um eine Begründung, weshalb wir die Ehre haben, Sie hier zu sehen?«

»Gern. Ich bin der Universitätsprofessor Doktor Ernst Wegherr und bereise im Auftrage des Bundes der Deutschen Amerikas die Staaten zum Zweck kultureller Forschungen und Aufklärungen. Hier sind meine Papiere, die Ihnen jeden Aufschluß über meine Person geben.«

»Ah – sehr bemerkenswert. Ohne Zweifel sehr bemerkenswert. Zwar ist mir dieser Bund der Deutschen Amerikas bis zur Stunde gänzlich unbekannt.«

»Keine Sorge,« entgegnete Wegherr ruhig, »Sie werden ihn kennen lernen. Er umfaßt heute bereits zwei Millionen Mitglieder und dürfte sich bis zur nächsten Präsidentenwahl verdoppelt haben. Im Kapitol zu Washington stellt man ihn sehr lebhaft in Rechnung.«

»Und der Zweck Ihres Hierseins, mein Herr? Darf ich fragen, ob der heutige Prozeß Sie hergeführt hat?«

»Lediglich. Nichts anderes. Mir kam zu Ohren, daß hier das Schicksal eines jungen Mannes entschieden werden sollte, der sich durch einwandfreien Lebenswandel der allgemeinen Hochachtung in seinen Kreisen erfreut. Und ohne die Unparteilichkeit des Gerichts in Frage stellen zu wollen, bin ich hierhergeeilt, um einen wortgetreuen Bericht über den ganzen Gang der

Verhandlung den führenden Zeitungen zuzusenden und ihn persönlich sowohl dem deutschen Botschafter wie dem Herrn Präsidenten in Washington zu überreichen.«

»Und dieses Stenogramm hier enthält den Bericht?«

»Es enthält ihn. Leider ist er nicht so ausgefallen, wie ich es in Anbetracht vieler Umstände gewünscht hätte.«

Wieder huschte eine Röte über das Gesicht des Richters. Aber es war nicht die Röte des Zornes.

»Darf ich, ohne unbescheiden zu sein, fragen, was Sie an der Verhandlung auszusetzen fanden?«

»Ich habe,« erwiderte Wegherr, »nicht das Recht, an einer richterlichen Handlung irgend etwas zu beanstanden. Ich habe nur die Pflicht, bis auf das kleinste Wort festzustellen, was hier vorgenommen wurde und wie es vorgenommen wurde. Die Schlußfolgerung wird von höheren Instanzen gezogen werden, und zwar, wie ich denke, ohne die Diplomatie zu bemühen, denn der Fall liegt ja so sonnenklar, daß ein gesammeltes Vorgehen der fünfzehn Millionen Deutschen in den Staaten ihn ohne weiteres erledigen dürfte.«

»Sie vergessen, daß es zu keiner Urteilsfassung gekommen ist. Irgendein Vorgehen würde also zwecklos sein.«

Wegherr verbeugte sich.

»Ich bin von dem Gerechtigkeitssinn des Gerichtshofes so überzeugt, daß auch ich im Ernste nicht an eine Verurteilung des Angeklagten geglaubt habe. Ohne das eigenmächtige Dazwischentreten des Vaters, der mit seinen Freunden nach dem bisherigen Verlauf der Verhandlung das Leben seines Sohnes bedroht sah, hätte das Gericht ohne Zweifel den schuldlosen jungen Unkelbach gegen den in der ganzen Stadt als Dieb und Raufbold berüchtigten Billy in Schutz genommen und ihn der Freiheit wiedergegeben.«

Der Richter sann vor sich hin. Dann streifte ein rascher Blick die Herren seiner Umgebung.

»Die Auffassung der Angelegenheit,« meinte er zögernd, »macht der Schärfe Ihrer Urteilskraft alle Ehre. Zweifellos wäre der Richterspruch so erfolgt, wie Sie es andeuteten. Das Eingreifen des Alten aber und seiner Helfershelfer hat der Sache ein anderes Gesicht gegeben.«

Wegherr wiegte leise den Kopf.

»Ich bitte um Verzeihung, wenn mein Rat aufdringlich erscheinen sollte. Ich bin der Meinung, daß Ihnen kaum Besseres widerfahren konnte als das geradezu abenteuerliche Vorgehen des alten Mannes. Wäre es nicht erfolgt, so hätten Sie bei einem Freispruch den Zornausbruch des ganzen Gesindels hier gegen sich gehabt und wären doch nicht den Angriffen der Zeitungen, die das Deutschtum verteidigen, und den Anklagen in Washington und beim Gouvernement entgangen. Dazu waren bereits zu viele – sagen wir: scharfe Bemerkungen – vom Richtertisch gefallen. Der alte Mann aber hat jede Verlegenheit behoben. Das Publikum selbst hat ihn hochleben lassen und sich nach seiner ergreifenden Vatertat auf seine Seite geschlagen. Und das Gericht hat nach beiden Seiten hin eine unangreifbare Stellung gewonnen. Der Telegraphendraht ist durchschnitten. Das ist ein weiterer Entschuldigungsgrund. Ein Bote war, erst bei der herrschenden Angst, dann bei dem Umschwung der Volksstimmung zugunsten der Entführer, nicht zu beschaffen. Dafür biete ich mich als Zeuge an. Lassen Sie den Flüchtigen vierundzwanzig Stunden Zeit, und Sie hören und sehen nichts mehr von ihnen, und die Angelegenheit ist ein für allemal erledigt.«

Der Richter sah aus zusammengekniffenen Augen scharf zu Wegherr hinüber.

»Sie scheinen mir merkwürdig genau unterrichtet, mein Herr.«

»Selbst wenn es so wäre – aber es ist durchaus nicht so – wäre es besser, als daß die Instanzen, die ich vorhin nannte, durch mich unterrichtet würden. So, wie der Fall jetzt liegt, werden Ihnen die hohen Behörden für ein möglichst stilles Begräbnis der unerquicklichen Angelegenheit nur besonderen Dank wissen.«

»Wer bürgt uns dafür, daß der Bericht nicht dennoch auftaucht und – als Waffe verwandt wird?«

Wegherr trat dicht an den Tisch heran. Klar und fest blickte er von einem zum andern.

»Ein deutsches Ehrenwort bürgt Ihnen dafür. Das ist etwas, an dem nicht zu rütteln ist.«

Die Herren sahen still am Tisch. Draußen lag die kleine, wilde Bergwerksstadt lautlos und erschlafft in der kochenden Sommerhitze. Jedes Lebewesen streckte die Glieder. Müde krochen ein paar Fliegen über das Gebälk des Zimmers und ließen sich matt zur Erde fallen.

Wegherr zog ein Telegramm aus der Brusttasche und reichte es dem Richter hin.

»Ich telegraphierte bei meiner Ankunft in der Nacht an den deutschen Konsul in Denver. Um acht Uhr hatte ich seine Antwort. Ich möchte bitten, entlassen zu werden, damit ich den Zug nach Denver nicht verfehle und den Konsul nicht vergeblich warten lasse.«

Der Richter las und reichte es Wegherr zurück.

»Es ist in deutscher Sprache abgefaßt. Belieben Sie, es vorzulesen und zu übersetzen.«

»Professor Doktor Wegherr, Poste restante,« las Wegherr mit lauter Stimme. »Hocherfreut, Sie bei mir sehen zu dürfen. Erwarte Sie unter allen Umständen heute abend noch als hochwillkommenen Gast.« Er übersetzte den Inhalt ins Englische und zog die Uhr. »Der Schnellzug bringt mich in sieben Stunden hin. Ich könnte also kurz nach zehn Uhr noch eintreffen.«

»Um Bericht zu erstatten?«

»Das richtet sich nach Ihren Wünschen.«

Die Herren nickten dem Richter zu. Der erhob sich und reichte Wegherr mit höflicher Verbeugung die Hand.

»So dürfen wir Ihnen eine angenehme Reise wünschen, mein Herr. Reisen Sie mit guten Gedanken.«

»Und – mein Ehrenwort?«

»Ein deutsches Ehrenwort ist eine heilige Sache. Wir behalten es hier und werden es behutsam in acht nehmen.«

»Und wann – wann werden Sie nach den Flüchtigen Ausschau halten?«

Der Richter lächelte und zuckte die Achseln.

»Was soll man machen? Der Telegraphendraht ist gerissen. Und bei dieser wahnsinnigen Hitze bekommen Sie nicht für Geld und gute Worte einen Menschen zur Arbeit oder zum Botenritt. Vor morgen vormittag werde ich nichts unternehmen können. Sie kennen dieses wilde Landgebiet nicht und seine wenig umgängliche und aufsässige Bevölkerung. Bis morgen vormittag aber werden sich die Gesetzesverächter längst in der mexikanischen Republik in Sicherheit befinden und sich den Hafen aussuchen, den sie wollen. Was soll man machen? Leben Sie wohl!«

»Leben Sie wohl,« erwiderte Wegherr, verneigte sich und verließ den Saal.

Eine halbe Stunde später saß er im Zuge, der gen Norden brauste, der Hauptstadt des Landes, Denver, zu. Zur Linken türmten sich die Felskolosse der Rocky-Mountains, zur Rechten floß unübersehbar die endlose Prärie ins Weite, ein verbranntes Gräsermeer. Weißgraue Hasen flohen vor dem Rädergerassel ins Grasdickicht, Scharen von Karnickeln hinterdrein. Tausende von feisten Präriehunden aber hockten steif auf dem Fettschwanz neben ihren hochgewölbten Höhlen, machten Männchen wie guterzogene Streckenwärter und hüteten den Frieden der Klapperschlangen und kleinen Eulen, die friedlich in den Erdhöhlen mit ihnen zusammen hausten. In der Luft aber stand unbeweglich ein Adler und ruhte majestätisch auf ausgespannten Flügeln.

Und plötzlich kam eine Erschütterung über Wegherr, daß er alle Kraft aufbieten mußte, um sich zu halten. Die Nerven, den ganzen Tag bis zum Reißen angespannt, wollten nachgeben. Der Rückschlag setzte ein.

Er schloß die Augen und kämpfte sich aus dem wilden und wirren Kreislauf der Gedanken heraus. Sein Körper bäumte sich auf. Er zwang sich zu tiefen, ganz tiefen und regelmäßigen Atemzügen, und endlich wurde er des Schwindelanfalls Herr, der ihn befallen wollte, als die Bilder und Geschehnisse des Tages in ihrer schreienden Wildheit, ihrer abenteuerlichen Größe und mit Einsetzung seiner Person gemilderten Tragweite noch einmal scharf und nüchtern an seinen Augen vorüberzogen.

Die Gefahr war vorbei. Jetzt erst, als sie hinter ihm und den Freunden lag, kam der Schauer der Erkenntnis, der ihm kalt bis ins Mark hinein drang.

»Gerettet, gerettet!« sangen die eilenden Räder.

Irgendwo sauste ein Kraftwagen die Prärie entlang. Er sah ihn mit geschlossenen Augen. Darin saßen enganeinandergepfercht Unkelbach Vater und Sohn und der hagere Baron von Dachsberg mit seinen Leuten. Ihre Augen blickten stier aus den vor Erregung blassen Gesichtern, und jeder verzerrte den Mund vor Spannung und Bereitschaft. Wo sich der Pfad verlor, ging's durch die Prärie, bis ein neuer Pfad sich auftat oder eine Viehtrift. Glühend stach die Sonne, aber der Luftzug, den der sausende Kraftwagen erzeugte, linderte die Qual. Eine Stunde folgte der anderen. Das Herz schien bersten zu wollen unter dem Druck des Blutes. Weiter! Weiter! Nun stieß der Baron einen Raubvogelschrei aus, schrill und schneidend. Jetzt waren sie auf dem Grund und Boden seiner alten Pferdefarm. Dort lag die äußerste Schutzhütte der Pferdeboys. Hier wurden die wackeren Burschen abgesetzt, die Unkelbachs mit anderen Kleidern versehen, und wieder weiter! Weiter zur nächsten Bahnstation, gegen goldenes Trinkgeld in den leeren Wagen eines Eilgüterzuges hinein, der nach Süden fuhr, an der Grenze in den Schnellzug, dem Meere zu, der Freiheit entgegen.

Wegherr erlebte die Fahrt, als ob er zwischen den Freunden säße, mit jagenden Pulsen. Seine Hand flog, als er nach der Uhr griff, um die Stunde festzustellen. Es ging gegen zehn Uhr. Er hatte nicht bemerkt, daß Tag und Dämmerung und Dunkelheit gewechselt hatten und im Wagen längst die Lampen brannten. In der Ferne schimmerten die Lichter von Denver, der Königin der Ebene. Er atmete auf wie ein Mensch, der aus schwerer Betäubung erwacht.

»Deutsche Treue,« murmelte er, und seine Gedanken grüßten noch einmal die drei getreuen Nachbarn in Nacht und Ferne.

Aber in Denver hielt es ihn nicht länger als zwei Tage. Seine Nerven sehnten sich nach Ruhe und dem Frieden der Natur. Er sprach den Menschen, die sich zu seinem Vortrag drängten, von der Heimat und wußte es kaum. Er sprach ihnen von deutscher Treue, die festhält bis zum Tod, und dachte doch nur an drei Männer, drei Männer irgendwo. Als aber die Menschen zu ihm kamen, ihm die Hand zu drücken, als sie die Lippen öffneten und nichts anderes zu sagen wußten als immer das gleiche: »Wir haben Heimweh bekommen, Heimweh!«, da antwortete er, und ein heller Schein zog über sein erregtes Gesicht: »Dann ist es gut. Das war mein Wunsch.«

Eine Stunde vor seiner Abreise erhielt er aus einer kleinen mexikanischen Hafenstadt eine Depesche durch das Konsulat:

»Wir stechen in See. Heimatwimpel. Die vom Niederrhein.«

Er fühlte, daß seine Augen feucht waren.

Und das weiche, frohe Gefühl, das sonst nur ein Genesender nach schwerer Krankheit spürt, blieb in ihm, als er Abschied genommen hatte von dem gastfreundlichen Konsul und seiner deutschen Gattin, und es blieb in ihm, als er einfuhr in das schwermütige Reich der Rocky-Mountains und die Schneegipfel des Felsengebirges ihm schweigend winkten.

»Ferien!« sagte er vor sich hin, als er in Colorado Springs, der Badestadt, den Zug verließ. Und noch einmal, jauchzend wie ein Knabe: »Ferien!«

Den ganzen August lag er still und freute sich an der Farbenpracht, die ihn umwob, dem leuchtenden Rot des Felsgesteins, dem blitzend weißen Schnee auf den Gipfeln und in den Schründen, dem fernhin wogenden grünen Meer der Prärie. Oft mietete er sich ein Pferd und ritt weite Strecken in die Felseinsamkeit hinein oder weite Strecken durch das Schweigen der Prärie, daß er nur am Schauern des Pferdes das Leben spürte. Und seine Nerven stählten sich aufs neue, und sein Gesicht war von einer tiefgebräunten Frische.

Im September wurde es kalt. Ein Wetterumschlag stand bevor.

Da beschloß er, durch Arizona nach Kalifornien vorzurücken.

Noch einmal ritt er hinaus, um Abschied zu nehmen von den feuerfarbigen Bergen mit ihren schneebedeckten Häuptern, die altersweiß auf die Gesteinsglut niederblickten wie eine stille Vergangenheit auf den leuchtenden Tag. Nach Manitou ritt er, den heilkräftigen Wassern, die den alten Indianern heilig gewesen waren seit Jahrhunderten, und Manitou hieß die Siedlung nach dem ›Großen Geist‹ der rothäutigen Urbewohner, der sich hier seinen Kindern offenbart hatte in schmerzenlindernden Quellen. Und er grüßte das gewaltige Felsenhaupt des Pikes Peak, der wie ein schlohweißer Wächter stand, greis vom ewigen Schnee. Und er ritt weiter zum

›Garden of the Gods‹, dem Göttergarten, dessen phantastische Säulen und Burgen, Tier- und Menschenfratzen ihn heute anzogen wie nie zuvor.

Durch das Felsentor ritt er ein in das alte Heiligtum der Indianer, die ihren Versammlungsort in die wildeste Felsenwildnis gelegt hatten und in den phantastischen Tier- und Menschenfelsen Götter sahen, die die Wahrheit wußten.

Wahrheit! Was ist Wahrheit?

Er jagte ihr nach auf den Spuren der Geschichte und trug sie zusammen in Bücher und Bände. Sein Hirn war voll von ihr, und sein Herz war leer geblieben von der göttlichsten der Wahrheiten, der zeugenden Liebe. Er dachte an die Frau in Deutschland, die Steine gegeben hatte statt des Brotes des Lebens; er dachte an die andere, die Winifred geheißen hatte und den Ernst der Wahrheit in Spielen erschöpfen wollte. Im Garten der Götter dachte er an den verwaisten Garten seines Herzens.

Der Gaul schüttelte sich. Er fuhr im Sattel auf und griff nach dem Wettermantel, den er angeschnallt am Sattelriemen trug. Ein jäher Temperatursturz war eingetreten. Er spürte die schneidende Kälte bis auf die Haut.

Das Pferd setzte seitwärts. Er riß es zusammen und drängte es gegen eine Felswand. Ein Pfeifen zog durch die Luft.

Hastig blickte er auf, sah eine weiße Göttergestalt, die von der Erde bis in den Himmel ragte, sah sie im Sturm einhergezogen kommen mit ausgebreiteten Armen, schlagenden Gewändern.

Nichts sah er mehr als eine Wirbelsäule von Schnee, die sich von den Bergen hernieder heulend in die Täler stürzte und blitzartig die Prärie durchfuhr. Nichts sah er mehr.

Sein Tier war wie wahnsinnig unter der Wucht des Blizzards. Er drückte es mit eisernen Schenkeln zusammen, daß er glaubte, die Muskeln müßten ihm reißen bei der Überspannung der Kräfte. Die Zügel schlug er ums Handgelenk. Die Hände allein vermochten sie nicht mehr zu halten. Wie von Nadeln waren sie durch die Schärfe des eisigen Schnees zerrissen. Und das Blut gefror ihm im Körper.

Nur Minuten währte das Unwetter. Ihn dünkten sie eine Ewigkeit der Finsternis und des Grausens.

Das Pferd wieherte auf. Der furchtbare Luftdruck ließ nach.

Erschöpft trieb er von der schützenden Felswand ab. Dort hinten blaute es. Der Himmel blaute über dem roten Felsgestein.

Er rieb sich den Schnee aus den Augen.

Was war das für ein Blau, das sich von dem roten Felsen hob, der wie eine feierliche Kathedrale sich wölbte?

Es bewegte sich. Es war ein Mensch.

Ein Mensch in dieser Einsamkeit? Eine Frau in Wetter und Sturm, einsam und verschlagen wie er?

Er gab dem Gaul die Sporen zu kosten und sprengte durch die Felsbrocken vor.

»Hallo!« rief er.

»Hallo!« klang es zurück.

Er sprang aus dem Sattel, schob einen Stein über das Zügelende und kletterte zu der Felskathedrale empor.

Mit wenigen Sprüngen war er vor der Höhlung.

Stand und schaute die Frauengestalt an.

»Nein,« sagte er leise, »wie ist das möglich? Wie ist das möglich?«

Da lehnte an der roten Felswand, von der Höhlung überwölbt, das Fräulein van Weert, zerzaust wie ein einsamer Vogel im Winterschnee, und blickte aus verstörten Augen dem Mann entgegen.

13

Fräulein van Weert – mein Gott, wie kommen *Sie* denn so plötzlich hierher? Geschehen denn Zeichen und Wunder?«

Wegherr hatte sich von seiner ersten Überraschung erholt. Er war rasch auf das junge Mädchen zugeschritten und hatte ihre kalten Hände erfaßt.

»Es ist gar nicht plötzlich,« sagte sie und schüttelte den Kopf, »und auch kein Zeichen und kein Wunder. Es ist nun fast ein Jahr, daß ich mir vornahm, zuerst hierher zu reisen, wenn mein Vertrag am Damen-College endlich abgelaufen sein würde. Vor acht Tagen trat das ein.«

»Und gerade Colorado Springs hatten Sie sich als Reiseziel gesetzt? Und den ›Garten der Götter‹ im Felsengebirge? Wie seltsam.«

»Nein,« erwiderte sie und sah sich langsam im Kreise um, »nicht seltsam. Es gab gar nichts Natürlicheres für mich. Von Colorado Springs aus begannen Jan und ich unsere Wanderfahrt. Immer den Schienen nach, die er legte. Und hierher, in den Garten der Götter, führte er mich zuerst, um mich an die Größe und Wildheit des Landes zu gewöhnen. Da wollte ich noch einmal hier beginnen.«

»Beginnen, Fräulein van Weert?«

»Ja,« sagte sie, »das muß ich nun schon. Davon habe ich ja das ganze letzte Jahr geträumt. Mir ein bißchen Freiheit zu retten und in Freiheit zu dienen. Nun möchte ich noch einmal den Weg gehen, den ich mit meinem Bruder gegangen bin, all das Große und Schöne noch einmal sehen und mir den frischen Atemzug holen für all das, was nachher kommt und auf mich wartet.«

»Was wartet, Fräulein van Weert?«

»Ich weiß es nicht. Ich weiß nur, daß ich wieder hier bin und mir ein paar gute Stunden hole. Die werden mir dann helfen.«

»Sie werden sich nur neue Sehnsucht holen, Fräulein van Weert. Sie müssen sich nicht quälen.«

»Quälen?« fragte sie verwundert. »Menschen wie ich leben von der Sehnsucht wie andere von der Erfüllung. Das ist unsere Freude, die uns trägt.«

»Und jetzt frieren Sie trotz aller Ihrer Sehnsucht und Freude, wie ein ganz kleines Mädchen nur frieren kann. Bitte, da gibt es keine Abwehr. Schiffbrüchige helfen sich gegenseitig mit allen Kräften. Erst muß der Schnee herunter. Stillgestanden.«

Sie streckte sich und ließ es geschehen, daß er ihr den Schnee von den Schultern und aus den Kleidern fegte. Sie schüttelte sich unter der Nässe und Kälte, die sie plötzlich bis ins Mark verspürte. »Warten Sie,« sagte er, »dem werden wir schon abhelfen,« rollte seinen Wettermantel auseinander und hüllte sie von Kopf bis zu den Füßen hinein. »Jetzt sehen Sie aus wie der heilige Knecht Ruprecht von daheim, nur nicht so alt.« Und er zog die Kapuze über ihren Hut und schloß unter ihrem Kinn den Knopf. »Nun, wie ist Ihnen?«

»Es ist – wie es damals war,« erwiderte sie und suchte des Frostschüttelns Herr zu werden.

»Damals? Mit Jan?«

»Ich brauchte nur wieder hierher zu kommen. Gleich spüre ich es. Ich habe ganz recht getan.«

»Gut,« sagte er, »bei diesem Gedanken wollen wir zunächst einmal bleiben. Ich trete hier in Jans Fußtapfen, und Sie sind das Schwesterlein, das ich vor Husten und Schnupfen zu bewahren habe. Zum Erzählen finden wir später noch Zeit. Jetzt heißt es, mit größter Beschleunigung aus den Bergen heraus und in die Stadt kommen, zu einem kochend heißen Tee. Vorwärts, Schwesterchen.«

Sie folgte ihm ohne Widerrede. Auch als sie sein Pferd erreicht hatten und er sie ohne weiteres in den Sattel hob, gab sie wortlos nach. Den Zügel um den Arm gewickelt, schritt er kräftig ausholend neben dem Pferde her.

»Jetzt bin *ich* der Knecht Ruprecht und Sie sind das Christkindchen, das seinen Einzug in die Welt hält.«

»Aber *Sie* beschenken mich ja. Und ich sitze mit leeren Händen und kann nur immer ›danke‹ sagen.«

»Und was tat der Jan? Hat er nicht auch immer brüderlich für Sie gesorgt und an dem ›danke‹ seine Freude gehabt?«

»Ja – der Bruder.«

»Menschen, die sich in der Einsamkeit treffen, sind immer Bruder und Schwester. Alle Einsamen sind es. Daran wollen wir festhalten.«

»Ich tue es. Und es ist so schön.«

»Frieren Sie nicht mehr so sehr? Nun, dann plaudern Sie nur. Das Sprechen macht warm und bringt auf andere Gedanken. Wo wohnen Sie denn?«

»Ich bin erst gestern abend hier angekommen,« berichtete sie. »Ich wohne am Bahnhof und wollte heute abend noch weiter, nach Arizona, zum Grand Cañon, dem großen Naturwunder, und von dort nach dem Süden Kaliforniens. Das hängt alles voll Erinnerungen.«

»Aber das ist ja auch *mein* Weg. Ich kam nur noch einmal hier heraufgeritten, um Abschied zu nehmen. Mein Koffer steht gepackt.«

Einen Augenblick leuchtete es in ihren Augen auf wie in heller Mädchenfreude. Aber im nächsten Augenblick war sie geschwunden bis auf einen kleinen Glanz, der sich nicht vertreiben ließ.

»Vielleicht sehen wir uns noch einmal auf der Reise. In Amerika trifft man sich so leicht. Es gibt zu wenig Menschen in dem großen Land, und die Menschen reisen alle.«

Sein Blick war über sie hingestreift. Kopfschüttelnd ging er neben dem Pferde her.

»Sie sollten nicht so allein reisen und auf eigene Faust herumstreifen, Fräulein van Weert. Wenn ich in Wirklichkeit Ihr Bruder wäre, würde ich es nicht zugeben. Wie leicht kann Ihnen etwas zustoßen. Einer einzelnen Dame.«

»O,« erwiderte sie unbekümmert, »in diesem Lande geschieht einer Dame nichts. Das ist eine der guten Eigenschaften Amerikas.«

Wegherr lachte. Der frische Ton gefiel ihm gut.

»Schon wieder ganz obenauf? Und wären eben erst durch den Blizzard beinahe in einen Eiskristall verwandelt worden? Nun?«

»Es ist aber doch nicht geschehen,« gab sie lachend wie er zur Antwort. »Im Gegenteil, ich trabe stolz auf einem Pferd und bin nur zu Fuß in den Garten der Götter hinaufgeklettert. Das ist doch der beste Beweis.«

»Zufall, Fräulein van Weert. Damit dürfen Sie nicht immer rechnen.«

»Ach, lassen Sie mir doch diesen Glauben. Es ist so schön, damit zu rechnen, wenn man sonst nicht viel zu rechnen hat.«

»Sie sind fort aus dem Damen-College? Ein für allemal? Der wilde Vogel ist aus dem Bauer ausgebrochen?«

»Er war nicht mehr wild,« sagte sie ruhig, »denn er hat pflichtgemäß seine Zeit abgesessen. Sonst wäre ich schon im letzten Herbst auf und davon. Ich habe meinen Vertrag bis zum Ende durchgehalten, um mich auch innerlich frei zu fühlen. Gewiß, es war schwer.«

»Aber es paßt zu Ihnen, Fräulein van Weert. Gerade so hatte ich Sie in der Erinnerung.«

Sie nickte ihm freundlich zu. »Es ist schön, daß Sie auch an mich einmal zurückdachten.«

»Ich habe vieles erlebt, Fräulein van Weert. Und es war nicht immer schön. Nein, weiß Gott nicht.«

Ein Schatten flog über seine Stirn. Aber als er den klaren Blick des Mädchens auf sich ruhen fühlte, jagte er ihn von dannen.

»Es ist überwunden,« sagte er. »Was ist das für ein schöner Zufall, der mich Sie treffen ließ. Erzählen Sie weiter, von Ihren Plänen, von Ihren Zielen.«

»O,« meinte sie und hatte den frohen Ton zurückgefunden, »damit komm' ich schnell zu Ende. Ich habe mir während meiner Lehrerinnenjahre eine kleine Summe erspart. Gerade groß genug, um meine Reise damit bestreiten zu können und mich nachher in Neuyork einzurichten. Denn in Neuyork möchte ich mir eine Stellung als Korrespondentin in einem Handelshaus suchen. Ich spreche und schreibe Deutsch, Englisch, Französisch und Spanisch, und Stenographieren und Maschinenschreiben verstehe ich auch. Gesund bin ich Gott sei Dank, und hängen

lasse ich mich nicht. Nein, das tue ich wahrhaftig nicht. Dazu bin ich durch eine zu handfeste
Schule gegangen. Also wird es mir schon nicht fehlen, und ich bleibe doch in den Abenden ein
freier Mensch, der mit sich und seiner Zeit anfangen kann, was er will, und nicht auf seinem
Stänglein zu sitzen und an die Fensterscheiben zu picken braucht. Das sind meine fröhlichen
Erwartungen.«

»Und dann?« fragte Wegherr.

»Und dann?« wiederholte sie. »Sie meinen, wenn – der Abend kommt? Ich glaube, Herr Doktor, wir wissen alle nicht, wie unser Abend sein wird, ob wir heute auch arm oder reich, glücklich oder unglücklich sind. Daran sollen wir nicht denken.«

»Und an was sollen wir denken, Fräulein van Weert? Denn auf den Abend kommt es einmal
an.«

»Daran,« sagte sie, »daß wir Stunden gehabt haben, die uns der Reichste nicht für all sein
Geld abkaufen könnte. Und von ihren Renten leben wir immer noch besser und dankbarer als
der andere, der nichts zu danken hat, von seinen papierenen.«

»Sie finden es schön, danken zu können?«

»Nur schön? Es ist doch wohl das größte, Herr Doktor. Diese Gewißheit, daß uns ein
Mensch einmal Liebes angetan und uns reich gemacht hat, reich auch in dem Gedanken: wie
vergelten wir es ihm, damit er auch von unserer Wärme verspürt?«

»Fräulein van Weert, soll ich Ihnen einmal etwas sagen?«

»Sagen Sie es, Herr Doktor.«

»Ich bin froh, daß ich eine solche Schwester gefunden habe. Und das ist schon viel Dankbarkeit. Mir hat das Leben bisher wenig Grund zum Danken gegeben, wenn ich von den paar
wissenschaftlichen Erfolgen absehe.«

»Aber Tausende von Menschen danken *Ihnen*. Das muß Sie doch stolz über alles hinweg-
heben.«

»Glauben Sie das wirklich? Und soeben stellten Sie als das größte die Gewißheit hin, daß *uns*
ein Mensch einmal Liebes angetan und von seiner Wärme gegeben hätte? Da ist ein Rechen-
fehler, liebe Schwester, bei dem ich zu kurz gekommen bin.«

Sie antwortete nicht. Sie wollte mit einer Antwort nicht Dinge in ihm zum Reden bringen,
an denen er insgeheim trug und die im Tageslicht schmerzten. Und er erwartete keine Antwort.
Er schritt neben dem Pferde her, das er sorgsam führte, und vergewisserte sich bei steinigen
Wegstellen durch einen raschen Blick, daß sie bequem im Sattel sitze. Die Felsenberge waren
zurückgeblieben. Ein Hügelland ging es hinab. Schon tauchten die Leinenhäuser auf, die armen
Lungenkranken zur Wohnung und Erholung dienten, und drunten, vor ihnen, lag Colorado
Springs, die Badestadt, zwischen Prärie und Felsengebirge, zu der die Menschen aus der Ferne
kamen mit dem lebensheißen Wunsch nach Genesung.

»Wie fühlen Sie sich, Fräulein van Weert?«

»Gut. Das heißt – ich habe nicht mehr darüber nachgedacht.«

»Werden Sie heute abend reisen können, oder wollen Sie nicht lieber gleich zu Bett und den
Morgen abwarten?«

»Nein,« lachte sie, »so schnell schmelze ich nicht von dem bißchen Schnee. Und übermorgen
will ich doch schon am Grand Cañon stehen. Nein, wahrhaftig, um im Bett mein Erspartes
auszugeben, dazu bin ich nicht auf die Reise gegangen.«

»Also werden wir bis zum Grand Cañon Reisegefährten sein. Vorausgesetzt, daß Sie mich
bis dahin als Ihren Bruder beibehalten wollen.«

»Ich habe Glück,« sagte sie heiter, »und verspreche Ihnen, eine brave Schwester zu sein.«

Sie umritten die Stadt bis zum Bahnhof, unbekümmert um gaffende Menschen, und vor
ihrem Hotel ließ er sie absteigen.

»Nun ziehen Sie sich schleunigst um,« befahl er, »damit Sie warm werden, und lassen Sie
sich eine tüchtige Portion heißen Tee auf Ihr Zimmer bringen. Es sind noch volle zwei Stunden
Zeit bis zum Abgang des Zuges. Sie brauchen sich also mit dem Packen nicht zu überhasten.

Ich werde jetzt den Gaul abliefern, meine Hotelrechnung begleichen und dann auf der Bahn unsere Plätze nehmen. Ich treffe Sie dort um sechs Uhr. Auf Wiedersehen.«

Er zog den Hut, und sie nickte ihm zu, wie er sich in den Sattel schwang und im Schritt durch die Straßen ritt.

Pünktlich um sechs Uhr traf er sie vor dem Bahnhof. Sie trug einen dicken, rauhaarigen Wollmantel, der ihr bis auf die Füße reichte, und eine Art Kappe aus demselben Stoff, um die sich der Schleier wand. Ganz einfach war alles an ihr, wie ihre unbewußte Anmut und die Unbefangenheit ihres Wesens.

»Ist das Ihr Gepäck?« fragte er. »Nun überlassen Sie mir mal die Sorge. Nur Geduld,« fuhr er fort, als sie ihm ihr Geldtäschchen reichen wollte, »wir werden am Grand Cañon auf Heller und Pfennig abrechnen. Sie brauchen keine Angst zu haben. Vorläufig aber haben Sie nichts als eine brave Schwester zu sein.«

Sie steckte ihr Geldtäschchen wieder ein. »Ich habe keine Angst, nur Freude.«

»So ist es recht, Schwesterlein. Unbedingtes Zutrauen zueinander ist das erste Gebot. Sie sind bei mir so sicher aufgehoben, als wäre ich der Jan.«

Da streckte sie ihm die Hand entgegen.

Er ging das Gepäck besorgen und kehrte zu ihr zurück. »Alles erledigt bis Grand Cañon. Zweiunddreißig Stunden Bahnzeit. Dafür dürfen wir heute abend in La Junta und morgen abend in Williams umsteigen. Für Abwechslung ist also gesorgt. Dort kommt der Zug. Ist das Ihr Täschchen für den Schlafwagen? Wir wollen nur unsere Plätze belegen und gleich zum Abendessen gehen.«

Er hob sie auf das Trittbrett, und sie sprang leichtfüßig in den Wagen. Und als der Zug die Station verließ, saßen sie sich im Speiseraum gegenüber und stellten lachend das Mahl zusammen. »Gott, wie verschwenderisch wir sind. Aber es ist ja heute ein Festtag.«

Um halb elf stiegen sie in den Schnellzug um, der bis Williams durchfuhr. Und sofort suchten sie in dem dichtbesetzten Schlafwagen ihre Lagerstätten auf. »Schlafen Sie gut, Schwesterchen. Wie müde Sie sind.«

»Gute Nacht. Wenn mich alle die Freude nur schlafen läßt.«

Die Gardinen schlossen sich. Der Neger kam und sammelte rechts und links die Schuhe ein. Der Laternenschein schwankte durch den Wagen und verschwand. Nichts war mehr als das Dunkel, das Rasseln der Räder und die Träume der Menschen.

Früh am Morgen war sie die erste, die ihren Vorhang zurückschob und hervorschlüpfte. Wie ein Eidechschen, dachte er, als er sie in dem farbigen Schlafkleid durch den Gang huschen und den Damenwaschraum aufsuchen sah. Nerv und Jugend.

Eine Stunde später saßen sie im noch leeren Speisewagen am Frühstückstisch.

»Wie haben Sie geschlafen?« erkundigte sich Wegherr. »Sie sehen blaß aus und hätten noch ein paar Stunden liegen bleiben sollen.«

Ihr Kopf hing ein wenig müde auf dem schlanken Halse. Und sofort richtete er sich auf, und der Körper spannte sich.

Wie damals, dachte Wegherr, als ich sie zum erstenmal sah. Bei Freund Wuppermann. Und er forschte in ihrem schmalen Gesicht, das immer noch den elfenbeinfarbenen Ton hatte und von dem schweren dunklen Flechtenkranz umrahmt wurde, und in den dunklen Augen, über denen es heute wie ein Schleier lag.

Sie schüttelte den Kopf, und nun kam auch der Glanz in ihre Augen zurück.

»Ich bin nie eine Langschläferin gewesen. Als ich noch mit Jan herumzog, wurde es bei Morgengrauen im Lager lebendig. Und später hat der Dienst im College schon dafür gesorgt, daß man rechtzeitig munter wurde. Es geht nichts über die Erziehung.«

Sie winkte dem Neger mit den Augen, daß er dem Herrn frischen Tee eingieße. Sie wickelte die heißen Brotschnitten aus der Serviette und richtete sie ihm zu. Und sie schälte die Früchte und zerlegte sie mit gewandten Fingern.

»Wissen Sie, wo wir uns befinden?« fragte er.

Sie spähte zum Fenster hinaus. Dünner Schnee lag über Steppe und Bergen. Dann fand sie sich zurecht.

»In Neu-Mexiko. In einer knappen Stunde werden wir in Albuquerque sein. Zum Mittag kommen wir in den Staat Arizona. Wie früh es kalt geworden ist in diesem Jahre.«

Sie erschauerte ein wenig. Dann lachte sie mit großen Augen.

»Um so herrlicher wird es in Süd-Kalifornien sein. Ewiger Frühling. Und das bißchen Schnee, das hier wohl vom gestrigen Blizzard noch liegen geblieben ist – sehen Sie, da macht es sich schon von dannen. Die Sonne hat sich durchgekämpft. Bravo, Sonne.«

Seltsam geformte Bergspitzen tauchten auf. Über den kümmerlichen Waldungen, die als Reste der Vergangenheit an den Hängen kletterten, lachte es golden auf. Dicht an die Bahnstrecke heran rückten ein paar Indianersiedlungen, viereckige Wohnhäuser mit flachgestampftem Dach. Männer, Weiber und Kinder hockten vor dem Eingang, gekleidet wie die Lazzaroni Italiens. Felder, Wälder, Sümpfe und Teiche wechselten mit der Prärie. Ein Jäger schritt, die Flinte wagrecht über dem Kopf, bis zum Bauch durch das Wasser. Kleine Wagen, von struppigen Pferden munter gezogen, rollten daher. Rote Reiter jagten nachlässig durch das Gras. Der Bahnhof Albuquerque kam in Sicht. Und kaum hielt der Zug, so drängten sich die Indianerweiber an die Wagen, in gelben Mokassins und grellbunten Decken und Kopftüchern, das blauschwarze Haar straff wie Pferdehaar. Selbstgefertigte Ketten und Amulette hielten sie feil, die Nachkömmlinge der stolzen Ureinwohner und Landbeherrscher, geflochtene Binsenwaren und Perlenstickereien.

»Schlägt das nicht die letzte Romantik tot?« meinte Wegherr. »Rothäute und Fremdenindustrie? Es ist kläglich.«

Weiter brauste der Zug durch die endlose Prärie. Noch einmal tauchte ein Indianerzelt auf, ein paar kegelförmige, lehmbeworfene Erdwohnungen. Pferde- und Rinderherden galoppierten von dannen. Cowboys auf ungesatteltem Pferd hinterdrein. Wie die Kerle ritten. Schwankend, als fehlte ihnen das Gleichgewicht, aber jeder Bewegung des Tieres nachgebend, jede Bewegung unterstützend. Grüß Gott, Baron Dachsberg, Grüß Gott, ihr beiden Unkelbach, Vater und Sohn, dachte Wegherr. Die Sorte hier kenn' ich.

Und er erzählte der atemlos Lauschenden von der Vater- und Freundestreue, die nicht nur bei vollen Flaschen zu Hause gewesen sei, sondern im Angesicht des Todes zusammengehalten habe, als gälte es eine Selbstverständlichkeit.

»Dazu muß man durch die Welt verschlagen werden, um das zu erlernen.«

»Sind sie in Freiheit?« fragte Gertrud van Weert erregt.

»Sie schwimmen der alten Heimat zu.«

»Die Glücklichen,« sagte sie und seufzte tief auf.

Die Stunden flogen dahin. Sie waren in ihren Wagen zurückgekehrt, der längst für den Tagesdienst wieder hergerichtet war, und saßen sich in den Polstern gegenüber. Das Gebiet von Arizona war erreicht, das Land der Sonnenuntergänge. Der Neger hatte ihnen frische Kissen in den Nacken geschoben und Fußbänkchen herbeigetragen. Es ließ sich plaudern und träumen zugleich.

»Erzählen Sie mir, bitte, ein wenig aus Ihrer Kindheit. Ich muß doch wissen, wie mein Schwesterchen heranwuchs.«

»Sie ist nicht sehr erzählenswert. Es war sehr grau zu Hause, und aus dem Grau tropfte manche heimliche Träne, ohne daß es lichter wurde. Weshalb soll ich Ihnen von dem Grau erzählen?«

»Weil ein getreuer Bruder auch davon wissen muß, um alles zu verstehen.«

Da erzählte sie ihm von daheim. Von den Eltern und der schweren Jugend, von den Plänen des Vaters, die nur um das Geld kreisten, und der Hast der Mutter, von dem bißchen Kinderliebe bei Jan und dem vielen Alleinsein bei den Büchern, von ihrer Sehnsucht und ihrer Flucht mit dem Bruder. In aller Aufrichtigkeit erzählte sie und auch von ihren Briefen und Bitten an die Eltern, die alle unbeantwortet geblieben wären bis zum heutigen Tag. »Wenn man älter wird, gewöhnt man sich auch an die Einsamkeit.«

»Sie sind ja so jung, wie Sie selbst es nicht einmal wissen.«

»Ich bin neunundzwanzig gewesen. Da ist man kein junges Mädchen mehr.«

»Aber ein junger, reifer Mensch. Das ist das Schönste bei einer Frau. Gereift sein in der Seele und voll starker Jugend. Beides vereint macht erst die Frau aus, die wahre Frau. Glauben Sie es mir?«

»Ja,« sagte sie. » *Wissen*, daß man jung ist. Mit der Freude das Verstehen haben. Das meinen Sie, und das meine ich auch.«

Es war Nachmittag geworden, da wurde sie müde und kämpfte doch dagegen an.

»Ich weiß nicht, was das ist,« entschuldigte sie sich. »Seien Sie mir, bitte, nicht böse.«

»Die langen Reisen sind Ihnen ungewohnt geworden. Jetzt drücken Sie den Kopf in das Kissen und machen die Augen zu.«

Sie gehorchte vor Müdigkeit und war nach wenigen Minuten entschlummert. Und Wegherr saß ihr gegenüber, wie ein Wächter, der ein Kind zu behüten hat, und horchte auf ihre Atemzüge und beobachtete jeden Zug ihres Gesichtes.

Wie sicher und geborgen sie sich bei mir fühlt. Arme Heimatlose.

Es wurde Abend, und der Neger trottete durch den Wagen und ließ seinen gleichförmigen Ruf ertönen: » **First call for dinner...!**«

Gertrud van Weert fuhr mit dem Kopf herum. Aber die Augen blieben geschlossen. Da verzichtete auch Wegherr lächelnd auf die Abendmahlzeit und blieb auf seinem Wächterposten.

Es war tiefe Dunkelheit, als sich der Zug Williams näherte. Behutsam weckte Wegherr die Schlummernde. »Wir müssen in den Sonderzug umsteigen. In fünf Minuten dürfen Sie weiterschlafen.«

Sie sah ihn groß und verwirrt an, erhob sich rasch und ließ sich von ihm in den Mantel helfen. Er fühlte, wie ihre Schultern zitterten. Dann gab sie sich einen Ruck und griff nach ihrer Tasche.

»Gehen Sie nur. Der Neger reicht uns alles heraus. Sie sollen sich doch nicht sorgen.«

Sie nickte hastig. Was war nur mit ihr?

Da hielt der Zug. Sie waren die einzigen, die ihn verließen. Der Strom der Reisenden ging nach San Franzisko weiter oder zu den wärmeren Südgestaden des Stillen Ozeans. Das Wetter war nicht einladend genug für die Bergwunder des Grand Cañon.

»Dort steht der Zug der Zweigbahn,« und Wegherr wies auf das Nebengleis. »Er fährt erst nach Mitternacht ab, aber der Schlafwagen ist schon geöffnet. Nun legen Sie sich sofort nieder, und ich werde dasselbe tun, damit Sie sich nicht fürchten.«

Er stützte beim Einsteigen sorgsam ihren Arm und bemerkte es wohl, daß ihre Leichtfüßigkeit nachgelassen hatte. Und in ihrem verlegenen Lächeln, mit dem sie ihn wie um Entschuldigung bittend ansah, las er, daß auch sie es bemerkt hatte.

»Die Fahrt beträgt nur wenig mehr als drei Stunden,« erklärte er, »aber da der Zug erst in zwei Stunden die Station verläßt, so haben Sie volle fünf Stunden der Ruhe. Nun machen Sie es sich bequem. Ich werde solange draußen meine Zigarre rauchen.«

Als er nach einer halben Stunde leise eintrat, hatte sie sich niedergelegt und die Gardine vorgezogen. Sein Bett befand sich dem ihrigen gegenüber. Er legte nur Rock und Weste ab, entledigte sich seiner Schuhe und streckte sich auf sein Lager. Ein- oder zweimal ging der Neger durch den Wagen, dann vernahm Wegherr, wie die Reisenden, die für die wenigen Stunden auf den Schlafwagen verzichteten, die billigeren Sitzplätze nebenan aufsuchten, und endlich setzte sich der Zug in Bewegung.

Wegherr war eingeschlafen. Wie lange er geschlummert hatte, wußte er nicht, als er sich in der Dunkelheit plötzlich aufrichtete. Er horchte gespannt. Hatte jemand gerufen? Gertrud van Weert? Jetzt war er ganz munter und schnell auf den Füßen.

Leise nannte er ihren Namen. »Fühlen Sie sich nicht wohl? Sagen Sie es mir. Ich bin bei Ihnen.«

»Mich schmerzt der Hals, daß ich kaum sprechen kann. Und so heiß und kalt ist mir.«

Er schob die Gardine zurück, beugte sich über sie und faßte ihren Puls. »Nur ruhig, Kind, nur ruhig. Sie haben sich im Schneesturm eine Erkältung geholt. Nicht mehr.«

»Ich beunruhige mich auch nicht,« flüsterte sie. »Nur, daß ich Ihnen neue Last mache...«

»Nicht sprechen. Sie sagen ja selbst, daß es beim Sprechen schmerzt. Ich werde Ihnen einen nassen Umschlag bringen.«

Er schob den Schirm von der Deckenlampe und sah nach seiner Uhr. Es waren noch zwei Stunden Zeit. Und schnell knöpfte er die wollene Kapuze von seinem Wettermantel, holte aus dem Waschkabinett ein in Wasser ausgerungenes frisches Handtuch und trat an ihr Lager zurück. Da lag sie mit großen, fiebrig glänzenden Augen im schmalen blassen Gesicht, und die Schmerzen hatten jede Scheu von ihr genommen.

»Morgen früh machen wir es besser,« beruhigte er. »Ich habe in meinem Koffer die ganze Apotheke und bin meiner langen Forschungsreisen wegen als Arzt so weit ausgebildet, daß ich mich nicht gleich überrumpeln zu lassen brauche. So, nun stützen Sie sich einmal auf meinen Arm und setzen Sie sich aufrecht. Köpfchen hoch.« Und geschickt schlang er das wasserfeuchte Tuch um ihren Hals, wickelte die zusammengefaltete Kapuze darum und befestigte den Verband. »So, und nun bis ans Kinn unter die Decke. Warten Sie, Sie bekommen auch noch meine. Ich brauche sie nicht. Ich wollte gerade meine Morgenzigarre rauchen. Aber nun werde ich bei Ihnen sitzenbleiben.«

Sie schüttelte den Kopf und wollte abwehren. Er aber zog ihr ohne weiteres die Decke über die Schultern, bis sie in einer warmen Verpackung lag. »Still, Kind. Wofür haben Sie denn den Bruder mit auf die Reise genommen. Augen zu.«

Er saß an ihrem Lager und horchte auf ihre hastigen Atemzüge. Ihr schlanker blasser Kopf lag eingebettet in den schweren Flechten. Immer wieder lief ein Zucken um ihren Mund. Dann hoben und senkten sich krampfhaft die dunklen Augenbrauen.

Wie verlassen sie ist, ging es ihm durch den Sinn. Im fernen Westen allein und krank. Das ist das Bild der Verlassenheit.

Und wieder ging es ihm durch den Sinn: Ob die Mutter daheim es nicht fühlt und der Vater, daß ihr Kind erkrankt ist und keinen Menschen hat? »Doch, einen Menschen,« fügte er halblaut hinzu. »Mich.«

Nach einer Stunde erneuerte er den Umschlag. Diesmal nahm er die trockene Seite der Kapuze. »Damit Sie, wenn wir nachher aussteigen, sich nicht noch schwerer erkälten. Wie lange brauchen Sie zum Ankleiden?«

»Ich bin angekleidet. Nur die Bluse.«

Die wenigen Worte schon bereiteten ihr Qual. Er sah es und legte ihr sanft die Hand auf die heißen Lippen.

»Nun hören Sie einmal gut zu und antworten Sie gar nichts. Sie haben Vertrauen zu mir, und ich bitte, daß es ein unbegrenztes ist. Sie nicken. Dann ist es gut. Wir werden gleich am Grand Cañon angelangt sein. Dort gibt es zwei Hotels und sonst nichts als die wilden Schluchten. Das Städtchen Williams, aus dem wir kommen, ist nicht mehr als ein Dorf. Außerdem wäre es ein Unsinn, heute abend die Fahrt noch einmal zu machen. Denn mehr als ein Zug verkehrt täglich nicht. Wir werden also das Hotel El Tovar dort oben aufsuchen und Sie schleunigst zu Bett bringen. Einen Arzt gibt es nicht, ist auch keiner vonnöten, solange ich bei Ihnen bin. In drei, vier Tagen stehen Sie wieder auf den Beinen. Bedingung ist,« und er sprach ruhig und eindringlich, »daß wir jetzt aus dem Bruder- und Schwesterspiel Ernst machen und daß Sie in Wirklichkeit als meine Schwester zu gelten haben. Da ist kein Grund zum Erröten. Ich muß in Ihr Zimmer kommen können, wann ich es will und ohne daß sich die Hotelgäste darüber den Mund zerreißen. Hier draußen hat einer für den anderen zu stehen. Oder würden Sie mich im Stich lassen, wenn ich in der Wüstenei erkrankt wäre? Nun blicken Sie ganz erschrocken. Also Sie würden es nicht getan haben. Das ist ja auch ganz natürlich. In solchen Verhältnissen gibt es doch keine falsche Scham, sondern nur eine starke Zusammengehörigkeit. Um jeden Irrtum zu vermeiden, werden wir von jetzt an vor den Leuten nur noch Englisch miteinander sprechen, da ist die Anrede für ›Du‹ und ›Sie‹ die gleiche. Fertig. Und nun bitte ich um Ihr Einverständnis.«

Sie hatte nasse Augen bekommen und scheute sich nicht, sie ihm zu zeigen. Dann zog sie die Hand hervor und reichte sie ihm wortlos.

Wie verlassen sie ist, dachte er noch einmal, als er hinausging, um ihr die Zeit zum Ankleiden zu lassen.

Fest in seinen Lodenmantel gewickelt, stieg sie in der Station aus dem Zug und schritt an seinem Arm die Erdstufen hinauf, die auf die Höhe führten zum Hotel El Tovar. Aus der Dunkelheit schimmerte der spanisch-mexikanische Bau hervor. Lichter leuchteten in der Halle auf, eine Aufwärterin trat in die Tür und bewillkommnete die Gäste.

»Dort kommen meine Koffer,« sagte Wegherr. »Ich bitte für mich und meine Schwester um zwei Zimmer mit Bad.« Und er diktierte der Angestellten ihre Namen: »Professor Doktor Wegherr und Schwester. Meine Schwester hat sich leider bei dem Blizzard, der vorgestern in Colorado wütete, eine Erkältung zugezogen und wird wohl ein paar Tage das Zimmer hüten müssen. Vielleicht nehmen Sie bei der Auswahl der Zimmer darauf Rücksicht.«

»Sie können die besten Zimmer im Hotel haben. Bei diesem kalten Wetter ist nicht viel Leben hier oben.«

Es waren schmucke Räume, die ihnen angewiesen wurden, und von blitzender Sauberkeit. Die Zimmer lagen durch die Badekammer voneinander getrennt. Es war, wie Wegherr es wünschte. Der Fahrstuhl hatte die Koffer heraufbefördert, und Wegherr gab sich daran, in seinem Zimmer die Apotheke auszupacken. »Legen Sie sich nur nieder und bekümmern Sie sich um nichts,« rief er der Gefährtin durch die Badekammer zu.

Als sie auf sein leises Klopfen »Herein« rief, lag sie in ihrem weißen Nachtzeug in den Kissen. Sie wechselten nur die notwendigsten Worte. Wegherr hob die elektrische Stehlampe und bat sie, den Mund zu öffnen. »Eine arge Entzündung, wie ich's mir dachte,« stellte er fest, »aber keineswegs schlimm.« Er verrührte ein Aspirinpulver in einem Glase Wasser und gab es ihr zu trinken. Und aus nassem Leinen, Guttapercha und Wolle wand er kunstgerecht den dreifachen Halswickel. Sie lag ganz still und ließ alles mit sich geschehen, nahm nach einer Weile ein zweites Pulver und sah ruhig zu, wie er ihrem geöffneten Koffer Nachtzeug entnahm und es ihr unter das Kopfkissen schob. »Sie werden sich in zwei Stunden umkleiden müssen. Nachher rufen Sie mich, damit ich den Umschlag erneuere. Ich schließe Ihre Tür zur Badekammer, höre aber jeden Ruf in meinem Zimmer. Und nun versuchen Sie zu schlafen.«

Er nickte ihr zu und ging leise hinaus. Nach wenigen Minuten war sie eingeschlummert.

Mit einem Buch saß er am Tische seines Zimmers, aber er sah über die Blätter hinweg, und seine Gedanken waren bei der Erkrankten.

»Wie rührend ihr Zutrauen ist. Nur ganz verlassene Menschen können ein solches Zutrauen haben.«

Dann kroch die Morgendämmerung heran in nebelhaften Schatten, die umherirrten, als hätten sie nicht Zweck noch Ziel, und mußten doch zum Morgen werden und sich im Lichte lösen.

Wegherr hatte das Fenster geöffnet und ließ sich die herbe Luft um die Schläfen wehen. Dort vor ihm zog sich die unübersehbar lange Schlucht, das gewaltige Naturwunder des Grand Cañon, in dessen Tiefe, mehr als tausend Meter dort unten, der Coloradofluß dahinbrauste durch die Gesteine aller Zeiten.

Und still vor sich hin lächelnd wandte sich Wegherr ab, nahm ein paar Dinge vom Tisch mit und ging zur Tür, denn er hatte wie ein Flüstern seinen Namen vernommen. Als er Gertrud van Weerts Zimmer betrat, saß sie aufrecht und sah ihm entgegen.

»Geschlafen? Das ist schön. Nun werden wir zunächst den Umschlag erneuern. So, und nun wird inhaliert, was der Apparat hergibt. Hier ist er. Nehmen Sie die Glastrompete zwischen die Lippen. Und nun atmen Sie ein, so kräftig Sie können. Das wird jede halbe Stunde wiederholt. Zur Belohnung gibt es jetzt heißen Tee und ein weiches Ei. Es wird schon hinuntergehen.«

Er klingelte und ließ das Frühstück heraufbringen. Und sie trank tapfer den Tee und schlürfte das Ei trotz aller Beschwerden.

»Man muß nur nicht der Krankheit nachgeben,« sagte er freundlich. »Der feste Wille ist besser als jede Arznei. Der Wille macht gesund. Und jetzt wird zunächst weiter geschlafen.«

Den ganzen Tag über ging er bei ihr aus und ein, erneuerte die Umschläge und hielt ihr den Inhalierapparat, ließ sie ein paar Löffel Suppe nehmen, Tee oder ein verrührtes Ei, alles still und fröhlich und ohne vieles Reden. Und in der Nacht horchte er von Stunde zu Stunde an ihrer Tür und klopfte leise an, wenn er glaubte, daß sie seiner bedürfe.

Am nächsten Morgen war das Fieber geschwunden und die Halsschwellung im Rückgang begriffen.

»Noch nicht übermütig werden,« bestimmte er, »noch ganz still kuschen und alles weiter tun wie bisher. Dann können wir in zwei Tagen dem Grand Cañon unsere Aufwartung machen.«

»Ach – ja –" sagte sie nur und lächelte vor sich hin.

In diesen Tagen saß er bei ihr und las ihr vor. Humoresken von Mark Twain, leichte Kost, die das Gehirn nicht beschwerten und das Gemüt in fröhliche Genesungsstimmung versetzten. Oft mußte er einhalten, bis ihr gemeinsames Lachen verklungen war.

Die Mahlzeiten ließ er ihr jetzt durch eine der Bedienerinnen bringen und ging inzwischen in den Speisesaal hinab, wo er kaum ein halbes Dutzend Menschen traf. Zum Grand Cañon aber ging er nicht, und wenn sie ihn darum befragte, antwortete er: »Das wird aufgespart. Wenn wir das Üble miteinander durchgemacht haben, wollen wir auch das Schöne miteinander genießen.«

Dann hingen ihre Blicke in tiefer Dankbarkeit an ihm.

Nun durfte sie aufstehen und am Fenster sitzen. Nach den frühen und kalten Herbsttagen war der Indianersommer mit all seiner Glut und Glast gekommen und hing über den Urwäldern, die die Schlucht umkränzten. Wegherr stand vor der Genesenen und freute sich ihrer Spannkraft. Er kam jetzt nur noch selten in ihr Zimmer und nicht anders, als wenn sie ihn zu sich bat.

»Na, nun hätten wir ja wieder unsere alte Gertrud van Weert, nämlich die junge, elastische, die sich nicht unterkriegen läßt. So kenn' ich meine Pappenheimer. Und wie eigens dazu bestellt, weht draußen eine warme Sommerluft, frisch und rein, eigens hergerichtet für meine Patientin. Morgen machen wir einen kurzen Spaziergang. Der Colorado River sprengt schon vor lauter Freud' den ganzen Grand Cañon auseinander.«

»Ich – weiß ja gar nicht,« brachte sie hervor, »wie ich das je –«

»Das brauchen Sie auch gar nicht zu wissen. Mädchen, denken Sie einmal nach! In der Wildnis von Arizona, ein paar tausend Meter über dem Meeresspiegel – fragt man da viel? Hier hat nur der liebe Gott zu sagen. Basta!«

Und sie wiederholte die Worte, dieselben Worte, die er ihr zugerufen hatte, als sie anderen Tags am Rande des ungeheuren Risses standen, der Hunderte von Meilen lang das Hochplateau bis zur Sohle durchklaffte.

»Hier hat nur der liebe Gott zu sagen.«

Als blickten sie aus den Wolken hinunter in ein wildes, sagenhaftes Dolomitengebirge, so lagen sie unter ihnen, die Kegel und Zacken der Berge, die aus der Tiefe, aus dem Bauch der Erde, jäh und geheimnisvoll emporgeschossen kamen und die unabsehbare Schlucht erfüllten mit ihren abenteuerlichen Gebilden, gewölbten Tempeln, starrenden Festungen, ihren leuchtenden Gesteinsschichten aus allen Jahrmillionen, vom hellgrauen Kalkstein zum rot- und weißgebänderten Sandstein, dunkelrotem Kalkstein und mattgrünem Schieferton, dunkelbraunem Gneis und rotem Granit. Ein Gewoge von blutenden Bergen, ein im Feuer erstarrtes Meer.

Und sie standen und starrten in das Wunder der Natur hinein, das den Kern der Erde bloßzulegen schien wie ein geborstener Apfel.

Bis Wegherr seine Begleiterin hinwegführte in den schützenden Urwald, zu den meterdicken Zypressen, deren Riesenstämme die Stürme der Jahrhunderte gewunden hatten wie einen Korkenzieher, zu den schwermütigen Piniendächern und leuchtenden Eukalyptusbäumen, zu den saftgeschwollenen Kaktusstauden mit den glühenden Blüten, die wie Blutstropfen zwischen den wilden Astern hingen. Große, blaue Vögel mit Kakaduhauben, stahlfarbne mit roten Brüsten, schwebten schweren Flügelschlags durch das Dickicht. Schwarze Zwergeichhörnchen lugten von den Zweigen. Falken kreisten im Blauen, und fern von ihnen, über der Schlucht, hing wie gebannt ein Adler.

Zwischen den Stämmen aber trottete es hervor wie ein Märchentier. Ein zottiges Pferd kam quer durch den Wald, stutzte vor den Menschen und brach im Galopp seitwärts aus.

»Ein Indianerpferd,« sagte Wegherr. »Sehen Sie, da haben Sie auch die tiefeingegrabene Erdhütte.« Er hob den Teppich. »Es ist keiner zu Haus.«

Sie kamen ins Hotel zurück, und sie nahmen an der Tafel teil. Aber früh geleitete er sie hinauf und ließ sich das Versprechen geben, nicht vor zehn Uhr morgens sich zu erheben. Wieder war die Sonne gekommen, als Gertrud van Weert aus dem Fenster lugte und die Arme dehnte und nicht wußte, weshalb. Zum Nachmittag stand ein Wagen bereit. »Wir sind im Lande der Sonnenuntergänge,« sagte Wegherr. »Da ist ein Punkt am Grand Cañon, der Hopi Point, der den schönsten Blick in den Sonnenuntergang gewähren soll. Dorthin wollen wir.«

Die Pferde trabten an, und bald war das Schweigen des Urwaldes um sie her. Tief atmete Gertrud van Weert die kräftige Luft. Und Wegherr sann in die Natur hinein, ohne sich zu rühren.

Der Weg machte eine Biegung. In der Ferne winkte die hohe einsame Kette der Francisco Points. Wieder schlug der Wald über dem Gefährt zusammen, um sich plötzlich aufs neue zu öffnen, dicht am Rande des jäh abstürzenden Cañons. Und als ob sie nur auf die Zuschauer gewartet hätte, begann die Sonnenkugel ihren Abstieg und erfüllte die erglühende Schlucht meilentief und meilenweit mit ihrem wilden Gold.

Von rotem Purpur übergossen standen feierlich und unnahbar die zerrissenen Bergkuppen, die in langer Reihe aus der Tiefe der Schlucht sich hoben rote Schwurzeugen einer vergangenen Zeit.

»Was denken Sie?« fragte Wegherr leise seine Begleiterin.

Und Gertrud van Weert antwortete: »Ich sehe keine zerrissenen Bergkuppen mehr. Ich sehe in feierlicher Reihe ungeheure Thronsessel, Sitz und Armlehnen mit purpurnem Brokat behängen und mit Gold beschlagen. Und ich dachte, daß die vertriebenen Götter sich in diese überwältigende Einsamkeit gerettet hätten, um auf den Sesseln zu thronen und irgendwo auf der Welt mit sich allein zu sein.«

»Wie Sie zu sehen vermögen,« sagte Wegherr still. »Seltsam, auch ich dachte daran. Wir sehen mit den gleichen Augen.«

Das Rot des Sonnenunterganges lief über ihr Gesicht und ließ es aufleuchten bis ins Haar.

Durch das Dämmerlicht fuhren sie zurück. »Werden Sie,« fragte Wegherr, »sich morgen früh um vier Uhr schon aus dem Schlummer reißen können? Wir wollen hinausfahren nach PavapoiPoint, den Sonnenaufgang sehen.«

»Den Sonnenaufgang sehen?« gab sie fast erschrocken zurück.

»Ist es Ihnen nicht lieb? Wir können doch nicht mit einem Sonnenuntergang abschließen. Wir müssen den Sonnenaufgang als Wandergruß mit uns nehmen.«

»Ja, ja...«

Er sah sie an und sah ihr bis auf die Seele. Jetzt wußte er, was sie stutzen machte. Und er blickte wieder vor sich hin und grübelte und lächelte.

Im Hotel bat er sie, für einen Augenblick in sein Zimmer einzutreten. Sie tat es ohne Zögern.

»Nehmen Sie Platz, Fräulein van Weert. Und, bitte, geben Sie mir eine so aufrichtige Antwort, wie ich es von Ihnen gewöhnt bin. Weshalb erscheint Ihnen die Fahrt zum Sonnenaufgang nicht erfreulich? Sagen Sie mir offen Ihre Gründe.«

»O,« erwiderte sie, und das Blut stieg ihr in die Schläfen, »ich – ich hatte geglaubt, wir reisten heute abend weiter.«

»Möchten Sie es lieber?«

»Ja,« sagte sie und sah ihn mit ehrlichen Augen an. »Ich habe nicht damit gerechnet, daß wir so lange an einer Stelle bleiben. Ich dachte ja nicht daran, daß ich krank werden könnte„ und ich möchte doch meine Reise ausführen, wie ich sie geplant habe.«

»Ich hatte gehofft, Fräulein van Weert, wir wären noch ein gut Stück Wegs zusammen gewandert.«

Gertrud van Weert schaute mit bittenden Augen zu ihm auf. »Wir wollen nicht davon sprechen. Für mich wäre es – nein, es geht nicht.«

»Waren Sie mit mir als Bruder nicht zufrieden? Sie nicken? Und sind Sie nicht ebenso verlassen in diesem Land wie ich? Sie glauben es nicht, daß ich es bin? Ach, das bißchen Ehre
und Ruhm. Ich fühle mich so allein, daß ich noch keinen Menschen gefunden habe, der das
begreifen könnte. Und ich habe auch gar nicht gesucht und nicht einmal einen Privatsekretär
mit auf die Reise genommen, um allein zu bleiben. Jetzt habe ich noch einen Freimonat. Dann
beginnt die Arbeit wieder. Und ich muß endlich daran denken, meine Studien zu sichten und
auszuarbeiten. Wie soll ich das, wenn ich heute in San Franzisko, morgen in Seattle zu reden
und dazwischen zu reisen habe? Da fällt mir die Feder aus der Hand. Es wird ernst. Ich muß
einen Menschen haben, der mir hilft. Sie wollen, wenn Sie nach Neuyork kommen, eine Stelle
als Korrespondentin suchen. Eilt das? Oder hat es Zeit, bis ich nach Neujahr auch wieder im
Osten bin? Dann möchte ich Sie bitten, wenn Ihnen mein Anerbieten nicht widerstrebt, bis
dahin als meine Sekretärin tätig zu sein und mich auf meiner weiteren Reise zu begleiten. Ich
spreche streng geschäftlich.«

Sie saß und starrte ihn aus großen, verwirrten Augen an, ohne antworten zu können.

»Fräulein van Weert,« hob Wegherr noch einmal an, »unseres Zusammenlebens wegen brauchen Sie sich keine Sekunde zu sorgen.«

»O nein – nein!« stieß sie hervor.

»Sie werden auch weiterhin als meine Schwester reisen. Das gewährt Ihnen den größeren
Schutz und enthebt uns den Blicken der pöbelhaften Menschen, die in meiner Privatsekretärin
gern etwas Anderes sehen möchten. Fräulein van Weert, wollen Sie unter diesen Bedingungen
meinen Vorschlag annehmen?«

»Ich soll – ich soll wirklich – bis zum Frühjahr?«

»Solange es Ihnen paßt. Wenn es nach mir geht: solange ich in Amerika reise. Wie lange
das ist, vermag ich heute noch nicht zu sagen. Jedenfalls können Sie sich Ihren ganzen Gehalt
für später sparen und auch Ihre Reisekasse wieder mit heimbringen.«

»Nicht davon sprechen,« wehrte sie erregt. »Um Gottes willen nicht davon.«

»Weshalb nicht. Es gehört dazu. Wie Ihr Vertrauen zu mir dazu gehört. Ich war schon einmal
verheiratet, Fräulein van Weert. Es waren niederdrückende Jahre. Die Scheidung ist erfolgt. Das
alles ist nicht spurlos an mir vorübergegangen, und zuweilen werden Sie schon etwas Nachsicht
mit mir haben müssen. Nun, wie eine gute Schwester sie dem Bruder gegenüber hat. Wollen
Sie?«

Sie erhob sich und stand vor ihm. Ohne zu zucken, schaute sie ihm in die Augen.

»Sie wollen mir Gutes tun. Und ich will dafür arbeiten. Ich nehme an.«

Am nächsten Morgen fuhren sie hinaus, der Sonne entgegen. Und die Sonne sandte ihre
Vortruppen aus, graue Geschwader und blaue und rote, die ihr den Weg bereiteten, und mit
einem Male schwang sie sich hinter den Felsen hervor wie eine Siegesgöttin und erfüllte die
Nähe und Weite mit ihrem lebendigen Odem. Die Gespenster der Nächte trieben dahin, und
selbst die furchtbare Felsenschlucht der Wildnis duckte sich zu ihren Füßen wie ein Tal des
fieberte. Ein Götter- und Heldenstück.

Mit diesem Bild in der Seele fuhren sie von dannen. Der Herbst blieb hinter ihnen zurück.
Bei Needles an der Grenze Kaliforniens grüßten sie die ersten Palmen. Und mit weitgeöffneten
Augen begrüßte Gertrud van Weert den steten Frühling des Südens, durch den der Frühling
ihrer Jugend gewandelt war.

14

Noch dehnte sich die große Mojavewüste bis an den Horizont, grau, sandig und salzig. Aber hier, dort, überall stießen haushohe Yuccapalmen vor, vom Wetter verdreht und verbildet, aber mit grünen Fächerkronen, in denen es wie von Ahnungen rauschte.

»Im Pacificgebiet,« sagte Wegherr, als sie den Schlafwagen mit dem Aussichtswagen vertauscht hatten, und wies hinaus. »Noch ist es Wüste, aber am Rande kauert der Frühling und lacht sich ins Fäustchen.«

»Weil er sich auch diese Wüste unterwerfen wird,« antwortete Gertrud van Weert. »Jan nannte dies unermeßliche Hinterland den jungfräulichen Boden Amerikas, der seit Jahrtausenden seine Kräfte aufgespart hätte und sie tausendfach hergeben würde, sobald die künstliche Bewässerung ihn erst zum Atmen brächte.«

»Da hat er Recht gehabt, der Bruder Jan. Sehen Sie nur dort oder dort. Wo nur eine Handvoll Wasser sickert, schießen grüne schöne Haine empor, und die Palmen bilden kerzengerade Gruppen. Ein Arbeitsfeld für ein Jahrhundert und ein Segenstrom für die Ewigkeit.«

Der Tag wurde heiß in der Sandwüste. Und sie setzten sich in die bequemen Stühle auf der freien Plattform und ließen sich den Luftzug durch die Haare wehen. Massig baute es sich in der Ferne auf. Und als sie nach Stunden näher kamen, unterschieden sie in dem Gewoge der grauen, blauen und roten Töne die gewaltigen Schneegipfel der Bernardinokette und hinter ihnen die vierfachen Felsenketten des noch immer unerforschten Berglandes, das nur den Schritt schleichender Indianerwildlinge kannte.

Die Bahn kletterte durch einen Felsenpaß. Sie überwand die Höhe und senkte sich zu Tag. Überrascht reckten sich die Reisenden auf.

»So muß es Moses zumute gewesen sein, als er aus der Wüste kam und vom Berg aus das Gelobte Land zu seinen Füßen sah,« sagte Wegherr leise.

Da lag hinter der Wüste Kaliforniens in voller Pracht, blühend und Früchte tragend in eins, der Garten Kaliforniens, Amerikas Paradies. Wogende Kornfelder, strotzende Weingärten, leuchtende Obsthöfe und golddurchwirkt die Fülle der Oliven-, Orangen- und Zitronenhaine.

Sie saßen nebeneinander und staunten in die Pracht der Erde hinaus. Und verließen staunend wie Kinder, die in einen Traum hineinwandern, in Pasadena den Zug und gingen durch den Abend zu ihrem Hotel.

»Morgen,« sagte Wegherr, »morgen, wenn die Sonne so wach ist wie unser Auge.«

Und weich und lächelnd lag die Stadt und das Land in der Morgensonne, als Wegherr und Gertrud van Weert die breiten Alleen dahinschritten, die eingesäumt waren von mächtigen Fächerpalmen und Dattelpalmen, und die langen Straßenzüge, in denen die Reihen der Pfefferbäume im Blütenrausch zu brennen schienen. Saftgrüne Parkwiesen rückten bis dicht an die Alleen vor und lockten den Wanderer weiter, immer weiter, von Park zu Park, von träumenden Landhäusern zu Märchenschlössern, den Wintersitzen der Geldfürsten Amerikas, den Wintersitzen, die nur den Frühlingszauber kennen, der sich immer aufs neue vermählt mit dem im Rausch gebärenden Sommer.

Wortlos schritten Wegherr und Gertrud van Weert dahin, und sie schritten durch ein hohes Tor in den üppigsten der Parks hinein, in dem kleine gelbe japanische Gärtner die Blumen hegten und in stillem Stolze nach den Baumriesen blickten, den Palmen aller Arten, den Bananen und Guaven und Dattelpflaumen, den Eukalyptus-, Gummi- und Pfefferbäumen, den Korkeichen und Akazien, den goldenen Oliven, Limonen und Orangen. Kein Laut zitterte durch die Luft. Hoch und still stand das Pampasgras mit weißen Federbüschen, der launenhaft geformte Kaktus mit den weltfremden Blütenaugen, die märchenhaften Callas in roter Pracht. Von Marmorsäulen nickten traumverloren die schweren Rosenkelche, tropften blutdunkel die Geranien, lächelten großblumige Klematis in weißen, blauen und bordeauxfarbenen Sternen.

Und kein Laut zitterte durch das weiße Schloß am silbernen Weiher, auf dem zwei Schwäne versonnen ihre Kreise zogen.

»Sind die Herrschaften nicht daheim?« fragte Wegherr einen der kleinen gelben Gärtner.

»O nein. Sie gehen nach Europa, nach Paris, nach London, wenn bei ihnen der Winter kommt.«

»Und wo wohnen sie sonst?«

»In St. Louis, Herr.«

Er brach eine schwere Rosenblüte und überreichte sie lächelnd der Dame.

Sie wandelten weiter und atmeten in tiefen Zügen die Luft, als wäre der Park ihr eigen.

»Da haben Sie den Amerikaner, Fräulein van Weert. Er schafft ein Wunder aus dem Nichts und macht sich von dannen. Die Krönung allen Schaffens, die Genießerfreude, ist ihm fremd. Er ist ein genialer Tagelöhner und müßte ein Künstler sein. Da zigeunert er mit den Seinen durch Paris und London, um die leere ›Saison‹ mitzumachen, und könnte in diesem seinem eigenen Parke sich und den Seinen die Seele erfüllen mit unvergänglicher Schönheit. Nein, nein, es fehlt ihm die Kultur, und die er draußen sucht, ist nie die seine.«

»Ich wollte,« sagte Fräulein van Weert verträumt, »dieser Park gehörte mir.«

»Sie Kind,« lachte Wegherr. »Und was würden Sie tun?«

Da lachte auch sie. »Ich würde Sie zu Gast laden, und als Gast dürften Sie nicht schelten.«

»Ich schelte ja gar nicht. Ich bedaure nur diese armen reichen Menschen.«

»Und ich – ich bin ein *reicher* armer Mensch. Gott, wie bin ich heute reich. Den ganzen Park nehm’ ich mit mir und behalt’ ihn bis an mein Lebensende.«

Er nickte ihr nur zu. Er hatte seine Freude an dem Jauchzen ihres Körpers und ihrer Seele. Und die Weihnachtsstimmung der Bescherten blieb ihr treu den Tag und die folgenden Tage, während sie die in Üppigkeit schier vergehenden Täler durchstreiften und nach Los Angeles hinabstiegen, der Stadt, die einst die Spanier gründeten und der Königin der Engel weihten, der Stadt, die vergraben in Schönheit liegt und in einhundertdreißig Kirchen ihr Glück zu bereuen sucht.

»Gibt es so viele Sünden?« fragte Gertrud van Weert. »Denn für die Andacht der Stadt würden weniger Gotteshäuser genügen.«

»Sie dienen nicht nur der Andacht,« erwiderte Wegherr, »sie sind in Amerika Modesache geworden. Gewiß gibt es von Herzen Fromme hier, die es einfach zum Hause Gottes drängt, aber die Mehrzahl will auffallen, will sich einen Schein und ein Ansehen geben vor den Leuten, und gerade die, die im Geschäftsleben am skrupellosesten verfahren, greifen im Gottesdienst nach immer seltsameren und auffälligeren Formen, um selbst hier die Augen der Mitbürger auf sich zu ziehen. Den Frauen aber, nun den Frauen, die über soviel Zeit verfügen, ist es ein wohlgefälliger Sport.«

»Ah, sehen Sie dort,« rief Gertrud van Weert. »Das ist der reichste aller Tempel.«

Wegherr befragte einen Vorübergehenden. »Es ist der Tempel der Gesundbeter,« erklärte er dann. »Augenblicklich höchste Mode.«

Gertrud van Weert schüttelte den Kopf. »Das faßt mein Verstand nicht.«

»Da haben Sie Recht,« bestätigte Wegherr. »Auch der meine faßt es nicht und spürt nur eine grenzenlose Überhebung heraus. Gott, den sie den Allmächtigen, Allwissenden und Allgegenwärtigen nennen, von dem es heißt: ›seine Wege sind wunderbar und nicht für Menschenaugen‹, der sollte seinen großen Kurs ändern auf das Geschrei einer Masse hin, wenn er in seinem unerforschlichen Ratschluß dem einsamen Gebet einer verzweifelten Mutter, eines zusammengebrochenen Vaters die Gewähr versagen mußte? Es liegt etwas Negerhaftes in solchem Vorgehen. Nur schreien, nur schreien, bis der große Geist es leid wird, sich die Ohren zuhält und ja, ja nickt, um dem Geschrei für eine Weile zu entgehen. Und die Leute fühlen nicht, daß sie sich und ihren Herrgott mit solchem Glauben entwürdigen, und der Tempel wird der reichste, weil die Modesüchtigen mit ihm sind. Was aber ist hier nicht modesüchtig!«

In einem Hotel der Stadt nahmen sie ein Mahl. Wegherr wählte einen Wein nach der Weinkarte und rief den Aufwärter herbei.

»Bedaure, mein Herr, geistige Getränke dürfen heute in der Stadt nicht verkauft werden.«

»Weshalb denn nicht? Ist ein Kirchenfest?«

»Es ist ein Wahltag.«

»Wahltag? Ach, jetzt verstehe ich. Es könnte ein freier Mann und Bürger durch ein Glas Bier beeinflußt werden. O freies Amerika!«

Sie beeilten sich, in die prangende Schönheit der Natur zurückzugelangen. Im bequemen Wagen fuhren sie durch den blauen Nachmittag bis in den silbernen Abend hinein. Ein großer Geier schwebte dicht über den Straßen. So nahe waren sich Wildheit und Menschenwerk.

Im Hotel zu Pasadena fanden sie am Abend eine Negertruppe vor. Drei ebenholzschwarze Damen in schreienden Gewändern sangen und tanzten kindisch ausgelassene Niggerlieder. Stürmisch verlangte das Publikum zum Schluß den Yankee-Doodle. Wer eine Stimme hatte, sang begeistert den Kehrreim mit:

> »Yankee Doodle keep it up,
> Yankee Doodle dandy,
> Mind the music and the step,
> You Yankee Doodle dandy.«

Gertrud van Weert hatte ihr helles Vergnügen daran. »Der Text ist töricht, aber die Musik so köstlich, wie eine volkstümliche Weise nur sein kann. Man hört wirklich das tanzende Volk aus ihr heraus.«

»Aber nicht das amerikanische,« lachte Wegherr.

»Wenn nicht das amerikanische,« meinte sie verblüfft, »welches denn? Es ist doch das amerikanische Volks- und Nationallied.«

»Die mehr als harmlosen Verse,« erklärte er, »sind in der Tat alten Yankeeursprungs. Der Regimentsarzt Schuckburg dichtete sie um 1750, als er die Kolonisten in schauerlichen Uniformen tapfer gegen Franzosen und Indianer anrücken sah. Die Melodie aber ist hessisch, ist einem uralten Schwälmer Tanz entnommen, den die an England überlassenen hessischen Truppen in Heimaterinnerung spielten und später, als sie im Kriege Englands gegen das freiheitentflammte Amerika verwendet wurden, mit über den Ozean in die Neue Welt trugen. Ein hessischer Volksliederforscher hat das jüngst noch festgestellt.«

»Also eine Verschmelzung des Yankeetums und des Deutschtums im volkstümlichsten amerikanischen Lied,« lachte sie fröhlich. »Das ist doch schon im kleinen, was Sie im großen erstreben.«

Nun war die Reihe des Verblüfftseins an ihm. »Wahrhaftig,« gestand er, »das ist mir noch gar nicht eingefallen. Sehen Sie nun, wie gut es ist, daß ich Sie bei mir habe?«

»Sie wollen mich verspotten. Geben Sie mir bald zu arbeiten.«

»Erst noch die Ferien an der See. Am Stillen Ozean wollen wir Kräfte sammeln. Dann wieder vorwärts.«

Ein sonnenheller Tag lag über dem Land, als sie in Los Angeles die Küstenbahn bestiegen. Mächtigen Wellen gleich hoben sich die Felsklötze der Sierra Madre, in der Ferne abgelöst von den Steinwällen der Sierra Nevada. Und zwischen Gebirge und Meer dampften weithin die Äcker, die sich nicht genug tun konnten an Fruchtbarkeit, und langgeschirrte Gespanne von zehn Pferden oder Maultieren vor jedem Pflug zogen wie Riesenspielzeuge über die braune Scholle.

Plötzlich sprang Wegherr auf und riß Gertrud van Weert mit sich hoch. »Da,« rief er nur, »da – da!«

Da lag der Stille Ozean, und seine Wasser murmelten die Lieder Asiens, Australiens und Amerikas. Da lag er in seiner schimmernden Unendlichkeit.

Die beiden standen tief erregt. Meer – Meer!

In den Buchten, die das Meer ins Land gefressen hatte, schwammen Scharen großer Wildenten, Fischreiher harrten in philosophischer Ruhe im Uferwasser, Strandläufer rannten durch den feuchten Meeressand, ein Pelikan betrachtete mit verbogenem Hals seine eigene, wunderliche Schönheit. Austernboote trieben dahin. Fischkutter zogen mit weißen Segeln. Immer näher rückten die Felsen des Landes dem Ufer der See.

»Was sind das für seltsame braune Flecke, die auf dem grünen Wasser zu schwimmen scheinen?« fragte Gertrud van Weert.

»Sie zeigen die Petroleumquellen des Meeres an.«

Hart an die See drückten die abstürzenden Felsen die Bahn. Meer und Gebirg, wohin das Auge traf. Ein überwältigendes Bild.

Und nun eine Hafenstadt – Santa Barbara. Weithinaus winkte und leuchtete vom Hügel das rote Dach der zweitürmigen Missionskirche der Franziskaner. Blendende Dünen schichteten sich hoch gegen das grüne Meer, gegen den blauen Himmel. Unter Sirenengeheul verließ ein großer Ozeandampfer den Hafen und suchte längs den vier vorgelagerten Inseln San Miquel, Santa Rosa, Santa Cruz und Anacapa die offene See.

»Was ist Ihnen?« fragte Gertrud van Weert besorgt, und ihr Blick suchte des Begleiters zusammengezogene Stirn zu enträtseln.

Wegherr wandte sich vom Fenster ab.

»Es ist der Ozeandampfer,« murmelte er. »Der erste seit einem Jahr. Ich glaube fast, der macht mich heimwehkrank.«

Da saß sie still und blickte schweigend zum Fenster hinaus. Und sah das Schiff durch die Wasser fliegen und die Seeadler durch die Lüfte und ihre eigenen Gedanken mit denen des Mannes an ihrer Seite vereint hinterdrein.

Am Abend stiegen sie am kleinen Bahnhofe von Castroville um in das Bähnchen, das sie in kurzer Fahrt nach Del Monte brachte. Durch breite Alleen rasselte der Hotelwagen in verträumte Parkanlagen hinein. Und der Park und das Hotel in des Parkes Herrlichkeit – sie waren Del Monte. Ein Traum am Stillen Ozean.

Und sie träumten ihn, eine stille, leuchtende Woche lang. Sie träumten ihn in den Dünen der rauschenden See, die zu erzählen wußte von allen Herrlichkeiten der weiten Welt. Sie träumten ihn unter den schlanken Palmen und den schwerbelaubten Steineichen des Parkes. Sie träumten ihn, wenn ihre Blicke den Riesenfaltern folgten, die von Blume zu Blume schwankten, und dem lustigen Schwarm der winzigen, grellbunten Kolibris, die wie Edelsteine in den Lüften glitzerten und wie Bienen in den Blütenkelchen verschwanden; wenn die schwarzen Schwäne über den Weiher ruderten, aus dem die Zweige der Trauerweiden tranken, und wenn sie wanderten, immer weiter den Strand entlang, der im Rahmen der Berge und Wälder lag, und in dem ruinenhaften Städtchen Monterey Einkehr hielten, das unter den Spaniern und Mexikanern einst die Hauptstadt des Landes war.

Und jeder Morgen begann mit einem Schwimmbad im großen Badehaus, mit einem Dehnen und Strecken des Leibes in den Fluten des Meeres, und jeder Abend schloß mit einem stillen Gespräch, das aus den Fluten der Vergangenheit kam, bis die Seele sich dehnte und streckte in die Fluten der Zukunft hinein. In dieser Woche kamen sie sich nahe wie Geschwister und blieben es hinfort.

In der zweiten Hälfte des Oktober siedelten sie nach San Franzisko über.

»Ich habe zwar erst im November wieder zum Volke zu reden,« sagte Wegherr, »aber ich möchte die Wochen bis dahin mit der Ausarbeitung meiner Studien ausnützen, sonst überblicke ich den Stoff nicht mehr.«

»Ah,« entgegnete sie, und ihre Augen leuchteten auf, »meine Arbeit beginnt.«

»Ja, die Arbeit, Fräulein van Weert. Und wenn wir uns müde gearbeitet haben, fahren wir über die Bucht oder laufen hinaus und liegen am Strande wie zu Del Monte.«

Sie schlang die Hände ineinander, fest, ganz fest. So stark war ihre Freude.

Vor ihren Augen tat sich die Bai von San Franzisko auf. Das ›Goldene Tor‹ öffnete dem Meer den Eingang in die lebendurchpulste Bucht. Von steilen Hügeln kletterte die Stadt herab und umschlang das Juwel mit ausgebreiteten Armen.

In einer der Riesenkarawansereien nahmen sie ihre Zimmer. Und kaum hatten sie ihre Koffer ausgepackt und sich eingerichtet, als Gertrud van Weert an Wegherrs Tür klopfte.

»Schon wieder flügge? Wohin geht der Wunsch?«

»Ich möchte eine Schreibmaschine kaufen, eine kleine, wissen Sie, eine Reiseschreibmaschine. Die genügt uns vollständig und ist nicht teuer.«

»Mädel,« lachte er, »können Sie denn gar nicht abwarten, bis es an die Arbeit geht?«

»Nein, ich kann's nicht abwarten.«

»Na, denn in Gottes Namen. Obwohl's mir nicht halb so auf den Nägeln brennt wie Ihnen.«

Und er nahm Hut und Stock und suchte mit ihr das Geschäftsviertel auf, und die Reiseschreibmaschine wurde eingehandelt und ein Stoß Papier, daß ihn schier das Grauen faßte.

»Das soll ich alles vollschreiben?«

»Nein, ich!« erwiderte sie vergnügt und gab dem Verkäufer die Hoteladresse an.

»Es ist gut so,« sagte er, als sie draußen waren. »Bis Sie das für mich vollgeschrieben haben, haben wir beide graue Haare bekommen. Mir soll es recht sein.«

»Nicht spotten,« bat sie. »Jetzt erst ist mir ganz, ganz wohl. Und Sie verstehen mich.«

»Ich verstehe Sie, Fräulein van Weert. Aber morgen fahren wir erst auf diese Märchenbucht hinaus, die so blau ist wie das Wasser von Capri.«

Sie nickte übermütig. »Morgen, ja, morgen, wenn wir gearbeitet haben.«

Und ihr Übermut steckte ihn an, daß es ihm ganz schaffensselig in allen Sinnen wurde.

Er war eine glückliche Schaffenszeit. Sein Arbeitsstoff war geordnet, und die Gedanken flogen ihm zu wie Vögel, die ihr Nest suchen. Knapp und klar baute er seine Sätze auf, zog er die Schlußfolgerungen, daß sie wie Scheinwerfer die Wege beleuchteten, die in das Land der Zukunft führten. Und während er sprach, hörte er die Tasten unter ihren Fingern schwirren, sah er ihre schlanken Schultern sich leise heben und senken und das ernste Gesicht sich röten im Eifer der Arbeit, in der Freude der Mitarbeit.

Oft stockte er, brach im Satz ab und besprach lebhaft eine Frage mit ihr, da sie gewisse Erscheinungsformen des amerikanischen Lebens aus nächster Berührung und langjähriger Betrachtung kennen gelernt hatte. Fand sich bestätigt, was er meinte, so führte er ohne weiteres den Satz zu Ende. Wußte sie aber eine Antwort zu geben, die ein schärferes Licht warf und eine Seite beleuchtete, die noch im Dunkel geblieben war, so griff er sofort die Antwort auf, durchdrang sie mit heißer Forscherlust, trieb seinen Stollen wie ein Bergmann und pochte das Gold aus dem Gestein.

Und wieder schwirrten die Tasten unter ihren Händen, färbte sich ihr Gesicht dunkler und bog sich ihr schlanker Hals nach vorn, als wollte sie sich unsichtbar machen in ihrer Arbeit.

»Wieviel Sie wissen und begriffen haben,« sagte er.

»Sie holen es nur aus mir heraus,« erwiderte sie, »sonst wüßte ich es nicht.«

»Nein, nein,« beharrte er, »es ist schon so. Ich habe mich an Ihnen nicht verkauft.«

Und aufs neue formten sich seine Gedanken zu Sätzen, und die Worte reihten sich auf dem Papier wie Gedanken in Wehr und Waffen.

Es war eine glückliche Schaffenszeit.

»Ich kann mir gar nicht vorstellen, wie ich ohne Sie überhaupt habe fertig werden können,« sagte er am Schluß eines Arbeitstages. »Hätte ich Sie doch sofort mit auf die Reise genommen! Damals – wissen Sie noch, als Sie den jungen Ladies das Heideröschen vortrugen, und wir nachher auf dem Campus spazierengingen, bis wir Abschied nahmen und Sie allein auf dem öden Felde standen und mit den Augen in die Ferne starrten, die ganz krank waren vor Heimweh.«

»Das haben Sie gesehen? Sie waren doch schon so weit.«

»Ich brauchte Ihre Augen nicht mehr zu erkennen. Die Frauengestalt, die da sturmverweht auf dem einsamen Felde stand, war die Verkörperung des Heimwehs. Ich habe das Bild nicht vergessen, Fräulein van Weert. Und nun sagen Sie mir, ob es heute noch ist wie damals.«

Sie hatte den Schutzdeckel über die Schreibmaschine gelegt und die beschriebenen Bogen geordnet. Jetzt wandte sie sich ihm zu. In ihren dunklen Mädchenaugen war kein Geheimnis zu lesen.

»Weshalb heute davon sprechen?« fragte sie leise. »Es schläft alles so schön.«

»Und eines Tages wird es wieder erwachen?«

»Ja,« sagte sie und zwang ihren Atem, »eines Tages wird es wieder erwachen. Aber es ist ja noch nicht so weit.«

»Ist es – ist es das Heimweh nach Deutschland?«

Die Hände, die die Bogen hielten, zitterten unmerklich. Aber ihr Gesicht erschien ihm plötzlich so blaß, daß er schnell auf sie zutrat.

»Was haben Sie? Ich wollte Sie doch nicht quälen. Es ist doch nur rein brüderliches Mitgefühl, das mich alles das fragen läßt.«

»Vielleicht,« erwiderte sie wie aus einer Ferne, »ist es auch Deutschland. Ich kann es nicht sagen, denn ich weiß ja nicht, was ich dort finden werde. Finden. Das ist es. Ich bin wie auf der Suche. Ich suche etwas – etwas so Schönes, daß ich es wohl nie finden werde. Etwas, dem man sich ganz aufopfern könnte, um doch sich selbst erst zu gewinnen. Etwas, das unter allen Himmelsstrichen so schön ist wie die Heimat.«

»Was ist das...?« fragte Wegherr bewegt.

»Ein Mädchentraum,« sagte sie, schüttelte den Kopf und reckte sich in den Schultern. »Torheit. Es ist Feierabend.«

»Ja, Feierabend,« nickte er. »Das gehört auch zu den Dingen, von denen wir träumen. Ich wenigstens. Ich – ich! So, und nun laufen Sie in Ihr Zimmer, holen Sie Mantel und Hut und kommen Sie mit einem Lachen zurück. Wir fahren auf die Bai hinaus.«

Nach Minuten war sie zurück, in der alten Frische und Spannkraft. Und sie hielt mit ihm Schritt, als sie die Straße hinabeilten, um den Dampfer zu erreichen, der sie hinüberbrachte nach Berkeley, dem berühmten Universitätsstädtchen Kaliforniens. Sie kletterten die Straßen hinauf und umkreisten die Universitätsgebäude. Und sie sahen den Studenten zu, die mit Büchse und Seitengewehr zum militärischen Exerzieren antraten und unter Hurra und Hörnerklang gegen die Universitätsgebäude anstürmten, als säße dort ihr grimmigster Feind. Aus den Treibhäusern strömte der schwere Duft seltsamer Orchideen, und als sie sich wieder wandten, lag die Bai wie eine azurne Schale und die tiefblaue Glocke des Himmels über ihr.

»So sah ich den Golf von Neapel zum erstenmal,« sagte Wegherr, »so wunderblau, und die fernen Inseln schimmerten wie Smaragde. Herrgott, wie mir das Herz aufging.« Und er begann zu erzählen von seinen Fahrten durch hie klassischen Länder und die Meere der Alten, und er erzählte noch, als sie längst wieder auf dem Dampfer standen, über die Brüstung gelehnt, und im Abendschein die Inseln auftauchten und schwanden, und durch das im Sonnenrot prunkende Goldene Tor die Wasser des Stillen Ozeans wanderten und wanderten hinein und hinaus.

Von den Stadthügeln San Franziskos blitzte ein Licht über die Bai. Hunderte Lichter jetzt, Tausende. Wie ein leuchtendes Märchengebilde lag die gewaltige Stadt über dem geheimnisvollen Wasserdunkel.

In einer italienischen Garküche saßen sie bis spät in die Nacht, ließen sich italienische Gerichte zubereiten und tranken roten Chiantiwein. Um sie her wirrte und wogte die Unterhaltung in allen Sprachen. Lebhaft, leidenschaftlich, aufblitzend wie Klingen und lachend wie helles Knabenlachen. Wegherr und Gertrud van Weert blickten sich an.

»Kalifornien ist nicht Amerika,« warf er ihr zu. »Kalifornien ist – Kalifornien. Gewiß, dasselbe Blut vom Stillen Ozean bis zum Atlantik. Allerweltsblut. Hier aber: in ein Temperament getaucht. Was waren das für Kerle, die im Goldfieber nach Kalifornien strömten, die San Franzisko aus der Erde stampften! Abenteurer, Tollkühne, Leute, die nichts zu verlieren und alles zu gewinnen hatten. Heute arm, morgen reich, übermorgen wieder beim Anfang. Einerlei, wenn sie nur die Stunde packten und auspreßten wie eine Zitrone und in ihrem unbändigen Freiheitsdrang den Teufel zu fragen brauchten nach Sitte und Gesittung. Das ist natürlich längst anders geworden, aber die leichtere und heißere Auffassung des Lebens hat sich doch von diesen alten Abenteurerseelen vererbt auf die Kinder und Enkel und sie zu fröhlichen Temperamentsmenschen gemacht.«

Gertrud van Weert saß mit glänzenden Augen. Sie lauschte in das Gewirr der Gespräche hinein und suchte die Gebärden zu erforschen.

»Wie schön ist es doch, alles das ergründen zu können, ergründen zu dürfen. Plötzlich sieht man dem Leben bis ins Herz.«

»Ja, es ist wahr.«

»Früher sah ich nur Gesichter, hörte ich nur Worte. Jetzt sehe ich hinter den Gesichtern die Menschen, höre ich hinter ihren Worten lange Geschichten, die sie verschweigen. Es ist mir oft, als ob ich früher blind und taub gewesen wäre, so schwillt das Leben jetzt gegen mich an. Ja, wirklich, ich lebe erst jetzt. Und diese Zeit mit Ihnen hat mir dazu verholfen.«

»Schwärmerin,« erwiderte er, »Schwärmerin.«

»Ist das schwärmen, wenn man das Sprechen lernt?«

Ein andermal lenkten sie am Feierabend ihre Schritte nach Chinatown, dem Chinesenviertel der Stadt. Er reichte ihr seinen Arm, als sie die engen, übel beleumundeten Gassen zwischen den hohen Miethäusern durchstreiften, und sie fühlte sich so sicher an seiner Seite, als spazierten sie über die Hauptstraßen der Stadt. Die schmutzigen Häuser waren mit bunten Lampions geschmückt wie verkommene Dirnen mit bunten Steinen, und in den kleinen Theatern wurde das Ohr von dem Mißklang schreiender Musikinstrumente gemartert, während das Auge im Farbenglanz der Bühnengewänder schwelgte. Die Handlung des Stückes war langweilig und kindlich, aber die Zuhörerschaft war ein Theater für sich, die hageren Kulis, die eben erst der Heizraum eines Schiffes ausgespien hatte, die feisten Kaufleute, die buntgekleideten Weiber und bezopften Kinder, die alle in Entzücken schwammen und sich in den Tälern des Jangtse wähnten oder in den Städten der ›großen Ebene‹.

»Wissen Sie auch,« fragte Wegherr seine Gefährtin, als sie ihre Wanderung durch das Chinesenviertel fortsetzten, »was einer der lohnendsten chinesischen Einfuhrartikel ist? Nein, Sie kommen nicht darauf. Es ist nichts anderes als Erde, ganz gewöhnliche chinesische Erde. So sehr hängen die Söhne des himmlischen Reiches an ihrer Heimat, die sie wegen der Übervölkerung und aus Nahrungssorgen gezwungen verlassen, daß sie wenigstens in der Erde der Heimat begraben zu sein wünschen. Darum lassen sie die heimische Erde übers Meer zu sich kommen, da sie nicht mehr zu ihr gelangen können.«

»Das ist ein ergreifender Brauch,« bekannte Gertrud van Weert. »Jetzt sind mir diese Menschen mit einem Male wertvoller geworden.«

»Auch der da?« fragte Wegherr lachend. »Achtung. Biegen Sie ihm aus. Er selber kann es nicht mehr. Er lebt im Unbewußten.«

Ein Zopfträger kam ihnen entgegen, mit gespensterhaftem Schritt, verwahrlosten Kleidern, die Augen im eingefallenen Gesicht stier und starr. Er zog an ihnen vorbei, ohne sie zu gewahren, ohne den Straßenlärm zu gewahren und das Gedränge der Menschen. Gleichgültig machten ihm die chinesischen Volksmassen Platz. Keiner drehte sich auch nur nach ihm um.

Unwillkürlich hatte Gertrud van Weert Wegherrs Arm fester ergriffen. »Was war das? Ein Kranker?«

»Der Kerl kommt aus einer Opiumkneipe. Er trägt den schönen Dusel heim, den er sich aus der Opiumpfeife gesogen hat. Nun ist er glücklich.«

Sie erschauerte in den Schultern. Und erschauerte aufs neue, als sie in einem der chinesischen Restaurants Platz gefunden hatten und aus Suppe und Ragouts allerlei unbestimmbare Dinge hervorholten, die den Schmausenden um sie her als größte Leckerbissen zu gelten schienen.

»Alles, was sich nicht wehrt, kommt hier in den Topf,« erklärte Wegherr lachend. »Dieses köstliche Gemüse ist weich gekochter Bambus. Aber am besten ist, Sie essen, ohne nach der Herkunft all der Leckereien zu fragen. – Sie können nicht? Sie schütteln sich? Schnell, nehmen Sie eine Schale von dem grünen Tee zu sich. Der ist wirklich ausgezeichnet und zaubert einen anderen Geschmack auf die Zunge.«

Aber sie atmete doch befreit auf, als das Mahl zu Ende war und bald das Chinesenviertel hinter ihnen lag.

»Sie haben sich ganz tapfer gehalten, Fräulein van Weert.«

»Das nächste Mal wird es besser,« entgegnete sie hastig. »Ich werde mich schon besiegen.«

Oft fuhren sie mit den steilen Kabelwagen die Straßen auf und ab und stiegen aus, wo sie Sehenswertes erhofften. Da gab es bald keine große Werft, kein Handelshaus und keinen Hafenspeicher mehr, die sie nicht besucht hatten, und saßen sie heute mit Deutschen zusammen, so fanden sie sich morgen unter Irländern, Mexikanern, Japanern oder selbst Filipinos. Es war ein ständiger Wechsel und ein immerwährender Vergleich.

Schon war es Mitte November geworden, aber die Natur kümmerte sich nicht um den Kalender. Es grünte und blühte weiter aus einem unerschöpflichen Kraftgefühl heraus.

Wegherr hatte seinen Vortrag ausgearbeitet, den er den Deutschen San Franziskos zu halten gedachte. Die Deutschen bildeten eine starke Kolonie, traten fest auf, waren stolz auf den Grundsatz der Freiheit und Gleichheit, und der Bäckermeister und Metzgermeister schlugen dem gelehrten Professor von Berkeley auf die Schulter, daß es krachte. Die Mitteilungen ihrer deutschen Vereine aber erschienen in englischer Sprache.

Noch einmal waren Wegherr und Gertrud van Weert hinausgefahren zum Golden Gate Park, dem herrlichsten Garten der Stadt mit dem Blick auf das Meer und die Felsen des Goldenen Tores. Die hohen Zypressen raunten ihre dunklen Sprüche in den Seewind, und in den Zweigen der Eukalyptusbäume rieselte es geheimnisvoll.

»Abschiedslieder,« sagte Wegherr nach einer Weile. »Das raunen sie immer, wohin wir kommen.«

»Aber dafür singt es in den Bäumen fern von uns schon wieder zum Empfang.«

»Weshalb? Es ist immer das gleiche. Der Schluß macht die Melodie, nicht der Anfang.«

Schweigsam schritten sie durch die Anlagen und sahen die tropischen Pflanzen nicht mehr, die sich ihnen sehnsüchtig entgegenstreckten. Sie hatten selber den Sehnsuchtsblick, wie ihn die kleine Japanerin hatte, die ihnen im Teepavillon die zerbrechlichen Schälchen kredenzte. Und es hielt sie nicht in der weichen Luft des Parkes, und sie fuhren hinaus in die herbere Luft der See und lagerten zwischen den Klippen und blickten lange hinüber nach den Seelöwenfelsen im blauen Wasser. Da lagen die Untiere wie vorsintflutliche Gebilde und ließen sich die Sonne auf den glitzernden Rücken scheinen; und ein speckiger Riese von gewaltigen Fleischmassen mühte sich immer wieder, aus dem Wasser emporzusteigen und seinen Lieblingsplatz zu erreichen, bis er sich schwerfällig von einer Woge hochtragen ließ und sich an den Felsen klebte wie eine feiste Schnecke.

Prall und heiß schien die Sonne hernieder, und der weiße Strand lag still und glühend. Ein paar Dampfer zogen vorüber. Nach Japan, nach Honolulu ging die Reise. Wegherr erhob sich schon wieder. Es war seit kurzem eine Unruhe in ihm.

»Man versteht sein eigenes Wort nicht,« entschuldigte er sich und hatte überhaupt nicht gesprochen. »Die Brandung donnert heut wie toll, und die Seelöwen brüllen noch lauter. Wenn es Ihnen recht ist, gehen wir.«

Weiter und weiter gingen sie und warfen kaum einen Blick auf die starrenden Befestigungen des Goldenen Tores, die den Eingang in die San Franzisko-Bai schirmten, und ein jeder hing seinen eigenen Gedanken nach.

»Ich habe Ihnen den Sonntagsspaziergang verdorben,« sagte Wegherr, als sie in ihrem Hotel angelangt waren, »und ich kann Ihnen nicht einmal einen Grund dafür nennen. Sie müssen mir schon blindlings verzeihen.«

»Wollen wir arbeiten?« fragte sie und sah besorgt nach ihm hin.

»Ich bin das Arbeiten so satt wie das Spazierengehen. Man muß doch den Zweck einsehen, und den seh' ich plötzlich nicht mehr. Ich soll hier für das Wohl des Volkes sorgen und weiß nicht einmal in mir selber Bescheid. Arzt, hilf dir selber! Jawohl. Aber ich bin wohl nur ein Stümper.«

»Was haben Sie denn nur?« fragte sie mit zitternder Stimme.

»Ja, wenn ich es wüßte. Es ist doch nicht der Abschied von San Franzisko. Alles Bisherige erscheint mir nur so leer. Ich bin das alles so leid.«

»Nein,« sagte sie, »Sie wissen es nicht. Sie wissen nicht, wieviel Gutes Sie gewirkt haben, wie vielen tausend Menschen Sie ein Tröster und ein Helfer geworden sind und ein Heimatgruß.«

Er saß ganz still an dem Fenster, und sie nahm Hut und Jackett und ging leise hinaus.

Am nächsten Tage stand er vor den Deutschen San Franziskos, und seine Feuerseele strömte über in Worten und Bildern, die von dem Wagemut der Altvordern erzählten, den Altvordern, die ihr Leben nicht in die Schanze geschlagen hätten, damit die Enkel von den Renten lebten, sondern auf daß sie eine noch höhere Stufe des Herrschens erreichten und Höhenmenschen würden, wo sie nur wilde Bergkletterer gewesen wären. »Frei und gleich aber können wir nur werden, wenn wir uns von den stärksten Werten der Kultur befruchten lassen und in einem Reiche miteinander leben, in dem es auf die Schulterhöhe des Geistes ankommt. Denn der Geist ist der Herrschende, und der deutsche Geist soll es sein und kann es für euch allein nur sein, so wahr kein Fahnenflüchtiger unter euch sein will und wird. Es geht um mehr als um Gelderwerb und des Lebens Sorglosigkeit. Es geht um die Zukunftsfrage: Herr oder Knecht. Es geht um die Führerschaft! Der Bedientenrock des deutschen Michels ist zur Legende geworden im alten Vaterland. Wir sind Männer geworden hüben wie drüben, und darin laßt uns wetteifern in der Brüderlichkeit des Blutes, die allein zu Recht besteht, wollen wir vor unseren Müttern bestehen. Im Namen unserer Mütter – an die Front, Deutsche der ganzen Welt!«

Mit kalifornischer Leidenschaftlichkeit war man auf ihn eingestürmt, hatte man an seinen Armen und Händen gezerrt und ihn nicht freigeben wollen. Jetzt wurde Gertrud van Weert im Strome vorbeigeschoben. Sie lachte mit blitzenden Augen und nickte ihm zu. Dann saß er in einem Wagen, der vollgepfropft von Menschen war, und fuhr zum Bankettsaal. Und ein großer, dicker Herr zog ihn im Triumph von Tisch zu Tisch, schlug ihm schallend auf die Schulter und streckte die andere Hand gegen die Gäste aus: »Da habt ihr ihn, den berühmten Doktor, meinen Freund! Ich habe ihn hergebracht! Gebt mal ein Glas her!«

Sie waren nicht alle wie der große, dicke Herr, der viele Freunde und Gesinnungsgenossen hatte. Es waren auch andere, die sich erhoben und Wegherr einen Platz boten und mit ihm die riesenhaften Aufgaben besprachen, mit den neuesten Mitteln der Technik das Hinterland zu bewässern und das kalifornische Paradies zu vergrößern. Und wieder einmal sah Wegherr die Deutschen als Pioniere marschieren und ihre Spur verlängern quer durch Amerika von Ozean zu Ozean.

An einem Ecktischchen saßen zwei Männer wortlos beieinander. Sie warteten, bis Wegherr sich am späten Abend ihrem Tischchen näherte, standen auf und verneigten sich.

»Guten Abend,« sagte Wegherr und reichte ihnen die Hand.

Die beiden nannten ihre Namen. Es war ein Schiffskapitän und ein Maler.

»Sie haben den schönsten Platz, meine Herren. Hier ist es ruhig.«

»Wollen Sie uns die Ehre schenken, Herr Doktor? Wir rücken zusammen. Gesprochen haben wir den ganzen Abend noch nicht.«

Er saß bei ihnen und sah sie an. »Nicht gesprochen? Ist die Stimmung nicht danach?«

»Die Stimmung ist so groß, daß man nichts Gescheiteres tun kann als das Maul halten. Ihre Worte im Ohr, wollen wir an das alte Ende den neuen Anfang knüpfen.«

»Heißt das, daß Sie sich zu verändern gedenken? Wohin die Fahrt?«

»Nach Hause,« sagten die beiden wie aus einem Munde und staunten hinter ihren Worten her, als sähen sie sie leibhaftig werden.

Und die beiden schlichten Worte packten auch Wegherr, und er nahm sein Glas und stieß mit den stillen Heimfahrern an. »Auf Deutschland ... Und nun erzählen Sie mir, was Sie hergetrieben hat und was Sie wieder heimtreibt. Ich möchte mich mit Ihnen freuen.«

Da löste die Freude den beiden die Zunge, und sie rückten sich zusammen, und der Maler erzählte zuerst.

»Ich kam mit dreiundzwanzig Jahren nach Amerika und bin heute achtunddreißig. Fünfzehn Jahre habe ich mir hier das Leben um die Ohren geschlagen, und weiß Gott, anders als daheim. Ich bin Hamburger und studierte auf der Düsseldorfer Kunstakademie. Wir nannten das damals studieren. Aber wir stahlen dem Herrgott den Tag ab, lagen in den Kneipen, machten die Umgegend unsicher, prahlten gewaltig mit der Kunst und fochten mehr mit dem Mund als mit dem Pinsel. Die Akademie war ein Zopf, der Studiengang für Handwerker, und wir selber waren junge Meister, die sich die Bevormundung und Knechtung ihres Genies nicht gefallen ließen. Das bißchen Geld, das der Alte zu Hause sich absorgte, war bald vertan, die Schulden wuchsen; bald kreidete mir kein Mensch ein Glas Bier mehr an, und Wohnung und Atelier wurden mir auch gekündigt. Ein Dekorationsmaler bot mir an, bei ihm zu arbeiten, bis ich mich wieder erholt hätte! Pfui Teufel, der Kerl! Ein Künstler und Zinshäuser bemalen! So minderwertig war ich noch nicht geworden. Da waren noch andere Länder, und Amerika wartete auf mich! Als Zwischendecker kam ich herüber. Nach acht Tagen hatte ich nichts mehr zwischen den Zähnen als die eigene Zunge. Dann lernte ich das Arbeiten. Aus dem Effeff. Was ich in Düsseldorf als gemeines Gras verschmäht hatte, mußte ich hier als Heu verdauen. Ein halbes Jahr habe ich im Hafen von Neuyork Schiffe kalfatert und geteert, daß der Pinsel dampfte. Dann stieg ich eine Stufe höher auf der Leiter des Ruhmes und erhielt eine Stellung, in der es mir oblag, Wände und Decken zu tünchen. Zuerst wollt' ich es mit Teer. Der jähe Übergang zum Weiß war zu gewaltig. In den Abendstunden begann ich wieder zu skizzieren. Einige Zeitungen wurden Abnehmer, und ich konnte mir einen neuen Anzug kaufen. Dann entwarf ich Ornamente für meinen Arbeitgeber, künstlerisch und kühn, die er für verrückt erklärte und die ich eines Tages mit meinem letzten Mut in das Welthaus Tiffany trug, das die wundersamen Goldarbeiten liefert und die herrlichen Gläser. Der Direktor sah sie an und legte sie ruhig in seinen Schrank, den er ebenso ruhig abschloß. ›Morgen früh um acht,‹ sagte er, nickte und nahm seine Feder wieder auf. Am anderen Morgen um acht trat ich bei Tiffany als Angestellter ein. Zwei Jahre hatte ich vom Künstler bis zum Kunsthandwerker gebraucht. Heimlich rechnete ich mir aus, wie lange es wohl vom Kunsthandwerk bis zum Künstler dauern würde. Das wurde die große Hoffnung meines Lebens. Das blieb sie zwölf Jahre lang. Und in den zwölf Jahren sparte ich zwölftausend Dollar. Das reicht, um es in Deutschland noch einmal gründlich mit dem Studium zu versuchen. Nur noch diese Studienreise nach Kalifornien. Ich mußte doch Amerika gesehen haben. Und dann heim, heim, heim. Herrgott, ein deutscher Künstler werden!«

Wegherr stieß mit ihm an. Ein ganzer Freudenhimmel schwamm in den Augen des anderen.

»Sie werden es erreichen,« sagte er. »Jetzt wissen Sie, daß es auf die Arbeit ankommt und das Klingklanggloria nur die Begleitmusik zu spielen hat.«

»Deutschland,« wiederholte der Maler immer wieder, »Deutschland«.

Und sein Freund sprach das Wort nach, wie aus einem Traum heraus.

»Stöhnen Sie nicht, Kapitän, jetzt haben wir's bald.«

»Sie sind Schiffskapitän?« fragte Wegherr und wandte sich ihm zu.

»Jawohl, Herr Doktor.«

»Da kommen Sie doch sicher oft in einen deutschen Hafen?«

»Das letztemal vor sechzehn Jahren. Wie das so kommt, Herr Doktor, wenn man sich nicht beisammen hat.«

»Wie kam es denn, Kapitän? Darf man darüber sprechen?«

Der Kapitän trank sein Glas leer. »Es ist eine Frauenzimmergeschichte,« sagte er dann. »Es ist das Dümmste auf der Welt.«

Der Maler schenkte ihm ein. »Los, Kapitän. Ich habe auch nichts Gescheites gebeichtet.«

»Ich fahre nun schon seit sechzehn Jahren die Linie von San Franzisko,« berichtete der Kapitän. »Mit San Franzisko als Heimathafen. Nee, meine Absicht war das nicht. Ich hatte mein Examen mit Auszeichnung bestanden und träumte wohl davon, langsam zum ersten Offizier auf einem der schönen Kasten aufzurücken, die die Herrschaften zwischen Hamburg und Neuyork spazierenfahren, und später mal als Kapitän so einen Mordskahn selber zu kommandieren. Ich wohnte damals bei einer Zimmermannswitwe, die eine Tochter hatte. Und die Tochter enterte mich, als ich in der Examensfreude heimgesegelt kam, und warf mich aus dem Kurs. Gott, in dem Rausch! Man glaubt, die ganze Welt freut sich mit einem, und nun war's noch was Weibliches, wenn auch kein Staat mit ihr zu machen war; aber, wie gesagt, in dem Freudenrausch! Von Stund an ging die Jagd los. Ich war vierter Offizier und mußte mich höllisch zusammenreißen, um den Ansprüchen auf gute Führung zu genügen. Das tat ich zur Zufriedenheit; aber ob mein Schiff ankam oder absegelte, die vertrackte Dirn stürmte als erste an Bord und betrug sich wahnsinnig wie meine verlobte Braut, daß sich Mannschaften und Passagiere die Seiten hielten, und eines Tages brachte sie einen lütten Jungen mit und schrie allem Volk zu, daß ich ihr die Ehe versprochen hätte. Und das war nicht wahr und bei Gott gelogen, und sechs Jahre älter als ich war sie auch und hinreichend gewöhnlich.

Sehen Sie, meine Herren, man soll sich auch, wenn man sein Examen bestanden hat, beisammen haben, oder es ist alles für die Katz. Daran denkt man nur nicht immer, wenn man jung ist, und nachher kann man für eine unsinnige Stunde ein Lebenlang die Verzugszinsen bezahlen. Meine großen und stolzen Träume wurden Schlickwasser. Ich bat um eine Versetzung ans Ende der Welt und konnte Gott danken, daß ich hier zu der Linie kam. Denn nach Honolulu reiste sie mir nicht nach, und die Neger hätten sie doch nicht verstanden. Aber als Ehrenmann habe ich Jahr für Jahr einen Teil meines Gehaltes nach Deutschland geschickt und mich lieber krumm gelegt, als daß ich es an etwas hätte fehlen lassen; und doch war es ein riesengroßer Schwindel, den man mit meiner Gutmütigkeit getrieben hatte, denn als ich mich vor knapp einem Jahr mal durch das Konsulat nach dem lütten Jung erkundigte, den sie mir vor sechzehn Jahren an Bord getragen hatte, erhalte ich nach ein paar Monaten die Auskunft, daß der lütte Jung schon vor vierzehn Jahren verstorben sei und die Zimmermannsdirn ebensolange schon mit einem mecklenburgischen Heringsfischer verehelicht dahinlebte. Das Geld aber hatte sie trotzdem ruhig weiter genommen. Meine Herren, das wäre zum Lachen, wenn es nicht zum Weinen wäre. Denn sie hatte mir für die paar Groschen auch die Heimat genommen.«

Er nahm sein Glas und leerte es auf einen Zug.

»Weg damit. Das war das erste- und letztemal, daß ich noch ein Wort an das, was war, verschwendet hab'! Ist nicht deutsche Seemannsart, meine Herren. Wir haben vorneweg über die Nase Auslug zu halten, geradeaus und nix als geradeaus. Sehen Sie, und nun krieg' ich doch noch mein Schiff, und im Frühjahr mache ich als Überzähliger die Fahrt von Neuyork nach Hamburg, und dann soll das Leben anfangen. Prosit, meine Herren. Das Leben fängt immer dann an, wenn man die Augen aufmacht.«

Wenn man die Augen aufmacht, dachte Wegherr noch, als er längst in seinem Hotelzimmer lag und an die Heimatfrohen zurückdachte. Der Satz ist so kindisch einfach, und doch kann ich ihn bei all meiner Wissenschaft nicht erlernen. »Wenn man die Augen aufmacht!...«

15

Seit Stunden schon vernahmen sie das Rauschen des Sacramentoflusses, sahen sie vom Aussichtswagen hinab auf die blitzenden Windungen seiner Gewässer. Wieder rückte die Bergwelt heran. Gen Norden ging die Fahrt. Von San Franzisko, der alten Goldgräberstadt, eilte der Zug Tag und Nacht dahin nach Seattle, dem Stapelplatz für die neuen Goldfelder Alaskas.

Einer ungeheuren Festung gleich reckte der Mount Shasta seine viertausend Meter hohen Türme in den Himmel. Indianersiedlungen und Holzfällerlager wechselten in der wilden Landschaft. Hochwald bestand die Berge ringsum. Die Paßhöhe der Sierra Nevada war überwunden, der regenreiche Staat Oregon hatte die Sonne Kaliforniens abgelöst.

»Weshalb sind Sie so still, Fräulein van Weert? Färbe ich ab? Lassen Sie sich nicht darauf ein, wenn ich Ihnen raten darf.«

»Ich weiß,« entgegnete sie, »ich bin heute eine schlechte Gesellschafterin. Aber das liegt nicht an Ihnen, es liegt an mir selbst.«

»Wenn ich Sie nicht lachen sehe oder doch irgend etwas Freudiges und Festliches in Ihren Augen, fehlt mir etwas, und ich werde unruhig.«

Da zwang sie sich zu einem Lächeln.

»Nun ist schon der erste Dezember, und es war noch kein Tag, an dem Sie mich nicht verwöhnt haben! Selbst aus Ihren ernsten und aus Ihren schweren Gedanken heraus. Soll ich Sie zum Dank dafür mit meinen alten Geschichten langweilen? Ich werde schon wieder munter werden, ich verspreche es Ihnen.«

Er blickte zum Fenster hinaus auf die schneebedeckten Vulkangipfel des Kaskadengebirges und die von den Hängen niederstürzenden Wasserfälle des Kolumbiaflusses. Grau hingen die Wolken in die Schluchten hinab. Ein Windstoß quirlte sie durcheinander.

»Ist es die Landschaft und ihre trostlose Farbe, die die alten Geschichten in Ihnen wachruft? Sie sehen, Sie werden mich nicht los.«

»Es ist dieselbe Strecke, die ich mit meinem Bruder Jan nach Alaska fuhr, wo sie den Bahnbau planten. Sie wissen, ich habe ihn dort begraben. Aber ich wollte nicht davon erzählen. Es wird mir schon etwas Fröhlicheres einfallen.«

Er dachte eine Weile nach und beugte sich dann zu ihr vor: »Es wird bald Weihnachten, Fräulein van Weert. Da dürfen wir uns doch schon Geschenke ausdenken, nicht wahr? Würde es Sie freuen, wenn wir in Seattle nächste Woche einen Dampfer bestiegen und machten die Fahrt nach Alaska?«

»Wohin?« fragte sie, und ihre Augen starrten in die seinen.

»Nach Alaska, zum Grab Ihres Bruders Jan. Möchten Sie es wiedersehen? Sie brauchen nur ja zu sagen, denn Weihnachtswünsche erfüllen sich.«

Noch immer waren ihre Augen starr auf ihn gerichtet. Dann löschte eine Träne die Starrheit aus, lief die Wangen entlang und tropfte nieder.

»So weit also geht Ihre Güte...«

»Es ist keine Güte. Es ist einfach die Freude, mit Ihnen zu reisen. Aber weinen müssen Sie nicht.«

»Es ist ja auch bei mir nur die Freude.«

»Also abgemacht. Sobald ich in Seattle nichts mehr zu tun finde, suchen wir uns einen Dampfer nach Alaska.«

Sie schüttelte den Kopf. Ein Lächeln glitt um ihren Mund.

»Nun bin ich schon auf der Rückfahrt. Soeben habe ich mit Ihnen am Grabe Jans gestanden. Es war so schön, daß Sie in Gedanken mit mir dorthin geeilt sind. Und wenn ein Mensch, der im Grabe liegt, noch etwas empfinden kann, so wird er Ihre hochherzige Tat tief empfunden haben.«

»Ich spreche im Ernst, Fräulein van Weert.«

»Und ich im allerheiligsten Ernst. Könnten wir des armen Jan tiefer gedenken, wenn wir dicht an seinem Grabe ständen, als wir es hier tun? Auf die Wärme der Empfindung kommt es an, nicht auf die Nähe oder Ferne des Ortes. Und der Ort, wo sie Jan begruben, besteht vielleicht gar nicht mehr. Die Goldsucher sind vorgerückt. Eis und Schnee, und wilde Tiere haben das ihre getan. Ich selbst würde den Platz wohl nie mehr wiederfinden. Nur den Küstenstrich. Und der ist im Winter vereist.«

»O,« wiederholte er, »vereist.«

»Ich glaube wahrhaftig,« sagte sie weich, »Ihre Güte könnte selbst das Küsteneis zum Tauen bringen. In mir hat sie schon alles aufgetaut, die Trauer und das Schweigen und alle eigensüchtigen Gedanken. So froh haben Sie mich gemacht.«

Und nun plauderte sie, bis die Kälte sie in den Schlafwagen trieb und sie ihre Lagerstätten suchten.

Der Regen strömte die Nacht, und er strömte, bis sie Portland erreichten und in den Staat Washington einfuhren, den nordwestlichen Staat der Union. Sie hatten kaum acht darauf; so vieles wußten sie sich zu erzählen, was sie bisher vergessen hatten, und es war, als ob das Herz immer neue Kammern öffnete und immer neue Schätze preisgäbe. Wie rein und klar sie ist, dachte Wegherr, und wie klug und fröhlich.

Am späten Abend langten sie in Seattle an, der aus der Erde emporgeschossenen Stadt, und schon am frühen Morgen, als der Regen aufgehört hatte zu strömen, ging es hinab an die Elliotbai und zum Hafen und wieder die Hügel hinauf, an denen die schmucke Stadt immer höher hinankletterte, und von den Schneegipfeln des Kaskadengebirges und der wuchtenden Olympicberge hehr umkränzt, lagen das Meer und die süßen Wasser des Washingtonsees und Unionsees wie die Fjorde Norwegens.

Länger als eine Woche durchforschte Wegherr die Stadt und ihre Umgebung, bis nach Britisch-Kolumbien dehnte er seine Fahrten, und abends saß er unter den Deutschen Seattles, kernigen Männern, die deutsch geblieben waren bis in die Knochen, und sprach zu ihnen und ließ sich selber belehren.

Ließ das Wetter keinen Ausflug zu, so arbeitete er auf seinem Zimmer, und Gertrud van Weerts schmale Hände lagen nicht eine Minute still auf den Tasten der Reiseschreibmaschine.

»Wissen Sie das Neueste, Fräulein van Weert?« unterbrach er plötzlich seinen Satz.

Sie schaute überrascht zu ihm auf, hob die Arme und drückte die schweren Flechten fester an den schlanken Kopf.

»Morgen ist der fünfzehnte Dezember, Fräulein van Weert. Das haben Sie sicher nicht gewußt.«

»Ist das ein Gedenktag?« fragte sie und sah ihn in Spannung an.

»Wir wollen ihn dazu machen. Dann ist er einer. Wie man das bewerkstelligt, meinen Sie? Man packt heute abend seine Koffer und fährt morgen ab. Das wäre nichts Besonderes. Aber wenn man sechs Tage und sechs Nächte durchfährt, von Westen nach Osten quer durch Amerika, in *einer* Fahrt, so erreicht man am zweiundzwanzigsten Dezember – Neuyork, Fräulein van Weert, wo wir beide einmal gelandet sind, als uns das Geschick nach Amerika trieb, und wo wir Weihnachten feiern wollen. Sozusagen angesichts der alten Heimat.«

Da tat sie einen Freudenschrei wie ein blutjunges Ding, warf den Deckel über die Schreibmaschine und stand mit gefalteten Händen und selig lachenden Augen vor ihm.

»Hab ich diesmal das Rechte getroffen, Fräulein van Weert? Nach der Sonne Kaliforniens schmeckt das Landstreichen durch den nassen, kalten Winter nicht.«

»Ja,« stieß sie hervor, »Sie haben das Rechte getroffen. Neuyork wird Ihnen gut tun. Dort werden Sie Freunde und geistvolle Menschen finden.«

»Wer spricht denn von mir?« fragte Wegherr verblüfft. »Ihnen wollte ich eine Freude machen, nur Ihnen!«

»Sehen Sie sie mir denn nicht an?« lachte sie und packte auf dem Tisch zusammen, was ihr in die Hände kam. »Ich darf mich doch auch wohl einmal ein ganz klein wenig für Sie freuen. Ich komme schon nicht zu kurz dabei.«

»Sie sind ein merkwürdiges Mädel,« sagte Wegherr kopfschüttelnd, aber es war ihm warm ums Herz geworden.

Als sie ihm die geordneten Schriftstücke überreichte, sah er sie lange an. »Wissen Sie auch, was mir die Reise besonders lieb macht? Daß der Bruder die Schwester nun sechs Tage wieder ganz für sich allein hat.«

Sie ließ die Arme sinken und den Blick am Boden irren. Eine Röte stieg ihr in die Wangen, stieg ihr in die Stirn. Sie suchte nach einem heiteren Wort der Entgegnung und wußte keines mehr zu finden.

»Es ist vielleicht sehr selbstsüchtig von mir, Fräulein van Weert. Nun, auch diese sechs Tage gehen ja vorüber.«

»Aber das ist es ja gar nicht, das ist es ja gar nicht.«

»Sie hatten ja nicht einmal eine Antwort für mich. Und das ist Antwort genug.«

Sie hob den Kopf. Die Röte war verschwunden. Und ihre Augen hielten stand.

»Sie wollen mich mißverstehen. Und wollen mich ein wenig quälen. Denn Sie kennen jede meiner Antworten, ohne daß ich sie aussprechen müßte. Diese sechs Tage sind für mich ein Geschenk. Vielleicht auf lange hinaus das letzte dieser Art. Ich weiß ja nicht, wie lange Ihr Aufenthalt in Neuyork dauern wird, aber über die Festtage und Neujahr hinaus wird er sicher dauern, und solange wird das schöne Brüderlein- und Schwesterleinspiel ein Ende haben.«

Sie schwieg und suchte nach den Schlußworten.

»War es notwendig, mich das aussprechen zu lassen?«

»Nein,« rief er zornig und fand sich nicht in die Lage, »das war nicht notwendig, weil es unsinnig wäre. Es ist doch selbstverständlich, daß auch in Neuyork zwischen uns beiden alles beim alten bleibt.«

»Werden Sie doch nicht böse. Ich laufe Ihnen doch nicht davon.«

»Ich Ihnen vielleicht?«

Da kam die Röte zurück und färbte ihr Gesicht aufs neue, und das Mädchenlachen war auch wieder da.

»Wir sind wirklich wie Kinder,« sagte sie. »Je bessere Kameraden sie werden, desto mehr müssen sie sich quälen. Dazu sind wir doch eigentlich zu erwachsen. Also vernünftig: daß wir in einem Neuyorker Hotel und in der Gesellschaft Neuyorks nicht als Professor Dr. Wegherr und Fräulein Schwester erscheinen können wie im wilden Westen, das liegt doch auf der Hand. Neuyork ist doch nicht Amerika. Neuyork ist doch sozusagen die europäische Vorstadt auf amerikanischem Festland. Hier stoßen sich noch die Menschen, und die Neugier ist eine Tugend. Nicht der erste Tag könnte zu Ende gehen, ohne daß man wüßte, daß der berühmte Forscher Dr. Wegherr überhaupt keine Schwester besitzt. Sie würden aus einer Verlegenheit in die andere getrieben werden, man würde Ihnen Dinge nachreden, an die Ihre aufrichtige Seele nie gedacht hat, und Sie mit Blicken und Flüstern in Verwirrung setzen. Dafür aber sind Sie mir viel, viel zu gut, und die verflossenen Tage mir viel, viel zu heilig. Ich werde während des Aufenthalts in Neuyork eine Pension aufsuchen und bei Ihnen zur Arbeit erscheinen, wann Sie mich rufen.«

»So viel geben Sie auf das ungewaschene Maul der Leute, Fräulein van Weert?«

»Meinetwegen? Muß ich das erklären? Aber ich gebe nicht zu, daß kleine, schmutzige Geister mit Worten und Händen an Ihnen herumtasten. Ich allein kenne Sie, und ich allein habe daher die Pflicht, für Sie zu sorgen. Jetzt bin ich an der Reihe.«

Sein Zorn war verflogen. Er nickte ihr zu, wie man einem Kinde zunickt, das man nicht verletzen will.

»Schön, schön, Sie liebe Tugendwächterin. Sie haben freie Hand. Aber in Neuyork, fürchte ich, werden wir nicht lange bleiben.«

»Ich bin keine Tugendwächterin. Eine Freundin ist weniger und doch mehr.«

»Mein Schwesterlein sind Sie. Und nun gehen Sie und packen Sie in aller Heiligen Namen. Halt!« rief er ihr nach, als sie schon in der Tür stand, »was haben Sie sich soeben gedacht?«

»Daß Sie ein weltberühmter Forscher und ein großer, großer Junge sind,« sprudelte sie lachend hervor und war hinaus.

Sechs Tage und sechs Nächte fuhren sie von Westen nach Osten. Sechs Tage und Nächte fuhren sie durch Felsengebirge und Hochwald, durch öde Steppe und fettes Weizenland, durch die Heimat des Goldes, des Silbers und der Kohle. Sie lasen die Namen der Dörfer und Städte nicht mehr und fragten nicht nach den Reisenden und ihren Zielen. Und sie zählten die Tage, die dahinflogen, und verlängerten die Tage, die noch blieben.

Sechs Tage, in denen nicht ein Gedanke war, den sie nicht mit in die Nächte genommen hätten.

Am dreiundzwanzigsten Dezember begegneten sie sich schon in der Morgenfrühe im Wagengang.

»Schon auf? Es ist ja noch dunkel.«

»Und Sie? Soll ich es schlechter haben?«

»In zwei Stunden sind wir in Neuyork. Ich habe Ihnen noch nicht einmal gedankt, Fräulein van Weert.«

»Und ich Ihnen noch nicht.«

»Das möcht' ich mir auch schönstens verbeten haben.«

»Auf Wiedersehen beim Frühstück.« Und sie zog den Mantel enger und huschte von dannen.

Neuyork war erreicht. Nebeneinander standen sie am Fenster und starrten in die lebenerfüllten Straßen, die der Zug durchfuhr. Am Bahnhof nahmen sie Abschied. Hastig, als dränge es sie auseinander, und doch war es nur die Hast, es einander leichter zu machen. Alles war zwischen ihnen beredet. Er nahm Wohnung im Hotel Astor und sie nahebei in einem Pensionat auf dem Broadway.

Noch war sie keine Stunde in ihrem Stübchen, als sie ans Telephon gerufen wurde.

»Hallo, Fräulein van Weert? Kann ich Sie halb ein Uhr vor der Metropolitanoper treffen? Um ein Uhr beginnt der ›Parsifal‹. Ich habe glücklich noch zwei Karten erstanden.«

»Ich komme,« rief sie zurück. »Vielen Dank, daß Sie an mich gedacht haben.«

Sie war auf die Minute pünktlich. Und er begrüßte sie, als hätte er sie Wochen hindurch nicht gesehen.

»Natürlich haben Sie noch nichts gegessen, wie ich Sie kenne.«

»Gott, ist das so nötig?«

»Ich dachte es mir. Deshalb bestellte ich Sie eine halbe Stunde zu früh hierher. Kommen Sie schnell mit ins Restaurant. Ohne Widerrede.«

Sie folgte ihm wie ein Kind.

Dann saßen sie dicht nebeneinander in der Loge und hielten den Atem an vor den tiefsten Geheimnissen des Himmels und der Erde, die sich in überirdischen Bildern, überirdischen Harmonien ihnen zu offenbaren strebten. Alle Müdigkeit war vergessen. Der letzte Gedanke an Wildnis und Strapazen abgetan. Ihre Augen waren groß und weit, ihre Lippen bebten. Amfortas, der leidende König, hob den heiligen Graal. Süßer Knabengesang flehte zum Himmel. Und nichts war mehr in Wegherrs und Gertrud van Weerts weitentführter Seele als Sehnsucht, Sehnsucht. Sehnsucht nach irgendeinem fernen Glück.

Draußen fiel der Schnee in weichen Flocken, und die elektrischen Lampen warfen ihr Licht durch den Dezemberabend und das Menschengetriebe auf den Straßen. Wegherr stellte den Rockkragen hoch und vergewisserte sich, daß auch Gertrud van Weert durch Pelz und Muff gegen das Wetter geschützt sei. Sein Blick ruhte länger auf ihr. Wie seltsam ernst sie das Köpfchen auf dem schlanken Hals trug. Wie unter ihrem Atem die Brust sich spannte, als könnte sie das Herz nicht mehr halten. Wie rührend schön sie war ...

Er nahm wortlos ihren Arm und legte ihn in den seinen. Und wortlos gingen sie durch das Schneegestöber und bogen in eine Straße und wieder in eine, bis eine Stunde vergangen war oder mehr.

»So,« sagte Wegherr, »jetzt sind wir wohl langsam wieder auf der Erde.«

Sie strich sich über die Augen und nickte.

»Zwei Halbwilde kommen aus der Barbarei und hören den ›Parsifal‹,« fuhr er fort. »Wir können noch von Glück sagen, daß wir das Restchen Verstand noch behalten haben. Verzeihen Sie, ich meine natürlich nur mein Restchen. Aber schön war es, wunderbar schön.«

Und plötzlich fühlte er, daß sie am ganzen Körper erzitterte.

»Ich bin wirklich nicht bei Vernunft,« eiferte er zornig gegen sich selbst. »Nach sechstägiger Eisenbahnfahrt schleppe ich Sie in den ›Parsifal‹ statt zu sorgen, daß Sie Ruhe bekommen und endlich wieder das Eisenbahngeratter aus den Gliedern kriegen. Wenn's noch ein Zirkus oder eine Operette gewesen wäre. I wo, unter dem ›Parsifal‹ tu ich's nicht! Gerade der ›Parsifal‹ muß es sein, mit seiner glühenden Mystik und Leidensqual. Ich habe wirklich keine andere Entschuldigung, als daß ich da draußen verwildert bin.«

»Still,« bat sie, »nicht so fortfahren. Oder ich heule auf offener Straße los.«

»Da haben wir's.«

»Aus lauter Glück, daß ich das erleben durfte. Aus lauter Glück über all die jähen Gegensätze, durch die Sie mich führen wie auf einer Höhenwanderung. Stiller Ozean, Felsengebirge, Prärie, Parsifal. Wer macht Ihnen das nach? So eine Weihnachtszeit habe ich seit Jahren nicht erlebt.«

»Sie fühlen sich nicht krank? Sie zitterten ja wie ein Fähnlein im Winde!«

»Ach, was tut denn das? Glücksfähnchen zittern auch im Winde.«

»Wie Sie sich freuen können, Fräulein van Weert. Das ist fast das Schönste an Ihnen. Ich habe ›fast‹ gesagt.«

Sie fühlte seinen Blick wohl, aber sie schaute nicht auf. Nur um den Mund glitt es warm und weich. Und er dachte: das ist das Allerschönste. Ein Frauenmund, der noch keinen Mann geküßt hat. Jan zählt nicht. Und Arm in Arm zogen sie im Schneetreiben durch die Straßen Neuyorks, bis sie den Broadway wieder erreicht hatten und vor der Tür der Pension standen.

»Ich brauche wohl nicht zu sagen, daß ich Sie am liebsten bei mir behielte, Fräulein van Weert. Ich werde mir verlassen wie ein Waisenknabe vorkommen. Aber Sie gehören jetzt ins Bett. Lassen Sie sich den Tee auf Ihr Zimmer bringen und kriechen Sie unter die Decke. Und dann: ausgeschlafen! Vor zwölf Uhr mittags treffen wir uns nicht. Nein, Sie brauchen nicht ins Hotel zu kommen. Ich bin hier unten. Gute Nacht, Fräulein van Weert.«

In die Haustüre gedrückt, blickte sie ihm nach, bis seine Gestalt im Schnee verschwunden war.

Zwölf Stunden schlief sie, ohne auch nur ein einziges Mal zu erwachen. Das hatte gut getan. Und die lauwarme Dusche war wie ein Frühlingsregen. Mit rechtem Jugendhunger machte sie sich über das Frühstück her.

Um zehn Uhr wurde ein Paket bei ihr abgegeben. Sie entknotete den Bindfaden. Das ging nicht rasch genug. Mit dem Messer ging's schneller. Sie schlug das Papier auseinander und fand ein paar Bände. Ernst Wegherrs Hauptwerk. Und auf dem Titelblatt die Widmung: »Gertrud van Weert, der Wandergefährtin, zum Weihnachtsgruß. Ernst Wegherr.«

Die Mädchenungeduld war verflogen. Sie saß vor den Bänden und streichelte mit weichen Händen darüber hin. Ganz feierlich war ihr zumute. »Zum Weihnachtsgruß.« Das war ihr seit Jahren nicht geschehen, und sie hob das Buch näher, um Wort für Wort der Widmung zu studieren. Und mit einer hastigen Bewegung preßte sie ihre Lippen auf seinen Namen.

»Das ist mein Weihnachtsgruß an dich. Sonst habe ich nichts.«

Und sie ging in ihrem Stübchen auf und ab.

»Neuyork tut Ihnen gut, Fräulein van Weert. Sie sind so frisch wie eine Heckenrose.«

Sie schritt spannkräftig neben ihm her in der kalten klaren Winterluft, und ihre Wangen waren gerötet.

»Sie machen es mir so leicht und so schwer. Da gehe ich am Weihnachtsabend neben Ihnen her mit leeren Händen.«

»Wenn das Herz nur nicht leer ist.«

»Nein, das ist es nicht. Das hat nun Vorrat für Jahre. Und Ihr Werk habe ich. Wenn ich darin lese, wandere ich wieder mit Ihnen. Kein Mensch kann es so gut haben.«

»Seien Sie doch nicht so bescheiden, Fräulein van Weert.«

»Nennen Sie das bescheiden? Ich meine, die ganze Welt müßte mich um diese Weihnachten beneiden.«

»Heute feiern wir für uns. Über die Festtage werde ich wohl nicht verfügen können. Ein Jugendfreund, der hier als Journalist wirkt, hat mich bereits ausfindig gemacht und mir seine

Karte aufs Zimmer geschickt. Die Herren sehen im Hotelbüro die Listen der Angekommenen auf ›Namen‹ durch, um die ›Prominenten‹ zu ›interviewen‹. So stöberte er mich auf wie den Dachs im Bau und bat mich zu Tisch. Ich ließ ihm zurückmelden, ich läge in tiefen Träumen und wäre vor morgen nicht verhandlungsfähig. O nein, der Weihnachtsabend gehört uns. Das ist mein Weihnachtsgeschenk, und das lasse ich mir nicht einmal von der Großmacht Presse nehmen.«

»Wohin?« fragte sie, und es lag wie ein Liedklang in ihrer Frage.

»Wohin? Zur Battery! Zum Hafen! Haben wir uns nicht versprochen, wir wollten Weihnachten im Angesicht der Heimat verleben? Näher heran können wir diesmal leider nicht.«

»Zum Hafen! Ja – ja!«

Den Broadway ging es entlang, immer den Broadway. Turmhoch stiegen die Häuser zur Linken und zur Rechten, und das Drängen und Hasten der Menschen wurde immer aufgeregter, je mehr sie sich der unteren Stadt näherten. Hier war das Jagdgebiet der Glücksjäger und der Unglücksvögel, der Mächtigen im Reiche des Dollars und der zu Tode Gehetzten. Hier war die große Mühle, in die Besitz, Gesundheit, oft auch die Ehre hineingeworfen wurde, um über Nacht Säcke mit Goldstaub zu füllen, die große Wundermühle, die doch zuletzt nichts Anderes zutage förderte als zerschrotete Menschenknochen. Hier war Wall-Street mit Banken und Börsen. Hier war die große Lotterie im Leben der Völker.

Lang streckte sich die Insel Neuyork, die alte Manhattan-Insel, und es lag viel Raum zwischen dem Geschäftsviertel, in dem fiebernd der Dollar geprägt wurde, und den stolzen Avenuen, den Villen und Palästen, in denen man ihn gleichmütig wieder durch die Finger rinnen ließ. Der Zwischenraum aber hieß Menschenelend.

»Nein,« sagte Wegherr, »davon heute nichts. Dort fließt der East River, dort mündet der Hudson. Nun haben wir die Battery und blicken über den Hafen. Fräulein van Weert, wenn Sie in dieser Richtung weiterschauen, immer weiter, Fräulein van Weert, dorthinaus liegt Deutschland.«

»Dorthinaus liegt Deutschland ...« wiederholte sie feierlich.

»Und irgendwo dort fließt der Rhein durch das Niederrheinland, und wenn er die holländische Grenze überschreitet, murmelt er: hier spielte doch einst die kleine Gertrud van Weert? Wo mag sie sein?«

»Ach,« sagte sie, »vielleicht ist eine der Wellen hier Wasser aus dem Rhein, das bis hierher gewandert ist und uns erkennt und uns so wohlgemut vorfindet, daß es bis auf weiteres die Sorge um uns hinter sich läßt. Ja, so wird es sein.«

»Denn es ist Weihnachtsabend, Fräulein van Weert. Und über das Meer kommt der Duft von deutschen Tannenbäumen.«

»Mein Weihnachtsbaum brennt schon seit der Frühe.«

»Deshalb bin ich ja zu Ihnen gekommen.«

»Nein, Sie haben ihn mir ja gebracht.«

»Aber Sie haben die Lichter entzündet, und nun bin ich Ihr Gast, Ihr Weihnachtsgast und lasse mich von Ihnen beschenken.«

»Könnte ich es, so täte ich es mit vollen Händen.«

»Behalten Sie mich ein wenig lieb, Fräulein van Weert.«

»Das tue ich.«

Über das Hafengeländer der Battery gelehnt, den Blick suchend in die Ferne gesandt, feierten sie ihren Weihnachtsabend.

Es dunkelte, und die Wasser verschwammen mit der Ferne. Ein scharfer Wind sprang auf und mahnte an den Heimweg. Da schob Wegherr den Arm Gertrud van Weerts in den seinen und ging mit ihr die Straßen zurück, bis sie einen Wagen fanden.

»Zu Delmonico,« gebot er dem Kutscher, und die Pferde zogen an.

Bis sie das berühmte Restaurant in der fünften Avenue erreicht hatten, saßen sie still nebeneinander. Dann lachte Wegherr aus befreiter Brust. Denn eine Frage war an sein Ohr gedrungen, schüchtern und mädchenhaft: »Bin ich Ihnen auch hübsch genug angezogen für das vornehme Restaurant?«

»Mädchen, Mädchen, es wird Ihnen keine das Wasser reichen können!«

Und nun lachte sie mit ihm, hob den Kopf und betrat stolzen Schrittes an seiner Seite die glanzvoll erhellten Räume.

Der Direktor geleitete sie zu einem rosengeschmückten Ecktischchen, legte mit einer Verbeugung Speisekarte und Weinkarte vor sie hin und zog sich ehrerbietig zurück. Rings an den Tischen plauderten befrackte Gäste, Blumen im Knopfloch, mit brillantengeschmückten Damen in tief ausgeschnittenen Abendgewändern.

»Herrgott,« stammelte Gertrud van Weert, »nun haben Sie ein Aschenbrödel neben sich.«

»Sie sehen aus wie eine verkleidete Prinzessin und die anderen wie reichgewordene Amerikanerinnen. Mein Wort darauf.«

Da war sie, wie sie immer war, frisch und ohne Scheu. Und sie nickte strahlend zu allen den Gerichten, die er zur Zusammensetzung des Weihnachtsmahles vorschlug und die sie kaum dem Namen nach kannte, und sah ihm flink auf die Finger und ahmte jede seiner Bewegungen mit einer Anmut nach, die ihn entzückte.

Er hob die Sektschale, und sie tat es ihm nach.

»Fröhliche Weihnachten,« sagte er und stieß mit ihr an.

»Fröhliche Weihnachten,« antwortete sie, und es ging wie eine Verklärung über ihr Gesicht.

Als der brennende Plumpudding aufgetragen wurde, leuchteten ihre Augen aufs neue. »Er brennt zwar nicht so schön wie ein deutscher Weihnachtsbaum, aber man denkt doch gleich an etwas Festliches, Nichtalltägliches. Bei uns daheim war es zwar auch nur eine kleine Tanne, die erst wenige Stunden vorher gekauft wurde. Die Mutter bekam sie dann zu einem Drittel des Preises, aber für mich als Kind war sie mit ihrem Dutzend Lichtern doch so schön wie der Sternenhimmel. Und dann traten wir im Kreis um sie herum und sangen miteinander das alte Weihnachtslied, bis es mir ganz selig zumute wurde, und dann erst durften wir die Tücher aufheben, die über den Gaben lagen, und die Geschenke anstaunen, die mir ganz überirdisch erschienen und doch nicht mehr waren als ein Sonntagskleid, das ich notwendig brauchte, eine Puppe, Lebkuchen, Spekulatius, Apfel und Nüsse. Die Eltern klopften uns Kindern wohlwollend auf die Schultern, und der Jan holte eine feine Laubsägearbeit hervor und ich eine Stickerei auf Stramin, die wir mit Herzklopfen überreichten. Und zu Tisch gab's ein Glas Punsch, und Vater und Mutter sprachen mit uns, was sonst bei Tisch nicht geschah.«

Weihnachtsselig erzählte sie von der kargen Jugend, die ihr in der Erinnerung heute heller und freudiger winkte. Und von den Weihnachtsfesten, die sie im Zelt, mitten in der Prärie, begangen hatte, vom Pferd herunter und an den Tisch, Kerzen in die Leuchter, Brot, Fleisch und Bier zum Mahl, und mit Jan gesungen, bis sie von allen Seiten herbeigeschlichen kamen, die Männer der Arbeiterkolonne, die Enterbten aller Völker, um verwundert zu horchen oder auch heimlich ergriffen, wenn es Deutsche waren.

»Heute aber,« schloß sie still, »ist der schönste Weihnachtsabend, den ich je erleben durfte. Weil Sie mein Freund geworden sind.«

Durch die Weihnachtsnacht gingen sie die wenigen Schritte bis zu dem Hause, in dem sie wohnte, und als er ihr gute Nacht wünschte, zog er zum erstenmal ihre Hand an die Lippen. –

Noch war Wegherr mit dem Ankleiden beschäftigt, als ihm Will Finkler gemeldet wurde. Der ehemalige Jugendgefährte war dem Boy auf dem Fuße gefolgt und stand bereits in der Zimmertür. »Hallo, Doktor! Hab' ich dich endlich, alter Amerikafahrer?«

Wegherr streckte ihm die Hände entgegen.

»Finkler! So früh schon? Das nenn' ich wirklich alte Anhänglichkeit. Setz dich einen Augenblick nieder. Ich habe nur noch die Krawatte zu binden. Dann frühstücken wir miteinander.«

Finkler suchte sich den bequemsten Sessel, streckte die Beine und klemmte das Einglas ins Auge.

»Jawoll, Doktor, alte Anhänglichkeit. Mehr! Ich sammle feurige Kohlen auf deinem Haupte. Hast du mir ein einzigesmal geschrieben? Wie? Ich meine nicht eine Ansichtskarte mit

Gruß und Kuß, sondern etwas Nahrhafteres, das man in der Zeitung als ›Entrefilet‹ auftischen könnte? Hast du dich angemeldet? Wie? Damit ich dich im Interview auspressen und deine Schweißtropfen in Zeilenhonorar umsetzen könnte? Hast du mir überhaupt etwas mitgebracht zum Heiligen Christ? Einen Julklapp? Ein ›Christmas Present‹? Nichts, gar nichts. Ich aber beschäme dich an Edelmut und schenke dir diese Zeitung.«

Er holte ein Zeitungsblatt aus der Brusttasche und hielt es Wegherr hin. »Lies und strahle, denn es hat dich nichts gekostet.«

Wegherr nahm das Blatt entgegen und entfaltete es. Der Titel kündigte ihm eine der größten Zeitungen Neuyorks an. Und unter dem Titel prangte es in gewaltigen Buchstaben: »Heimkehr des berühmten Geschichtsforschers Professor Doktor Ernst Wegherr von seinen Forschungsfahrten durch alle Staaten der Union.« Ein viele Spalten füllender Artikel schloß sich an, ein großes Bild Wegherrs diente ihm zum Schmuck.

»Du – Finkler – es ist wahr. Du hast mich wirklich beschämt.«

»Lies das Zeug nicht, Doktor. Es ist für amerikanische Leser. Solltest du zum Beispiel in den Bergen von Pasadena den aufregenden Bärenkampf nicht haargenau so bestanden haben, wie ich ihn in der Zeitung nacherlebte, so liegt das lediglich an deiner Schreibfaulheit und nicht an dem Bären. Den Ruhm aber hast du weg. So ein Bär schafft dir mehr Publikum als drei Bände geschichtsphilosophischer Betrachtungen.«

Wegherr schüttelte ihm die Hand.

»Ich habe mich schon an den Ton eurer Musik gewöhnt. Und aus dieser Weihnachtsmusik hier höre ich nur den Ton der Freundschaft heraus. Lieber Kerl, den ganzen Weihnachtsabend mußt du ja geopfert haben. Ich werde schon Vergeltung üben.«

»Davon ein andermal, Doktor. Wollen wir jetzt frühstücken?«

»Du siehst etwas blaß aus,« sagte Wegherr, als sie im Frühstückssaal des Hotel Astor beieinander saßen. »Arbeitest du zu angestrengt, oder ist es der Becher?«

»Der Becher? Was ist das? Wie sieht das Ding aus? Ach richtig, ein Begriff aus grauer Vorzeit. Nee, Doktor, der Becher ist mir aus der Hand gefallen, als man mir den Trauring überstreifte.«

»Du bist – verheiratet?«

»Siehst du es mir nicht an, Doktor? Soeben fandest du doch selber, daß –«

»Ich wünsche dir von Herzen Glück, Wilhelm.«

»Keine Ursache. Nee, wirklich nicht. Du brauchst die Gutmütigkeit nicht zu weit zu treiben.«

Er aß und trank mit gutem Appetit, winkte dem Kellner und ließ sich noch ein paar Scheiben gerösteten Speck bringen.

»Du wirst Mistreß Finkler ja wohl heute noch kennen lernen. Eine ausgezeichnete Dame. Du bist doch frei?«

»Aber natürlich werde ich deiner Frau heute meine Aufwartung machen. Um welche Stunde befiehlst du?«

»Ich? O, um zwölf Uhr wird Mistreß Finkler wohl empfangsbereit sein. Ihre Nerven brauchen sehr viel Schlaf. Sehr viel. Denn die Bedürfnisse des Tages kosten nichts als Nerven. Du mußt verheiratet sein, Doktor, um erst zu erfahren, wie viele Nerven es auf der Welt gibt. Solche, die angeregt sein wollen, und solche, die der tiefsten Ruhe bedürfen. Ob man schon einen Cocktail trinken kann?«

»Wenn du ihn verträgst – warum nicht?«

»Seltsam. Ich vertrage ihn schon über zwanzig Jahre. Aber es wird angezweifelt. Nun – einer Dame widerspricht man nicht. Kellner!«

Er schlürfte das scharfe Getränk mit Behagen. »Zigarre hast du wohl nicht? So eine ganz frische, weißt du?«

»Hier ist eine Romeo. Die wird dir schon munden.«

»Donnerwetter.« Er zündete sie an und sog den Rauch tief ein. »Heute ist wahrhaftig Weihnachten.«

Wegherr musterte ihn. Da saß der ehemalige Student, der ewig unruhvolle, das Einglas wie immer im Auge, rot die Schlägernarben auf Wange und Stirn, und trank heimlich ein Glas und rauchte heimlich eine Zigarre. Ein Mann über die Vierzig, furchtlos und skrupellos, eine Landsknechtnatur, die nur nach der Beute blickte und den Teufel danach fragte, aus welchem Lager sie zu holen war – da saß er wie ein »tumbes Brüderlein«.

»Nicht wahr, Doktor? Bemerkenswertes Abbild der Menschheit?«

»Die gute Laune scheinst du nicht verloren zu haben. Man hat dich wohl nur ein bißchen auf die Kandare genommen.«

»Ein bißchen. Und du meinst, das könnte nicht schaden? Ganz meine Meinung. Aber sag mal, was ist denn eigentlich ›ein bißchen‹? Du weißt es nicht, alter Sohn. Solange du nicht verheiratet bist, hast du vorsintflutliche Begriffe von Größenverhältnissen. Deine sämtlichen Junggesellenkoffer reichen nicht, um ›das bißchen‹ hineinzupacken und hinauszubefördern. Was aber übrigbleibt, ist das, was du selber am liebsten an dir entbehren möchtest. Tugend, Wohlverhalten, Gehorsam und Schweigsamkeit. Die Erziehung zur Ehe wäre also am zweckmäßigsten in einem Trappistenkloster zu erlangen.«

»Höre mal, Finkler, ich argwöhne, dein böses Gewissen philosophiert? Bist du wenigstens glücklich geworden?«

»Sehr, sehr glücklich. Und ich gebe dir nur den einen guten Rat: heirate nie!«

»Ist deine Frau Amerikanerin?«

»Du warst immer ein Gedankenleser, Doktor. Sie ist es. Sie ist es bis auf das Emporziehen der kurzen Oberlippe, wenn ihr etwas an mir mißfällt. Eine ganz ausgezeichnete Amerikanerin.«

»Du hast dich sehr plötzlich zum Heiraten entschlossen. Vor Jahr und Tag dachte deine Seele noch nicht daran.«

» *Meine* Seele. Aber auf die kam's ja gar nicht an. Wie denkst du dir eigentlich das Heiraten? Man trinkt ein Glas in frohem Kreise, zwei, drei und mehr, wirft sich in die Brust, schneidet nach Landessitte auf, was für ein verwegener Geschäftsmann und Krösus man ist, verdreifacht seine Einnahmen, fängt einen warmen Blick auf, schäkert, holt sich im Wagen ein Küßchen und empfängt anderen Tages Verlobungsglückwünsche die schwere Menge. Was willst du als Gentleman machen? ›Habe ich wirklich und wahrhaftig Ihr Jawort erhalten?‹ fragst du schüchtern die Lady. Und sie erwidert errötend: ›Sehen Sie nun, lieber Will, wie schädlich das Laster des Trinkens ist? Wenn ich es nun *auch* nicht mehr wüßte, so wäre Ihnen das Glück Ihres Lebens aus der Hand geglitten. Will, nicht wahr, keine geistigen Getränke mehr. Es ist auch so viel sparsamer, und du kannst die Freude haben, mir für das Geld so mancherlei Schönes zu kaufen.‹ Kellner!«

»Du trinkst noch ein Glas?«

»Nur um die Zigarre zu Ende zu rauchen.«

Eine Stunde später fuhren sie in der Untergrundbahn unter der Sohle des East River hinweg nach Brooklyn hinüber, wo Finkler eine hübsche Wohnung hatte.

»Mrs. Finkler zu Hause?« fragte er das Dienstmädchen, das den Herren die Türe öffnete.

»Ich werde nachsehen, Mr. Finkler.«

»Nun, dann können wir ja zunächst bei mir eintreten,« meinte Finkler und lud den Freund in sein Arbeitszimmer.

Nach zehn Minuten erschien das Mädchen wieder und bat die Herren im Auftrage der Hausfrau in den Salon. Es war ein etwas kahler Raum mit Polstersesseln, und aus einem der Sessel erhob sich eine Dame, legte ein Buch aus der Hand und blickte den Eintretenden verwundert entgegen.

»Verzeihe die Störung, Cony, aber ich bringe dir hier meinen Freund, den berühmten Professor Doktor Wegherr, der dir seine Verehrung zu Füßen legen möchte.«

»O,« sagte sie in liebenswürdigstem Ton und reichte Wegherr die Hand, »ich bin sehr erfreut, Sie zu sehen, Herr Professor. Wollen Sie sich nicht ein paar Minuten niedersetzen? Ich habe schon vieles über Sie gelesen. Wie gefällt Ihnen Amerika?«

»Ich bin glücklich, gnädige Frau, meinen alten Freund Finkler in so reizender Gesellschaft zu wissen.«

Sie lächelte. Sie wußte, daß sie schön war.

»Ach,« sagte sie, »hören Sie es, Mr. Finkler, Ihr berühmter Freund ist glücklich.«

»Aber natürlich, liebe Cony. Schönen Frauen anderer Männer gegenüber ist man immer glücklich.«

»Er ist boshaft,« lächelte sie. »Es liegt an seinem Beruf, daß er boshaft ist. Man darf es ihm nicht übelnehmen.«

»Liebe Cony, nur die boshaften Artikel werden gut bezahlt. Die anderen erhalten nur ein Achtungshonorar. Aber du sollst entscheiden.«

»Mein Gott,« lachte sie ohne Zwang, »Mr. Finkler ist köstlich. Wie kann man von Geld sprechen? Finden Sie nicht, Herr Professor, daß man ebensogut von der Lust sprechen könnte, die man doch auch zum Leben braucht? O, Herr Professor, Mr. Finkler leidet noch sehr an deutscher Empfindsamkeit. Wozu heiratet man in Deutschland eine elegante Frau? Um eine Köchin daraus zu machen? Dann heiratet man doch viel einfacher gleich eine Köchin und verzichtet auf Grazie und Eleganz. O, mein lieber Mr. Finkler, Ihr berühmter Freund, der die ganze Welt kennt, wird Ihnen sagen, daß Sie Tag und Nacht arbeiten müssen, um eine Frau wie mich zu verdienen.«

»Ich hoffe, gnädige Frau,« entgegnete Wegherr heiter, »mein alter Freund Finkler gibt Ihnen von Tag zu Tag weniger Grund zur Klage.«

»O, er ist sonst ein sehr lieber und umgänglicher Mensch.«

»Das freut mich von Herzen. Es wird etwas Tüchtiges aus ihm werden.«

Finkler verneigte sich, nahm die Hand seiner Frau und küßte sie und küßte auch die andere Hand.

»Wenn du es wünschest, liebe Cony, tue ich sogar den großen Schritt des Journalisten zum Börsenspekulanten. Da das der Feiertage wegen aber erst übermorgen sein kann, so möchte ich mich heute einmal nach dem Lunch erkundigen.«

»Nach dem Lunch?« fragte sie erstaunt. »Ich hatte erwartet, die Geschäfte zwängen die Herren, den Lunch in der Stadt zu nehmen?«

»So ist es,« erwiderte er mit einer Verneigung. »Und was beabsichtigst du für den Abend?«

»Ich bin zu einer Freundin eingeladen. Wir können ja noch miteinander telephonieren.«

»Gewiß, das können wir. Ja, lieber Doktor, die Stunde schlägt. Wir müssen weiter.«

Wegherr hatte sich erhoben. Er beugte sich über der Hausfrau Hand und sprach seinen Dank aus für den liebenswürdigen Empfang.

»Ich bin sehr unglücklich,« sagte sie, »daß Sie schon gehen müssen. Auf Wiedersehen. Oft.«

An diesem Tage hatte Wegherr eine schwere Aufgabe. Der ehemalige Schulgefährte wich ihm nicht von der Seite und zechte am Abend so wacker, daß er ihn heimfahren mußte, um seine wilde Schwermut zu beschwichtigen.

»Doktor – wenn ich nach Australien ginge? Oder nach Kapland? Auch in der Mandschurei soll es sich leben lassen.«

In der Haustür drehte er sich noch einmal um und ergriff des Freundes Hand.

»Vergiß es nicht, Doktor. Was du mir versprochen hast. Ich bekomme dein neues Werk zur Übersetzung und lasse es in Feuilletons erscheinen. Tag und Nacht muß gearbeitet werden. Tag und Nacht. Denn ich habe eine elegante Frau.«

»Gute Nacht, Finkler.«

»Gute Nacht, Wegherr. Und wenn du nach Deutschland kommst und siehst die Herzbachstraße, dann sag ihr – ja sag ihr: der Wilhelm Finkler aus dem vierten Haus sei in Amerika ein scheußlich vornehmer Herr geworden, sehr, sehr glücklich. Aber er lasse sie doch von Herzen grüßen, die Herzbachstraße, von allem, was ihm an Herz noch übriggeblieben sei. Ja – das vergiß nicht. Besten Dank, Wegherr.«

Was wird von ihm übrigbleiben? grübelte Wegherr auf der Heimfahrt. Er schreibt für englische Blätter und hat eine deutsche Zeitschrift gegründet, für die er bei den Deutschen mit dem Klingelbeutel herumgeht. Beides in einem Atem. Kein Mensch verübelt es ihm, daß er so oder so seine Einnahmen erhöht. Aber jeder würde ihm das Gegenteil verübeln. Und nun

wird diese kühlwägende, hübsche Frau aus dem Restchen von Idealisten einen Geschäftspoliti-
ker erstehen lassen, und im nächsten Jahre werden wir Will Finkler in Wallstreet sehen oder
in Broadstreet an der Börse. Heute hat er zum letztenmal im Leben an die Herzbachstraße
gedacht. Aufgesogen...

Seine Stimmung war ernst geworden. Noch einmal dachte er an die Ehe des einstigen Freundes. Es schüttelte ihn in den Schultern.

So beschloß er den Weihnachtstag.

16

Ernst Wegherr trat aus seinem Schlafzimmer in das nebengelegene Arbeitszimmer und sah die Postsachen durch, die auf dem Tische lagen. Seine Gedanken waren noch nicht bei der Sache. Sie waren in den letzten Tagen überhaupt noch nicht bei der Sache gewesen. Aber nun sollte eingegriffen werden. Er hatte Fräulein van Weert zur Arbeit herbestellt.

Er saß vor dem Schreibtisch und überflog die Briefe. Zuschriften von Vereinen und Gesellschaften, Grüße von irgendwo gewonnenen Verehrern, allerlei Wünsche und Bettelbriefe. Er kannte den Inhalt, wenn er zwei Zeilen gelesen hatte.

Plötzlich stutzte er, lehnte sich überrascht zurück und las in tiefer Bewegung.

An der Tür klopfte es. Achtlos rief er: »Herein.« Es war Gertrud van Weert, die er erwartet hatte.

»Legen Sie, bitte, ab, Fräulein van Weert. Ich erhalte soeben eine seltsame Mahnung an die Heimat. Einen Gruß meiner früh verstorbenen Mutter könnte man es nennen. Es trifft zu, was die alte Frau mir schreibt, die mir diesen Brief aus einem kleinen Nest in Pennsylvanien herübersendet. Die Erde ist so winzig klein.«

»Es hat Sie aufgeregt?« fragte Gertrud van Weert.

Er hielt eine Weile den Kopf in die Hand gestützt. Der Brief lag in seinem Schoß.

»Meine Mutter,« sagte er dann vor sich hin. »Meine Mutter ... Wäre sie leben geblieben, hätte ich mir manchen Rat und manchen Trost bei ihr holen können.«

Er ließ die Hand sinken, nahm den Brief auf und reichte ihn ihr hin.

»Es ist nur eine Anfrage. Und doch berührt sie mich gerade heute wie Mutternähe. Lesen Sie.«

Sie hielt den Brief ehrfürchtig in der Hand. Nur wenige Zeilen standen auf dem Papier, und sie lauteten:

»Mein Herr! In der Neuyorker Zeitung, die ich halte, las ich von Professor Doktor Ernst Wegherr aus Deutschland, der von einer großen Amerikafahrt nach Neuyork zurückgekehrt sei und im Hotel Astor Wohnung genommen habe. Sollten Sie derselbe Ernst Wegherr sein, dessen Mutter vor achtunddreißig Jahren in der Herzbachstraße starb, als ihr Ernst fünf Jahre alt war, so kann ich Ihnen mitteilen, daß ich die Krankenschwester bin, die Ihre Mutter in den letzten Monaten ihres Lebens pflegte und in deren Armen sie den letzten Seufzer tat. Ihre letzten Worte galten ihrem Jungen, den sie über alles liebte, und ich könnte Ihnen davon erzählen, sollte Sie der Weg in diese kleine pennsylvanische Stadt führen, in der ich seit meiner Verheiratung – seit fünfunddreißig Jahren – lebe. Mit hochachtungsvollem Gruße – Frau Gustav Bender.«

Still faltete Gertrud van Weert den Brief zusammen und reichte ihn Wegherr zurück.

»Nun hören Sie in einem fremden Erdteil von Ihrer Mutter. Von einer Mutter, die ihren Jungen über alles liebte. Da steigt die Mutterliebe aus dem Grab und kommt über das Meer.«

»Als wäre sie mir gerade heute vonnöten. Als wüßte sie von meinen wirren Gedanken und möchte mich aufrichten und leiten.«

»Es gibt Mütter,« sagte Gertrud van Weert mit trauriger Stimme, »die aus dem Grabe heraus ihren Kindern noch mehr sein können als manche lebende.«

»Nicht traurig sein, Fräulein van Weert. Ich weiß so wenig von meiner Mutter. Aber daß sie mir viel war und noch viel mehr hätte werden können, das spürte ich zeitlebens an der Leere, die sie in mir hinterlassen hat. Es ist wohl für ein Kind das Schwerste, ohne Mutter aufzuwachsen. Man hat niemand, den man mit Fragen bestürmen, niemand, dem man seine Sorgen und Anfechtungen anvertrauen kann, denn der Vater ist immer eine Respektsperson und das Muster von überragender Klugheit. Da wagt man sich nicht leicht heran, denn das Kind will das Herz zur Hilfe und nicht den Verstand. Wer ohne Mutter ausgewachsen ist, Fräulein van Weert, wird in Herzensdingen viel Reugeld bezahlen müssen.«

Sie stand, die Hände auf den Tisch gestützt, und blickte vor sich nieder.

»Ich wenigstens,« fuhr er fort, »ich habe es bezahlen müssen. Es ist mir kein Pfennig geschenkt worden, daß ich unvorbereitet zum Rennen kam. Ich erforschte das Leben von Jahrtausenden und weiß fast nichts vom Leben einer Frau. Kommen Sie, wir wollen arbeiten.«

Sie setzte sich still an den Tisch, klappte die Schreibmaschine auf und bereitete alles vor. Dann wartete sie. Und Wegherr ging im Zimmer umher, suchte die Verbindungsfäden seiner Arbeit und begann zu diktieren. Rastlos, über die Mittagsstunde hinaus, bis die frühe Winterdämmerung hereinbrach.

»Mein Gott,« unterbrach er sich plötzlich, »es ist vier Uhr. Seit sechs Stunden halte ich Sie an der Maschine. Da lasse ich Sie Ärmste nun dafür leiden, daß ich mich im Vergessen übe. Mädel, weshalb sagen Sie aber auch keinen Ton, daß Sie müde sind und nicht mehr mittun?«

Sie hob den Kopf. Ihr Gesicht war abgespannt. Aber sie zwang ein Lächeln hervor.

»Ich bin ja gar nicht müde,« sagte sie leise, »und ich bin doch immer froh, mittun zu dürfen.«

Er legte ihr ganz sacht die Hand auf die Haarflechten. Sie hielt stand, ohne zu zucken.

»Sehen Sie mich einmal an. Da haben wir's. Kein Tropfen Blut im Gesicht. Wenn Sie mir jetzt krank werden und liegen in Ihrer Pension, kann ich Sie nicht pflegen.«

»Nein, nein – ich mache Ihnen keine Sorge.«

»Für Sie täte ich es zum zweiten und zum dritten Male. Herrgott, die Tage am Grand Cañon in Arizona. Was für ein liebes Ding die große Gertrud van Weert war, als sie wie ein kleines Mädchen krank in den Kissen lag.«

Sie hielt noch immer seinem Blicke stand. Aber es war ein Schleier über ihren Augen.

»Ich bin nie eine große Gertrud van Weert gewesen.«

»Doch, doch! Darin liegt's ja gerade, daß Sie es nicht wissen. Und gefürchtet haben Sie sich auch vor dem wildfremden Mann.«

»Nein,« sagte sie, und das Lächeln kam aus weiter Ferne wieder. »Ich habe mich auch nicht eine Sekunde gefürchtet. Sie waren es ja.«

»So – so –« und er zog still die Hand von ihrer Haarkrone zurück – »ich war's ja. Ist das ein Vertrauen oder – ein Belächeln?«

»Nicht so!« bat sie, und ihre Nasenflügel zitterten.

»Verzeihen Sie, Fräulein van Weert. Wir wollen weiter arbeiten. Nein – das ist ja Unsinn, es ist ja dunkel, und ich lass' Sie hungern wie ein grausamer Sklavenhalter. Dafür sollen Sie aber auch für den ganzen Abend von meinem Anblick befreit sein.«

Sie packte wortlos Maschine und Schreibpapier zusammen. Sie fühlte, daß er litt. Daß er an einer Unruhe und Rastlosigkeit litt, die sich seit Tagen steigerte. Und daß sie nicht helfen konnte und im dunkeln tastete, fühlte sie wie einen wahnsinnigen Schmerz. Wo war ihre alte Unbefangenheit, zu fragen und zu trösten? Die hatte sich in Scheu verwandelt, und sie wußte doch keine Ursache dafür zu nennen.

Aber so konnte sie doch nicht von ihm gehen. In dieser Stimmung konnte sie ihn doch nicht zurücklassen. Sie holte tief Atem und wandte sich nach ihm um.

»Ja, Fräulein van Weert?«

»Werden Sie die alte Frau in Pennsylvanien besuchen, die Ihnen geschrieben hat?«

»Richtig, die alte Frau. Ja, das werde ich wohl tun. Ich bin ja bald hier fertig. Zwei Vorlesungen hier, eine in Boston – dann kann ich Abschiedsbesuche machen und auch der alten Frau in Pennsylvanien die Hand drücken.«

»Abschiedsbesuche?« – – fragte sie und hörte doch kaum ihre Stimme.

Er stand am Fenster, und ihre Frage war nicht an sein Ohr gedrungen. »Ich habe eine Sehnsucht,« murmelte er gegen die Scheiben, »eine Sehnsucht! – – Da läuft ein Tag nach dem anderen hin, und nun sind wir schon im Januar des neuen Jahres.«

Er wandte sich um und sah Gertrud van Weert am Tische stehen. Plötzlich trat er auf sie zu.

»Wollen Sie mir eine Freundlichkeit erweisen? Mir ein Opfer bringen? Ich meine, ich wäre noch nie so einsam gewesen wie heute, und war es doch gestern genau so. Seit Jahr und Tag, wenn ich es bei Licht betrachte. Aber heute spüre ich es bis zur Unerträglichkeit.«

»Sagen Sie doch, was Sie wünschen. Ich tue es doch gern.«

»Nicht fortgehen. Oder fortgehen und wiederkommen. Schenken Sie mir den Abend. Ich werde zwar kein sehr lustiger Gesellschafter sein, aber in Ihrer Nähe weicht doch dieses unerträgliche Einsamkeitsgefühl. Wir wollen in die Oper gehen. Da sitzen wir beieinander und brauchen kein Wort zu sprechen. Wie schön war es, als wir den ›Parsifal‹ miteinander hörten. Den deutschen ›Parsifal‹ auf amerikanischem Boden.«

»Sie haben Heimweh,« sagte sie leise.

»Ja, ich hab's und wehr' mich dagegen. Was finde ich daheim? Gespenster, Klatsch und Tratsch. Aber Sie haben mir noch nicht gesagt, ob Sie mit mir in die Oper gehen wollen. Sie beginnt um acht. Bitte, schlagen Sie es mir nicht ab.«

»Müssen Sie mich um etwas bitten? *Ich* soll doch eine Freude haben. Aber ich käme auch ohne die Lockung, das sollten Sie wissen.«

Sie nickte ihm freundlich zu, zog den Schleier über den Hut und eilte heim. Um halb acht Uhr ließ sie zu ihm hinaufsagen, daß sie ihn in der Hotelhalle erwarte. Wenige Minuten später gingen sie über den Broadway zum Opernhaus.

Bizets »Carmen« stand auf dem Programm. Wegherr war es gleich. Er nahm eine Loge und geleitete Gertrud van Weert hinein. Ein großer Abend war angekündigt, gefeierte Gäste nannte das Programm, das Haus war ausverkauft, und die Ränge und Logen zeigten ein schimmerndes Gesellschaftsbild, Frauennacken, von Perlenschnüren umwunden, weiße Büsten, von Diamanten betaut, und zu den künstlerisch schönen Gewändern seltsame Kopfputze in grellfarbigen Federn, als gäben sich indianische Nachkömmlinge ein Stelldichein.

Gertrud van Weert saß in ihrem enganliegenden schlichten Kleid wie ein Fremdling in ihrer Loge. Was gingen sie die Damen Neuyorks, was gingen sie die Damen der ganzen Welt an. Sie trug Sorge um den Mann an ihrer Linken, den immer Starken und Zielbewußten, den es, seitdem sie Neuyorker Boden betreten hatten, gepackt hatte wie eine Krankheit. Was war ihm? Was war ihm nur?

Der erste Akt spielte schon seit geraumer Zeit. Sie hatte nicht acht darauf gehabt, so schwer trug sie an ihrer Sorge. Nun zwang sie Carmens wildes Liebeslied, den Blick auf die Bühne zu richten. »Und wenn ich lieb' – und wenn ich lieb' – nimm dich in acht!« drang es heiß und herausfordernd an ihr Ohr. Und sie sah Carmens rote Rose wie einen Blutstropfen in Don Josés männliches Antlitz schnellen. Sah sein Herz im Feuer flackern. Hörte noch einmal Carmens Lockruf, girrend, verheißungsvoll: »Draußen, am Wall von Sevilla!...« Der Vorhang sank.

Und aus der kleinen Nebenloge wandte sich eine hochgewachsene Dame, die erst während des Spiels ihre Loge betreten hatte, über die Brüstung Wegherr zu und sagte in vertrautem Tone: »Guten Abend, Ernst. Das nenn' ich ein unerwartetes Wiedersehen. Auf amerikanischem Boden.«

Erschreckt blickte Gertrud van Weert auf ihren Begleiter. Er war totenblaß geworden, als er die Hand, die sich ihm entgegenstreckte, nahm. Und seine Stimme hatte einen rauhen, heiseren Klang.

»Guten Abend, Margarete,« antwortete er. »Das ist in der Tat unerwartet. Es geht dir gut?«

»Ausgezeichnet,« sagte die schöne Frau. »Besonders in diesem Augenblick, der mir eine so freudige Überraschung beschert. Ich freue mich wirklich, Ernst.«

»Du bist schon lange in Neuyork?«

»Nicht sehr lange. Ich kam in der Weihnachtswoche herüber. Ich gastiere in einigen meiner Hauptrollen am Irving-Place-Theater. Wußtest du es nicht?«

»Nein, das wußte ich nicht. Ich lebe hier meinen Studien. Sehr zurückgezogen.«

»Du betonst deine Zurückgezogenheit so sehr, als ob du einen Einbruch von mir befürchtest. Du bist mir doch nicht mehr böse, Ernst?«

»Ich bin dir nicht mehr böse, Margarete. Ich hab' das alles ja vergessen.«

»Wirklich?« Sie lächelte ihn ungläubig an. »Kann man das? Ich habe es nicht gekonnt.«

»Margarete,« sagte er leise, »wollen wir beim ersten Wiedersehen schon wieder Komödie miteinander spielen? Laß das nun begraben sein.«

Sie ließ ihre Augen voll auf ihm ruhen, als ahnte sie nicht, daß sie ihn quälte.

»Du siehst vorzüglich aus, Ernst. Gebräunt und wetterfest. Das Leben in den Prärien hat
dir gut getan. Siehst du, wie ich deinem Leben mit Aufmerksamkeit gefolgt bin? Weihnachten
erst las ich in der Zeitung einen glänzenden Artikel über dich und deine Triumphe und bin von
Stund an oft im Hotel Astor gewesen, in der heimlichen Hoffnung, dich zu sehen.«

Und plötzlich wußte Wegherr es: Daher die Unruhe, die an mir zerrte und riß und mich
vertreiben wollte.

Und die Stimme neben ihm sprach weiter: »Es glückte mir nicht. Entweder du lebtest wirklich so ganz zurückgezogen, oder du wußtest Besseres zu beginnen, als im Hotel Astor dich der
Gesellschaft zu zeigen. Du warst schon in Deutschland jemand, aber in Amerika bist du doch
eine Berühmtheit, die sich nicht ohne Grund zurückziehen sollte.«

Ein Blick der schönen Frau traf Gertrud van Weert. Ruhig und prüfend kam der Blick, ein
wenig hochmütig und ein wenig spöttisch. Und Gertrud van Weerts dunkle Augen nahmen
ihn auf, und die schöne Frau las einen heiligen Ernst in diesen Augen.

Nein, dachte Wegherr finster, ich werde sie nicht miteinander bekanntmachen. Das bin ich
dem tapferen Mädchen schuldig.

»Gedenkst du länger zu bleiben, Margarete?« fragte er und riß sich zusammen.

»Solange es mir gefällt. Jedenfalls bis zum Schluß der Spielzeit. Du könntest ja das Deine
dazu tun.«

»Ich?« – stieß er überrascht hervor. »Wie könnte meine Person dabei in Rechnung gestellt
werden? Du scherzest, Margarete.«

»Nun, nun, nun,« und sie lachte ihn an wie ein schmollendes Kind, »wirf das nicht gleich so
schrecklich weit von dir. Waren wir nicht einmal gute Kameraden, Ernst? Das ist doch nicht
wegzuleugnen? Und inzwischen sind wir um so vieles vernünftiger geworden. Da ist doch kein
Hinderungsgrund, die gute Kameradschaft wieder aufzunehmen? In der Fremde gleicht sich so
manches aus und erscheint nur noch töricht und unerfindlich in seinen Beweggründen. Also
auf gute, neue Kameradschaft im freien Amerika, Ernst.«

Er blickte angestrengt nach der Bühne. Ein Klingelzeichen hatte die Besucher auf ihre Plätze zurückgerufen. Der Kleiderrock Gertrud van Weerts streifte sein Knie, und er sah sie in
ihrer stolzen Jungfräulichkeit, ohne den Kopf nach ihr zu wenden. Was muß sie hier erdulden,
dachte er.

Die hochgewachsene Frau in der Nebenloge wartete auf Antwort. Sie glaubte den Mann im
Kampf mit sich selbst und griff heiter ein.

»Ich mache dir gleich einen Vorschlag, Ernst. Wollen wir nach der Oper zusammen speisen?
Irgendwo, wo es hübsch ist und Musik und die beste Gesellschaft von Neuyork. Deine Begleiterin wird sich gewiß gern anschließen.« Sie beugte sich vor, und wieder traf ihr Blick Gertrud
van Weert, herablassend und ein wenig spöttisch wie zuvor. »Willst du mir die junge Dame
nicht vorstellen, Ernst?«

»Nein!« sagte er hart und kalt, daß Gertrud van Weert ihre Hände ineinanderkrampfte.

Der Vorhang war hoch. Dort, auf der Bühne, war Carmens Reich. Das Zigeunerlager...

Wegherr saß, die Hände über die Brüstung gestreckt, und horchte den Klängen der alten
Zaubermusik. Aber sie berauschte sein Blut nicht mehr. Sie hatte für seine Sinne nur noch
ein künstlerisches Interesse. Dieser Don José war liebestoll. Das sollte vorkommen, das kam
wohl alle Tage vor, daß ein girrendes Zigeunerwesen mehr über den Mann vermochte als die
reinste Micaëla. Das Wort eines berühmten Kapellmeisters fiel ihm ein, der es aus seinem abenteuerlichen Leben wissen mußte: »Glauben Sie mir, an den liederlichsten Rackers hängen wir
Mannsleut' fester als an den besten Weibern.«

Er glaubte es ihm. Er glaubte ihm die Mannsleut', aber nicht die Männer.

Mit gespannter Aufmerksamkeit horchte er auf die heißen Melodien, bis der Akt zu Ende
ging und der Vorhang sich senkte.

Hellerleuchtet lag das Haus, und nach den begeisterten Beifallskundgebungen war des Lachens und Schwatzens kein Ende. Wegherr wandte sich Gertrud van Weert zu. Er hatte ihren
Blick verspürt.

»Wollen wir gehen?« fragte sie hastig, und die Angst sprach aus ihrer Stimme.

Er sah sie groß an.

»Das Feld räumen? Halten Sie mich für einen Verbrecher?«

Da schwieg sie, betroffen von seinem schroffen Ton.

Neben ihm saß die schöne Frau, weit zurückgelehnt, und fesselte in ihrem wilden Reiz die Blicke der Bewunderer.

Während des nächsten Aktes aber war sie verschwunden.

Das Spiel war aus. Der Vorhang hob und senkte sich zum letzten Male. Wegherr half seiner Begleiterin in Jackett und Pelz und führte sie die Stufen hinab zum Ausgang. Es war kalt und feucht, und Gertrud van Weert schauerte in den Schultern.

So gingen sie eine Weile nebeneinander dahin, ohne zu sprechen.

»Weshalb fragen Sie nicht?« brach er endlich das Schweigen. »So fragen Sie doch.«

»Was soll ich fragen?« erwiderte sie still. »Sie sind traurig. Mehr brauch' ich nicht zu wissen.«

»Traurig?« lachte er auf. »O nein. Ich habe nur wieder diesen Geschmack auf der Zunge, diesen – diesen – Also fragen Sie doch schon. Wer die Dame war, möchten Sie wissen, die Dame, die so vertraulich zu mir tat, als ob sie das Recht dazu gestohlen hätte.«

»Nein,« sagte Gertrud van Weert, »ich wünsche es nicht zu wissen. Ich möchte nur, daß Sie nicht mehr daran denken, wenn es häßlich war.«

»Ich will es Ihnen sagen. Es war meine Frau. Meine geschiedene Frau.«

Sie ging schweigend an seiner Seite weiter.

»Nun? Sie antworten mir nicht.«

»Ich hatte es mir gedacht,« sagte sie, »und ich bitte Sie wegen des Wortes ›häßlich‹ um Verzeihung. Sie ist sehr schön.«

»Finden Sie sich weniger schön?« rief er heftig.

»Nein.«

Das kam klar und stolz, und seine Heftigkeit verflog.

»Gott sei Dank,« murmelte er, »ich glaubte schon, Sie hätten kein Blut mehr in den Knochen. Das hätte ich jetzt nicht ertragen.«

Und unwillkürlich begann er aufs neue.

»Ich spürte es an der Luft, seit Wochen schon. Es lag etwas in der Luft, was mich belastete, und Sie haben es wohl bemerkt und es mit mir tragen müssen. Da ist so viel innere Unreinheit, so viel, von dem ich einer anderen Frau nicht sprechen kann, und wenn sie tausendmal meine Schwester wäre. Gerade dann nicht. Wenn ich daran denke, komme ich mir selber vor, als hinge mir noch etwas davon an, was auf meine Umgebung abfärben müßte. Und wenn es nur die stumme Frage im Blick einer anderen wäre: ›wie hast du das nur so lange mitmachen können?‹ Nun haben Sie sie gesehen. Nun werden Sie vielleicht begreifen, daß man sich nicht so schnell loslösen kann und immer wieder hinter der Hoffnung herjagt: das ist eine Übergangszeit, das sind Launen, in dieser schönen Frau, die eine so große Künstlerin ist, muß doch eine große Seele wohnen. Weder eine große, noch eine kleine. Nur Trieb, fiebernde Neugier, Ehrsucht, und jeder Partner war ihr recht, auf der Bühne wie im Leben, wenn sie nur über ihn herrschen konnte. Und zu diesen Partnern habe ich auch einmal gezählt.«

»Nein,« sagte Gertrud van Weert. »Das haben Sie nicht.«

»Nicht? Nun, ich bin dazu gezählt worden. Ist das etwas anderes? Als Hauptpartner noch dazu, der nicht aus der Rolle fallen durfte, solange er ihr nicht das Haus verbieten konnte. Das bleibt sitzen wie ein Fleck im Rock. Darüber mache ich mir nichts weis. Oder was glauben Sie, weshalb ich nach Amerika gegangen wäre und wie ein Heimatloser herumirrte? Weil ich daheim keine anständigen Menschen mehr in mein Haus führen kann, und wenn es auch ein anderes Haus wäre. Die Erinnerung zieht mit um. Die kann ich keinem als Gastgeschenk zumuten.«

»Das ist keine Erinnerung. Das ist ein Unglücksfall. Deswegen zweifelt kein Mann an seinem Glück.«

»Und läßt sich von einer anderen Frau die verstauchte Hand verbinden. Meinten Sie nicht so?«

Sie ging mit fest geschlossenen Lippen, um das Zucken ihres Mundes zu bändigen. Und sie nahm alle ihre Kraft zusammen.

»Es ist noch nicht so lange her, daß ich ganz verlassen war und irgendwo in der Wildnis krank lag. Sie sahen, daß ich litt, und taten nichts als mich gesund pflegen. Heute sehe ich, daß *Sie* leiden, und nun ist die Reihe, zu pflegen, an mir.«

»Wir sind hier an Ihrem Hause,« sagte er und blieb stehen. »Nehmen Sie herzlichen Dank für Ihr freundliches Mitleid. Aber wir wollen uns lieber auf die Arbeit freuen. Recht gute Nacht, Fräulein van Weert.«

Was will er denn nur? dachte sie todtraurig, als sie ihr Zimmer suchte. Was will er denn nur? Soll ich ihm meine Hilfe denn aufdrängen? Nein, das will er ja gar nicht.

Und dann fiel ihr ein, als sie ihr Lager aufgesucht hatte und nicht einschlafen tonnte, was er ihr von der fehlenden Mutterliebe gesagt hatte. »Wer ohne Mutterliebe aufgewachsen ist, Fräulein van Weert, wird in Herzensdingen viel Reugeld bezahlen müssen.« Das war es. Und er hatte gezahlt und fand sich nicht mehr zurecht. Nicht mehr in anderen Herzen.

In den nächsten Tagen war Wegherr ruhig und gefestigt bei seiner Arbeit. Sein Wesen war freundlich und gefällig, und doch spürte Gertrud van Weert eine leise Zurückhaltung heraus. Sie empfand es wohl, daß nicht Mangel an Vertrauen ihn abhielt, wie sonst mit ihr über alles, was seine Seele bewegte, zu sprechen. Ihr weibliches Gefühl sagte ihr bald, daß seine Zurückhaltung eine Schonung bedeuten sollte, und es tat ihr wohl und wehe zugleich, ihn in seiner Vorsicht zu gewahren, die sie mit sorglicherer Vorsicht noch erwiderte.

Diese stille Rücksichtnahme aufeinander mußte bald eine Wirkung zeitigen, die sie selbst nicht gewünscht und vorausgesehen hatten. Ihre Gespräche stockten mehr und mehr. Was übrigblieb, ging nicht über die notwendigsten Redensarten hinaus, und zwischen den Menschen, die kein Geheimnis vor einander gekannt hatten, versank die Brücke immer mehr, über die sie fast zu jeder Stunde lachend zueinander geeilt waren. Ein leerer Raum hatte sich aufgetan, und sie standen hüben und drüben in tödlicher Verlegenheit, und jede aufklärende Frage erschien ihnen plötzlich anmaßend und überheblich.

So kam es, daß aus lauter Schonung eine Entfremdung geboren wurde, die nichts war als ein Versiegen des Wortes in aller Überfülle der Empfindungen. Und sie gingen miteinander um, als sähe jeder im anderen den Kranken, und jeder lehnte sich im Innern gegen die Rücksichtnahme auf, zürnte in der Stille und verdoppelte die eigene Sorgfalt.

Täglich, nach wenigen Stunden schon, unterbrach Wegherr sein Diktat und zog die Uhr.

»Ich überanstrenge Sie wieder, Fräulein van Weert. Wir wollen eine Pause machen und am Nachmittag fortfahren.«

»Es ist aber doch jetzt Ihre beste Arbeitszeit. Und ich habe mich nie so frisch gefühlt wie heute.«

»Wirklich, Fräulein van Weert, es ist besser für Sie. Wir wollen jedenfalls eine Pause machen.«

Sie nahm die Hände von den Tasten der Schreibmaschine und legte sie auf der Tischplatte übereinander.

»Soll ich bleiben oder wiederkommen? Ich richte mich ganz nach Ihrer Arbeitsstimmung.«

»Arbeitsstimmung?« fragte er erstaunt. »Ach nein, das ist ein Wort, das die Trägen und Unfruchtbaren erfunden haben. Entweder man ist innerlich mit seiner Arbeit fertig und weiß, wie der Weg geht – dann ist Arbeitsstimmung nur noch Arbeitswille. Oder man ist nicht fertig und tappt im dunkeln – dann soll man von vornherein die Finger davon lassen und nicht sein Unvermögen in die interessanten Falten des Stimmungsmäntelchens hüllen. Ich glaube nicht, daß ich dieses Theaterbeiwerk je in Anspruch genommen habe.«

»Das wollte ich doch nicht sagen,« murmelte sie bestürzt.

»Sie haben mich mißverstanden, Fräulein van Weert,« entgegnete er hastig. »Wie käme ich dazu, Ihnen einen Vorwurf zu machen? Ich habe nur ganz im allgemeinen gesprochen. Ganz im allgemeinen. Wenn es Ihnen recht ist, können wir fortfahren.«

Und nun arbeiteten sie weiter und verdoppelten ihre Anstrengungen, nur um dem anderen die ungebrochene Spannkraft zu zeigen, und jeder zürnte sich selbst, daß er nicht klarer gesprochen habe, und dem anderen, daß er ihn mißverstehen konnte.

Die gemeinsamen Abendspaziergänge hatten aufgehört. Wenn Gertrud van Weert ihre Schreibsachen zusammenpackte, hoffte sie sehnsüchtig auf ein einladendes Wort. Und Wegherr dachte: sie beeilt sich, von dir wegzukommen, und blickte stumm aus dem Fenster.

War die Tür zwischen ihnen ins Schloß gefallen, so horchten sie beide angstvoll auf. Und dann litten sie beide den ganzen Abend unter der Trennung und faßten beide mutige Vorsätze, am nächsten Morgen den ersten Schritt zu tun, und standen sich am nächsten Morgen gegenüber und unterließen es, weil jeder vom anderen ein Zeichen erwartete.

Für Wegherr war es leichter, über die Zeit hinwegzukommen. Er besuchte die deutschen Vereine und fand bei aller Vereinsmeierei viel kernhaftes Deutschtum, das nur schamhaft war und ungelenk, weil ihm die großen Zielpunkte in den Wolken zu liegen schienen. Diese Männer waren als Einzelwesen deutsch bis ins Mark geblieben, als Gesamtheit aber waren sie ohne die durchdringende Geltung, die ihre Zahl und ihre Geistesart zu verlangen hatte, denn es fehlte ihnen hier wie überall der feste Zusammenhang und die straffe Gliederung, die nur politisch großzügige Führer zu geben vermögen.

Darüber sprach er in den Versammlungen, und als er die aufhorchende Menge sah, war er der Alte.

»Ich weiß,« sagte er, »daß Ihnen Amerika die neue Heimat geworden ist. Wir brauchen das Wort von der Mutter Germania und der Braut Amerika nicht auf seine Richtigkeit zu untersuchen. Denn die Mutter wird, wenn die Braut es so wünscht und der Mann ihr den Willen tut, leicht auf Schwiegermuttersold gesetzt. Das sind zuletzt Familienangelegenheiten, die ein jeder mit seinem Gewissen abzumachen hat. Etwas anderes aber ist es mit dem deutschen Vermögen, das Mutter Germania ihren Kindern mit auf den Weg gegeben hat, damit sie, die sie vielleicht nie im Leben wieder sieht, der ehrenhaften Familie auch in der Fremde Ehre machen, sich nicht ihres Namens und ihrer Herkunft zu schämen brauchen und stolz vortreten und rufen können: Hier sind *wir*! Und wir sind von Haus aus *auch* jemand! Dafür hat Mutter Germania gesorgt, und an Ihnen ist es, weiter zu sorgen. Wir sind kein Kulturdünger, wir sind der Kultur *boden*!

Das Wort, sie sollen's lassen stahn.

Aber es soll nicht nur ausgesprochen werden, wenn ein heimatlicher Trunk in den Gläsern perlt oder ein Heimatlied erklungen ist. Es muß mit Ihnen gehen zu jeder Beschäftigung des Tages, und Sie müssen sich mit ihm schlafen legen und frühmorgens mit ihm erwachen, bis aus dem Wort die Tat geboren ist. Was aber ist die Tat im Völkerleben? › *Vorbereitet* sein ist alles,‹ sagt Hamlet, und Sie müssen Ihren Willen zur Hand nehmen und sich vorbereiten im Schweiß Ihres Angesichts und nicht ermatten und verzagen, weil aus der Blüte nicht gleich der reife Apfel bricht. Ohne Schweiß kein Preis. An Urbarmachung und Aufbau des Landes haben Sie den deutschen Schweiß gesetzt. Nun setzen Sie ihn auch an die Anerkennung Ihrer Volksart, Ihres Mitbestimmungsrechtes, Ihrer Regierungstätigkeit zum Ruhme der germanischen Kultur.

Die Geschichte dieser Staaten hat es gelehrt und lehrt es noch auf Schritt und Tritt, daß die Deutschen ein Menschenmaterial darstellen, mit dem eine Welt zu erobern ist. Sind die Deutschen im Haushalt der Völker immer noch bewertet wie Landsknechte, die jeder Trommel folgen und sich mit einer Handvoll Dukaten wieder verlaufen? Gott sei gedankt, diese jammervollen Zeiten sind längst untergegangen im Meere der Vergessenheit. Und die Deutschblütigen Amerikas wissen nicht zuletzt, daß es um Ideale geht, die ihren Nachkommen einst unbezahlbare politische, wirtschaftliche und sittliche Werte darstellen werden. Amerika wird eine einzige Volksgemeinde werden, wird es werden müssen um seines Namens und Ansehens willen. Die Schwächeren und Teilnahmlosen werden aufgesogen werden, die Starken aber werden dem amerikanischen Volk der Zukunft ihren Stempel aufgedrückt haben, bevor auch sie in der großen Volkseinheit untertauchen.

Muß ich Ihnen sagen, wer die Starken zu sein haben? Die germanische Völkerfamilie, die diesem Lande die besten Bestandteile lieferte von Anbeginn an. Und Sie gehören dazu. Sie sind in erster Linie die Vermögensverwalter.

Aber Sie halten sich abseits, und ich erkenne mit Begeisterung an, was jeder Einzelne von Ihnen in heißer Arbeit geschaffen und vor sich gebracht hat für sich und die Seinen. Das deutsche Pflichtgefühl und der eiserne Wille haben sich herrlich bewährt diesseits des Ozeans. Das mochte in einer Zeit genügen, in der alles im Werden begriffen war. Heute genügt es nicht mehr. Die Pflichten wachsen mit Stellung und geistigem Vermögen über das Leben des Einzelnen hinaus in das Leben der Allgemeinheit hinein. Sie haben nicht mehr das Recht, abseits zu stehen und nur um das Wohl und Wehe des eigenen Daches besorgt zu sein, ein Volksteil von fünfzehn, ja zwanzig Millionen hat dieses Recht nicht mehr, er hat hinauszutreten in alle Öffentlichkeit und seine Rechte zu mehren und mit Nachdruck zu pflegen. Die Angloamerikaner gaben Ihnen zeitlebens das Beispiel, und die Irländer sitzen in der Politik und leiten nach Gutdünken das Schicksal der Gemeinden. Die Irländer! Und das soll Ihnen genügen?

Überwinden Sie endlich die Scheu vor der Öffentlichkeit! Steifen Sie den Nacken und schmieden Sie das Schwert der Rede. Ziehen Sie aus den eigenen Reihen die Schar der Politiker heran, die das Schwert der Rede zu schwingen wissen in scharfer Begründung und eine Partei bilden, die die Hoffnung und Blüte des Landes wird. Sie anderen aber, die Sie daheim bleiben, blicken Sie für Stunden auf vom Kurszettel und machen Sie sich heimisch auf der Lebensbörse Amerikas, an der es um Sonne, Mond und Sterne geht und nicht nur um Taler und Groschen. Ich grüße die deutschen Vereine, die deutsches Wort und deutsches Lied zu pflegen und zu erhalten wissen. Mit Bewunderung aber werde ich sie grüßen, wenn die Stunde gekommen ist, in der die deutschen Vereine die Schule geworden sind für Führer und Mannschaften, die dem amerikanischen Deutschtum den Lorbeer des Siegers holen, der seiner gesammelten Kraft längst gebührt.

Und so gedenken Sie der Worte Schillers im ›Wallenstein‹, Schillers, Ihres Lieblingsdichters:

> O! Nimm der Stunde wahr, eh' sie entschlüpft.
> So selten kommt der Augenblick im Leben,
> Der wahrhaft wichtig ist und groß!‹«

Es lief eine Erregung durch den Saal. Bis in die letzten Stuhlreihen lief sie und kam nicht mehr zur Ruhe. Der dort oben einsam stand und zu ihnen sprach, war ein Kühner, der das Fürchten nicht kannte. Und sie, die sie zu Tausend im Saale saßen und zu Millionen im Lande, sie sollten das Fürchten kennen? Der deutsche Mann, der dort oben stand, legte, ohne des Aufzuckens zu achten, den Finger in die Wunde, aber mit der anderen Hand hob er das heilende Kraut hoch empor. Und die Erregung löste sich in Worten, und die Worte brausten zu Wegherr hinauf und umbrandeten ihn. Der alte › **furor teutonicus**‹.

Vorne aber, ganz nahe dem Rednerpult, saß eine schöne Frau, weit vorgebeugt, mit heißen Augen, als sähen sie ein Gladiatorenspiel.

Jetzt hatte Wegherrs Blick sie getroffen.

So saß sie auch in der römischen Osteria, kam es ihm in den Sinn, als die Maler sich rauften.

Und er wandte den Kopf und hatte sie vergessen.

»Frank Willart – sind Sie es?«

»Ich bin's, Doktor Wegherr, ich bin's! Und glücklich bin ich, Sie wieder gesehen, Sie wieder gehört zu haben. Lassen Sie Beschlag auf sich legen, Doktor Wegherr, lassen Sie diesen Abend uns beiden allein gehören.«

»Er gehört Ihnen. Morgen wollte ich Ihnen schreiben oder zu Ihnen reisen. Nun kann ich das alles heute abend noch mit Ihnen bereden.«

Dann saßen sie in einer stillen Ecke des Astor-Restaurants und sahen sich in die Augen.

»Das werden nun bald anderthalb Jahre, daß Sie auszogen, für unsere große Sache zu werben,« sagte Willart, und über sein kluges Gesicht glitt es wie ein Leuchten des Triumphes. »Es ist gut, Doktor Wegherr, daß Sie nicht wissen, was Sie erreicht haben. Es ist gut für uns, weil Sie sich dieselbe Begeisterung bewahrt haben wie am ersten Tage. Als ginge es heute erst drauf und dran. Wenn ich nicht schon Ihr Freund wäre, so würde ich mir heute als größtes Geschenk Ihre Freundschaft erbitten. Doktor Wegherr, ich werde Ihnen Ihre Aufopferung niemals vergessen.«

»Sie sind mit dem Wachsen des deutschen Bundes zufrieden?«

»Über alles Erwarten. Nur der Funke brauchte in all' die Gelassenheit zu fliegen. Sie waren der Funke.«

»Es ist leichter,« wehrte Wegherr, »ein Feuer zu entzünden, als es zu schüren und zu unterhalten. Die Schwere der Aufgabe liegt auf Ihnen. Aber Sie sind der Mann, der in Amerika gelernt hat, seinen Weg bis ans Ende zu verfolgen.«

»Es ist meine Lebensaufgabe,« sagte Willart, und in seinen sonst so ruhigen Augen blitzte es auf. »Ich möchte nicht eher sterben, als bis ich sie vollendet habe.«

»Und Sie glauben an ihre Erfüllung?«

»Sonst wäre es nicht meine Lebensaufgabe.«

Wegherr reichte ihm die Hand. »Und ich glaube an Sie. Der Führer erst macht die Armee.«

»Sie sind so feierlich, Doktor Wegherr. Ist der Rausch des Abends so spurlos an Ihnen vorübergegangen?«

»Ich fühlte,« sagte Wegherr und blickte ins Weite, »wieviel zu tun noch übrigbleibt. Und der Gedanke stimmte mich ernst, daß ich in Zukunft nur noch Zuschauer aus der Ferne sein würde. Ich lasse ein paar Tropfen Herzblut in diesem Lande zurück.«

»Sie wollen – uns verlassen? Doktor Wegherr, hier ist Ihr Platz, hier steht Ihre Leiter, die zur Höhe führt.«

Wegherr schüttelte den Kopf.

»Sie irren. Es gelüstet mich nicht nach der Leiter. Mein Weg geht dorthin, wo ich glaube gebraucht zu werden, im Geiste des Deutschtums gebraucht zu werden. Mehr kann ich an Amerika nicht abgeben, als ich tat. Aber in Deutschland hoffe ich am Platze zu sein.«

»Ich verstehe Sie,« antwortete Willart nach einer Weile. »Es ist ein schmerzliches Verstehen, aber darum muß ich ihm doch Folge geben. Sie wollen für die alte Heimat nutzbringend anlegen, was Sie in der neuen erforschten.«

»Auf gute Kameradschaft, Frank Willart,« sagte Wegherr in tiefer Ergriffenheit und hob sein Glas. »Auf daß unsere Wege immer nebeneinander laufen.«

»Ich darf Sie nicht halten, Doktor Wegherr. Ich darf Sie nur bitten: lassen Sie sich, lassen Sie uns noch Zeit.«

Wegherr preßte die Lippen zusammen. Sein Atem ging schwer.

»Sie werden es nicht verstehen, was ich Ihnen sage. Ich halte es nicht mehr aus. Nicht wahr, das verstehen Sie nicht.«

»Ja,« erwiderte Willart ernst, »ich verstehe. Man kann es nur nicht in Worte fassen.«

»Nein, das kann man nicht. Und über ein kurzes noch, und es verschlägt mir auf dem Rednerpult die Rede.«

»Wann wollen Sie reisen, Doktor Wegherr?«

»Ich habe noch einen Besuch in Boston zugesagt. Das würde in einer Woche, Mitte Februar sein. Vorher aber will ich noch einmal nach Pennsylvanien, von Freund Wuppermann Abschied nehmen und mir bei einer alten Frau Grüße holen.«

»Sie versprechen mir, daß ich Sie vor Ihrer Abreise noch sehe?«

»Ich verspreche es Ihnen.«

Und dann saßen sie bis tief in die Nacht und besprachen die Fragen, in deren Zeichen sie sich gefunden hatten, als gälte es eine neue gemeinsame Wanderung und nicht einen Abschied.

Am nächsten Morgen kam Gertrud van Weert. Sie war fröhlicher als sonst. Sie kam, um ihm zu sagen, daß sie ihn am Abend gehört und ihn verstanden hätte. Daß sie ihm zu danken hätte und ihn bitten wollte, nun auch wieder wie früher zu ihr zu sein. Aber als sie den tiefen Ernst in seinen Zügen gewahrte, kroch die Fröhlichkeit zurück.

Er diktierte bis gegen Mittag. Dann brach er ab. »Es ist genug.«

Beklommen blickte sie auf ihre Arbeit. Er hatte ihr noch etwas zu sagen. Sie fühlte es, ohne ihn anzusehen.

»Fräulein van Weert, dies war das letzte Diktat in Neuyork.«

Da war es. Ihr Herz hatte ausgesetzt, während er sprach. Jetzt, da er schwieg, schlug es, daß es ihr den Atem benahm.

»In – Neuyork?« stieß sie hervor.

»Wenn ich ›in Neuyork‹ sagte, so meinte ich – in Amerika.«

Und wieder setzte ihr Herzschlag aus, und es wurde so dumpf in ihr, daß das Geräusch der Straße nur wie ein Tönen aus anderen Welten zu ihr drang.

Was war ihr? Was tat sie? Nein, das durfte nicht sein. Nicht wie irgend ein kleines Mädchen sich benehmen. Nur nicht das. Herrgott, Fassung. Was ging das einen anderen an, daß sie wieder einmal geträumt hatte, von Ruhe, Glück und – und – tausend namenlosen Dingen. Das war jetzt ihr Kapital. Das durfte sie nicht um seinen Wert bringen. Davon mußte sie leben, weiter leben. Ja – so war es.

Sie riß sich zusammen und fand die Kraft, sich ruhig zu erheben.

»Sie meinen, es sei an der Zeit, Abschied zu nehmen?«

»Ich reise morgen früh zu unserem Freunde Wuppermann nach Pennsylvanien. Ich wollte Sie bitten, mit mir zu reisen, weil ich annahm, es würde auch Sie freuen, die Stätte, an der so viele Erinnerungen hängen, noch einmal wiederzusehen. Freilich, wenn es Sie so sehr drängt, Abschied von mir zu nehmen –«

»Mich? Sie gaben es mir doch zu verstehen. Wie sollte es mich dazu drängen?«

Er atmete erleichtert auf.

»Das freut mich von Herzen, Fräulein van Weert, daß Sie mit mir kommen wollen.«

»Zu Wuppermanns? – – Nein.«

»Nein?« fragte er erstaunt. »Darf ich fragen, weshalb gerade dorthin nicht?« Er runzelte die Stirn. »Fräulein van Weert, ich hoffe, ich habe Ihnen niemals Anlaß zur Klage gegeben. Ist es – ist es vielleicht eine Schande, meine Privatsekretärin gewesen zu sein?«

»Nein, es ist keine Schande,« murmelte sie. »Aber ich kann nicht mit Ihnen zu Wuppermanns. Ich kann nicht.«

»Sie – schämen sich Ihrer Arbeitsstellung zu mir?«

»Ich habe mich noch nie einer Arbeit geschämt,« stammelte sie. »Das war doch ein großes, ein geradezu unverdientes Glück, daß ich bei Ihnen sein konnte. Aber ich bitte Sie darum, erlassen Sie mir diese Fahrt.«

»Sie wollen mir den Grund nicht sagen?«

»Nein – ich kann es nicht.«

»So muß ich also dabei bleiben, daß Sie sich vor Ihren Freunden der Zeit schämen, die uns einmal gehörte. Arme Schwester.«

Sie riß den Schleier herunter. Er sollte es nicht sehen, daß ihr die Tränen in die Augen stürzten.

»Sie haben kein Recht, an meiner Aufrichtigkeit zu zweifeln. Nein, das haben Sie nicht!«

»Sie wollen gehen? Ohne mir die Hand gereicht zu haben? Was werden Sie tun, während ich auf Reisen bin? In acht Tagen denke ich zurück zu sein.«

»Wenn Sie – wünschen, – telephoniere ich – von meiner Pension aus – an.«

»Ich werde Sie aufsuchen, Fräulein van Weert.«

Er ging zum Fenster und rang nach einem Wort. Nach einem Wort wie in alter Zeit. Als er sich umwandte, hatte sie das Zimmer verlassen.

Und dann saß er vor seinem Schreibtisch, Stunden um Stunden, bis die Dunkelheit hereinbrach, bis es Nacht wurde.

»Sie läßt mich allein,« sagte er laut in das Dunkel hinein und dachte nicht daran, daß auch er sie allein gelassen hatte.

Er straffte sich und begann mechanisch, seine Koffer zu packen.

»Nun freue ich mich nur noch auf die alte Frau in Pennsylvanien. Nun freue ich mich nur noch auf das bißchen tote Mutterliebe.«

17

Diesen Weg war er schon einmal gefahren. Im September war es gewesen, gleich nach der Ankunft in Neuyork, als er sich aufgemacht hatte, zuerst der Einladung Wuppermanns zu folgen, des Nachbarsohnes von der Herzbachstraße. Wegherr entsann sich noch jeder Haltestelle, jedes Gehöftes. Die ersten Eindrücke, die er dazumal vom amerikanischen Land in sich aufgenommen hatte, hatten sich nicht verwischen können.

Dazumal! Da war er gekommen auf der Flucht vor der Heimat, auf der Flucht vor sich selbst. Auf der Suche nach Ruhe und Vergessen. Auf der Suche nach einem Winkel, in den er sein Herz betten könnte: »Schlaf traumlos, hier ist die Fremde, die dich nicht mit Träumen plagt.« Und dieser Winkel sollte fest eingeklemmt zwischen dem Brustharnisch sein, während er selbst in den Kampf zog für die vielen sehnsüchtigen Herzen, um den Kampf des eigenen zu betäuben.

Nun fuhr er dieselbe Straße nach anderthalb Jahren. Der Kampf lag hinter ihm, nach seinem Willen, und schon kam das Herz hervorgekrochen und klagte: Ich schlafe nicht mehr, ich bin wieder voll von unruhigen Träumen.

Wohin schweiften die Träume aufs neue? Sie suchten Deutschland, das er wie ein Zauberbild mit sich geführt hatte nach Ost und West, Nord und Süd, durch Städte und Dörfer, Felsenberge und endlose Prärien, das er den Lauten und Leisen der verstreuten Stammesbrüder in immer schimmernderen Farben gemalt hatte, bis er selber dem Zauber erlegen war. Sie suchten Deutschland und das Heimatglück.

Das Glück...dachte der sinnende Mann. Was kann es für mich sein? Ein Mund, heißer als alle, der die Zukunft ist, und eine Hand, stiller als alle, die durch ein Handauflegen die Vergangenheit zum Schweigen bringt. Wo ist der Mund und die Hand? Wie kann Deutschland mir da die Heimat sein?...

Das Rauschen des Delaware tönte zu ihm herauf und gab keine Antwort auf die Frage nach der Heimat. Und die Wasser des Schuylkill, die die flachen Ufer überschwemmten, vermochten ihm noch weniger zu sagen. Philadelphia, die Stadt der Bruderliebe, lag hinter ihm. Nein, nach Bruder- und Schwesterliebe hatte er nicht gefragt. Sie war heiter wie ein Licht, aber nicht warm wie ein Herdfeuer. Das aber suchten und sahen seine Träume.

Immer weiter war die Bahn in das Schuylkilltal hineingezogen. Er hatte nicht mehr acht auf die Zeit gehabt und blickte überrascht auf, als der Neger ihm den Namen einer auftauchenden Stadt nannte. Er griff sein Handgepäck zusammen und begab sich auf die Plattform. Sie fuhren ein, und dort wuchtete auch schon der energische Schädel Wuppermanns, ein Hut fuhr ihm an den Augen vorbei und ein dröhnender Heilruf in seine Ohren.

Er sprang aus dem Wagen und umarmte den Freund.

»Da hätten wir dich!« schrie Wuppermann. »Endlich mal wieder! Nun werden wir dir für einige Zeit den Halfter anlegen. Bist du heil und gesund? Mensch, du beschämst uns Landbewohner mit deiner Indianerfarbe.«

»Wie geht es deiner Frau? Wie geht es den Kindern? Was macht die Fabrik und das Harmonium?«

Wuppermann hatte seine Ruhe bereits wiedergefunden.

»Weißt du was, Ernst? Am besten, du überzeugst dich in einer halben Stunde selber. Wenn ich die Wahrheit sage, lüge ich aus lauter Vergnügen dazu, und wenn ich das *nicht* tue, bleibt das Bild hinter der Wahrheit zurück. Also komm schon.«

Sie saßen nebeneinander auf dem Kutschsitz des zweirädrigen Wägelchens, und der Traber spürte die Schnicke und griff langbeinig aus. Viehweide und Industriegelände flogen vorüber, und jetzt fuhr Wegherr auf und starrte auf eine Geländemasse im winterlichen Felde.

»Die Damenuniversität,« sagte Wuppermann und pfiff dem Pferde zu wie einem Hunde. »Solltest du doch kennen, Ernst. Das famose Mädel, das Fräulein van Weert, das du vor Jahr und Tag bei uns kennen lerntest, lebte und webte dort und lehrte die Töchter des Landes, was sie nicht lernen wollten. Jetzt ist sie längst über alle Berge.«

»Ja, ja – ich entsinne mich,« erwiderte Wegherr. Und dann drehte er sich auf dem Kutschsitz um, wie von einer fernen Gewalt gezogen, und suchte nach einer Gestalt, die auf dem verödeten Campus stand und hinter ihm her blickte, als zöge dort das Leben dahin.

Ob sie jetzt ebenso an einem Fenster des Neuyorker Broadway stand mit demselben heimwehkranken Blick?

Oder ob sie sich reckte, daß ihre Brust vorwärts drängte und Schultern und Arme sich strafften im Gefühl der Freiheit...

»Hoppla,« sagte Wuppermann, »das war ein ganz verdammter Chausseestein. Die Landstraßen liegen im ganzen Land im argen. Na, bessert sich auch mal!«

»Ist das nicht dein Haus, Georg?«

»Nicht wahr, du erkennst es nicht wieder? Hab's bis auf den Grund niedergelegt und neu gebaut, geräumiger und bequemer. Die kleinen Trabanten wachsen heran und können nicht mehr wie Brüderchen und Schwesterchen durcheinander schlafen. O, auch wir Hinterwäldler wissen, was sich schickt.«

Er lachte das dröhnende Lachen seines Vaters, des kleinen Schmiedemeisters von der Herzbachstraße. Aber es war Besitzerstolz darin.

»Ein neues Haus,« sagte Wegherr. »Und im alten lassen die Kinder ihre Unbekümmertheit.«

»Oho! Das stimmt wohl nicht ganz. Wenn die Küken größer werden, schiebt man ihnen Eier unter. Das macht ihnen dann genau so viel Spaß als vorher das Kuscheln unter Mutters Flügel. Das Leben muß sich immer erneuern. Ein Tag muß den anderen in den Schatten stellen. Dann erst kriegt man die richtige Wertung heraus. Ich meine, Ernst, wenn wir uns an ein und denselben Traum anklammern und ihn immer wieder durch die Hände streicheln wollten, würde er uns bald langweilig werden wie ein kahler Rattenschwanz; wenn wir nicht vorzögen, vorher zu vertrotteln. Nee, nee, mein lieber Junge, es hat alles seine Zeit, und wir müssen mit oder sind des Teufels.«

Da lachte Ernst Wegherr zum ersten Male wieder sein schallendes Jugendlachen.

»Kerl, du hast mir einmal nahegelegt, in deine Fabrik einzutreten. Ich könnte dich wahrhaftig als philosophischen Mitarbeiter gebrauchen.«

»Merkst du was? Heute kommt der Fabrikant und Kaufmann so wenig damit aus, an der Rechenmaschine zu fingern und seine Ware in Käsepapier einzuschlagen, wie der Schriftsteller und Gelehrte, wenn nur, wenn – na, wie sagt doch der wackere Shakespeare – ›wenn sein Aug' in holdem Wahnsinn rollt‹. Wir müssen so gut das geistige Leben kennen lernen, wie ihr vom grünen Tisch aus in die Kontore und die Arbeitswerkstätten hinein müßt. Die alte Tranfunzel, die jedem sein Eckchen am Tisch anwies, ist ausgebrannt. Die neuen Menschen, die geboren sind, brennen elektrisches Licht, haben Funkentelegraphie und öffentliche Bibliotheken und nennen sich Weltbürger. Wer auf der Straße stehen bleibt, wird ins Altersasyl gebracht.«

»Mann, du begeisterst dich ja wie ein Jüngling.«

»Soll ich etwa nicht? Die Mary hat ein Kind gekriegt.«

»Das – das sagst du mir jetzt erst? Glücksjunge, Glücksjunge – laß dich beglückwünschen.«

»Runter vom Kutschbock. Willst du das Kind zu einem Waisenkind machen? Da sind wir zu Haus. Sei willkommen wie damals, Ernst.«

»Ich komme euch ungelegen,« meinte Wegherr betreten, als er den Fuß zögernd über die Schwelle setzte.

»Laß dich nicht auslachen, Ernst. Kinder kriegen ist doch nicht so was Absonderliches? Das geschieht hierzulande alle Tage.«

»Wo sind die vier größeren? Aha, da kommen sie ja. Kennt ihr mich noch?«

Die Kinder kamen auf den Zehen herbei. Der Kleinste, dem es nicht schnell genug ging, glitt über den Estrich dahin, als wäre da eine Schlittschuhbahn.

»Ihr seht ja mordsgesund aus. Hier, nehmt mal die Tasche und untersucht sie auf ihren Inhalt. Wißt ihr noch, wie wir damals den Koffer ausgepackt haben?«

Die älteren Kinder machten eine tiefe Verbeugung. Sie fühlten sich schon herangewachsen und hielten es nicht mehr für anständig, ohne weiteres über die Tasche herzufallen. Aber aus den Augenwinkeln warfen sie blitzschnell einen mißtrauischen Blick auf den Kleinsten, der, die kostbare Tasche in Händen, über den Estrich davonzugleiten begann.

»Lauft hinterher,« gebot der Vater. »Aber keinen Lärm bei der Teilung. Schläft Mutter?«

»Sie schläft,« flüsterten sie und waren dem Räuber nach.

»Ja,« sagte Wuppermann und kratzte sich hinterm Ohr, »da macht das kleine Gelichter schon seine ersten Tanzstundenverbeugungen. Wie lange wird's dauern, und man wird Großvater und rückt in die äußerste Linie vor. Man muß sich mächtig dabeihalten, daß man in diesen seinen sogenannten besten Jahren noch seinen ordentlichen Teil abbekommt. Schade – Mutter schläft.«

»Wir wollen leise hinaufgehen, Georg, damit sie nicht gestört wird.«

Sie gingen vorsichtig die Treppen hinauf. Durch einen Türspalt lugte Wuppermann in ein Zimmer.

»Sie schläft gar nicht,« flüsterte er zurück. »Mutter und Kind tun nichts, als sich anlachen. Komm nur, du darfst auch mal hineinlauern.«

»Aber, Georg!«

»Ach, Unsinn. Es ist ja nur, um den Appetit anzuregen. Na, werde nicht rot und blaß. Schön ist es doch, das da, das mußt du selber sagen.«

»Ja, Georg, es ist wunderschön. Aber nun laß mich auf mein Zimmer.«

»In zehn Minuten wird gegessen. Die Fabrik kann mir heute den Buckel hinaufspazieren. Du, das Leben ist doch schön! Selbst in Amerika!«

Und dann sah Wegherr noch von der Treppe aus, wie der Freund behutsam die Tür öffnete und rasch im Zimmer verschwand. Und er spürte einen grimmigen Humor.

Das mag ja für Freund Wuppermann seine himmlischen Reize haben, dachte er, als er in seinem Zimmer seine Sachen zusammensuchte, und er lachte vor sich hin. Aber ein Zaungast-billett in die Hand gedrückt zu bekommen und in ein so großes Glück mal ›hineinlauern‹ zu dürfen – Herrgott, ich glaube wahrhaftig, ich bin neidisch. Ich fahre extra von Neuyork zu Ge-org Wuppermann, um ihn zu beneiden.

Neuyork ... Wenn er nun in Neuyork geblieben wäre? War da nicht Neid noch besser als dieses unruhvolle Tasten im dunkeln?

Im dunkeln? War in der Seele Gertrud van Weerts eine Stelle dunkel?

Du bist ein Narr und ein Kind, Ernst Wegherr. Du hast Angst vor dem Herzen einer Frau. Wie ein gebranntes Kind vor dem Feuer.

Was weiß ich denn von ihrem Herzen? O ja, ihre Seele kenn' ich, diese liebe, klare, tap-fere Schwesterseele. Aber weiß ich, ob ihr Herz mir gehört? Nicht ihr Schwesterherz. Für die schwesterlichen Gefühle genügt die Seele. Das Herz ist für die Liebe da, für die Liebe, die nicht weiß, was sie tut und es doch jauchzend tut, für die alles vergessende, alles vergessenmachende Zwei-Menschen-Liebe.

O du Gertrud van Weert ... Weshalb schlugst du mir die Bitte ab, mit mir hierherzugehen? Was weiß ich von deinem Herzen.

Der Freund ließ ihn nicht bei seinen Gedanken. Er schwatzte frisch darauf los und hieb eben-so tapfer in die Speisen ein. »Ich sage dir, Ernst, wenn man sich für Sechse plagen muß, kriegt man einen ganz kannibalischen Hunger.«

»Sechs? Ich denke, du hast jetzt fünf Kinder?«

»Und die Mary? Lebt die arme Frau vielleicht nur von der Liebe? O nein! Die stellt sich mit den fünf anderen in Reih und Glied. Ich habe schon meine sechs Kinder zu versorgen.«

»Na, na, das Kleinste wird ja wohl noch von der Mutter versorgt.«

Wuppermann lachte. »Nicht zu knapp. Ich sage dir, das Wurm fordert sich seinen Teil ganz herrisch. Wird ja auch gern gegeben.«

Er überlegte. Und Wegherr dachte: Wie schön muß es sein, über so zarte Dinge sprechen zu können wie über den Schmuck des Alltäglichen.

»Höre mal, Ernst.«

Wegherr kam zu sich. Er hatte geträumt. Er hatte Gertrud van Weert gesehen, ihr Kind zärtlich an der Brust. Was für ein Kind? Da rief ihn der Freund.

»Höre mal, Ernst. Wie wäre es, wenn wir das Kleinchen nach dir benennten? Ernst Wuppermann. Es liegt was Handfestes drin.«

»Ist es denn ein Junge?«

»Mein Gott, hab' ich dir das noch gar nicht gesagt? Wenn schon! Deine Frage zeugt auch nicht von tiefem Nachdenken. Wenn's ein Mädel wär', würde ich mir, wie ich mich kenne, kaum den Kopf darüber zerbrechen, ob ich sie Ernst Wuppermann taufen sollte.«

Wegherr hob das Glas.

»Der Ernst Wuppermann soll leben! Und soll zu seinem Glück und der Eltern Freude die Straffheit des Vaters mit der Güte der Mutter in sich verbinden, auf daß es ihm wohl ergehe im Leben, das vor der Kammertür der Mutter auf ihn wartet.«

»Halt!« rief Wuppermann. »Von dem Patenonkel hast du noch nichts gesagt. Von den Paten kommen die Gaben, wie im Märchen von den Feen. So wünsche ich ihm denn von seinem Paten Ernst Wegherr die starke, ehrliche Begeisterung und das treue Festhalten am Freunde. Sprich weiter.«

»Wenn wir seiner gedenken,« sagte Wegherr, »so gedenken wir der Mutter, die ihn gebar. Noch ruht er in ihrem Arm. Möge er die Mutterhand im Leben nie missen lernen und sich den Brüdern an Vaters Seite zugesellen als der Mutter und der Schwestern allzeit fröhlicher Kavalier. Stolz an, Georg. Wir trinken das Wohl Ernst Wuppermanns, des jüngsten Deutschen in Amerika. Wir trinken aus und schenken ein. Prosit!«

»Prosit!« schmetterte Wuppermann ins Zimmer, leerte das Glas und machte die Nagelprobe. »Das soll dem Jungen gut tun.«

Dann ging der Hausherr, um die nächste Flasche ›eigenhändig‹ zu wählen. »Du weißt ja. Ohne Zwischenhandel gradwegs vom Rhein bezogen. Gott, wenn das mein Schwiegervater ahnte. Unter uns: er ahnt es längst, aber der Tropfen ist ihm zu gut, als daß er ihn sich durch ›Ahnungen‹ verderben sollte.«

Wegherr blickte ihm nach. Der packte das Leben ohne viel Federlesens. Der alte Herzbachstraßengespiele. Und plötzlich kehrte ihm das Wort zurück, das der Freund als eine der Gaben des Paten aufgezählt hatte: »... und das treue Festhalten am Freunde.«

Konnte er das dem jungen Menschenkinde vorbildlich in die Wiege legen? Hatte er danach gelebt und immer festgehalten an der Freundschaft in guten und weniger guten Tagen? Auch an der Freundschaft, die er in Neuyork zurückgelassen hatte und die nun mit blassem Gesicht zu einem Fenster des Broadway hinausschaute und hierherdachte, hierher in dieses Haus, in dem die Freundschaft ihren Anfang genommen hatte? »Nein,« sagte er sich, »ich habe wohl nicht danach gelebt. Sie hat getreu die Grenzlinie beibehalten. Ich aber wollte über die Grenzlinie hinaus und war daran, mehr von ihrer Freundschaft zu fordern, als Freundschaft geben kann. Das hat sie mit ihren Mädchensinnen gespürt. Das hat sie scheu gemacht und so wortkarg. Und ich habe ihr gutes Recht als eine Kränkung genommen und ihr dafür die Freundschaft gekündigt. Bravo, ah, bravo.«

Er fuhr sich durchs Haar. Der Freund blieb lang', und er war nicht von Neuyork abgereist, um allein zu sein. Er horchte auf. Dort oben spielten Mutter und Kind, und die Mutter erzählte dem kleinen Unbewußten, was eine Mutter erzählt: von Vater, Brüdern, Schwestern und dem Patenonkel, der heute gekommen sei.

»Nein, mein kleiner Ernst Wuppermann,« sagte Wegherr, »mit so einem wurmstichigen Patengeschenk kann ich dich nicht sitzen lassen. Das muß abgeändert werden.«

»Beschwörst du Gespenster?« ries ihm Wuppermann lachend von der Zimmerschwelle zu. »Oder verfolgen dich deine Volksversammlungen im Wachen und Träumen, daß du selbst die leeren Wände anreden mußt? Hier sind ein paar Burschen. Mit denen wollen wir jetzt mal ein paar Wörtlein reden.« Und er setzte zwei schön gekapselte Flaschen auf den Tisch.

Der Abend sank nieder. Im Kamin prasselten die Holzkloben und malten den Fußboden flammend rot. Wuppermann drehte ein paar elektrische Lampen an und rückte die bauchigen Klubsessel vor die Feuerstelle.

»Hier haben wir damals auch gesessen, Ernst. Weißt du noch?«

Ob er es wußte. Dort, in dem Sessel, der leer geblieben war, hatte Gertrud van Weert gesessen, und er hatte heimlich ihr feines Köpfchen bewundert und die schlanke Mädchenfigur, die in den Bewegungen so nervig war. Und dann hatte sie auf seinen Wunsch erzählen müssen von dem Bruder, der sie mit in die Welt genommen hatte, von ihren heißen Sattelritten durch Steppen und Gebirge, von ihrer Lernbegierde und ihrer Mitarbeiterfreude, bis der Bruder starb, im fernen Alaska, und sie ihn im Sattel vor sich aus dem Lager in die nächste Ansiedlung brachte, im Sattel, an ihrem Herzen.

Das hatte sie getan. Das hatte ihre Treue getan. Das war Gertrud van Weert, wie sie leibte und lebte. Das würde sie auch heute noch tun. Für den Bruder, dachte er bitter.

Und plötzlich sah er sie im Sessel sitzen, als ob sie leibhaftig zugegen wäre, und sie hatte das blasse Lehrerinnengesicht, das sich nach der alten Freiheit sehnte, und er hörte sie auf seine lebensmutigen Worte antworten, er hatte den Klang im Ohr: Vielleicht habe ich in der Freiheit gerade so gedacht. Aber der eingegitterte Vogel läßt schnell die Flügel hängen.

Das war ihr rührendes Weibstum. Stark für die anderen, schwach für sich.

Da saß sie vor ihm im Sessel am Kamin, und da würde sie immer sitzen, solange er in diesem Hause weilte.

Ich kann hier nicht bleiben, gestand er sich, ich kann diese traurigen Augen nicht sehen, die so schön gelacht haben, so glückselig gelacht haben, als ich sie in die Freiheit schauen ließ, am Grand Cañon, in Del Monte am Stillen Meer – überall, wo wir beisammen waren. Ich kann hier nicht bleiben. Da sitzt das Vöglein wieder auf der Stange und läßt die Flügel hängen.

»Träumereien am Kamin« … sagte neben ihm die Stimme Wuppermanns. »Ach ja, das tut gut.«

Die Holzkloben sprühten auf, und der Widerschein der Funken überzog den leeren Sessel wie Tropfen roten Herzblutes.

»Ich bin gekommen, um Abschied zu nehmen, Georg. Es ist besser, wir sprechen gleich davon.«

»Abschied? Hast du noch nicht genug von der großen Jagd? Willst du sie gleich schon wiederholen? Oder willst du weiter, nach den Deutschen Südamerikas?«

»Ich will nach Deutschland, Georg.«

»Du willst« – Wuppermann richtete sich auf. »Du, das ist wohl Scherz! Du willst doch hier nicht umsonst wie ein Wilder gearbeitet haben. Du kannst hier jetzt eine Stellung verlangen, wie sie bei euch kein Geheimrat besitzt. Jetzt heißt es: Forderungen stellen.«

»Ich will nach Deutschland, Georg.«

»Ja – aber – weshalb denn nur mit einem Mal? Gefällt dir das Land nicht mehr? Hast du den Glauben daran verloren?«

»Mein Glaube an das Land ist mit jedem Schritt, den ich tiefer hineingetan habe, gewachsen. Es ist wie eine Wiege, in der ein junger Herkules die Glieder streckt. Laß diesen jungen Herkules erst mal zur Schule gegangen sein. Dann haben wir ein neues Menschengeschlecht.«

»Nun – dann warte dieses merkwürdige Umschmelzungsverfahren doch an Ort und Stelle ab.«

Da lachte Wegherr aus Herzensgrund.

»Junge, die Geschichte rechnet mit einer anderen Zeit als mit ein paar Menschenjahren. Darüber könnte ich doch ein Ehrengreis werden.«

»Also, was hast du auszusetzen, wenn du schon im Land Amerika kein Ehrengreis zu werden wünschest?«

»Ich fühle mich hier einsam, Georg.«

»Aber an Gesellschaft fehlt's dir doch nicht? Ich meine jetzt nicht die Vereinsbrüder und Gesangvereinler. Da bist du als Lehrer und Wehrer am Platz, aber nicht als Ellenbogennachbar. Du brauchst doch nur die Finger auszustrecken, und die beste Gesellschaft reißt sich darum.«

Wegherr schüttelte den Kopf.

»Das ist es nicht, Georg. Ganz abgesehen davon, daß du übertreibst. Aber selbst wenn es so wäre – ich käme mir doch einsam vor. Ich bin kein Jüngling mehr. Ich bin drüben schon zu alt geworden. Ich kann das alte Kulturleben auf die Dauer nicht entbehren. Und als Hauptsache: es ist mir hier zu still, wenn ich durch die Straßen gehe.«

Wuppermann schlug sich staunend aufs Knie. Dann ließ er die Hand in der Hosentasche verschwinden und stieß ein paar Töne aus.

»Ach so. Das soll natürlich ein Gleichnis sein. Denn noch mehr Radau können wir beim besten Willen nicht machen.«

»Es soll ein Gleichnis sein. Du hast mich verstanden, Georg. Hier weiß kein Haus und kein Baum und Strauch von mir, und ich weiß nichts von ihnen. Wir starren uns wie Wildfremde an, weil wir keine Vergangenheit, keine Jugend miteinander gemein haben. Das ist der Magnet, und der fehlt. Wenn ich in Deutschland durch die Straßen gehe, reden die Steine zu mir. Hier war ich zur Schule und hab' auf der Gasse gespielt, dort war ich Student, dort wieder und dort noch einmal. Dort hat's Mensuren geregnet, dort haben wir im Mondschein gezecht, bis es plötzlich die Sonne war. Dort war ich Soldat, dort ging's als Offizier ins Manöver, dort war ich Dozent, dort wurde ich Professor, dort habe ich mein erstes großes Werk geschrieben und den jungen Ruhm gekostet – immer ein anderes Dort, immer ein anderer Ort, und doch immer derselbe klingende Unterton – selbst dort, wo ich zum erstenmal glaubte ein glücklicher Mensch zu werden.«

Wuppermann stand schweigend auf, schenkte am Tisch die Gläser voll und brachte sie zurück.

»Trink aus, Ernst. Wir wollen uns das Unsrige dabei denken.«

»Dein Wohlsein, Georg. Du hast eine Frau und fünf Kinder. Und was für eine Frau! Was ich rede, kann daher nur für mich gelten.«

Wuppermann stellte das Glas nieder. Die Hände auf dem Rücken gekreuzt, ging er im Zimmer auf und ab.

»Ich weiß wohl,« sagte er, »da ist ein Unterschied. Ich habe in der Hauptsache nur die Erinnerung an den alten Mann in der Herzbachstraße und an unsere gemeinsamen Jugendeseleien. Und das ist schon mehr, als man ahnt, und läßt mich zuweilen nachts aufwachen und die alte Stadt und die Berghänge in lauter Maiengrün sehen. Aber den entscheidenden Teil der Jugend, den, der die Wege in die Manneszeit anbahnt und den Charakter für das Leben zurechtbiegt, den habe ich in Amerika verbracht. Ich meine die Zeit, in der in Deutschland die Jünglinge zu schwärmen anfangen, Pläne schmieden, Partei ergreifen und die heißen Freundschaften mit Gleichgesinnten schließen. Von all dem Frühlingszauber ist mir nichts zuteil geworden, und es war vielleicht gut so, denn sonst hätt' die Erinnerung mir doch wohl zuweilen die Arbeit verschlagen. Ich sage nicht, Ernst, daß es gut ist, die Erinnerung an den Frühlingszauber nicht zu haben. Zuweilen ist mir, als hätt' ich in Deutschland etwas vergessen, als hätt' ich – rein für mich genommen – das Beste vergessen. Aber dann sag' ich mir wieder: der Mensch kann nicht von allem haben, und dafür können die Frühlingszauberlehrlinge wieder nicht meine Fabriken haben und die Mary nicht und die fünf Trabanten. Siehst du, so muß man sich die Sachen zurechtlegen, wenn man hier oder dort auf festen Beinen stehen will.«

»Du hast viel erreicht, Georg. Und du hast es nur deshalb erreicht, weil du nichts Anderes als der Georg Wuppermann sein wolltest.«

»Das mag stimmen. In jedem Menschen regt sich wohl einmal der Trieb zum Höheren, und dann klappert er gewaltig mit den Flügelstümpfen. Gott, es kriegt ja auch wohl jeder Mensch mal die Masern. Da heißt eben das erste Gebot, auf seine gesunden Knochen achtgeben, die auf der festen Erde von größerem Nutzen für die liebe Menschheit sein können als die ungesunden in Wolkenkuckucksheim.«

Wegherr nickte ihm heiter zu. Der Mann da hatte seinen Lebensweg nicht verfehlt.

»Ich wollte, ich könnte viele junge Leute, die stets lieber nach dem Schein als nach dem Sein greifen, zu dir in die Schule schicken, Georg.«

Wuppermann blieb vor dem Feuer stehen. Er schüttelte den Kopf.

»Ich will mich hier nicht in bengalisches Licht setzen. Denkst du noch daran, was ich dir bei deinem ersten Besuch als Kenner von Land und Leuten sagte? Man muß jung nach Amerika kommen, man muß noch so harmlos sein, nichts Schöneres und Gewaltigeres zu kennen als Amerika, man muß noch den Bluff anbeten können und den Glauben vom Straßenfeger zum Millionär in sich tragen. Dann nur hält man's hier aus.«

»Morgen,« sagte Wegherr, »spätestens morgen abend, will ich nun weiter.«

»Ist das dein Ernst? Wir sind ja kaum warm am Kamin geworden. Leg noch zu. Du machst dem ganzen Haus eine Freude.«

»Quäl mich nicht,« bat Wegherr. »In nächster Woche muß ich in Massachusetts sein und in Boston sprechen. Zum letztenmal auf amerikanischem Boden. Vorher aber möchte ich noch die Schlachtfelder von Gettysburg besuchen, die ich von hier aus bequem erreichen kann. Der Entscheidungskampf zwischen dem Norden und dem Süden wird mir dann lebendiger vor der Seele stehen, wenn ich ihn mal am Arbeitstisch beschwören muß.«

»Ich quäl' dich nicht,« erwiderte Wuppermann, »ich bin nur traurig.«

Und auf dem leeren Sessel sah Wegherr die Gestalt kauern, die ihre Augen hinter dem Schleier verbarg, weil sie auch traurig waren.

Er erhob sich und reichte dem Freunde die Hand zur ›guten Nacht‹.

»Es ist eine junge Mutter im Haus, Georg. Die wird dir schon die Trauer vertreiben. Siehst du, da strahlst du schon. Und nun heißt es, Rücksicht auf ihre Ruhe nehmen. Darum geb' ich dich jetzt frei und möchte dir noch als Letztes sagen: das Leben in Amerika hat mich viel gelehrt. In manchem kann das alte Vaterland vom neuen lernen, so in der Bewertung der Einzelpersönlichkeit, abgelöst von Herkunft, Würden und Titel. Was bei euch die Regel ist, ist bei uns die Ausnahme. Wenn bei uns aus einem Schusterbuben sich eine Leuchte der Nation entwickeln sollte, schlügen die Menschen zunächst die Hände zusammen in Staunen, Neid und übler Nachrede. Bei euch wundert man sich höchstens über die Verwunderung. ›Was wollen Sie? Dazu ist der Mann doch da!‹ Worin das neue Vaterland aber vom alten lernen kann, das haben wir zur Genüge besprochen, und wir können trotz aller amerikanischen Reklametrompeten in technischen und industriellen Fragen sagen: es wird auch in Amerika nicht anders als mit Wasser gekocht. Das ist ein tröstliches Bewußtsein für das Gleichgewicht der Völker, und damit wollen wir uns gute Nacht sagen.«

Lachend schüttelte Wuppermann dem Freunde die Hand.

Am anderen Morgen machte Wegherr den Fabriken seinen Abschiedsbesuch. Als er sich der Färberei näherte, schickte er einen Jungen hinein und ließ den Färbermeister zu sich herausbitten. Der alte Kobes tauchte aus Qualm und Nebel auf und spuckte ein Dutzend amerikanische Schimpfwörter in die Morgensonne.

» **By Jove! Damn it!** Ich sin midden in der **Work**. Un wenn ich midden in der **Work** sin, kann ich doch **by Jove** nich machen einen **Walk**.«

»Kobes!« rief Wegherr. »Kobes, du sprichst ja Englisch wie Wasser? Kobes, die Herzbachstraße steht Kopf, wenn ich ihr das erzähle.«

Jetzt erkannte der Alte den Besucher. Beschämt wischte er sich mit dem Blusenärmel die Nase, zwinkerte in die Sonne und grinste.

»Do sin ich fies 'reingefalle mit mein' Kenntnisse. Mr schneit äwwer auch vom Himmel nich grad' in 'en Färwerei.«

»Was meinten Sie denn damit, Kobes, daß Sie keine Walk machen könnten, wenn Sie bei der Work wären?«

»Ernst, dat es doch Amerikanisch. Dat heißt: wenn ich in der Arbeit steck', kann ich nich spazierelaufe.«

»Ach so. Das ist Amerikanisch. Haben Sie das auf Ihre alten Tage doch noch gelernt?«

Der Alte kniff ein Auge. Sichernd blickte er sich um und zog ein verschmitztes Gesicht.

»Gelernt, Ernst? Kanns du bat Kauderwälsch lerne? Awwer da hät die Bande in der Färwerei angefange, sich löstig öwwer mich zu mache, un hinger mei'm Rücke öwwer den dommen Dutchman geschimpft. Da han ech nor gesag': Jong, lern Amerikanisch. Und wenn dat nich mehr als drei Dutzend Kraftausdrück wer'n. Nur, dat die Bande denkt: ha, dä ohl Gentleman versteht ja doch Amerikanisch, wenn ech so urplötzlich met aller Temperatur zwischenfahr'. Un so han sech nach un nach ene Unmenge Wörter eingefunde. Dat imponiert, Ernst, kann ich dr sage. Dat sollste auch mache.«

»Das wird nun leider zu spät sein, Kobes. Ich bin nämlich gekommen, um Ihnen Lebewohl zu sagen.«

»Wat? Adschüs? Sie mache weg von Amerika?«

»Ich geh' wieder nach Deutschland, Kobes. Soll ich etwas bestellen?«

Der Alte steckte die Hände in die Hosentaschen, klimperte mit einigen Dollarstücken und betrachtete sich den Himmel.

»Sie könne bestelle,« meinte er nach einer Weile, »sie wäre alles Schafsköpp'. Der Kobes tat herrlich un in Freude lewe, un kutschiere tät'r nächstens vierspännig. Dann kämen ich se besuche.«

»Und wann, soll ich sagen, würde das ungefähr sein?«

»Sowie ich dat Geld för die Üwerfahrt beisamme hätt'. Der Dollar tät nämlich hier ooch nur hundert Cent gelte, akkurat wie die Mark Pfennig. Dat kannste die Schafsköpp' sage, die dat Maul aufreiße von wegen Amerika. Adschüs, Ernst. Grüß die Herzbachstraß'.«

Er preßte die Hand seines Besuchers zwischen seinen Pranken, machte kehrt und verschwand im Rauch und Nebel der Färberei.

Am Nachmittage wurde Wegherr in das Wöchnerinnenzimmer gerufen. Frau Mary saß in den weißen Kissen aufrecht und streckte ihm die Hand entgegen.

»Ich kann Sie doch nicht fortlassen, ohne Ihnen einen Gruß geboten zu haben. Das darf unter Freunden doch nicht sein.«

»Es ist gütig von Ihnen, daß Sie sich meine Freundin nennen,« sagte er und setzte sich für eine kurze Weile zu ihr.

»Ich hoffe, Sie haben in Amerika viele Freunde gefunden, Mr. Wegherr?«

»So lange ich im Lande bin – vielleicht. Nachher wird aus dem Fernen leicht ein Gegenstand des Streitens und des Bekrittelns.«

»Sie sind zu schwarzseherisch, Mr. Wegherr. Das war doch früher nicht Ihre Art?«

»Ich werde versuchen, es mir wieder abzugewöhnen, gnädige Frau. Jedenfalls ist mir *Ihre* Freundschaft ein besonders wertvolles Andenken.«

Sie sann vor sich hin. Dann fuhr ein Frauenschalk über ihr Gesicht.

»Wissen Sie auch, daß Sie in dieser Gegend noch mehr gute Freunde hinterlassen haben? Nun, wer das nicht gemerkt hat, muß so reich an Freunden sein, daß es ihm auf einen mehr oder weniger nicht anzukommen braucht. Sie glauben es nicht? Es war eine Dame. Ein ganz besonderes Menschenkind.«

»Eine Dame?« fragte er obenhin und fühlte doch, wie ihm der Atem stockte.

»Ja, Mr. Wegherr,« lachte die junge Mutter vergnügt, »und sie kam noch oft, als Sie uns schon lange verlassen hatten. Sie kam so oft und nannte so oft Ihren Namen, daß es mir fast schien, als hätten Sie da noch ganz etwas anderes hinterlassen, als bloße Freundschaft. Lachen Sie mich nicht aus, Mr. Wegherr, aber eine Frau hat darin scharfe Augen, und besonders eine glückliche Frau.«

»Von wem – sprechen Sie?« fragte Wegherr und bemühte sich, den Blick der frohen Frau zu ertragen.

»Von wem? Ja, wenn Sie es noch nicht wissen! Mehr darf ich wohl nicht verraten, aber sie saß neben Ihnen bei Tisch und neben Ihnen am Kamin.«

»Fräulein Gertrud van Weert?« brachte er hervor.

»Sehen Sie doch! Nun wissen Sie sogar plötzlich den Vornamen. Es ist ein großer Verlust für mich, daß sie uns verlassen hat. Ein uneigennützigeres Menschenkind werde ich wohl nie wiederfinden. Sie hatte die Gabe der Dankbarkeit. Sie hatte wohl nie ein leichtes Leben.«

Nein, sagte eine Stimme in ihm, das hat sie wohl auch heute nicht.

»Was – was haben Sie von ihr gehört?« fragte er, um das Schweigen nicht aufkommen zu lassen.

»Seit sie uns im September verließ, nichts. Aber auch gar nichts. Das würde mich bei jeder anderen wundernehmen, bei ihr nicht. Sie ist kein Geschöpf, das mit unfertigen Gefühlen beschwerlich fallen mag. Sie hält sich zurück, bis alles klar ist. Wenn sie erst ihr neues Heim gefunden haben wird, werde ich von ihr hören. Darf ich sie grüßen?«

»Wenn Sie glauben, daß es Fräulein van Weert heute noch Freude machen wird?«

»O,« lachte die junge Frau, »wie wenig Sie sie kennen. Bei Fräulein van Weert sind es keine Launen, die sie zu einem Menschen hinziehen. Nein, ich glaube wirklich, Sie haben sie nicht einmal genau angesehen, Mr. Wegherr. Sie haben gar nicht gesehen, wie schön dieses Mädchen ist. Sie könnte in einem Cowboyanzug reiten und würde doch schöner und geschmeidiger sein als die erste Lady der fünften Avenue in Neuyork. Und dort wohnen nur die Millionäre.«

Und in ihrem übersprudelnden Frauenglück plauderte sie dahin und freute sich selbst ihrer Worte, wie es Frauen tun, die glücklich sind.

»Kann ich den Kleinen noch einmal sehen?« fragte Wegherr.

Da wurde das frohe Gesicht still und feierlich, und sie wies auf ein Bettchen, das in der Ecke unter einer Gardine stand.

Wegherr erhob sich. Leisen Schrittes ging er zu dem Bettchen und schlug die Gardine zurück. Und leise legte er dem schlummernden Menschenkind die Hand auf die wirren Härchen. Als er sich umwandte, begegnete er dem erwartungsvollen Blick der jungen Mutter.

»Ist er nicht bildschön? Georg sagt es.«

»Wie kann er das sagen. Er soll sich einmal die Mutter daneben ansehen.«

Da legte sie sich tief errötend in die Kissen zurück.

»Ich muß nun Abschied von Ihnen nehmen, Frau Wuppermann. Sie haben mir mit den Minuten, die ich hier bei Ihnen, in der Glücksstille dieses Zimmers, verbringen durfte, viel geschenkt. Ich kann Ihnen nichts wünschen. Ich kann nur wünschen, daß Sie bleiben, wie Sie sind. Und nun wollen wir sagen: ›Auf Wiedersehen in Deutschland‹, wenn Sie kommen, Ihren Fünfen des Vaters Heimat zu zeigen. Auf Wiedersehen bei mir, liebe, verehrte Frau.«

»Leben Sie wohl, Mr. Wegherr…«

Im Arbeitszimmer traf er Wuppermann. Der starke Mann war seltsam bewegt.

»Du gehst heim,« sagte er. »Ich wollte, ich könnte mit hinüber. Ach, nein, es ist ja schon zu spät.«

»Du bist ein wohlhabender Mann geworden, Georg. Du kannst dir heute dein Leben einrichten, wie du willst. Wenn es dich drängt –?«

»Nein, nein, es drängt mich nichts mehr. Und dann ist hier die Heimat meiner Kinder, meiner Söhne vor allem. Ich will die Hand an der Retorte haben, wenn sie zu den Amerikanern gemacht werden sollen, wie wir Klarsichtigen uns die Zukunft des Volkes denken. Was sollte mich jetzt noch drängen. Es ist ja doch alles vorbei.«

»Was ist vorbei, Georg? Ich kenn’ dich gar nicht wieder. Hast du – hast du Verluste gehabt?«

»Still,« murmelte Wuppermann, »daß die da oben es nicht hört. Ob ich Verluste gehabt habe, meinst du? Junge, den größten, der mir widerfahren konnte. Ruhig. Es ist noch in acht Tagen Zeit, daß die Mary es erfährt, oder in vier Wochen. Da ist ein Kabeltelegramm. Ja, ja, da ist es. Zwei Tage zu spät abgeschickt, weil nur einer drüben noch so viel Liebe zu mir hatte, daß er meine Adresse auswendig gelernt hatte. Und der eine mit seiner Liebe ist stumm. Ist mutterseelenallein gestorben, der alte, achtzigjährige Mann, und hat wohl gerade noch stolz von seinem Georg geträumt, dem er die gute Schulbildung hat geben lassen und der sich nun Amerika in die Tasche packt.«

Er biß die Zähne aufeinander, daß die Backenknochen hervorsprangen.

»Das ist das Schwerste,« murmelte er, »das ist das Schwerste. Zu wissen, daß über dem Ozean ein Mensch gestorben ist, der einem nur Liebes getan hat, und man hat ihm in der letzten Stunde nicht beispringen können, seinem Vater nicht beispringen können. Weißt du, um das zu begreifen, muß man selber Söhne haben.«

Er stieß das Fenster auf und sog mit geblähten Nüstern die Luft ein.

»Ich hab' doch nun alles, habe Frau und Kinder und Haus und Heim, und doch ist es einem, als wäre Blitz und Donner einem vor die Füße geschlagen und hätten ein klaftertiefes Loch gerissen. Und zu wissen, daß sich das nie, nie mehr schließt...«

Er kehrte sich nach dem Freund um und hatte seine Fassung wiedergefunden.

»Du willst Abschied nehmen, Ernst. Ich hätte meine Geschichten auch für mich behalten können. Aber du hast den alten Mann ja auch liebgehabt.«

»Er gehörte zu unserer Jugend, Georg. Und mit meinem Abschied eilt es nun nicht mehr.«

»Ach du« – sagte Wuppermann und streichelte ihm die Schulter. »Es war gut, daß ich dich in diesen Minuten hier hatte. Du und ich, wir waren ja wohl immer eins, und nun konnte ich alles in dich hineinschreien.«

Er legte die Hand auf die Brust und atmete tief.

»So. Das Ärgste ist überstanden. Sterben müssen wir alle, und ich bin ja nicht der einzige auf der Welt, der zu klagen hat. Da gibt's keine Ausnahmestellungen. Hörst du? Oben brüllt der kleine Ernst. Das Leben sorgt immer wieder für Ersatz. Nein, du kannst ruhig reisen.«

»Komm bald einmal mit den Deinen nach Deutschland herüber. Laß es nicht so lange werden.«

»Da hast du Recht. Man soll nichts auf die lange Bank schieben, besonders kein Wiedersehen. Da geht nun wohl gerade um diese Stunde ein Leichenzug die Herzbachstraße entlang. In dem Sarge liegt nicht nur der alte Mann; meine Erinnerungen liegen bei ihm. Unsere alte, frohe Herzbachstraße ist ausgestorben, und etwas Anderes hatte ich nicht daheim ... Nun, dafür habe ich jetzt ein frisches Grab.«

»Gräber haben eine starke Anziehungskraft, Georg.«

»Ja, der Tote wird mich wohl oft herüberziehen.« Er hob den Kopf. »Und der Lebende auch, Ernst. Du auch. Man soll nicht so viel Zeit zwischen sich legen, als ob man die Unsterblichkeit gepachtet hätte. Das Kabeltelegramm hätte keine Viertelstunde später kommen dürfen. Leb wohl, alter Junge. Es hat mir verdammt gut getan, dich zu sehen. Vielleicht komm' ich noch zum Schiff, wenn du von Neuyork heimsegelst. Laß mich jetzt an die Arbeit.«

»Auf Wiedersehen, Georg. Ich werde dein Haus nicht vergessen.«

Dann saß er im Wagen, der ihn zum Bahnhof brachte, und der Zug kam, und er stieg ein, und doch war ihm, als hätte er das Wichtigste vergessen. Er sah Menschen um sich, die ihm unverständlich schienen in Worten und Gebaren, er blickte über eine Landschaft hinweg, die ihm nichts zu sagen wußte. Er versuchte, an die junge Mutter in seines Freundes Haus zu denken und an den alten Mann, der jetzt im Sarg über die alte Herzbachstraße geführt wurde, an die Frau, die ihm die Grüße seiner Mutter bringen sollte, an alles, was ihm lieb gewesen und geworden war. Es blieb eine Lücke. Und die Lücke klaffte durch seine Freude und durch sein Leid hindurch und machte beides leer, so sehr er sich bemühte, hinüberzugelangen.

Da fehlte jemand, der ihm vom andern Rand die Hand entgegenstreckte. Mit dem es sich zu lachen oder zu trauern lohnte. Der Herzschlag fehlte ihm, der erst den eigenen Herzschlag belebt und wertvoll macht.

An der nächsten Station gab er eine Depesche auf:

»Fräulein Gertrud van Weert. Neuyork. City. Broadway, Pension Smith. Bitte herzlich, sofort nach Gettysburg abfahren und sich von dort Weiterreise anschließen. Erwarte Telegramm Gettysburg, Bahnhof. Grüße. Ernst Wegherr.«

Und wenn es mir nichts Anderes einbringt, als daß ich die paar Tage noch ihre Nähe spüre, dachte er. Ich habe sie nötig.

Und während der Zug weiterrollte von Haltestelle zu Haltestelle und den breitströmenden Susquehana überquerte und wieder weiterrollte ins Land hinein, saß er still in seiner Ecke und berechnete die Zeit und gab zu und tat ab, bis er sich sagte: Jetzt hat sie das Depeschenblatt in Händen, wenn sie zu Hause ist. Aber vielleicht ist sie gar nicht zu Hause.

Und er, dem nie ein Zug schnell genug zu fahren vermochte, freute sich über den Schneckengang seines Personenzuges, weil die Rückantwort Zeit gewann und er eine Frist hatte, zu hoffen.

Es war Abend, als der Zug in der kleinen Station von Gettysburg einlief. Langsam stieg Wegherr aus. Dann aber kümmerte er sich nicht mehr um sein Gepäck und schritt geradeswegs ins Stationsgebäude.

»Eine Depesche für Dr. Wegherr hier?« fragte er hastig.

»Eben eingetroffen, mein Herr.«

Er riß den Umschlag auf und las das Blatt. In einer Sekunde hatte er die vier Worte überflogen.

»Darf ich nicht hierbleiben?« Und keine Unterschrift.

Er überlegte nicht. Er ging an das Schreibpult und warf, ohne aufzusehen, ein paar Zeilen auf ein Formular.

»Wollen Sie Ihren Freund im Stich lassen, wenn er bittet? Er bittet zum zweitenmal. Ernst Wegherr.«

Er gab das Telegramm dem Beamten auf und ging. Draußen lungerte ein Neger herum, dem er Auftrag erteilte, das Handgepäck in ein Hotel zu schaffen. Seine Koffer ließ er auf der Bahn. Und dann ging er neben dem Neger her, der sich wunderte, daß ein Mensch um diese Jahreszeit die Schlachtfelder von Gettysburg besuchen könne.

Es wurde Nacht, und er saß als einziger Gast in dem Hotel des verlassenen Städtchens und studierte immer noch das Eisenbahnbuch.

»Wenn sie um drei Uhr nachts den Schnellzug nimmt, kann sie um zehn Uhr früh hier sein,« rechnete er krampfhaft. »Ich bin wahnsinnig,« unterbrach er seine Berechnung. »Wie kann ich denn um des Himmels willen von einer Dame verlangen, daß sie mitten in der Nacht das Haus verläßt und durch die dunklen Straßen zum Bahnhof geht? Ich werde mich bis nachmittag um vier Uhr gedulden müssen. Einen ganzen langen Tag … Und wenn sie überhaupt nicht kommt?«

Heiße Scham trat ihm auf die Stirn. Er spürte die Scham des Überflüssigen. Weshalb hatte er zum zweitenmal telegraphiert?

»Keine Depesche für mich gekommen?« fragte er den Wirt, der schläfrig an ihm vorüberging.

»Nichts.«

Nichts? Die Zeit war längst verstrichen. Er biß sich auf die Lippen und erhob sich. Und plötzlich fiel ihm ein, daß er vergessen hatte, seine Hoteladresse anzugeben. Das Telegramm mußte, wenn es angekommen war, auf dem Bahnhof lagern.

»Ist der Bahnhof schon geschlossen? Ja? Um welche Zeit wird er geöffnet? Um fünf Uhr? Ich danke Ihnen. Gute Nacht.«

Er schlief nicht eine Minute. Er dachte nur an das Telegramm und las seinen Inhalt in hundert Lesarten. Punkt fünf Uhr stand er auf dem Bahnhof.

»Ein Telegramm? Danke.« Er las es. »Ankomme zehn Uhr. Gertrud van Weert.«

Er lief zum Hotel zurück und frühstückte. Er las die neuesten und ältesten Zeitungen. Der Zeiger der Uhr wollte kaum weiterrücken. Er ging auf sein Zimmer, packte seine Handtasche, zahlte seine Rechnung und rauchte. Trotzdem war es noch eine Stunde bis zur Ankunft des Zuges, als er am Bahnhof ankam. Er lehnte sich über das Geländer und schaute unverwandt in die eine Richtung.

Dann fuhr der Zug ein. Er eilte die Wagen entlang, sah einen Reiseschleier flattern und hob Gertrud van Weert von der Plattform.

»Mädchen, Mädchen,« murmelte er und schloß die Augen. »Ich bin ganz schwindelig vor Freude, daß Sie gekommen sind.«

18

Wollen wir Pferde nehmen?« fragte er, als sie aus dem Bahnhof herauswaren und den Weg zur Stadt einschlugen. »Wenn wir einen Wagen nehmen, haben wir immer den Kutscher als dritten. Finden Sie nicht auch, daß wir ohne den dritten ganz gut auskommen werden?«

»Ich bin ja im Reiseanzug,« erwiderte sie und ging straff neben ihm her. »Wenn Sie meinen, daß ich darin reiten kann?«

»Sie können im Cowboyanzug reiten, wenn Sie wollen,« sagte er lachend, und Frau Marys Vergleich fiel ihm ein. »Sie brauchen nur im Sattel zu sitzen und sehen gut aus. Außerdem werden wir wohl die einzigen Lebewesen auf dem Schlachtfeld sein.«

»Auf dem Schlachtfeld? Nun höre ich doch, was Sie vorhaben. Bis jetzt haben Sie noch kein Wort von Ihren geheimen Plänen verlauten lassen.«

»Ach,« sagte er, »das ist ja auch so einerlei. Die Hauptsache ist, daß ich Sie bei mir habe.«

Sie fragte nicht, weshalb er sie hergerufen hatte. Sie kam mit keinem Wort auf den Depeschenwechsel des vorigen Tages zurück. Sie tat, als ob es eine alte Verabredung sei, daß sie sich in Gettysburg treffen würden, und als ob sie nun seine weiteren Bestimmungen erwartete. Aber den Kopf hielt sie kerzengerade auf dem schlanken Hals, und in ihren dunklen Augen stand die Freude, den Mann, um den sie sich gesorgt hatte, so frisch anzutreffen.

Und nach einer Weile begann sie:

»Ich hätte ja wirklich erst nach meinem Gepäck sehen müssen, aber Sie warfen ja sofort den Lasso über mich und schleppten mich in die Weltgeschichte. Nun, ich meine, es geht auch ohne den Kutscher.«

»Wie Sie lachen können, Fräulein van Weert!«

»Das tut der frische Morgen. Und die Aussicht auf den Gaul. Und überhaupt.«

»Und überhaupt! Fräulein van Weert, dabei wollen wir bleiben. Das soll die Losung sein. Halt! Hier steht angeschrieben, daß die Blüte der pennsylvanischen Rosse stundenweise zu vermieten sei. Hinein in den Marstall! Ich muß einen milchweißen Zelter haben für dies nachtschwarze Mädchen.«

Zwei Gäule beherbergte der Stall. Sie waren von einem rötlichen Braun, und ihr Fell war struppig und sehnte sich nach dem Striegel. Den Reitlustigen verschlug es nichts. »Sitzen Sie auf, Fräulein van Weert,« gebot Wegherr. »Und im selben Augenblick wird sich der Racker in ein Märchenroß verwandeln. Hören Sie? Der meine wiehert schon wie ein Turnierhengst vor der Brüstung der Prinzessin.«

Er hielt ihr die Hand hin, und sie schwang sich ohne Besinnen in den Sattel. Aber wie ein Ruck war es durch seine Hand gegangen, als sich ihre Sehnen zum Schwunge spannten. Ich wußte es ja, dachte er, in dem Körper sitzt Spannkraft.

Seite an Seite ritten sie im Schritt die Allee hinan. Und plötzlich stieß das Mädchen einen kurzen Ruf aus, wie die Rauhreiter der Steppe, und im Galopp fegte ihr Gaul dahin, daß Wegherr nur noch die Eisen sah und auf langgestrecktem Rücken ein schlankes Menschenkind, das nichts wußte als reiten, reiten...

Er setzte seinem Gaul die Fersen ein, und das Tier griff aus und kam in mächtigen Sätzen endlich gegen den Stallgefährten auf.

»Vorwärts, vorwärts!« rief Wegherr, als Gertrud van Weert mit einem Ruck ihr Pferd zum Stehen brachte. »Herrgott, mit Ihnen lohnt es.«

»Ich denke, Sie wollen die Schlachtfelder besichtigen? Hier müssen Sie beginnen.«

»Schlachtfelder her, Schlachtfelder hin! Zügel los und Schenkeldruck!«

»Mein Herr,« rief sie übermütig zurück, »ich habe die Ehre, den größten deutschen Geschichtsforscher auf das größte amerikanische Schlachtfeld aufmerksam zu machen!«

»Es ist wahr,« gab er nach, »die Wissenschaft ist eine strenge Göttin. Aber es gibt ja auch noch andere Göttinnen im Olymp! Wir werden uns bei guter Gelegenheit in andere Dienste schlagen.«

»Damenwahl?« lachte sie. »Dann bitte ich um den nächsten Galopp.«

Er warf die Schultern zurück, daß die Brust sich weitete. Wie ein Abenteurer kam er sich vor, an denen dieses Land so reich gewesen war, wie ein Abenteurer, und neben ihm, auf Pferderücken, das Glück.

»Mein gnädiges Fräulein, ich bin Ihr Partner. Und wenn es über Hecken und Zäune geht – erst recht!«

Da lag das Schlachtfeld, auf dem drei Tage lang die Heere der Nordstaaten gegen die Heere der Südstaaten blutig um die Entscheidung gerungen hatten. Und das meilenweite Gräberfeld hatte sich zu einem Museum gewandelt, das in Hunderten von Denkmälern das Gedächtnis der Lebenden wach halten sollte an die Taten der Väter.

Mit ernst gewordenen Augen ritten sie die Straße, die auf Schritt und Tritt vom Blute gedüngt und von Erinnerungen geheiligt war.

Ein Granitstein wuchtete, wo einst General Reynolds fiel, der Tapfere, der als erster mit seiner Reiterei vorgestürmt war, den vorrückenden Heeresmassen General Lees den Weg zu verlegen. Dort ragte ein Fahnenträger, der Fahnenträger des 13. Massachusetts-Regiments, den hier die Kugel durchbohrte, als er das teure Banner zum Sturmangriff vorantrug, hoch voran. Und wohin das Auge blickte, Denkmäler der Helden, kriegerische Gruppen, Tafeln in Marmor und Erz in unverrückbaren Felsen. Täler und Hügel ein Heldengrab.

Inmitten friedlich der Dorffriedhof. Die müden Knochen alter Ansiedler barg er in seiner Erde, und nie hatte sein Stolz daran gedacht, daß er berühmt werden würde in der Geschichte des Landes wie kein anderer Friedhof vom Atlantischen Meere bis zum Stillen Ozean, daß seine Schollen mit Strömen warmen, jungen Blutes gedüngt werden sollten und an seiner Seite sich, Halt gebietend, der Nationalfriedhof erstrecken würde, in dem die Gebeine von dritthalbtausend Söhnen des Nordens und Südens friedlich beieinander ruhten.

Und wieder reihte sich Denkmal an Denkmal, und sie verhielten ihre Pferde und lasen.

»Hier liegen,« sagte Wegherr ernst, »mehr als tausend Tote, von denen man nicht Name noch Herkunft wußte. Wie manche Mutter, wie manches Mädchen mag daheim gewartet haben, Jahr um Jahr, und ihren stillen Schläfer, von dem keine Kunde mehr kam, lieblos und treulos gescholten haben. Mehr als tausend Tote unbekannt. Als Namenlose verscharrt. Und dabei Helden wie die Kameraden, von denen die Denksteine ruhmredig erzählen. Das ist die Tragik.«

»Wie mancher deutsche Bruder mag unter ihnen sein, der Vater und Mutter jenseits des Ozeans um einen Tod verließ.«

»Ja, Fräulein van Weert, der die Heimat verließ, die nie so hart sein kann wie die Fremde. Aber die Schlachtfelder der ganzen Welt sind von deutschen Knochen bedeckt. Und wo kam je der Lohn von der Fremde? ›Tausend Tote unbekannt.‹«

»Es haben viele Deutsche für die amerikanische Freiheit gekämpft. Für das, was Abraham Lincoln die Freiheit nannte.«

»Ganze Regimenter, Fräulein van Weert. Das Armeekorps, das unser Landsmann Karl Schurz befehligte – es war das elfte –, hatte ein deutsches Rückgrat und viele deutsche Offiziere. Wer nennt ihre Namen? Ja, wenn man Sündenböcke suchte, dann waren die Namen gerade gut genug. Aber wie haben sie im Feuer standgehalten, wie sind sie mit dem blanken Bajonett vorgegangen, was haben die wackeren Jungen als Artilleristen geleistet! Ganze Batterien waren deutsch in der Schlacht von Gettysburg, und wenn die Feinde, die Konföderierten, im Sturme die Schanzen nahmen, wehrten sie sich bis auf den letzten Mann und schlugen mit Knüppeln und Feldsteinen den Kerlen noch die Schädel ein. Sie verstehen mich recht. Die Amerikaner, die sich die eingeborenen nennen, haben gefochten wie Löwen, aber die Deutschen haben *auch* gefochten wie Löwen – und nun zeigen Sie mir das Lesebuch, worin davon ein Wörtchen steht.«

Weiter und weiter ritten sie über das ausgedehnte Schlachtfeld, und die Freude des Historikers kam über Wegherr, als er erklärte:

»Es handelte sich für die Konföderierten darum, ihre eigenen Südstaaten zu entlasten und den Krieg in Feindesland zu tragen. Deshalb schob General Lee seine Heeresmassen über den Potomac vor. Der Befehl über die Bundestruppen wurde General Meade übertragen, dem rechten Mann am rechten Platz. Er folgte dem Gegner und erreichte Gettysburg so früh, daß er sich die festesten Stellungen sichern konnte, bevor General Lee heran war. Dort sehen Sie die Hauptpunkte: den Seminarhügel und den Bogen über Gettysburg hinweg bis drüben zu dem Hügel, Culps Hill, die Standlinie der Konföderierten, und den Friedhofrücken, den die Bundestruppen hielten. Die Konföderierten waren in die Rolle der Angreifer verwiesen. Wenn man die Geschichte der derzeitigen Schlacht aufmerksam studiert, muß man, trotzdem unsere Hinneigung zu den Nordstaaten geht, der Bewunderung voll sein für die Helden des Südens. Sehen Sie, dort liegt der berühmte Pfirsichgarten und dort das Weizenfeld, in denen die Südstaatler die zum Angriff vorrückenden Nordstaatler geradezu abschlachteten. Dort hinten stürmte der General Ewell mit seinen wilden Truppen, die die Tiger von Louisiana hießen, mitten durch das Geschützfeuer hindurch. General Meade, der ruhige Schlichte, der nicht viel Wesens von sich machte, warf ihn am dritten Tage von Culps Hill wieder herunter, ohne daß sein Gegner General Lee davon erfuhr. Der glaubte Meades Truppen geschwächt und plante einen Frontangriff, um Schluß zu machen. Eine furchtbare Kanonade begann das Vorspiel. Eine Batterie der Bundestruppen schwieg nach der anderen. General Lee hielt sie für niedergekämpft und befahl den Angriff. Fünfzehntausend stolze Söhne des Südens rückten vor wie auf dem Paradefeld. Laufschritt wird kommandiert. Die Offiziere sprengen voran. Hinter ihnen flattern die siegreichen Rebellenfahnen. Durch das offene Tal braust der stolze Strom. Jetzt sind sie im Bereich der Kanonen, die sie vernichtet wähnen. Von allen Seiten richten sich die Mäuler der Geschütze ihnen zu. Ein furchtbarer Donnerschlag zerreißt die Stille. Hundert wütende Donner folgen. Klaffende Lücken sind in die Fünfzehntausend gerissen. Todesverachtend schließen sie sich zusammen, stürmen sie mit dem alten, heißanfeuernden Rebellenruf weiter gegen den Friedhof an. Jetzt gelangen sie in den Bereich des Infanteriefeuers, das noch schweigt. ›Mit Kartätschen geladen – Feuer‹ erschallt das Kommando. Und gleichzeitig prasselnde, verheerende Infanteriesalven. Da wälzte sich die Blüte Virginiens in Kot und Blut.

Die große Entscheidung war gefallen, die für die Union entschieden hatte. Wohl zog der unerschrockene General Lee in der Nacht seine Truppen unbehelligt über den Potomac zurück, wohl dauerte der erbitterte Kampf noch ein ganzes Jahr, aber er wurde in Feindesland geführt, das entblößt war vom Notwendigsten, das den letzten Mann und den letzten Gaul gestellt hatte und keinen Ersatz mehr besaß, die Verluste schnell wieder aufzufüllen. Die Würfel des Krieges waren in der dreitägigen Schlacht von Gettysburg gefallen, und ich wollte, man zählte und mäße einmal das deutsche Blut, das hier für den Kitt des amerikanischen Vaterlandes vergossen wurde. Und wo stehen die deutschen Erfolge ausgezeichnet? Der einzige Name Karl Schurz wirkt geradezu wie ein Almosen. Und wo fanden nach all ihren Taten im Krieg und im Frieden die Deutschen Amerikas in den gesetzgeberischen Körperschaften die Vertretung, die ihnen gebührte? Ich meine, es wäre an der Zeit, daß das Märchen vom Aschenbrödel endlich einmal bei dem Kapitel anlangte, in dem Aschenbrödel als schönste der Prinzessinnen auf den Thron erhoben wird.«

Die Pferde waren weitergeschritten. Der Hauptkampfplatz mit der Masse der Denkmäler lag hinter ihnen. Wegherr blickte auf. Und sein Blick strich über die geschmeidige Gestalt seiner Begleiterin hin, die versonnen im Sattel sich wiegte.

»Ja, die Prinzessin,« hob er noch einmal an. »Oft ist sie einem auf Armeslänge nahe, und man gewahrt sie nicht. Aber ich müßte doch noch zehnmal blinder sein als die Hirtenknaben im Märchen, wenn ich sie jetzt nicht gewahrte. Hallo, Fräulein van Weert!«

Sie blickte blitzschnell auf, spürte das Herandrängen seines Pferdes und ließ in selber Sekunde ihrem Gaul die Zügel frei.

»Hallo!« rief sie zurück und jagte über Stock und Stein.

»Ist das Damenwahl?« schrie er in den Wind und ließ den Stallgefährten das Rennen aufnehmen, was er an Atem im Leib hatte.

Nur ihr Lachen flatterte ihm um die Ohren. Dieses glückselige Mädchenlachen, das seine Welt wiedergefunden hatte. Und er jagte ihm nach und dem schlanken, festen Strich auf dem braunen Pferderücken, bis die Gäule klüger waren als ihre Herren, in einen Zuckeltrab verfielen und durch keinen Anreiz mehr aus ihrer Gewohnheit zu bringen waren. Da lenkten sie nebeneinander ein und ritten wie gesetzte Menschen in das Städtchen zurück. Und beide taten sie tiefe Atemzüge und lachten sich aus den Augen an.

»Das hat gut getan,« stieß Gertrud van Weert hervor. »Das war eine Wohltat.«

»Vor mir zu fliehen?«

»Oh, nun wollen Sie eine Schmeichelei. Aber zu reiten verstehen Sie.«

»Ich war Düsseldorfer Ulan. Da hatten wir Jünglinge einen Rittmeister, drei Käse hoch. Aber seine Manegepeitsche war dafür drei Ellen lang. Mit der hieb er den Gäulen, die nicht wollten wie wir, über die Kruppe, und unsere Schenkel kriegten versehentlich einen Teil mit ab. ›Parrrdon,‹ schnarrte er dann, ›auf Pferdekonto buchen.‹ Und wir sorgten bald, daß die Gäule wollten, wie wir wollten.«

Sein Wesen strahlte, und sie ließ ihr Pferd dicht neben dem seinen gehen.

Der Pferdeverleiher zog ein langes Gesicht, als er seine schweißnassen Tiere wieder sah. »Das Vollblut war nicht zu halten,« lachte ihn Wegherr an. »Sie können von Glück sagen, daß unsere unsterbliche Seele keinen Schaden gelitten hat. Alles, was recht ist: ein Teil der ersparten Begräbniskosten gehört Ihnen.«

Für Humor war der Mann auf der Stelle empfänglich. Er lehnte den Mehrbetrag dankend ab. »Gebrochene Beine sind nicht so schlimm wie gebrochene Herzen,« meinte er vergnügt, holte einen Strohbund und rieb seine Gäule damit ab, bis sie dampften.

»Was sind Sie für ein Landsmann?«

»Amerikaner,« erwiderte der Mann verwundert.

»Und Ihre Eltern?«

»O, die. Aus Deutschland. Aus – aus – es ist ein schweres Wort, verstehen Sie, aus der – Pfalz.«

»Wollen wir auf den Schreck eine Zigarre miteinander rauchen, Landsmann?«

Gertrud van Weert stand dabei und sah immer nur Wegherr an. Wie hatte er sich gewandelt in den wenigen Tagen. Wie jung er geworden war. Jünger noch als in den Tagen am Grand Cañon und am Strande von Del Monte.

»Wissen Sie auch, was wir jetzt tun?« fragte Wegherr, als sie in der Richtung nach dem Bahnhof weiterschritten.

»Das weiß ich ganz genau. Ich werde mir aus dem nächsten Bäckerladen ein Brot holen, wenn wir nicht endlich zu Mittag essen.«

»Donnerwetter,« rief er verblüfft. »Sie haben wohl seit gestern abend« –

»Nein, ich habe seit gestern abend nicht.«

»Mein Gott, das sagen Sie jetzt erst? Ja, weshalb in aller Welt haben Sie denn nicht im Eisenbahnzug gefrühstückt?«

Sie wurde verlegen, schlug schnell die Augen nieder und stotterte:

»Ich war – ich war – also,. wenn Sie es wissen wollen: ich hatte Reisefieber.«

Ohne noch ein Wort zu sprechen, hakte er seinen Arm in den ihren und brachte sie in den erstbesten Gasthof. »So. Und nun setzen wir uns mit dem Rücken gegeneinander. Das soll nämlich glänzend auf den Appetit einwirken.«

»Ich fürchte mich nicht. Und wenn ich vor Ihren Augen die ganze Speisekarte herunteresse. Ich bin einfach eine hungrige Reitersfrau und sonst nichts.«

Es freute ihn, daß sie sich so gar nicht zierte. Er bekam selber Hunger. Und dann wurde es eine Viertelstunde still zwischen ihnen.

»Darf ich Ihnen jetzt sagen, was wir tun werden?« fragte er dann, als sie die Servietten niederlegten.

»Jetzt können Sie mir einen Ritt durch die Rocky Mountains vorschlagen, und ich bin wieder dabei.«

»So weit brauchen wir nicht. Nur ein paar Stationen weit mit der Eisenbahn. In das Gebiet der Pennsylvanier Deutschen hinein.«

»Sie wollen die alte Frau aufsuchen?« fragte sie hastig und bog den Oberkörper vor. »Die alte Frau, die Ihnen von Ihrer Mutter geschrieben hat?«

»Wie Sie das behalten haben, Fräulein van Weert.«

»Das ist doch selbstverständlich. Das war doch das Schönste, was uns – was Ihnen begegnet ist. Dieser Gruß, der seit so vielen Jahren auf Sie wartet. Und den wollen Sie sich heute holen? Und ich darf mit?«

»Ich meine,« sagte Wegherr, »ein Muttergruß scheint uns beiden herumgejagten Menschen gerade jetzt gut zu tun.«

Da griff sie über den Tisch und faßte zum erstenmal seine Hand. –

Wie gute Kameraden, die sich wiedergefunden haben, gingen sie nebeneinander dahin und kamen zum Bahnhof und warteten den Kleinzug ab, der gemächlich durch die Felder und Ortschaften bummelte. An jeder Haltestelle stiegen ein paar Menschen ein, stiegen ein paar Menschen aus. Deutsche Rede tönte, mit englischen Worten willkürlich gemischt. Das »Pennsylvania-Dutch«, das sich die biederen Rheinpfälzer, Schwaben und Niederrheinländer seit zwei Jahrhunderten in diesem Lande als Rest der Heimatsprache treu bewahrt und es mit den alten Sitten und Gebräuchen der deutschen Heimat weitergegeben hatten an Kinder und Enkelkinder. Da klang noch das Du in der Rede zwischen Menschen, die sich nie gesehen, wie es einst gebräuchlich gewesen war unter des Ahns Dorfgenossen am Rhein und am Neckar.

Und Wegherr und Gertrud van Weert saßen zwischen den Menschen, als führen sie einen deutschen Grenzstrich entlang, an der holländischen Grenze oder im Elsaß, wo auch die Laute durcheinanderfließen, und ohne daß sie es wußten, waren sie mit ihnen in der Unterhaltung und plauderten und lachten, und es war ihnen ganz heimatlich zu Sinn.

Dann kam der Ort, zu dem sie wollten, und eine Frau stieg mit ihnen aus und zeigte ihnen den Weg zu Mistreß Benders Haus.

Es dunkelte bereits, als sie die Glocke an dem freundlichen Landhaus zogen, das inmitten einer kleinen Gemüsefarm gelegen war. Mit ihren Handtäschchen standen sie wie Kinder, die einen überraschenden Besuch planen, und horchten mit gespannten Gesichtern auf den Schritt, der sich durch den Hausflur näherte. Dann drehte sich der Schlüssel im Schloß, die Tür öffnete sich, und eine wohlbeleibte Frau bot ihnen guten Abend.

»Frau Bender?« fragte Wegherr. »Sie werden erstaunt sein, daß wir Sie am Abend noch überfallen, aber ich bin der Ernst Wegherr, dem Sie geschrieben haben.«

Die Frau streckte die Hände aus. Sie ergriff Wegherrs Hände und zog ihn ins Haus. »Der Ernst Wegherr!« rief sie, und immer wieder: »der Ernst Wegherr, der kleine Ernst Wegherr. Ist es denn wahr? Nein, was Sie mir für eine Freude machen.«

Sie drehte das elektrische Licht an. Sie betrachtete und betastete ihn von allen Seiten. »Ich hätt' Sie sofort wiedererkannt. Jetzt, im Hellen, seh' ich's erst recht. Gerade so sah der kleine Junge aus. Das Gesicht haben Sie behalten. Männlicher, o Gott, ja, nach so viel Jahren.«

»Ich habe noch eine Begleiterin bei mir, Frau Bender, die von Gettysburg mit herübergekommen ist.« Und er nannte Gertrud van Weerts Namen.

»Aber, Fräulein – nicht wahr, das nehmen Sie mir nicht übel, daß ich erst den Ernst begrüßen mußte. Seine Mutter und ich waren Freundinnen geworden in der langen Pflegezeit. Das kommt so selten, aber das erzähl' ich Ihnen alles nachher. Treten Sie ein. Fräulein van Weert heißen Sie? Sie sind mir herzlich willkommen.«

Und die wohlbeleibte Frau nahm ihnen die Handtäschchen aus den Händen und lief voraus und öffnete die Tür zum besten Zimmer und drehte geschwind alle Lichter des Kronleuchters an.

»So, hier werden Sie zunächst einmal Platz nehmen,« und sie fuhr mit der Hand schnell noch über die Sitze der Polsterstühle, »und nun müssen Sie schon gestatten, daß ich Sie erst einmal gründlich anschaue. Ernst Wegherr – Ernst Wegherr – nein, was der Name doch tut. Wie der im Ohre klingt und im Gedächtnis herumfährt und alte Zeiten herausholt. Die besten Zeiten, wenn sie auch traurig waren, und man die liebe Frau hinschwinden sah, ohne helfen zu können. Aber alle die Gespräche, die sie mit mir führte in den langen, schlaflosen Nächten. Das kam so aus ganz tiefer Seele heraus und war so abgeklärt und erleuchtete einem den Weg, daß man oft selber meinte, man wäre in Pflege, und die liebe, sterbende Frau machte einen erst ganz gesund.«

Sie saß auf ihrem Stuhl, dicht vor ihrem Besuch, und die Hände ruhten in ihrem breiten, mütterlichen Schoß.

»Es freut mich von Herzen,« sagte Ernst Wegherr leise, »daß Sie mir so von meiner Mutter sprechen.«

»Ja,« fuhr sie fort. »Sie dürfen es mir nicht übelnehmen, daß ich an Sie geschrieben habe. Aber als ich in meiner Zeitung von Ihnen las, die ganze Lebensbeschreibung und alles das, was Sie im Leben erreicht haben, da sah ich das Bild der stillen, lieben Frau vor mir, die immer so fröhlich war, ob's auch allgemach ans Sterben ging. Ich habe viele gepflegt, als ich noch Krankenschwester war, und mitansehen müssen, wie sie Angst hatten und sich gegen das Letzte wehrten. Daher ist mir auch Ihre Mutter so im Gedächtnis geblieben, weil sie nur die eine Sorge hatte, es *uns* leicht zu machen, die wir um sie herum waren, und uns immer mit fröhlichen Augen zuwinkte, wir sollten keine Leichenbittergesichter machen, denn der Mensch wäre doch nun einmal sterblich, und sie hätte es gut gehabt und mit Bewußtsein nie Böses getan. Das sagte sie mir, und so war sie und so blieb sie bis zu ihrem letzten Stündlein.«

»Ich möchte mir recht viel von meiner Mutter erzählen lassen,« sagte Wegherr. »Ich weiß so wenig von ihr.«

»O,« erwiderte die alte Frau, »Sie kommen mir auch nicht so schnell hier weg. Den ganzen Abend muß ich Ihnen erzählen, und ich könnte Ihnen noch viel länger davon erzählen. Denn sehen Sie, die Jahre in Amerika stehen auf einem anderen Blatt. Was man erlebt hat, äußerlich und innerlich, das ist einem in Amerika, als ob das alles früher gewesen wäre, bevor man hier herüber kam, und das, was folgte, wäre lauter Arbeit gewesen und immer nur Denken von einem Tag in den anderen hinein. Will man eine Freistunde halten und setzt sich Sonntags so recht bequem und betulich in seinen Sessel am Fenster und schaut ins Land, was kommt zu Besuch? Immer nur die Mädchenjahre von drüben und die Krankenschwesterjahre und all die Menschen, die man drüben einmal gern gehabt hat und die einem hier nicht ersetzt worden sind.«

»Aber Sie haben doch Mann und Kinder hier, Frau Bender?« fragte Wegherr.

»Das ist wahr. Wissen Sie, mein Mann war damals Monteur in der großen Fabrik oberhalb der Herzbachstraße, und dann wurde ihm durch Zufall der Werkmeisterposten in einer staat-lichen Werkstätte der Vereinigten Staaten angeboten, und wir heirateten und gingen hinüber, wie man eben als junge Leute übers Meer geht, ohne sich groß Gedanken dabei zu machen. Ach ja. Und dann kamen die Kinder, sechs der Reihe nach, und wollten erzogen sein, und als sie soweit flügge waren, flogen sie aus dem elterlichen Nest, wie das in Amerika bei den jungen Leuten nun mal üblich ist, und ich war wieder allein mit meinem Alten, der auch nur Sonntags aus der Stadt herüberkommt, weil er in der Woche, der Nachtschicht wegen, nicht gern seine Maschinen ohne Aufsicht läßt. So ist denn das Leben.«

»Das ist kein leichtes Leben gewesen, Frau Bender.«

»Schwer ist es auch nicht gewesen,« sagte die Frau. »Es ist eben so gewesen, wie das Leben wohl durchschnittlich sein wird, und wenn die Menschen nicht immer glauben, sie müßten gegenüber dem lieben Nächsten eine Extravergünstigung vom lieben Herrgott haben, so läßt es sich schon ertragen. Wenn man sein Auskommen und seinen ruhigen Schlaf hat und in Frieden in die Jahre gekommen ist, so ist das auch was gewesen.«

Und sie strich geruhig die Falten ihres Kleides glatt.

Dann aber schreckte sie auf.

»Das ist aber die Höhe. Da lass' ich Sie sitzen und meinem Geschwätz zuhören, ohne Ihnen zu allererst ein Glas Wein angeboten zu haben. Das war doch zu Haus nicht Mode. Nicht wahr, Herr Wegherr, das war nicht die Mode zu Haus.«

Sie wollte auf und von dannen. Aber Wegherr legte ihr beschwichtigend die Hände auf die Knie und bat sie: »Nachher, Frau Bender, nachher werden wir gern ein Glas Wein mit Ihnen trinken. Aber jetzt möchte ich in dieser schönen Stimmung bei Ihnen sitzen und noch ein wenig von meiner Mutter hören. Dazu brauche ich keinen Wein. Bitte, erzählen Sie.«

Sie nickte ihm mütterlich zu. »Sie sind doch noch, wie Sie als kleiner Junge waren. Man brauchte nur zu erzählen, und Sie saßen mäuschenstill. Das tat Ihre Mutter immer, wenn Sie abends noch auf der Straße spielen wollten. Dann wurden Sie auf ihr Bett gesetzt, und während die Mutter ein ganz neues Märchen zu erzählen anfing, wurden Sie, ohne daß Sie es merkten, in den Nachtkittel gesteckt. Wenn ich daran denke! Was wußte die Frau Märchen zu erzählen, und die meisten mußte sie immer selber erfinden, denn das Märchenbuch reichte längst nicht mehr.«

»Wie schön ist das,« sagte Wegherr. »Jetzt sehe ich mich in Wirklichkeit wieder in ihrem Bette bei ihr sitzen und sehe ihr schmales Gesicht.«

»Sie war eine hübsche Frau,« erzählte die Alte, »auch als sie schon so schmal und blaß geworden war. Ihr schweres Haar machte ihr oft Kopfschmerzen, und dann löste ich es ihr auf und verteilte es über die Kissen. Wie ein Elfchen in einer Muschel saß sie dann.«

»Meine Mutter…« sagte Wegherr.

»Ich glaube,« meinte die Frau nachdenklich, »es hat wohl nie eine Mutter ihren Jungen so liebgehabt. Ich kann das sagen, weil ich selbst sechs geboren habe und sie alle miteinander liebgehabt habe. Aber das war ganz etwas anderes. Es war keine übertriebene Liebe, die noch in den Unarten etwas Hübsches findet und alles zu drehen und zu deuteln weiß. Es war – wie soll ich das sagen – es war so eine *ganze* Liebe. Wissen Sie, der ganze Mensch wußte gar nichts Anderes mehr als nur das Kind. Das lag wohl daran, weil sie fühlte, daß sie ihm die Mutterliebe nicht lange genug schenken könnte. Sie hatte ja auch den Arzt gefragt. Und deshalb nahm die Frau schier übermenschliche Kräfte zu Hilfe, um ihrem Jungen in der kurzen Zeit mehr zu geben als andere Mütter in vielen Jahren. Ach, die frohen Augen, die sie machte, wenn Sie so vergnügt plappernd hereingestürmt kamen und zu ihr aufs Bett kletterten. Dann mußten Sie erzählen. Immer der Reihe nach. Wie es auf der Gasse aussähe. Ob die Salamander mit den roten Bäuchen noch im Straßengraben guter Dinge wären. Ob der kleine Ernst einen neuen Freund gefunden und die alten nicht darüber vergessen hätte. Und vor allen Dingen aus der Kinderschule. Denn in die Kinderschule wurden Sie jeden Morgen und jeden Nachmittag zwei Stunden lang geschickt, weil die kranke Frau Sie doch nicht genügend beaufsichtigen konnte.«

»Ja,« nickte Wegherr lächelnd, »jetzt fällt mir auch die Kinderschule ein. Wir lernten Lieder singen und Sprüche aufsagen, und wenn die Sonne schien, mußten wir exerzieren wie kleine Soldaten oder die Mädchen bei den Händen fassen und Reigen mit ihnen spielen. Das war mir als kleinem Jungen immer das Schlimmste: die kleinen Mädchen bei den Händen zu fassen.«

Die alte Frau lachte und strich sich über die arbeitsamen Hände.

»Das weiß ich noch wie heute, Herr Wegherr. Das war eine Scheu bei Ihnen, eine rechte Jungensscheu. Und Ihre Mutter hat zuerst gelacht und dann es Ihnen auszureden versucht. Mein Gott, wie oft, wenn Sie ganz zornig daherkamen und erzählten, die Mädchen wollten immer mit Ihnen nach Hause gehen, und Mädchen wären doch gar keine Freunde, und Sie wollten nur Jungens als Freunde haben, die richtig Indianer spielen könnten und Laubfrösche fangen. Ihre Mutier nahm Sie dann ganz weich in den Arm und schaukelte Sie hin und her, und einmal sagte sie Ihnen: ›Lieber kleiner Ernst, wenn du nun so ganz müde bist vom Indianerspielen und gar keinen Laubfrosch mehr anfassen magst, sind es dann die Jungen, die sich um dich bekümmern? Oder bist du für die Jungen nur der liebe Ernst Wegherr, so lange du mit ihnen herumtollst? Siehst du, dann kommst du zu deiner Mutter und ruhst dich aus und erzählst dir Geschichten mit ihr, bis es dir zu Hause noch viel besser gefällt als auf der Straße und du noch viel lustiger und erfinderischer wirst. Die Mutter ist aber auch einmal ein kleines Mädchen gewesen, und die kleinen Mädchen werden Mütter, und wenn dich eine heiratet, kann es vorkommen, daß du all ihr Leben ihr größter Junge bleibst. Nur sorg, daß du dann all ihr Leben auch ihr liebster Junge bist. Denn Mütter haben viele, viele Sorgen, und die Kinder wissen es nicht!‹ Das sagte damals die Mutter, Herr Wegherr, und an demselben Tage brachten Sie ihr ein kleines Mädchen von der Straße mit herauf.«

»Ich glaubte wohl, jede wäre die richtige.«

»Ja, das glaubten Sie und waren sehr verwundert, als die Mutter sich nicht so freute, wie Sie es erwartet hatten. Denn das Kind war schmutzig und zerzaust wie ein Strolch und hatte einen frechen Mund. In fünf Minuten war sie wieder unten.«

»Es war kein glückverheißender Anfang,« meinte Wegherr, aber seine Gedanken waren anderswo.

Und die alte Frau fuhr fort, und sie wußte Tag und Stunde zu benennen, so frisch blühten ihre Erinnerungen.

»Es war an dem Abend, an dem Ihre Mutter sich viel herumwarf, weil sie sich immer wieder aus dem Schlaf herausdachte. ›Sie müssen nichts darauf geben, Schwester,‹ sagte sie mir, ›aber ich habe ja bald genug Zeit zum Schlafen, und da wollen nun die Gedanken immer den Jungen bei sich haben. Ich kenne ihn genauer als mich selber. Er ist ja auch ein Teil von mir, und der Teil, den ich immer vor Augen habe. Er ist sehr begabt, der Ernst, und gerade eine große Begabung führt oft auf eine einsame Höhe. Da wird ihm viel Liebe vonnöten sein, damit er sich immer schnell wieder ins Leben zurechtfindet und das Leben am schönsten findet und seine Begabung nur als ein Gottesgeschenk ansieht. Darüber mache ich mir meine Gedanken, und ich sorge mich und frage mich: Wer wird ihn liebhaben wie ich, wenn ich einmal tot bin?‹ Darüber sprach sie noch oft mit mir, und es war nichts, was sie so sehr drückte.«

Sie sann nach und wiegte lächelnd den Kopf.

»An was eine Mutter nicht alles denkt. Weihnachten war vorübergegangen, und es war Silvester geworden. Da bäckt man am Niederrhein braune Krapfen, und alle Kinder freuen sich auf das heiße Gebäck. Es ging in den Tagen schnell bergab mit Ihrer Mutter, Herr Wegherr, und sie kämpfte schon stark mit der Atemnot. Aber am Silvesterabend wurde es ohne sichtliche Ursache so arg mit ihrer Unruhe, daß ich schon das Mädchen schleunigst nach dem Arzt schicken wollte. Das merkte sie und schüttelte den Kopf und winkte mir mit den Augen. Als ich mich über sie beugte, flüsterte sie mit ihrem bißchen Atem: ›Es ist ja nur wegen des Ernst. Das Mädchen hat keine Ahnung vom Krapfenbacken, und der Ernst geht mit seiner gespannten Erwartung leer aus. Kinder empfinden so etwas immer sehr schwer.‹

»Das also war der Grund, weshalb ihr Zustand sich zu verschlimmern schien. Die Sorge, daß der kleine Ernst wegen der paar Krapfen ein schweres Kinderherzchen kriegen könnte. ›Na,‹ sagte ich, ›wenn Sie mir versprechen, jetzt mollig und friedlich in Ihren Kissen zu liegen, sollen die Krapfen fertig sein, bevor der Ernst ins Bett geht. Soviel verstehe ich auch noch davon.‹ Und als ich nach einer halben Stunde aus der Küche kam, schlief sie mit einem so seligen Ausdruck, als wär’ sie mitten im Lächeln eingeschlafen.«

»Und mußte sterben...« sagte Ernst Wegherr und tat einen tiefen Atemzug.

»Ja, Herr Wegherr, das mußte sie. Das ist eine der Unbegreiflichkeiten des Himmels, die wir Menschen nie verstehen lernen werden. Da gibt es tausend Menschen, denen es eine Wohltat wäre, hinweggenommen zu werden, und Tausende, die mit ihrem Tod ihrer ganzen Umgebung eine Wohltat erweisen würden. Nein, gerade der Mensch muß dahin, der noch so viel Liebe zu geben hat und den wir meinen gar nicht missen zu können. Aber es hat keinen Zweck, darüber nachzugrübeln oder dagegen aufzutrumpfen. Der über den Wolken ist stärker als wir und geht seinen Weg.«

»Nun sagen Sie es mir,« bat Wegherr und legte die Hände ineinander.

»Wie sie starb?« fragte die alte Frau. »Sie starb so ganz anders als andere Menschen. Sie starb leicht und doch wieder nicht leicht. Sie hätte immer gern noch Abschied genommen, um zu trösten und es die anderen nicht merken zu lassen, daß sie inzwischen hinüberging. Das war in den ersten Tagen des neuen Jahres. Ihr Zustand war wie immer, und Ihr Vater hatte noch in der Fabrik zu tun, die gerade viele Aufträge hatte. Sie waren zu Bett gebracht worden und schliefen schon im Nebenzimmer, als sich Ihre Mutter plötzlich jäh aufrichtete und mit den Händen suchte. Ich war sofort bei ihr und sah an ihren verstörten Augen, daß es ein furchtbarer Anfall von Atemnot war. Ich hielt sie fest in den Armen und schaffte ihr Erleichterung, so viel ich konnte. Und das bißchen Atem, das sie noch hatte, nahm sie gewaltsam zusammen und flüsterte: ›Mein Mann. Der Junge.‹ Es wurde einen Augenblick besser mit ihr, daß sie wieder in den Kissen liegen konnte, und ich riß rasch die Fenster auf, damit die frische Luft ihr Erleichterung bringen sollte, jagte das Dienstmädchen in die Fabrik zu Ihrem Vater und weiter zum Arzt und lief selber ins Nebenzimmer und holte Sie aus dem Bettchen. Als ich Sie auf dem

Arm hereintrug, trieb die Zugluft die Gardine zum Fenster hinaus. Und der kleine Junge, der nicht wußte, worum es sich handelte, krähte vergnügt: ›Hurra, Mutter, es ist Schützenfest! Die Fahnen sind zum Fenster hinaus!‹ Da hat Ihre Mutter zum letztenmal in ihrem Leben gelacht und die Arme ganz weit gemacht und Sie hineingenommen.«

Die alte Frau schwieg. Ihre Hände strichen das glatt über den Knien liegende Kleid immer noch glatter.

»Ja, und dann kam das Letzte, und ich sah es kommen und griff schnell nach dem Kind. Und sie hielt es fest und küßte es über das ganze Köpfchen hin und konnte doch nichts mehr sagen, als ›mein Junge – mein Junge!‹ Dann hatte sie die letzte Kraft vertan, und ich trug Sie schnell wieder ins Nebenzimmer in Ihr Bettchen und machte die Tür zu und sprang der Sterbenden bei. Da lag sie denn ganz still in meinen Armen und wartete auf den Mann, der totenblaß die Treppe heraufgestürzt kam, und als er in das Zimmer trat, sah sie ihn dankbar an und legte den Kopf an meine Brust und ging hinüber.«

Und nach einer Weile, während sie alle still im Kreise saßen, sagte die Alte:

»Als ich Ihren Namen in meiner Zeitung las und von den vielen Ehrungen, die Sie überall in Amerika gefunden haben, da dachte ich mir: Wenn das wirklich der kleine Ernst Wegherr aus der Herzbachstraße ist, dann wird ihm mein Geschwätz wohl auch so viel bedeuten wie eine Ehrung, und es ist doch immer so was wie ein Gruß von der Mutter, der ihm in Amerika geboten wird. Und das können die anderen nicht.«

»Nein,« sagte Ernst Wegherr und ergriff ihre Hände, »das konnten die anderen nicht. Es klingt vielleicht merkwürdig in diesem Augenblick, aber Sie haben mich sehr glücklich gemacht.«

»Dann ist es gut,« erwiderte die alte Frau, schüttelte seine Hände und erhob sich. »Und wenn wir jetzt ein Glas Wein trinken, ist die liebe Frau auch dabei.«

Sie ging zur Tür und blieb noch einmal versonnen stehen.

»Wie mag es jetzt wohl da drüben aussehen ... Was man so gern noch einmal wiedersehen möchte, das sind nicht die Menschen, dazu ist man zu alt geworden, das sind die Gräber, die mit einem jung bleiben. Ich möchte wohl das Grab Ihrer Mutter einmal wiedersehen.«

»Ich möchte es selber wiedersehen,« sagte Ernst Wegherr wie zu sich selber, »aber ich werde die Schläferin enttäuschen. Trotz ihrer Liebe, die sie mir mit auf den Weg gab und die doch wieder Liebe zeugen sollte, komme ich mit leeren Händen.«

Die alte Frau war hinausgegangen. Und plötzlich erhob sich Gertrud van Weert, mit zuckendem Gesicht und mit fliegenden Händen.

»Das ist nicht wahr, was Sie da gesagt haben. Das ist nicht wahr, und Sie wissen es selber, daß es nicht wahr ist.«

»Was ist nicht wahr?«

»Daß Sie mit leeren Händen kommen. Daß man Ihnen keine Liebe geschenkt hat. Meinen Sie denn, weil ich während des ganzen Abends kein Wort gesprochen habe, die Erzählung der alten Frau wäre spurlos an mir vorübergegangen? Ich will nicht, daß Ihre Mutter im Grabe glauben soll, kein Mensch bekümmere sich viel um das, was in Ihnen vorginge. Sie wissen, daß ich mich darum bekümmert habe, und deshalb dürfen Sie auch nicht von leeren Händen sprechen.«

Sie wußte nicht, was sie sprach. Aber sie wußte, daß sie es aussprechen mußte, um ihrer eigenen Mädchenwürde willen. Und Wegherr sah, wie alles an ihrem schlanken Körper flog und wie der letzte Blutstropfen aus ihrem Gesicht gewichen war, und erhob sich wie sie und stand ihr gegenüber.

»Ich habe leere Hände,« sagte er.

»Nein! Wäre das wahr, dann müßten die meinen auch leer sein. Und ich bin reich geworden in der Zeit.«

»Durch – mich?«

»Ja! Durch Sie!«

»Ist das wahr und wahrhaftig so, Gertrud van Weert? Täuschen Sie sich nicht?«

»Ich kann es nicht zum zweiten Male sagen.«

»Ich glaube,« murmelte er, »die Reihe ist wohl auch längst an mir.« Und er tat einen Schritt auf sie zu und nahm sie in die Arme.

»Siehst du, nun erst habe ich keine leeren Hände mehr.«

Ihr Körper spannte sich in seinem Arm; er bäumte sich auf und warf sich zurück.

»Willst du schon wieder von dannen?« fragte er. »Will das Köpfchen nicht für das aufkommen, was das Herz ausgeplaudert hat? Nun, dann muß ich mich wohl zunächst an das Herz wenden.«

Und er beugte sich hinab und küßte sie, wo er ihr Herz schlagen hörte.

»Willst du mir gehören und nicht mehr von mir lassen im Leben und im Sterben, du liebes Herz?«

Da nahm sie sein Gesicht zwischen die Hände und richtete es auf und sah ihm lange in die Augen. Und mit weitgeöffneten Augen küßte sie ihn auf den Mund.

»Ich habe dich lieb, Ernst, lieb ... Mehr weiß ich nicht.«

»So lieb wie ich dich? Weißt du wenigstens das?«

»Ich weiß, daß ich nichts bin und nichts habe. Aber ich weiß auch, daß keine Frau auf der Welt dich so liebhaben kann und dich so liebhaben wird wie ich.«

»So lieb willst du mich haben?«

»Ja, ja,« rief sie und hielt immer noch sein Gesicht in ihren Händen, »so lieb will ich dich haben.«

Und dann war sie in seinen Armen verstrickt, daß sie sich nicht mehr regen konnte und alles über sich ergehen lassen mußte.

»Mädchen, ich wußte es ja schon, ohne es zu wissen, als ich dich in dem einsamen Wirtshaus am Grand Cañon so süß und ergeben in den Kissen liegen sah.«

»Ernst,« lachte sie glückselig.

»Und in Del Monte und draußen an der Bucht von San Franzisko, das Heimweh, das mich da zuweilen packte, das wollte nach dir!«

»Ernst! Ich bin ja bei dir.«

»Und als wir nach Alaska wollten, zu Jans Grab, und später auf der langen, langen Fahrt, Tage und Nächte quer durch Amerika bis nach Neuyork – Mädchen, da hab' ich es immer stärker gespürt, daß wir zusammen gehörten und die Fahrt kein Ende nehmen dürfte.«

»Du sagst alles, Ernst, was ich sagen könnte.«

»Und in Neuyork wollte ich dich fragen. Nach dem Weihnachtsabend draußen an der Battery glaubte ich es zu dürfen. Aber der nächste Tag mit Will Finkler wirkte so nüchtern und niederstimmend, und dann kam die Unruhe und der Zwischenfall mit meiner Frau.«

»Ernst,« sagte sie, »sie ist ja gar nicht deine Frau und ist es nie gewesen. Nur eine ist deine Frau, und das bin ich.«

»Kein Wort mehr, oder ich press' dich in meinen Armen tot.«

»Tu's nicht, oder du betrügst dich!«

»Nein,« lachte er, »ich betrüge mich nicht. Ich fühl' doch, was ich hier in den Armen halte. Mein Gott, wie lieb kann doch so ein Mädchen sein, so ein schönes, schlankes Mädchen, das nun mit Leib und Seele mir gehört.«

»Mit Leib und Seele,« wiederholte sie ernst.

Dann saßen sie dicht beieinander, und die Hände suchten sich und hielten sich Finger um Finger fest, und sie sprachen von der Heimat, die sie sich aufbauen wollten drüben in Deutschland, und während sie sprachen, war ihnen, als hörten sie in der Ferne das Raunen des Rheins, der seine Kinder rief.

»Und doch,« sagte Wegherr, »konntest du mich quälen und dich weigern, mit mir zum Wuppermannschen Hause zu reisen.«

»O du großer, blinder Junge,« antwortete sie und drückte seine Hand fester. »Sie hätten es mir ja sofort angesehen, wie es um mich stand, und nur du hättest es nicht gesehen, und ich wäre vor Scham gestorben.«

Er blickte ins Zimmer, als ob er noch eine Dritte anwesend wüßte.

»Ich bin nie heimisch in Frauenherzen geworden. Das hat wohl schon die Mutter geahnt, als sie mir von den Mädchen und den Müttern sprach. Aber jetzt bin ich es geworden.«

Durch die Zimmertür kam die wohlbeleibte alte Frau. Sie hatte eine weiße Schürze vorgebunden und rieb sich die vom Herdfeuer geröteten Hände.

»Es hat ein wenig lange gedauert,« entschuldigte sie sich, »aber ich habe nur schnell Ihre Zimmer fertig gemacht und das Abendessen auf den Herd gebracht. Denn zuletzt wohnen Sie bei mir immer noch besser als im Gasthaus. Nicht wahr, diese große Freude tun Sie mir an.«

Ernst Wegherr trat auf sie zu und legte ihr beide Hände auf die Schultern.

»Uns ist es eine Freude, uns, uns! Sie glauben ja gar nicht, wie glücklich wir uns hier fühlen.«

»Nein, nein,« wehrte die alte Frau, »so viel Wesens dürfen Sie von dem bißchen Gastfreundschaft nicht machen.«

»Ein bißchen Gastfreundschaft nennen Sie das? Eine ganze Heimat ist es. Da haben Sie von der Mutter erzählt und ihrer Sorge um ihren Jungen und ihrer ängstlichen Frage: ›Wer wird ihn liebhaben wie ich, wenn ich einmal tot bin?‹ Und wie Sie mir die Grüße der Mutter brachten, hier im fernen Amerika, so hat das Mädchen hier im fernen Amerika der Mutter die Antwort auf ihre Frage gegeben und ist hier in Ihrem Hause aufgestanden und hat gesagt: ›Ich will ihn so liebhaben wie du, so lange ich lebe.‹«

Und Gertrud van Weert trat herzu und nahm die alte Frau in ihre jungen Arme, wie es nur Frauen vermögen.

19

Die alte Frau stand auf der Veranda ihres Hauses und winkte ihren Besuchern nach, so lange sie sie zu sehen vermochte. Und immer wieder wandten Wegherr und Gertrud van Weert den Kopf und grüßten zurück und nahmen das Bild in sich auf, um es mit sich ins Leben zu nehmen.

Wie zwei Kameraden schritten sie aus, dicht nebeneinander und in gleichem Schritt, nur daß sich ihre Augen häufiger suchten und ihre Blicke wie verwundert durcheinander wirrten.

»Du!« sagte Wegherr. »Die ganze Welt ist verhext. Mitte Februar und warme Sonne.«

»Das bildest du dir nur ein. Für mich ist es Mai.«

»Gib mir ein bißchen ab von deinem Mai.«

»Komm mir nicht zu nahe. Ich freue mich, daß ich noch atmen kann.«

»Ach du –« sagte er verträumt, »dein lieber Mund ...«

Und sie gingen weiter, immer im gleichen Schritt, und sprachen nicht mehr, weil sie nicht Worte genug fanden.

Durch die frische Morgenlandschaft fuhren sie den Weg zurück nach Neuyork und langten am Nachmittag an und ließen sich ohne Aufenthalt nach dem Bahnhof bringen, der die Züge nach Boston entließ.

»Noch diese eine Fahrt,« sagte Wegherr und atmete erleichtert auf, »dann können wir planen, was wir wollen, und ich weiß, was wir wollen.«

»Soll ich denn mit nach Boston?« fragte sie zurück. »Geht es auch an?«

»Ob das angeht?« wiederholte er. »Wir sind tausende von Meilen miteinander gefahren, und wenn ich dich als Freundin wert hielt, so werde ich dich doch als zukünftige Ehre meines Hauses noch tausendmal mehr wert halten.«

»Ja,« sagte sie, und ihre Augen blickten ihn an.

»Zum letztenmal als Bruder und Schwester. Du! Zum letztenmal. Wenn es die Leute wüßten, daß wir Mann und Weib werden wollen, sie würden es nicht verstehen, daß wir so reisen können. Denn die Leute tragen immer ihre eigenen ungewaschenen Gedanken hinein und nennen das Mischmasch ›Moral‹. Wir beide wollen lieber weniger von der Moral der Leute und mehr vom eigenen Selbstvertrauen haben. Das schafft ein kräftigeres Rückgrat. So – da hätten wir den Bahnhof.«

Und nun saßen sie im Salonwagen und hatten die Sessel einander zugekehrt und versuchten, wie ernsthafte Reisende miteinander zu plaudern, aber die Augen leuchteten ihnen bald, daß das geringfügigste Wort seinen Schein erhielt.

Der Zug hatte Neuyork verlassen. Noch einmal winkten die stolzen Gebäude der Columbia-Universität. Dann ging es über den Harlem River den blauen Long Island-Sund entlang, der ihnen den Duft und die Grüße des Meeres brachte. Sie blickten auf die Wasser, die Wasser waren vom Atlantischen Ozean, den sie beide einst heimatsuchend durchquert hatten, und sie blickten sich an und dachten dasselbe.

»Bald werden wir noch einmal über seine Wasser fahren. Denselben Weg zurück. In den deutschen Hafen. Bald ...«

Landhaus reihte sich an Landhaus im blauen Sund, Sommerfrischlerstädtchen an Sommerfrischlerstädtchen. Es lag eine Heiterkeit über der Landschaft, die die Seele wanderlustig machte, wanderlustig ins Glück hinein.

Der Zug durchbrauste den Staat Connecticut, den Muskatnußstaat, und brauste an blühenden Industriestädten und lachenden Hafenorten vorbei, Massachusetts entgegen, dem Buchtenstaat. Was sich dem Auge bot, suchte Wegherr seiner Begleiterin zu erklären, und in die trockenen Daten flocht er bunte Bilder aus der Geschichte des Landes ein. Und mitten in die Erläuterungen ein Liebeswort, das nur sie beide verstanden. Und sie saß und horchte auf seine Rede und horchte auf ihr Herz, und seine Ritterlichkeit wob einen Schleier um alles, was um sie war, durch den sie nun hindurchsah wie durch den Schleier der Poesie.

Wie da das Leben blühte und ihr so weich schien und doch so stark ...

Früh kam der Mond, und das harte Land wurde zu fließendem Silber, und Flüsse und Seen lagen unter spiegelnden Gläsern. Und der Mond stieg höher und suchte das Ziel der Reisenden und fand den Charles River, an den sich Cambridge schmiegte, die Stadt der Harvarduniversität, und auf dem gegenüberliegenden Ufer Boston, das ehrwürdige, mit der weithin leuchtenden Kuppel des Staatsgebäudes.

Gertrud van Weert erwachte. Und ihr Blick fiel auf den Mann, der sich zu ihr neigte, und wollte nicht von ihm weichen.

»Nie,« sagte sie leise, »fand ich amerikanisches Land so schön.« Und sie strich sich über die Augen und lachte in sich hinein. »Wie töricht ich spreche.«

Sie wählten ihre Zimmer im Hotel, wie sie sie immer auf ihren Reisen gewählt hatten, und reichten sich zur guten Nacht kameradschaftlich die Hände.

»Schlafe wohl!«

»Schlafe wohl!«

Und ein jeder nahm von den Lippen des anderen ein Lächeln mit sich in seine Kammer. –

Der Morgen war da. Wegherr riß die Gardine zurück und starrte ins Frühlicht, als hätte er nie einen Morgen gesehen. Wenn dieser Morgen sich in Abend verwandelte, war er frei der übernommenen Pflichten, war er der Herr seiner Tage.

Nie war ihm ein Morgen so herrlich erschienen.

Im Frühstückssaal traf er Gertrud van Weert. Sie sprang auf, als sie ihn kommen sah, wurde rot bis unter die Haarwurzeln, als sie an ihre Umgebung dachte, und setzte sich schleunigst wieder hin.

»Ich falle aus der Rolle,« sagte sie und lachte ihm heimlich zu.

»Du siehst so frisch aus wie eine Wiesenblume. Hast du gut geschlafen?«

»Ich habe keine Ahnung. Mal war ich wach, mal war ich im Traum, und wieder mal wußte ich nicht, ob ich nun wirklich wach oder wirklich im Traum war. Es ging kunterbunt durcheinander.«

»Mach's nur immer so. Es bekommt dir wundervoll.«

»Du – Ernst!«

»Ja –?"

»Ich hab' dich lieb.«

»Ich dich ganz schrecklich.«

»Dann ist es gut. Dann können wir frühstücken.«

Er nahm die Schüsseln, die der Kellner herantrug, selber in die Hand und legte ihr vor. Sie saß ganz still und hielt den Atem an vor Freude.

»Es passiert mir zum erstenmal im Leben,« sagte sie leise. »Aber es ist schön.« Und nach einer Pause: »Und Hunger hab' ich auch.«

Dann langte sie tapfer zu wie ein rechtes, gesundes Menschenkind.

In der Halle leistete sie ihm Gesellschaft, während er seine Morgenzigarre rauchte. Sie saßen tief zurückgelehnt in ihren Klubstühlen und warfen sich nur hin und wieder ein Wort wie einen Fangball zu. Sie wähnten sich mutterseelenallein unter den Blicken der Angestellten.

Wegherr warf den Rest seiner Zigarre in den Becher und zog die Uhr.

»Nun werde ich dich vor Abend nicht mehr wiedersehen. Es kann spät werden. Hoffentlich wird's dir nicht zu lang.«

»Natürlich wird's mir zu lang. Aber es schadet nicht. Ich habe so schöne Zeit zum Denken.«

»Was wirst du denn denken?«

»Das werde ich dir morgen sagen, wenn ich es gedacht habe.«

»Hast du mich lieb? Du?«

»Ich tu' überhaupt nichts anderes mehr als dich liebhaben.«

Noch einen Augenblick wärmte er sich an ihren Worten, dann griff er nach Mantel und Hut und nahm Abschied.

»Jetzt muß ich zur Universität hinaus. Nimm dir einen Wagen und sieh dir Boston an. Auf Wiedersehen, du!«

»Auf Wiedersehen, du!«

Als er durch die Straßen der alten Hauptstadt Neu-Englands schritt, die so reich waren an großen amerikanischen Erinnerungen, die im Bostoner Blutbad und der Teerevolution den Auftakt zum gewaltigen Befreiungskriege erlebt und George Washington als Befreier von englischer Besetzung begrüßt hatten, durch die der Fuß der großen Dichter und Denker gewandelt war, deren Namen ganz Amerika heilig hielt, als Wegherr die Straßen durchschritt, war er wieder der Forscher geworden, der das Blut ruhig hält und den Blick geschärft. Er betrachtete die öffentlichen Gebäude und die Zahl der Standbilder, das wiederhergerichtete alte Staatsgebäude aus englischer Kolonistenzeit mit dem britischen Löwen und Einhorn auf dem Dache, den gewaltigen Renaissancebau der öffentlichen Bibliothek, der größten Bildungsstätte, die je einem Volke geboten wurde, die Kirche, in der einst Ralph Waldo Emerson lehrte. Und bei jedem Schritt, den er weiter tat, fühlte er: hier war nicht Amerika, hier war Neu-England. Das lag in der Luft und auf den Hausdächern, das haftete dem Straßenleben an und den einzelnen Bewohnern, das war nicht zu greifen, und doch war es da: ein vornehmerer Geist, der sich seiner Vornehmheit bewußt war, ein Hauch von überlegenem Weltmanntum, das seine Säfte zog aus alter und reiner Abstammung und der Gelehrsamkeit, die wie ein edler Strom von der Jahrhunderte alten Harvarduniversität sich in die Lande ergoß.

Sie hatten ein begründetes Recht, sich als eine Klasse für sich zu fühlen, die Bürger Bostons, und sie nutzten es. Das spürte Wegherr an der Haltung der Leute, die ihm begegneten.

Über die Brücke schritt er, die den breiten Charles-River überspannte, und war in der Zwillingsstadt Cambridge, auf dem Wege zur Harvarduniversität. Ein Staat in der Stadt, ein Staat im Staate, so lag die Masse der Universitätsgebäude durch die Mauer des Geistes vom Leben des Alltags geschieden, durch tausend Kanäle desselben Geistes innig mit ihm verbunden.

Wegherr wandte sich dem Germanischen Museum zu. Ein Schriftwechsel hatte ihn mit dem vielgerühmten Leiter bekannt gemacht, und er fand einen Mann vor von tiefem Wissen und deutscher Herzlichkeit. Gemeinsam besichtigten sie die Bildwerke und Silberschätze des deutschen Mittelalters und der Renaissance, die in trefflichen Nachbildungen die Halle schmückten, und in stundenlanger Wanderung gingen sie von Gebäude zu Gebäude, und Wegherr lernte die Professoren kennen, die Harvards Namen leuchtend erhielten, amerikanische und englische, französische und deutsche, und es war ihm eine Genugtuung, daß die deutschen nicht an der Spitze fehlten.

Er nahm an einem Mahle teil, das ein hervorragender deutscher Gelehrter ihm gastfreundlich bot, und es war ihm zumute, als säße er bei einem Fakultätsessen in der alten Heimat unter Freunden und Bekennern derselben Geistesrepublik.

Dann kam der Nachmittag, und es wurde Zeit, an Boston zu denken und an seine Abschiedsrede. Die Professoren beschlossen, mit ihm hinüberzufahren und nach der Versammlung noch ein Stündchen mit ihm zusammen zu bleiben zu guter Aussprache bei frohem Nachtmahl. Die Wagen fuhren vor, und eine Stunde später stand Wegherr auf der Rednerbühne im menschengefüllten Saale.

Seine Gedanken schweiften zu Gertrud van Weert. Einen Herzschlag lang. Und die Gedanken waren Wirklichkeit.

Dort saß sie, im Hintergrunde, wie sie in Philadelphia gesessen hatte, als er zum erstenmal zu den Deutschen Amerikas sprach. Und heute war sie wiedergekommen, ohne es ihm zu sagen, unauffällig und doch selbstverständlich, und er meinte, der Hintergrund des Saales wäre ganz hell beschienen von ihrem hellen Wesen.

So freudig war seine Stimme noch nie erklungen, so stolz hatte er die Sätze noch nie gefügt wie an diesem Tage, an dem er den Zuhörern die politische Macht und die wirtschaftliche Größe Deutschlands vor Augen erstehen ließ seit seiner Wiedergeburt im Glanz der Kaiserkrone. An der Seite seines ehrwürdigen Herrn schritt die Reckengestalt Bismarcks durch den Saal und schlug die eisernen Nägel in das Reichsgefüge. Der Frühlingskaiser Friedrich hob segnend die Hände gegen den Sohn, der mit seinem Namen das Zeitalter benennen sollte, das in der

Geschichte ohnegleichen stand an Geltendmachung und Steigerung aller Kräfte und dem riesenhaft wachsenden Aufschwung des gesamten Wirtschaftslebens. »Nicht, weil die Deutschen zahlreich waren wie die Halme im Feld, wuchs ihre Bedeutung in der Wertung der Völkerschaften, sondern weil sie Halm für Halm zusammenfügten und zusammenwachsen ließen zu einem Lanzenschaft und zu einem unzersplitterbaren Mastbaum, wurden sie sichtbar, wehrhaft und weltbedeutend für Freund und Feind, und wie eine Mutter vorangeht, ihre Kinder zu lehren durch vorbildliches Tun, so zeigt Deutschland den Kindern seiner Abstammung, wie sie zu Macht und Ehren gelangen können durch das Zusammenfassen ihrer Stammeskräfte im heiligen Glauben an die Säfte, die ihnen einst die Mutter gab als Blut von ihrem Blut. Dieser Staat hier ist vorbildlich. Neu-England ist fest und wortkarg seinen Weg gegangen, der ihn immer zum Ziele führte. In der großen Germanenfamilie darf es in drängenden Zeiten keine Stiefkinder mehr geben, darf es nur noch Brüder geben. So geht denn hin und erweist eure eheliche Geburt durch deutsche Taten, wo immer ihr steht.«

Die deutschen Professoren hatten sich um ihn geschart. Sie fühlten sich als Vorkämpfer und Pioniere deutscher Geisteskultur, und sein lodernder Vaterlandsglaube hatte sie tief bewegt. Sie drückten ihm die Hände und ließen ihn nicht mehr aus ihrer Mitte, bis sie im engen Kreise an der Tafel saßen und mit ihm anstießen auf das Blühen der alten, fernen Heimat.

»Es ist,« sagte der hervorragende Gelehrte, in dessen Hause das Mittagsmahl stattgefunden hatte, »als ob seit Bismarck die ganze deutsche Erde unter den Rigolpflug gebracht worden wäre. Mager und mißmutig lag das Land, und plötzlich kam unter den tief einschneidenden Eisen die saftige Mutterkrume zum Vorschein und wurde nach oben geworfen und stellte über Nacht eine neue unverwüstliche, unerschöpfliche deutsche Erde dar.«

Und ein anderer fügte hinzu:

»Aus der neuen Erde ist nicht nur die wogende Ernte, ist ein neues Volk gewachsen, das mit dem Herzen am Boden hängt und wie ein Herr über die Äcker geht.«

»Es hat durch die Ungunst der Zeiten und die Eifersucht der Menschen lange auf sich warten lassen, dies Herrenbewußtsein,« sagte Wegherr. »Aber als es einmal auferstanden war und verwundert an seinem starken Leib herabgesehen hatte, da wuchs es auch rasch in den Geist hinein und wurde sich seiner Rechte und Pflichten bewußt. Es ist der Cincinnatus am Pflug, der da weiß, daß Pflugeisen und Schwerteisen beides – Eisen ist. Und Sie werden verstehen, daß wir diesen heute so berechtigten Stolz auch auf die deutschen Zweige in anderen Ländern übertragen möchten. Denn das Ansehen des Ganzen leidet unter dem Zurückbleiben eines Teiles.«

»Wir dürfen eines nicht übersehen,« rief ein Dritter. »Wenn früher der Amerikaner gar zu leicht geneigt schien, auf alles, was nicht amerikanischen Ursprungs war, herablassend und verächtlich niederzublicken, wie es bei allen jungen und nicht reifen Menschen der Fall ist, und sein Selbstbewußtsein erheblich in den Vordergrund zu schieben, so hat der immer stärker zunehmende Bildungshunger doch auch hier schon ein neues Geschlecht geschaffen, das die alten Fehler zu vermeiden trachtet und über die äußeren Güter hinweg an die inneren denkt. Im Grunde ist er ja doch, wie jeder junge Mensch, selbst in der Verfolgung seiner geschäftlichen Unternehmungen ein großer Idealist, und das ist wieder das Bestechende an ihm.«

Wegherr nickte lebhaft.

»Ja,« bestätigte er, »ein solcher Bildungshunger ist beispiellos, und er wird das Geistesleben Amerikas sicherlich auf eine besondere Warte heben. Aber gerade deshalb ist es um so notwendiger, daß die Deutschen ihren Platz behaupten und daß ihr Stolz geweckt wird, lieber Hammer als Amboß zu sein. Wer imstande sein wird, die kulturelle Erziehung zu beeinflussen, wird in der Geschichte niemals spurlos untergehen. Trotz des deutschen Zuschnittes der amerikanischen Schulen und Universitäten wird dieser Zuschnitt eine rein äußere Form bleiben, wenn nicht die Macht dahinter steht, auch den Inhalt zu beeinflussen. Auch Erziehungsfragen sind Machtfragen, das sehen Sie bei den Parteien aller Parlamente.«

»Der Deutsche, der herüberkommt, ist politisch entweder träge oder unreif.«

»Ihm geht es ums Geldverdienen. Das andere ist ihm Hekuba.«

»Es fehlt ihm an der Sprachgewandtheit.«

»Das ist es,« sagte Wegherr, »da liegt die Wunde offen. Der Strom der Auswanderer dachte von alters her, drüben finden wir Millionen Landsleute. Da werden wir uns schon verständigen, und das übrige wird im Lande gelernt. Daß aber die Geschäfts- und Verkehrssprache die englische ist und sie wie Waisenkinder auf der Straße stehen, wenn ihnen die Verkehrssprache fehlt, und sie in die niedrigsten Stellungen abgeschoben werden, das kommt kaum einem in den Sinn. Wie mancher hochbegabte Mensch ist dadurch in Amerika auf das Pflaster gekommen. Ich habe Künstler, Juristen, Offiziere, die so ganz nichtsahnend hier ein neues Leben beginnen wollten, unter dem Mob wiedergefunden, weil der Mob ihre erste Zufluchtsstätte war, aus der es dann nicht mehr hoch ging. Die trübe Flut schwemmte sie unterschiedslos hinweg, die Masse der Intelligenz und die Masse des Unflats. Und hierin kann nur das alte Vaterland helfend eingreifen.«

Die Herren horchten angeregt auf. Das Temperament Wegherrs riß sie mit.

»Man sollte,« sagte Wegherr, »in Deutschland weniger Wert darauf legen, daß uns amerikanische Gelehrte Vorlesungen über die ungeheuren Fortschritte Amerikas halten, als daß die auswanderlustigen Söhne Deutschlands darüber aufgeklärt werden, wie sie in dieser fortschrittlichen Bewegung ihren Platz finden und wie nicht. Gerade die Kehrseite der Münze müßte die Hauptsache werden, der Niederbruch der vielen Tausende und ihr jämmerliches Verkommen, weil sie ohne das nötige Rüstzeug kamen. Die Menge hört nur immer: Der ist in Amerika reich geworden, und der hat es zu etwas gebracht, und der ist als Krösus gestorben, und seine Erben werden gesucht. Daraus folgert die Menge gleich: In Amerika wird jeder Mensch steinreich. Man braucht die Auswanderlustigen nicht abzuschrecken, denn jeder ist zuletzt ein Pionier des Deutschtums in der Welt, und ihre Zahl regelt sich zuletzt doch nach dem Gesetz von Angebot und Nachfrage. Aber aufklären soll man sie durch Auskunftsstellen in Stadt und Land, durch Behörden, Presse und Vereine: ›Deutscher, du bist der Knecht eines Knechtes im fremden Lande, wenn du nicht der Herr seiner Sprache bist.‹ Und der deutsche Name ist zu gut, als daß er in den fremden Gassen herumliegt.«

»Es ist wahr,« sagte eine Stimme.

»Und ich meine,« schloß Wegherr, »es wäre nun endlich an der Zeit und es wäre die allerhöchste Zeit, daß die Deutschen Amerikas mit allen Kräften dahin streben, den Einfluß zu gewinnen, der ihrer überwiegenden Menschenmasse und ihrem überwiegenden Bildungsgrade entspricht, zu ihrem eigenen Zukunftsheil und zur Sicherung der neueinwandernden Stammesbrüder. Eine Verschmelzung der Bevölkerung wird kommen und muß kommen. Aber den Deutschen Amerikas wird die ungeheure Aufgabe zufallen, dafür zu sorgen, daß einst der späte Geschichtsschreiber spricht: ›Die Kultur dieses mächtigen Landes ist germanischen Ursprunges, und daher blieb sie dauernder als Stein und Erz.‹«

Und die Männer im Kreise mit den scharfgemeißelten Köpfen hoben ihre Gläser und tranken auf die Geburtsstunde, die sie erwarteten.

Am späten Abend kehrte Wegherr in sein Hotel zurück. Als er im Büro den Schlüssel zu seinem Zimmer forderte, sagte der Angestellte geschäftsmäßig:

»Wir haben Ihnen und der Dame leider andere Zimmer anweisen müssen, weil diese Zimmer auf längere Zeit für eine Familie nötig wurden.«

Wegherr achtete nicht weiter darauf und erkundigte sich nach der Lage.

»Das Ihre ist auf demselben Stockwerk gelegen, das der Dame zwei Stockwerke höher.«

Er stutzte ein wenig.

»Weshalb sind die Räumlichkeiten für uns nicht wieder angeordnet worden wie vorher?«

»Es ließ sich leider nicht bewerkstelligen, mein Herr. Die zusammenhängenden Räumlichkeiten werden, wie gesagt, für Familien aufbewahrt.«

Wegherr überhörte den Nachsatz. Einen Augenblick wollte sein Blut rebellieren. Dann wurde es eiseskalt.

»Es ist nicht von Bedeutung,« sagte er, »da ich die Räume nur bis zum Abend wünschte. Beauftragen Sie den Hausdiener, das sämtliche Gepäck herunterzuschaffen und einen Wagen zum Nachtzug nach Neuyork zu besorgen. Bitte, schließen Sie die Rechnung ab.«

Und er ging zum Fahrstuhl und ließ sich zu Gertrud van Weerts Zimmer bringen.

»Wir fahren in einer halben Stunde,« rief er ihr zu, als sie auf sein Klopfen Antwort gab. »Es ist eine Programmänderung.«

Nach kurzem war sie draußen, in Mantel und Hut, reichte ihm die Hand und fuhr mit ihm im Fahrstuhl zur Halle hinunter. Ruhig saßen sie sich in den Klubsesseln gegenüber, und er erzählte ihr von dem Verlaufe des Abends, bis ihm die Rechnung überreicht und der Wagen gemeldet wurde.

»Nun?« fragte er ärgerlich lachend im Wagen. »Du sagst ja gar nichts?«

»Soll man diesen Menschen noch die Ehre antun, über ihre Albernheiten zu sprechen, Ernst? Es urteilt eben ein jeder aus seinen mehr oder weniger sauberen Gedanken heraus. Hier waren es nun mal die weniger sauberen.«

»Verdammte Muckerbande,« wetterte er. »Dir das anzutun.«

»Nein,« lachte sie, »da irrst du. Mir haben sie nichts antun können. Ich habe sie nur bedauert, daß sie Ernst Wegherr nicht kannten.«

»Du – gib mir mal deinen Mund. Ach du. Darauf hätte ich mich nun den ganzen Abend vergeblich gefreut, und die Leute haben mir eigentlich eine Wohltat erwiesen.«

»Uns, Ernst, uns!« Und sie ließ ihre Hände über sein Gesicht streicheln.

Ihm war, als streichelten ihn Mutterhände zur Ruhe. Dann fuhr er noch einmal auf:

»Wie mag die Bande nur darauf gekommen sein? Wir haben uns doch betragen wie normale und gesittete Menschen. Seit einem halben Jahre reisen wir zusammen, und so ein scheinheiliger Unfug ist mir doch noch nirgendwo begegnet. Diese Moralheuchelei ist die widerwärtigste Erscheinung hier.«

Sie saß in der Wagenecke, sah ihn immerfort an und lachte.

»Ist das die einzige Antwort, du Lachtaube?«

»Ernst! Ernst! Es ist wahrhaftig die einzige. Natürlich sind wir ein halbes Jahr zusammen gereist, und natürlich hat man uns respektiert. Aber hast du denn vergessen, daß ich damals nichts, aber auch nichts anderes als deine Privatsekretärin war? Und du für mich der freundliche Arbeitgeber? Solche Leute pflegen sich nicht in den Hotels mit weltvergessenen Blicken zu betrachten oder sich zwischen zwei Redensarten ein zärtliches Wort zuzustecken. Nein, das haben wir ganz gewiß nicht getan.«

»Du,« fragte er verdutzt, »haben wir das wirklich getan?«

»Ach du lieber, guter Mensch, wir haben es beide getan. Ich erst heute morgen, als du an den Frühstückstisch kamst und ich vor Freude aufsprang. Und wir werden es morgen wieder tun und übermorgen wieder, ohne daß wir es wissen, nur weil wir es müssen.«

»Ja,« sagte er und nahm ihre Hände, »weil wir es müssen.«

Und sie sahen sich in atemlosem Schweigen in die Augen.

»Du – Gertrud –?"

»Sag es, Ernst…«

»Ich mag es aber nicht mehr dulden, daß ein Mensch sich das Recht nimmt, sich seine irrsinnigen Gedanken über dich zu machen. Ich dulde es überhaupt nicht mehr, daß ein Mensch das Fräulein van Weert auch nur noch mit einem Gedanken berührt. Und um dem abzuhelfen, und zwar ein für allemal, werde ich das Fräulein van Weert so schnell wie möglich verschwinden lassen. Verstehst du? Verschwinden lassen. Und es als Frau Gertrud Wegherr wieder zum Vorschein kommen lassen. Die braucht dann nur nach ihrem Mann zu rufen.«

Sie hielt die Augen geschlossen. Aber ihre Hände hielten die seinen wie unlöslich umkrampft.

»Ich hatte gedacht,« sagte er leise, »wir würden bis Deutschland warten. Aber nun scheint es mir so viel schöner. Wir wollen uns ein ganz helles Erinnern an die nicht immer hellen Jahre in Amerika schaffen, damit keine dunkle Lücke in unserem Leben ist. Und wenn wir einmal ganz alt geworden sind und am Kamin beisammensitzen, und die Kinder fragen uns nach unseren amerikanischen Errungenschaften, dann wollen wir einer auf den anderen deuten und sagen: ›Das habe ich mir von Amerika mitgebracht.‹«

Sie löste hastig ihre Hände, legte sie ihm fest um den Nacken und küßte ihn auf den Mund.

Der Wagen hielt vor dem Bostoner Bahnhof. Ein paar Neger luden die Gepäckstücke ab und liefen damit in die Halle. Ernst Wegherr trat an den Schalter und wählte zwei Plätze in dem Schlafwagen nach Neuyork. Dann fuhr der Zug ein.

Herren und Damen fluteten in den großen, gemeinsamen Schlafwagen, machten es sich bequem und suchten bald die Ruhe. Ernst Wegherr lachte.

»Hier dürfen wir sogar nebeneinander oder übereinander im selben Raume liegen. Es ist *doch* eine Heuchelei.«

»Gute Nacht,« sagte sie, schlüpfte in ihre Koje und zog die Gardine vor.

In der Morgenfrühe trafen sie in Neuyork ein. Und wieder ging sie an seiner Seite, schlank und spannkräftig im gleichen Schritt, und sie besprachen die Stunde, in der sie sich treffen wollten.

»Ich brauche nur ein Bad und die Zeit, mich von Kopf zu Fuß umzukleiden,« erklärte sie.

»Also dieselbe Zeit, die ich gebrauche. Sagen wir in zwei Stunden, damit du nicht zu hasten brauchst. Ich treffe dich vor deinem Hause.«

Sie stand schon bereit, als er kam, gestrafft und blühend, und trug den schmalen Kopf frei und fröhlich auf dem schlanken Halse.

Es ist eine Veränderung mit ihr vorgegangen in den letzten Tagen, dachte er, als er sie begrüßte. Nie trug sie so frei und sicher den schönen Kopf. Übt denn die Liebe bei Frauen auch auf den Körper Einfluß aus? Sie soll ihr Köpfchen nie anders tragen.

Wohl eine Stunde gingen sie, bis sie den Zentralpark erreichten, die wundersame Waldeinsamkeit Neuyorks, mitten im brandenden Leben der Riesenstadt wie ein Atemzug Gottes gelegen. Noch stand er braun und kahl, aber mit heimlich schwellenden Knospen, die nur auf das feurige Werben der Sonne warteten. Kaum ein Mensch erging sich in den meilenweiten Baumwegen, nur Scharen mausgrauer Eichhörnchen trieben ihre munteren Spiele im Gezweig und auf den Ruhebänken und sprangen den Wanderern zutraulich auf die Schultern.

Wegherr und Gertrud van Weert gingen die stillen Wege. Sie gingen wie ernsthafte Menschen, die ihr Wesen nach der Bedeutung der Stunde zu richten vermögen, und sie besprachen die nächsten Schritte.

»Jan hatte schon in der ersten Zeit alle Papiere vom Rathaus daheim kommen lassen, die zur Beglaubigung meiner Person vonnöten sind,« sagte sie. »Ich habe sie gut aufbewahrt, und nun gehören sie dir. Ich bin bereit, wenn du mich rufst, Ernst.«

»So haben wir nur noch den Weg zum Bürgermeisteramt vor uns.«

Er dachte nach und schüttelte den Kopf.

»Nein,« meinte er, »so stimmungslos darf es schon um deinetwillen nicht sein. Ein deutsches Mädchen braucht ihren bräutlichen Tag für ihr Rückerinnern. Ich werde einen deutschen Pastor aufsuchen und ihn bitten, uns nach der standesamtlichen Vermählung in der Kirche nach deutscher Art zu trauen. Georg Wuppermann und Frank Willart sollen unsere Zeugen sein, wenn sie es wollen. Frau Mary wird noch nicht reisen können. So werden nur Männer um dich sein, und du wirst keine Frau zur Seite haben.«

»Ich werde mir an diesem Tage Frau genug sein,« entgegnete sie hastig und ging, den Blick in die Ferne gerichtet, mit festen Schritten an seiner Seite weiter.

Zwischen den Standbildern der großen englischen und amerikanischen Staatsmänner und Dichter lugten die Bronzebüsten Schillers, Beethovens und Alexander von Humboldts aus dem Gebüsch und sahen sie mit Heimataugen an. Deutsche Sehnsucht und deutscher Stolz hatten ihnen ihren Platz geschaffen. Und sie standen und warteten in olympischer Ruhe auf die Einlösung der Gelöbnisse.

Noch einen Blick warfen die Abschiednehmenden vom Belvedere aus über die Schönheit des weiten Parkes, den die Natur sich als letzten Zufluchtsort gerettet hatte, und über die Wasserkünste, die sich malerisch einfügten. Der rosengranitenen Nadel der Kleopatra aber, dem ragenden Obelisken, der schon anderthalbtausend Jahre vor der Geburt Christi auf das ägyptische Land niedergeschaut hatte und nun als Schaustück der amerikanischen Menge sein uralt weltgeschichtliches Leben fortsetzte, schenkten sie im Vorüberschreiten ein wehmütig Lächeln.

»Ein altes Baudenkmal eines Landes,« sagte Wegherr, »ist der Träger seiner Geschichte. Nehmt den großen Zeugen einer Vergangenheit hinweg, und die Vergangenheit verliert ihre Sprache und das Land seine bezwingende Ehrwürde. Aus den Trümmern von Heliopolis hob sich die Nadel der Kleopatra als steingewordene Erinnerung. Aus diesem Boden aber saugt sie keine Erinnerungen und ist zum Kinderspiel geworden. Nein, so äußerlich verpflanzt man keine Kultur.«

Er lachte und holte ein anderes Bild hervor.

»Es steht noch die Sykomore bei Heliopolis, in deren Schatten der Sage nach Joseph auf der Flucht nach Ägypten mit Maria und dem Jesuskinde gerastet haben soll. Vielleicht holt man auch noch die Sykomore nach Amerika. Ich fürchte nur, die heilige Familie wird vom Himmel aus darüber lächeln.«

»Ist es schön im Ägypterland?«

»Es ist überall schön, wo sich Arbeit und Freude findet.«

»Ernst, dann soll es uns an der Schönheit im Leben nicht fehlen.«

Gleich am Abend noch schrieb er an Georg Wuppermann und Frank Willart und bat sie, als Zeugen seiner Vermählung nach Neuyork zu kommen.

»Ihr verspracht mir, mich vor meinem Abschied noch einmal zu sehen und mir das Geleit an das Schiff zu geben, das mich heimtragen soll mit allem, was ich in Amerika fand. Ihr verwieset mich oft auf die Zukunft, und daß ich nach einem Menschenalter reichere Beute davontragen würde. Ich aber nehme das reichste mit, was Amerika besitzt und je zu bieten haben wird: ein kristallklares Frauenherz – mein Weib. Wenn ich sie Euch nenne, werdet Ihr gläubig werden. Sie ist Euch keine Unbekannte, es ist Gertrud van Weert. Deinem Hause, lieber Georg, diesem deutschamerikanischen Hause, dem die Zukunft gehören wird, dank Deiner Kraft, Frau Marys Frauensorge und Frank Willarts hellen Augen, danke ich dieses reichste Gastgeschenk des Landes. Und Frau Mary küsse ich die Hände noch besonders für alles, was sie mir Liebes über Gertrud van Weert sagte und was ich schon wußte.

Am zweiten März geht unser Schiff. Am Tage vorher wollen wir die Handlung vornehmen, die die Menschen die Eheschließung nennen. Als ob man nicht eine Ehe schlösse am Tage, an dem man sich zum erstenmal in rückhaltloser Liebe in die Augen blickte. So kommt denn herüber und nehmt auch noch an diesem Tage teil, Ihr, die Ihr teilnahmt an jedem Tage meiner amerikanischen Zeit, Du, lieber Georg, und Frank Willart. Bessere Begleiter weiß ich nicht in diesem Lande. Frau Mary aber bitte ich, uns einen der Gedanken herüberzusenden, wie ihn nur echte und rechte Frauen denken, deren Vaterland die Liebe ist.

Habt Dank. Lebt wohl. Auf Wiedersehen.«

Dann war der erste März gekommen mit Brausen und blitzendem Sonnenschein. Und Ernst Wegherr stand in dem Hause am Broadway, in dem Zimmer, das Gertrud van Weert bewohnte, und stand mit zusammengefügten Händen vor ihr und staunte.

»Mädchen, Mädchen, bin ich denn blind gewesen in all den Tagen?«

»O Gott, wenn du das blind nennst!«

»Was ist denn mit dir geschehen? Das Kleid kenne ich doch. Du trugst es, als wir den ›Parsifal‹ hörten. Und das Mädel, das darin steckt, ist doch auch dasselbe und ist doch eine ganz andere.«

Er nahm behutsam ihre Hände, und sie spürte, wie das Blut von ihrem Herzen kam bis in ihre Wangen.

»Du – jetzt weiß ich es. Es sind deine Augen.«

»Es sind dieselben Augen, Ernst.«

»Nein,« sagte er, »gestern waren es die Augen des Fräuleins van Weert. Heute sind es die Augen der Frau Gertrud Wegherr. Es sind Frauenaugen geworden, die über Nacht von den Mädchenaugen Abschied nahmen. Es sind die Augen meiner Frau«...

»Wenn du hineinblickst, bei Tag oder Nacht, wirst du dich nur darin finden, Ernst.«

»Wir wollen uns küssen, Gertrud.« Und sie küßten sich mit verschlungenen Händen.

Ein Mädchen klopfte an und meldete zwei Herren. Georg Wuppermann und Frank Willart betraten das Zimmer. Sie gingen auf Gertrud van Weert zu und schüttelten ihr die Hände.

»Ich hatte eine prachtvolle Rede auswendig gelernt,« sagte Wuppermann, »Frank Willart kann es bezeugen. Er hat auf der Fahrt nach Neuyork zusehen müssen, wie ich sie im Schweiße meines Angesichts studierte. Und vor diesen glänzenden Augen ist sie weg, so glatt weg, als ob ein Rasiermesser über Kopf und Kragen gefahren wäre. Liebe Gertrud van Weert, ich nehme an, Sie brauchen keine Worte. Sie brauchen nur noch den Ozean. Dann werden Sie sich und ihm schon weiterhelfen.«

Und Frank Willart fügte hinzu:

»Es ist gut, daß Sie ihn beschenken und mit ihm gehen, Fräulein van Weert. Nun weist er doch, daß auch in Amerika Herzen zu finden sind, wenn man nur sucht, ohne vor der Zeit mutlos zu werden. Jetzt kann er gar nicht anders, als mit warmen Gefühlen an dieses junge Land zurückdenken, das auch noch im Zustand des Suchens ist und nach der rechten Ehemischung Ausschau hält. Solche Menschen mit warmen Gefühlen für unsere Werbezeit brauchen wir aber im alten Europa. Bleiben Sie unsere Freunde.«

In großer Verlegenheit hatte Wuppermann, während Willart sprach, eine Schatulle aus der Rocktasche geholt. Jetzt öffnete er sie und entnahm ihr eine lange Kette, die er Gertrud van Weert um den Nacken hing.

»Es ist eine kleine Erinnerungsgabe von Frank Willart, Mary und mir,« schmunzelte er. »Sie enthält sämtliche Edelsteine, die in diesem Lande gefunden werden. Bis auf einen. Und wenn Sie sie um den Hals tragen, ist dieser Hauptedelstein mitten unter ihnen. Sehen Sie doch mal zu, Frank Willart, ob das nicht stimmt wie der Segen vom Pastor.«

Gertrud van Weert hatte nasse Augen. Sie drückte den Freunden die Hand und konnte kein Wort hervorbringen. Sie sah Bilder vor sich aus nebelhaften Tagen: die Eltern, Jan, die Präsidentin – –

Wegherr berührte ihren Arm.

»Der Wagen ist unten. Wir fahren zum Bürgermeisteramt und von dort in die Kirche.«

Da schritt sie aufrecht neben ihm die Treppe hinab, und die Freunde folgten.

Die amtlichen Förmlichkeiten waren schnell und ohne Feierlichkeit erledigt. Wenige Minuten später schon führte sie der Wagen zu der kleinen Kirche, die sie sich ausgewählt hatten.

Kein Mensch war außer ihnen zugegen. Ihre Schritte hallten über die Fliesen und verhallten vor dem Tische des Herrn. Im Ornat stand der silberhaarige Geistliche, der noch die Narben trug aus alter, deutscher Studentenzeit. Und er sprach zu ihnen mit den Worten des Psalmisten:

»Nähme ich Flügel der Morgenröte und bliebe am äußersten Meer, so würde mich doch deine Hand daselbst führen und deine Rechte mich halten.«

Wegherr horchte auf. Das war wie ein Erinnerungsklang. Und nun wußte er es.

Das waren die Worte des Psalmes, den Frau Mary im Wuppermannschen Hause zum Harmonium gesungen hatte am friedendurchtränkten Abend nach der Nacht, in der er dem Freund erzählt hatte von der Flucht vor seinem zerschlagenen Leben und dem Willen, es neu zu bauen.

»Nähme ich Flügel der Morgenröte und bliebe am äußersten Meer, so würde mich doch deine Hand daselbst führen und deine Rechte mich halten.«

Die Worte des Psalmisten hatten sich bewahrheitet wie seit tausenden von Jahren.

Und Gertrud van Weert sprach in ihrem Herzen: Ich war am äußersten Meer, ich war am grauen Meer, wo es für den Menschen am äußersten ist. Da hielt mich deine Rechte und führte mich heimwärts. Ich will so dankbar sein, daß nur meine Liebe die Dankbarkeit überflügelt.

Der Geistliche hatte die Frage gestellt, ob sie sich lieben und achten wollten als Mann und Weib und einer dem andern anhängen in Freud und Leid. Ihr Ja war erklungen.

Der Geistliche legte ihre Hände ineinander und sprach sie zusammen für das Leben. Er sprach ein Gebet und hob die Hände zum Segen.

Und Ernst Wegherr schlang den Arm um seine Gefährtin und küßte sie.

»Guten Tag, Frau Gertrud Wegherr,« murmelte er.

Und das schlichte Wort klang ihr so feierlich, daß sie jäh aufschluchzte und den Kopf an seine Schulter preßte.

Sie nahmen nur ein kleines Mahl in einem besonderen Raum des Astor-Hotels. »Ich trinke auf eine gesegnete Lebensfahrt,« sagte Georg Wuppermann und hob sein Glas. Und Frank Willart hob das seine und fügte hinzu: »Ich trinke auf eine gesegnete Lebensarbeit.«

Am Nachmittag nahmen die Freunde Abschied.

»Morgen früh um zehn Uhr fährt euer Dampfer hinaus,« meinte Wuppermann. »Ich kann mir wohl denken, daß ihr lieber einen stillen Blick auf das Land tun wollt, das ihr verlaßt, als auf zwei armeschwenkende Menschen, die sich krampfhaft bemühen, eure Aufmerksamkeit auf sich Zu lenken. Fahrt wohl! Auf Wiedersehen in Deutschland!«

»Donnerwetter,« unterbrach er sich, »da hätte ich ja beinahe den Brief meiner Frau, den Brief von Frau Mary Wuppermann an Frau Gertrud Wegherr vergessen. Gott sei Dank, hier ist er. Die ganze Hochzeit hätte noch einmal stattfinden müssen.«

Man nahm sich noch einmal in den Arm, fest und wortlos. Dann waren Wegherr und die junge Frau allein.

Und Gertrud Wegherr las: »An meine Schwester! Laß – wie die Freuden – die Sorgen Deines Mannes Deine Freunde sein. Denn sie geben Dir die Gelegenheit, die reichste Liebe zu betätigen, die Frauenliebe, die auch ohne streichelnde Manneshand im Glück bleibt.«

Sie faltete das Blatt sacht zusammen und schob es an ihre Brust. Nun war doch an ihrem bräutlichen Tag eine Frau an ihrer Seite gewesen.

»Komm,« sagte er, »dies ist *unser* Tag.«

Und sie fuhren hinaus zu einem Pier des Hudson und mieteten eine Motorbarkasse und fuhren stundenlang den gewaltigen Strom hinauf, zur Rechten die himmelansteigende Weltstadt, zur Linken die Steinpyramide des jäh abstürzenden Basaltrückens, in den Staat Neu-Jersey hinein, durch das seenartige Becken, weiter und weiter, bis im Abendschein das Tor der Highlands sich öffnete, der hohen Berglandschaft, die das stille Silber des breiten Stromes wie eine Edelfassung umsäumte.

»Der amerikanische Rhein,« sagte Wegherr und deutete in das verträumte Flußtal hinaus. »Man nennt wohl den Hudson so.«

»Es ist schön, wunderbar schön, aber der Rhein ist es nicht. O nein, dazu langt es nicht. Die alten Burgen fehlen und die alten Stadtnester und –«

»Und die Poesie der Vergangenheit, von der die Lieder melden. Moos muß wachsen und Edelrost, wenn unsere Seele auf die Suche gehen will nach Bildern, die sie selber schmückt. So ist es am Rhein. Wir rufen, und es kommt ein Widerhall aus längstvergangenen Tagen, und Ruf und Widerhall sind wie eins. Hier wissen wir nur, daß dort an den Ufern die Mohikaner saßen und drüben die Delawaren und Irokesen. Aber die hastige Amerikanisierung mit ihren Städtegründungen und technischen Anlagen hat jede Erinnerungsmöglichkeit getilgt, und die Poesie ist sterben gegangen.«

»Ich freue mich auf den Rhein,« sagte Gertrud Wegherr still und faltete die Hände. »Wie ein Kind freue ich mich.«

Es dunkelte stark, als sie an Land gingen und mit der Bahn nach Neuyork zurückkehrten.

»Um acht Uhr fahren wir zum Dampfer, Gertrud. Morgen, Gertrud, morgen...«

Sie standen vor dem Hause am Broadway, in dem sie auch diese Nacht wohnte, und sie hielt noch für einen Augenblick seine Hände.

»Morgen,« sagte sie, und ein Lächeln zitterte über ihr Gesicht, »morgen fahre ich ins Glück.«

»Gute Nacht.«

»Gute Nacht...«

20

Um neun Uhr früh gingen sie in Hoboken an Bord.

Nebeneinander lehnten sie an der Reling und blickten auf den Pier, der von Menschen wimmelte, lachenden und weinenden, einsamen, die harten Schrittes über die Laufbretter eilten, und den vielen, die mit dem großen Troß der Abschiednehmenden den Zugang sperrten. Wie ein Uhrwerk schnurrte die Kette der Stewards ab, die auf Schultern und Handkarren das Gepäck der Reisenden an Bord beförderten, während ein Ladekran noch emsig bei der Arbeit war, größere Güter im Schwunge vom Land in den Laderaum zu heben. Immer toller wurde der Wirrwarr, unentwirrbar schien er im letzten Augenblick. Da ertönte hell und schneidend der Befehlsruf: »Fremde von Bord!« Die Laufbretter bogen sich unter den eilenden Füßen, wurden im Ruck eingezogen, und das Schiff hatte seine Verbindung mit dem Land aufgegeben.

Unwillkürlich faßte Wegherr Gertruds Hand. Und sie hielt die seine fest wie er die ihre.

Das Schiff war los. Ein Beben lief durch seine Glieder. Der Renner witterte die freie Bahn.

Schmetternd setzte die Bordmusik ein. Ihre Klänge erfüllten das ganze Schiff, brausten zum Ufer hinüber, gaben vom deutschen Schiffsboden Kunde ins fremde Land hinein von Deutschlands unermüdlicher Bereitschaft in der Welt.

> »Fest steht und treu die Wacht,
> Die Wacht am Rhein!«

»Lebe wohl, Amerika,« sagte Ernst Wegherr, und seine Blicke nahmen noch einmal das Bild des jungen Riesen in sich aus, der, im letzten Zeichen der Jugend des Herakles, seine muskelfesten Arme gen Himmel reckte.

»Lebe wohl, Amerika,« sprach Gertrud Wegherr es ihm nach.

Auf Liberty Island ragte das Riesenstandbild der Freiheit fackelschwingend über dem Hafen, den Millionen ersehnt hatten als das Tor in das Paradies, und dicht neben Liberty Island schwamm wie ein grausames Widerspiel Ellis Island, und statt der Freiheitsgöttin trug es die langgestreckten Hallen armseliger und doch heimatbegehrender Einwanderer auf seinem Rücken, die hungernd und frostzitternd des Donnerwortes harrten: »Zurück! Euch wird nicht aufgetan! Die Freiheit ist nicht für Menschen, die nichts als einen Buckel mit sich tragen und ein lahmes Bein und in Sorgen ergrautes Haar. Die Freiheit ist nur für Menschen, die Dollars mitbringen ins Land. Was denkt ihr euch unter Freiheit ihr Schwärmer und Toren und vom Leben Geknechteten? Sie ist ein Standbild auf Liberty Island, das prachtvoll den Hafen schmückt und aus Fragen keine Antwort gibt. Wir tun desgleichen und rufen: Zurück!«

Die Freiheit...

Das Hafenbild verschwamm. Vom Ozean kroch ein Nebel heran, und die Wellen sprangen wie leckende Jagdhunde um den Bug des Schiffes.

»Wir wollen unsere Kabine besichtigen,« sagte Wegherr, und sie gingen über Deck und die Treppen hinab, und der Steward wies ihnen die geräumige Doppelkabine, die Wegherr sich zeitig gesichert hatte.

Ein Duft von Rosen und Nelken strömte ihnen entgegen. Der ganze Tisch war geschmückt mit den duftenden Blumen, und sie standen überrascht wie unerwartet beschenkte Kinder. Eine Karte blickte hervor. Wegherr nahm sie und las sie laut: »Mit Freundesgrüßen zur Fahrt ins Glück. Georg Wuppermann. Frank Willart.« Und schnell griff er die schönste Rose heraus und steckte sie an seiner Gefährtin Brust.

»Es ist nicht nötig, o nein, es ist nicht nötig. Ich tu' es nur aus Dankbarkeit gegen die Spender.«

»Ach du – ich ertrag' das bald nicht mehr. So widerspruchslos nicht mehr.«

»Das brauchst du ja auch gar nicht. Ich warte.«

Und sie nahm seinen Kopf und drückte ihn ganz fest an sich und sagte über sein Haar hinweg: »Hier fängt unser zu Hause an...«

An der Speisetafel saßen sie unter den hundert Menschen wie Leute, die seit Jahren aneinander gewöhnt sind. Und doch waren sie, seit er sie getroffen hatte in dem Blizzard von Colorado Springs und sie mit sich genommen hatte, bis zum Tage von Boston neue Menschen geworden.

Als sie am späten Abend noch ihren Rundgang an Deck machten, war ein Wind aufgesprungen, der die See erregte und sie seltsam singen machte.

Wegherr zog den Arm fester um seine Begleiterin.

»Hörst du? Die Musikanten üben schon. Für unsere Hochzeitsnacht.«

»Ja,« sagte sie und blickte mit ihm hinaus.

Und plötzlich kam die Nacht. »Juhu!« schrie der Sturm, sauste um das Schiff und fauchte mit den stürmenden Wellen vereint um die Außenkajüten, als ob sie die Schiffswand zertrümmern wollten. Zu den Menschen wollten sie, die sich in ihrer Kabine umschlungen hielten.

»Hörst du den Sturm?« fragte Wegherr. »Himmel und Meer rasen vor Neid.«

»Ich höre nur deine Stimme.«

»Wenn du deine Lippen auf meinen Mund legst, kann ich dein Herz lachen hören.«

»Es lacht so glückselig über deine Freude.«

»Und über die deine? Über deine Freude?«

»Ich hör' ja das deine lachen.«

Und sie vernahmen den Sturm nicht mehr und das Kreischen der See und die wilde Hochzeitsmusik, die im irren Taumel über die Wogen geigte, und sie hörten nichts, als ihre Herzen lachen.

Immer toller heulte der Sturm, donnerten die Wellen, klirrte das Eisen des Schiffes und ächzten seine Balken. Längst mußte es Morgen sein, aber die Dunkelheit wich nicht aus der wogendurchsprühten Luft und hielt die Nacht mit umklammernden Armen.

»Unser Hochzeitsgeschenk.«

»Unser Hochzeitsgeschenk.« – – –

Dann standen sie hoch oben auf dem stürmischen Sonnendeck und schrien vor Entzücken. Kein Mensch hatte sich hervorgewagt. Nur der erste Ingenieur machte seine Runde.

»Nicht seekrank?« fragte er, trat hinzu und grüßte.

»Seefeste Leute, Herr Oberingenieur.«

»Wie sich das gehört,« meinte der Wetterharte. »Der Mensch ist nicht allein für das Land erschaffen. Man muß sich *alle* Winde um die Nase wehen lassen, wenn man Feierabends ein gewichtig Wort mitreden will.«

»Die Reisenden auf diesem Schiff scheinen nicht alle Ihrer Ansicht zu sein, Herr Oberingenieur. Wenigstens sehe ich keinen, der seine Nase in den Wind steckt.«

»Ach du lieber Gott! Die Angst vor dem bißchen Rumoren! Eine hat sogar vor Schreck die Nacht ein Kind bekommen. Ich bitte um Entschuldigung, gnädige Frau, aber es ist nun mal da.«

»Ein Kind?« fragte Gertrud Wegherr. »Hat denn die Mutter ihre Pflege?«

»Der Schiffsarzt war bei ihr. Das andere muß sich wohl von selber finden.«

»Es ist aber doch eine Krankenpflegerin an Bord. Ich habe sie doch gestern gesehen.«

»Tja,« sagte der biedere Seemann und kraulte seinen Bart, »mit den Krankenschwestern ist das oft so eine Sache. Da meinen manche von den jungen Damen, die schönen Fahrten zwischen Hamburg und Neuyork wären eigens als Vergnügungsfahrten für sie eingerichtet. Höchstens mal so 'n bißchen Streicheln bei 'nem verstauchten Arm oder einen heißen Wasserbeutel auf die Magengrube, wenn's da meutert. Aber ins Zwischendeck kriegen Sie sie partout nicht. Unsere behauptet, sie wäre nur für erste Klasse verpflichtet, allerhöchstens noch für die zweite. Da muß denn unser Medizinmann allein sehen, wie er mit dem Zuwachs fertig wird.«

»Im Zwischendeck ist das Kind geboren?« fragte Gertrud Wegherr.

»Nur so ein lütt' Mädchen, gnädige Frau.«

»Und die Eltern?«

»Eltern?« Er kraulte sich aufs neue den Bart. »Ja, wenn Sie danach fragen, muß ich wohl antworten und Ihnen eingestehen, daß Eltern nicht vorhanden sind.«

»Wer ist denn die Mutter?« fragte sie kurz.

»Die Mutter? Ja, das ist etwas anderes. Die Mutter ist ein polackisch Mädchen und auf dem Rückschub von Amerika.«

»Weshalb, um Gottes willen, durfte denn das arme Geschöpf nicht landen?«

»Weil die Gesundheitsbehörde es untersagte. Weil die Gesundheitsbehörde nämlich nicht nur auf die Gesundheit des Leibes, sondern auch auf die Gesundheit des Geldbeutels guckt. Und da sagte sie: das Mädchen ist für das Land ungesund, denn das Kind wird der Armenpflege zur Last fallen.«

»Herr Oberingenieur,« bat Gertrud Wegherr und faßte des Mannes Hand, »würden Sie mich wohl ins Zwischendeck führen?«

Der bärtige Schiffsoffizier blickte die schöne Dame verwundert an. Dann zog ein breites Lachen über sein gutmütiges Gesicht.

»Sie sind eine famose Deern, gnädige Frau. Verdammt noch mal, und alle Achtung. Das werd' ich unserer pikfeinen Krankenschwester mal brühwarm unter die Nase reiben. Na, dann kommen Sie nur. Riechen tut's zwar nicht schön da unten. Geht der Herr Gemahl mit?«

»Und ob der mitgeht,« lachte sie und hing sich bei einem neuen Sturmstoß fest in Wegherrs Arm.

»Nimm Leinen- und Wollenzeug mit,« sagte er ihr, als sie an ihrer Kabine vorüberkamen, und sie schlüpfte hinein, kramte und kam mit einem Paket unter dem Wettermantel wieder zum Vorschein.

Sie gingen Achterdeck, bis sie hinunter zur Schraube kamen. Jetzt erst blickten sie dem Aufruhr der Elemente ganz ins Herz. Die Seen schlugen über ihren Köpfen zusammen, zerbogen Eisenstangen, rissen Stücke der Holzbrüstung von der Reling herunter und drückten gerade krachend ein Bullenauge ein. Der Ingenieur rief ein paar Mann heran. Kurz klang sein Befehl.

»Nichts von Bedeutung,« meinte er im Weiterschreiten zu seinen Begleitern. »Ist in wenigen Minuten wieder wie neu. So – hier geht die Treppe in die Unterwelt. Nun sind Sie im Zwischendeck. Der Doktor hat für die Kleine mit ihrem Kleinchen einen Verschlag machen lassen. Das liegt da nun wie im Stalle zu Bethlehem.«

Eine dicke Luft quoll ihnen entgegen. Ein Duft nach Menschen, alten Kleidern und Lebensmitteln. Und die stürmische See hatte das ihre dazu getan, den Duft unerträglich zu machen.

»Hier riecht's nicht nach Rosen und Vergißmeinnicht,« stellte der Schiffsingenieur schnüffelnd fest. »Kann kein Mensch behaupten. Teufel noch mal. Hier gleich linker Hand, gnädige Frau.«

Durch einen Holzverschlag war ein kleiner Raum abgeteilt. Aber die Neugier der Zwischendeckler wäre auch ohnedies nicht erregt worden. Sie kauerten auf ihren Schlafsäcken in den absonderlichsten Stellungen und mühten sich, den heftigen Erregungen des Schiffes und der immer stärker auftretenden Seekrankheit standzuhalten. Andere lagen stumpfsinnig lang hingestreckt, schnarchten in den untergeschobenen Arm hinein und kümmerten sich nicht um Weiber und Kinder.

In dem abgetrennten Raum ruhte auf einer Matratze, die der Schiffsarzt besorgt hatte, ein derbes, zwanzigjähriges Mädchen. An der Brust hielt sie ein Bündel. Ihre Augen funkelten wie glühende Kohlen aus dem Dunkel hervor.

»Hier ist eine Dame, die Sie zu sprechen wünscht,« sagte der Schiffsingenieur. »Na, nun bin ich hier wohl überflüssig, meine Herrschaften. Hat mich ausnehmend gefreut. Auf Wiedersehen.«

Er machte, daß er davonkam, und Gertrud Wegherr beugte sich über die glühenden Augen.

»Haben Sie Schmerzen?«

»Hab' ich nicht.«

»Ist Ihr Kindchen gesund?«

»Ist ganz gesund.«

»Ich habe Ihnen ein Paket Leinen und Wollzeug mitgebracht. Passen Sie mal auf, daraus werden wir jetzt Windeln und Wickel machen. Für den Notbehelf. Nachher soll das Kleinchen schon seine Ordnung kriegen.« Und sie begann, ein Hemd in Streifen zu reißen und mit der Schere ein wollenes Umschlagetuch in breite Bänder zu zerteilen.

»Nun geben Sie mir, bitte das Kind mal her.«

»Trinkt g'rade.«

Sie nahm Wegherrs Hand, und sie harrten aus, bis das Kind den Kopf auf die Seite neigte. Mißtrauisch funkelten die Augen noch immer aus dem Dunkel herüber. Aber Gertrud Wegherr strich dem Mädchen mit der Hand über das Gesicht, griff vorsichtig nach dem Bündel und hob es hoch. Ein alter Unterrock hatte als Umhüllung gedient. Er löste sich, und ein kleines, nacktes Körperchen blieb ihr in den Händen. Sie setzte sich auf die Ecke der Matratze und begann ohne weiteres, das Kind in die Leinenstreifen einzuschlagen und fest mit den wollenen Bändern zu umwickeln.

Wegherr stand und blickte auf sie hinab. Und er sah den Schein der jungen Frauenwürde, der sie umfloß und den er gestern noch nicht an ihr bemerkt hatte.

»So,« sagte sie und reichte dem scharf herüberlugenden Mädchen das Kind zurück. »Sehen Sie nur, wie wohl es sich fühlt. Nun sagen Sie mir mal, was Sie jetzt wünschen.«

»Gar nichts.«

»Dann werde ich mal für Sie wünschen. Ich komme in einer halben Stunde zurück. Machen Sie ruhig die Augen zu.«

Sie nickte ihr zu und verließ mit Wegherr das Zwischendeck. »Ernst,« bat sie draußen und griff nach seinen Händen, »Ernst, würdest du mir wohl einen Wunsch erfüllen? Ich möchte ein Hochzeitsgeschenk von dir. Darf ich es sagen?«

»Es ist bereits erfüllt,« erwiderte er. »Komm nur mit zum Kapitän.«

»Dafür habe ich dich jetzt doppelt lieb,« murmelte sie. »Aber das ist nicht mehr möglich.«

Der Kapitän war in seiner Kajüte. Gerade hatte er sich für einen Augenblick auf der Kommandobrücke ablösen lassen, um einen Bissen herunterzuschlingen. Sein sturmgerötetes Gesicht lachte, als er Wegherrs Bitte vernahm, die junge Wöchnerin in eine leere Kabine der dritten Klasse schaffen zu lassen und dem Zahlmeister Auftrag zu geben, die Mehrkosten der Überfahrt auf Wegherrs Rechnung zu stellen.

»Das hat sicher die junge, schöne Frau hier mit dem lieben Gesicht ausgeheckt,« lachte er vergnügt. »Ich bin zwar weder jung noch schön, aber ein liebes Gesicht können wir auch noch machen. Nee, meine gnädige Frau, die Kabine können Sie nicht kriegen, weil ich sie selber brauche. Und zwar ausgerechnet für dasselbe polnische Frauenzimmerchen, das es sicher noch nie so gut im Leben gehabt hat, und für den überzähligen Passagier. Meine gnädige Frau, die Linie, die ich zu vertreten die Ehre habe, möchte sich in der Christenpflicht nicht gern beschämen lassen. Der Doktor hat mir bereits Meldung erstattet. Wär' dies grobschichtige Wetter nicht, lägen die beiden schon längst mollig in den Federn. Aber in einer halben Stunde soll's geschehen sein.«

»Ich danke Ihnen herzlich,« sagte Gertrud Wegherr und reichte ihm die Hand.

Der Kapitän zwinkerte vergnügt zu Wegherr auf.

»Donnerwetter! So was Hübsches hab' ich schon lange nicht hier oben gehabt. Das müssen Sie mir häufiger heraufbringen. So nachmittags, zur gemütlichen Teestunde. Aber erst müssen wir durch die hundsmiserable neufundländische Wetterbank hindurch sein.«

Und er stülpte die Mütze über, grüßte und riß die Tür zur Kommandobrücke auf, daß die Winde heulend durch alle Ecken jagten.

Das polnische Mädchen lag in einer luftigen Kabine der dritten Kajüte. Der wilde, misstrauische Blick war geschwunden. Sie rekelte sich heimlich unter dem Deckbett, und nach einer Weile summte sie dem Kind ein polnisches Liedchen vor.

»Sie sollen sich schonen,« sagte Gertrud Wegherr, die an ihrem Bette sah und Leinenzeug schnitt und nähte. »Es bekommt dem Kind besser.«

»Ich bin stark, und das Kind ist auch stark.«

»Was wollten Sie denn so allein in Amerika? Die Reise hätten Sie besser aufgeschoben.«

»Mein Schatz ist hinüber. Wollt' ihn suchen.«

»Und nun weiß er gar nicht, daß Sie drüben waren?«

»Wollt's gar nicht wissen. War gar nicht am Schiff. Hab' vierzehn Tage in der Baracke gewartet. Dann kam Rückschub. O der, der hat längst eine andere. Wär' der Sturm nicht gewesen, ich hätt's ausgehalten bis nach Haus.«

Vierzehn Tage hat sie in der Baracke auf Ellis Island auf ihn gewartet, dachte Gertrud Wegherr, unter lauter Elenden und Heimatlosen. In der Zeit, die für eine Mutter ganz voll von Sonne sein soll. Die vierzehn Tage müssen ihr mit den langen Nächten wie vierzehn Jahre gewesen sein. Und gedacht hat sie sicher an die Tage, die ihr mit ihrem Schatz viel zu kurz erschienen ... Und das Kind hat nicht Vater noch Heimat, nur das Meer und die Mutter. Und ist doch ein süßes Kind.

Sie hatte den letzten Stich getan und breitete die Sachen auf der Bettdecke aus.

»So – da haben Sie den Staat. Und da kommt Ihr Essen. Nun, der Appetit ist gesund. Und dann wird nichts getan als geschlafen.«

Auf dem Promenadendeck traf sie Wegherr. Sie hing sich in seinen Arm, und sie machten trotz des stürmischen Wetters ihren Rundgang.

»Wo habt ihr Frauen nur die Übung in der Kinderpflege her?« fragte er lachend.

»Ach, du – zuerst lernt man's an den Puppen, nachher in den Nachbarhäusern. Wenigstens in den kleinen Städten. Und der eine hat mehr Begabung dafür und der andere weniger.«

»Du hast sie,« sagte er.

Sie schritt kräftig neben ihm aus. Als sie über Vorderdeck bogen, wollte der Sturm sie nicht durchlassen und warf sich gegen sie, daß sie sich den Durchgang erzwingen mußten.

»Ob ich sie habe?« nahm sie das Gespräch wieder auf, als sie die Wetterseite überwunden hatten. »Vielleicht ist es gar keine Gabe, sondern nur ein wenig Einsicht. Da kommen täglich hunderttausend Menschen zur Welt, wie wir geboren worden sind und unsere Mütter geboren worden sind, und von dem Fröhlichsten, das es auf der Welt gibt, schämt man sich fröhlich zu sprechen und fröhlich mit Hand anzulegen, wo's not tut. Weißt du, Ernst, ich bin doch gar nicht böse, daß ich die Jahre in der Wildnis zugebracht habe. Man lernt doch wieder tiefer die Natur verstehen und kommt sich mit all seinem Englisch, Französisch und Spanisch unendlich nichtig vor.«

»Ich hab' dich lieb,« antwortete er.

»Ich dich,« sagte sie und suchte seine Augen.

Fünf Tage noch jagte das Schiff durch den Sturm. Der ganze Atlantische Ozean schien vom Frühlingstaumel besessen und die Sonne aus dem Himmel holen zu wollen. Dann schimmerte in der Ferne die Westküste Englands, und über Nacht wurde die See spiegelglatt.

»Sie hat das Rennen aufgegeben,« sagte Wegherr. »Sie konnte gegen unser Glück nicht an.«

»Du?« fragte sie und blickte nach der Küste.

»Sag' es.«

»Hab' ich dich wirklich – wirklich ein wenig glücklich gemacht?«

Da preßte er sie in den Arm, daß sie aufschreien wollte und doch den Schrei verbiß.

In Plymouth waren die englischen Reisenden ausgeschifft, vor Cherbourg lag der Dampfer eine halbe Stunde zum Ein- und Ausbooten auf der Außenreede. Und als wieder Tag und Nacht vergangen war, durchfurchte der Schiffskiel deutsche Gewässer.

Sie hatten sich vom Kapitän genau den Zeitpunkt bestimmen lassen und standen Hand in Hand, und die grauen Wasser trugen für sie den Sonnenschimmer der Heimat. Ohne zu sprechen, standen sie und spürten die Heimatfreude bis in die Kehle quellen.

Auf dem unteren Deck saß die junge polnische Mutter und wiegte ihr Kind in den Sonnenstreifen. Jetzt erblickte sie Gertrud Wegherr, die Tag um Tag an ihrem Bette die Wartung übernommen hatte, nickte ihr zu und hob ihr lachend das Kind entgegen.

»Solch ein Leichtsinn,« schalt Gertrud Wegherr. »Aber es ist ein schöner Gruß.«

Vom Land her flimmerte es grün. Der Frühlingswind strich schon verstohlen durch die Wiesen. Ein Kirchturm reckte die Nasenspitze. Noch ein paar Stöße der Schiffsmaschine, und da lag das Dorf, das erste deutsche Dorf mit Schindeldächern und bemalten Balkenköpfen.

Am Nachmittag kam die ›Alte Liebe‹ von Cuxhaven in Sicht. Und wieder blickten sie hinaus, als sähen sie nur mit demselben Blick.

»Heimatland,« sagte er aus tiefster Brust. »Jetzt gilt es, die Erfahrungen der Fremde für dich nutzbar zu machen nach meinem Teil.«

Und zum erstenmal begann er, ihr von seinen Zukunftsplänen zu sprechen.

»Ich möchte mein Buch schreiben über den Wert der deutschen Auswanderung nach Amerika, geschichtlich begründet von den ersten deutschen Einwanderern an. Und über die Bedeutung neuer Abflußländer für deutschen Fleiß und deutsche Kraft, die vaterländische Werte bleiben, deutsche Kolonien unter dem schwarz-weiß-roten Fahnentuch. Das möchte ich, und das will ich, und dich brauche ich dazu. Dann aber will ich wieder eine Universitätsprofessur übernehmen und die Jugend lehren, daß es nicht auf vaterländische Lieder, sondern auf vaterländische Taten ankommt und kein Mensch in der Welt dem sagenhaften deutschen Michel am Barte zausen darf.«

»Wir haben denselben Willen,« sagte sie. »Wo wird unser erstes Haus stehen, Ernst?«

»Am Rhein.«

»Am Rhein...,« wiederholte sie, und ihre Gedanken irrten in die rheinische Niederung tief unten an der holländischen Grenze, in der sie als Kind gespielt und mit Jan auf langen Wiesenwegen ihre ersten Sprachübungen getrieben hatte. »Am Rhein...«

»Ob deine Eltern noch in der kleinen Stadt wohnen?«

»Weshalb fragst du, Ernst?«

»Weil wir sie morgen aufsuchen wollen. Sieh, da haben sie Pfennig um Pfennig berechnet, um sich ein paar Jahre früher als andere ein sorgenloses Alter, wie sie es meinen, gewinnen zu können, und haben für die paar Jahre ihr bestes Leben drangegeben, das Leben mit ihren Kindern und in ihren Kindern. Heute, wo wir selbst daran gegangen sind, einen Hausstand zu gründen, wissen wir, daß sich jeder Mensch, der nur an sich denkt, um den Widerhall seines Lebens betrügt.«

»Ich danke dir, Ernst. Das war der letzte Schatten.«

»Wenn wir selber einmal Kinder haben,« meinte er, und seine Augen blickten froh hinaus, als sähe er schon die Schar mit den klaren, lachenden Kinderaugen, »wollen wir keine Musterkinder aus ihnen machen, die sich innerlich überheben, und auch keine Schüchterlinge, die aus Scheu vor den Eltern an den Wänden kriechen und den queren Blick bekommen. Wir wollen sie so ganz mit unserer ernsten und heiteren Liebe erfüllen, daß sie gar nicht anders können, als in diesem Zeichen siegen. Alles übrige wird vom Leben zerzaust oder zerbrochen.«

»Ja,« sagte sie, »denn Liebe ist Kraft und Wahrhaftigkeit.«

Die Stewards hatten sich mit ihren Musikinstrumenten aufgestellt. Der Dampfer stoppte ab und glitt in majestätischem Bogen an die Landungsbrücke. Und heimatselig und feierlich erklang die Weise der Schiffskapelle, daß es die Menschen packte wie Weihnachtsschauer:

»Deutschland, Deutschland über alles,
Über alles in der Welt!«

Deutsche Erde unter den Füßen! Heilige deutsche Erde.

In Hamburg war das polnische Mädchen mit ihrem Kind auf den Zug nach Posen gesetzt worden. Sie jubelte über das Geldgeschenk, als hätte sich die Hin- und Herreise über den Ozean dreifach gelohnt. Und am Abend noch fuhren Wegherr und seine stillgewordene Frau über Bremen weiter und erreichten spät in der Nacht die holländische Grenzstation. Sie suchten ein Hotel auf und lagen noch lange wach. Ihre Hände tasteten zueinander.

Das Häuschen des früheren Steuerbeamten van Weert war am anderen Morgen bald gefunden. Sie gingen hinein und fanden zwei alte Leute am Kaffeetisch. Der Mann hatte die Zeitung vor den kurzsichtigen Augen, und die Frau strickte wortlos an einem großen, blauen Strumpf. Es war früher Morgen, und schon wußten sich die beiden Alten nichts mehr zu sagen.

»Guten Morgen,« grüßte Ernst Wegherr.

Die Alten blickten auf und gaben den Gruß zurück.

»Mich muß ich wohl vorstellen,« fuhr Wegherr lächelnd fort und nannte seinen Namen. »Aber meine Frau ist Ihnen länger bekannt als mir.«

Die alte Frau fühlte sich umschlungen, daß ihr die Maschen von den Stricknadeln rutschten.

»Jesus – die Gertrud.«

»Die Gertrud?« fragte der Alte und schob die Brille auf die Stirn. »Du bist wohl –?«

Da fühlte auch er den Arm der Tochter um den Hals.

Die Frau blickte wirr von der Dame auf den Herrn.

»Herrgott, wie das hier aussieht,« murmelte sie und begann, auf dem Tisch das Kaffeegeschirr zusammenzuschieben.

»Ist das dein Mann?« fragte der Alte und faltete die Zeitung zusammen.

»Ja, Vater, das ist mein Mann.«

»Darf ich auch wissen, welchen Beruf er hat?«

»Er ist der Universitätsprofessor Doktor Ernst Wegherr. Man kennt ihn in der ganzen Welt und doch nicht so gut, wie ich ihn kenne.«

»Du hast Glück gehabt. Das muß man sagen. So gut konnten wir es dir natürlich nicht bieten.«

»Vater van Weert,« nahm Wegherr in der beklemmenden Stille das Wort und ergriff des Alten Hand, »ich habe Glück gehabt. Daran können Sie ruhig festhalten als an dem schönsten Gedanken Ihres Lebensabends. Ich habe das Glück gehabt, daß Ihre vor Gott und den Menschen gleich ausgezeichnete Tochter meine Frau wurde. Mutter van Weert, ich sage es auch Ihnen. Und nun wollen wir der Vergangenheit nicht mehr gedenken. Die Wege der Eltern und Kinder laufen auseinander, seitdem die ersten Menschen waren, und schließen später von selber wieder den Kreis. Wir sind gekommen, um uns mit Ihnen der Gegenwart zu freuen. Wir kommen von drüben, und Ihnen gilt unser erster Gruß, wie es sich für die Kinder ziemt.«

Der Alte rückte an seiner Brille. Er faltete die Zeitung auseinander und legte sie wieder in die Falten zurück. Der Herr da flößte ihm eine Ehrerbietung ein, die ihm unbequem war. »Gut, gut, es soll gut sein,« knurrte er. »Ich hoffe, Sie erleben an Ihren Kindern mal mehr Gehorsam.«

»Ich werde versuchen,« sagte Wegherr freundlich, »mich auch später noch an die Gedankengänge der Jugend zu gewöhnen. Das ist nun einmal die Pflicht von uns allen, die wir älter werden, und dann kann es uns an der Anhänglichkeit der Kinder nicht fehlen.«

»Möglich, daß Sie – daß Sie – als Universitätsprofessor das besser wissen.«

»Ich habe aber schon das Mittagessen auf dem Feuer,« klagte die alte Frau. »Nun muß ich schnell zum Metzger laufen.«

Gertrud Wegherr legte ihr den Arm um die Schulter, und die Frau fand sich in der schlichten Liebkosung nicht zurecht.

»Nein, Mutter, das brauchst du nicht. Wir wollen euch doch nicht aus eurer Gewohnheit bringen. Ihr seid noch so gar nicht an uns gewöhnt, und ihr wollt euch doch sicher erst miteinander besprechen und euch in der Stille mit dem Gedanken an uns vertraut machen. Wenn es euch paßt, bleiben wir jetzt noch ein Stündchen mit euch zusammen, bis unser Zug fährt. Und dann schreiben wir euch, wo wir uns am Rhein angesiedelt haben, und ihr besucht uns, wann euch die Zeit recht ist.«

Die Alten schwiegen. Aber es war eine Last von ihnen gewichen. Und Gertrud Wegherr ging mit der Mutter umher und ließ sich die Einrichtung zeigen und das Gartenland und fand alles so freundlich und zweckdienlich, daß der Alte endlich aufhorchte, aufstand und zum Wandschrank ging, dem er eine Flasche Johannisbeerwein und vier Gläser entnahm.

Er goß die Gläser voll und stieß mit den Heimgekehrten an.

»Auf Wiedersehen,« sagte er kurz.

Und Gertrud Wegherr saß in dem Eisenbahnwagen, der sie durch die Rheinniederung führte, träumerisch an die Schulter ihres Mannes gelehnt, und es war ihr frei und leicht ums Herz.

»Es war viel, viel besser, als ich dachte, Ernst, und du hast es zustande gebracht.«

»Es ist das alte Geheimnis aller Familienzerwürfnisse,« entgegnete Wegherr, »daß das Herrengefühl der Alten die Jungen für sich fordert und die Jugend das schmerzliche Verständnis der Alten. Wir aber, wir haben noch den freien Baugrund vor uns.

»Halt,« unterbrach er sich. »Wie heißt die Station?«

»Cleve.«

»Schnell hinaus. Dort sitzt der Baron von Dachsberg auf seinem Jagdwagen. Hallo, Baron!«

Der Baron spitzte die Ohren, war wie der Teufel vom Bock und im Schwung über das Eisengitter.

»Doktor! Doktor! An mein Herz, alter Mitverschwörer! Haben Sie's nun endlich auch dick gekriegt? Was hab' ich Ihnen gepredigt! Gott, riechen Sie denn eigentlich den niederrheinischen Frühling nicht? O um Vergebung, Sie haben sich ja verdoppelt. Baron Dachsberg, meine Allergnädigste.«

»Wir überschlagen einen Zug,« rief Wegherr. »Entschuldigen Sie, daß ich nur einem Teil Ihrer Lehre gefolgt bin, nämlich dem, beizeiten heimzukehren. Aber leider, leider konnte ich dem Teil nicht folgen, der mir die Freuden des Junggesellenlebens pries.«

»Ich wüßte nicht,« sagte der Baron mit Haltung, »daß ich Ihnen je etwas so Unsittliches vorgeschlagen hätte.«

Er wandte sich der Dame zu, die ihn lachend ansah.

»Meine Allergnädigste, ich befinde mich hier gerade vor dem rechten Forum. Sie haben so ein Gesicht – so ein Gesicht – na! So etwas unter Glas und Rahmen zu bringen, das gebietet geradezu die Moral. Aber einer Xanthippe, die einem immer mit dem Besen nachläuft, die Möglichkeit zu geben, daß in zwanzig Jahren ein ganzes Nest voll Xanthippen die Männerwelt bedroht – nun, nun, wir wollen uns über einen so unmoralischen Gegenstand nicht weiter auslassen, sondern lieber im Hotel einer Witwe Cliquot das schöne Hälschen brechen.«

Er reichte ihr mit vollendeter Ritterlichkeit den Arm und geleitete sie zur Bahnsteigsperre. Der Mann am Schalter forderte ihm die Karte ab.

»Wieso? Ich habe den Eingang nicht benutzt. Und auch den Ausgang nicht.« Und im Schwunge setzte er über das Eisengitter zurück. »So, das können Sie auf Ihren Diensteid nehmen. Bitte nochmals um Ihren Arm, meine Allergnädigste.«

»Nun sagen Sie mir zuerst ein Wort von Unkelbach Vater und Sohn,« bat Wegherr, als sie im Hotelzimmer saßen.

»Unnötige Frage, Doktor. Wir hausen zusammen wie die Kletten und gehen auf Freiersfüßen. Für den Unkelbach Sohn natürlich. Wir tun nur mit, damit er sich bei der Auswahl nicht so ›scheniert‹ fühlt. Hm – die alte wilde Sache scheint übrigens niedergeschlagen.«

Gertrud Wegherr blickte strahlend auf ihren Mann.

»Wissen Sie, Doktor, da soll nämlich ein Mann seine Hand im Spiel gehabt haben, mit dem ich vor meinem seligen Absterben noch mal Brüderschaft trinken muß. Wo wohnen Sie doch demnächst? Am Rhein? Na, da haben Sie den Wein ja selber, Herr Nachbar, und ich brauche nur die Gläser mitzubringen.«

Und noch einmal verließen Wegherr und seine Gefährtin den Zug und schritten durch die Straße einer alten Stadt, und er nannte ihr den Namen und sagte ihr, daß es die Herzbachstraße sei, die Straße seiner Jugendspiele und -gespielen.

Ganz langsam gingen sie die wenigen Häuser entlang, aus denen verwunderte Frauenköpfe schauten und zu fragen schienen, was es denn hier wohl zu sehen gäbe, und gingen durch das Tal den Berghang hinauf, an dem der Friedhof lag.

»Das ist die Gertrud,« sagte Wegherr, als sie vor dem Hügel der Mutter standen, »und sie will nun dort fortfahren, wo du aufgehört hast.«

Am Abend hatten sie Köln erreicht und standen, in Andacht versunken, vor dem Wunderwerk des Domes.

»Nehmt alle himmelanstrebenden Gebäude Amerikas zusammen,« sagte Wegherr. »Das habt ihr nicht und nie.«

Und er ließ sich packen und erschüttern von dem gewaltigen Zeugen alter deutscher Kultur.

Am Rheinufer, nahe Bonn, fanden sie ein lichtes Haus in einem alten, üppigen Garten. Die Veilchen blühten und dufteten zu Tausenden in den knospenden Weißdornhecken, und die Vögel übten wie im Rausch ihre Frühlingslieder.

Gertrud Wegherr streckte die Hände aus, daß ihre Brust vorwärts drängte wie ihr Mund, und sie schloß den Mann in beide Arme.

»Nun sind wir zu Hause,« sagte sie. »Nun sind wir zu Hause.«

www.ingramcontent.com/pod-product-compliance
Lightning Source LLC
LaVergne TN
LVHW020739200726
843506LV00009B/817